Diogenes Taschenbuch 23563

de
te
be

W0378411

Marta Kijowska

Andrzej Szczypiorski

Eine Biographie

Mit 18 Abbildungen

Diogenes

Die Originalausgabe
erschien 2003 unter dem Titel ›Der letzte Gerechte.
Andrzej Szczypiorski. Eine Biographie‹
im Aufbau-Verlag, Berlin
Lizenzausgabe mit freundlicher Genehmigung
Copyright © 2003 by
Aufbau-Verlag GmbH, Berlin
Umschlagfoto von Hermann Dornhege

Veröffentlicht als Diogenes Taschenbuch 2006
Alle Rechte an dieser Ausgabe vorbehalten
Diogenes Verlag AG Zürich
www.diogenes.ch
30/06/8/1
ISBN 13: 978 3 257 23563 0
ISBN 10: 3 257 23563 1

Der Schriftsteller darf in seiner Werkstatt für nichts anderes Raum lassen als für die alten Wahrheiten und Wahrhaftigkeiten des Herzens – Liebe und Ehre und Mitleid und Stolz und Mitgefühl und Entsagung.

William Faulkner

Vorwort

Es muß Ende Februar oder Anfang März 1988 gewesen sein. Ich saß im Veranstaltungsraum der Buchhandlung »Lehmkuhl« an der Münchener Leopoldstraße und war eine der Neugierigen, die sich zur Lesung eines gewissen Andrzej Szczypiorski aus Warschau eingefunden hatten. Dafür, daß es sich um einen Autor handelte, der sein deutsches Debüt gab, war die Veranstaltung erstaunlich gut besucht. Allem Anschein nach saßen auch im Publikum nicht überwiegend Exilpolen, die ihrem Landsmann Mut machen wollten (wie meistens in solchen Fällen), sondern deutsche Leser, die auf den fremden Schriftsteller mit dem unaussprechbaren Namen wirklich gespannt waren. Lag es daran, daß der Roman, den er nun vorstellen sollte, in der *Frankfurter Allgemeinen Zeitung* vorabgedruckt worden war? Oder daran, daß ihn der Diogenes Verlag herausgebracht hatte, dessen Name als Garant anspruchsvoller Unterhaltungsliteratur galt? Was immer der Grund war, erstaunlich fand ich es allemal.

Meine eigene Neugier war gleichsam professioneller Natur. Einige Tage zuvor hatte mir der Literaturredakteur der *Süddeutschen Zeitung* ein Exemplar des besagten Romans in die Hand gedrückt und mich beauftragt, möglichst schnell eine Rezension zu schreiben. Das Buch trug den mir fremden, offenbar eigens für den deutschen Markt erfundenen Titel *Die schöne Frau Seidenman*, doch ich mußte mir eingestehen, daß der bescheidenere Originaltitel *Der Anfang* mir ebensowenig sagte. Und daß mir zwar der Name des Autors keine Schwierigkeiten bereitete, er selbst aber in mir nur vage Assoziationen weckte. War es nicht dieser Journalist, der zuerst irgendwelche Krimis geschrieben und sich dann mit einem komplizierten Roman über das Mittelalter hervorgetan hatte? Ich war mir nicht sicher. Nur an eines seiner Bücher konnte ich mich genau erinnern: Ich hatte es in der Bibliothek meines Onkels, eines Warschauer Literaturkritikers, gefunden und sofort verschlungen. Es hieß *Den Schatten fangen* und war eine stimmungsvolle, pastellfarbene Beschwörung der eigenen Kindheit am Vortag des Zweiten Weltkriegs. Die Nostalgie dieses Romans galt zwar einer Zeit, die ich nicht erlebt hatte, dennoch hatte sie etwas an sich, was bewirkte, daß auch ich Traurigkeit und Bedauern empfand.

Als Szczypiorski den Raum betrat, war ihm, gegen mein Erwarten, keine Spur von Verlegenheit oder Lampenfieber anzumerken. Im Gegenteil, er nahm mit sichtlichem Vergnügen Platz und begann, in einer dermaßen routinierten Weise aus der deutschen Übersetzung seines Buches zu lesen, als wäre dies schon immer ein Teil seines Alltags gewesen. Auch die anschließenden Fragen beantwortete er mit einer Leichtigkeit und Verve, die man bis dahin von Neulingen kaum gekannt hatte. Sein Deutsch war zwar gut, jedoch nicht so gut, daß es ihm möglich gewesen wäre, sich in dieser Sprache völlig mühelos mitzuteilen. Doch das schien ihn nicht im geringsten zu verunsichern, und es war genau diese Mischung aus Unvollkommenheit und Souveränität, die ihn so anziehend machte. Ebenso wie seine freundlichen Gesichtszüge, seine Wärme und sein Humor (von seinem Buch ganz zu schweigen). Man konnte es an diesem Abend deutlich spüren: Sollte er demnächst im ganzen Land ähnliche Auftritte wie in der Münchner Buchhandlung haben, würde er bald – der Unaussprechbarkeit seines Namens zum Trotz – zu einem neuen Liebling des deutschen Lesepublikums avancieren.

Daß es in der Tat so kam, ja, daß ihm hierzulande ein Erfolg zuteil wurde, den niemand (am wenigsten er selbst) erwartet hatte, werden viele noch lebhaft in Erinnerung haben. Die deutschen Medien, die sofort erkannten, was sie an ihm hatten

– nämlich einen Autor, der nicht nur erzählen konnte, sondern auch bereit war, ohne Ressentiments, dafür mit viel Sinn für pointierte Berichte und humorvolle Anekdoten, Auskunft über die jüngste deutsch-polnische Geschichte zu geben – trugen freilich entschieden zu seinem steilen Aufstieg bei. So gab es kaum eine Zeitung, die ihn nicht porträtierte, rezensierte oder zu aktuellen Fragen befragte, kaum ein Magazin, das keine Bildreportage über ihn hatte, kaum eine Fernseh-Talkshow, in der er nicht zu Gast war.

Seine Äußerungen riefen zwar gelegentlich gemischte Reaktionen hervor: Während die einen für seine Fähigkeit schwärmten, einfach und oft unkonventionell argumentierend politische Prozesse zu diagnostizieren und historischen Zusammenhängen auf den Grund zu gehen, warfen ihm die anderen vor, zu schnell auf jede Frage eine Antwort parat zu haben, zu leicht komplizierte Sachverhalte auf wenige Slogans zu reduzieren, zu oft sich in Widersprüche zu verstricken. Seiner Beliebtheit tat dies aber kaum Abbruch. Im Gegenteil, er ist in kürzester Zeit zu einer Berühmtheit, um nicht zu sagen: zu einer Ein-Mann-Institution geworden, die mehr im deutsch-polnischen Verhältnis zu bewirken schien als alle diplomatischen und kulturellen Einrichtungen zusammengenommen. Dieser Zustand sollte volle zwölf Jahre andauern. Oder besser gesagt: nur zwölf Jahre. Denn wer ihn kannte, der weiß, daß seine Vitalität und sein Engagement noch für eine lange Zeit ausgereicht hätten.

An dieses Datum kann ich mich genau erinnern: Es war am 16. Mai 2000. Diesmal saß ich im Veranstaltungsraum des Goethe-Instituts in Krakau und hörte der Lesung eines deutschen Freundes zu: Michael Zeller, dessen Roman *Café Europa* soeben in polnischer Übersetzung erschienen war, stellte sich dem Krakauer Publikum vor. Einen passenderen Veranstaltungsort hätte er kaum finden können, spielt doch sein Roman überwiegend in dieser Stadt, vor den Fenstern dieses Palais. Er hatte sich auch auf diese Lesung besonders gefreut und war an dem Tag entsprechend gut gelaunt. Er unterhielt sich gerade mit dem Institutsleiter, als ich kurz vor dem Beginn kam und ihm die traurige Neuigkeit überbrachte: Einige Stunden zuvor war Andrzej Szczypiorski gestorben. Ich hatte es eben selbst erfahren und wollte meine Trauer darüber mit ihm teilen.

Doch das war ein Fehler, ich hätte mit der Nachricht bis nach der Lesung warten sollen. Ich konnte spüren, wie Zellers Stimmung plötzlich umschlug, wie aus dem freudig erwarteten Ereignis auf einmal eine lästige, kaum zu bewältigende Pflicht wurde. Als er anfing zu lesen, war ihm die Anspannung anzumerken. Und auch ich konnte ihm nicht wirklich zuhören. Ich saß da und dachte darüber nach, wieviel sich doch in den letzten zehn Jahren verändert hatte: Ein deutscher Autor, der eine Lesung in Krakau, meiner höchstens auf ihre österreichische, gewiß aber nicht auf ihre deutsche Vergangenheit stolzen Geburtsstadt, absolviert und dem der Tod eines polnischen Schriftstellerkollegen sichtlich nahegeht – welch eine schön-traurige Normalität!

Ich dachte auch an Andrzej Szczypiorski und an die vielen Begegnungen, die ich seit jener Veranstaltung in der Münchener Buchhandlung mit ihm gehabt hatte. An all die Jahre, in denen er, ganz allein und scheinbar mühelos, ein ganzes Kapitel der deutsch-polnischen Geschichte geschrieben hatte. Und auf einmal kam mir der Gedanke, daß ich gern ein Buch über ihn verfassen würde. Weniger, um sein Leben in allen Details zu dokumentieren, als um die Dinge festzuhalten, die ihn geprägt hatten, die daran »schuld« waren, daß seine Denkweise, seine Gefühlswelt, seine Art zu agieren so und nicht anders waren. Es war mir sofort klar, daß ich, um es für den deutschen Leser nachvollziehbar zu machen, auch einiges über Polen, über die polnische Mentalität, Kultur und Geschichte, über die politischen Hintergründe und literarischen Zusammenhänge, würde erzählen müssen. Doch das machte den Gedanken – den ich nun mit diesem Buch umzusetzen versuche – um so reizvoller.

München, im Dezember 2002

Erstes Kapitel

Der Geruch von Parfüm und Seifenlauge

Eine fast leere Straße. An der linken Seite fährt ein Auto. Es ist ein ungewöhnlicher Anblick, denn in Warschau wird seit eh und je rechts gefahren. Das liegt aber nur daran, daß auf der Straße so wenig Verkehr herrscht. Ab und zu rollt eine Kutsche über den Alphalt. Leise, elegant, auf Gummirädern. Dann wiederum fährt eine Droschke so scharf an den Rand des Bürgersteigs, daß die Blechmarke auf dem Rücken des Kutschers hin und her baumelt. Doch ein Auto ist immer noch etwas Seltenes, fast Exotisches.

So in etwa sieht das erste Bild aus, das sich in Andrzej Szczypiorskis Gedächtnis eingeprägt hat. Es stammt aus dem Jahre 1929, seinem zweiten Lebensjahr. Die Straße, auf der man so problemlos die Seiten wechseln konnte, hieß Aleje Jerozolimskie, die Jerusalemer Allee, und lag im Zentrum Warschaus. Die Familie Szczypiorski bewohnte dort eine riesengroße Parterrewohnung, das Fensterbrett war ein guter Beobachtungsposten. Besonders schön war es, wenn die Abenddämmerung hereinbrach. Dann gingen die Laternen über den Torbögen der Häuser an, und auf dem Giebel eines der Jugendstilhäuser leuchtete die rote Neonschrift »Hotel Europa« auf. Die Silhouette des nahegelegenen Bahnhofs wurde langsam dunkel. Ab und zu ertönte unter der Straße ein dumpfes Dröhnen, mit dem einer der internationalen Schnellzüge seine Ankunft ankündigte. Wenn man sich etwas weiter hinauslehnte, konnte man durch die Kronen der Bäume beobachten, wie die Wolken an den Fabrikschornsteinen und den Kirchtürmen hängenblieben.

Als Andrzej etwa dreieinhalb Jahre alt war – er wurde am 3. Februar 1928 geboren –, zog die Familie in die Altstadt, in die Kapucyńska-Straße. Seitdem waren die wenigen Straßen zwischen dem Königsschloß, dem alten Markt und dem Weichselufer seine neue Welt. Vom Schloßplatz aus gelangte man direkt in die Krakowskie Przedmieście, die Krakauer Vorstadt, Warschaus repräsentativste Straße, wo vor der Kulisse alter Palais und Patrizierhäuser das neue Leben pulsierte. Die Spuren des Verfalls, der während der jahrzehntelangen Unfreiheit herrschte, waren zwar immer noch überall zu sehen. Er ließ sich, wie einige Jahre zuvor Alfred Döblin notiert hatte, »vom Schloß über den alten Markt in alle auslaufenden Straßen und in entfernte verfolgen«[1]. Doch gleichzeitig konnte man spüren, daß Warschau fest entschlossen war, so schnell wie möglich eine moderne europäische Metropole zu werden.

In diese Welt seiner Kindheit tauchte Szczypiorski Jahre später wieder ein, als er das Vorwort zu einem deutschen Bildband schrieb. Er trug den nostalgischen Titel *Es war einmal* und enthielt Fotografien aus dem Vorkriegswarschau. Doch nein, es war doch nicht dieses Warschau, das er in seiner Kindheit tagtäglich erlebt hatte. Auf den Fotos waren Menschen zu sehen, deren Gesichter von Armut und Krankheit, bestenfalls von kleinen, banalen Alltagssorgen gezeichnet waren. Nicht die ihm so vertraute feine Warschauer Gesellschaft, »die eleganten Damen mit Hut und Schleier, die Herren mit den Melonen, die Mädchen und Jungen aus den sogenannten besseren Häusern der Warschauer Intelligenz«. Der deutsche Fotograf hatte auch keine Fotos jener Straßen gemacht, »wo in den Fenstern der Wohnungen kostbare Kristalleuchter brannten und auf den Marmortreppen der Mietshäuser rote Läufer lagen«. Und es gab in dem Band »keine Fotografien der eleganten Läden mit Pelzen, Kosmetikartikeln und kunstvollem Reitgeschirr, auch nicht von Palais, Gärten und exklusiven Hotels«[2].

All das vermerkte Szczypiorski in seinem Vorwort, und er wußte, wovon er sprach: Schließlich war auch seine Familie ein

Teil dieser eleganten Welt gewesen. Sein Vater, Professor Adam Szczypiorski, war Historiker und Demograph, doch er hätte sich auch ohne weiteres als Mathematiker, Ingenieur oder Philosoph bezeichnen können. Er hatte in Lemberg und Warschau Maschinenbau studiert, die Pariser »École Superieure d'Ingenieur Civil« absolviert und schließlich auch noch an der Warschauer Universität in Philosophie promoviert. Außerdem war er ein engagierter Politiker: jahrelanger Abgeordneter des Sejm, des Parlamentes, und Vizepräsident der Stadt Warschau. Er besaß also mehrere Berufe, sprach darüber hinaus acht Sprachen: Deutsch, Französisch, Russisch, Schwedisch, Italienisch, Englisch, Griechisch und Lateinisch – während des Krieges fing er aus Protest gegen die Judenverfolgung an, Hebräisch zu lernen – und las sehr viel, wobei es fast immer politische und wissenschaftliche Bücher waren: Werke von Karl Kautsky, Ferdinand Lassalle oder August Bebel.

So gründlich und umfassend sein Wissen war, so schwierig war es ihm gefallen, es sich anzueignen. Er war zwar ein ausgezeichneter Schüler gewesen, da er aber während der Gymnasialzeit in eine konspirative antirussische Aktion verwickelt war, bei der ein Denkmal des Zaren Alexander II. beschädigt wurde, durfte er kein Abitur machen. Daraufhin fuhr er nach Sankt Petersburg, wo er die Erlaubnis bekam, die Schule außerhalb des »Königreichs Polen« – des russisch besetzten Teils des Landes – abzuschließen. Er legte also die Reifeprüfung in Mariampol ab und schrieb sich anschließend an der Universität Lemberg ein. Bald mußte er aber auch diesen Ort verlassen – diesmal weil der Erste Weltkrieg ausgebrochen und er als russischer Untertan gezwungen war, in das »Königreich« zurückzukehren. So schloß er schließlich sein Studium an der Technischen Universität in Warschau ab. Dort ließ er sich auch endgültig nieder, zumal er 1916 geheiratet hatte. Seine Frau und er kannten sich aus Tschenstochau, wo er ihr vor dem Abitur Nachhilfeunterricht gegeben hatte. Es war eine der typischen »Kennenlernsituationen«, die sich Jahre später im Falle seines Sohnes wiederholen sollte.

Jadwiga Szczypiorska, Andrzejs Mutter, war genau das, was man damals unter einer Dame der Gesellschaft verstand: Sie war schön, elegant und verwöhnt, und ihre Welt bestand vorwiegend (wie Szczypiorski es später umschreiben würde) aus Freundinnen, Modistinnen, Kleidern, Bällen, Kaffeehäusern und Tanzlokalen. Sie las zwar auch recht viel, doch hauptsächlich die Unterhaltungsliteratur jener Zeit, höchstens noch Flaubert oder Maupassant. Und sie beherrschte ebenfalls mehrere Sprachen, was aber im damaligen Warschau nicht ungewöhnlich war: Fast in jedem kultivierten Haus wurde russisch, französisch und deutsch gesprochen, seltener englisch. Außerdem war sie musikalisch und hatte eine schöne, kraftvolle Stimme. Sie liebte die deutsche Musik, noch mehr übrig hatte sie aber für russische Romanzen, die sie gern während der Empfänge in ihrem Haus den Gästen vorsang. Ihr Sohn konnte sich noch Jahre später an die konzentrierte Art erinnern, in der sie ihr zuhörten, »an dunkel gekleidete Herren in den Sesseln«, die »trübsinnig und geistesabwesend ihre Köpfe in die Hände« stützten, »als versetzten diese Lieder sie in die nicht mehr existierende Welt ihrer Jugend, auf die verschneiten Boulevards von Sankt Petersburg oder in weite Ebenen, durch die mit flinken Tatarenpferden bespannte Schlitten jagen«[3].

Eine richtige Vertrautheit zwischen den Eltern und den Kindern, Andrzej und seiner vier Jahre älteren Schwester Wiesława, gab es bei alldem nicht. Der Vater war immer entweder mit der Arbeit oder mit der Lektüre von Büchern und Zeitungen beschäftigt, seine Zeit war sehr knapp bemessen, und man durfte ihn ohne Grund nicht stören. Wenn Andrzej zu ihm wollte – was äußerst selten passierte, meistens war die Mutter für seine Anliegen zuständig –, blieb er immer lange vor der Tür seines Arbeitszimmers stehen und bekreuzigte sich, bevor er hineinging. Obwohl der Vater sehr gut zu ihm war, ihn niemals schlug oder anschrie, wirkte er auf ihn einschüchternd. Er schaute auch den Jungen beim Gespräch nicht an, sondern unterhielt sich mit ihm, während er weiterhin irgendwelche Papiere studierte. Wenn die Unterhaltung beendet war, fiel seine Antwort meistens positiv aus, aber sie war stets in kurze, lakonische Sätze gefaßt.

Der Umgang mit der Mutter war zwar einfacher, aber kaum intensiver. Die gutsituierten Damen jener Zeit waren nun mal mehr mit sich selbst als mit ihrem Nachwuchs beschäftigt. Die Erziehung der Kinder wurde Gouvernanten und Kindermädchen überlassen. So hatten auch Andrzej und Wiesława eine Gouvernante, die mit ihnen selbstredend nur französisch sprach. Auch für ihre musikalische Erziehung wurde gesorgt, sprich: sie mußten Klavier spielen. Darüber, wie gut er diese Kunst beherrscht hatte, schwieg sich Szczypiorski später aus, dafür gab er zu, daß er als Kind gern seine Gesangskünste zum besten gab. Jedenfalls konnte er sich gut an das Lied erinnern, mit dem er bereits als Dreijähriger die Passanten in der Jerusalemer Allee erfreute: »Santa Madonna, hilf, morgen kommt mein Mann aus Casablanca«, sang er vom Fensterbrett der Parterrewohnung aus. »Wahrscheinlich«, so sein selbstkritischer Kommentar, »habe ich kein einziges Wort dieses Textes verstanden. Ich wußte nämlich nicht, wer Santa Madonna, wer Casablanca und wer schließlich dieser Ehemann war, denn der einzige mir bekannte Ehemann war mein Vater.«[4]

Obwohl sein einschlägiger Erfahrungsschatz mit der Zeit größer wurde, kamen ihm die Sitten, die in seinem Elternhaus herrschten, immer ganz natürlich vor. So empfand er auch als normal, daß er seine Eltern nur beim gemeinsamen Mittagessen sah, zumal meistens auch noch eine Tante da war, die sich teils um die Kinder, teils um den Haushalt kümmerte. Außerdem hatte die Situation auch seine guten Seiten. Wie wunderbar ließ sich zum Beispiel die Tatsache ausnutzen, daß die Mutter überhaupt nicht praktisch veranlagt war. Wenn er etwa Geld fürs Kino wollte, ging er immer zu ihr – weil er sich nie getraut hätte, den Vater mit solchen Lappalien zu behelligen, doch vor allem, weil sie so fabelhaft großzügig war. Da sie selbst nur in die besten Kinos der Stadt ging, ins »Europa« oder »Capitol«, wo die Eintrittskarten zwei Złoty kosteten, hatte sie keine Ahnung, daß es auch andere, billige Kinos wie »Bis« oder »Rena« gab, wo man bereits für 25 Groschen hineinkam. So konnte man eine Menge Geld sparen und dafür den Freunden Eis oder Kuchen spendieren.

Kein Wunder, daß Madame Szczypiorska von der Existenz solcher Orte nichts wußte. Sie nahm ja nicht einmal Notiz von einem Viertel, das direkt vor ihrer Tür lag und so ganz anders war als ihr eigenes. Die Menschen dort lebten in mehr als bescheidenen Verhältnissen und sprachen eine seltsame, fremde Sprache. Um so mehr war diese Gegend ihrem Sohn vertraut. Ihm war es durchaus bewußt, daß er an der Grenze zweier verschiedener Welten lebte: Auf der einen Seite gab es das elegant-komfortable Viertel, in dem er aufwachsen durfte. Auf der anderen Seite erstreckte sich der Stadtteil der Armut und Verwahrlosung, mit engen Gassen und niedrigen Häusern, in denen abends, da es oft nicht nur keine Wasserleitung, sondern auch keine Elektrizität gab, Kerzen oder Karbidlampen brannten. In seiner Umgebung »duftete es gewöhnlich nach Kaffee, Obst und Autoabgasen, doch ganz in der Nähe, kaum zwei oder drei Querstraßen weiter, roch die Luft nach Sauerkraut, Seifenlauge, Pferdemist und nach der gewöhnlichen menschlichen Armut, die überall gleich riecht«[5].

Diesmal war es das Judenviertel von Warschau, aus dem dieser Geruch kam. Die Existenz des Viertels war an sich nichts Ungewöhnliches: Vor dem Krieg lebten in Polen drei Millionen Juden, davon allein über dreihunderttausend in Warschau. Da die Stadt damals ca. 1,5 Millionen Einwohner zählte, bildeten sie etwa einen Fünftel der Stadtbevölkerung. Etwas weniger gewöhnlich war, daß zwei Drittel von ihnen arme, orthodoxe Juden waren, die kaum Polnisch sprachen und am liebsten unter sich blieben. So bevölkerten sie zu Tausenden das besagte Nachbarviertel, das gleich um die Ecke, auf der anderen Seite des Krasiński-Platzes, begann. Man mußte es nicht einmal aufsuchen, um einer schwarz gekleideten Gestalt mit Bart und langen Schläfenlocken zu begegnen.

Der junge Andrzej ging allerdings trotz seiner katholischen

Erziehung gern hin, und diese Lust hing mit einem Erlebnis aus früher Kindheit zusammen: Einmal, er war sechs oder sieben Jahre alt, hatte er einen älteren Juden verspottet, womit er einen ungewöhnlichen Zornausbruch seines Großvaters auslöste. Es war das erste – und einzige – Mal, daß er von dem alten Herrn beinahe verprügelt worden wäre. »Ich erinnere mich an den alten Juden im Kaftan und an meinen Großvater«, wird er einmal notieren. »An seinen Wintermantel mit dem Kaninchenkragen, seinen immer sorgsam gepflegten grauen Schnurrbart, seinen dünnen schwarzen Spazierstock mit dem silbernen Knauf, seine seitlich mit Druckknöpfen geschlossenen Gamaschen. Solange ich klein war, saß ich auf seinem Schoß und griff mit den Fingern nach den Schnurrbartenden, und er tat, als wollte er mich beißen.«[6] Wirklich streng sei der Großvater aber niemals gewesen. Nur an jenem Wintertag, als er, Andrzej, hinter dem alten Kaftanträger hergelaufen sei und dummes Zeug gerufen habe, sei er richtig in Zorn geraten und habe den Stock gehoben, um ihn zu schlagen. »Ist vielleicht an diesem Tag aus Liebe zu meinem Großvater und infolge der tiefen Erschütterung durch seinen Zorn in mir ein anderes Wesen erwacht?«, überlegte er. »Denn ich erinnere mich, daß ich später die Kaftane, Krimmermützen, Peies mochte. Ich ging gern auf Straßen wie Nalewki, Gęsia, Tłomackie.«[7]

Es gab im damaligen Warschau auch die assimilierten, wohlhabenden Juden, deren Lebensstil sich in nichts von dem der reichen polnischen Familien unterschied. Auch sie wohnten in eleganten Jugendstilhäusern mit Marmortreppen und roten Läufern, in Wohnungen voller Stilmöbel, kostbarer Bilder und Teppiche. Auch sie empfingen ihre Gäste in herrlichen Sezessionssalons, in denen Zimmermädchen in weißen, gestärkten Schürzchen den Tee in feinem Porzellan servierten. Szczypiorski konnte sich jedenfalls gut an mehrere jüdische Schulkommilitonen erinnern, die in solchen Wohnungen lebten. Ebenso an ihre Mütter, die sich kaum von seiner eigenen Mutter unterschieden. Es waren »vornehme Damen in Kleidern der Firma Herse und Schuhen von Leszczyński, die nach Kosmetik von

Elisabeth Arden dufteten und vermutlich nicht einmal wußten, daß es auf der Welt Jüdinnen mit Perücken auf dem Kopf gab und Juden mit Käppis und in Kaftanen, denn diese Damen stiegen nie hinunter in die Gegend der Nalewki-, Karmelicka- und Gęsia-Straße, sie kannten die Champs-Élysées und die Pall Mall besser als die Ogrodowa, wo ich auf dem Bürgersteig mit den jüdischen Halbwüchsigen Ball spielte.«[8]

Es fehlte allerdings unter den Warschauer Juden eine Gruppe, die, ähnlich wie in den westlichen Metropolen, ein Bindeglied zwischen den orthodoxen und den assimilierten gebildet hätte. Es gab, so Szczypiorskis Erinnerung, »fast keine jüdischen Geschlechter, wie das, aus dem Elias Canetti stammt, also eine gebildete, weltgewandte, mit ganz Europa vertraute, dabei jedoch weiterhin religiöse, ja sogar auf alte, orthodoxe Weise fromme Plutokratie«[9]. Wenn die jüdischen Bankiers und Industriellen im Warschau seiner Kindheit hinreichend gebildet gewesen seien, wenn sie nach Paris, Wien oder London gereist seien, hätten sie die Talmud-Gebote längst aus ihrem Leben entfernt, und obgleich sie ihr Judentum keineswegs verleugnet hätten, hätten sie sich doch als Polen gefühlt und keine Bindungen mehr an die mosaische Religion gehabt. Und umgekehrt, die orthodoxen Juden hätten alle Formen der Assimilation verworfen, sich im Bereich ihrer alten Sitten eingeschlossen und manchmal geradezu krampfhaft an der jiddischen Sprache, den alten Gewohnheiten und der alten Kleidung festgehalten.

So lebten jahrelang zwei völlig fremde Welten nebeneinander: hier die überwiegend katholischen Polen, dort die orthodoxen Juden. Sie blieben sich nicht nur aus religiösen Gründen fremd. Es war eine Zeit, in der die Demokratie auch darin bestand, daß jeder seinen Platz in der Gesellschaft kannte – nicht zuletzt deshalb kamen sie niemals miteinander in Berührung. Diese beiden Welten verschwanden vor Andrzej Szczypiorskis Augen, und er fand sie später nirgendwo mehr. Die eine, in der es nach Seifenlauge und Sauerkraut roch, war nicht einmal in Jerusalem und Tel Aviv zu finden. »In Jerusalem«, stellte er fest, »gibt es weder eine Nalewki- noch eine Miodowa-Straße. Und die alten Juden, die in den Cafés auf den reichen Boulevards von Tel Aviv sitzen, erinnern sich zwar an die Nalewki- und die Miodowa-Straße, man kann sich mit ihnen aber nicht über diese Straßen unterhalten, weil sie sofort anfangen zu weinen.«[10] Und von der anderen Welt, der mit dem dezenten Geruch von Parfüm und Kaffee, fand er höchstens ein schwaches Abbild da und dort. In Paris, in Wien, manchmal auch in London. Doch eigentlich war es nicht wirklich wichtig: Er hat diese zwei Welten ohnehin sein Leben lang unter den Augenlidern getragen.

Zweites Kapitel

Die Festung

Die Galerie »Zachęta« am Małachowski-Platz, bis heute das renommierteste Museum Warschaus, galt bereits in den dreißiger Jahren als ein geschichtsträchtiger Ort. Hier fand im Dezember 1922 ein Attentat statt, das den ersten Präsidentschaftswahlen im unabhängigen Polen ein tragisches Ende setzte: Nachdem das rechte Lager aus den Parlamentswahlen nur leicht gestärkt hervorgegangen war, tat es alles, um die Wahl des Präsidenten für sich zu entscheiden. Als dann zur allgemeinen Überraschung der Kandidat der Linken, Professor Gabriel Narutowicz, gewählt wurde, entfachten die Nationaldemokraten (die stärkste rechte Partei) eine der schmutzigsten Hetzkampagnen in der polnischen Geschichte. Sie schreckten vor nichts zurück, um die Bevölkerung gegen den neugewählten Präsidenten einzustimmen. Mit Erfolg: Als Narutowicz zwei Tage nach der Wahl in einer offenen Kutsche zum Parlament fuhr, wo er vereidigt werden sollte, wurde er von der aufgebrachten Menge mit Steinen und Schmutz beworfen. Nur mit Mühe gelang es ihm, das Parlamentsgebäude zu erreichen und die Vereidigungszeremonie über sich ergehen zu lassen. Seine Präsidentschaft sollte nur fünf Tage dauern: Am 16. Dezember 1922 wurde er während einer Ausstellungseröffnung in der Galerie »Zachęta« – deren Name soviel wie »Ermunterung« (!) bedeutet – von einem rechtsradikalen Fanatiker erschossen.

Neben dieser Galerie eben, unweit des Sächsischen Gartens, befand sich die evangelisch-augsburgische Mikołaj-Rej-Schule, die den Ruf des besten privaten Gymnasiums in Warschau hatte. Es herrschte allgemein die Meinung, daß mit dem

»Rej« – der Patron der Schule war ein herausragender Dichter der Renaissance – höchstens nur noch das staatliche Batory-Gymnasium konkurrieren konnte. Dieser Meinung waren offenbar auch Professor Szczypiorski und seine Frau, als sie Andrzej Mitte der dreißiger Jahre in die Rej-Schule schickten. Es war bekannt, daß sie nicht nur für Bildung, sondern auch für eine richtige Erziehung ihrer Zöglinge sorgte, daß sie ihnen humanistische Werte und moralische Grundsätze vermittelte. Sie war, so Szczypiorski rückblickend, eine »Festung, des Liberalismus, der Demokratie und der Toleranz«[1], in der man großen Wert auf kosmopolitische Weltanschauung, Freiheit des Denkens und des Glaubens, Patriotismus und soziales Engagement gelegt habe.

Es war gewiß nicht einfach, in jener unruhigen Zeit ein solches erzieherisches Refugium zu erhalten. Das rauhe politische und gesellschaftliche Klima der dreißiger Jahre drohte immer wieder die Bemühungen der Schule zunichte zu machen. Es war nicht nur die außenpolitische Situation, die für allgemeine Unruhe sorgte. Hinzu kamen Machtkämpfe innerhalb des Parlaments, häufiger Regierungswechsel, soziale Spannungen und wirtschaftliche Krise. Vor allem waren es die besagten Nationaldemokraten (ND – Narodowa Demokracja) – die »eN-De-cja«, wie sie im Volksmund hießen – die das gesellschaftliche Klima vergifteten. Fast täglich erschienen in der rechten Presse neue Attacken auf die politischen Gegner (insbesondere die Kommunisten) und auf nationale Minderheiten. Rechtsradikale und faschistische Parolen wurden auf Versammlungen und auf der Straße verbreitet, offen antisemitische Exzesse an den Universitäten gehörten fast zum Alltag. Auch der Klerus hatte sich in seiner überwiegenden Mehrheit dem rechten Flügel angeschlossen und betrieb von den Kanzeln aus nationalistische und antisemitische Propaganda.

Am Rej-Gymnasium hatten rechtsradikale Parolen allerdings genausowenig Chancen wie jede andere Demonstration antidemokratischer Haltungen. Der hohe moralische Anspruch der Schule ging mit beachtlichem politischem und sozialem Bewußtsein der Schüler einher, zumal sie meistens – als Söhne von Ärzten, Rechtsanwälten, Universitätsprofessoren, Ingenieuren oder Lehrern – aus gebildeten Elternhäusern stammten. Es wäre etwa undenkbar gewesen, daß sich während des Spanischen Bürgerkriegs jemand für das Franco-Regime ausgesprochen hätte. Und die Voreingenommenheit gegen den deutschen Diktator Hitler war gar so stark, daß man manchen jungen Hitzkopf ein wenig mäßigen mußte. Der Respekt vor anderen Konfessionen war ebenfalls eine Selbstverständlichkeit, die täglich geübt wurde: Unter den Schülern gab es etwa 80 Prozent Katholiken, 15 Prozent Protestanten und 4 Prozent Juden, wobei die konfessionelle Zusammensetzung von Klasse zu Klasse variierte. So bestand Szczypiorskis Klasse, die insgesamt ca. 20 Schüler zählte, aus zwölf oder dreizehn Katholiken und der Rest aus Protestanten und Juden. Letztere stammten in der Regel aus assimilierten, wohlhabenden Familien, die meist entweder laizistisch eingestellt oder bereits vor langer Zeit zum Protestantismus übergetreten waren.

Aus wohlhabenden bis reichen Elternhäusern kamen übrigens die meisten Schüler. Hoher materieller Status war jedoch für die Schule kein Aufnahmekriterium: Für diejenigen, die aus ärmeren Verhältnissen stammten, gab es Ermäßigungen oder Stipendien. Die Szczypiorskis waren zwar wohlhabend, aber gewiß nicht reich, ein ehemaliger Schulfreund vermutet gar, daß Andrzej möglicherweise auch eine Ermäßigung bekam. Dies spielte aber ohnehin keine Rolle, lautete doch einer der moralischen Grundsätze des Gymnasiums, daß die Schüler aus wohlhabenderen Häusern die ärmeren ihre Überlegenheit nicht spüren lassen durften. Und es wurde darüber hinaus darauf geachtet, daß sie eine Sensibilität für soziale Ungerechtigkeit entwickelten.

Eine ihrer täglichen Pflichten etwa bestand darin, zusätzlich zu dem eigenen Pausenbrot ein zweites für einen ärmeren Kommilitonen mitzubringen. Im ersten Stock des Schulgebäudes stand ein riesiger Korb, in den man das Päckchen mit dem zusätzlichen Frühstück hineinwerfen sollte. Die »Einwurfaktion« wurde von einem älteren Schüler beaufsichtigt. Einmal passierte Andrzej eine Verwechslung: Von den zwei Päckchen, von denen das eine die bessere Portion für ihn und das zweite die bescheidenere für den Bedürftigen enthielt, warf er das eigene in den Korb. Als er sein Versehen korrigieren wollte, riß ihm der Aufpasser beide Päckchen aus der Hand: Da er sich offenbar einbilde, ein besseres Frühstück als ein ärmerer Kommilitone zu verdienen, werde er zur Strafe gar keines bekommen. »Dieses Ereignis hat mir die Augen geöffnet«, wird sich Szczypiorski später erinnern. »Ich habe verstanden, daß es reiche und arme Menschen gibt. Mit welchen gesellschaftlichen Problemen ich mich auch in den nächsten Jahrzehnten beschäftigte – meine Haltung hat in diesem Zwischenfall ihren Ursprung.«[2]

Von den Lehrern des Gymnasiums blieb ihm vor allem Professor Leon Rygier in Erinnerung – er war schließlich derjenige, der in ihm die Liebe zur Literatur weckte. Er unterrichtete an der Schule Polnisch und war gleichzeitig sein Klassenlehrer. Unter den Schülern genoß er nicht zuletzt deshalb hohes Ansehen, weil er einst mit der berühmten Schriftstellerin Zofia Nałkowska verheiratet gewesen war. Hinzu kam, daß er auch selbst mehrere Gedicht- und Prosabände sowie Dutzende von Artikeln, Feuilletons und Rezensionen veröffentlicht hatte. Er besaß kein übermäßiges pädagogisches Talent, dafür war er ein großer Kenner der polnischen und französischen Literatur – er übersetzte Valéry und Claudel ins Polnische –, was seinem Unterricht eine besondere Note gab. Mal rezitierte er Gedichte, mal erzählte er von großen Schriftstellern, die er persönlich gekannt haben will: von dem Krakauer Dichter und Dramatiker Stanisław Wyspiański, den legendären Prosaikern Bolesław Prus und Henryk Sienkiewicz, dem dämonischen »Papst« des Jungen Polen, Stanisław Przybyszewski. Oder von Janusz Korczak, dem berühmten Arzt, Pädagogen und Schriftsteller, der einst sein Schulkommilitone gewesen war und mit dem ihn seitdem enge Freundschaft verband.

Am meisten aber imponierte er seinen Schülern wohl damit, daß er all diese Orte aufsuchen konnte, an denen die Warschauer Literaten unter sich blieben und über die in der Stadt unzählige Gerüchte kursierten. Etwa das Café »Ziemiańska«, in dem täglich solche Berühmtheiten wie Mieczysław Grydzewski, der Chefredakteur der Wochenschrift *Wiadomości Literackie* (Literarische Nachrichten), oder die von allen Poesiefreunden vergötterten »Skamandriten« anzutreffen waren. Vor allem am Tisch der letzteren – Julian Tuwim, Jan Lechoń, Jarosław Iwaszkiewicz, Kazimierz Wierzyński und Antoni Słonimski – herrschte jener provokant-ausgelassene Stil, der gleich nach der Wiedererlangung der Unabhängigkeit das legendäre Literatencafé »Pod Picadorem« (Zum Picador), die Zeitschrift *Pro arte* und schließlich 1919 sie, die »Skamander«-Gruppe, hervorgebracht hatte. Ihre Werke, in denen sie dem patriotischen Fieber der Romantiker, dem Utilitarismus der Positivisten und dem jungpolnischen Weltschmerz überschäumende Lebensfreude, Phantasie und (selbst)ironisches Augenzwinkern entgegensetzen, wurden vom Lesepublikum enthusiastisch gefeiert. Manche von ihnen, etwa Wierzyńskis Gedichtband *Frühling und Wein* (1919), galten bereits als dichterisches Symbol der Wiedergeburt Polens.

Es war natürlich nicht jedermanns Sache, diese Welt der Kaffeehäuser und literarischen Salons, der Kabaretts und Künstlerfeten, deren oberstes Gebot lautete, außer Frauen und Alkohol nichts ernst zu nehmen, auf alles mit Spott, Witz und Kalauer zu reagieren. Bruno Schulz etwa, der bescheidene Zeichenlehrer aus Drohobycz, der 1933 auf einen Schlag die literarische Szene Warschaus mit seinem Erzählband *Die Zimtläden* eroberte, paßte gewiß nicht dazu: Seine konzentrierte Art, seine Schüchternheit, die ihn schnell als Provinzler demaskierte, sein Hang zu tiefgründigen Gesprächen, die den Umgang mit ihm zu einer Geduldsprobe machte: All das korrespondierte einfach nicht mit der lärmenden Sorglosigkeit, die in den Warschauer Cafés »Zodiak« und »Ziemiańska« vorherrschte. Um so mehr schöpften aus diesem spezifischen intellektuellen Klima die beiden anderen Exzentriker der Zwischenkriegszeit, Witold Gombrowicz und Stanisław Ignacy Witkiewicz (Witkacy). Bei Gombrowicz stärkte es seine Vorliebe für Polemik und Provokation, die etwa in *Ferdydurke* (1937), seinem zwischen die Pole der Reife und Unreife eingespannten Hauptwerk, Ausdruck fand. Witkiewicz wiederum animierte es zu Theaterstücken, in denen es von Ideen im Stil pure nonsense nur so wimmelte, und zu seiner vieldiskutierten Theorie der »reinen Form im Theater« (1932), die dem Zuschauer das einzigartige Erlebnis des »metaphysischen Schauers« versprach. (Er sollte nur von der Handlung keine Logik und vom Agieren der Schauspieler keine Nachahmung des realen Lebens erwarten.)

In diese faszinierende Welt der Literatur führte nun also Professor Rygier seine Schüler ein. Doch er lehrte sie auch andere Dinge: Toleranz, Mut zur eigenen Meinung oder Respekt vor fremden Anschauungen. Eine entsprechende Situation sollte Szczypiorski besonders gut in Erinnerung behalten: Eines Tages hatte er, zusammen mit zwei Freunden, die Idee, in der großen Pause die benachbarte evangelische Kirche zu besuchen. Einfach so, aus Neugier. Vielleicht würden sie irgendwelchen ungewöhnlichen Praktiken beiwohnen? Oder es würde sich herausstellen, daß die »Evangelischen« ganz anders beten als die Katholiken? Doch die Kirche war leer. Und da hatte Andrzej plötzlich die Idee, daß sie »die Messe lesen« sollten. Gerade als er sich anschickte, seinen beiden Kommilitonen »die Predigt zu halten«, wurden sie von dem Kirchendiener erwischt und dem Klassenlehrer überstellt. Statt sie aber zu bestrafen, hielt ihnen Leon Rygier einen langen Vortrag über Respekt und Toleranz.

Dies empfand Andrzej als besonders beschämend. Er hatte nicht die Absicht gehabt, sich über Gott oder über eine fremde Religion lustig zu machen. Im Gegenteil, Gott war ja seine erste große Liebe, wie er später zu sagen pflegte. Auf dem Gruppenbild von der Ersten Kommunion ist er zwar nicht zu sehen, dennoch war er ein sehr frommer Junge, der mit Begeisterung den Priestern in der Kapuzinerkirche – sie lag in der unmittelbaren Nachbarschaft seiner Wohnung – als Meßdiener zur Hand ging. Er spielte sogar mit dem Gedanken, selbst Priester zu werden. Einmal fing er bereits an, sich äußerlich darauf vorzubereiten: Er und sein bester Freund überredeten einen der Kapuziner, ihnen die Köpfe kahl zu rasieren. Der Pater tat es mit sichtlichem Vergnügen, doch das Entsetzen, das der Anblick der beiden »Anwärter auf die Priesterweihe« bei den Müttern auslöste, ließ sie ihren Entschluß noch einmal überdenken. Andrzej jedenfalls beschloß schon wenige Tage später, doch lieber ein Entdecker und Abenteurer zu werden.

Sein damaliger Glaube war naturgemäß noch recht naiv und oberflächlich, doch eine Spur davon hat ihn sein Leben lang begleitet. Als er sich im Jahre 1990 für die Verleihung des »Kunst- und Kulturpreises der deutschen Katholiken« bedankte, erweckte er Aufsehen, indem er offen gestand: »Mein Christentum ist wenig intellektuell, es erwächst mehr aus Tradition, der Erziehung und vor allem der persönlichen Erfahrung. Ich gehöre ganz einfach zu den zahlreichen zeitgenössischen Katholiken, denen es leichter fällt, mit Gott zu leben als ohne Gott.«[3] Seine Äußerung rief rege Kommentare hervor, mancher sprach sogar von einer Zäsur im literarischen Leben Deutschlands. Bekenntnisse wie diese, so ein anonymer Journalist, hätten bis dahin einem vor-theoretischen Bewußtseinszustand angehört und für die Literatur, die unter solchen Vorzeichen entstand, meist nur Schlechtes verheißen. Doch nun galt es, über deren Salonfähigkeit nachzudenken, kamen sie doch aus dem Mund eines zeitgenössischen Schriftstellers von europäischem Rang. Szczypiorski fügte zwar hinzu, daß er »Jahre der Zweifel, Schwankungen und Zwiespältigkeiten« hinter sich habe, dennoch gab er zu, »zum Katholizismus meiner Kindheit und Jugend«[4] zurückgefunden zu haben.

Solche Jugendstreiche wie die beiden »religiösen« Episoden passierten ihm übrigens nur selten. Dazu wurde er viel zu sehr im Kult des Erwachsenenseins, der frühen Aufgewecktheit erzogen. Selbst die »Requisiten« der männlichen Reife imponierten ihm über alle Maßen. Er konnte sich nichts Schöneres vorstellen als endlich mal einen richtigen Anzug zu tragen, genauso wie sein Vater und alle anderen ihm bekannten Herren. Der Anzug, das war eine Nobilitierung, das war die Aufnahme in den Kreis der Erwachsenen. Als er einmal in den neunziger Jahren von seiner damaligen Sehnsucht nach Reife erzählte, ließ er sich gleichzeitig über den gegenwärtigen Jugendkult aus. »Das Alter will sich auch mit den Federn der Jugend schmücken«, befand er, »wodurch es richtig lächerlich wirkt. Warum ist es so? Ich denke, auf diese Art und Weise versucht man unbewußt vor der Verantwortung zu fliehen.«[5] Ein Kind dürfe alles, behauptete er ferner. Ein Jugendlicher dürfe sehr viel. Ein erwachsener, reifer Mensch hingegen dürfe viele Sachen nicht mehr, denn er trage die Verantwortung dafür, was er tue, was er sage, wie er sich entscheide. Jeder wolle aber diese Entscheidungen so spät wie möglich treffen, so lange wie möglich diesem Ufer fernbleiben, auf das man zwangsläufig zuschwimme und an dem man sein Schicksal selbst in die Hand nehmen müsse. Man wolle lieber jung bleiben, ein ewiger Junge sein, in Jeans herumlaufen, alles leichtnehmen. Kundera spreche zu Recht von der unerträglichen Leichtigkeit des Seins: Es sei ein anderer, der für uns denke, für uns die Verantwortung übernehme, unser Leben steuere. Zu seiner Zeit sei das ganz anders gewesen.

Zum Erwachsensein gehörte es auch, sich in politischen Belangen auszukennen, eine eigene politische Meinung zu haben. In Andrzejs Fall war dies insofern relativ einfach, als die Politik immer ein wichtiges Gesprächsthema in seinem Elternhaus war. Er wurde in der sozialdemokratischen Tradition erzogen, was auf die politischen Ansichten seines Vaters zurückging. Professor Adam Szczypiorski gehörte seit 1913 der Polnischen Sozialistischen Partei (PPS – Polska Partia Socjalistyczna) an, eine Zeitlang war er sogar ihr Generalsekretär sowie Chefredakteur ihres Organs, der Zeitschrift *Walka* (Der Kampf), gewesen. Jahre später, als es in Polen längst gang und gäbe geworden war, das seit dem Krieg herrschende Regime mal als »Sozialismus«, mal als »Kommunismus« zu bezeichnen, würde Szczypiorski über seinen Vater sagen, er sei sein Leben lang Sozialist gewesen, »doch das war der Sozialismus der Polnischen Sozialistischen Partei, ein Sozialismus, der im menschlichen Herzen für Gott viel Platz ließ«[6].

Damals, in den Jugendjahren, muß es allerdings für ihn oft verwirrend gewesen sein, den parteiinternen Gesprächen des Vaters zuzuhören und eine klare Linie darin zu erkennen. Denn einerseits verstand sich die PPS als eine Arbeiterpartei, wodurch auch viele Leute aus dem Arbeitermilieu, Eisenbahner, Schlosser oder Gießer, zu ihnen nach Hause kamen. Andererseits war der Vater ein alter Weggefährte von Marschall Piłsudski, der bekanntlich zu diktatorischen Regierungsmethoden tendierte. Auch die Geschichte der Partei war nicht leicht zu begreifen. Sie wurde 1892 in Paris gegründet, zerfiel dann in den rechten Flügel, der sich PPS-Revolutionäre Fraktion nannte und zu dessen wichtigsten Figuren eben der spätere Staatschef Józef Piłsudski gehörte, und in die PPS-Linke, den Ursprung der Kommunistischen Partei Polens. Dann wiederum vereinte sich der rechte Flügel mit zwei anderen Gruppierungen, und aus dieser Verbindung ging 1919 eine neue PPS hervor. All diese politischen Schachzüge müssen Andrzej oft unverständlich vorgekommen sein. Dennoch bestand für ihn kein Zweifel, daß die sozialdemokratische Gesinnung seines Vaters das einzig Richtige war. (Noch mehr Loyalität legte seine Schwester an den Tag, die bereits als kleines Kind Bilder voller Schornsteine, roter Fahne und Blumen malte oder Parolen wie »Es lebe die Sozialdemokratie!« kritzelte.)

Viele Jahre später, als er sich nach seiner Arbeit im Senat aus der Politik zurückzog, zeigte sich Szczypiorski nicht nur von der Entwicklung enttäuscht, die das politische Leben in Polen nach dem Sturz des Kommunismus genommen hatte. Auch das politische Bewußtsein seiner Landsleute ließ in seinen

Augen viel zu wünschen übrig: »Was die Linke und Rechte angeht, so verstehen viele die Sache überhaupt nicht, oder sie begreifen sie falsch, selbst intelligente und anderweitig gebildete Leute verbinden die Linke mit der Erfahrung des Kommunismus, was ich für ein grobes Mißverständnis halte, denn der kommunistische Totalitarismus stand immer dem rechten Flügel des politischen Denkens näher als der traditionellen Linken.«[7] Für letztere habe die Freiheit schon immer mehr bedeutet als die Ordnung, die Gesellschaft mehr als der Staat, der einzelne mehr als die Nation – das habe er bereits in seinen jungen Jahren gelernt.

Drittes Kapitel

»Ein vorzeitig reifer Mann«

»Es unterliegt doch keinem Zweifel, daß ich in Europa geboren bin und in Europa meine Kindheit verbracht habe. Wenn ich jedoch zur Zeit in die Runde blicke, spüre ich nachhaltig das Fehlen Europas, als wäre es in der Erde versunken oder vom Monstrum der Geschichte verschlungen worden. Und ich denke, es ist in gewissem Sinne vom Monstrum der Geschichte verschlungen, es ist vergast und in den Öfen der Krematorien verbrannt worden.«[1] Dies sagte Andrzej Szczypiorski in einer Rede, mit der er sich im Dezember 1989 für den Nelly-Sachs-Preis bedankte. Er wurde ihm, wie allen seinen Vorgängern, für das Ausüben und Vorleben von Toleranz verliehen, insbesondere aber dafür – so die Begründung der Jury –, daß er gegenüber der allgemeinen Neigung zum bequemen Vergessen in seinem Werk an der Erinnerung festhalte, ohne den Wunsch nach Vergessen zu verurteilen.

Wie hätte er diesen Wunsch auch verurteilen sollen, war doch, wie er im selben Monat im Fragebogen der *Frankfurter Allgemeinen Zeitung* angab, »ein schlechtes Gedächtnis«[2] die natürliche Gabe, die er am liebsten besessen hätte. Er hatte sogar in diesem Zusammenhang das Wort »Erinnerungsbewältigung« kreiert – in Anlehnung an den in Deutschland so beliebten, von ihm aber strikt abgelehnten Begriff »Vergangenheitsbewältigung«. Die Vergangenheit könne man nicht bewältigen, argumentierte er. Sie existiere als objektive Geschichte im Leben der Gesellschaft, der Nation, des Volkes. Die Vergangenheit eines Individuums hingegen finde nur im Kopf, in der Erinnerung statt. Was der Mensch vergessen habe, existiere nicht mehr. Seine Vergangenheit ändere sich mit ihm. Es gebe also keine Vergangenheitsbewältigung, wohl aber eine Erinnerungsbewältigung. Und die ältesten negativen Erinnerungen, die es in seinem Fall zu bewältigen gab, galten nun jener Zeit, in der ein Teil seiner Kindheit zusammen mit dem alten Europa vom »Monstrum der Geschichte« verschlungen wurde: den Jahren des Zweiten Weltkriegs.

Als am 1. September 1939 die Deutschen Polen überfielen, war er elf Jahre alt. Anfangs war er von dem Kriegsausbruch geradezu begeistert: Er freute sich darüber, daß er nicht zur Schule gehen mußte – normalerweise war dies in Polen der erste Schultag –, und fieberte den vielen spannenden Abenteuern entgegen, die er bald erleben würde. Das hier war schließlich kein Spiel mit Zinnsoldaten und Blechpanzern, sondern ein echter Krieg! Er sah auch keinen Grund, Angst zu haben, bestand doch für ihn kein Zweifel, daß die Polen den Krieg gewinnen würden. Bald fand er allerdings das Kriegsgeschehen nicht mehr so aufregend: Die deutschen Soldaten bekam er in den ersten vier Wochen kein einziges Mal zu sehen, und er saß mit seiner Mutter in einem Keller und ernährte sich von Reis und Marmelade. Er war also gezwungen, auf den gewohnten Komfort zu verzichten, und hatte nicht einmal die Gelegenheit, sich als Kriegsheld zu bewähren. Vielmehr war die Mutter diejenige, die ihren Mut unter Beweis stellen mußte, was sie auch in erstaunlichem Maße tat: Aus der verwöhnten Dame der Gesellschaft wurde über Nacht eine tapfere Frau, die alle Gefahren und Unbequemlichkeiten ohne ein Wort der Klage ertrug.

Der erste Deutsche, dem Andrzej persönlich begegnete, war ein General der Wehrmacht. Er war groß, schlank und wirkte in seiner grünen Uniform und dem Militärmantel mit hellroten Aufschlägen außerordentlich elegant. Es war der 1. Oktober 1939, die Kapitulation Warschaus lag gerade mal drei Tage zurück, und der Deutsche kam zu ihnen nach Hause, um mit Adam Szczypiorski, der damals eine Abteilung der Bürgerwehr kommandierte (es war das einzige polnische Organ, das nach der Kapitulation noch existierte), über die Bedingungen der Zusammenarbeit zu sprechen. Doch er kam zu spät, der Professor hatte eine Viertelstunde früher das Haus verlassen. Der Deutsche, der einen Dolmetscher mitgebracht hatte, sprach also mit Andrzej, erkundigte sich, wann der Vater zurückkommen werde, und bot ihm Bonbons an. Der Junge lehnte ab, was der Fremde sofort akzeptierte. Damit war die Unterhaltung beendet.

Als er am Abend dem Vater von dem unerwarteten Besuch erzählte, war dieser nicht im geringsten beunruhigt. Er hatte von Deutschland und den Deutschen eine sehr hohe Meinung und kannte auch gut die Art der deutschen Offiziere. Knapp ein Vierteljahrhundert früher, im Jahre 1915, waren die Deutschen ebenfalls in Warschau einmarschiert, und er hatte sie als »kultivierte, vernünftige und hundertmal tolerantere Leute als die Russen«[3] erlebt. Außerdem hatten er und seine Frau vor dem Krieg oft Gäste aus Deutschland und Österreich gehabt, und selbst wenn dabei immer öfter von der Kriegsgefahr die Rede gewesen war, hatte bei solchen Gesprächen stets der Ton geherrscht, der sich unter zivilisierten Europäern gehörte: Man war besorgt gewesen und hatte immer wieder beteuert, wie gern man einen militärischen Konflikt vermeiden würde.

Eines dieser Gespräche fiel allerdings dermaßen aus dem Rahmen, daß sogar Andrzej es genau in Erinnerung behielt: Im April oder im Mai 1939 kam ein gewisser Herr Gelbart aus Wien zu Besuch. Er erzählte über die zunehmenden Schikanen gegen die Wiener Juden, über Beschimpfungen, über Plünderungen jüdischer Geschäfte, darüber, daß die Juden gezwungen worden seien, die Gehsteige mit den Zahnbürsten zu putzen. Professor Szczypiorski hörte ihm mit Skepsis zu, und als der Gast gegangen war, tat auch seine Frau den soeben gehörten Bericht als starke Übertreibung ab. Sie konnte sich schließlich noch gut an die Reise nach Berlin erinnern, die sie zusammen mit ihrem Mann Mitte der dreißiger Jahre unternommen hatte und bei der sie von Hermann Göring persönlich mit einem Rosenstrauß begrüßt worden war. Auch für sie bestand also kein Zweifel, daß die Deutschen sich im Falle eines Krieges erneut als ein ritterliches Volk erweisen würden.

Die Szczypiorskis waren nicht die einzigen, die eine positive Einstellung zu den Deutschen hatten – ähnlich dachte die gesamte gebildete Schicht der polnischen Gesellschaft. Es gab in den Kreisen der polnischen Intelligenz viele, die an den deutschen Universitäten, in Marburg, Heidelberg, Göttingen, Tübingen oder Berlin, studiert hatten und Deutschland folglich gut aus eigener Erfahrung kannten. Man hielt Hitler für eine Art Mißverständnis bzw. für einen Clown, der zu dem deutschen Volk nicht im geringsten paßte. Professor Szczypiorski hatte aber mehr Grund als die anderen, auf seine Kenntnis der Deutschen zu vertrauen. Er war schließlich ein Berufspolitiker gewesen, der in der Zeit der Weimarer Republik oft nach Deutschland gereist war und mit den deutschen Sozialdemokraten zu tun gehabt hatte. Er war auch Mitglied des Warschauer Stadtrats gewesen, der eng mit entsprechenden Berliner Behörden zusammengearbeitet hatte. Er konnte sich also nur an die anständigen Deutschen aus den Jahren des Ersten Weltkriegs und an die kultivierten Deutschen aus der Zeit der Weimarer Republik erinnern.

So sprach er an jenem Abend von den Deutschen »ohne wütende Feindseligkeit. Die Niederlage deprimierte ihn, aber er erwartete keine Hekatombe. Außerdem glaubte er, die Deutschen würden in Kürze den Krieg gegen Frankreich und Großbritannien verlieren, man müsse diese schwierige Zeit nur mit Würde überstehen und nicht auf Widerstand verzichten. Man müsse den Kampf fortsetzen, soweit wie möglich, im Geiste nicht nachgeben, der Besatzungsmacht widerstehen. Weil die Deutschen kultiviert und vernünftig seien, würde der polnische Widerstand zwar selbstverständlich Repressionen hervorrufen, doch würden sich diese in zivilisiertem Rahmen halten, entsprechend dem Geist der europäischen Tradition.«[4]

Die Realität schien auch anfangs diese Erwartungen zu bestätigen: In den ersten Kriegsmonaten, von September bis Dezember 1939, legten die Deutschen keine besondere Härte an den Tag. Doch schon Ende des Jahres erlebten die Szczypiorskis einen Besuch, der ihrem Optimismus ein rapides Ende setzte. Ihr Gast war diesmal der Vogt von Wawer, einem unweit von Warschau gelegenen Dorf. Er erzählte von einem Massaker, das soeben in seinem Ort stattgefunden hatte: Zwei deutsche Soldaten und zwei Polen waren in der Dorfkneipe in Streit geraten. Es kam zu einer Schlägerei, bei der einer der Soldaten ums Leben kam, woraufhin der andere die beiden Polen erschoß. Der Zwischenfall hatte verheerende Folgen: Am 26. und 27. Dezember wurden 107 Bewohner von Wawer erschossen, der Besitzer der Kneipe wurde gehängt und durfte erst nach einer Woche vom Galgen entfernt werden. Die Exekution, die von SS-Obersturmbannführer Josef Meisinger, dem später als »Schlächter von Warschau« berüchtigten Chef der Warschauer Polizei, befohlen wurde, war eines der ersten Massaker im besetzten Polen.

Für die Szczypiorskis war der Bericht des Vogtes geradezu ein Schock. Das positive Bild, das sie bis dahin von den Deutschen gehabt hatten, wurde schlagartig zerstört. Alles, was für sie Inbegriff des Deutschtums gewesen war – Beethoven und Bach, Goethe, Schiller und Lessing, die Münchner Pinakothek, die Universitäten in Göttingen und Heidelberg –, war plötzlich dahin. Vor allem für Professor Szczypiorski war eine ganze Welt zusammengebrochen. Von jenem Tag an existierte das alte Europa in seinen Augen nicht mehr. Einen ähnlichen Schock erlebten damals viele Polen. Die Schonzeit war offenbar vorbei, jetzt zeigte der Besatzer sein wahres Gesicht.

Dennoch versuchte jeder so weiterzuleben, als würde es das Massaker, ja als würde es den Krieg gar nicht geben. Dies war schon immer eine Eigenart der Warschauer gewesen: Egal, wie düster und bedrohlich die Zeiten waren – nach jedem Schlag nahm die Stadt erstaunlich schnell das gewohnte Leben wieder auf. Ob nach den schwedischen Verwüstungen im 17., unter dem zaristischen Terror im 19. oder während der Okkupationen im 20. Jahrhundert – immer zog der Alltag so rasch wieder ein, als hätten die Menschen mit Begriffen wie »Teilung«, »Aufstand« oder »Hinrichtung« von klein auf zu leben gelernt. Was immer das Wort »Überlebenskunst« bedeuten mag, die Warschauer konnten ein Lied davon singen. Es war eine Art Heldentum, die sie auch während der Nazizeit an den Tag legten.

Nicht anders ging es in der Familie Szczypiorski zu: Jeder lebte nach wie vor sein eigenes Leben, was nicht zuletzt bedeutete, daß der Kontakt zwischen Andrzej und seinen Eltern, vor allem seinem Vater, kaum enger geworden war. Der Vater war weiterhin politisch engagiert – er gehörte der Landesvertretung der Londoner Exilregierung an –, der Sohn hingegen war eifriger Teilnehmer des konspirativen Unterrichts. Er kam sich dadurch fast wie ein richtiger Soldat vor. Sein Tag hatte mindestens zwölf Stunden, denn der Unterricht fand in Privatwohnungen in der ganzen Stadt statt: Da gab es die Polnischstunde, dort die Mathematikstunde, noch woanders den Unterricht in Geographie oder Geschichte. Immer in kleinen Gruppen, die aus fünf oder sechs Schülern bestanden, und unter Wahrung strengster Vorsichtsmaßnahmen. Die Lehrer bekamen kein Gehalt, nur Essen und gelegentlich etwas Geld von den Eltern.

Der Reichsführer SS, Heinrich Himmler, hatte die Vorstellung, daß die Schulbildung der polnischen Bevölkerung sich auf vier Klassen Grundschule beschränken sollte. Der Unterricht hatte nur aus einfachem Rechnen bis höchstens 500, dem Schreiben des Namens und der Lehre zu bestehen, daß es ein göttliches Gebot sei, ehrlich, fleißig, brav und den Deutschen gehorsam zu sein. Lesen hielt Himmler nicht für erforderlich. Die Polen taten also alles, um im Untergrund das eigene zerstörte Bildungssystem so schnell wie möglich wieder in Gang zu setzen. Die Bedingungen waren alles andere als einfach: Die ersten Kriegsjahre waren eine Zeit, in der die gebildete Schicht der polnischen Bevölkerung unerbittlich verfolgt wurde – erst später sollten die Juden zu den Hauptopfern der nazistischen Vernichtungspolitik werden. In Warschau gab es täglich Razzien und Verhaftungen, und vor den Toren der

Stadt, im Wald von Palmiry, fanden immer wieder Massenexekutionen statt, bei denen Tausende von Juristen, Ärzten, Lehrern, Künstlern, Wissenschaftlern sowie fast alle bekannten Persönlichkeiten des polnischen öffentlichen Lebens ums Leben kamen. Trotzdem formierte sich sehr schnell ein Untergrundstaat, zu dem auch ein gut organisiertes Geheimschulwesen gehörte.

Außer der Teilnahme am illegalen Unterricht hatte Andrzej Szczypiorski noch eine andere Verpflichtung: Er war weiterhin Meßdiener in der benachbarten Kapuzinerkirche. Doch am 27. Juni 1941, ein paar Tage nachdem Hitler die Sowjetunion angegriffen hatte, kam es zu einem Zwischenfall, der sein seelisches Gleichgewicht völlig zerstörte: Seine geliebten Kapuziner wurden verhaftet und nach Auschwitz verschleppt. Sogar dem aus Ostpreußen stammenden Pater Anicet, der besser Deutsch als Polnisch sprach und sich dennoch, als ihm die Volksliste vorgelegt wurde, für das Polentum entschied, blieb dieses Schicksal nicht erspart. Andrzej fühlte sich nicht nur allein gelassen, er verlor, wie er später immer wieder beteuerte, seinen Glauben: Wenn Gott es zulassen konnte, daß seine eigenen Priester von Hitler dermaßen grausam behandelt wurden, dann war Hitler offenbar stärker als Gott, also lohnte es nicht, an ihn noch weiter zu glauben. Erst als Erwachsener war er imstande, seine damalige Reaktion zu überdenken: »Der beste Beweis für meine religiöse Oberflächlichkeit damals ist die Tatsache, daß ich keine andere Kirche, keinen anderen Priester suchte, um weiter ein frommer Meßdiener zu sein. Die Kirche verschwand für lange Jahre aus meinem Leben.«[5]

Glücklicherweise fand er kurze Zeit später einen Ersatz für den verlorenen Glauben: die Literatur. Er lernte zufällig eine Dame kennen, die eine private Leihbibliothek betrieb. Die Bücherei war alt, verstaubt und enthielt hauptsächlich deutsche und russische Titel: Werke von Thomas und Heinrich Mann, von Rilke, Hölderlin, Döblin und Fontane, von Arnold und Stefan Zweig, von Tolstoi und Tschechow. Diese Bücher lieh nun die betagte Eigentümerin ihrem jungen Freund. Sie wurde zu seinem Mentor in Sachen Literatur – mit dem Ergebnis, daß er von jetzt an fast nichts anderes tat außer Lesen. Er trug immer ein Buch bei sich und las überall, zu Hause, in der Straßenbahn, in den Parks und vor allem auf einer Bank am Traugutt-Platz, auf der er unzählige Stunden zu jeder warmen Jahreszeit verbrachte.

Besonders deutlich konnte er sich später an den Frühherbst 1941 erinnern, in dem er Tag für Tag auf dieser Bank unweit der Warschauer Zitadelle saß und Thomas Manns *Buddenbrooks* las: das erste Buch, das die alte Dame ihm empfohlen hatte. In der Zitadelle befand sich eine deutsche Militärgarnison, deren Panzer und Kanonen stets auf das okkupierte Warschau gerichtet waren. Und unterhalb des Hügels, inmitten einer Grünfläche, auf der sich die Bäume langsam herbstlich verfärbten, saß er, ein dreizehnjähriger Junge, der in eine Welt eintauchte, in der es keine Massaker, Razzien und Deportationen, keine Vernichtung und Verzweiflung gab, sondern den Hufschlag der Pferde auf dem Lübecker Pflaster, das alte, weitläufige Haus der Familie Buddenbrook in der Mengstraße, den Sonnenuntergang, der meistens nachmittags auf den Bildern in ihrem »Landschaftszimmer« herrschte und mit dem so gut »der gelbe Überzug der weißlackierten Möbel und die gelbseidenen Gardinen vor den beiden Fenstern übereinstimmten«.[6]

Bis dahin hatte er über die deutsche Literatur nur sehr wenig gewußt. Er mußte zwar in der Schule Goethes *Faust* und Schillers *Räuber* lesen, doch es war nur eine verhaßte Pflichtlektüre. Jetzt war er in diese Literatur richtig verliebt – und damit in das Deutschtum, das er in all den Büchern fand. Er las auch die Klassiker der russischen Literatur, Dostojewski, Tolstoi, Tschechow. Doch er war von der Realität, die er nun aus den Werken deutscher Autoren kannte, so fasziniert, daß er sogar Tolstoi für einen Deutschen hielt. Dank der deutschen Literatur, vor allem dank Thomas Mann und seinen *Buddenbrooks*, begriff er einen feinen, aber überaus wichtigen Unterschied: Jemand wie Konsul Buddenbrook war ein richtiger Deutscher – die Nazis waren nur Karikaturen. »Ein richtiger Deutscher schritt in

Gehrock und Monokel einher, er bewegte sich gewöhnlich voller Würde, denn er war stets ein älterer Herr, belesen, gebildet, zerstreut, zurückhaltend, manchmal auch ein wenig unsympathisch, weil er andere von oben herab behandelte. Und genau dieser echte Deutsche war zum Gespött und zur Witzfigur von Seiten jener Deutschen geworden, die dick und ordinär, brutal und stumpfsinnig, kraftbesessen und blutrünstig waren.«[7]

Ein richtiger Deutscher erinnerte auch ein wenig an seinen eigenen Vater und an andere Herren aus der Warschauer Oberklasse. Sie alle waren gebildet und belesen, weltgewandt und mehrsprachig, elegant und von tadellosen Manieren. Wie überall im Europa jener Zeit. Wie in Wien, Paris oder Budapest. Deshalb stand ihm ab jetzt nicht nur Konsul Buddenbrook nahe, sondern auch Professor Unrat aus Heinrich Manns gleichnamigem Roman. Er nahm sich das Schicksal des alten Unrat genauso zu Herzen wie alles, was um ihn herum passierte, etwa die Verfolgung seiner jüdischen Schulkameraden. Er wußte zwar, »daß dies nicht gerecht war, denn meine Kameraden hatten viel mehr Mitleid verdient, aber es ist nun einmal so, daß die Literatur den Menschen stärker beeinflußt als seine eigene Wirklichkeit, die zum Greifen nahe ist.«[8] Er las damals auch *Der Untertan* von Heinrich Mann. Und trotz seines jungen Alters begriff er auf einmal, daß in Deutschland längst vor der Machtübernahme durch Hitler etwas Ungutes vor sich gegangen war: »Es war das für einen Polen erstaunliche Klima intellektueller Trägheit, aber auch der Angst vor der individuellen Freiheit, das den Geist über Jahrzehnte lähmte.«[9]

Irgendwann genügte ihm die Leihbücherei der alten Dame nicht mehr, er hatte alles, was er dort finden konnte, bereits verschlungen. Er durchstöberte die Bibliothek seines Vaters, die zwar sehr umfangreich war, aber nur wenige belletristische Werke enthielt. Adam Szczypiorski war ein Mann der Wissenschaft und besaß vor allem wissenschaftliche Bücher. Als nächste war also die Leihbücherei eines Herrn Kozłowski in der Krakauer Vorstadt dran. Andrzej las alles, was ihm gerade in die Hände fiel, ohne jeden Plan, ein Buch nach dem anderen. Bis er schließlich anfing, eigene Geschichten zu erfinden. Seit der Begegnung mit der Literatur im Polnischunterricht von Professor Rygier wollte er schreiben. Er hatte damals sogar einen »historischen Roman« verfaßt, doch es war wohl noch nicht das Wahre: Der Roman spielte im 14. Jahrhundert und handelte, soweit er sich später erinnern konnte, von irgendwelchen Rittern, die am Lagerfeuer saßen und gebackene Kartoffeln aßen. Als Elfjähriger legte er nun mal mehr Wert auf Behaglichkeit als auf historische Tiefe.

Diesmal aber waren seine literarischen Versuche von viel reiferer Natur, denn sein schriftstellerischer Drang ging auf die Verhaftung seiner geliebten Kapuziner zurück. Er wollte so mit jener »weltanschaulichen Krise« fertig werden, in die sie ihn gestürzt hatte. »Es war eine Empörung, eine Art gotteslästerlicher Streit«, würde er Jahre später bei der Verleihung des deutschen Katholikenpreises sagen. »Meine Zweifel erwuchsen fraglos aus einem recht oberflächlichen Jugendglauben, aber auch aus der Eitelkeit. Gerade die Eitelkeit war es, die mir Beziehungen zur Literatur einflüsterte. Immerhin schuf ich dort meine eigenen Welten und bevölkerte sie mit eigenen Gestalten, die ich nach meinem eigenen Bild und Gleichnis ins Leben rief.«[10] Sowohl der Roman als auch die Geschichten, die er später als unbeschreibliche Dummheiten abtat, sind leider verschollen.

Und es gab noch etwas, was seine literarischen Ambitionen anspornte: Im Jahre 1941 gewann er zwei neue Freunde, die um einige Jahre älter waren und für ihn schnell zu literarischen Autoritäten wurden. Der eine hieß Alfred Rogalski und schrieb gerade an einem düsteren Roman, der den Titel *Der weite Norden* trug und vor dem Hintergrund des Kriegsausbruchs spielte. Szczypiorski porträtierte ihn später mehrmals in seiner Prosa und schrieb das Vorwort zu eben diesem Roman, der erst Anfang der siebziger Jahre wiedergefunden und publiziert wurde. Der Name des anderen lautete Adam Mauersberger. Ihn behielt Szczypiorski als einen richtigen Intellektuellen und einen großen Kenner der polnischen und französischen Literatur in Erinnerung. Er wurde zu seinem neuen Mentor, der ihm nicht nur sagte, welche Bücher er lesen sollte, sondern auch die ersten Kontakte zu der Warschauer Literaturszene verschaffte.

Darüber hinaus hatte er einige Freunde, die zwar aus guten Familienverhältnissen stammten, aber einen entschieden lockereren Lebensstil bevorzugten. Intellektuelle Dispute waren nicht ihr Ding, um so mehr das Bridgespielen und der Umgang mit hübschen Mädchen. Andrzej verkehrte nun regelmäßig in diesen zwei völlig voneinander getrennten Welten und fühlte sich in beiden gleichermaßen wohl: An ungeraden Wochentagen war er Gast bei Adam Mauersberger in der noblen Senatorska-Straße und führte anspruchsvolle Gespräche über Mallarmé und Rimbaud, an den geraden spielte er Karten in verqualmten Hinterzimmern und übte sich in der Kunst der Verführung. Die eine Welt machte aus ihm einen Intellektuellen, die andere einen erwachsenen Mann, und er genoß es sehr, mal mit dem einen, mal mit dem anderen Image anzugeben.

Die beiden Cliquen, die »Literaten« und die »Kartenspieler«, kamen nur ein einziges Mal miteinander in Berührung: Es war im November 1942. Die Familie Szczypiorski saß gerade in der Küche, im Licht einer Gaslampe, als jemand heftig an die Tür klopfte. Eine Minute später war der Raum voller Deutscher. Andrzej verstand nicht, was sie wollten, denn er konnte zu dem Zeitpunkt noch kein Deutsch, aber ihr plötzliches Eindringen versprach nichts Gutes. Nach zwei Stunden waren sie verschwunden, doch zuvor forderten sie Professor Szczypiorski auf, am nächsten Morgen um neun Uhr ins Gestapo-Hauptquartier zu kommen. Kaum waren sie gegangen, ließ dieser einen Notar kommen und schrieb seinen Letzten Willen. Dann gab er Andrzej eine goldene Taschenuhr, die seit Generationen vom Vater auf den Sohn überging, und erklärte ihn mit ruhiger, gefaßter Stimme zum neuen Familienoberhaupt. Am nächsten Morgen ging er ins Gestapo-Quartier, und Andrzej und seine sofort verständigten Freunde aus beiden »Lagern« fingen an, die wichtigsten Sachen aus der Wohnung zu schaffen. Die beiden sonst so unterschiedlichen Gruppen waren blitzschnell zu einer Handvoll junger Männer zusammengeschmolzen, die einem Freund in Not halfen. Gegen Abend war ihre Aktion weitgehend beendet. Kurze Zeit später kam Professor Szczypiorski vom Verhör zurück.

Literaturgespräche und Kartenspielen waren nicht die einzigen Beschäftigungen, die jungen Männern im okkupierten Warschau offenstanden. Schon zu Beginn des Krieges war auf dem Gebiet des »Generalgouvernements« ein militärischer Untergrund entstanden, der anfangs recht willkürliche Formen hatte – er setzte sich in erster Linie aus den untergetauchten Soldaten der geschlagenen polnischen Streitkräfte zusammen –, bald aber eine Formation hervorbrachte, die den Rest der Okkupationszeit über eine führende Rolle spielen und schließlich zu einer Legende werden sollte: die sogenannte Heimatarmee (AK – Armia Krajowa). Es war eine konspirative militärische Organisation, die durch die polnische Exilregierung in London ins Leben gerufen wurde und dieser auch bis zum Schluß unterstand. Direkte militärische Auseinandersetzungen mit den deutschen Okkupanten waren nur bedingt ihr Ziel, vielmehr stellte sie sich politische Aufgaben, so vor allem die Wiederherstellung des polnischen Staates in seinen Grenzen aus der Vorkriegszeit und mit seinem ursprünglichen Gesellschaftssystem. Anfangs waren ihre Aktivitäten also auf Spionage, Propaganda und Sabotage ausgerichtet, erst 1943 setzte ein breitangelegter Partisanenkampf ein, der schließlich ein Jahr später in der militärischen Operation »Sturm« – besser bekannt als Warschauer Aufstand – gipfelte.

Im Jahre 1942 wurde auch Andrzej Szczypiorski Soldat der Heimatarmee, da aber seine Abteilung keine Gewehre besaß, beschränkte sich sein »Kampf« auf einige Übungen im Wald. Dafür arbeitete er als Kurier: Er überbrachte mündliche Nachrichten, auch in andere Städte. Jede solche Reise war äußerst gefährlich und erforderte viel Mut und Geschick. Dies galt aber für alles, was er in den ersten Okkupationsjahren tat:

ob er am konspirativen Unterricht teilnahm, anstelle des Vaters den »Familienvorsitz« übernahm oder als Meldegänger fungierte. Es waren Situationen, die, wie man meinen könnte, die Möglichkeiten eines jungen, verwöhnten Burschen weit überstiegen, doch der Schein trog – er war bereits zu Beginn des Krieges erwachsen geworden: »Nach ein paar Monaten, in denen ich nicht genug zu essen hatte und in ständiger Lebensgefahr war, verwandelte ich mich, ähnlich wie die meisten meiner Altersgenossen, in einen vorzeitig reifen Mann.«[11]

Viertes Kapitel

Schmerzhafte Lektion

Der Ausbruch des Zweiten Weltkriegs hat dem literarischen Leben in Polen ein abruptes Ende gesetzt. Die folgenden sechs Jahre brachten nicht nur die Liquidierung aller literarischen Institutionen mit sich, sondern auch eine weitgehende Zerstörung des Schriftstellermilieus. Als wollte es an ihnen ein Exempel statuieren, traf das Schicksal besonders hart ausgerechnet jene drei Schriftsteller, in die man im Vorkriegspolen die meisten Hoffnungen gesetzt hatte: Witold Gombrowicz, Stanisław Ignacy Witkiewicz (Witkacy) und Bruno Schulz, das bereits erwähnte Dreigestirn der polnischen literarischen Avantgarde der Zwischenkriegszeit. Gombrowicz wurde vom Kriegsausbruch in Argentinien überrascht, wo er die nächsten dreiundzwanzig Jahre verbrachte, um nie wieder in die Heimat zurückzukehren, Witkiewicz verübte Selbstmord, nachdem die sowjetischen Truppen am 17. September 1939 in Polen einmarschiert waren, und Schulz überlebte zwar den Kriegsanfang, wurde dann aber ins Ghetto seiner Geburtsstadt Drohobycz deportiert, wo er 1942 auf offener Straße erschossen wurde.

Mit anderen Schriftstellern ging das Schicksal oft nicht minder grausam um. Besonders betroffen waren die Warschauer Literaten, von denen viele vor dem deutschen Überfall flohen und sich über Nacht in anderen Städten, vor allem in Lemberg und Krakau, oder gar im Ausland wiederfanden. Doch obwohl die Realien des Krieges und der Okkupation eine Weiterentwicklung der Literatur erschwerten, zeitweise gar völlig verhinderten, bildete sich im Laufe der Jahre ein literarischer Untergrund, der nicht nur an die 1700 Zeitungen und vierzig Zeitschriften hervorbrachte – die erste im besetzten Warschau wurde 1940/41 von Czesław Miłosz und Jerzy Andrzejewski herausgegeben –, sondern auch weit über tausend Buchpublikationen. (Den Anfang machte ebenfalls Miłosz, der 1940 unter dem Decknamen Jan Syruć einen notdürftig hektographierten Band mit dem schlichten Titel *Gedichte* publizierte.)

Einen weiteren Bestandteil des literarischen Untergrunds bildeten literarische Salons, auch wenn sie nicht immer das waren, was man üblicherweise unter dieser Bezeichnung versteht. Die Zahl der jeweiligen Teilnehmer beschränkte sich aus Sicherheitsgründen auf zehn, maximal fünfzehn Personen, und man traf sich immer nachmittags, um die abendliche Polizeistunde zu umgehen. Einer der berühmtesten Salons befand sich in der Czacki-Straße und wurde von Frau Morawska, der Witwe von Professor Kazimierz Morawski, dem Vorkriegspräsidenten der Polnischen Akademie der Wissenschaften, geführt. Die Wohnung war, wie sich mancher Zeitgenosse bis heute erinnert, mit vielen kostbaren Möbeln und wertvollen Gemälden eingerichtet, was den literarischen Zusammenkünften einen besonders exquisiten Rahmen gab. Ausgerechnet in diesem Salon erlebte der junge Andrzej Szczypiorski seinen großen Tag: sein öffentliches literarisches Debüt.

Es war Ende März oder Anfang April 1943, so genau wußte er es später nicht mehr. Sein Freund Adam Mauersberger überraschte ihn mit der Nachricht, daß sie am nächsten Tag, um fünf Uhr nachmittags, bei Frau Morawska eingeladen seien, und daß er, Andrzej Szczypiorski, einige seiner Texte vortragen solle. Die Aussicht, vor einem Auditorium zu lesen, das aus mehreren literarischen Größen bestand, erschien dem Fünfzehnjährigen genug angsteinflößend. Noch schlimmer aber war die Realität, die sich dem jungen Debütanten am nächsten Tag präsentierte. Als er und Mauersberger den Salon in der Czacki-Straße betraten, war schon eine ganze Schar von Berühmtheiten versammelt: Jarosław Iwaszkiewicz, einer der legendären »Skamander«-Dichter, die unzertrennlichen Czesław Miłosz und Jerzy Andrzejewski, und vor allem Zofia Nałkowska, die Grande Dame der damaligen polnischen Literatur.

Ihren hohen Rang verdankte Nałkowska einerseits ihrer psychologischen Prosa, andererseits einer Reihe von Gesellschaftsromanen, die heute bisweilen durch ihren blumigen Stil und patriotischen Eifer irritieren, gleichzeitig aber auf eine ungewöhnliche Beobachtungsgabe und Einfühlsamkeit hindeuten. Als eines ihrer bedeutendsten Werke galt damals der Roman *Die Grenze* (1935), die Geschichte eines Bourgeois, der ein Verhältnis mit einem Dienstmädchen unterhält, und zugleich eine Studie zweier Gesellschaftsklassen: des privilegierten, moralisch aber verkommenen Bürgertums und des unterdrückten, gegen seine Lage rebellierenden Proletariats. Ihr letztes Buch aus den dreißiger Jahren, der psychologisch-philosophische Roman *Die Ungeduldigen* (1939), ging zwar im Vorkriegswirrwarr unter, wurde aber in den fünfziger Jahren neu entdeckt und gilt heute als eines der innovativsten polnischen Prosawerke der dreißiger Jahre.

Ebenso wie sie zu ihren Hauptfiguren wiederholt Frauen machte, die gegen die gesellschaftlichen Konventionen aufbegehren und von persönlicher Freiheit und erotischer Erfüllung träumen, legte sie auch im privaten Leben ihre feministische Einstellung an den Tag. Bereits 1907 erregte sie Aufsehen mit einem Vortrag auf dem Gesamtpolnischen Kongreß der Frauen, in dem sie das Ende der gesellschaftlichen Verlogenheit und die Respektierung der weiblichen Erotik forderte. Mit ebensoviel Energie arbeitete sie von Anfang an daran, ihre literarische und gesellschaftliche Position zu festigen. Sie publizierte sehr viel, nahm an unzähligen Hilfsaktionen teil und arbeitete in diversen Organisationen und Komitees mit. 1920, zwei Jahre nachdem Polen seine Souveränität wiedererlangt hatte, war sie an der Gründung des Polnischen Schriftstellerverbandes beteiligt, Ende der zwanziger Jahre wurde sie zur Vizepräsidentin des PEN-Clubs und 1933 zum – einzigen weiblichen – Mitglied der Polnischen Akademie für Literatur gewählt.

Ihr Salon war in den späten zwanziger und in den dreißiger Jahren eines der Zentren des literarischen Lebens in Warschau. In der Erinnerung von Witold Gombrowicz, einem ihrer Stammgäste, thronte sie inmitten ihrer Gäste auf einem Kanapee und »leitete das Gespräch wie die distinguierten Matronen der Vorkriegszeit«.[1] Diese leicht feierliche Art sah man ihr aber gern nach, ja man riß sich geradezu darum, von ihr eingeladen zu werden, zumal sie viel Einfluß in den Verlegerkreisen und ein untrügliches Gespür für neue literarische Talente besaß. Als sie einmal gebeten wurde, einige Erzählungen eines unbekannten Autors aus Galizien zu lesen, reagierte sie zunächst zurückhaltend. Um so größer war ihre Begeisterung nach der Lektüre des Manuskripts. Sie ließ sogleich ihre Beziehungen spielen und bewirkte, daß die Texte noch im selben Jahr in einem renommierten Warschauer Verlag erschienen. Das Buch wurde von der Kritik enthusiastisch aufgenommen, man erwog sogar seine Kandidatur für den Preis der *Wiadomości Literackie* (Literarische Nachrichten), was als Zeichen höchster Anerkennung galt. Der unbekannte Autor hieß Bruno Schulz, sein so gefeiertes Buch – *Die Zimtläden.*

An Nałkowskas Namenstagen strömte buchstäblich *toute Varsovie* in ihre Wohnung. Unvergeßlich blieb manchem die Feier von 1935, zu der sich viele hochgestellte Persönlichkeiten einfanden: Mitglieder der Regierung, Sejm-Abgeordnete und hohe Offiziere drängten sich in ihrem Salon neben berühmten Schriftstellern, Malern und Schauspielern. Der Empfang erreichte gerade seinen Höhepunkt, als die Stimmung plötzlich merklich umschlug und eine neue, seltsame Bewegung ins Gedränge kam. Immer mehr Menschen eilten zum Ausgang, zogen ihre Mäntel an und verließen die Wohnung. Mancher Dame liefen Tränen übers Gesicht. Die Nachricht verbreitete sich unter den Gästen in Windeseile: Soeben war Marschall Piłsudski, der Hoffnungsträger der jungen Zweiten Republik, gestorben.

Ein derartiger Abbruch der Würdigung ihrer Person muß Nałkowska bei aller Dramatik der Umstände irritiert haben: Sie liebte es über alles, im Mittelpunkt zu stehen. »War sie ein Snob?«, überlegte Jahre später Gombrowicz, der an diesem Abend ebenfalls anwesend war. »Dieser Vorwurf heftete sich an sie, aber ich war von den angeblichen Snobismen der Nałkowska nie überzeugt. Sie gab gern Empfänge, sie liebte die Eleganz und war selbst eine elegante Frau, eine Frau von Welt sogar; und diese in Paris so alltäglichen Züge wirkten auf gewisse Warschauer Kreise fast unanständig und provozierend. Auch vermute ich, wäre sie weniger links gewesen, hätte man sie weniger des Snobismus verdächtigt, weil Frau Zofias feine Manieren erst auf dem Hintergrund ihrer Lebensorientierung so grell hervorstachen. Generell muß man sagen, daß diese Frau weder nach Warschau noch nach Polen paßte, ihr Platz war Paris, jedenfalls Westeuropa.«[2]

Diese legendäre Schriftstellerin war es also, vor der Andrzej Szczypiorski sein Debüt geben sollte. Es war vereinbart, daß er drei Erzählungen lesen würde, doch nachdem er zwei von ihnen – mit den Titeln *Duncan* und *Die Kerze* – vorgetragen hatte, sah er plötzlich, wie Jarosław Iwaszkiewicz, der einen Sessel direkt vor ihm okkupierte und offensichtlich eine führende Rolle für sich beanspruchte, seinem Freund Mauersberger etwas ins Ohr flüsterte, woraufhin dieser ihm ein Zeichen gab, daß er den dritten Text auslassen solle. Diesen abrupten Abbruch seines Vortrags empfand Szczypiorski als eine niederschmetternde Niederlage. Selbst die Komplimente von Nałkowska, die als erste auf ihn zukam – sie bot ihm hausgemachte Kekse an und verkündete, er würde sie irgendwie an Rainer Maria Rilke erinnern –, konnten ihn nicht über dieses Gefühl hinwegtrösten. Ganz im Gegenteil: Hätte man ihn zu Ende lesen lassen, hätte er ihre Aufmerksamkeit besonders genossen. Da man aber von seinem Vortrag offensichtlich genug hatte, verstärkten diese Nettigkeiten – die mütterliche Geste, mit der sie ihm das Gebäck in den Mund schob, der an den Haaren herbeigezogene Vergleich mit Rilke – nur seine Niedergeschlagenheit.

Doch dann kamen ein paar weitere Personen auf ihn zu: Die

Gastgeberin und einige andere Damen, die den künftigen Schriftsteller aus der Nähe betrachten wollten. Czesław Miłosz, der ihn beglückwünschte. Jerzy Andrzejewski, der sich ebenfalls positiv äußerte und ihn gleich einlud, in ein paar Wochen zu ihm zu kommen: Er würde aus seinem neusten Roman lesen. Szczypiorski war überglücklich, das anfängliche Gefühl der Niederlage hatte sich verflüchtigt. Was bedeutete schon eine ungelesene Erzählung, wenn alles darauf hindeutete, daß er gerade in den Kreis der ernstzunehmenden Literaten aufgenommen wurde. Dennoch war seine literarische »Karriere« nach dem Auftritt im Salon der Frau Morawska erst einmal beendet, zumal bald Ereignisse folgten, durch die sein seelisches Gleichgewicht zutiefst gestört wurde.

Wenige Tage später, am 19. April 1943, brach der Aufstand im Warschauer Ghetto aus. An jenem Tag sollte unter der Leitung des SS-Gruppenführers Jürgen Stroop die Liquidierung des Ghettos beginnen, die dort verbliebene jüdische Bevölkerung – ca. 60000 Menschen – zusammengetrieben und nach Treblinka abtransportiert werden. Doch die SS-Truppen stießen auf unerwartet großen Widerstand. Drei Wochen lang wurden sie von ca. 1200 jüdischen Kämpfern, Mitgliedern der Jüdischen Kampforganisation (ŻOB – Żydowska Organizacja Bojowa) und des Jüdischen Militärverbandes (ŻZW – Żydowski Związek Wojskowy), in Schach gehalten. Es waren meist junge Männer und Frauen – ihr Anführer war der vierundzwanzigjährige Mordechai Anielewicz –, deren ganzes Waffen-Arsenal aus Pistolen, Granaten und selbstgebastelten Granatwerfern bestand. Nach der Niederschlagung des Aufstands ließ Stroop das gesamte Ghetto dem Erdboden gleichmachen. Bis auf einzelne Kämpfer und Zivilisten, denen es gelang, durch Abwässerkanäle auf die »arische« Seite zu flüchten, wurden alle überlebenden Bewohner im Vernichtungslager Treblinka umgebracht.

Von der polnischen Seite erfuhren die Aufständischen nur eine geringe Unterstützung. »Dies belastet bis heute unser Gewissen«, schrieb dazu Jahre später Jan Józef Lipski, der hochangesehene Publizist, der seinen Landsleuten immer wieder unbequeme Wahrheiten sagte. »Vor allem sollten wir alle, die wir den Zweiten Weltkrieg in Warschau erlebten, nicht vergessen, daß wir in diesen letzten Stunden des Kampfes und der Vernichtung die Todgeweihten nicht aktiv verteidigt haben.«[3] Die inländische Vertretung der Londoner Exilregierung habe zwar nicht das moralische Recht gehabt, zur Unterstützung der kämpfenden Juden aufzurufen und dadurch die Ausweitung der Vernichtung auf die ganze Bevölkerung Polens herbeizuführen. Dennoch »blieben Scham und Gewissensbisse, wie stets, wenn wir uns aus Sorge um die eigene Haut ohne aktiven Widerspruch mit einem Verbrechen abfinden, das in unserer nächsten Nähe geschieht«.[4]

Solche Ermahnungen hatte Andrzej Szczypiorski schon zum Zeitpunkt des Geschehens nicht nötig: Er nahm sich den Ghettoaufstand in einem Maße zu Herzen, das er bis dahin kaum erlebt hatte. Es war ähnlich wie damals, als seine geliebten Kapuziner verhaftet worden waren. Auch jetzt kam es ihm so vor, als würde seine Welt zusammenbrechen, und dieses Gefühl erfüllte ihn mit Verzweiflung und Wut. Hinter der Mauer kämpften die Warschauer Juden ihren einsamen, hoffnungslosen Kampf, und er, der bis dahin nichts anderes als ihre selbstverständliche Anwesenheit gekannt hatte, schaute dem ohnmächtig zu. Um so größer war seine emotionale Anteilnahme. Er hielt sich immer wieder in der Nähe des Ghettos auf, lief an der Mauer entlang, versuchte, so viel wie möglich von dem Geschehen dahinter mitzubekommen. Das Ausmaß der Vernichtung war ihm zwar noch nicht bewußt – daß etwa von seinen Schulkommilitonen jüdischer Herkunft nur ein einziger überlebt hatte, erfuhr er erst nach dem Krieg –, dennoch empfand er den Ghettoaufstand als sein persönliches Drama.

Schon bald sollte er ein einzigartiges Nachspiel erleben. An einem Tag im Mai fuhr er in die Wohnung von Jerzy Andrzejewski, um der angekündigten Lesung beizuwohnen. Es war ein warmer Nachmittag, die Sonne schien, der Himmel war strahlend blau. Die Wohnung befand sich im Stadtteil Żoliborz, ca. fünf Kilometer vom jüdischen Bezirk entfernt. Einige Tage zuvor war der Aufstand niedergeschlagen worden. Das Ghetto brannte noch, man konnte die Flammen vom Balkon aus sehen. In der Luft hing der Brandgeruch. Währenddessen las Andrzejewski seinen Gästen aus seinem neuen Roman vor. Er hieß *Karwoche* (später erschien er auf deutsch als *Warschauer Karwoche*) und war eine literarische Widerspiegelung des soeben Geschehenen. Die Handlung – die Geschichte eines Ehepaares, das eine junge Jüdin bei sich aufnimmt und an diesem Rettungsversuch zugrundegeht – spielte vor dem Hintergrund des Ghettoaufstands, die Zeit der Handlung war auf die Passionswoche beschränkt, und die Erzählweise hatte nahezu den Charakter eines dokumentarischen Berichts. All das gab dem Roman eine einmalige, beklemmende Aura.

Szczypiorski hörte dem Vortrag des älteren Kollegen wie gebannt zu. Er war begeistert und entsetzt zugleich. Was für ein Zynismus steckte doch in der Kunst! Statt die Sterbenden zu betrauern, nahm sich jemand die Freiheit, auf Distanz zu gehen und die Tragödie, die sich vor seinen Augen abspielte, exakt zu beschreiben. Dort stand das Ghetto in Flammen, hier bekam man zu hören: »Die Brände fraßen sich immer tiefer in das Ghetto ein. In das Feuer und den Rauch klatschten ununterbrochen die Schüsse. Ständig hörte man das trockene Knacken der Maschinenpistolen und Maschinengewehre. Jetzt begannen auch Razzien nach den Juden in der Stadt. Vereinzelten Juden war es nämlich gelungen, zu verschiedenen Zeiten und von verschiedenen Stellen aus, den Mauern zu entfliehen. Verstärkte deutsche Gendarmeriepatrouillen mit der ›blauen‹ polnischen und der ukrainischen Miliz spürten den Flüchtigen auf allen Straßen nach.«[5]

Zu diesem Zeitpunkt wußte Szczypiorski noch nicht, daß er bald selbst eine derartige Situation erleben würde: Im Oktober oder November 1943 – es war eben die Zeit, in der die Deutschen besonders eifrig nach überlebenden Juden suchten – mußten er und seine Eltern eine Hausdurchsuchung über sich ergehen lassen. Sie waren als Juden denunziert worden, und die Deutschen kamen in ihre Wohnung, um den Hinweis zu überprüfen. Er und sein Vater kamen glimpflich davon – allerdings nicht ohne ihr »Arischsein« beweisen zu müssen –, doch seine Mutter, die schwarzes Haar hatte, wurde verhaftet und verbrachte zehn Tage im Keller des Warschauer Gestapo-Quartiers. Erst nachdem die Familie eine hohe Geldsumme bezahlt hatte, wurde Frau Szczypiorska freigelassen. Später erzählte sie von diesem Zwischenfall mit viel Humor und Nonchalance. Bei aller Zartheit besaß sie ungewöhnlich viel Mut.

An jenem Maitag in Andrzejewskis Wohnung dachte Szczypiorski aber nicht über den Charakter seiner Mutter nach. Er überlegte vielmehr, wie jemand beschaffen sein müsse, der imstande sei, seine Mitmenschen sterben zu sehen und dabei an sein schriftstellerisches Handwerk, an die Wortwahl und den Satzbau, zu denken. Würde er selbst so etwas zustande bringen? Mußte man nicht unmenschlich sein, um eine Szene zu schildern, in der »über einen verlassenen Platz oder eine plötzlich von Menschen entblößte Straße ein gebückter, einsamer Mann lief. Bald erreichten ihn die Salven der Gewehre. Er fiel aufs Trottoir. Dann kam die Gendarmerie auf Fahrrädern zu dem Liegenden, und die ukrainische Miliz in grüner Uniform lief herbei. Wer noch lebte, wurde zur Strecke gebracht.« Und um im Anschluß daran seelenruhig festzustellen: »Vor den Kirchen drängten sich Menschenmassen. Man eilte zu den Karfreitagsgräbern. Es war der schönste Frühling der Welt.«[6]

In Szczypiorskis Augen entpuppte sich die Schriftstellerei auf einmal als eine teuflische Erfindung. Doch dann kam ihm eine neue Reflexion: Das Ghetto existierte nicht mehr, doch diese Erzählung würde im menschlichen Bewußtsein weiterleben. Keine der kommenden Generationen werde sich dem Bild der sterbenden Juden entziehen können, denn jeder Mensch, der in Zukunft diese Geschichte lesen werde, werde aus ihr die Wahrheit erfahren. Also solle man sich womöglich die Frage stellen, was wichtiger sei: die Tränen der jüdischen

Kinder oder die Arbeit eines begabten Schriftstellers. Vielleicht sei Andrzejewski doch kein Zyniker, kein gewissenloser Scharlatan, sondern ein Genie? Dieses Dilemma, behauptete Szczypiorski Jahre später, sei die wichtigste und tiefste literarische Erfahrung seines Lebens gewesen.

Für das emotionale Gleichgewicht des Fünfzehnjährigen war es allerdings eine zu harte Probe. Im Juni 1943 wurde er schwer krank; er bekam eine eitrige Blinddarmentzündung mit dem Durchbruch in die Bauchhöhle, die ihn beinahe das Leben gekostet hätte. Er war tagelang bewußtlos, und es dauerte viele Wochen, bis er zu sich kam. Die Ärzte hielten seine Genesung für ein Wunder. Seine Mutter erzählte ihm später, daß er im Fieber oft geschrieen habe, und daß es dabei oft um »Flammen« und »Brand« gegangen sei. Als das Schlimmste überstanden war, mußte er das Gehen neu lernen. Danach kam er sich wie ein anderer Mensch vor: Er wurde viel ernster und nachdenklicher. Er fing wieder an zu schreiben, doch die Texte, die er jetzt verfaßte, waren ganz anders als die beiden Erzählungen, die er im Salon der Frau Morawska vorgelesen hatte. Sie klangen viel zarter, stimmungsvoller. Vor allem behielt er eine Geschichte in Erinnerung, die lyrische Beschreibungen eines sonnenüberfluteten Zimmers enthielt: Dieser Stil war ihm früher fremd gewesen.

Die Krankheit wurde in seinen Augen zu einer Art Zäsur. Sie war es, die den Ghettoaufstand, an dem er nicht hatte teilnehmen können, für ihn doch noch zu einer eigenen Erfahrung machte. In seinem Bewußtsein nämlich hatte sich das eine mit dem anderen so stark verwoben, daß er den Untergang der Warschauer Juden wie seinen eigenen Tod empfand. Hinzu kam, daß der Winter, der auf seine Genesung folgte, ihm wie eine einzige dunkle Nacht vorkam. Er arbeitete damals als Helfer in einer Schlosserwerkstatt. Um pünktlich um sechs bei der Arbeit zu sein, mußte er jeden Tag um vier Uhr morgens aufstehen, der Raum, in dem er sich die meiste Zeit aufhielt, war mit einer einzigen schwachen Glühbirne ausgeleuchtet, und der kahlköpfige Riese, dem er zuarbeiten sollte, ließ ihn bei jeder Gelegenheit seine Abneigung gegen die Intellektuellen spüren. Die Zeit war eine einzige Tortur, die seine Untergangsstimmung noch vertiefte.

Und es gab noch etwas, was in seinen Augen die Vernichtung des Ghettos zu einem persönlichen Erlebnis machte: das Verschwinden von Józef Feldman. Es war ein ehemaliger Schüler seines Vaters, der sich vor dem Ausbruch des Aufstands in der Wohnung der Szczypiorskis versteckt hatte. Eines Tages ließen die Deutschen bekanntgeben, daß alle Juden, die bereit seien, nach Portugal auszureisen, sich im »Hotel Polski« melden sollten. Obwohl Andrzejs Eltern eine Falle witterten und ihren Untermieter vor diesem Schritt warnten, ging Feldman auf das »Angebot« der Nazis ein und ließ sich freiwillig abtransportieren. Er schickte sogar eine Postkarte aus der deutschen Stadt Stendal, damit seine einstigen Beschützer sehen konnten, daß seine Entscheidung richtig gewesen sei. Doch die Reise ging nicht nach Portugal – er wurde nach Auschwitz gebracht und dort ermordet. Das erfuhr Szczypiorski allerdings erst nach dem Krieg. Damals, im Jahre 1943, wußte er lediglich, daß Feldman nicht mehr da war, und sein Verschwinden verstärkte noch das Gefühl, das er durch die Niederschlagung des Ghettoaufstands ohnehin schon hatte: Es kam ihm so vor, als sei er nach seiner Krankheit in eine völlig neue Welt hineingeboren worden – eine Welt, in der es unbegreiflicherweise keine Juden gab.

Jahre später, als all diese Emotionen abgeklungen waren, konnte er besser einschätzen, welchen Wert ein Buch wie Jerzy Andrzejewskis *Karwoche* doch hatte. Denn so merkwürdig das klingt: Der Aufstand der Warschauer Juden hat nur wenige literarische Überlieferungen gefunden. Vielleicht war es eben diese Scham, von der Jan Józef Lipski in seinem Aufsatz sprach, die nichtjüdische Autoren davon abhielt, sich mit dem Ghettoaufstand auseinanderzusetzen. Und unter den Juden gab es kaum jemanden, der imstande gewesen wäre, ein literarisches Zeugnis abzulegen, weil man ihn nicht überlebt oder an ihm nicht teilgenommen hatte. So blieb das Thema, bis auf wenige Ausnahmen, lange Zeit tabuisiert. Erst in den siebziger Jahren entschied sich Marek Edelman, ein bekannter Herzchirurg und gleichzeitig der letzte überlebende Anführer des Aufstands, sein Schweigen zu brechen, und ließ sich auf ein Gespräch mit der Warschauer Reporterin Hanna Krall ein. Das Ergebnis war die aufsehenerregende literarische Reportage *Schneller als der liebe Gott* (1977), die der Autorin zu einem internationalen Durchbruch verhalf.

Die Einzigartigkeit des Werks bestand zum einen in seiner Form – Krall wechselte ständig zwischen zwei Zeitebenen und ließ den jungen Aufständischen neben dem erfolgreichen Kardiologen erscheinen –, zum anderen in dem einzigartigen, sarkastisch-nüchternen Ton: Edelman berichtete über das erlebte Grauen mit atemverschlagender Sachlichkeit und Selbstironie. In diesem Ton hatten beide sofort ihre gemeinsame Chance erkannt. Nur so konnte nämlich das gelingen, was unmittelbar nach dem Geschehen zum Fiasko geraten war. Damals hatte man Edelman vor eine Kommission gestellt, die seinen Bericht über den Aufstand hören wollte. Also schilderte er in knappen Worten dessen Ablauf, hob dabei sogar die militärischen Fähigkeiten der Deutschen hervor, und verstummte. Das war ein Fehler: »Voller Haß, mit Pathos, schreiend«[7] hätte er berichten sollen, wie es sich für einen Helden gehört. Er konnte aber nicht schreien, und es war auch kein Pathos in ihm. Zum Helden eignete er sich folglich kaum.

Dann aber tauchte Hanna Krall auf, eine verständnisvolle Zuhörerin, fast eine Art Komplizin. Denn auch sie trug ein Stück jüdischer Vergangenheit in sich, auch sie hatte eine eigene Philosophie des Todes, der Gerechtigkeit, des Auserwähltseins. Dank ihr war es auf einmal möglich, all das auszudrücken, wofür sich dreißig Jahre lang keine Worte gefunden hatten. Es galt nur, sich an die einmal gewählten Gesprächsregeln zu halten. Und die lauteten: jegliche Sentimentalität vermeiden, sachlich und am besten eben selbstironisch bleiben. So ließ sich am besten der Sinn des Aufstands erklären – durch negatives Pathos: »Die Menschheit hatte ja die Vereinbarung getroffen, mit der Waffe in der Hand zu sterben sei schöner als ohne.«[8] Und darum war es ja im Ghetto gegangen: um das Recht, von der dort einzig existierenden Freiheit Gebrauch zu machen – der Freiheit, die Art des Todes zu wählen.

Irgendwann wurde die Vernichtung der polnischen Juden auch zum festen thematischen Bestandteil von Andrzej Szczypiorskis Prosa. Und auch dies hatte mit Sentimentalität wenig zu tun. Es sei für ihn, betonte er immer wieder, nicht die Frage des schlechten Gewissens, sondern die des Gedächtnisses: Da er seine Erinnerung als die wichtigste Quelle seiner Literatur ansehe, seien die Juden die ersten, denen er begegne, wenn er in den dunklen Raum seines Gedächtnisses eintauche. Er sei zwar dabei nicht frei von Schuldgefühlen, aber nicht im Sinne seiner persönlichen Schuld, sondern in dem der menschlichen Schuld im allgemeinen. Europa habe sich als zu schwach, zu träge, zu gleichgültig und zu käuflich erwiesen, um den Untergang der jüdischen Welt zu verhindern. Und um eben daran zu erinnern, räume er diesem Thema so viel Platz in seiner Literatur ein.

Fünftes Kapitel

Nur Asche, kein Diamant

Es war an einem heißen Tag in der letzten Dekade des Juli 1944. Der sechzehnjährige Andrzej Szczypiorski stand an einer der Hauptstraßen Warschaus inmitten einer Menschenmenge und schaute dem Rückzug deutscher Soldaten zu. Sie waren schmutzig und erschöpft, es gab viele Verwundete. In ihren Gesichtern war keine Spur von der alten Siegesgewißheit, nur noch Angst, Hilflosigkeit, Schmerz. Er habe nie in seinem Leben, wird er sich Jahre später erinnern, eine solche Genugtuung empfunden wie damals, beim Anblick dieser besiegten und gedemütigten Männer. Noch vor einer Woche hatten sich die Deutschen ganz anders verhalten. Trotz der Niederlagen an der Front hatten sie sich im okkupierten Warschau nach wie vor als Herren der Lage gefühlt. Es gab weiterhin Exekutionen und Verhaftungen, es gab Razzien, denen unschuldige Menschen zum Opfer fielen, es gab Straßenpatrouillen, denen die Passanten schnell aus dem Weg gingen, weil allein der Blickkontakt mit den Soldaten den Tod bedeuten konnte.

Doch jetzt auf einmal war alles anders. Jetzt waren die Deutschen die Schwachen und Gejagten, die panikartig umherliefen, ihr Hab und Gut zusammenpackten und Spuren ihres verbrecherischen Waltens verwischten. Von außen drangen Nachrichten, daß die Sowjets blitzschnell vorrücken und jeden Augenblick Warschau erreichen würden, und um sie herum war die feindliche Stadt, die mit schweigender Genugtuung ihrem fieberhaften Rückzug zuschaute. Nun war es ihnen endlich klar, daß ihre endgültige Niederlage nur noch eine Frage der Zeit war. Ende Juli versuchten sie sich zwar einmal mehr als strenge Besatzer und ließen überall in der Stadt die Bekanntmachung an die Mauern kleben, daß sich hunderttausend Männer zum Errichten von Schützengräben melden sollten, doch es fand sich niemand, der diesen Befehl befolgte. Statt dessen brachen am 1. August in der ganzen Stadt erbitterte Kämpfe aus: Der Warschauer Aufstand begann.

Diese längste und folgenschwerste Erhebung in der Geschichte der polnischen Hauptstadt war, wie heute allgemein bekannt, ein militärischer Kraftakt und ein politischer Seiltanz in einem. Denn es ging nicht allein um den Kampf gegen die Deutschen und um die Befreiung der Hauptstadt. Auf dem Spiel stand auch die politische Zukunft des Landes. Nicht zufällig wurde später so oft die Frage gestellt, gegen wen der Aufstand in erster Linie gerichtet war: gegen die Deutschen als Besatzer oder die Sowjets als ungeliebte Befreier. Vermutlich gingen die diesbezüglichen Meinungen schon damals auseinander, dennoch hatte die polnische Exilregierung, die von London aus den Befehl zum Beginn des Aufstands gab, allen Grund, auf einen Sieg zu hoffen. Die Rote Armee befand sich nur noch fünfzehn bis zwanzig Kilometer von Warschau entfernt, die Wehrmacht erlitt an der Ostfront eine Niederlage nach der anderen, die Aufständischen waren verhältnismäßig gut vorbereitet. Ihre Ausrüstung ließ zwar zu wünschen übrig, doch es waren überwiegend junge, enthusiastische Männer, die es kaum erwarten konnten, gegen die verhaßten Okkupanten zu kämpfen. Entsprechend schnell errangen sie den ersten Sieg: Innerhalb weniger Stunden brachten sie zwei Drittel des Stadtgebietes unter ihre Kontrolle. Überall wurden Barrikaden errichtet, die strategisch wichtigen Gebäude in Festungen verwandelt, die Keller zu einem raffinierten Tunnelsystem verbunden.

Unter den Aufständischen befand sich auch der junge Szczypiorski. Doch während die Mehrheit seiner Kampfgenossen Mitglieder der Heimatarmee waren, hatte er sich der Volksarmee (AL – Armia Ludowa) angeschlossen. Beide Armeen kämpften zwar Seite an Seite, hinter den Kulissen war aber ein politisches Spiel im Gange, das über die Grenzen und das Gesellschaftssystem des künftigen Polen entscheiden sollte. Darüber war sich allerdings längst nicht jeder einfache Soldat im klaren – viele meinten, das politische Profil der Formation, der man angehöre, spiele keine Rolle. Die Kampfwilligen traten ebenso der Heimatarmee wie der Volksarmee oder den aus dem rechten Lager stammenden Nationalen Streitkräften (NSZ – Narodowe Siły Zbrojne) bei. Wichtig war nur, an dem Aufstand teilzunehmen.

So war es auch in Szczypiorskis Fall. Was ihm später oft als bewußte politische Entscheidung angekreidet wurde, war in Wirklichkeit ein purer Zufall: An jenem 1. August 1944 folgte er einfach einem Freund, der in seine Wohnung kam und ihn aufforderte, mit ihm zu kommen: Die ganze Stadt würde auf die Barrikaden gehen, und sie sollten es auch tun. Als sie den Sammelpunkt in der Altstadt erreichten, stand ihnen plötzlich ein Mann im Feuerwehrhelm gegenüber, dem der Freund mitteilte, er habe einen weiteren Freiwilligen mitgebracht. »Sehr gut, Kameraden«, lautete die Antwort, »laßt uns kämpfen gehen.« Andrzej hatte keine Ahnung, daß er sich in den Reihen der Volksarmee befand. Doch selbst wenn er es gewußt hätte, wäre es ihm egal gewesen – auch ihm ging es nur darum, dabeizusein. Sein militärischer Einsatz hielt sich ohnehin in Grenzen, denn sein Gewehr, das aus dem Jahre 1907 stammte, war keine sehr wirksame Waffe. Und im übrigen wurde seine Einheit später der Heimatarmee einverleibt.

Seltsamerweise konnte er sich in den darauffolgenden Jahren kaum an sich selbst aus jener Zeit erinnern. Er hatte diese Wochen als ein unentwegtes Leben in Flammen im Gedächtnis behalten, Einzelheiten waren verschwunden. Er wußte nur, daß er mehrmals die Barrikaden wechselte, daß er in der Brzozowa, wo er am längsten – vom 7. bis zum 25. August – ausharrte, leicht am Bein verletzt wurde, und daß er dann in die Miodowa abkommandiert wurde und dort bis Ende August blieb. Er sprach später auch nicht gern über seine Teilnahme an dem Aufstand, und er schrieb keinen einzigen literarischen Text darüber. Die patriotische Verzückung und die Neigung zur Selbstheroisierung, die bei entsprechenden Anlässen zutage kamen, waren nicht seine Sache.

Im Gegenteil, er stellte sich oft die Frage, »ob wir damals, vor fünfzig Jahren, das Pathos und die Erhabenheit, die heute jenen Ereignissen anhaftet, gespürt haben. Mag sein, daß es solche gab. Ich jedenfalls gehörte nicht zu ihnen.«[1] Wenn der Mensch auf einer Barrikade liege, denke er nur an die Barrikade, an das Gewehr, an den Deutschen, dessen Kopf womöglich gleich irgendwo erscheinen werde. Ab und zu denke er auch an den eigenen Kopf. Ein Brand sei in dem Moment ein Brand, keine Feuerbrunst. Eine Leiche sei eine Leiche, kein Untergang der Stadt. Man müsse einen toten Menschen begraben und auf seinen Posten zurückkehren. Man müsse den Brand löschen, damit er sich nicht ausweite. Man müsse ein wenig schlafen. Einen Schluck Wasser trinken. Eine Scheibe Brot essen. Man denke nur an diese Dinge und nicht an ganz Warschau oder an Polen. Er habe in jener Zeit einiges erlebt, daher wisse er mit Sicherheit, daß man angesichts der Erfahrungen, die man gerade mache, von großen Idealen weit entfernt sei, denn die Realität sei sehr prosaisch, hemdsärmelig, zermürbend.

Für die Hauptverantwortlichen war die Realität darüber hinaus sehr riskant und paradox. Sie wollten der Londoner Exilregierung, der sie unterstanden, den Weg zur Rückkehr ebnen, und glaubten, über sie die militärische Unterstützung der Westalliierten zu bekommen. Zugleich hofften sie aber auf das Eingreifen der Sowjetunion, mit der jene Regierung keine diplomatischen Beziehungen unterhielt. In Wirklichkeit also war die Erwartung der Hilfe von beiden Seiten reine Spekulation. Selbst der Oberbefehlshaber der Aufständischen, Tadeusz Graf Komorowski (Tarnname »Bór« – Urwald), gab später in seinen Erinnerungen an, man habe sich für den Aufstand in dem Glauben entschieden, daß dieser mit dem Angriff der Roten Armee zusammenfallen und so die gesamte Kampfzeit verkürzen würde. Man sei nämlich davon ausgegangen, daß die Bestrebungen der Russen, die Deutschen militärisch so schnell wie möglich zu bezwingen, den absoluten Vorrang haben würden.

Diese Kalkulation erwies sich aber als falsch. Die Tatsache, daß am 22. Juli 1944, acht Tage vor dem Ausbruch des Aufstands, in Lublin eine provisorische kommunistische Regierung, das sogenannte Polnische Komitee der Nationalen Befreiung (PKWN – Polski Komitet Wyzwolenia Narodowego), proklamiert wurde, war, wie sich bald zeigte, Teil eines raffinierten politischen Plans der Sowjetunion. Der Chef der polnischen Exilregierung, Stanisław Mikołajczyk, wurde zwar von Stalin empfangen, dessen Forderungen waren aber völlig inakzeptabel: Mikołajczyk solle die Curzon-Linie anerkennen und sich mit dem Lubliner Komitee über eine Koalitionsregierung einigen. Es kam auch zu einem Treffen zwischen ihm und den Vertretern des Komitees, doch das einzige Ergebnis war ein in scharfem Ton geführter Meinungsaustausch. Dieser Versuch, zwischen London und Moskau einen politischen Konsens zu erreichen, scheiterte bereits in den ersten Augusttagen.

Währenddessen lieferten sich die deutschen und die polnischen Truppen in Warschau weiterhin erbitterte Gefechte. Es wurde Straße um Straße, Haus um Haus gekämpft. Die Aufständischen hätten niemals so schnell die Anfangserfolge erzielen können, hätten sie nicht die bedingungslose Unterstützung der Zivilbevölkerung gehabt. Doch die Begeisterung, die in den ersten Tagen die Zivilisten und die Soldaten gleichermaßen erfaßt hatte, ließ allmählich nach. Denn schon bald wurde den Warschauern klar, daß ihnen ein langer, einsamer Kampf bevorstand. Am dritten Tag des Aufstands stellte nämlich die Rote Armee ihre Offensive gegen die Deutschen ein und ging jenseits der Weichsel in Wartestellung. Auch das gehörte zu dem Plan Moskaus. Er bestand nicht nur darin, die Stadt von den Deutschen zerstören zu lassen; es ging auch darum, das ganze Land auf Dauer in die Machtzone der Sowjetunion zu bringen.

Zweieinhalb Wochen nach Beginn des Aufstands forderte der Oberbefehlshaber der deutschen Truppen, General Erich von dem Bach-Zelewski, die Polen zur Kapitulation auf. Er erhielt nicht einmal eine Antwort. Trotz drakonischer Vergeltungsmaßnahmen, die der Reichsführer SS Heinrich Himmler angeordnet hatte, trotz Massenexekutionen und immer härterer Lebensbedingungen, waren die Aufständischen fest entschlossen, ihren Kampf fortzusetzen. Dennoch wurde die Lage von Tag zu Tag kritischer. Immer dringender wartete man auf die Luftunterstützung der Westalliierten, immer verzweifelter waren die Hilferufe, die General Bór-Komorowski nach London senden ließ. Doch die kaum verständlichen Antworten waren alles andere als muteinflößend. Man bemühe sich, lautete die immer selbe Nachricht aus der britischen Hauptstadt, an eine Luftunterstützung sei aber zur Zeit nicht zu denken. Erst am 18. September, sechs Wochen nach Beginn des Aufstands, tauchte am Himmel über dem kämpfenden Warschau eine Armada von 110 amerikanischen Flugzeugen auf und warf mit Fallschirmen Waffen, Munition und Lebensmittel ab. Allerdings gelangte nur wenig davon in die Hände der Aufständischen. Die ununterbrochenen Angriffe der Deutschen vereitelten die Hilfsaktion.

»Noch was zum Thema Durchhalten. Standhaftigkeit. Die, was soll man da herumreden, erzwungen war«, schrieb in seinem *Tagebuch aus dem Warschauer Aufstand* der exzentrische Miron Białoszewski. »Die Lage ist ja wohl bekannt, dort die Nazis, gleich hinter der Weichsel die Russen, hier die Aufständischen und da im Westen die Amerikaner, Engländer, die Alliierten. Aber es war einfach im Grunde eine überdrehte, bis zur Unkenntlichkeit zersplitterte Maschinerie. Diese Fronten und dieser Aufstand. Hier – wie man weiß – Totenschädel, Helme – raus, raus! – Schreie, Schläge. Die Nazis, Grausen, wir hatten Angst, sie könnten irgendwie aus einem Panzer springen, angreifen, Granaten in die Keller werfen. Denn das kam vor. Überall. Immerzu hatte ich diese Vorstellung: Lärm, Trampeln, Raus, ›Hände hoch!‹ und – krach! Granaten, ein ganzes Bündel davon. Stichflamme. Funken. Krachen. Und daß es treffen könnte.«[2]

Kein anderes Werk hat die Atmosphäre jener Tage so überzeugend wiedergegeben wie Białoszewskis berühmtes *Tagebuch* (das auf deutsch treffend *Nur das was war* heißt). Das ungewöhnliche Sprachempfinden des 1983 verstorbenen Dichters, Prosaisten und Dramatikers brachte ihm in den sechziger Jahren den Ruf als wichtigster Vertreter der sogenannten »linguistischen Poesie« ein. Erst 1970 schrieb er diese unkonventionelle Erinnerung an den Warschauer Aufstand, die nicht den Kampf der Soldaten, sondern den Alltag der Zivilisten schildert. Białoszewski war einer von ihnen, doch nicht das allein machte ihn zu einem glaubwürdigen Chronisten: Sein gesamtes Leben war aufs engste mit Warschau verbunden, er kannte hier jeden Winkel und jedes Haus. Als der Warschauer Aufstand ausbrach, schloß er sich den Kämpfenden nicht an – was ihm später übelgenommen wurde –, dafür lieferte er nach Jahren diesen einzigartigen Bericht.

Obwohl es offensichtlich war, daß der Aufstand ohne militärische Unterstützung von außen zum Scheitern verurteilt war, gelang den Warschauern ein wahres Kunststück: Statt der geplanten drei bis fünf Tage hielten sie über zwei Monate durch. Die letzten Wochen verlangten den Soldaten einen enormen Krafteinsatz und der Zivilbevölkerung unbeschreibliche Entbehrungen ab. Nachdem Anfang September die besonders hart umkämpfte Altstadt gefallen war, ging die Heimatarmee immer öfter in die Defensive, beklagte immer mehr Tote und Verletzte. Als die Hoffnung auf den Eingriff der Alliierten und der Roten Armee endgültig erlosch, machte sich unter den Kämpfenden Resignation breit. Schließlich nahm am 1. Oktober General Bór-Komorowski mit den Deutschen Kontakt auf, um über die Kapitulation zu verhandeln. Vier Tage später verließ er mit den letzten AK-Verbänden die Ruinen, in denen er sich 63 Tage gehalten hatte.

Es waren fast 16000 AK-Soldaten, die an jenem Tag in Gefangenschaft gingen. Meist Sechzehn- bis Zwanzigjährige, die in der hoffnungsvollen Atmosphäre der Zweiten Republik und in der patriotischen Tradition Polens aufgewachsen waren. Schon bald nach Kriegsende sollte sich eine Legende um sie bilden – um ihren beispiellosen Einsatz, um ihr Symbol, den berühmten Anker, der seit der Gründung der Heimatarmee immer wieder an den Mauern prangte, und um ihre gefallenen Idole, die jungen Dichter Krzysztof Kamil Baczyński und Tadeusz Gajcy. Beide waren gerade mal 22 Jahre alt, beide hatten an der Warschauer Untergrunduniversität studiert und in den Redaktionen illegaler Zeitschriften mitgearbeitet. Vor allem die Person Baczyńskis, der als der begabteste unter den Dichtern seiner Generation galt und trotz jungen Alters ein sehr umfangreiches Werk hinterlassen hat, weckt bis heute starke Emotionen. Er fiel am vierten Tag des Aufstands. Ein Jahr vor seinem Tod schrieb er über Warschau: »Die Stadt ist ein zerstörter Sarg. / Sehr düstre Zeit hat sie mit Kolbenschlägen / Hinabgestürzt; ein stolzes schwaches Tier, / Das mehr am Tod ist als am Leben.«[3]

Die Kapitulation des Warschauer Aufstands hat Andrzej Szczypiorski nicht miterlebt. Seine Teilnahme an den Straßenkämpfen endete am letzten Augusttag – am 1. September wurde er verhaftet. Doch selbst wenn er bis zum Schluß mitgekämpft hätte, wäre sein Augenzeugenbericht vermutlich recht nüchtern ausgefallen. Mit dem ihm eigenen Hang, jegliche Mythen und Legenden zu hinterfragen, hätte er wohl darauf geachtet, in seinem Bericht alle Gesten des nationalen Pathos auszusparen. Denn ebenso wie er den Alltag der Aufständischen »prosaisch und zermürbend« fand, glaubte er kaum daran, daß dem Verhalten ihrer Anführer viel Pathos anhaftete: »Sie unterhielten sich wohl sehr konkret, mobilisierten – über den Stadtplänen gebeugt – ihr ganzes Militärwissen, um den eventuellen Erfolg zu vergrößern oder die Niederlage zu verringern. Sie führten sicher auch politische Gespräche, und das war ungeheuer dramatisch, schmerzhaft und bitter, doch selbst dann suchten sie vor allem nach einer Lösung und zerbrachen sich nicht den Kopf über die Bildung einer großen nationalen

Legende. So ist es immer in der Geschichte. Denn die Menschen wissen für gewöhnlich nicht, woran sie wirklich teilnehmen. Von einer Million hat vielleicht einer eine Eingebung – und der ist dann ein großer Dichter. Von einer Million trägt einer in sich eine prophetische Vision der nahenden Zukunft – und dieser stirbt dann zu früh, weil er ein Auserwählter der Götter ist.«[4]

In diesem Fall wußten »die Menschen« allerdings recht gut, woran sie teilgenommen hatten, und wollten sich ihre »große nationale Legende« nicht nehmen lassen. Vermutlich ist deswegen doch nicht Białoszewskis *Tagebuch*, diese Rumpelkammer der Worte, wie ein Kritiker es einmal nannte, zum meistgelesenen Buch über den Aufstand geworden, sondern der 1957 erschienene Roman *Kolumbus, Jahrgang 20* von Roman Bratny. Das Buch, dessen Handlung in den Jahren 1943–1947 spielt, wurde sofort zum literarischen Ereignis in Polen. Der enorme Erfolg war vor allem auf Bratnys Fähigkeit zurückzuführen, anhand einiger individueller Biographien eine ganze Generation zu porträtieren – jene junge Generation der Warschauer Intelligenz, die trotz unterschiedlicher intellektueller und politischer Tradition im gemeinsamen Kampf zusammengefunden hatte. Außerdem gelang ihm, der selbst an dem Aufstand teilgenommen hatte, eine der eindrucksvollsten literarischen Schilderungen jener Zeit, zu der infernoähnliche Szenen – Verbrennungen bei lebendigem Leibe, Tod in den mit Exkrementen gefüllten Kanälen, Qualen der Verwundeten – ebenso gehören wie leise, intime menschliche Begegnungen: Freundschaftsbeweise, erste Liebesbeziehungen. Es war genau dieses Bild des Aufstands, das die Nation in ihrem kollektiven Gedächtnis behalten wollte. So ist Bratnys Roman zu der beliebtesten literarischen Überlieferung jener Zeit und die Bezeichnung »Kolumbus-Generation« zum festen Begriff im Bewußtsein der Polen geworden.

Sechstes Kapitel

Im Schatten des Galgens

Im Jahre 1983 fuhr Andrzej Szczypiorski nach Zürich, um vor dem dortigen Publikum einen Vortrag zu halten. Bei dem Thema handelte es sich weder um seine Biographie, noch um den Krieg. Während der anschließenden Diskussion meldete sich ein junger Mann zu Wort und fragte ihn unvermittelt, welche Rolle die Erinnerung an die Zeit im Konzentrationslager Sachsenhausen in seinem Leben spielen würde. Szczypiorski war konsterniert, er hatte mit dieser Frage nicht gerechnet. (Die Zeiten, da er als Starautor auf Schritt und Tritt von Journalisten belagert und nach jedem Detail seines Lebens befragt wurde, standen ihm noch bevor.) Er dachte lange über die Antwort nach. Er wußte: Der junge Mann »wünschte eine Verallgemeinerung, eine Synthese. Es gibt aber so viele KZs, wie es KZ-Häftlinge gibt. Ich habe in dieser Angelegenheit so viele flache, manchmal geradezu triviale Meinungen gehört, so viele scheinbare Interpretationen, aber wenig Wahrheit, nicht über den faktischen Bestand, sondern über die Mechanismen unserer Erinnerung, über das Geheimnis dieses Erlebens, wenn es sich bereits aus der Wirklichkeit in den Bereich der Erinnerung und der geistigen Erfahrung verschoben hat, daß ich dem Burschen gegenüber wehrlos war. Ich antwortete kurz, vielleicht sogar mit einem versteckten Vorwurf.«[1]

Was hätte er auch antworten sollen, um nicht eine weitere scheinbare Interpretation zu liefern? Hätte er vielleicht wahrheitsgemäß sagen sollen, daß er damals, nach der frischen Erfahrung des Warschauer Aufstands, die Lagerrealität als eine unbeschreibliche »Leichtigkeit des Seins«[2] empfunden habe und daß der Aufstand deshalb für ihn eine viel wichtigere Erfahrung gewesen sei? Wahrscheinlich hätte der junge Mann sowieso nicht verstanden, wie schwer für ihn, einen sechzehnjährigen Jungen, die Last der Verantwortung gewesen war, die er als Aufständischer zu tragen hatte. Und mit welcher Erleichterung es ihn folglich in Sachsenhausen erfüllte, daß der passive Gehorsam die einzige Haltung war, die von ihm erwartet wurde. Außerdem wollte der Schweizer nicht vom Kampf und aktiven Widerstand, sondern von den Qualen eines wehrlosen Opfers hören. Hätte er ihm also lieber von seiner letzten Nacht in Sachsenhausen erzählen sollen, in der er »in Verlassenheit, Dunkelheit, Einsamkeit und Fäulnisgestank« auf seiner Pritsche lag und auf den Tod wartete, obwohl er immer noch nichts »von der Liebe, von Gott, hohen Bergen und fernen Meeren«[3] wußte? Welchen Sinn hätte es überhaupt gehabt, von irgendeinem einzelnen Moment zu erzählen? Der junge Mann wünschte eine Verallgemeinerung – und auch in seiner eigenen Erinnerung existierte diese Zeit nur als ein untrennbares Ganzes.

Der Warschauer Aufstand endete für ihn am 1. September 1944. Nach seiner Verhaftung hatte er gerade noch genug Zeit, um seine Soldatenkleidung abzulegen und sein verletztes Bein neu zu verbinden. Danach ging es zum Teatralny-Platz, dem Theaterplatz, wo sich bereits Tausende Zivilisten versammelt hatten. Seine Eltern waren ebenfalls dabei. Der ganzen Familie stand das gleiche Schicksal bevor: Für die Mutter lautete das Urteil »Ravensbrück«, für ihn und seinen Vater – »Sachsenhausen«. Schon am nächsten Tag waren sie im Lager. Sie nahmen gemeinsam am ersten Appell teil, dann wurden sie getrennt. Von jetzt an war Andrzej auf sich selbst gestellt. Er mußte nicht nur ohne seine Eltern auskommen, sondern auch ohne seine Identität: Die frisch auf seine Häftlingskleidung angenähte Nummer lautete 95936.

Ob der Name des Lagers bestimmte Assoziationen in ihm weckte? Während nämlich »Auschwitz« damals im polnischen Bewußtsein nicht für den Massenmord an den europäischen

Juden, sondern für die Absicht der Nazis stand, die polnische Intelligenz auszurotten, galt Sachsenhausen als ein grausames Beispiel dafür, wie dies in die Tat umgesetzt werden sollte. Dort kulminierte etwa die berüchtigte »Sonderaktion Krakau«, die im November 1939 ihren makabren Anfang genommen hatte: Nachdem die Krakauer Behörden beschlossen hatten, trotz der eingebrochenen Okkupationsrealität und der Proklamierung des »Generalgouvernements« die alte Jagiellonnen-Universität wiederzueröffnen, wurden deren Professoren und sonstige wissenschaftliche Mitarbeiter aufgefordert, sich im Collegium Novum, dem Hauptgebäude der Universität, zu versammeln: Der Chef der Krakauer Gestapo beabsichtige, einen Vortrag über das Verhältnis des Dritten Reichs und des Nationalsozialismus zur Wissenschaft und zum Hochschulwesen zu halten. Als die Wissenschaftler fast vollzählig eingetroffen waren, bekamen sie allerdings anstelle des Vortrags die knappe Mitteilung zu hören, daß sie alle verhaftet seien und daß man sie in ein Konzentrationslager bringen werde, wo sie genug Zeit haben würden, über ihr skandalöses Verhalten – die unerlaubte Eröffnung der Universität, die von Bosheit und antideutscher Haltung zeuge – nachzudenken. Noch bevor sie reagieren konnten, wurden sie aus dem Gebäude getrieben, auf die in einer Seitenstraße wartenden Lastwagen verladen und in das berüchtigte Montelupi-Gefängnis gefahren. Insgesamt wurden 183 Personen verhaftet, darunter 155 Mitarbeiter der Universität, 17 Professoren der Krakauer Berg- und Hüttenbau-Akademie und 11 Personen, die sich zufällig im Universitätsgebäude befanden. Ein paar Tage später folgte der Weitertransport nach Breslau und schließlich in das KZ Sachsenhausen, wo sie monatelang gefangengehalten und auf Schritt und Tritt den schlimmsten Schikanen ausgesetzt waren. Viele wurden zu Tode gequält.

Wollte Andrzej Szczypiorski diesem Schicksal entkommen, mußte er sich dringend jenes Wissen beschaffen, das die Überlebenschancen eines KZ-Häftlings steigerte. Viel Zeit benötigte er dafür nicht – schon die ersten Tage waren eine wirksame Schule. Seine erste Lektion lernte er bereits am Tag seiner Ankunft, bei dem Appell. Ein SS-Offizier erklärte den Neuzugängen die im Lager geltenden Verhaltensregeln – er tat es über einen Polen, der vor dem Krieg als Ingenieur gearbeitet hatte und im Lager als Dolmetscher fungierte. Als der Deutsche verkündete, jeder dürfe beim Essenverteilen nur eine Scheibe Brot nehmen, meldete sich plötzlich ein Häftling und fragte, was er tun solle, wenn ihm diese eine Scheibe nicht genüge. Diese Frage hat ihn das Leben gekostet: Er wurde vor den Augen der Mithäftlinge zu Tode geprügelt. Sein Mörder war der polnische Dolmetscher. Die zweite Lektion folgte noch am selben Tag. Szczypiorski ging an einem jungen Kapo vorbei: einem blonden, blauäugigen Jungen, der nicht viel älter war als er, siebzehn, vielleicht achtzehn Jahre alt. Offenbar war ihm Andrzejs Gang nicht schnell genug, denn er holte aus und schlug ihm mit aller Kraft ins Gesicht. Szczypiorski fiel um, verlor beinahe das Bewußtsein. Der Mann, von dem er seine ersten Prügel bezog, war Franzose, er stammte aus Lille.

Sein erstes Stück Brot hingegen bekam er von einem deutschen Häftling: Er hieß Osske, war ein Sozialdemokrat aus Köln und wurde im Lager bereits seit Jahren gefangengehalten. Er kam zu ihm wenige Tage nach seiner Ankunft: ein Mann mittleren Alters, der Ruhe und innere Kraft verströmte. Er sagte, Andrzej müsse alles tun, um diese Hölle zu überleben, und er werde ihm dabei helfen. Er hielt sein Versprechen: Die ganze Zeit über, bis zum April 1945, kam er ein- oder zweimal in der Woche und steckte ihm kleine Essensrationen zu.

Sie führten auch heimliche Gespräche, bei denen Osske versuchte, den Überlebenswillen seines jungen Schützlings zu schüren. Einmal erklärte er ihm, er würde ihn um seine moralische Sicherheit und Unbefangenheit beneiden. Denn er sei ein Pole, der unter den Deutschen leide, während er selbst nicht nur die Qualen des KZ-Daseins zu ertragen habe, sondern auch die Tatsache, Angehöriger eines Volkes zu sein, das sehr tief gefallen sei. Der sechzehnjährige Häftling, den die Teilnahme am Warschauer Aufstand in seinen patriotischen Gefühlen bestärkt hatte, konnte den Schmerz des Deutschen nachempfinden: »Er litt, weil seine Landsleute auf so furchtbare Weise die Ideale des Humanismus verraten hatten. Das Gebrüll und jeder Faustschlag eines SS-Mannes demütigten Osske als Deutschen und beleidigten sein Nationalbewußtsein.«[4]

Erst Jahre später, als fünfzigjähriger Mann, sollte er seine einstige Sicht der Dinge revidieren. Damals, im Jahre 1945, sei er überzeugt gewesen, daß Osske recht gehabt habe, und er habe ihm leid getan. Heute aber entdecke er in der Haltung des Deutschen etwas Zweideutiges, das zwar durch die ehrliche Absicht moralisch gerechtfertigt, aber schwer zu akzeptieren sei: »Dieser kluge Mann dachte in Schablonen, die mir inzwischen fremd geworden sind. In Osske steckte trotz allem das Gefühl einer gewissen Gemeinsamkeit mit diesen Männern in SS-Uniform, die ihn jahrelang in den Gefängnissen und KZ-Lagern des Dritten Reiches mißhandelt hatten. Osske fühlte sich als Deutscher, und dieses Deutschtum verband ihn auf eine verhängnisvolle Weise mit den Nazis.«[5]

Wahrscheinlich gingen die Besuche des Deutschen auf die geheimen Kontakte von Professor Adam Szczypiorski zurück: Die Sozialdemokraten hielten auch im Lager zusammen. Vater und Sohn konnten sich ebenfalls hin und wieder sehen. Es gab gelegentlich arbeitsfreie Tage, und auch sonst waren die Lebensbedingungen im Lager ein wenig erträglicher als in den früheren Jahren. Die Häftlinge wurden zwar geschlagen, und es kam auch vor, daß einer gehängt oder erschossen wurde. Doch sie durften sich hin und wieder von zu Hause Pakete schicken lassen, was manchen vor dem Hungertod bewahrte. Solche Nuancen des Lagerlebens erzählte Szczypiorski in den Nachkriegsjahren jedes Mal, wenn er es für angebracht hielt, der eigenen Kriegsvergangenheit etwas von der Aura des Märtyrertums zu nehmen und den historischen Fakten die richtige Dimension zu geben.

Ebensooft versuchte er seine Landsleute an den Unterschied zwischen Arbeits- und Vernichtungslagern sowie an die Tatsache zu erinnern, daß den polnischen und den jüdischen

KZ-Häftlingen keineswegs die gleiche Behandlung zuteil wurde. Und auch daran, daß die Polen im Gegensatz zu den Juden nicht grundsätzlich für die Gaskammern bestimmt waren, daß sie zwar auf brutalste Weise mißhandelt und zu Tausenden getötet, aber nicht systematisch vernichtet wurden. Schließlich konnte er sich an die Transporte polnischer Häftlinge erinnern, die Anfang 1945 von Auschwitz nach Sachsenhausen kamen: Viele von ihnen hatten mehrere Jahre in dem berüchtigtsten aller Lager verbracht, und dennoch waren sie in einem verhältnismäßig guten Zustand. Sie hatten in der Anfangszeit Schreckliches erlebt, ab dem Zeitpunkt aber, da in Auschwitz die ersten Massentransporte der europäischen Juden eintrafen und die Vernichtungsmaschinerie anlief, hatte sich die Lage der »arischen« Häftlinge deutlich gebessert. Es gab unter ihnen auch nicht wenige, die vom Tod der Juden profitierten. Diese Fakten wurden später von den Polen allzu gern vergessen und verdrängt, was in Szczypiorski das Bedürfnis weckte, sie ihnen ab und zu ins Gedächtnis zu rufen.

Natürlich konnte er nicht verlangen, daß die gesamte Nation eine intime Kenntnis der Lagerrealität besaß. Diese blieb den »Insidern« vorbehalten. Er selbst konnte sich nicht nur an die Begegnung mit Osske, sondern auch an viele weitere Episoden und Situationen erinnern, die bewiesen, wie subtil die Beziehungen sowohl unter Häftlingen als auch zwischen ihnen und ihren Peinigern waren. Etwa an das Verhalten jenes SS-Oberscharführers, der ihn und seine Barackengenossen jeden Tag zur Lagerlatrine eskortierte. Die Häftlinge verrichteten eine halbe Stunde lang ihre Notdurft, während der Offizier vor der Latrine auf und ab ging. Erst schweigend, nach einiger Zeit begann er aber, dabei lange Monologe zu führen. Mal sinnierte er über das Leben im allgemeinen, mal erzählte er aus seiner Vergangenheit. Er wollte weder sich rechtfertigen noch die Häftlinge indoktrinieren. Er hatte schlicht das Bedürfnis, sich einiges von der Seele zu reden. Außerhalb dieser täglichen »Seancen« war er weiterhin der gefürchtete KZ-Aufseher, doch im Laufe der Zeit wurde sein Umgang mit den

Gefangenen weniger brutal. Sie waren schließlich nicht mehr nur wehrlose Opfer, sondern auch seine morgendlichen Zuhörer. Das machte sie in seinen Augen wieder zu Menschen.

Ein weiteres unvergeßliches Erlebnis hatte Andrzej am 2. Februar 1945, einen Tag vor seinem siebzehnten Geburtstag. Er arbeitete seit einiger Zeit in einer Fabrik, die Bedingungen waren unmenschlich, er mußte die Arbeit bis zur Taille im Wasser stehend verrichten. Als seine Kräfte völlig erschöpft waren, kam er zu dem Schluß, daß er nichts mehr zu verlieren habe – er würde ohnehin bald sterben. Also ging er zum Kommandanten des Lagers und bat ihn um eine andere Arbeit. Als dieser fragte, warum er das von ihm erwarte, gab er kurzerhand zurück, daß er keine Kraft mehr und im übrigen am nächsten Tag Geburtstag habe. Er rechnete damit, daß er für seine Dreistigkeit auf der Stelle erschossen werde, doch der Kommandant befahl ihm nur zu gehen. Weiter nichts. Am nächsten Tag wurde Andrzej versetzt; er gehörte ab sofort einem Kommando an, das elektrische Steckdosen zusammensetzte. Er durfte bei der Arbeit sitzen, der Raum war trocken und warm.

Kurze Zeit später wurde er in einen anderen Block verlegt. Seine neuen Mithäftlinge waren Holländer, Dänen, Norweger und vor allem Deutsche: Kommunisten, Sozialdemokraten, Priester, Arbeiter, Künstler, Gewerkschafter. Sie verhielten sich nach Szczypiorskis Erinnerung sehr solidarisch untereinander, und auch ihn behandelten sie wie einen von ihnen. Die Angehörigen des »Herrenvolkes« entpuppten sich als gute, mitfühlende Kameraden, während die Skandinavier – von der Lagerleitung als »Arier« erster Kategorie angesehen und entsprechend bevorzugt behandelt – ihre privilegierte Stellung voll genossen, ohne sich dabei um andere zu scheren.

All diese Erlebnisse setzten sich zu einem Bild zusammen, das sich tief in Andrzej Szczypiorskis Bewußtsein einprägen sollte. Er hatte die verschiedensten Facetten des Lagerlebens, die ganze Kompliziertheit der zwischenmenschlichen Beziehungen in einem KZ kennengelernt und ging aus dieser Situation mit der Überzeugung hervor, »daß die Ansicht, man solle die Menschen nach irgendwelchen Nationen und Stämmen kategorisieren, völlig falsch ist. Die Juden seien Läuse, die Polen – Sklaven, die Deutschen – das Herrenvolk: Diese ganze Phraseologie, Ideologie und Demagogie des Hitlerregimes lag für mich in Trümmern, denn es hatte sich gezeigt, daß die Nationalität des Menschen nicht im geringsten sein Verhalten in extremen Situationen beeinflußt.«[6]

Kaum ein polnischer Schriftsteller hat später die subtilen Seiten des Lagerlebens mit einem solchen Können dargestellt wie der ehemalige Auschwitz-Häftling Tadeusz Borowski. Vor allem sein Erzählungsband *Abschied von Maria* (1947) sorgte im Nachkriegspolen für Aufsehen, teilweise auch für Empörung. Denn im Gegensatz zu den meisten Werken der Kriegs- und Lagerliteratur, in denen die Tendenz zur Schwarzweißmalerei herrschte, zeichnete Borowski ein Bild der Lagerrealität, das Henker und Opfer gleichermaßen negativ erscheinen läßt. Es ist eine Welt »jenseits von Gut und Böse«, in der niemand unter moralischen Konflikten leidet, dafür jeder mit allen Mitteln versucht, sein eigenes Überleben zu sichern – sei es durch Anpassung, sei es durch Zynismus und moralische Indifferenz. Die Grenze zwischen Mördern und Opfern erscheint um so fließender, als das Geschehen aus der Perspektive eines Kapo beschrieben wird, eines Menschen also, dem seine Funktion die Moral eines »Vermittlers« zwischen den beiden Gruppen aufzwingt.

Mag sein, daß der französische Kapo, Szczypiorskis Peiniger vom ersten Tag in Sachsenhausen, ebenfalls ein ausgezeichnetes Studienobjekt abgegeben hätte. Doch dem angehenden Schriftsteller war es zu dem Zeitpunkt kaum danach, das Psychogramm eines »idealen Häftlings« zu zeichnen. Selbst Monate später war er nicht imstande, die Lagerrealität in einer anderen Kategorie als der des Hungers und der Angst zu begreifen. Zum Glück war dann aber auch schon das Ende des Martyriums abzusehen. Im März 1945 konnte man vom Lager aus die amerikanische Bombardierung von Oranienburg verfolgen. Die ganze Stadt wurde auf einen Schlag zerstört. Für die Häftlinge bedeutete dies einerseits die Gewißheit, daß die Niederlage der Deutschen nahte und daß sie auf eine baldige Befreiung hoffen durften, andererseits neue, anstrengende Arbeitseinsätze. Mitte April wurde auch Szczypiorski zur Enttrümmerung des Bahnhofs von Oranienburg abkommandiert. Es war sein letzter Einsatz, der ihn beinahe das Leben gekostet hätte: Ein Aufseher geriet in Wut, schlug auf ihn mit einer Eisenstange ein und verletzte ihn am Bein. Er hatte auf seinen Kopf gezielt, Andrzej wich aber geschickt aus und fiel zu Boden, während die Stange sein Schienbein traf. Zum Glück schlug der SS-Mann, der allgemein als geistig zurückgeblieben galt, nicht ein weiteres Mal zu, sondern ging sofort auf andere Häftlinge los. Das war Szczypiorskis Rettung – den zweiten Schlag hätte er höchstwahrscheinlich nicht überlebt.

Dennoch hatte seine Verletzung tragische Folgen: Der Schlag mit dem schweren Eisenstab hatte sein Bein zertrümmert und ihn an seine Pritsche gefesselt. Einige Tage später, am 21. April 1945, wurde das Lager evakuiert, es begann der berühmte Todesmarsch in Richtung Lübeck. Unmittelbar davor kam sein Vater zu ihm und redete auf ihn ein, er solle aufstehen und mitkommen. Er wußte, daß das Zurückbleiben im Lager einem Todesurteil gleichkam. Als er sah, wie ernsthaft Andrzejs Beinverletzung war, wollte er ihn tragen. Doch er war selbst so abgemagert, daß er diesen Gedanken schnell aufgeben mußte. Die beiden Männer umarmten sich, der Vater drehte sich um und verließ die Baracke. Andrzej war überzeugt, daß er ihn niemals wiedersehen würde. Irgendwo unter den weiblichen Häftlingen befand sich auch seine Mutter – sie war, wie er gehört hatte, vor einiger Zeit von Ravensbrück nach Sachsenhausen verlegt worden. Von ihr hatte er sich nicht einmal verabschieden können.

Diese Nacht vom 21. auf den 22. April 1945 war wohl die längste Nacht seines Lebens. Er lag bewegungslos auf seiner Pritsche, es herrschte völlige Dunkelheit, von dem fürchterlichen Gestank stockte es ihm den Atem. Er glaubte, der einzige Mensch im ganzen Lager zu sein. Obwohl es vollkommen still war, behielt er diese Nacht als eine einzige Symphonie der Klänge in Erinnerung: »Mein Atem ging pfeifend, er erinnerte ein wenig an eine geplatzte Piccoloflöte. Ständig ein und derselbe Ton, vielleicht sogar aufreizend, doch nach einiger Zeit monoton und langweilig. [...] Dann aber schloß sich ein neuer Ton an. Das sanfte Rascheln des Strohs unter meinem Körper, wenn ich mich, des Risikos noch nicht bewußt, bewegen mußte. [...] Dann knarrten die Bretter weiter unten, das war wohl das Fagott, in meinem Gedächtnis ist dort das Fagott. Schließlich die Regentropfen draußen. Sie gaben einen Rhythmus vor, sie maßen die Zeit ab, die mir noch blieb. Die Regentropfen, von denen fast jeder anders klang, mit einer anderen Note bezeichnet, ihre Ketten glänzten in der Dunkelheit wie Edelsteine, das immer deutlichere Stakkato dieser Tropfen – und in der Ferne: Schritte. Diese Schritte hatte ich erwartet, sie sollten das Thema des ganzen Werkes bilden, ohne sie hätte die Symphonie jener Nacht überhaupt nicht existiert.«[7]

Er wußte, was auf die Schritte folgen würde: ein kräftiges Aufstoßen der Tür, ein suchender Lichtstrahl der Taschenlampe, vielleicht ein kurzer Satz oder ein Fluch. Dann der Schuß. Doch statt dessen blieben die Schritte plötzlich stehen, kehrten nach einem Augenblick um und entfernten sich langsam im Glucksen des Drecks. Es wurde wieder still. Erst nach einigen Stunden hörte Andrzej ganz plötzlich ein lautes Dröhnen, dann menschliche Schreie und Schüsse. Und eine einzelne Stimme, die rief, die Russen seien im Lager eingetroffen. Die Nachricht gab ihm augenblicklich neue Kraft, sein Bein tat nicht mehr weh, er fühlte sich wieder jung und gesund. Er sprang von seiner Pritsche und lief auf den Appellplatz, auf dem er eine Menge russischer Soldaten und Hunderte von Häftlingen erblickte. Die Vorstellung, er sei in dieser Nacht allein im Lager gewesen, erwies sich als falsch. Über dreitausend Männer und Frauen hatten sich vor der Evakuierung versteckt, nun waren auch sie aus allen Winkeln herausgekrochen und liefen schreiend und jubelnd auf dem Platz herum. Die Russen schauten verblüfft dem Freudentanz der Häftlinge zu, dann begannen auch sie umherzulaufen, zu schreien und zu tanzen. Andrzej schloß sich sofort der tobenden Menge an. Auch er schrie, lachte und wälzte sich im Matsch des verregneten Appellplatzes. Bis er, völlig erschöpft, von einem russischen Soldaten aufgehoben, in die Baracke zurückgetragen und auf seine Pritsche gelegt wurde. Am nächsten Tag stand er aus eigener Kraft auf, überquerte noch einmal den Appellplatz und ging durch das Tor des Lagers, »ein freier Mensch in einer freien Welt ohne Krieg«[8].

In den darauffolgenden Jahren verblaßte die Erinnerung an Sachsenhausen. Er wollte es so – er hätte mit dieser Last nicht leben können. Selbst das Deutsch, das er im Lager gelernt hatte, war nach dem Krieg sofort wieder vergessen. Als er 1964 zum ersten Mal seit Kriegsende in die Bundesrepublik kam – er war Gast des Südwestfunks in Baden-Baden –, verstand er zunächst kein einziges Wort. Erst allmählich fielen ihm die einzelnen Wörter wieder ein, nach zwei Wochen fing er an, sich auf deutsch zu unterhalten. Er bemühte sich, an Sachsenhausen nur in moralischen, politischen oder historischen Kategorien zu denken – er sinnierte gern darüber, ob ein KZ die These illustriere, daß der Nationalsozialismus ein Ergebnis des kleinbürgerlichen Strebens gewesen sei, oder inwieweit die Erschaffung der Lager das Ende der europäischen Zivilisation bedeutet habe –, als persönliches Erlebnis existierte es für ihn nicht.

So dachte er jedenfalls bis zu jenem März 1993, in dem er erstmals seit dem Krieg nach Sachsenhausen fuhr. Die Idee stammte von einer Schweizer Journalistin, die einen Film über ihn drehte. Als sie diese Fahrt ins ehemalige KZ einige Monate zuvor vorgeschlagen hatte, stimmte er sofort zu. Und auch in jenem März, als er von dem Fernsehteam in Berlin abgeholt wurde, war er in bester Laune. Während der Fahrt nach Sachsenhausen versprühte er den üblichen Charme, unterhielt seine Begleiter mit amüsanten Geschichten und Anekdoten.

Erst als sie vor dem Eingangstor standen, überkam sie ihn plötzlich: diese vollkommene Lähmung, die jeden weiteren Schritt unmöglich machte. Er werde dort nicht hineingehen, sagte er zu der Filmemacherin, er könne es einfach nicht.

Er rechnete damit, daß sie protestieren, argumentieren, ihn an seine einstige Zusage erinnern würde. Doch statt dessen stimmte sie ihm sofort zu: Es sei keine gute Idee gewesen, man werde selbstverständlich sofort umkehren. In diesem Moment fiel sein Blick auf den Fahrer, der etwas abseits stand und rauchte. Obwohl er selbst es vor Jahren aufgegeben hatte, bat er den Mann, ihm auch eine Zigarette zu geben. Er rauchte sie in hastigen Zügen, dann noch eine. Das Team wartete schweigend. Als die Filmemacherin schließlich wiederholte, sie sollten jetzt nach Berlin zurückfahren, reagierte er fast schroff: Natürlich würden sie jetzt ins Lager hineingehen, es sei alles in bester Ordnung.

Sie drehten über drei Stunden lang. An jedem Ort, den sie aufsuchten, bemühte er sich, passende Erinnerungen hervorzukramen und in wohlformulierten Sätzen zu erzählen. In Wirklichkeit aber herrschte in seinem Kopf ein vollkommenes Chaos. Der Ort kam ihm fremd vor, er sah keine Baracken, nur Gedenktafeln und einen Galgen. Plötzlich verstummte er. Er hatte nur noch einen Gedanken: daß er jetzt die Nähe einer Frau brauche. Er müsse sofort eine Frau spüren, sonst werde er sterben. Als ob er es laut gesagt hätte, stand plötzlich die Filmemacherin dicht neben ihm. Er fühlte ihre Arme um sich und ihren Kuß auf der Wange, hörte ihre Stimme, die leise, beruhigend auf ihn einredete. Die Szene kam ihm unendlich lang vor. Dann aber hatte er sich in der Tat beruhigt, und die Dreharbeiten konnten fortgesetzt werden.

Dennoch wird er der einfühlsamen Journalistin nicht die ganze Wahrheit erzählt haben. Denn die Wahrheit war, daß er sich im Lager nicht am meisten vor dem Tod fürchtete, sondern davor, von einem launenhaften Kapo zusammengeschlagen zu werden. Und daß am schlimmsten ohnehin nicht die Angst war, sondern der Hunger, der unerträgliche Darmkrämpfe verursachte, die Kälte, gegen die kein Zeitungspapier schützte, der bestialische Gestank. Gerade deswegen, hat er einmal gesagt, gebe es keinen echten, keinen guten Roman über die Epoche der Öfen und werde es noch lange keinen geben. Erst eine spätere Schriftstellergeneration werde die Schrecken erfassen können, die Betroffenen hätten nicht genug Distanz. Doch möglicherweise sei es auch schon für die nächste Generation zu spät, denn »in der europäischen Literatur, in der europäischen Kinematographie, im europäischen Bewußtsein ist längst eine Legende der Lager entstanden. Die Lager funktionieren nicht mehr als Wirklichkeit. Selbst in der Erinnerung ehemaliger Häftlinge sind sie zu einer Legende geworden.«[9]

Siebtes Kapitel

Neues Land, neues Leben

Einmal, in den frühen neunziger Jahren, schlug Daniel Keel, der Chef des Diogenes Verlages, Andrzej Szczypiorski vor, er solle in die Schweiz kommen, sich in ein Hotel in Ascona oder Lugano zurückziehen und dort sein neues Buch beenden. Szczypiorski hatte geklagt, daß die vielen Dinge, um die er sich als Senator der Republik Polen kümmern müsse, ihn zu sehr vom Schreiben abhalten würden. Den Vorschlag seines Verlegers fand er dennoch inakzeptabel. Ohne Warschau könnte er kein Wort schreiben, konterte er sofort. Er brauche dieses Klima, diese Luft, dieses Licht, die ganze Atmosphäre, die häßliche Landschaft Warschaus. »Polen ist mein Vaterland, aber meine Heimat ist Warschau«, sagte er kurz danach in einem Interview. »Die paar Straßen in der Stadtmitte, wo ich mein ganzes Leben verbracht habe, wo in den Steinen mein ganzes Schicksal, meine ganze Vergangenheit steckt, das ist meine Heimat. Das ist die einzige Heimat, die ich habe.«[1]

So hatte er die Dinge schon immer gesehen. Auch damals, zu Kriegsende, als Warschau in Trümmern lag und die Nicht-Rückkehr dahin hätte zumindest eine kurze Überlegung wert sein können. Für ihn aber bestand nicht der geringste Zweifel, wohin er nach der Befreiung aus Sachsenhausen gehen sollte. Er war krank und ausgemergelt, von Warschau trennten ihn sechshundert Kilometer, dennoch war er fest entschlossen, die Strecke so schnell wie möglich, und sei es zu Fuß, zu bewältigen. Es wurde auch tatsächlich ein Fußmarsch, den Szczypiorski trotz der unbeschreiblichen Strapazen, die er – nicht zuletzt wegen seiner Beinverletzung – mit sich brachte, als ein optimistisches Erlebnis in Erinnerung behielt: Er kehrte an den einzigen Ort zurück, wo er zu Hause war.

Er ging über Berlin, an brennenden Häusern und ausgebombten Straßen vorbei. Als er den Stadtteil Köpenick durchquerte, sah er auf einmal im Schaufenster eines Bekleidungsgeschäftes eine unversehrte Modepuppe, um deren Schultern ein schwerer, langer Mantel hing, dunkelblau mit Samtaufschlägen. Die oberen Stockwerke brannten bereits, das Haus konnte jeden Augenblick einstürzen. Er griff nach dem Mantel und warf ihn sich über. Irgendeine Trophäe mußte er aus der besiegten Reichshauptstadt mitnehmen, schließlich gehörte er zu den Siegern in diesem Krieg. Der Mantel »sollte die Entschädigung sein für meine ermordeten jüdischen Schulkameraden aus dem Warschauer Ghetto, für all die Razzien und Erschießungen, für die Beraubung meines Landes, für das Niederbrennen meiner Heimatstadt, für die Ermordung meiner Verwandten, das Haarescheren im KZ, die Schläge mit dem Ochsenziemer, die ich erhalten, den Hunger, den ich erlitten, das Froschhüpfen rund um den Appellplatz, den Rauch aus dem Krematorium, den Galgen und die Eisenstange des Scharführers Schubert.«[2] Doch schon nach wenigen Schritten trennte er sich von seiner Beute – für die 48 Kilo, die er bei einem Meter vierundachtzig Körpergröße wog, war der Mantel viel zu schwer.

Er verließ die Stadt und ging eine Zeitlang am Rande einer Chaussee, die durch die Wälder führte. Aus der entgegengesetzten Richtung kamen die Militärfahrzeuge der Roten Armee, um ihn herum dröhnten die Bombenexplosionen. Auf einmal sah er einen jungen, dunkelhaarigen Mann auf sich zugehen. Er war entsetzlich mager und wirkte völlig erschöpft, doch für den jungen Ex-Häftling war es der schönste Anblick, den er sich hätte träumen lassen: Der Fremde trug eine polnische Uniform und eine Feldmütze mit polnischem Adler. Die Uniform war schlecht geschnitten und verwahrlost, und der Adler hatte keine Krone. Doch es war ein polnischer Soldat – der erste, den Szczypiorski seit dem Verlassen von Sachsenhausen sah. Der Mann blieb beim Anblick seiner gestreiften Lagerkleidung stehen. In jenem Polnisch mit starkem jiddischem Akzent, das Andrzej so gut aus dem Warschau seiner Kindheit kannte, sagte er, sein Name sei Sienkiewicz. Dann führte er ihn in sein Quartier und gab ihm zu essen. Während er ihn mit der Feldküchensuppe fütterte, fragte er nach seiner Herkunft. Schnell fanden sie heraus, daß sie früher in zwei benachbarten Straßen Warschaus gewohnt hatten. Szczypiorski in der Kapucyńska, der Soldat, der in Wirklichkeit Goldsztajn hieß und dessen Vater vor dem Krieg ein bekanntes Pelzgeschäft besessen hatte, in der Miodowa. Als sie das feststellten, brachen sie beide in Tränen aus. »Wir saßen unter dem Apfelbäumchen, in der Nähe dröhnten die Panzer, Berlin stand in Flammen, die Erde bebte unter den Explosionen der Bomben, im Walde lagen Leichen von SS-Männern, und wir streichelten uns weinend die Gesichter wie Liebende, zwei Warschauer Jungen von der Miodowa, Schiffbrüchige, deren Dampfer vor ihren Augen versunken war.«[3]

Den 8. Mai 1945, den letzten Tag des Krieges, erlebte Szczypiorski in Posen. Er stand auf einer überfüllten Straße im Zentrum der Stadt, rund um ihn drängte sich eine Menschenmenge. Man sprach ihn oft an: freundlich und mit Mitgefühl, aber auch mit leichtem Widerwillen. Er trug immer noch seine gestreifte KZ-Uniform, war schmutzig, roch schlecht. Plötzlich sagte jemand, das Radio habe gerade die Nachricht von der bedingungslosen Kapitulation der Deutschen gebracht. Doch die Passanten kümmerten sich weiter um ihre eigenen Angelegenheiten, als beträfe es sie überhaupt nicht. Auch Andrzej ließ diese Nachricht kalt, er hatte gar nicht verstanden, daß sie das Ende des Krieges bedeutete. Außerdem hatte er dreihundert Kilometer Fußmarsch hinter sich, war erschöpft und hungrig. Schließlich nahmen ihn irgendwelche Menschen auf und gaben ihm zu essen. Eine Frau half ihm, sich auszuziehen und zu waschen. Am nächsten Morgen gab sie ihm seine gesäuberte und gebügelte Lagerkleidung, »als wäre es das Frackhemd eines Bräutigams«[4], einen Laib Brot, einen mütterlichen

Kuß auf die Stirn und ihren Segen für den weiteren Weg – und er ging »nach Osten, nach Warschau, meiner Bestimmung entgegen«[5].

Seine Rückkehreuphorie legte sich, sobald er seine Geburtsstadt erreichte. Die Stadt war ausgebombt und ausgebrannt, und eine der ersten Nachrichten, die ihn erreichten, war, daß sein Vater bei dem Todesmarsch nach Lübeck ums Leben gekommen sei. In diesem Moment war er überzeugt, daß er alle Angehörigen verloren habe und nun ganz allein auf der Welt sei. Bis er an der Mauer des Hauses, in dem er zuletzt gewohnt hatte, die Nachricht seiner Schwester Wiesława fand: Sie habe überlebt, wohne jetzt auf Gut Borki bei Tłuszcz, einem unweit von Warschau gelegenen Ort, und er solle sofort dorthin kommen. Andrzej machte sich unverzüglich auf den Weg. Er hatte seine Schwester zum letzten Mal am 1. August 1944 gesehen: An jenem Tag hatte sie sich, ebenso wie er, dem Warschauer Aufstand angeschlossen, danach verloren sich die Geschwister aus den Augen. Nun konnte er sich doppelt freuen: Er sollte nicht nur seine Schwester wiedersehen, sondern auch einen Mann, den er vergötterte und der in der Zwischenzeit sein Schwager geworden war. Er wußte nämlich bereits, daß Wiesława Anfang 1945 den Grafen Jerzy Wieszczycki, einen verarmten Gutsbesitzer aus Großpolen, geheiratet hatte, der während der Okkupation Untermieter der Szczypiorskis gewesen war. Nach dem Krieg ließ sich das junge Ehepaar in Borki nieder, wo Wieszczycki eine Anstellung als Gutsverwalter gefunden hatte.

An die Einzelheiten der ersten Begegnung mit den beiden erinnerte sich Szczypiorski später nicht mehr. Nur daran, daß es stark regnete und der Gutshof im Dreck versank. Auch sonst machte das Haus keinen besonders einladenden Eindruck. Mit Ausnahme der riesengroßen Küche waren die Räume eng, niedrig und verwahrlost. Und Graf Wieszczycki, der sehr beschäftigt wirkte, schien nicht gerade aufwendige Renovierungspläne zu hegen. Er stammte aus der Posener Gegend, was bedeutete, daß er einer Gruppe erfahrener, kultivierter und belesener

Gutsbesitzer mit demokratischen Ansichten angehörte, die an die Zusammenarbeit mit aufgeklärten und gut organisierten Bauern gewöhnt waren. Hier hingegen, im Warschauer Land, stieß er ständig auf Rückständigkeit und Mißtrauen. Er hatte also größere Sorgen als die Renovierung seines Hauses.

Er schien sich auch sehr für die politische Entwicklung des Landes zu interessieren. Er war zwar kein Mann von scharfem politischem Verstand, aber er konnte gut beobachten und hatte darüber hinaus ausgezeichnete Kontakte zu dem Stab einer Heereseinheit der Roten Armee, der in der Nähe stationiert war. Er besuchte die Offiziere manchmal abends in ihrem Quartier und führte mit ihnen stundenlange Gespräche. Andrzej nahm mehrmals an diesen Abendessen teil, beteiligte sich aber nicht an der Unterhaltung. Er hörte nur schweigend zu. Sein Schwager und die Soldaten mochten sich gegenseitig. Seine natürliche Eleganz stand zwar in krassem Kontrast zu ihrer Schwerfälligkeit und ihren groben, gutmütigen Gesichtern, doch genau diese Unterschiedlichkeit schien sie aneinander zu reizen. Die Offiziere waren sichtlich bemüht, der Art des Grafen gerecht zu werden, als ob sie hofften, dadurch etwas lange Verlorenes zurückzugewinnen. Er wiederum schien in ihren Äußerungen, ihren Gesichtern, ihren Gesten und Blicken sein eigenes Schicksal zu erraten. »Dieser nüchterne Großpole, Absolvent französischer Schulen, Feinschmecker und Freigeist stampfte abends in Drillichhosen und hohen Stiefeln durch den Matsch in die nahe Schule, um sich sein künftiges Los anzuschauen.«[6]

Man konnte viel von den Rotarmisten lernen, die damals durchs Land in Richtung Osten zogen. Für die Menschen in Polen war die Wirklichkeit, die nach dem Krieg eingekehrt war, völlig neu, sie begrüßten sie folglich mit Optimismus und Hoffnung. Im Grunde blieb ihnen auch nichts anderes übrig, sie hatten ja nur diese zwei Optionen: ein neues Leben oder einen passiven Widerstand. Die überwiegende Mehrheit entschied sich für die erstere und legte einen authentischen Wiederaufbauenthusiasmus an den Tag. Das Verhalten der sowjetischen Menschen hingegen, denen diese Wirklichkeit längst wohlbekannt war, fiel auffallend nüchtern aus. Für Szczypiorski waren sie damals die nüchternsten Menschen in ganz Polen, diese Soldaten, »die vier Jahre lang gegen die Deutschen gekämpft, die unbeschreibliche Leiden, Hunger, Verletzungen, Läuse, Tod von Kameraden, den ganzen Schrecken des Krieges durchgemacht hatten – und die jetzt als Sieger in ihre Heimat zurückkehrten«.[7] Doch in Wirklichkeit hätten sie eher Landstreichern als einer siegreichen Armee geglichen. Es sei in ihnen keine Fröhlichkeit, kein Enthusiasmus, nicht einmal Stolz gewesen. Vielmehr die Tragik von Menschen, die keine Illusionen mehr hätten.

Ein Hauch von Tragik haftete auch dem Grafen Wieszczycki und seinesgleichen an. Es waren gebildete, verantwortungsbewußte Menschen, die gleich nach dem Krieg ihr Wissen dem neuen Staat zur Verfügung stellten, ohne darauf zu achten, daß die volksrepublikanische Demagogie sie aufgrund ihrer »falschen« Herkunft auf die Rolle von Bürgern zweiter Kategorie hinabdrückte wollte. In die Nachkriegszeit hatten sie ihre Bildung und berufliche Praxis hinübergerettet, aber auch, so Szczypiorskis Eindruck, »die Bitterkeit des Mißerfolgs« mitgebracht, »denn dieses Polen, zwanzig Jahre lang ihr Stolz, war schnell zerfallen, hatte eine Niederlage davongetragen und unter der Okkupation gelitten, um am Ende als ein ganz anderes Land aus dem Krieg hervorzugehen«[8]. Sie waren jedoch nicht der Meinung, dieses andere Land bedeute ein fremdes – auch das andere betrachteten sie als das ihre und machten sich deshalb als erste an die Arbeit. Der Staat dankte ihnen dafür, indem er sie als »Klassenfeinde« abstempelte und allerlei Schikanen aussetzte.

Die ganz persönliche Tragödie, die Graf Wieszczycki im August 1945 erlebte, betraf auch Andrzej Szczypiorski: Seine Schwester starb plötzlich an den Folgen einer, wie es schien, harmlosen zahnärztlichen Behandlung. Sie ließ sich einen Zahn ziehen, doch die Bedingungen, unter denen dies geschah, waren von einer elementaren Hygiene weit entfernt, und die Fähigkeiten des Zahnarztes ließen offenbar auch zu wünschen übrig. Sie starb in einem Warschauer Krankenhaus, sehr schnell und still, bis zum Tode voller Hoffnung, daß die Eltern doch eines Tages zurückkehren würden. Sie war gerade mal einundzwanzig Jahre alt und erwartete ihr erstes Kind. »Ihr Tod war das Ende meiner Jugend«, wird Szczypiorski Jahre später notieren. »Ich blieb allein, ein Schiffbrüchiger und armer Schlucker, dem der Krieg das Haus und die Nächsten genommen hatte. Von nun an sollte ich allein mit der Welt ringen, allein gegen alle Heere des Xerxes.«[9]

Den Schwager sah er erst in den fünfziger Jahren wieder. Seine Eltern, die, wie sich herausstellte, tatsächlich überlebt hatten, kehrten 1956 aus der Emigration zurück und luden den Ex-Schwiegersohn ein, um ihn zu bitten, ihnen das Recht an dem Grab ihrer Tochter abzutreten. Er erzählte bei diesem einzigen Treffen nicht viel, deutete nur an, daß er während des Stalinismus Schwierigkeiten gehabt habe. Er brauchte auch nicht viel zu erzählen. Es war allgemein bekannt, daß viele der ehemaligen Großgrundbesitzer in den Jahren des schlimmsten Terrors hinter Gitter gekommen waren. Erst im »Tauwetter«-Jahr 1956 hörte die direkte Verfolgung auf. Dennoch versuchten die meisten Adeligen auch in den späteren Jahren so wenig wie möglich aufzufallen. Ihrer Besitztümer beraubt und von der Staatsmacht weiterhin mißtrauisch beäugt, führten sie meist das farblose Leben eines Durchschnittsbürgers.

Nicht alle natürlich. Wie anders war doch beispielsweise Jerzy Gombrowicz, der ältere Bruder des Schriftstellers Witold Gombrowicz, mit dem Szczypiorski nach dem Krieg befreundet war. Der ältere Herr – er war Jahrgang 1900 – imponierte ihm durch seine Eleganz, Belesenheit und Weltgewandtheit. Außerdem behielt er ihn als einen Mann in Erinnerung, der schöne Frauen liebte, gern Karten spielte und keinerlei Groll gegen die neuen Machthaber zu hegen schien. Selbst der Tatsache, daß die kommunistischen Behörden im Gutshaus seiner Familie ein Altersheim eingerichtet hatten, wußte er Gutes abzugewinnen: Wenigstens wisse er, wohin er auf seine alten Tage zurückkehren werde. Er war mit der Tochter des Malers Józef Brandt, des wichtigsten Vertreters der sogenannten »Münchener Schule«, verheiratet und lebte hauptsächlich vom Verkauf der Bilder seines Schwiegervaters. Er war stets gut gelaunt und energiegeladen und versuchte das Leben, so gut es ging, zu genießen. Dieser programmatische Optimismus beeindruckte Szczypiorski sehr.

Nach dem Tod der Schwester kehrte er nach Warschau zurück, fest davon überzeugt, daß er nun alle seine Familienangehörigen verloren habe. Er lebte in unbeschreiblicher Armut, nachts schlief in den Treppenhäusern der ausgebrannten und zerstörten Häuser, tagsüber lief er ziellos in den Ruinen der Stadt umher. Die meiste Zeit empfand er eine merkwürdige Apathie: »Ich lebte, ich atmete, ich schlief. Vielleicht fühlte ich etwas und ich dachte etwas, aber ich erinnere mich nicht, was.«[10] Diese Niedergeschlagenheit nahm erst ein Ende, als er eines Tages zufällig seinen Freund Jan Górski traf, dessen Eltern seit einiger Zeit in Kattowitz lebten. Sein Vater war Chemiker und besaß dort einen kleinen Betrieb, der als Lieferant der Lebensmittelindustrie arbeitete. Jan schlug Andrzej vor, mit ihm nach Kattowitz zu gehen und bei ihm und seinen Angehörigen zu leben.

Die Familien Szczypiorski und Górski lernten sich kurz vor dem Krieg kennen, nachdem die letztere in das Haus in der Kapucyńska eingezogen war. Jans Vater war damals ein vermögender Industrieller, seine Mutter – eine der schönsten Frauen, die Szczypiorski je gesehen hatte. Die beiden Söhne – Andrzej war zwei Jahre älter – spielten gemeinsam im Hof und wurden schnell Freunde. Diese Freundschaft überdauerte bis zum Tod Górskis im Jahre 1988. Er arbeitete als Jurist, Soziologe und Publizist und war – nach Szczypiorskis Beschreibung – ein überaus begabter, fleißiger und pflichtbewußter Mensch von enormem Wissen. Er verstand sich immer als Sozialdemokrat und galt in den oppositionellen Kreisen als eine der höchsten Autoritäten. Die Freundschaft der beiden Männer gestaltete sich nicht immer harmonisch, denn nach Szczypiorskis Empfinden hatte Górski bei allen Qualitäten ein übertriebenes Selbstwertgefühl und neigte schnell zur Überempfindlichkeit. Dennoch war er der einzige Mensch, den der Schriftsteller als seinen wahren Freund bezeichnete.

Nun ging er also mit Jan nach Kattowitz, wo er die Schule besuchte und schließlich das Abitur machte. Anfang 1946 kehrte überraschend seine Mutter mit einem Transport nach Polen zurück. Als sie erfuhr, daß ihr Mann ebenfalls überlebt hatte und sich in Schweden befand, kam sie nach Kattowitz und versuchte Andrzej zu überreden, mit ihr zusammen Polen zu verlassen. Sie sei jedenfalls dazu fest entschlossen – in diesem bolschewistischen Land werde sie auf keinen Fall bleiben. Sie machte ihr Versprechen wahr: Im April 1946 fuhr sie nach Stettin, wo sie sich unter den nächsten Transport deutscher Vertriebener mischte. Sie ging auf den kommandierenden polnischen Offizier zu und sagte, indem sie ein gebrochenes Polnisch imitierte, ihr Name sei Hedwig Müller, und er möge ihr doch erlauben, in Stettin, wo alle ihre Angehörigen beerdigt seien, zu bleiben. Ihre Rechnung ging auf: Der Offizier packte sie am Arm und beförderte sie mit einem kräftigen Schubs in den Waggon. Auf diese Weise kam sie nach Hamburg, und kurze Zeit später zu ihrem Mann nach Schweden. Jahre später lachte sie Tränen, wenn sie erzählte, wie einfach es doch war, die Kommunisten zu überlisten.

Ihr Sohn hingegen teilte weiterhin das Schicksal der im Lande Verbliebenen. Und dieses gab immer weniger Grund zur Freude: Das Jahr 1945 bedeutete für Polen bekanntlich nicht nur das ersehnte Kriegsende, sondern auch eine grundlegende Veränderung politischer Verhältnisse und gesellschaftlicher Strukturen. Der anfangs noch gewahrte Anschein des politischen Pluralismus – die traditionsreiche Polnische Sozialistische Partei (PPS) durfte neben der 1942 gegründeten Polnischen Arbeiterpartei (PPR – Polska Partia Robotnicza) bestehen – wich bald Maßnahmen, die unmißverständlich erkennen ließen, daß die Einführung des kommunistischen Systems sowjetischer Prägung nur eine Frage der Zeit war. Eine entscheidende Wende brachte schließlich das Jahr 1948, in dem die beiden Parteien zu der Polnischen Vereinigten Arbeiterpartei (PZPR – Polska Zjednoczona Partia Robotnicza) zusammengefügt und Politiker wie Władysław Gomułka, der bisherige Generalsekretär der PPR, aus dem öffentlichen Leben verbannt wurden. Die neue Partei übernahm voll die Kontrolle über das politische Leben im Lande.

Diese neue Entwicklung, die auf den Beginn der stalinistischen Zeit in Polen hindeutete, löste in vielen Schichten der Gesellschaft starke Unruhe und Verunsicherung aus, doch es gab auch genug Menschen, die allen Grund hatten, zufrieden zu sein. Die Bauern und Arbeiter etwa, deren Situation sich nach dem Krieg deutlich gebessert hatte. Die einen erhielten den Boden, der infolge der Landwirtschaftsreform den Gutsbesitzern weggenommen wurde, den anderen bescherte die Nationalisierung der Industrie sichere Arbeitsplätze und zahlreiche Vergünstigungen. Im Vergleich zu der Vorkriegszeit, in der sie in ständiger Angst um ihre Existenz gelebt hatten, konnten sie sich glücklich schätzen. Wenn sie also überhaupt einen Anlaß sahen, mißtrauisch zu sein, dann nicht wegen der wirtschaftlichen Reformen, sondern wegen der zunehmenden Sowjetisierung, die sich langsam in allen Lebensbereichen bemerkbar machte.

Am schnellsten konnte man die Veränderungen freilich in der Hauptstadt spüren. Das Warschau der ersten Nachkriegsjahre, das war eine Stadt, in der die Menschen bis dahin vor allem mit sich selbst beschäftigt waren und wo trotz aller Verwüstungen Lebensfreude und Geschäftigkeit vorherrschten. Eine Stadt der Kneipen und Nachtlokale, in denen es von energiegeladenen jungen Männern und schönen Frauen nur so wimmelte. Die Existenzbedingungen der meisten Warschauer waren zwar nach wie vor spartanisch, doch es gab auch viele Gesten menschlicher Solidarität, die bewirkten, daß das Leben sich langsam zu normalisieren begann. Vieles funktionierte wieder dank der Initiative privater Unternehmer, die den Handel und den Dienstleistungssektor schnell auf Vordermann brachten. All das spielte sich weit weg von den Zentren der neuen Macht ab, ja man wußte kaum, daß es überhaupt irgendeine Macht gab. Bis sich, Ende der vierziger Jahre eben, ihre Anwesenheit auf einmal stark bemerkbar machte.

Auch Szczypiorski, der inzwischen wieder in Warschau lebte, konnte spüren, daß die Atmosphäre immer stickiger und bedrohlicher wurde. Einschlägige Situationen erlebte er oft genug. Etwa in jener Firma, die Filmplakate herstellte und bei der er Ende der vierziger Jahre eine Zeitlang beschäftigt war. Die Arbeit machte Spaß: Man verhandelte mit den Grafikern und Zeichnern, schrieb Texte, bei denen man sich weitgehend der Vorkriegsmuster bediente, und ging obendrauf oft ins Kino. Doch plötzlich stellte sich heraus, daß die Muster falsch waren und die Filme, die man auf diese Weise ankündigen wollte, nicht mehr gezeigt werden durften. Westliche Krimis und Abenteuerfilme wurden nach und nach durch sowjetische Filme verdrängt, die polnischen Produktionen waren immer seltener zu sehen. Und was die Plakate anbelangte, so wurde ein neues Organ ins Leben gerufen, das sie von nun an gestalten sollte (und dessen Leitung die Frau des Sicherheitsministers übernahm).

Es war nicht einfach, in diesem Klima zunehmender Einschüchterung klare politische Ansichten zu gewinnen. Schon gar nicht, wenn man erst siebzehn Jahre alt war. Ein unabhängiges und sozialistisches Polen, das klang für den jungen Andrzej Szczypiorski gut, das war ein Echo seiner Jugend, der Erziehung in der sozialdemokratischen Tradition. Auf der anderen Seite wußte er aber, daß die Kommunisten seit eh und je als Erzfeinde der Sozialdemokraten galten. Und daß sein Vater, der die Sowjetunion gut kannte, sich immer als Antikommunist verstanden hatte. Diese weltanschauliche Ambivalenz spiegelte sich nun in seinen Handlungen wider: Er trat der OMTUR bei, einer Jugendorganisation der Polnischen Sozialistischen Partei, in der er hoffte, in einer ihm ideologisch nahestehenden Umgebung am Wiederaufbau des Landes teilzunehmen. Gleichzeitig begann er, an der Konsular-Diplomatischen Fakultät der Warschauer Akademie für Politische Wissenschaften zu studieren, was wiederum eine bedingungslose Akzeptanz des neuen Systems voraussetzte. Leider (oder zum Glück?) wurde er schon ein Jahr später von der Hochschule entfernt: Als Sohn eines Emigranten und »Lakaien des Imperialismus« hatte er dort nichts zu suchen. Und die Aussichten auf einen Studienplatz anderswo waren – aus demselben Grund – nicht minder schlecht.

Für ein offizielles literarisches Debüt war er auch noch nicht reif, zumal die Strukturen des literarischen Lebens nach wie vor recht unüberschaubar waren. In den Okkupationsjahren hatte sich das Literatenmilieu in den Großstädten des »Generalgouvernements«, Warschau und Krakau, konzentriert. Gleichzeitig gab es eine größere Schriftstellergruppe, die sich in Lemberg um die kommunistische Monatsschrift *Nowe Widnokręgi* (Neue Horizonte) versammelte und aus der nach der Befreiung der polnischen Ostgebiete (1944) der neue Polnische Schriftstellerverband hervorging. Und da waren auch noch die in den Westen geflüchteten Autoren. Einige kehrten zwar nach Kriegsende nach Polen zurück, die meisten von ihnen blieben aber im Ausland, wo sie binnen weniger Jahre mehrere Zentren der polnischen Exilliteratur schufen: in Paris, London oder New York. Auf diese Weise hatte sich noch während des Krieges eine Spaltung der polnischen Literatur vollzogen: in die »offizielle«, die – wirklich oder scheinbar – mit der neuen Gesellschaftsordnung konform ging, und in die von Anfang an als oppositionell geltende Exilliteratur. Diese Teilung sollte bis in die achtziger Jahre hinein Bestand haben.

Für das literarische Leben der Nachkriegszeit war, ebenso wie für das politische, das Jahr 1948 von entscheidender Bedeutung. Während in der ersten Nachkriegszeit eine heftige Diskussion über die neuen Aufgaben der Literatur geführt wurde, ohne daß sie einen neuen literarischen Kanon hervorgebracht hätte, setzte sich nun eine Gruppe marxistisch orientierter Soziologen und Literaturkritiker durch, die dafür sorgte, daß auf dem Stettiner Kongreß des Polnischen Schriftstellerverbandes im Januar 1949 der Sozialistische Realismus als maßgebliche Doktrin beschlossen wurde. Dies bedeutete für die Autoren den Zwang, sich mit der neuen Realität literarisch auseinanderzusetzen und darüber hinaus die Konstruktion der Handlung und der Figuren den politischen Kriterien unterzuordnen. Daß die Folge ein literarischer Schematismus war, versteht sich wohl von selbst.

Natürlich gab es auch solche, denen die neue Literaturdoktrin von Anfang an suspekt war. Etwas anderes war auch nicht zu erwarten: Die nicht zuletzt durch die Zerstörung Warschaus verursachte Aufsplitterung der Literaturlandschaft – in den ersten Nachkriegsjahren bildeten Lublin, Krakau, Lodz und Breslau die wichtigsten Zentren des literarischen Lebens – ging trotz der Einmischung des Staates mit einem ideologischen und künstlerischen Pluralismus einher. So wurde die in Lodz entstandene Zeitschrift *Kuźnica* (Schmiede) zur Tribüne jenes Teils der intellektuellen Linken, der am heftigsten die bürgerliche Literatur kritisierte und ein neues Verständnis des Realismus forderte, während die in Krakau gegründete katholische Zeitschrift *Tygodnik Powszechny* (Allgemeines Wochenblatt) zum Sprachrohr jener Intellektuellen wurde, die der neuen Realität kritisch und jeglicher literarischen Eindimensionalität ablehnend gegenüberstanden.

An all diesen Auseinandersetzungen war Szczypiorski nicht beteiligt. Zu diesem Zeitpunkt interessierte er sich auch wenig für die Literatur; vielmehr versuchte er, als Journalist Fuß zu fassen. Mit Erfolg: Seit 1948 war er Mitarbeiter der Tageszeitung *Życie Warszawy* (Warschaus Leben), in den folgenden drei Jahren baute er bereits neue Redaktionen der Zeitung in Lublin und Radom auf. Auch sein Privatleben fand in dieser Zeit feste Bahnen: 1949 heiratete er Ewa Markowska, ein Mädchen aus »gutem Hause«, das er als Abiturient in Kattowitz kennengelernt hatte. Es war eine Eroberung, die viel Geduld und Phantasie erforderte: Sie ließ sich zwar gern von ihm Nachhilfe in Polnisch geben – für Aufsätze, die er für sie schrieb, bekam sie oft schlechte Noten, weil die darin enthaltenen Thesen der Lehrerin zu gewagt vorkamen –, die Avancen des vier Jahre jüngeren »Lehrers« nahm sie aber lange Zeit nicht ernst. Doch dies bekümmerte ihn kaum. Da er seine Vorstellung von der Liebe hauptsächlich aus den Büchern von Joseph Conrad, dem Idol seiner Generation, bezog, war er fest überzeugt, daß sie heroisch und schmerzhaft sein müsse, und gefiel sich folglich in der Rolle eines leidenden Verehrers.

Er mußte übrigens nicht nur gegen Ewas Widerstand ankämpfen – auch ihre Eltern wollten in die Heirat nicht einwilligen: Der Kandidat erschien ihnen zu jung, die Zukunft der Tochter zu ungewiß. Er blieb aber hartnäckig und ließ sich schließlich einen kühnen Plan einfallen: Als sie einmal eine zwischen ihnen abgeschlossene Wette verloren hatte, verlangte er von ihr, mit ihm nach Lublin, seinem damaligen Arbeitsort, zu fahren. Da sie dort eine Schwester hatte, bei der sie übernachten konnte, willigte sie ein. Am Tag ihrer Ankunft besuchten sie ein Tanzlokal. Als er sie im Laufe des Abends bat, ihn gleich am nächsten Morgen zu heiraten, stimmte sie lachend zu: Sie hielt seinen Antrag für einen Scherz. Sie wußte nicht, daß er bereits einen Termin vereinbart, zwei Zeugen bestellt und alle Dokumente besorgt hatte. Unter anderem eine Geburtsurkunde, laut derer er vier Jahre älter als in Wirklichkeit war – ein »Schwindel aus Liebe«, den er fast sein Leben lang aufrechterhalten sollte. Erst als er sie am folgenden Tag abholte und zu einem Gebäude führte, das sich als Sitz des Lubliner Standesamtes entpuppte, begriff sie, daß es sich keineswegs um einen Scherz handelte.

Eine Heirat wider Willen war es dennoch nicht. Es stand ihr schließlich frei, die entscheidende Frage des Standesbeamten mit »Nein« zu beantworten. Von diesem Recht machte sie aber keinen Gebrauch, was wohl weder sie noch er je bedauert haben. Er hielt sie gelegentlich für streng und apodiktisch, sie wiederum war der Meinung, daß ihr ganzes Leben seinen Angelegenheiten, Problemen und Bedürfnissen untergeordnet sei. Insgesamt aber war es eine ausgesprochen glückliche Beziehung, die erst mit ihrem Tod im Jahre 1994 endete. Was sie nicht zuletzt verband, war die Liebe zu den Tieren, die immer zahlreich ihre Wohnungen und zuletzt ihr Haus bevölkerten. Daß es sich dabei oft um herbeigelaufene oder irgendwo aufgelesene Hunde und Katzen handelte, machte sie in ihren Augen noch liebenswerter. Sie wurden dadurch zu Familienmitgliedern, die einer besonderen Zuneigung bedurften. Im Gegensatz zu vielen Menschen, die in der Freundschaft mit Vierbeinern einen Ausgleich für ein Gefühlsdefizit im Umgang mit ihren Nächsten suchen, hatten sie stets das Bedürfnis, ihren Haustieren die Liebe zu schenken, die sie füreinander empfanden und die niemals nachzulassen schien. In all den Jahren jedenfalls wiederholte Szczypiorski mehrmals, es gebe zwei Menschen, denen er verdanke, daß sein Leben erfüllt sei: seinen Vater und seine Frau. Der Vater habe es mit moralischen Wegweisern versehen, Ewa habe ihm einen Sinn gegeben.

Achtes Kapitel

Schlesisches Asyl

Ein Bohemien à la Majakowski, mit wehendem Haar, gekleidet mit lässiger Eleganz, immer in Schwarz, in Hut und langem Mantel. Ständig in Bewegung und Eile. Überdurchschnittliche Persönlichkeit, schwieriger Charakter, charmanter Gesprächspartner: So erinnert man sich in Kattowitz bis heute an den jungen Andrzej Szczypiorski. Er und seine Frau waren im Jahre 1950 dorthin gezogen. Er hatte eine Stelle beim Kattowitzer Rundfunk gefunden, was dem Leiter der dortigen Literaturredaktion, Aleksander Baumgardten, zu verdanken war. Als sein Assistent und Helfer versuchte er von jetzt an, Werke der literarischen Weltklassik für den Rundfunk zu adaptieren. Mal waren es Stendhal oder Balzac, mal jemand von den polnischen Größen: Eliza Orzeszkowa oder Maria Konopnicka. Und manchmal Upton Sinclair oder Howard Fast, ein Amerikaner mit kommunistischer Weltanschauung, der von den polnischen Kulturbehörden der Stalinzeit sehr geschätzt wurde. Gleichzeitig schrieb er eigene Hörspiele (sein erstes hieß *Anaconda*), später auch Reportagen und politische Beiträge, und wurde so nach und nach zu einem stadtbekannten Rundfunkjournalisten, der trotz seines jungen Alters der lokalen Elite angehörte.

Ein besseres Asyl hätte er nicht finden können. Und es war damals außerordentlich wichtig, ein Asyl zu haben. Die frühen fünfziger Jahre waren die Zeit des politischen Terrors, der Angst und völligen Hoffnungslosigkeit. Unmittelbar nach dem Krieg war die internationale Situation so instabil gewesen, daß die Unzufriedenen auf den baldigen Ausbruch des Dritten

Weltkriegs gehofft hatten. Doch spätestens nach der Bekanntgabe der neuen Verfassung (1952) wurde es den Menschen klar, daß eine Änderung des neuen Status quo nicht so schnell zu erwarten war. Die pessimistische Stimmung ging mit wachsender Spannung einher. Entbehrungen, die der Bevölkerung wegen des Übergangs zur Planwirtschaft und der Industrialisierung des einstigen Agrarlandes abverlangt wurden, die Unsicherheit, die auf die Übersiedlung vieler Tausender von Ost nach West zurückging, zunehmende Gewaltmaßnahmen gegenüber den politisch Unbequemen, begleitet von der Propaganda des Kalten Krieges: All das ergab eine explosive Mischung. Wie schnell es zu einer wirklichen Explosion kommen konnte, sahen die kommunistischen Machthaber 1953 am Beispiel des Arbeiteraufstands in der DDR und waren um so mehr bemüht, das eigene Volk in Schach zu halten.

Angst und Unsicherheit gingen in allen Bevölkerungsschichten um, sogar unter dem Klerus. Die stalinistischen Jahre waren die einzige Zeit im Nachkriegspolen, in der die Kirchen halb leer waren und die Menschen aus Angst vor Repressalien auf religiöse Praktiken verzichteten. Nachdem die kirchliche Führung es schließlich gewagt hatte, in einem Memorandum gegen die Behinderung des religiösen Lebens zu protestieren, wurde der Primas Polens, Kardinal Stefan Wyszyński, im September 1953 verhaftet und in einem abgeschiedenen Kloster außerhalb Warschaus interniert. Danach waren viele Bischöfe und Priester so erschrocken, daß sie sich dem Regime gegenüber versöhnlich bis unterwürfig verhielten. Dies galt auch für viele kirchennahe Kreise. Eine Ausnahme bildete das Milieu um die Krakauer katholische Wochenschrift *Tygodnik Powszechny*, die seit Jahren als Symbol der freien, unabhängigen Presse galt.

Die journalistischen Grundsätze des Blattes bestimmte von Anfang an sein Chefredakteur Jerzy Turowicz, der es auch von der ersten Ausgabe (1945) bis zu seinem letzten Lebenstag im Januar 1999 betreute. Als er drei Jahre vor seinem Tod im Namen der Redaktion in Köln den »Madame-de-Staël-

Preis« entgegennahm, wies sein Laudator Karl Dedecius auf eine Ähnlichkeit zwischen der Namensgeberin des Preises und dem Preisträger hin: So wie die Wirkungsstätten der Madame de Staël Zentren der liberalen Intelligenz Frankreichs gewesen seien, so seien die Redaktionsräume des *Tygodnik* immer ein Zentrum des liberalen Journalismus in Polen gewesen. Dies galt auch für die Jahre des Stalinismus. Obwohl ständig behindert, beschnitten und schikaniert, war die Redaktion zu keinem Zeitpunkt bereit, gegenüber der Zensur nachzugeben. Als sie sich schließlich 1953 weigerte, einen Nachruf auf Stalin abzudrucken, wurde sie für drei Jahre geschlossen.

Das neue politische Klima war freilich auch in Kattowitz deutlich zu spüren. Gleichzeitig aber konnte Szczypiorski gerade dort besonders gut beobachten, wie geschickt das Regime die breiten Massen der Gesellschaft manipulierte. Wie die Arbeiter, etwa die Bergleute, die immer mehr Sonderrechte und Vergünstigungen erhielten, nach und nach zu einer privilegierten Klasse wurden. Sie machten keineswegs einen eingeschüchterten Eindruck – im Gegenteil, sie genossen sichtlich ihre neue gesellschaftliche Stellung und nahmen entsprechend bereitwillig an regimefreundlichen Aufmärschen und Kundgebungen teil. Viel schlimmer waren die Bauern dran, denen im Rahmen der Kollektivierung der Landwirtschaft der Boden, den sie gerade erst bekommen hatten, wieder weggenommen wurde. Nicht selten wurden sie dabei schikaniert oder gar zu Gefängnisstrafen verurteilt.

Allerdings wurde auch die Kollektivierung sehr halbherzig betrieben; die Behörden waren eher bemüht, den Schein zu wahren als die Reform wirklich in vollem Umfang durchzuführen. »Die Zeitungen waren voller begeisterter Artikel und Reportagen«, erinnerte sich später in seinem Berliner Exil der Dichter Witold Wirpsza, »man schrieb Gedichte und Abhandlungen über dieses Thema, man debattierte darüber in den Parteiorganisationen auf sämtlichen Stufen bis zum Zentralkomitee hinauf; man schuf einen riesigen bürokratischen Apparat.«[1] Ein fremder Beobachter hätte nicht nur zur Schlußfolgerung kommen können, daß die Kollektivierung des Landes erfolgreich vor sich gehe, sondern auch daß dieser ganze Prozeß sich bereits dem Ende zuneige. Doch im Jahre 1956, nach der Auflösung fast aller landwirtschaftlichen Produktionsgenossenschaften, habe sich gezeigt, daß nur zehn Prozent des gesamten Bauernbesitzes kollektiviert worden seien.

Mit den Intellektuellen trieb das Regime ein eigenes Spiel, mit den Schriftstellern allemal. Einerseits versuchte es, sie mit Privilegien zu ködern, sie zu hofieren und zu umschmeicheln, andererseits sollten sie für keinen Augenblick vergessen, daß der Staat ihre uneingeschränkte Loyalität erwartete. Daß zu den Kriterien, nach denen dieses Zucker-und-Peitsche-Prinzip angewandt wurde, auch die Frage gehörte, ob jemand Mitglied der Partei war, versteht sich wohl von selbst. Wer wie Szczypiorski zu den Parteilosen – und dazu auch noch zu den unbekannten Autoren – gehörte, hatte von vornherein schlechte Karten. Seine Parteilosigkeit ging allerdings, wie er später mehrmals zugab, weniger auf seine Standhaftigkeit als auf seine heikle familiäre Situation zurück.

Seine Eltern, die sich immer noch in der Emigration befanden, waren inzwischen nach London gezogen, das in den Augen der neuen Machthaber weit schlimmer war als Stockholm. In London hatte schließlich die Exilregierung ihren Sitz, der Professor Adam Szczypiorski zu allem Übel auch noch angehörte. Er hatte die Funktion des Bildungsministers inne und war als solcher an der Gründung der Polnischen Exiluniversität (PUNO – Polski Uniwersytet na Obczyźnie) beteiligt. Außerdem war er Mitarbeiter des in München ansässigen amerikanischen Senders »Radio Free Europe«, der den Kommunisten von Anfang an ein Dorn im Auge war. Szczypiorskis Schwiegereltern waren ebenfalls kein gutes »Aushängeschild«: Sie – de domo eine Baronesse, er – ein ehemaliger Appellationsstaatsanwalt, der vor dem Krieg keinen Hehl aus seiner Abneigung gegen die Kommunisten gemacht hatte. Während des Stalinismus wurde er vom Geheimdienst so lange verfolgt und schikaniert, bis er schließlich 1951 an einem Schlaganfall starb. Seine

Frau, die diesen Verlust und die Atmosphäre der Verhetzung nicht verkraften konnte, starb kurze Zeit später.

Szczypiorski hatte also allen Grund, Angst zu haben, und versuchte folglich, so wenig wie möglich aufzufallen. Er wohnte mit seiner Frau in einem ruhigen Villenviertel und ging seiner literarischen Arbeit beim Rundfunk nach. Als allerdings 1952 sein einziger Sohn Adam geboren wurde, sah er sich gezwungen, seine Einkünfte zu verbessern – daß im selben Jahr in der Krakauer Wochenschrift *Życie Literackie* (Literarisches Leben) seine erste Erzählung, *Die Flut*, erschien, machte ihn noch zu keinem bekannten Schriftsteller – und arbeitete von jetzt an auch als Rundfunkreporter. Er fuhr nun mit dem Tonbandgerät in die Betriebe, um die Direktoren zu den Problemen der Kohlenförderung und Stahlproduktion und die Arbeiter zu ihren täglichen Sorgen zu interviewen. Die Reportagen, die er daraufhin schrieb, gingen später in die Sammlung *Von fern und nah* (1957) ein.

Es war bereits sein zweites Buch – zwei Jahre zuvor hatte er den Erzählband *Väter der Epoche* publiziert, der von der Kritik wohlwollend, wenn auch nicht gerade enthusiastisch aufgenommenen wurde. Die meisten Rezensenten würdigten zwar die thematische Vielfalt der Erzählungen, die vom Abwurf der Atombombe auf Hiroshima ebenso handeln wie von der Befreiung eines KZs, dem Kampf der Arbeiterklasse in Italien oder den vereinenden Charakter jeder ehrlichen Arbeit. Doch gleichzeitig vermißten sie an dem Buch eine wirklich eigene Perspektive, eine spürbare persönliche Motivation; ein Kritiker entdeckte gar eine »beunruhigende Neigung zu runden Verallgemeinerungen«[2]. Es gebe in Szczypiorskis Prosa, schrieb er, eine etwas suspekt wirkende Leichtigkeit der Feder, die zwar geschickte, doch leere Charakteristiken und Beschreibungen, auf den ersten Blick stilistisch interessante Passagen, scheinbar kühne Gedankenformulierungen hervorbringe. Meistens spüre man aber, daß das Weltbild, das dahinterstecke, am Schreibtisch konzipiert worden sei. Immerhin befand er drei Geschichten für lesenswert und beendete seine Besprechung mit der aufmunternden Feststellung: »Drei interessante Novellen, das ist etwas wenig, doch sie kündigen gewiß einen echten Schriftsteller an. Es gibt in diesem Buch einen Funken Talent.«[3]

Ähnlich äußerte sich ein anderer Rezensent, der wiederum einen »wenig leidenschaftlichen, dafür merkwürdig verantwortungsvollen, ernsthaften und ruhigen Ton«[4] konstatierte und schließlich feststellte: »Ein Debüt ist nur in einem Fall wirklich gelungen: wenn man sich danach vorstellen kann, daß der Autor auch dann einen festen Platz in der Literatur seines Landes einnimmt, wenn er plötzlich verstummen oder sterben sollte. So gelungen ist Szczypiorskis Erzählband nicht. Doch es gibt darin einige Texte, die als schriftstellerischer Anfang durchaus etwas taugen. Als Finale reichen sie allerdings nicht.«[5] Dieser Meinung war Szczypiorski in den späteren Jahren auch. Als reifer Schriftsteller äußerte er sich kritisch sowohl über sein literarisches Debütwerk als auch über seine frühen Reportagen. Sein erstes ernstzunehmendes Buch sei der ein paar Jahre später erschienene Roman *Vergangenheit* gewesen. Damals hingegen, in den fünfziger Jahren, sei er noch auf der Suche nach individuellem Stil und eigenem Thema gewesen und habe gleichzeitig versucht, dem Diktat der offiziellen Kulturpolitik gerecht zu werden.

Er war freilich nicht der einzige, der diesen Spagat zwischen dem eigenen Anspruch und den Anforderungen des Regimes übte. Der Stalinismus stellte die polnischen Schriftsteller auf eine besonders harte Probe, was wiederum sehr unterschiedliche Haltungen zur Folge hatte. In extremen Fällen führte die innere Ambivalenz zu tragischen Schritten – wie im Falle Tadeusz Borowskis, des Autors der legendären Auschwitz-Erzählbände *Abschied von Maria* und *Die steinerne Welt*, der sich nach mehreren Jahren enthusiastischer Arbeit im Dienste des Regimes 1951 das Leben nahm. Einige wenige, die diese Möglichkeit hatten, setzten sich in den Westen ab. Das spektakulärste Beispiel war die Flucht des späteren Literaturnobelpreisträgers Czesław Miłosz, der unmittelbar nach Kriegsende in den diplomatischen Dienst der neuen Regierung getreten war. 1951 erkannte er die Unvereinbarkeit der eigenen Ansichten mit der offiziellen Ideologie und bat in Paris, wo er zu diesem Zeitpunkt arbeitete, um politisches Asyl. Zwei Jahre später erschien jenes Buch, das ihn im Westen bekannt machte: der Essayband *Verführtes Denken*, in dem er die Denk- und Verhaltensmechanismen der Intellektuellen im totalitären System analysierte und die Faszination, die vom Kommunismus ausging, aus der Position eines Insiders verdeutlichte.

Die große Mehrheit versuchte aber, sich den politischen und künstlerischen Anforderungen anzupassen. Nicht alle waren schließlich so standhaft wie der Dichter Zbigniew Herbert, der später einmal schrieb, das Verhältnis zum Regime sei auch eine Frage des guten Geschmacks gewesen, und der damals, in den Jahren des finstersten Stalinismus, die innere Emigration bevorzugte. Manche ließen sich auf einen Flirt mit dem Regime aus Überzeugung ein, etwa der eingefleischte Kommunist Władysław Broniewski, der in seiner Lyrik wahre Hymnen auf den Kampf des Proletariats und die Errungenschaften der jungen Volksrepublik anstimmte. Manche wiederum aus Angst oder der Karriere wegen. Ein klassisches Beispiel des neuen »Pragmatismus« war der Prosaiker Jerzy Andrzejewski, der, vor dem Krieg ein Mann der Rechten und stark dem Katholizismus verpflichtet, in den vierziger Jahren der kommunistischen Partei beitrat und zu einem der führenden Theoretiker des Sozialistischen Realismus wurde. Später revidierte er erneut seine politischen Ansichten und wurde zu einem der Köpfe der Opposition.

Noch andere schließlich genossen es einfach, von den neuen Machthabern umworben zu werden. Dies galt sogar für die beiden Großen Damen der polnischen Literatur, Zofia Nałkowska und Maria Dąbrowska. Nałkowska, die nach dem Krieg die marxistische Zeitschrift *Kuźnica* mitredigiert hatte, war nun Sejm-Abgeordnete; Dąbrowska ging im Belvedere, dem Sitz des Staatspräsidenten, ein und aus. Den Unmut über die Situation im Lande vertraute sie nur ihrem – erst in den achtziger

Jahren publizierten – Tagebuch an. »Die polnische Nation ist in diesem Augenblick ein einziger großer Kelch der Bitternis«, notierte sie im Jahre 1954. »Es gibt in dieser Wirklichkeit Dinge, die man nicht ertragen kann und die sie nicht ertragen wird. Es sei denn, man breche ihr das Genick, was für Rußland natürlich nicht die geringste Schwierigkeit bedeuten würde. Ich spüre, ob Frieden oder Krieg, ein neues Massaker steht der polnischen Nation bevor. Und ich verzweifle über ihr vergeudetes Los.«[6]

Erst um die Mitte der fünfziger Jahre setzte langsam ein anderes politisches Klima und eine neue Kreativität in der Kultur ein. Offiziell gingen immer noch die Parolen des Sozialistischen Realismus um, doch für die Menschen in Polen, zumal für die jungen, galten bereits andere Zauberworte: Paris, Existentialismus, schwarze Pullover, Jazz. Es war, als würde durch lange nicht gelüftete Räume ein kräftiger frischer Wind wehen. Plötzlich tauchten in der polnischen Hauptstadt westliche Künstler wie Juliette Gréco und Gérard Philipe auf. Sie bezauberte die Warschauer mit ihren Chansons, er mit seinem Charme und Witz: Seine Antwort auf die Frage, wie ihm der Kulturpalast, das architektonische Geschenk Stalins an die Polen, gefalle – »ja, durchaus – klein, aber geschmackvoll« – wiederholte man genüßlich im ganzen Land. Und die polnischen Intellektuellen durften sich erstmals offen mit Sartre und Camus, mit Kafka, Faulkner und Hemingway auseinandersetzen.

Dennoch wartete man immer noch auf eine neue polnische Stimme, auf den Barden jener Generation, die später als die *lost generation* der fünfziger Jahre bezeichnet werden würde. Einer Generation, die zwar durch den Krieg traumatisiert war, die gleichzeitig aber darunter litt, daß sie, anders als die eigentliche Kriegsgeneration, in deren kollektive Biographie der Mythos des Warschauer Aufstands hineingeschrieben war, keine Chance bekam, sich unter extremen Bedingungen zu bewähren. Und die – durch das Diktat der Nachkriegsrealität geschädigt – eine spezifische Lebenshaltung an den Tag legte: Das Bedürfnis, die eigene Individualität zu wahren, vermischte sich mit dem Bewußtsein der besonderen Rolle in der Gesellschaft, Zynismus und Hang zum Alkohol gingen Hand in Hand mit verdecktem sozialem Engagement. Nun war es an der Zeit, daß jemand die reale Situation dieser Generation beschrieb.

Andrzej Szczypiorskis Domäne war in jener Zeit nicht die Prosa, sondern das Drama: 1955 war er zum Dramaturgen des Kattowitzer Stanisław-Wyspiański-Theaters avanciert, dessen künstlerische Leitung Gustaw Holoubek, eine der späteren Schauspiellegenden Polens, übernommen hatte. Doch kaum hatte er sich mit seinen neuen Aufgaben vertraut gemacht – die ihn nicht davon abhielten, den Studenten der angeschlossenen Schauspielschule Vorträge über den Existentialismus zu halten –, wurde Polen von einem neuen politischen Ereignis erschüttert: Im Februar 1956 fand in Moskau der berühmte XX. Parteitag der KPdSU statt, auf dem Nikita Chruschtschow die Verbrechen Stalins enthüllte und somit die Periode der »Entstalinisierung« einleitete. Sein Referat, das angeblich geheim bleiben sollte, wurde sofort in fast allen Ostblockländern kolportiert. In Polen wurde bald die gesamte Auflage von 80 000 Exemplaren verbreitet und in allen Betrieben und Büros gelesen. Im Wyspiański-Theater hatten sich Journalisten, Schauspieler und andere Kulturschaffende an einem Tag eigens versammelt, um den Text laut zu lesen und zu diskutieren.

Zu den Vorlesern gehörte auch Szczypiorski, der allerdings schon bald mit einer viel wichtigeren Aufgabe betraut wurde: Er und Holoubek wurden zu den lokalen Behörden zitiert und bekamen den Auftrag, auf das große Ereignis mit einer Theaterinszenierung zu reagieren. Daraufhin schlossen sie sich in Szczypiorskis Wohnung ein und grübelten die ganze Nacht darüber nach, was für eine Art Stück dem politischen Anlaß entsprechen könnte und woher sie es so schnell nehmen sollten. Bis sie schließlich in den Morgenstunden zu dem Schluß kamen, daß sie ohne eine Auftragsarbeit bestens auskommen würden, weil ein solches Stück bereits existiere: Sie waren sich einig, daß sie Shakespeares *Macbeth* aufführen würden.

Diese Anekdote illustriere sehr gut sein Verhältnis zur Geschichte, erzählte Szczypiorski Jahre später einem Journalisten. Ob *Macbeth* oder die *Antigone* – sowohl Shakespeare als auch die antiken Griechen hätten alles über die Mechanismen der Geschichte gewußt, über die Ohnmacht des Individuums, das von den Mühlen der Macht zermalmt werde. Er persönlich habe damals erkannt, daß es schon immer so gewesen sei, und dies später in seinen Büchern zu zeigen versucht. Im Theater hingegen konnte er diese Erkenntnis nicht mehr lange anwenden: Im Sommer 1956 wurde Gustaw Holoubek als künstlerischer Leiter entlassen, und Szczypiorski gab aus Solidarität seine Stellung als Dramaturg auf. Kurz danach verließ er Kattowitz für immer.

Neuntes Kapitel

Das »Tauwetter«

»Schön ist die Wohnung, die unsere Ahnen
sich ausgesucht, die edlen Polanen.

Viel Raum und Sonne, ein Guckloch hinaus
Und fließendes Wasser (die Weichsel) im Haus.

Nur, wie die Mieter immer sagen,
leider, nicht eine der besten Lagen.«[1]

Dieses scherzhafte Gedicht entstand im Oktober 1956. Sein Autor, Antoni Marianowicz, ein beliebter Warschauer Satiriker, Dichter und Kinderbuchautor, war einer der engsten Freunde von Andrzej Szczypiorski. In der Jugend hatten sie dasselbe Gymnasium besucht, im hohen Alter verband sie der Autorenverband ZAIKS, in dem sie beide jahrelang arbeiteten und dem Marianowicz schließlich, zur höchsten Zufriedenheit der Literatenszene, seit 1996 vorstand. In den fünfziger Jahren war er Redakteur der berühmten Warschauer satirischen Wochenschrift *Szpilki* (Nadelstiche), die vor dem Krieg dem Milieu der Polnischen Sozialistischen Partei (PPS) nahestand und in der solche Koryphäen des polnischen Humors wie Julian Tuwim oder Konstanty Ildefons Gałczyński publizierten.

Eine solche Anspielung auf Polens unglückliche geopolitische Lage, wie er sie sich in seinem kleinen Gedicht erlaubte, wäre noch einige Zeit früher undenkbar gewesen, doch im Jahre 1956 war auf einmal vieles möglich. Es war bekanntlich eine Zeitspanne, die grundlegende politische Veränderungen mit sich brachte: Die wachsende Spannung in der Gesellschaft fand zunächst in den Arbeiterunruhen in Posen ihr Ventil – sie brachen im Juni aus und wurden mit Hilfe der Armee niedergeschlagen –, um schließlich die Ereignisse des sogenannten »Polnischen Oktobers« auszulösen: Der aus dem Gefängnis entlassene Władysław Gomułka wurde rehabilitiert und zum Ersten Parteisekretär gewählt, gleich danach verkündete er das Ende der Stalin-Ära und versprach eine durchgreifende Demokratisierung von Staat und Partei. Anfangs wurde er auch von der überwiegenden Mehrheit der Polen unterstützt, zumal er als erstes die Freilassung von Kardinal Stefan Wyszyński, der höchsten Autorität der Nation, anordnete. Außerdem hatte er selbst mehrere Jahre im Gefängnis verbracht, was viele seiner Landsleute – auch Andrzej Szczypiorski – zu der Annahme führte, daß er kein »richtiger« Kommunist sei. Man sah in ihm nur noch den Befreier, der das Ende des stalinistischen Terrors versprach.

Das neue politische Klima machte sich schnell in allen Lebensbereichen bemerkbar. So erlebte auch das Literatenmilieu in jener Zeit eine weitgehende Erneuerung. 1956 übernahm der Dichter Antoni Słonimski den Vorsitz des Polnischen Schriftstellerverbandes, der sich von jetzt an nicht mehr als Werkzeug in den Händen des Regimes, sondern als eine authentische Vertretung der Literaten begreifen wollte. Gleichzeitig setzte in der polnischen Literatur, vor allem in der Lyrik, eine wahre Revolution ein. Anstelle des engen Schematismus trat eine thematische und stilistische Vielfalt, die mit der Wiederentdeckung der literarischen Tradition und der Hinwendung zu modernen philosophischen und literarischen Strömungen Westeuropas einherging.

Als Auftakt des literarischen »Tauwetters« galt das bereits im August 1955 in der Zeitschrift *Nowa Kultura* (Neue Kultur) erschienene *Poem für Erwachsene* von Adam Ważyk. Es enthielt zwar keine wirklich oppositionellen Inhalte, höchstens eine milde Kritik an der Politik der Nivellierung und Gleichschaltung: »wenn man die Sprache auf dreißig Beschwörungen reduziert, / wenn die Lampe der Phantasie erlischt, / wenn die guten Menschen vom Mond / uns das Recht auf Geschmack verweigern, / das stimmt, / dann droht uns Stumpfsinn.«[2] In der damaligen Atmosphäre des allgemeinen Gehorsams war es dennoch ein Schock, zumal Ważyk bis dahin als eifriger Verfechter des Sozialistischen Realismus galt – was sich leider auch im Stil seines Poems niederschlug. Die Behörden reagierten in gewohnter Bestrafungsmanier, indem sie den Chefredakteur der *Nowa Kultura* entließen und aus der Partei ausschlossen. Die Leser hingegen begrüßten den Gedichtzyklus als Ankündigung einer neuen künstlerisch-ideologischen Freiheit.

Nach dem »Oktober« schließlich debütierten mehrere, nicht immer ganz junge Dichter, die, ohne als eine geschlossene Gruppe aufzutreten, unter dem Begriff »Generation 56« in die polnische Literaturgeschichte eingehen sollten. So stand die sogenannte »linguistische Poesie« von Tymoteusz Karpowicz und Miron Białoszewski neben der klassizistischen Dichtung Zbigniew Herberts, der dem »Turpismus« (von *turpis* – häßlich) verpflichteten Lyrik Stanisław Grochowiaks oder den ersten Versuchen von Wisława Szymborska, der späteren Meisterin der philosophischen Miniatur. Gleichzeitig waren aus dem Westen erstmals die wichtigsten Namen der polnischen Exilliteratur zu vernehmen. (Selbst Andrzej Szczypiorski, schon immer ein hervorragender Literaturkenner, gab später zu, damals zum erstenmal von der Existenz solcher Schriftsteller wie Gustaw Herling gehört zu haben.)

All das war allerdings in erster Linie ein willkommenes Spiel für die literarischen Eliten, die endlich ihrer Lust an intellektuellen Gefechten freien Lauf lassen konnten. Das breite Publikum hingegen hatte seine eigenen Idole. Den jungen Prosaautor Marek Hłasko etwa. Als im »Tauwetter«-Jahr 1956 sein Debütband *Der erste Schritt in den Wolken* erschien, war er zweiundzwanzig Jahre alt und in Warschau bereits eine Berühmtheit. Seine Reportagen, die im Studentenblatt *Po Prostu* (Geradeheraus) erschienen, erregten Aufsehen; seine Skandale und Alkoholexzesse waren ein beliebtes Gesprächsthema. Nun kamen seine Erzählungen hinzu, die seinen Ruf eines ernstzunehmenden literarischen Talents begründeten. Es waren Geschichten, in denen er mit bemerkenswerter Treffsicherheit das spezifische Klima der fünfziger Jahre – ein Klima der Depression und moralischen Atrophie, der Zerstörung jeglicher Ideale und der Nivellierung aller Grundempfindungen – erfaßte. Als Ende 1956 auch noch seine Erzählung *Der achte Tag der Woche*, ein beklemmendes Porträt Nachkriegswarschaus, erschien, avancierte Hłasko endgültig zu jenem Barden seiner Generation, den man bis dahin so schmerzhaft vermißt hatte.

Eine andere literarische Berühmtheit jener Zeit war Stanisław Jerzy Lec, dessen Aphorismen seit Mitte der fünfziger Jahre in der Warschauer Presse erschienen. Mit der provokanten Überschrift *Unfrisierte Gedanken* versehen, galten sie schon nach kurzer Zeit als literarische Rarität und zugleich als eine Art politisches Barometer: Die Schriftstellerkollegen und das Publikum konnten der Rubrik entnehmen, wie es gerade um die Freiheit des Wortes in ihrem Land bestellt war. Bald war der Name Lec in aller Munde und das Kolportieren seiner Aphorismen ein neues Lieblingsspiel der Polen. »Sesam öffne dich – ich möchte hinaus!«[3]: Solche und ähnliche *Gedanken* verbreiteten sich in Windeseile im ganzen Land. Als 1957 die erste Buchausgabe der Aphorismen erschien, geriet sie über Nacht zu einer literarischen Sensation.

Die neue Tendenz, auf die politischen Veränderungen mit Humor zu reagieren, machte sich nicht nur in geschriebener Form bemerkbar – sie brachte auch mehrere erfolgreiche Kabaretts und Kleinkunstbühnen hervor. Etwa das Warschauer Kabarett »Stańczyk« (Hofnarr), das als erstes »Tauwetter«-Kabarett galt und von dem anfangs erwähnten Antoni Marianowicz geleitet wurde, oder das Danziger Studententheater »Bim-Bom«. Keinem aber waren ein solcher Erfolg und eine so lange Existenz beschieden wie dem Krakauer Kabarett »Piwnica Pod Baranami« (Keller zu den Widdern). Das Abenteuer begann im Jahre 1956, als eine Gruppe von Kunststudenten, jungen Dichtern und Musikern den Keller des würdevollen »Palais zu den Widdern« entdeckte. Die angehenden Künstler krempelten die

Ärmel hoch und machten sich daran, den verwahrlosten Raum zu entrümpeln. Obwohl dann immer noch unbeheizt und dürftig eingerichtet, wurde er in kurzer Zeit zum Geheimtip der Krakauer Bohemiens. Ursprünglich dachte man gar nicht an ein Kabarett; man freute sich einfach, einen Ort gefunden zu haben, wo man unter sich sein konnte. Es gab allerdings unter den Besuchern zu viele Individualisten, als daß man sich auf die Dauer mit Diskutieren, Weintrinken und Herumalbern hätte begnügen können. Immer öfter brachte jemand irgendwelche Texte mit, um sie seinen Freunden vorzutragen; die satirischen kamen natürlich am besten an. Bis schließlich eines Tages die Idee des Kabaretts geboren wurde.

Die Improvisationskunst der frischgebackenen Künstler und die gekonnt eingesetzten Kontrapunkte von Ernsthaftigkeit und Heiterkeit, von Lyrismus und Satire, die übrigens, um mit Lec zu sprechen, »töten, aber nicht verletzen« sollte, lösten vom ersten Programm an, das *Polnischer Nationalstall* hieß, wahre Begeisterungsstürme aus. Bald folgten weitere Programme, die immer längere, immer kunstvollere Titel trugen. Doch ob sie nun *Der Traum des Statthalters Hinkon oder Die Sehnsüchte des goldenen Beines, Die Gnade des Imperators oder Das Konzert der ehrgeizigen Autodidakten* oder noch anders hießen – jedes Mal verbarg sich dahinter ein mehrstündiges, herrliches Spiel mit dem Publikum, in dem mit Hilfe von Texten und absurdesten Requisiten scheinbar der Glanz vergangener Zeiten ausgelacht und in Wirklichkeit die Tragik der polnischen Gegenwart entblößt wurde. Vielleicht sei das alles kindisch und unreif gewesen, sagte einmal der Dramatiker Sławomir Mrożek, der neben Krzysztof Penderecki, Tadeusz Kantor, Roman Polanski, Ryszard Horowitz und einigen anderen heutigen Berühmtheiten ein »Mann der ersten Stunde« war. Doch für ihn und seine Freunde sei der »Keller« eine Rettung, eine Art Asyl gewesen, in dem absolute Freiheit herrschte.

Mit der Geschichte des Krakauer Kabaretts ist auch ein Name verbunden, der damals als ein weiterer lebendiger Beweis der »Tauwetter«-Politik galt: Ludwig Zimmerer, der erste westdeutsche Korrespondent im Nachkriegspolen. Da er ausgerechnet in der hohen politischen Temperatur des Jahres 1956 nach Warschau kam, sahen die westdeutschen Medien in ihm sofort eine unschätzbare Informationsquelle. Die Ereignisse, deren Zeuge er nun war, entsprachen zwar nicht immer seiner eigenen, recht widersprüchlichen Weltanschauung (ein katholischer Schwabe mit marxistischen Neigungen: so beschrieb ihn einmal der Journalist Hans-Jakob Stehle), dennoch lieferte er erstklassige Berichte. Anfangs bekam er Aufträge von der *Welt*, bald wechselte er aber das Medium, wurde ARD-Hörfunkkorrespondent und berichtete als solcher für den Westdeutschen und Norddeutschen Rundfunk.

Als wäre ihm seine exponierte Stellung als Korrespondent nicht genug, verlor er sein Herz just an eine Dame, hinter der eben der »Keller zu den Widdern« stand. Das Krakauer Kabarett war den kommunistischen Behörden ohnehin von Anfang an ein Dorn im Auge, ein westlicher Journalist inmitten dieser Gruppe, und dann eines Tages an der Spitze eines straßenlangen Umzugs – auch wenn es nur seine eigenen Hochzeitsgäste waren –, versetzte sie also nicht gerade in helle Begeisterung. Dennoch dauerte Zimmerers Freundschaft mit dem »Keller« über mehrere Jahre. Er engagierte sich, wo er nur konnte, brachte die Krakauer Künstler mit der Warschauer Prominenz zusammen, ermöglichte ihnen die ersten Kontakte in den Westen, übersetzte in den sechziger Jahren die ersten Dramen und Erzählungen des gerade bekannt gewordenen Sławomir Mrożek.

1956 war schließlich auch ein Jahr, in dem viele Exilpolen ins Land zurückkehrten. So trafen auch Szczypiorskis Eltern aus England ein und ließen sich in der Warschauer Altstadt nieder. Es war ein mutiger Schritt: Adam Szczypiorski war bereits über sechzig, als er die Stabilität der Londoner Existenz gegen die neue Ungewißheit eintauschte. Er gewann zwar seine hohe Position im Establishment der ehemaligen PPS zurück, doch obwohl er, ähnlich wie viele Intellektuelle damals, an die Reformierbarkeit des Systems und den guten Willen der neuen

Führung glaubte, ließ er sich von dem Regime nicht einspannen: Den Vorschlag, für den Sejm zu kandidieren, lehnte er entschieden ab – die Vorstellung, im Parlament neben den Kommunisten zu sitzen, war ihm ein Greuel. Er widmete sich ausschließlich der wissenschaftlichen Arbeit und befaßte sich in den folgenden zwanzig Jahre mit der Politik so gut wie gar nicht. Er blieb dennoch weiterhin mit vielen ehemaligen PPS-Mitgliedern befreundet (etwa mit Premierminister Józef Cyrankiewicz), was sich in Zukunft mehrmals als nützlich erweisen sollte.

Auch Andrzej Szczypiorski wagte in jenem »Tauwetter«-Jahr 1956 einen kühnen Schritt: Er trat in den diplomatischen Dienst der neuen Regierung und wurde für anderthalb Jahre Presse- und Kulturattaché an der polnischen Botschaft in Dänemark. Er war längst nicht die einzige »Neuerwerbung« der polnischen Diplomatie. Im Gegenteil, da der damalige Außenminister Adam Rapacki beschlossen hatte, den diplomatischen Dienst zu erneuern und zu »europäisieren«, wurden mehrere Auslandsposten mit jungen Schriftstellern und Journalisten besetzt. Sie hatten zwar keine Erfahrung als Diplomaten, dafür aber besonders günstige Arbeitsbedingungen: Angesichts der politischen Veränderungen war das Interesse des Westens für Polen, insbesondere für die polnische Kultur, stark angestiegen.

Nicht anders war es in Dänemark. Der polnische Stalinismus hatte zu kurz gedauert, als daß man dort Polen mit der Sowjetunion gleichgesetzt hätte. Und da sich viele Dänen noch gut an das Vorkriegspolen erinnern konnten, waren sie dem Land entsprechend wohlgesonnen und strömten nun zahlreich zu den Kulturveranstaltungen der Botschaft. (Vor allem polnische Filme, etwa Andrzej Wajdas *Kanal*, der 1957 in die Kinos gekommen war, machten in Kopenhagen Furore.) Auch die Exilpolen, die in Dänemark lebten, zeigten reges Interesse – nach all den Jahren, in denen dies unmöglich gewesen war, wollten sie wieder Kontakte zu dem Land ihrer Väter knüpfen. Daß in der Botschaft nicht nur betonköpfige Funktionäre, sondern auch ein junger, vor Witz und Charme sprühender Schriftsteller anzutreffen war, kann sie in ihrem neugeweckten Bedürfnis nur bestärkt haben.

Diese »dänische Episode« war mit schuld daran, daß Szczypiorski später so oft der Vorwurf der »Kollaboration« mit dem Regime gemacht wurde. In solchen Fällen war Antoni Marianowicz einer jener Freunde, die diesen Vorwurf stets, auch nach Szczypiorskis Tod, energisch zurückwiesen. Alle polnischen Literaten, argumentierte er einmal, seien damals in das kommunistische Regime mehr oder weniger engagiert gewesen. Die politischen Realien seien dieser Art gewesen, daß das offene Manifestieren einer feindlichen Einstellung von Heroismus oder Idiotismus gezeugt hätte. Außerdem seien auch die hervorragendsten westlichen Intellektuellen vom Kommunismus fasziniert gewesen: Éluard, Aragon, Picasso, Sartre, Shaw und viele andere. Genauso habe sich die polnische Elite eine Zeitlang verführen lassen. Nach der Wende – hier ging Marianowicz zum Gegenangriff über – hätten viele Menschen versucht, eine zweifelhafte Karriere zu machen, indem sie, oft in der Atmosphäre der Hetze, die Sünden der älteren Generation angeprangert hätten. So habe man jeden, der ins Ausland geschickt worden sei, als Vertrauten des Regimes eingestuft. Dabei sei es oft ein Ergebnis der damaligen Mode gewesen. (Marianowicz selbst wurde bereits in den vierziger Jahren Korrespondent der Polnischen Presseagentur und polnischer Kulturattaché in Brüssel.)

Andrzej Szczypiorski sprach später über die Monate in Dänemark nicht gern, obwohl er gleichzeitig zugab, daß er keinen Grund gehabt habe, sich über diese Zeit zu beklagen. Die Atmosphäre der politischen Bespitzelung, so typisch für die polnischen diplomatischen Vertretungen jener Zeit, blieb ihm erspart. Und auch sonst behielt er die Menschen, mit denen er an der Botschaft in Kopenhagen zusammengearbeitet hatte, trotz ihrer unterschiedlichen Provenienz in guter Erinnerung. (Der erste Botschafter, unter dem er seinen Dienst tat, war ein ehemaliger Schmied, der zweite – ein Berufsdiplomat und hochrangiger Intellektueller). Die Kenntnis der dänischen Hauptstadt schließlich kam ihm zugute, als Jarosław

Iwaszkiewicz ihn bat, das Vorwort zu seinem Reisebericht aus Kopenhagen zu schreiben.

Dennoch war Szczypiorski zu dem Schluß gekommen, daß das diplomatische Parkett nicht sein Element sei. Nach der Rückkehr aus Dänemark, wo er ca. anderthalb Jahre verbracht hatte, quittierte er den Dienst beim Außenministerium. Er und seine Frau mieteten ein Zimmer in Falenica, einem Dorf in der Nähe von Warschau, und er begann, nach einer neuen Beschäftigung zu suchen. Er wollte wieder als Journalist arbeiten, was allerdings nicht ganz einfach war: Seine Kattowitzer Vergangenheit zählte in Warschau, wo er noch keinen Namen hatte, nicht viel. Die zentralistische Denkweise – hier die Hauptstadt, dort die Provinz – machte sich auch bei der Arbeitssuche bemerkbar. Schließlich gelang es ihm, eine Beschäftigung beim Warschauer Rundfunk zu finden. Er fing in der Redaktion für literarische Reportagen an und versuchte, seine Position allmählich auszubauen.

Gleichzeitig dachte er darüber nach, wie er seine schriftstellerische Karriere fortsetzen könnte. Es ging dabei nicht nur um die Frage, was er schreiben, sondern auch, wie er es tun sollte. Seine alten literarischen Vorbilder hatten inzwischen einiges von ihrem Reiz verloren. Seine Liebe zu Thomas Mann etwa hatte sich schon bald nach dem Krieg verflüchtigt. Der einst so vergötterte Autor erschien ihm auf einmal zu kühl und zu präzise, er vermißte an seinem Umgang mit den Figuren die Nächstenliebe, die Wärme, das Mitgefühl, und seine Erzählweise kam ihm etwas langatmig vor. Auch die anderen Romanciers, von denen er seinerzeit geschwärmt hatte, begeisterten ihn jetzt weniger.

Die pure Kunst des Erzählens wurde für ihn mit zunehmendem Alter immer wichtiger. Als reifer Schriftsteller schätzte er vor allem die Amerikaner: weil sie eben so fabelhaft erzählen würden. Als er einmal in den neunziger Jahren auf die angebliche Krise des europäischen Romans angesprochen wurde, konterte er sofort, an dieser Krise sei die Kritik schuld, die das Erzählen als schlechte Literatur diffamiere. Dabei seien alle großen europäischen Schriftsteller in erster Linie begnadete Erzähler gewesen, Flaubert, Balzac, Tolstoi, Maupassant, die russischen und polnischen Realisten. Die Literatur könne ohne Erzählen gar nicht existieren, schließlich sei sie Literatur, keine Philosophie. Ein Buch, fügte er in einem Anflug von Sarkasmus hinzu, das 400 Seiten lang sei und von der eigenen Schlaflosigkeit des Autors handle, müsse langweilig sein, weil die Schlaflosigkeit an sich langweilig sei. Ein guter Roman müsse die Spannung einer Kriminalgeschichte haben.

Ob er letzteres bereits Ende der fünfziger Jahre erkannte, als er überraschend zu einem gefragten Krimiautor wurde? Er war weiterhin auf der Suche nach neuen Verdienstmöglichkeiten und nahm schließlich Kontakt zum Warschauer Verlag »Iskry« (Funken) auf. Dieser hatte gerade eine Krimireihe mit dem Titel »Klub des silbernen Schlüssels« gestartet, die nach all den Jahren der sozialrealistischen Dürre sofort einen reißenden Absatz fand. Es erschienen darin vor allem westliche Klassiker des Genres, Agatha Christie, Edgar Wallace oder Arthur Conan Doyle, doch der Verlag hatte auch die Erlaubnis, Werke polnischer Autoren herauszubringen. Als Szczypiorski dies hörte, beschloß er sofort, einen Kriminalroman zu schreiben: um Geld zu verdienen, aber auch, weil er darin eine gute Gelegenheit sah, sein literarisches Handwerk zu vervollkommnen. Er befand, daß gerade dieses Genre eine besondere schriftstellerische Disziplin erfordere.

Er ging von Anfang an pragmatisch vor. Da es bekannt war, daß sich Bücher westlicher Autoren besser verkauften, legte er sich als erstes ein Pseudonym zu: Maurice S. Andrews. Eine reine Erfindung war es nicht: Sein zweiter Vorname lautete Maurycy (englisch Maurice), S. stand für den Familiennamen, und Andrews stammte von Andrew, der englischen Entsprechung von Andrzej. Seine beiden Schriftstellerkollegen, die sich ebenfalls dem Genre verschrieben hatten, der Prosaiker Tadeusz Kwiatkowski und der renommierte Shakespeare-Übersetzer Maciej Słomczyński, nannten sich Noël Randon und Joe Alex.

Die gängige Meinung besagte ferner, daß die Handlung eines Kriminalromans unbedingt in englischen oder amerikanischen Realien spielen sollte. Es mußte nämlich um wirklich großes Geld und um echte Kriminalität gehen: um Mord, Drogenhandel oder wenigstens einen richtigen Banküberfall. Und die polnische frühsozialistische Wirklichkeit, die bestenfalls einen kleinen Diebstahl oder eine Schlägerei unter Saufkumpanen hervorbringen konnte, hielt diesen Anforderungen nicht stand. Auch diese Regel wurde von Szczypiorski befolgt: Die beiden Krimis, die er schließlich schrieb, *Oberinspektor Willburns Entlassung* (1959) und *Das Rätsel von Punham* (1960), spielen vor dem spezifischen angelsächsischen Hintergrund, und die Helden sind »echte« Verbrecher bzw. hochprofessionelle Kriminalinspektoren, die in einer elegant-gerissenen Sherlock-Holmes-Manier ihre Fälle lösen. (Auf Anraten seiner Frau, der es dabei etwas zu »britisch« zuging, schrieb Szczypiorski einige Passagen um, indem er da und dort eine weitere Leiche hinzufügte.)

Einen erfolgreichen polnischen Kriminalroman gab es übrigens in jener Zeit durchaus: *Der Böse* von Leopold Tyrmand (1956). Außer einer spannenden Handlung – eine Bande krimineller Jugendlicher macht die polnische Hauptstadt unsicher, bis ihnen ein gerechter Einzelgänger den Kampf ansagt – bot er ein völlig neues Bild des stalinistischen Warschau, das nicht als Bastion des Proletariats, sondern als Eldorado der Betrüger, Gassenjungen und Zuhälter erscheint. Für beides wurde Tyrmand von den Lesern und von der Kritik gleichermaßen gefeiert. Sogar Witold Gombrowicz schrieb begeistert in sein *Tagebuch*: »Kriminalroman, Hintertreppenroman? Aber gewiß, und schlimmer noch: Roman von schmutzigen Hintertreppen, Roman aus Ruinen und Abgründen. Und doch ist das glanzvoll und sprühend, hat Klang und Sang. Der romantische Mond geht auf über der Ruine der Stadt, und die Fressenschläge, die man aus Spelunken, Winkeln und Löchern hört, bekommen – wieder einmal! – Poesie.«[4] Und Jan Kott, der spätere Theaterkritiker mit internationalem Ruhm, behauptete sogar, der Roman sei besser als Joyces *Ulysses*, was allerdings selbst die Enthusiasten unter seinen Kritikerkollegen für ein wenig übertrieben hielten.

Solche Vergleiche wurden Szczypiorski zwar nicht zuteil, seine Rechnung ging aber trotzdem auf: Mit seinen »angelsächsischen« Kriminalromanen waren er und seine beiden Kollegen nicht minder erfolgreich als die westlichen Autoren der Reihe »Klub des silbernen Schlüssels«. Dennoch sah er darin nur ein literarisches Abenteuer, weiter nichts. In seinem nächsten Buch, *Portrait eines Bekannten* (1962), ging es also nicht mehr um London, vornehme Verbrechen und brillante Inspektoren – es ging um die polnischen Provinzstädte Chorzów, Grudziądz, Bydgoszcz oder Hrubieszów und um eine Realität, die jeder Eleganz entbehrte. Das Buch war nämlich eine Sammlung von Reportagen, in denen Szczypiorski sich erneut als Porträtist des sozialistischen Alltags übte.

Auch in diesem Fall befolgte er alle Regeln des Genres: Er betrieb eine gemäßigte Affirmation des Regimes, etwa indem er hier und dort antideutsche Akzente setzte: »Diese Erde ist polnisch, aber diese Stadt ist ein Werk deutscher Hände. So bauten nur die Deutschen, verliebt in schreiende Kontraste, ohne ein Gefühl für Raumgestaltung, besessen von Details«[5], schrieb er über das schlesische Waldenburg. Zugleich aber zeigte er Besorgnis um das Wohl des sozialistischen Vaterlandes, indem er eine milde Kritik an der wirtschaftlichen Realität übte: »Die riesigen Probleme, auf die der Betrieb wegen der veralteten Ausrüstung stößt, machen es notwendig, unsere Investitionspläne in bezug auf Waldenburg generell zu überdenken.«[6] Er versuchte zwar, die thematische Banalität durch ehrgeizige Narration, durch stimmungsvolle Impressionen, Bilder aus dem Leben des jeweiligen Helden oder Exkursionen in die Geschichte des Schauplatzes, auszugleichen. Eine herausragende literarische Leistung war dieses Buch dennoch nicht. Es war schlicht die nächste Publikation eines jungen Autors, der, weiterhin in die ideologischen Zwänge verfangen, mühsam nach eigenem schriftstellerischem Profil sucht.

Zehntes Kapitel

»Sonntag, 21 Uhr 10«

Es gibt im Programm des Warschauer Rundfunks nicht viele Sendungen, die ein fünfzigjähriges Jubiläum feiern durften. Spätestens nach der Wende fielen die meisten von ihnen den Umstrukturierungsmaßnahmen und dem Kommerzialisierungswahn zum Opfer. Eine der wenigen Ausnahmen ist die Sendung *Musik und Aktuelles*, ein Magazin, das seit Ende der vierziger Jahre existiert und zu dessen ältesten Redakteuren Andrzej Najmrodski gehört. Als er 1961 erstmals das Gebäude des Warschauer Rundfunks an der Aleja Niepodległości, der Unabhängigkeitsallee, betrat, um in der Gesellschaftsredaktion ein Praktikum zu absolvieren, lernte er bald auch den Star des Senders kennen: Andrzej Szczypiorski, den Autor der vielgehörten sonntäglichen »Radiofeuilletons«.

Sie wurden ab 1960 jeden Sonntag im Abendprogramm, um 21 Uhr 10, ausgestrahlt, und obwohl sie nur zehn Minuten dauerten, lockten sie Scharen von Zuhörern vor die Radioapparate. Szczypiorski war zwar zu jenem Zeitpunkt kein unbeschriebenes Blatt mehr, doch die regelmäßigen Auftritte im Rundfunk, der im Gegensatz zu dem noch lange nicht allgemein zugänglichen Fernsehen ein sehr populäres und mächtiges Medium war, machten ihn schnell zu einer Institution. Für jemanden, der erst Anfang Dreißig war und sich bis dahin, wenn man einmal von seiner kurzen Diplomatenkarriere absieht, in keiner Weise im öffentlichen Leben ausgezeichnet hatte, war dies ein beachtlicher Aufstieg.

Warum durfte gerade er die begehrten Sonntagsfeuilletons sprechen? Lag es wirklich, wie manche heute rückblickend meinen, an seinem unverwechselbaren Stil, der sich deutlich von dem seiner Vorgänger aus den fünfziger Jahren unterschied? Zwar waren auch Szczypiorskis Beiträge nicht frei von propagandistischen Tönen, aber immerhin hatten sie nichts von der aggressiven Propaganda des alten Stils und zeugten von einer Offenheit gegenüber neuen Ideen. Oder lag es schlicht daran, daß man, wie einige behaupten, zu jenem Zeitpunkt keinen besseren Kandidaten gewußt hatte? Es gab zwar noch andere Rundfunkfeuilletonisten, doch keiner von ihnen hatte Szczypiorskis Esprit und Überzeugungskraft. Die kurze Diplomatenkarriere in Dänemark hatte ihm zudem den Stempel eines Europäers aufgedrückt; er galt nun als ein Mann von Welt, der gleichsam die Erfüllung der nach 1956 geweckten Sehnsüchte verkörperte. Das Land war schließlich, im Gegensatz zu den Jahren des Stalinismus, keine einsame Insel mehr, und an diese neugewonnene Weltoffenheit wollten die Polen gern erinnert werden.

Allerdings machten sich langsam in der polnischen Gesellschaft erneut Unzufriedenheit und Desillusionierung breit. Manche behaupteten gar, daß die »Tauwetter«-Periode bereits ein Jahr nach dem »polnischen Oktober«, mit der Schließung des Studentenblattes *Po Prostu*, der meistgelesenen Zeitschrift jener Zeit, zu Ende gegangen sei. Die Hoffnungen, die man anfangs in den neuen Ersten Parteisekretär Gomułka gesetzt hatte, wurden zunehmend enttäuscht. Er hatte die Kollektivierung der Landwirtschaft gestoppt, so daß sich der Boden weitgehend wieder in den Händen privater Bauern befand. Und er hatte der Kirche ihr Oberhaupt zurückgegeben und den Ausbau ihrer Einflußsphäre erlaubt. Sonst aber gingen seine innenpolitischen Reformen kaum über eine Reorganisation von Partei und Regierung hinaus.

In der Außenpolitik gelang es dem Land zwar, eine gewisse Souveränität gegenüber Moskau zu erlangen. Doch wollte Polen das Schicksal Ungarns vermeiden, wo 1956 ein Aufstand blutig niedergeschlagen wurde, mußte es allem Anschein nach auf die Versuche tiefgreifender Liberalisierung verzichten. Die langsame, aber deutlich spürbare Abwendung vom Reformkurs führte einerseits zu Spannungen innerhalb der Partei und andererseits zu den ersten oppositionellen Regungen in den Intellektuellenkreisen.

In diesem gereizten gesellschaftlichen Klima fanden Szczypiorskis »Predigten«, wie seine Radiofeuilletons oft genannt wurden, freilich nicht nur Bewunderer. Sein suggestiver, nicht selten leicht aggressiver Tonfall, seine Suada, die oft selbstverständlichen Dingen die Aura einer Offenbarung verlieh, sein Hang zum Moralisieren, der das Gesagte mitunter in die Nähe plumper Indoktrinierung rückte, irritierten vor allem seine Journalisten- und Schriftstellerkollegen. Und in der Tat zeugen diese Feuilletons, die 1968 in Buchform erschienen, nicht gerade von hochoppositioneller Gesinnung. Zwar beschränkte sich Szczypiorski weder auf die polnische Thematik noch auf das politische Geschehen – seine Aufgabe bestand darin, am Rande eines aktuellen Ereignisses ein paar reflektierende Gedanken zum besten zu geben –, doch ob er nun über den 20. Jahrestag von Hiroshima, ein Treffen der ehemaligen Kommentatoren des Nürnberger Prozesses, die Eröffnung der Warschauer Oper oder einen Kinobesuch sprach, nahezu aus jedem seiner Beiträge war die staatlich verordnete Ideologie herauszuhören.

Nicht selten nutzte er sein Recht der freien Themenwahl, um auf eigene Erlebnisse zurückzugreifen. Mal sprach er über die Realität der Konzentrationslager, mal blickte er auf den Warschauer Aufstand zurück, mal sinnierte er über die deutsche Literatur, die er in seiner Kindheit so gern gelesen hatte. Wenn er sich dabei eine kritische Bemerkung erlaubte, erfüllte sie meist nur eine Alibifunktion. Denn im großen und ganzen war gerade die deutsch-polnische Problematik bestens dafür geeignet, die Politiker in ihrem kaltkriegerischen Pathos zu bestärken. So ließ er einmal seine Hörer zwar wissen: »Es wäre eine große Vereinfachung zu behaupten, daß die DDR exakt meiner Vision eines idealen Deutschland entspricht«, doch schon im nächsten Moment unterstützte er die vom Regime betriebene Propaganda der sogenannten »wiedergewonnen« Gebiete, indem er die westdeutschen Vertriebenenverbände – die auf der Zugehörigkeit derselben zu Deutschland beharrten – angriff: »Es ist unsere Pflicht, jede einzelne Lüge zu entlarven, jede Verleumdung anzuprangern, denn wir müssen dieses abscheuliche Gebäude zerstören, das zur Zeit von den westdeutschen Revanchisten gebaut wird. Gewiß, es ist eine undankbare und demütigende Arbeit. Sie beleidigt die Würde der Lebenden und die Erinnerung an die Toten. Doch ich denke, wir sollten die Zähne zusammenbeißen und – wie immer, seit Jahren – die Wahrheit bezeugen.«[1]

Auch die innenpolitischen Ereignisse lieferten ihm reichlich nationalpädagogischen Stoff. »Die Volksrepublik Polen«, verkündete er etwa im Millennium-Jahr 1966, »ist die Krönung unserer tausendjährigen nationalen Geschichte. Nicht deswegen, weil die Volksrepublik eine weitere unausweichliche Etappe unserer historischen Entwicklung war, sondern weil die Gesellschaft, plötzlich vor eine politische und ideelle Alternative gestellt, eine entsprechende Wahl getroffen hatte. Gewiß gilt das nicht für die ganze Gesellschaft, doch zweifelsohne für ihre weitsichtigsten Mitglieder. Diese Volksrepublik wurde nicht von heute auf morgen geschaffen; sie entstand im Schmerz, unter Zweifeln und schwer zu beschreibenden inneren Konflikten, als Resultat einer immerwährenden, täglichen Wahl von Millionen Polen.«[2]

Zum Jahrestag des Manifestes des »Polnischen Komitees der Nationalen Befreiung« (PKWN) wiederum jubelte er: »Zweiundzwanzig Jahre sind vergangen, seitdem sich in der Majestät des Gesetzes die polnische Revolution realisiert hat. Der Boden für die Bauern, die Industrie in die Hände der Nation, die Macht für die Volksmassen!«[3] Wenn man bedenkt, daß zu jenem Zeitpunkt bereits jedes Kind in Polen wußte, daß der Kommunismus keine Wahl von Millionen, sondern ein allgemein verhaßtes Regime war und daß das besagte Manifest – am 22. Juli 1944 in Lublin verkündet – ein Dokument war, das die gewaltsame Einführung dieses Regimes sanktionierte, kann man Szczypiorskis Eifer kaum als spontanen Ausdruck seines publizistischen Temperaments herunterspielen.

Von Spontaneität konnte ohnehin keine Rede sein. Der junge Starkommentator durfte zwar die Themen seiner Feuilletons selbst bestimmen, doch deren Inhalt wurde von seinen Vorgesetzten jedesmal genau geprüft. Manchmal genügte der Segen des Redaktionsleiters, nicht selten jedoch wurde Szczypiorski zum Rundfunkdirektor oder gar zum Präses des »Rundfunk- und Fernsehkomitees«, Włodzimierz Sokorski, zitiert. Selbst ihn, den damals mächtigsten Mann der polnischen Medien, konnte nach einer Sendung der zornige Anruf eines Parteigenossen erreichen, der sich durch eine zweideutige Formulierung oder eine falsche Betonung gekränkt fühlte. Zwar verfügte auch Szczypiorski dank seines Vaters über erstklassige Beziehungen – zu seinen »Freunden« in den Regierungskreisen gehörten sowohl der Premierminister Józef Cyrankiewicz als auch der Kulturminister Lucjan Motyka und dessen Stellvertreter Kazimierz Rusinek –, dennoch wurden sogar die aufgezeichneten Kommentare noch einmal abgehört und auf ihre »Regimefreundlichkeit« hin geprüft.

Fast jeden Samstag wiederholte sich dasselbe Ritual: Szczypiorski verschwand im Arbeitszimmer eines der Vorgesetzten, und die Kollegen in der Redaktion begannen zu fiebern, welches Schicksal sein Feuilleton diesmal ereilen würde. Jede solche Sitzung, die sich nicht selten bis zum späten Nachmittag hinzog, artete in eine laute Diskussion aus, bei der um jedes Wort gefeilscht wurde. Angeblich ging Szczypiorski aus diesen Gefechten oft als Sieger hervor.

Daß er dabei hauptsächlich darum kämpfte, doch einmal ein paar regimekritische Gedanken äußern zu dürfen, ist eher zu bezweifeln. Zu linientreu, ja zu affirmativ lesen sich all diese Beiträge. Selbst das »Allerheiligenfest«, einer der wichtigsten katholischen Feiertage der Polen, gerät darin zu einer kollektiven Situation, in der sich dem »Rundfunkprediger« Szczypiorski »im milden Licht der Friedhöfe, im Gewirr von Millionen Stimmen, die über den Gräbern rascheln«, die »heitere Reflexion« aufdränge, daß »zu der Kondition unseres Schicksals zwar der Tod in der Einsamkeit, aber auch das Leben in der Gemeinschaft gehört«.[4] Allerdings berichten die Zeitgenossen auch Gegenteiliges. Man habe damals bereits oft versucht, so der Rundfunkveteran Andrzej Najmrodski, die Mittel des Mediums – entsprechende Intonation, Klang der Stimme, gekonnt eingesetzte Pause – dazu zu benutzen, eine leise Regimekritik zu üben. Und gerade Szczypiorski sei ein Meister solcher Interpretationen der eigenen Texte gewesen.

Frühoppositionelle Töne ließen sich in jener Zeit freilich nicht nur aus dem Rundfunk vernehmen. Die frühen sechziger Jahre waren eine Zeitspanne, in der Literatur, Theater und Kabarett neue Ausdrucksmittel fanden, um die Absurditäten der kommunistischen Wirklichkeit bloßzustellen. Zu einer wahren Meisterschaft brachte es in dieser Hinsicht das bereits erwähnte Krakauer Kabarett »Keller zu den Widdern«, gegen dessen Einfälle die kommunistischen Behörden regelrecht machtlos waren. Denn was konnte die Zensur gegen einen Text unternehmen, den die offiziellen Organe lieferten? Kaum etwas. Aufgrund dieser einfachen Erkenntnis hatten die Kabarettisten eine konsequente Methode entwickelt: Man nahm einen allgemein zugänglichen Text – einen Leitartikel aus der Parteizeitung, einen Auszug aus dem Schulbuch, ein Gedicht zu Ehren eines Volkshelden, ein offizielles Kommuniqué – und interpretierte ihn entsprechend: todernst, pathetisch, weinerlich, dämonisch oder mit hintersinniger Feierlichkeit. Die ersten Lachsalven des Publikums ließen nicht lange auf sich warten.

Es wäre natürlich falsch zu glauben, die Zensoren seien naive, nichtsahnende Bürokraten gewesen, die immer auf solche Verschleierungsversuche hereinfielen. Ganz im Gegenteil: Es passierte immer wieder – Anfang der sechziger Jahre sogar besonders oft –, daß von deren Seite ein unwiderrufliches Veto kam. Auf der anderen Seite waren es dieselben kommunistischen Behörden, die einige Jahre zuvor durch die Lockerung der Zensur die Phantasie der Kulturschaffenden angespornt hatten. Dadurch etwa, daß Ende der fünfziger Jahre erstmals die Dramen *Die Trauung* und *Yvonne, die Burgunderprinzessin* von Witold Gombrowicz erschienen bzw. aufgeführt wurden, setzte um 1960 die Blütezeit des polnischen absurden Theaters ein. Von nun an durften Dramatiker wie Tadeusz Różewicz und Sławomir Mrożek – der eine mit Stücken wie *Die Kartothek* und *Die Zeugen oder Unsere kleine Stabilisierung*, der andere mit *Polizei* oder *Tango* – dem polnischen und bald auch dem westeuropäischen Publikum vor Augen führen, was es bedeutete, mit Mitteln der Groteske, der Parodie und der Verfremdung auf die Deformation der Realität zu reagieren.

Es sollten noch einige Jahre vergehen, bis auch Andrzej Szczypiorski sich auf die Seite der intellektuellen Opposition schlug. Zu Beginn der sechziger Jahre, als er seine Radiofeuilletons schrieb, gehörte er immer noch zu denjenigen, die an die Reformierbarkeit des Regimes und an die entsprechenden Fähigkeiten Władysław Gomułkas glaubten. Er ließ sich zwar gelegentlich zur Ironie hinreißen – einer Tonart, die ihm viel mehr lag als die Mittel der Groteske und der Parodie –, doch er setzte sie auf eine Art und Weise ein, die den volksrepublikanischen Machthabern nur gefallen konnte. Wenn er etwa mit stoischer Ruhe verkündete, er fühle sich »durch die Tatsache, daß die Enzyklopädie *Larousse* nur einige herausragende Polen nennt, und gleichzeitig vor lauter drittrangigen französischen oder deutschen Namen aus allen Nähten platzt, gar nicht gekränkt«, denn er müsse »nicht eine Bestätigung aus Paris bekommen, um zu wissen, daß Kochanowski einer der größten Dichter der Renaissance war«[5], dann legte er genau diese Art Loyalität an den Tag, die sie zu schätzen wußten.

Einen – nicht ganz gelungenen – parodistischen Versuch unternahm er damals übrigens auch, allerdings in Prosaform. Im Jahre 1962 legte er nämlich den Roman *Spiegel* vor, der in scherzhafter Form mit dem Literatenmilieu ins Gericht ging: Im Mittelpunkt der Handlung stehen ein Schriftsteller, der eines Mordes beschuldigt wird, und ein Journalist, der über dessen Prozeß berichtet. Durch die Gespräche, die er mit dem Beschuldigten führt, sorgt er für eine moralische und psychologische Perspektive. Autobiographische Motive sowie lose Divagierungen über die Rolle der Intellektuellen und über das Schreiben ergänzen die beiden Erzählebenen.

Es war eine Zeit, in der in Polen Begeisterung über den Nouveau roman mit seiner neuen Form der Narration, den verschiedenen Variationen des gleichen Bildes, der Auflösung der Zeit herrschte. Diese Begeisterung hatte Szczypiorski dazu inspiriert, einen, so sein späterer Selbstkommentar, sehr nonchalanten Roman zu schreiben, der nicht ganz ernst zu nehmen gewesen sei. Er habe damit lediglich beweisen wollen, daß es keine besondere Kunst sei, so zu schreiben wie die französischen Autoren Michel Butor oder Alain Robbe-Grillet. Doch leider habe die Kritik den parodistischen Ansatz nicht erkannt und seinen Roman recht kühl aufgenommen.

Und was seine Radiofeuilletons anbelangt: Ob nun mit ironischem Unterton oder nicht, für den durchschnittlichen Zuhörer, so Andrzej Najmrodski rückblickend, seien sie manchmal wohl zu schwierig, zu elitär gewesen, doch man habe sie trotzdem aufmerksam gehört. Wegen der Popularität des Mediums und der guten Sendezeit, aber auch wegen der Persönlichkeit des Autors. Er selbst hatte Szczypiorski als eine dermaßen charismatische Erscheinung in Erinnerung behalten, daß er ihn Jahrzehnte später einlud, noch einmal an die alte Zeit anzuknüpfen und regelmäßig in der traditionsreichen Sendung *Musik und Aktuelles* aufzutreten.

Obwohl Szczypiorski gerade zum Senator gewählt worden war, sagte er spontan zu. Von 1992 an führten sie also zweimal im Monat kurze Dialoge: Najmrodski beschränkte sich darauf, dem prominenten Kollegen ein Stichwort zu geben – mal war es ein Zitat, mal ein Aphorismus, mal eine eigene Reflexion am Rande des aktuellen Geschehens –, und er wurde von dessen Reaktion niemals enttäuscht: Mit seinen klugen, pointierten Antworten erwies sich Szczypiorski einmal mehr als ein Meister des Mikrophons. Auch ihm muß die Begegnung mit dem alten Medium Spaß gemacht haben, denn die Gespräche wurden bis kurz vor seinem Tod fortgesetzt.

Elftes Kapitel

»Märtyrer des deutschen Themas«

»Mein Gott, warum hast du das deutsche Volk mit so vielen begabten Menschen bedacht? Wir machen alles so gut! Es gibt kein Gebiet, auf dem wir Deutschen die moderne Zivilisation nicht anführen würden. Eben deshalb sind wir so verhaßt. Unser Genius ist der Grund für die Kriege in Europa«[1]. Solche Worte aus der Feder eines polnischen Autors, dazu im kaltkriegerischen Jahr 1961, waren alles andere als eine Selbstverständlichkeit. Die Jahre der deutschen Okkupation stellten naturgemäß für Szczypiorskis gesamte Generation ein prägendes Erlebnis dar, allerdings hatten fast alle seine Schriftstellerkollegen nur eine Art, an das Thema heranzugehen: Ihre Bücher waren aus der Perspektive der Opfer geschrieben. Der Begriff »Poesie für Entsetzte«, der von Tadeusz Różewicz kreiert worden war, und das Motto »Dieses Schicksal haben Menschen den Menschen bereitet«, das Zofia Nałkowska ihrer berühmten Prosasammlung *Medaillons* vorangestellt hatte, könnten über der nahezu gesamten polnischen Kriegsliteratur stehen. Was Szczypiorski hingegen von Anfang an viel stärker als das Leid der Opfer interessierte, war der geistige und moralische Zustand der Täter. Während des Krieges hatte er gelernt, wie unterschiedlich die menschlichen Reaktionen sein können, wie wenig man sich von Denkschemata leiten lassen solle – Anfang der sechziger Jahre beschloß er, dieser Erkenntnis literarischen Ausdruck zu verleihen. Das Ergebnis waren vier Romane, die von der Kritik schnell mit der Bezeichnung »deutsche Tetralogie« versehen wurden.

Das bis dahin erfolgreichste Werk, das sich mit dem Thema

der deutschen Schuld aus der Perspektive der Täter beschäftigte, war Leon Kruczkowskis Drama *Die Sonnenbruchs* (polnischer Originaltitel: *Niemcy – Die Deutschen*), das seit 1949 von zahlreichen Theatern im In- und Ausland aufgeführt wurde. Im Mittelpunkt der Handlung, die im Kriegsjahr 1943 spielt, steht ein bekannter Wissenschaftler, der Biologieprofessor Sonnenbruch. Von der ganzen Familie, die sich in seinem Haus zur Feier seines dreißigjährigen Jubiläums versammelt hat, ist er der einzige, der keine faschistische Gesinnung an den Tag legt. Er versteht sich als innerer Emigrant, ohne sich dessen bewußt zu sein, daß auch die Ergebnisse seiner Forschungen, die an den KZ-Häftlingen getestet werden, längst ein Teil der verbrecherischen Maschinerie geworden sind. Alle anderen Familienmitglieder, etwa sein Sohn, der als Untersturmführer der SS in Norwegen dient, oder seine Tochter, die als Konzertpianistin durch Europa reist, sind begeisterte Mitläufer. Der Sohn hat soeben einen zwölfjährigen Juden erschossen, die Tochter freiwillig an der Exekution von französischen Geiseln teilgenommen. Während der Feier wird die Familie von der Wirklichkeit des Krieges eingeholt: Mitten in das Jubiläumsfest dringt ein früherer Mitarbeiter Sonnenbruchs, der von seinem Sohn, dem routinierten SS-Offizier, sofort als ein entflohener KZ-Häftling entlarvt wird. Er wird daraufhin von einem weiteren Familienmitglied denunziert, dank der Tochter des Professors kann er aber fliehen. Zunächst jedoch kommt es zu einer heftigen Aussprache zwischen ihm und Sonnenbruch, in der er versucht, seinem ehemaligen Mentor die moralische Fragwürdigkeit seiner Haltung gegenüber dem Naziregime darzulegen.

Kruczkowskis Versuch, am Beispiel der Familie Sonnenbruch die typischen Haltungen der Deutschen – unreflektierte Begeisterung, Karrieregeist, Passivität, kleinbürgerlichen Opportunismus – aufzudecken und somit jene individualpsychologischen Mechanismen zu rekonstruieren, die den Nationalsozialismus ermöglicht hatten, erregte in der polnischen Öffentlichkeit großes Aufsehen. Allein die Tatsache, daß ein polnischer Autor – dazu auch noch einer, der die gesamten

Okkupationsjahre in deutschen Gefangenenlagern verbracht hatte – nur wenige Jahre nach Kriegsende das Phänomen des Hitlerdeutschland aus »feindlicher« Perspektive beleuchtete, machte es zu einem der meistdiskutierten Bühnenwerke jener Zeit.

Obwohl der Krieg bereits fünfzehn Jahre zurücklag, als sich auch Andrzej Szczypiorski dieser Thematik zuwandte, war es immer noch ein kühnes Unterfangen. Als er viele Jahre später gefragt wurde, woher dieses Interesse für die deutsche Perspektive gestammt habe, antwortete er, er habe nach dem Krieg – sensibilisiert durch die eigenen Erlebnisse in Sachsenhausen – das Bedürfnis empfunden, alles, was darüber an Büchern geschrieben und an Filmen gedreht worden war, zu lesen und zu sehen: »Überall wurde ich mit der Problematik der Opfer konfrontiert – sie standen immer im Vordergrund. Vielleicht aus Trotz oder aus Protest fing ich an zu überlegen, wie der Krieg und die damit verbundenen Erlebnisse aus der Perspektive der Henker aussehen mögen. Ein Opfer der Gewalt leidet einfach – ich weiß es sehr gut aus eigener Erfahrung. Ein Henker hingegen kann zwischen verschiedenen Möglichkeiten wählen.«[2]

Allerdings läßt sich diese Unterscheidung in bezug auf die Helden seines ersten »deutschen« Romans, *Vergangenheit* (1961), nur bedingt anwenden. Das Buch besteht aus zwei Teilen, die schlicht *1944* und *1959* betitelt sind. Der erste Teil handelt von einem mißlungenen Attentat auf den Chef der deutschen Polizei, Obersturmbannführer von Steinhagen. Einer der Attentäter, Antoni, verrät seine Mitverschwörer, um auf diese Weise seine Freundin zu retten. Fast die ganze Gruppe, der Verräter eingeschlossen, wird gefaßt und hingerichtet, nur einem, Fram, gelingt es zu entkommen. Er weiß nicht, daß seine gelungene Flucht eine Falle ist: Er soll die Deutschen zu den Köpfen der Organisation führen. Nach dem Attentat muß er sich erst einmal verstecken, bevor er Kontakt zu anderen Mitgliedern der Untergrundorganisation aufnehmen kann. Ehe er sich von dem Verdacht des Verrats reinwaschen kann, ist der Krieg zu Ende.

So steht im Vordergrund des zweiten Teils, der dem Titel gemäß im Jahre 1959 spielt, die Frage nach den moralischen Auswirkungen des Krieges sowohl auf der Seite der Opfer als auch der Täter, nach den verschiedenen Auffassungen von Begriffen wie Verantwortung, Pflichterfüllung, Loyalität. Auf der polnischen Seite ist Fram der Leidtragende, weil er nicht imstande ist, den ehemaligen Vorgesetzten seine Unschuld zu beweisen, und nun weiterhin mit dem Stempel eines Verräters leben muß. »Ich habe alles getan, um diese Menschen zu überzeugen, daß ich völlig unschuldig bin«, stellt er resigniert fest. »Soll ich jetzt auf ein Wunder hoffen?«[3] Und auf der deutschen Seite steht der Schuld an der Okkupation nicht die Sühne gegenüber, sondern die Verharmlosung des Verbrechens durch die Bundesrepublik, die für die Ex-Täter »Persilscheine« und viel Nachsicht parat hat.

Allein die Tatsache, daß Szczypiorski zu diesem Zeitpunkt wohl der einzige Schriftsteller war, der sich der heiklen Problematik stellte, war für die polnische Kritik ein Grund, sein Buch mit Lob zu bedenken. Gleichzeitig aber zeigte sie sich von der Darstellungsweise der beiden »feindlichen Lager« nur wenig überzeugt. Vor allem beanstandete sie das Mißverhältnis, das sich aus der Tatsache ergab, daß Szczypiorski zwar, so der Tenor der Kritiken, eine tiefgehende, psychologisch treffende Beschreibung der deutschen Denkweise liefere – es sei die beste sozialpsychologische Analyse seit Kruczkowskis Drama *Die Sonnenbruchs*, lobte ein Rezensent –, dieser aber eine blasse und stellenweise unglaubwürdige Beschreibung der Polen gegenüberstelle.

Der letzte Einwand war nur bedingt berechtigt, zumal aus dem Buch kaum hervorgeht, daß es sich wirklich um den polnischen Untergrund handelt: Die Orte und die Namen der Helden deuten ebensowenig darauf hin wie die Anmerkung, die Handlung würde irgendwo im okkupierten Europa spielen. Diese »Entnationalisierung« der Helden empfand die Kritik aber als Nachteil: Eine eindeutige deutsch-polnische Konfrontation hätte den Leser viel mehr überzeugt als eine Darstellung von konkreten Menschen auf der einen und symbolischen Gestalten auf der anderen Seite. »Szczypiorski hat versucht, Kafka mit Sartre zu kreuzen«, resümierte ein Rezensent, »und eine solche Operation konnte nicht gelingen.«[4]

Das Buch markierte dennoch einen wichtigen Schritt in Szczypiorskis schriftstellerischer Karriere, zumal es sich der Gunst der mächtigsten Frau der damaligen polnischen Verlagswelt erfreute: der allgemein gefürchteten Direktorin des Buchdepartements im Kulturministerium, Helena Zatorska. Die strenge Dogmatikerin, die in monatlichen Sitzungen ihr Urteil über die einzelnen Verlage und ihre aktuellen Produktionen sprach, war imstande, einen Autor durch eine einzige Äußerung zu vernichten oder aufsteigen zu lassen. (Eines ihrer Opfer soll Leopold Tyrmand gewesen sein, der Autor des berühmten Kriminalromans *Der Böse*, der sich 1966, angeblich größtenteils infolge dieser Schikanen, für die Emigration entschied.) In einer dieser Sitzungen äußerte sie sich positiv über Szczypiorskis *Vergangenheit*, was für den jungen Schriftsteller, der sich bis dahin hauptsächlich als Autor von Hörspielen, Reportagen und Kriminalromanen hervorgetan hatte, einen sofortigen Aufstieg bedeutete.

Was die »Verfremdungsoperation« an den polnischen Figuren seines Romans betrifft, so behauptete er später, er habe es absichtlich getan, um auf den universellen Charakter der Problematik hinzuweisen. Das sei auch die Hauptschwierigkeit bei der Verfilmung des Romans gewesen, die bald nach dem Erscheinen des Buches der Regisseur Leonard Buczkowski besorgte. Er habe die Handlung unbedingt in der polnischen Realität ansiedeln wollen. Szczypiorskis Rechtfertigung klang insofern plausibel, als der im selben Jahr erschienene zweite Teil der Tetralogie, *Die Stunde Null*, ganz anders gestaltet war: Diesmal werden unmißverständlich ein Deutscher und ein Pole miteinander konfrontiert. Im Mittelpunkt der Handlung steht Sebastian Mahler, ein ehemaliger SS-Offizier, der während des Krieges wegen seiner Grausamkeit und seines Fanatismus »Sebi, der Teufel« genannt wurde. Nach dem Krieg arbeitet er als Direktor einer Chemiefabrik und erfüllt seine neuen Aufgaben mit der gleichen Bereitwilligkeit, mit der er einst seine Offizierspflichten erfüllt hat. Er ist stolz auf sein Pflichtbewußtsein, hält sich für einen loyalen Bürger, der seinem Land jederzeit treu dient.

So fällt es ihm schwer, die Anklage zu verstehen, die der Sohn eines seiner Opfer gegen ihn erhebt: Leon Kowalski, dessen Vater von Mahler getötet wurde, und der selbst in einem Versteck überlebte, kommt nach Deutschland und stellt den Mörder seines Vaters zur Rede. Es gelingt ihm zwar, dem Deutschen eine Art Schuldbekenntnis abzutrotzen, eine richtige Genugtuung empfindet er dabei aber nicht. Im Gegenteil, er reist mit dem Gefühl der Niederlage wieder ab: Als man ihn vor seiner Reise fragte, was er nun von den Deutschen erwarte, antwortete er, er möchte sie bescheiden erleben – nun sieht er aber von Bescheidenheit, geschweige denn von Reue, keine Spur.

Allerdings wird auch er von Gewissensbissen geplagt: Er kann sich noch genau an den Eifer erinnern, mit dem er in einer entsprechenden Situation den Deutschen versicherte, daß er kein Jude sei. Inzwischen ist ihm klargeworden, daß er sich damit gewissermaßen auf die Seite der Verbrecher geschlagen hat: Statt sich mit den Opfern solidarisch zu zeigen, hat er die verbrecherische Ausgrenzungspolitik der Deutschen unterstützt. Und als er auch noch während seiner Deutschland-Reise einem polnischen Juden begegnet, der sich trotz seiner traumatischen KZ-Erlebnisse ausgerechnet im Land der Täter niedergelassen hat, gerät sein Schuld-und-Sühne-System endgültig ins Wanken.

Eine solche Darstellungsweise war in der damaligen polnischen Literatur nicht alle Tage zu finden und wurde entsprechend ambivalent aufgenommen. Die Hartnäckigkeit, mit der Szczypiorski versuchte, die Schwarzweißmalerei zu vermeiden und die ganze Komplexität der Problematik zu erfassen – ein Charakterzug, der ihm viele Jahre später den Welterfolg bescheren sollte –, wurde zwar gewürdigt; sie brachte ihm sogar den schmeichelhaften Vergleich mit Friedrich Dürrenmatts

1 Andrzej Szczypiorski um 1935

2 Die Schwester, Wiesława Szczypiorska

3 Der Vater, Adam Szczypiorski, etwa Ende der sechziger Jahre

4 Andrzej Szczypiorski um 1949/50

5 Ewa Markowska, später Ewa Szczypiorska

6 Andrzej Szczypiorski, Mai 1949 in Lublin

7 Mit der Ehefrau Ewa Szczypiorska, um 1965

8 Bei der Verleihung des Preises des polnischen PEN-Clubs für den Roman »Eine Messe für die Stadt Arras«, 1972

Besuch der alten Dame. Doch gleichzeitig mußte er sich den Vorwurf gefallen lassen, der Roman sei politisch nicht eindeutig genug. Außerdem beklagte die Kritik die Fülle der Reflexionen, die oft künstlich und flach wirken würden.

Seinem Hang zum Räsonieren gab Szczypiorski dennoch sofort wieder nach, indem er die beiden letzten Teile der Tetralogie als innere Monologe anlegte: Sie werden jeweils von einem Deutschen gehalten, den die Flucht vor der Verantwortung in einen Gewissenskonflikt stürzt. Hauptfigur von *Abels Flucht* (1962), dem dritten Teil des Zyklus, ist Hermann Abel, ein in Polen zu lebenslanger Haft verurteilter SS-Offizier. Als er an Krebs erkrankt, bekommt er von der Gefängnisleitung die Erlaubnis, eine Arztpraxis aufzusuchen. Auf dem Weg dahin überwältigt er den ihn eskortierenden Wächter und flieht. Nun zieht er durch das Land, in das er vor Jahren als Eroberer gekommen war, erinnert sich an das Erlebte und sinniert über sein Schicksal.

Er stammt aus einer Familie mit langer liberaler Tradition, hat in Heidelberg studiert, ist kultiviert und gebildet. Dennoch begreift er nicht, weshalb sein damaliges Verhalten bestraft wird, und fühlt sich als Opfer eines neuen Denksystems, das in Loyalität und Treue ein Verbrechen sieht. »Ich habe immer im Interesse des deutschen Volkes gehandelt«, befindet er, »und wenn die Interessen des deutschen Volkes nicht immer mit denen der Menschheit übereinstimmten, so kann man dafür nicht allein meine Person verantwortlich machen.«[5] Er sieht seine individuelle Schuld nicht, ist der Meinung, daß die Verflechtung zwischen seinem persönlichen Schicksal und den Wirren der Geschichte ohne seine Zustimmung stattgefunden habe.

Erst infolge der Erfahrungen, die er während seiner Flucht macht, vor allem infolge der Gespräche, die er an verschiedenen Orten – in Bars, privaten Wohnungen, Pfarrhäusern – führt, ändert sich seine Denkweise. Denn so sehr er sich auch darum bemüht, er findet nichts, was ihn, einen Täter, der jede seiner Entscheidungen immer genau durchdacht hat, rechtfertigen würde. Das in den sechzehn Jahren Haft aufgebaute Gebäude aus Lügen, Verfälschungen und Selbstrechtfertigungen bricht langsam zusammen. Sein Selbstbild ändert sich dermaßen, daß er beschließt, ins Gefängnis zurückzukehren.

Obwohl die Form des Romans die Gefahr in sich barg, erneut allzusehr ins Polemische abzudriften, ist es Szczypiorski diesmal gelungen, die Balance zwischen Erzählen und Reflektieren zu halten. »*Abels Flucht* liefert zwar viel Stoff zum Nachdenken, doch es hat nichts von einer edlen, aber schwer verdaulichen Moralität«[6], lobte ein Rezensent, der es sich allerdings nicht verkneifen konnte, einen Seitenhieb auf Szczypiorskis Vergangenheit als Krimiautor anzufügen: Der Roman sei eines der interessanteren Bücher der letzten Zeit, das um so mehr Beachtung verdiene, als der Autor einige Niederlagen hinter sich habe. *Abels Flucht* scheine anzukündigen, daß Szczypiorskis Talent sich weit über die schriftstellerischen Leistungen eines Maurice S. Andrews entfalten könnte.

Den Beweis dafür lieferte Szczypiorski bereits ein Jahr später mit dem Roman *Hinter den Mauern Sodoms*, dem letzten Teil des Zyklus. Ähnlich wie Hermann Abel entstammt auch dessen Hauptfigur, Joachim, einer gebildeten, liberalen deutschen Familie. Nach dem Krieg macht er eine glänzende Karriere als Anwalt. Während des Naziregimes fiel er weder als Mitläufer noch als Antifaschist auf, und sein Einsatz als Soldat war nur von kurzer Dauer: Er wurde schnell verwundet und in den Zivildienst versetzt. In der Kleinstadt, in der er als juristischer Berater einer Baufirma beschäftigt war, lernte er den berüchtigten Chef der dortigen Gestapo, Hranizky, kennen. Er ließ sich von ihm überreden, an sadistischen Spielen mit inhaftierten Jüdinnen teilzunehmen. Er tat es, obwohl er in keiner Weise dazu gezwungen wurde, und ohne zu wissen, warum. Aus Angst? Aus Opportunismus? Aus Langeweile? Als er nach dem Krieg in einem Prozeß gegen Hranizky aussagen soll, bestreitet er energisch die eigene Schuld. Nach kurzer Zeit aber wird er von Selbstzweifeln heimgesucht und beschließt, seine Aussage zu korrigieren. Doch für ein Geständnis ist es zu spät: Das Verfahren gegen den Gestapomann wurde eingestellt.

Einer der Vorwürfe, die von der Kritik diesmal erhoben wurden, lautete, Szczypiorskis Darstellungsweise sei eine unbewußte »Heroisierung« der Nazis – gemäß der Äußerung eines Slawisten aus Westberlin, den ein Rezensent in seiner Besprechung zitierte: »Ihr schreibt über die SS-Männer der Jahre 1939–45 aus der Perspektive der sechziger Jahre, und über die SS-Männer der sechziger Jahre aus der Perspektive der polnischen Seele. Und ich habe das zweifelhafte Vergnügen, einige dieser Herren zu kennen, und ich versichere Euch, daß sie sich weder wegen ihrer SS-Vergangenheit schämen noch nachts von den Geistern der Ermordeten verfolgt werden. Es sind meistens ältere Männer, die einen Abschnitt ihres Lebens im Dienste des Vaterlandes beendet haben und jetzt davon in Form des Wirtschaftswunders profitieren. Das ist alles.«[7] Szczypiorskis Roman, so das Fazit des besagten Rezensenten, führe also nicht zur Klärung der damaligen Haltungen, sondern zu deren Mystifizierung.

Trotz dieser einzelnen Einwände wurde die Tetralogie sehr positiv aufgenommen. Die Kritik würdigte Szczypiorskis gedanklichen Ansatz, der nach dem Erscheinen aller vier Romane besonders deutlich zu erkennen war: Es ging ihm offenbar um die Suche nach einer neuen moralischen Ordnung, um das Nachdenken über die sozialpsychologischen Folgen des Krieges, aber auch über das Verhältnis zwischen dem einzelnen Menschen und der Geschichte. Vor allem *Hinter den Mauern Sodoms*, dessen Held kein Soldat, sondern ein nach eigenem Gewissen handelnder Zivilist ist, machte deutlich, wie heimtückisch die Verwicklungen des Individuums in die Mechanismen eines Regimes sein können. In diesem Sinne stellte das Buch auch einen Meilenstein in Szczypiorskis literarischem Schaffen dar: Es brachte ihn allmählich weg vom deutschen Thema und hin zu dem allgemeineren Problem des Umgangs mit einem totalitären System. Nichtsdestotrotz haftete ihm noch lange nach dem Erscheinen der Tetralogie die halb ironisch, halb bewundernd gemeinte Bezeichnung »Märtyrer des deutschen Themas« an.

Zwölftes Kapitel

Die »kleine Stabilisierung«

Eine enge Wohnung im achten Stock eines sozialistischen Hochhauses, dazu in der Nähe einer stark befahrenen Hauptstraße, ist nicht gerade das, was sich ein junges Ehepaar mit Kind als Erfüllung seiner Träume vorstellt. Die Szczypiorskis jedoch waren mit den zwei kleinen Zimmern, Küche und Bad, die sie seit Mitte der sechziger Jahre in der Bielańska, direkt am Teatralny-Platz, bewohnten, ausgesprochen glücklich. Erstens wußten sie um den allgemeinen Wohnungsmangel, angesichts dessen man nahezu für alles, worauf halbwegs die Bezeichnung »eigene vier Wände« zutraf, dankbar sein mußte. Zweitens hätten sie vermutlich nicht einmal diese bescheidene Wohnung bekommen, wäre es Szczypiorski nicht gelungen, die bereits erwähnte Direktorin des Buchdepartements, Helena Zatorska, mit seinem Charme zu gewinnen. Ihrer Protektion hatte er zu verdanken, daß er seiner kleinen Familie erstmals eine Wohnung mitten in der Innenstadt bieten konnte.

Auch sonst hatte er allen Grund, zufrieden zu sein: Dank seiner »Radiofeuilletons« genoß er den Status eines bekannten Journalisten, er hatte einige Buchpublikationen, darunter einen vielbeachteten Romanzyklus, auf seinem Konto, ab 1965 gehörte er zu den Mitarbeitern der angesehenen Wochenschrift *Polityka* – er schrieb regelmäßig Feuilletons und durfte an den Redaktionssitzungen teilnehmen –, sein Name tauchte aber auch in anderen Blättern auf, in *Przegląd Kulturalny* (Kulturelle Rundschau), *Literatura* oder *Twórczość* (Das Schaffen). Und er besaß bereits eine wichtige staatliche Auszeichnung: das Kavalierskreuz des Ordens der Wiedergeburt

Polens, das ihm für seine literarischen Leistungen 1964 verliehen wurde.

Im selben Jahr publizierte er ein weiteres Buch: den Band *Löwenjagd*, mit dem er sich erstmals als Geschichtenerzähler präsentierte: Ein netter älterer Herr erkauft sich mit Geschenken und anderen Nettigkeiten die Sympathie eines Jungen aus der Unterschicht, um dann durch eine selbstverursachte Explosion den Verdacht auf den Jungen zu lenken *(Krieg mit dem Karpfen)*. Ein wenig auf gesellschaftliche Konventionen achtender Junggeselle bringt eine weibliche Zufallsbekanntschaft mit nach Hause und erlaubt, daß diese seinen sechzehnjährigen Neffen verführt *(Liebhaber)*. Sommergäste eines einsamen Försters lassen sich von ihm zu einer nächtlichen Jagd überreden, schöpfen dann aber einen undefinierbaren Verdacht, was während der gemeinsamen Eskapade beinahe zu einer Schießerei führt *(Löwenjagd)*. Krankheit und Tod zerstören das Glück eines jungen Ehepaares *(Abschied von der Liebe)*. Es waren also Erzählungen, in denen es nicht um die politischen und wirtschaftlichen Zwänge der sozialistischen Realität, sondern nur um Menschen mit ihrer psychologischen Kompliziertheit und um die daraus resultierenden Konflikte ging. Oder um menschliche Tragödien, die auf unerwartete Schicksalsschläge zurückgingen.

Allerdings kam Szczypiorski auch diesmal ohne das Motiv des Krieges nicht aus. Und auch diesmal beleuchtete er es in erster Linie aus der deutschen Perspektive. Etwa in den Erzählungen *Zwei Männer in den Sonnenstrahlen* und *Drei Männer in einer Dachwohnung*, einer Art zweiteiliger Fortsetzungsgeschichte, in der die gleichen Mitläufer des Nationalsozialismus agieren. Die Männer tragen zwar einprägsame Namen, Grimm, Bosch, Viegeland oder Warnecke, doch dies ist nicht wirklich von Bedeutung, denn sie haben ohnehin einen Modellcharakter. Ob während einer Aktion im Krieg oder in der Nachkriegszeit, die Motivationen ihres verbrecherischen Verhaltens – zunächst beseitigen sie unschuldige Fremde, dann einen unbequem gewordenen Ex-Kameraden – sind die gleichen: angeborene Brutalität, Zynismus, Gleichgültigkeit, falsch verstandenes Pflichtbewußtsein.

Wie heikel die deutsche Thematik nach wie vor war, welch empfindliche Reaktionen sie immer noch auslösen konnte, stellte Szczypiorski schon ein Jahr nach dem Erscheinen des Bandes fest.

Im Herbst 1965 kam es nämlich in Rom zu einem Ereignis, das zwar heute als Auftakt der deutsch-polnischen Versöhnung eingeschätzt wird, damals aber recht fatale Folgen hatte: Am 18. November 1965 – es war die letzte Phase des Zweiten Vatikanischen Konzils – richteten die polnischen Bischöfe an ihre deutschen Amtskollegen eine Botschaft, die in der Schlußpassage die historische Formulierung enthielt: »Wir vergeben und bitten um Vergebung«. Das Schriftstück, das in knappen Worten nahezu die gesamte Geschichte der deutsch-polnischen Beziehungen zurückverfolgte, war ein Meisterwerk an Diplomatie und Stilknappheit: Es überwog zwar ein versöhnlicher Ton, doch zugleich zögerten die polnischen Bischöfe nicht, auch an die schmerzvollen Kapitel dieser Geschichte zu erinnern, vor allem an jenes, das man, wie sie schrieben, euphemistisch als Zweiten Weltkrieg bezeichne, das aber in Polen knapp an totaler Vernichtung vorbeigegangen sei. Auf jede Erinnerung an das Unrecht folgte allerdings sofort eine neue Manifestation der Versöhnungsbereitschaft und der Überzeugung von der Notwendigkeit des Dialogs.

Die Antwort der deutschen Bischöfe ging am 5. Dezember, drei Tage vor der Beendigung des Konzils, ein. Doch sie fiel, gemessen an der Herzlichkeit und Großzügigkeit der polnischen Botschaft, sehr verhalten aus. Möglicherweise war diese Kühle auch der Grund dafür, daß der Briefwechsel in Polen einen schweren Konflikt zwischen der Kirche und der Regierung auslöste. Die Warschauer Führung kritisierte scharf den eigenmächtigen Vorstoß des polnischen Episkopats, indem sie ihm vorwarf, mit der Bitte um Vergebung die polnische Staatsräson verletzt zu haben. Stefan Kardinal Wyszyński, der Initiator der Botschaft, wurde in der offiziellen Presse als »Vaterlandsverräter« beschimpft; andere, weniger prominente Unterzeichner waren lange Zeit allerlei Schikanen ausgesetzt.

Auch in der Gesellschaft stieß der Brief der Bischöfe auf massive Kritik: Die Bitte um Vergebung empfand die Mehrheit der Polen als inakzeptabel. Die sechziger Jahre, im Volksmund als die Jahre der »kleinen Stabilisierung« bezeichnet – nach dem Titel eines Theaterstücks von Tadeusz Różewicz – waren eine Zeit, in der das angeschlagene Selbstbewußtsein der Polen dringend einer Aufpolierung bedurfte. Es war die Zeit der wirtschaftlichen Misere, der geschlossenen Grenzen, der mangelnden Aussichten auf beruflichen Aufstieg oder auf Verbesserung des Lebensstandards, der plumpen und verlogenen Erfolgspropaganda, die permanent von den Medien betrieben wurde. Zu einer versöhnlichen Geste, dazu auch noch einem Volk gegenüber, das man nach wie vor als einen Feind betrachtete, war die polnische Bevölkerung zu jenem Zeitpunkt also noch nicht bereit.

Im Gegenteil, gerade damals, Mitte der sechziger Jahre – so Andrzej Szczypiorskis Erinnerung – »knieten fast alle einmütig vor dem Altar der nationalen Mythen und Hirngespinste nieder. Die Staatsmacht hängte ihre marxistischen Prinzipien an den Nagel, um auf Juden und Deutsche als Urheber unserer Mißerfolge hinzuweisen. Das in seiner Mehrheit katholische Volk hängte den Grundsatz der Nächstenliebe an den Nagel, um im donnernden Chor den Unsinn von unserer Sonderrolle zu rezitieren.«[1] Eine symbolische Demutsgeste, die von den Deutschen ausgegangen wäre, hätte in diesem gesellschaftlichen Klima enorm viel bewirkt, doch sie blieb eben aus. Woher also die polnischen Bischöfe die Legitimierung für ihre Bitte um Vergebung nahmen, war den meisten Polen nicht verständlich.

Besonders aus den westpolnischen Gebieten, wo nach dem Krieg die Bevölkerung aus dem verlorenen Osten angesiedelt wurde, waren kritische, gar empörte Stimmen zu hören. Viele konnten sich noch gut an die ersten Nachkriegsmonate erinnern, in denen in Breslau Polen und Deutsche nebeneinander gelebt hatten, ohne daß es dabei zu Akten kollektiver Rache gekommen wäre. Von der Existenz polnischer Arbeitslager in Schlesien, in denen Tausende deutscher Zivilisten, darunter viele Frauen und Kinder, gefangengehalten und nicht selten zu Tode gequält worden waren, wußten die meisten Bewohner der Westgebiete zu diesem Zeitpunkt noch nicht. Sie hatten nur das eigene Leid, das Unrecht, das ihnen widerfahren war, in Erinnerung – zum Bitten um Vergebung sahen sie also nicht den geringsten Anlaß.

Für Szczypiorski war der Brief der polnischen Bischöfe einerseits »ein großes Ereignis«[2]: Um zu diesem Zeitpunkt einen Erzfeind um Vergebung zu bitten, bedurfte es in seinen Augen »nicht nur einer besonderen Klugheit, sondern auch eines tiefen Glaubens, einer großen religiösen Leidenschaft. Alle diese Bischöfe, Wyszyński, Wojtyła, Kominek, glaubten wirklich an das Evangelium, sonst hätten sie es so nicht formulieren können.«[3] Andererseits empfand er die Reaktionen, die dieses Ereignis in Polen ausgelöst hatte, als »ein erstes Alarmzeichen unserer Degradierung«[4]. Ihn wunderte weniger die heftige Reaktion der kommunistischen Behörden als vielmehr die Kritik in weiten Kreisen der Gesellschaft, die sich erst, als der Konflikt zwischen dem Machtapparat und den Bischöfen eskalierte, veranlaßt sahen, der Kirche ihre Loyalität zu demonstrieren und den fatalen Brief nachzusehen. Daß die Staatsmacht sich betroffen und bedroht fühlte, fand er selbstverständlich: »Das polnische Episkopat sägte an dem Ast, an dem fast das gemeinsame Gepäck von Regierung und Volk aufgehängt war, das Gepäck des antideutschen Nationalismus.«[5] Was ihn viel mehr beunruhigte, war der Zustand der Nation, »die schon damals von der eigenen Mythomanie süß eingelullt«[6] war.

Es gab aber noch einen weiteren Grund zur Sorge: eine allgemeine Verschärfung des gesellschaftlichen Klimas, die spürbar von den politischen Kadern ausging. Mitte der sechziger Jahre kam eine neue Generation der Parteifunktionäre an die Macht, die sich vor allem durch niedrige Moral und hohe Profiterwartungen auszeichnete. Im Gegensatz zu den älteren

Jahrgängen, unter denen sich noch viele Kommunisten der alten Schule befanden – sie glaubten aufrichtig an die Idee der Oktoberrevolution und an den gesellschaftlichen Auftrag der Arbeiterklasse –, gab es unter den Neulingen auffallend viele Opportunisten, Zyniker und Karrieristen, die in erster Linie daran interessiert waren, ihre eigenen Ziele zu realisieren. Es waren oft ungebildete und ungehobelte Menschen, die schon bald nach ihrer »Inthronisierung« begannen, das gesellschaftliche Klima mit populistisch-nationalistischen Losungen zu vergiften. Dabei richteten sich ihre Attacken immer öfter gegen die Intellektuellen, was um so mehr auffiel, als diese von den bisherigen Machthabern eher umworben als bekämpft worden waren.

Das schlechte Klima zwischen Staatsmacht und Intelligenz setzte im Frühjahr 1964 ein, als eine Gruppe von 34 Schriftstellern und Wissenschaftlern es erstmals in der polnischen Nachkriegsgeschichte wagte, gegen die offizielle Kulturpolitik zu protestieren. Deren nachteilige Veränderung war bereits seit Anfang der sechziger Jahre zu spüren: Die Verschärfung der Zensur, die Liquidierung von zwei bedeutenden Kulturzeitschriften und eine Drosselung der Auflagen von Kinder- und Jugendbüchern, auf deren Kosten Unmengen von Propagandamaterial gedruckt wurden, waren ein deutliches Zeichen, daß der Zustand der Kultur den Regierenden kaum wirklich am Herzen lag. Im Jahre 1964 wurde die Situation so alarmierend, daß die besagte Gruppe von Intellektuellen sich veranlaßt sah, einen an den Premierminister Cyrankiewicz gerichteten Protestbrief zu formulieren. Darin hieß es unter anderem, die Einschränkung der Papierzuteilung für den Druck von Büchern und Zeitschriften sowie die Verschärfung der Pressezensur würden eine Situation schaffen, die für die Entwicklung der polnischen Nationalkultur eine Bedrohung darstelle. Sie, die Unterzeichner des Briefes, würden folglich eine Änderung der Kulturpolitik im Geiste der durch die Verfassung des polnischen Staates garantierten und dem Wohl der Nation dienenden Gesetze verlangen.

Der »Brief der 34«, der am 14. März 1964 von Antoni Słonimski, einem der Initiatoren dieser Protestaktion und dem einstigen Vorsitzenden des Schriftstellerverbandes, in der Kanzlei des Staatsrates hinterlegt wurde, fand eine ungewöhnlich starke Resonanz im In- und Ausland. Immerhin ging es um einen Präzedenzfall: Namhafte polnische Literaten legten sich erstmals öffentlich mit der Staatsmacht an. Vor allem die Kommentare in der ausländischen Presse lösten wütende Attacken der Behörden aus. Von jetzt an waren die Unterzeichner des Briefes allerlei Schikanen ausgesetzt, vom Publikations- und Reiseverbot bis zu Verleumdungen und Beschimpfungen in den Medien. Zehn der 34 »Sündigen«, etwa der hochgeschätzte Literaturkritiker Kazimierz Wyka, hielten schließlich den Druck nicht aus und unterschrieben eine Erklärung, in der sie verneinten, je irgendwelche Repressalien erfahren zu haben.

Am härtesten ging das Regime gegen den Schriftsteller Melchior Wańkowicz, den wohl beliebtesten und meistgelesenen Autor der sechziger Jahre, vor. Er hatte nicht nur den Brief unterzeichnet, sondern auch einen längeren diesbezüglichen Artikel geschrieben und – auf konspirativem Weg, versteht sich – an den amerikanischen Sender »Radio Free Europe« geschickt. Trotz Vorsichtsmaßnahmen wurde der Text vom polnischen Geheimdienst abgefangen, und der 72jährige Wańkowicz vor Gericht gestellt und zu drei Jahren Gefängnis verurteilt. Die Behörden warfen ihm die Verbreitung falscher Informationen und darüber hinaus Undankbarkeit vor: Er habe sich gegen die Volksrepublik Polen gewendet, der er schließlich die hohen Auflagen seiner Bücher und somit seine Popularität verdanke. Der Prozeß, bei dem Wańkowicz mit imponierender Würde auftrat, fand ebenfalls viel Aufmerksamkeit im Ausland, vor allem in den USA, deren Staatsbürgerschaft er besaß. Dies war wohl auch der Grund, warum die Behörden sich nicht trauten, das Urteil, das ohnehin im Rahmen einer Amnestie von drei auf anderthalb Jahre reduziert wurde, auch wirklich zu vollstrecken.

Andrzej Szczypiorski gehörte zwar nicht zu den Unterzeichnern des Briefes, doch die zunehmende Reformfeindlichkeit Gomułkas, der sich schon einige Jahre nach der Machtübernahme als loyaler Diener Moskaus entpuppt hatte, der Opportunismus der neuen Parteifunktionäre, die rapide Verschlechterung des gesellschaftlichen Klimas, der interne Druck in den Medien, den er als Autor der »Radiofeuilletons« immer öfter spürte, bewirkten, daß auch er Mitte der sechziger Jahre erstmals eine gewisse Empfänglichkeit für das »oppositionelle Gedankengut« verspürte. (Zu diesem Zeitpunkt glaubte ohnehin noch niemand, daß eine wirksame politische Opposition möglich sei.)

Zu diesem langsamen Umschwung trug vermutlich auch ein Zwischenfall bei, der sich im Jahre 1966 ereignete: Der Philosoph Leszek Kołakowski, der während des Stalinismus neben Adam Schaff zu den führenden Ideologen gehört hatte und nun an der Warschauer Universität ein Referat zum zehnten Jahrestag des »polnischen Oktobers« (1956) halten sollte, überraschte alle mit einer Rede, die deutlich regimekritische Akzente enthielt. Die Behörden reagierten sofort, indem sie ihn von der Universität entfernten und aus der Partei ausschlossen. Eine Gruppe von namhaften Intellektuellen (Tadeusz Konwicki, Kazimierz Brandys u. a.) protestierte dagegen in einem Offenen Brief – als die Behörden mit Sanktionen drohten und Reue verlangten, antwortete sie mit der Rückgabe ihrer Parteibücher.

Auch an dieser Protestaktion war Szczypiorski nicht beteiligt, dennoch nannte er später mehrmals das Jahr 1966 als eine deutliche Zäsur in der Entwicklung seines politischen Bewußtseins. (Es war auch ein Jahr, das die Partei dazu benutzte, die Feierlichkeiten, die es anläßlich des Millenniums des polnischen Staates zu veranstalten galt, mit einer massiven Propaganda der angeblichen eigenen Erfolge zu verbinden.) Seine zunehmend kritische Haltung ging dennoch mit einer inneren Zerrissenheit einher: Er war zwar enttäuscht von der Politik der aktuellen Machthaber, glaubte aber immer noch an eine abstrakte Idee der gesellschaftlichen Gerechtigkeit und Gleichheit. Und er war immer noch der Meinung, daß der Erste Sekretär Gomułka, verglichen mit anderen Politikern, etwa mit seinem Vorgänger Bolesław Bierut, von einem wesentlich höheren moralischen Niveau sei.

Als wollte er diese Ambivalenz auch öffentlich demonstrieren, legte er zu jener Zeit zwei konträre Publikationen vor. Im Jahre 1966 erschien sein Roman *Eine Reise bis ans Talende*, mit dem er gleichsam seine beginnende »Abtrünnigkeit« zum Ausdruck brachte. Es ist die Geschichte von Jan Stachura, einem aus dem Bauernmilieu stammenden Karrieristen und begeisterten Parteimitglied, dessen Glaube an den Sinn seines Engagements plötzlich ins Wanken gerät. Bis dahin hat er sich mit viel Energie und Hingabe an dem Aufbau des neuen Polen beteiligt, egal, um welche Aufbauphase es sich gerade handelte. Er kämpfte nach Kriegsende gegen die reaktionären Banden, engagierte sich während des Stalinismus in den »wiedergewonnenen« Gebieten, glaubte an den guten Willen der »Tauwetter«-Politiker. Das Regime dankte ihm mit immer höheren Sprossen auf der Karriereleiter, bis er zum Direktor eines chemischen Großbetriebs ernannt wurde. Erst als eine neue Generation der Parteiaktivisten an die Macht kommt, beginnt er den Sinn seiner bisherigen Anstrengung zu hinterfragen. Seine Zweifel sind um so berechtigter, als bei dem Bemühen um einen beruflichen und politischen Erfolg sein Privatleben auf der Strecke geblieben ist.

Obwohl der Roman scheinbar das häufigste Thema der damaligen polnischen Prosa behandelte – »der Mensch in den Mühlen der volksrepublikanischen Realität« –, wurde er von der Kritik mit ungewöhnlich viel Aufmerksamkeit bedacht. Die Rezensenten würdigten Szczypiorskis mutigen Versuch, sich der gegenwärtigen Problematik zu stellen, lobten die Offenheit und Kompromißlosigkeit, mit der er die Schwächen der sozialistischen Wirklichkeit aufzeigte, sahen gar das Buch als eine Art Erfahrungsbilanz der ganzen Nachkriegsgeneration an. Sie warfen ihm aber auch eine zu große Fülle an Bildern, Motiven und Reflexionen vor und bemängelten erneut seinen Hang zu publizistischen Einlagen, der seinen Helden zur puren Illustration seiner Thesen mache. Eine Kritikerin äußerte darüber hinaus den Zweifel, ob es vom psychologischen Standpunkt her von Vorteil sei, daß er nicht einen Durchschnittsbürger, sondern die sozialistische Variante eines »Übermenschen« zur Hauptfigur gemacht habe.

Die zweite Publikation war eine Gedenkschrift, die Szczypiorski 1967 zum 20. Todestag von General Karol Świerczewski, einer der politischen Legenden der Nachkriegszeit, vorlegte. Der Lebenslauf des Generals eignete sich wie kaum ein anderer, die Schuljugend im Geiste der Freundschaft mit der Sowjetunion zu indoktrinieren – und wurde auch reichlich zu diesem Zweck benutzt. Der legendäre »Walter«, wie sein Kriegspseudonym lautete, zeichnete sich von Anfang an durch seine prosowjetische Gesinnung aus. Im russischen Bürgerkrieg 1918–1920 kämpfte er auf Seiten der Bolschewiken, war anschließend politischer Kommissar der Roten Armee, wurde 1936 von der Sowjetunion nach Spanien geschickt, um während des dortigen Bürgerkriegs kommunistische Einheiten zu organisieren.

Im August 1943 wurde er von den Sowjets zu den neu formierten polnischen Streitkräften delegiert, wo er zunächst stellvertretender Befehlshaber der 1. Armee und dann Oberkommandierender der 2. Armee war. Doch auch als polnischer Offizier zeichnete er sich weniger durch sein militärisches Talent – mancher Verlust soll von ihm persönlich verschuldet gewesen sein – als durch seinen ideologischen Fanatismus aus. So unterschrieb er in seiner letzten Funktion Dutzende von Todesurteilen, die an ehemaligen Soldaten der »Heimatarmee« vollstreckt wurden. Nach dem Krieg war er stellvertretender Verteidigungsminister und als solcher für die Bekämpfung der ukrainischen Untergrundeinheiten, der sogenannten UPA-Banden, im Ostteil der Beskiden verantwortlich. Er kam 1947 im Alter von nur fünfzig Jahren und unter ungeklärten Umständen – höchstwahrscheinlich durch ein

Attentat – ums Leben, was die Kommunisten sofort zum Anlaß nahmen, ihn zum Märtyrer des Kampfes um die gerechte Sache zu stilisieren.

Szczypiorskis Aufsatz trug zwar den schlichten Titel *Karol Świerczewski – Walter (Zum 20. Todestag)*, war aber zugleich ein Paradebeispiel des »sozrealistischen« Stils. Er enthielt Sätze wie: »Er gehörte zu den großartigen Kadern der Rotarmisten, die sich aus Schafsjungen, Feldarbeitern und Arbeitslosen im Feuer des revolutionären Kampfes in erstrangige Offiziere verwandelten. So reiften die sowjetischen Streitkräfte zur mächtigsten Armee heran.«[7] Oder: »Möge denn dieser Text, der Nachdenklichkeit entsprossen und von Trauer durchtränkt, einfach wie ein bescheidener Blumenstrauß sein, der auf Karol Świerczewskis Grab niedergelegt wird.«[8] Dieser affirmativ-elegische Ton wurde Szczypiorski vom Literatenmilieu lange nachgetragen, ebenso wie die Tatsache, daß er die Gedenkschrift im Auftrag einer umstrittenen Organisation namens »Verband der Kämpfer um Freiheit und Demokratie« (ZBOWiD – Związek Bojowników o Wolność i Demokrację) verfaßte, hinter dem der berüchtigte Innenminister Mieczysław Moczar und seine Anhänger standen: eine Gruppierung, die bald eines der negativsten Kapitel der polnischen Nachkriegsgeschichte einleiten sollte.

Dreizehntes Kapitel

»Der März der Schande«

Es war Anfang Juni 1967. Witold Górski, Kapitän eines polnischen Handelsschiffes, war gerade auf dem Rückweg aus Südafrika, wohin er seit Jahren regelmäßig fuhr, als er plötzlich von einem politischen Ereignis an der Weiterfahrt gehindert wurde: Soeben war der israelisch-ägyptische Krieg ausgebrochen, und Górski blieb mit anderen Schiffen im Sueskanal stecken. Unter den vielen Schiffskapitänen war er der einzige, der eine Hilfsaktion für die ägyptischen Soldaten organisierte, die in der Wüste an Verwundungen und Hunger starben. Er schickte ihnen Lebensmittel und Medikamente, ließ die Verletzten auf seinem Schiff behandeln. Auf diese Weise rettete er mindestens dreihundert Menschen das Leben. Für seine Humanität wurde er jedoch keineswegs belohnt. Im Gegenteil, als das Schiff nach Polen zurückkehrte, bekamen die anderen Mannschaftsmitglieder Orden für Tapferkeit, er hingegen wurde entlassen und sollte vor Gericht gestellt werden.

Wie sich bald zeigte, wurde er Opfer der damaligen innenpolitischen Situation in Polen: Die späten sechziger Jahre waren von den sich zuspitzenden innenparteilichen Kämpfen gezeichnet. Der sogenannte »Partisanenflügel« um Innenminister Mieczysław Moczar – so wegen der Kriegsvergangenheit des Letzteren genannt – war nach eigenem Empfinden viel zu lange gezwungen gewesen, sich mit zweitrangigen Posten zu begnügen, und sah nun die Zeit für sich reif, nach den Spitzenpositionen zu greifen. Ihm gegenüber stand eine Gruppe von Altkommunisten, die mit Hilfe der Sowjets an die Macht gekommen war und nun mit allen Mitteln um deren Erhalt kämpfte.

Ein unerwartetes Ereignis kam den Bestrebungen der Moczar-Clique entgegen: der besagte israelisch-ägyptische Krieg vom Juni 1967, besser als der »Sechstagekrieg« bekannt. Bereits mehrere Wochen vor der direkten Konfrontation zeichnete sich eine klare internationale Frontlinie ab: Die arabischen Länder, die ihre Niederlage während des Befreiungskriegs von 1948 nicht verwunden hatten, rüsteten mit russischer Hilfe auf. Israel hingegen, das allerlei Schritte unternahm, um den Konflikt zu vermeiden, genoß die Unterstützung der USA und Westeuropas. Die diplomatischen Bemühungen der Israelis blieben erfolglos, das Ergebnis ist bekannt: ein sechs Tage währender Krieg, in dessen Folge Israel die gesamte Sinai-Halbinsel, Judäa und Samaria, den Gazastreifen und die Golanhöhen sowie die Altstadt von Jerusalem mit dem Tempelberg und der Klagemauer zurückeroberte.

Die Ereignisse im Nahen Osten wurden auch in Polen aufmerksam verfolgt, allerdings gingen die Reaktionen der Regierenden und der Regierten weit auseinander. Die Politiker solidarisierten sich mit den arabischen Ländern, da diese von der Sowjetunion unterstützt wurden, die einfachen Bürger hingegen erhoben immer öfter die Finger zum Victory-Zeichen, um auf diese Weise ihre Sympathie für »unsere Juden« zu demonstrieren. Dieses eindeutig antisowjetische Klima kam insofern den »Moczaristen« entgegen, als sie es zum Anlaß nehmen konnten, den »Zionisten«, die den Feinden der Sowjetunion den Rücken stärkten, den Kampf anzusagen. Und da die »Zionisten« in ihren Augen mit den Juden schlechthin gleichzusetzen waren, von denen ja viele führende Positionen innerhalb des Machtapparates hatten, waren sie nun entschlossen, ihrerseits ein antijüdisches Klima zu schaffen.

Dies war also der politische Hintergrund, vor dem sich Kapitän Górskis Schicksal abspielte. Ein Mechaniker, der sich später als ein Geheimdienstfunktionär entpuppte, hatte ihn wegen seiner Sympathie für Israel denunziert. Er versuchte ihm bereits während der Reise zu schaden, indem er die Arbeit auf dem Schiff sabotierte. Als er daraufhin von Górski gefeuert wurde, schwor er ihm Rache – das Ergebnis war Górskis Degradierung und Entlassung. Offiziell warf man dem Kapitän vor, er habe die Reise unnötig in die Länge gezogen und dadurch den Zwangsaufenthalt des Schiffes im Sueskanal verschuldet. Außerdem habe er, statt nach dem Ausbruch des israelisch-ägyptischen Krieges sofort Kontakt zu den Schiffen aus anderen sozialistischen Ländern aufzunehmen, mit den Offizieren kapitalistischer Schiffe verkehrt. In Wirklichkeit aber ging es um seine Äußerungen, die eindeutig von seinen proisraelischen Sympathien zeugten.

Als der angekündigte Prozeß gegen ihn begann, trat der mit ihm befreundete Krakauer Schriftsteller Jan Józef Szczepański auf den Plan. Die beiden kannten sich seit Jahren, absolvierten gemeinsam mehrere Reisen, die Szczepański später in seinen Büchern beschrieb. Nun beschloß er, sich für seinen Freund bei den Warschauer Behörden einzusetzen, und wandte sich in diesem Zusammenhang an Andrzej Szczypiorski. Er bat ihn zwar nicht direkt um Hilfe –, er schilderte ihm nur in einem Brief die ganze Angelegenheit – doch er hoffte natürlich, daß Szczypiorski, von dem er wußte, daß er gute Kontakte zu Premierminister Cyrankiewicz hatte, von sich aus Hilfe anbieten würde.

In seinem halb fiktiven, halb dokumentarischen Kurzroman *Der Kapitän*, den Szczepański später dem »Fall Górski« widmete, beschrieb er Szczypiorski, dem er den Namen Sielecki gab, als einen gewieften, umtriebigen Journalisten, dem man gleichzeitig aber eine Grundanständigkeit anmerkte. »Unseren Beziehungen«, schrieb er, »haftete eine gewisse Vorsicht an (zu hochgestellt waren die Kreise, in denen er verkehrte), doch ich spürte in ihm etwas Echtes – eine Unruhe, die durch die Routine der listigen Spielchen und zynischen Posen, die sich zum Stil jenes Milieus zusammensetzten, nicht zu übertönen war. Groß und schwer, mit dem sinnlichen Mund eines Feinschmeckers, mit einem Blitz schnellen Humors in den Augen, hatte er Momente plötzlicher, leidenschaftlicher Zornanfälle, die Vertrauen weckten. Ich habe gehört, daß er seine Beziehungen nicht eifersüchtig für sich behielt, sondern sie nutzte, um Menschen in Not zu helfen.«[1]

Er stellte also den einflußreichen Schriftstellerkollegen auf die Probe und wurde nicht enttäuscht: Szczypiorski begann sofort, seine Beziehungen spielen zu lassen, und scheute weder Zeit noch Energie, um Górskis Entlastung zu erwirken. Zunächst handelte er im Alleingang, dann aber schlug er Szczepański vor, mit ihm zusammen einen Minister aufzusuchen, der als graue Eminenz des Premierministers galt: Sie sollten nun gemeinsam für den Kapitän sprechen. Und so kam es auch. Für Szczepański war der Besuch auf höchster Machtebene eine neue Erfahrung, Szczypiorski hingegen schien sich in den Büroräumen des Ministers wie zu Hause zu fühlen: »Er zwinkerte vertraulich den Stenotypistinnen zu, verteilte nach rechts und links scherzhafte Grußworte. Riesig, amüsant, gutmütig boshaft, arbeitete er sich unaufhaltsam voran, bis er die Arbeitszimmertür des Ministers erreichte, sie ohne viel Aufhebens öffnete und seinen Kopf mit einer kokett fragenden Miene hineinschob. Der Minister telefonierte gerade. Hinter seinem riesigen Schreibtisch hervor drohte er uns mit dem Finger, zog die Augenbrauen zusammen (eine Pantomime der Empörung: ›Unerhört! Bei einem Minister ohne Anklopfen einzudringen!‹), doch gleichzeitig deutete er auf die gegenüberstehenden Sessel und senkte die Augenlider im Zeichen der Begrüßung.«[2]

Der Besuch beim Minister sowie alle weiteren Bemühungen der beiden Schriftsteller zeigten Wirkung: Der Premierminister ließ tatsächlich den Prozeß beenden, man sprach bereits davon, daß Górski bald seinen alten Posten als Schiffskapitän zurückbekommen würde. Allerdings wurde kurze Zeit später in Danzig, dem Schauplatz des Verfahrens, ein neuer Parteisekretär eingesetzt, der, seinem anfänglichen Ruf eines »Liberalen« zum Trotz, die Neuaufnahme des Prozesses anordnete. Die ganze Angelegenheit nahm ein tragisches Ende: Auf dem Nachhauseweg von einem Verhör bekam Górski eine Herzattacke, verlor die Kontrolle über seinen Wagen und kam auf der Stelle ums Leben.

Für Szczypiorski und alle anderen, die in die Angelegenheit involviert waren, war dies ein deutliches Zeichen, daß die politische Situation im Lande eine neue, gefährliche Wende nahm. Wie gefährlich, davon konnten sie sich bald überzeugen, als Innenminister Moczar und seine »Partisanen« begannen, ihre Putschpläne in die Tat umzusetzen. Dabei waren sie offenbar entschlossen, die Stimmung der Unzufriedenheit, die damals in der Bevölkerung herrschte, zu ihren Gunsten zu nutzen. Sie wußten, daß es nach den zehn Jahren, die seit dem »Tauwetter« vergangen waren und die statt der erhofften Verbesserung der Lebensqualität erneut politische Radikalisierung und wirtschaftliche Misere mit sich brachten, nur eines kleinen Funkens bedurfte, um den unterdrückten Volkszorn zu entflammen.

Dieser Funke war eine scheinbar unwichtige kulturpolitische Entscheidung der Behörden: die Absetzung einer Inszenierung am Warschauer Nationaltheater. Seit dem 25. November 1967 wurde dort unter der Regie von Kazimierz Dejmek das Drama *Totenfeier* des Nationaldichters Adam Mickiewicz aufgeführt, ein symbolträchtiges Meisterwerk der polnischen Romantik, das teilweise vor dem Hintergrund des von den Russen niedergeschlagenen »Novemberaufstands« von 1830/31 spielt. Ursprünglich war die Inszenierung zum 50. Jahrestag der Oktoberrevolution geplant, doch statt dessen wurde sie von der Partei als antisowjetisch erklärt und am 30. Januar 1968 vom Spielplan genommen. Angeblich wurde dies vom Ersten Sekretär Gomułka persönlich angeordnet, der ohnehin für seine »pragmatische« Einstellung zur Kunst bekannt war: Er hielt sie nur so lange für nützlich, solange sie den Interessen der breiten Massen diente – was immer darunter zu verstehen war. Diesmal aber war es offenbar die Angst, sich mit Moskau anzulegen, die für seine Anordnung den Ausschlag gab: Antirussische Passagen, die vom Publikum mit lautem Beifall bedacht wurden, konnten im Kreml für Irritationen sorgen.

Die Absetzung des Stücks rief sofort eine Welle von heftigen Protesten hervor: Noch am selben Abend zogen die ersten Demonstranten vor das Warschauer Mickiewicz-Denkmal, in den folgenden Tagen waren die Straßen mehrerer polnischer Städte Schauplatz von Kundgebungen, Warnstreiks und gewaltsamen Auseinandersetzungen mit der Polizei. Am 29. Februar versammelte sich der Polnische Schriftstellerverband zu einer Sondersitzung, um über die jüngsten Ereignisse zu beraten und seinem Mißmut Ausdruck zu verleihen. Namhafte Literaten wie Jerzy Andrzejewski, Leszek Kołakowski oder Stefan Kisielewski protestierten in ihren Ansprachen nicht nur gegen die Absetzung der *Totenfeier*, sondern auch gegen die Eingriffe der Zensur im allgemeinen, gegen das Verfälschen der Geschichte und das Unterdrücken jeder kühneren Initiative, das die Weiterentwicklung der polnischen Kultur behindere. Der für seine scharfe Zunge bekannte Kisielewski sprach gar von einer »Diktatur der Hohlköpfe«, womit er sich den persönlichen Zorn des in diesem Punkt sehr empfindlichen Parteichefs Gomułka einhandelte. Die Sitzung – an der Andrzej Szczypiorski, obwohl Mitglied des Schriftstellerverbandes, nicht teilnahm – endete mit der Formulierung einer gemeinsamen Protestresolution.

Am heftigsten jedoch waren die Reaktionen der Studenten, gegen die das Regime auch am schärfsten vorging. Mehrere Hochschulen, allen voran die Warschauer Universität, wurden von den Sicherheitskräften gestürmt, die gegen die Demonstranten mit Knüppeln und Tränengas vorgingen. Um die Auseinandersetzungen dennoch als Ausdruck des gerechten Volkszornes erscheinen zu lassen, sorgten die Behörden gleichzeitig für »spontane« Arbeiterkundgebungen, in denen Parolen wie »Raus mit den Zionisten« gerufen wurden. Als dann in den Medien unter den Namen der Anführer der Warschauer Demonstrationen die einiger jüdischer Studenten, unter anderem der von Adam Michnik, auftauchten, sahen die »Moczaristen« die Zeit für sich gekommen, jene antisemitische Kampagne zu starten, auf die sie in den Monaten davor in Form von antizionistischen Parolen hingearbeitet hatten. Eine Kampagne, deren eigentliches Ziel es war, die Juden zu eigenen Gunsten aus den Führungspositionen zu entfernen.

Dem immer mehr isolierten – und zwei Jahre später gestürzten – Gomułka blieb nichts anderes übrig, als sich auf die Seite der »Putschisten« zu schlagen. Am 19. März hielt er im überfüllten Kongreßsaal des Kulturpalastes eine zweistündige, von allen Medien verbreitete Rede, in der er Israel und Amerika angriff, die »Feinde des Sozialismus« verteufelte und vor den »Zionisten«, der »fünften Kolonne« im Lande, warnte. Es gebe in Polen drei Kategorien von Juden, verkündete er ferner. Solche, die der Volksrepublik treu seien, solche, die eine doppelte Loyalität an den Tag legten und wegen ihrer kosmopolitischen Ansichten Arbeitsgebiete meiden sollten, in denen die nationale Affirmation unentbehrlich sei, und schließlich solche, die Israel als ihre Heimat ansähen. »Gibt es in Polen jüdische Nationalisten, Anhänger der zionistischen Ideologie? Zweifellos ja, Genossen!«, donnerte er. »Ich vermute, daß diese Kategorie der Juden eher oder später unser Land verlassen wird. Wir sind gern bereit, denjenigen, die Israel für ihre Heimat halten, Exilpässe auszustellen.«[3] Auf diese Worte hatten die »Moczaristen« nur gewartet: Die Vertreibung der Juden konnte beginnen.

All diese Ereignisse verfolgte Andrzej Szczypiorski mit wachsender Unruhe und Abscheu, zumal er im Frühjahr 1968 selbst zum Hauptakteur eines weiteren symptomatischen Zwischenfalls wurde. Er hatte eine Lesung in Ostrołęka, einer unweit von Warschau gelegenen Kleinstadt. Sein Thema war völlig apolitisch: Er sprach über den Einfluß der Medien auf die Werkstatt eines Schriftstellers, darüber, wie sich Film, Fernsehen und Rundfunk auf die Entwicklung der modernen Prosa auswirken würden. Nachdem er seine Ausführungen beendet hatte, begann eine Diskussion mit dem Publikum. Auf einmal kamen aus der ersten Reihe heikle Fragen, die mit dem Thema seines Vortrags nichts zu tun hatten. Etwa, welchen Autor er vorziehen würde, sollte er einen »echt polnischen« Schriftsteller benennen: Antoni Słonimski – einen der meistgelesenen Lyriker Polens –, in dessen Adern »nichtpolnisches« Blut fließe, oder Witold Gombrowicz, der zwar Emigrant sei, doch einem alten polnischen Adelsgeschlecht entstamme. Als Szczypiorski die Selbstbeherrschung verlor und sich lautstark solche Provokationen verbat, bekam er zur Antwort, daß man lediglich das wiederhole, was sein Vorredner, der Publizist Henryk Gaworski, gesagt habe. Er habe noch einiges mehr über jüdische und nichtjüdische Schriftstellerkollegen gesagt, und jetzt möchte man wissen, welche Meinung der verehrte Gast zu diesem Thema habe.

Zurück in Warschau, schrieb Szczypiorski eine Notiz, in der er von dem Vorfall berichtete und die er der Vorsitzenden der Warschauer Sektion des Schriftstellerverbandes, der Altkommunistin Wanda Żółkiewska, übergab. Kurz darauf wurde er zu ihr zitiert: Der besagte Gaworski sei nicht nur ein Mitglied des Verbandes, sondern auch der Partei, infolgedessen habe sie Szczypiorskis Notiz an die zuständige Instanz weiterleiten müssen. Die Folgen waren verheerend: Da der Beschuldigte alle Vorwürfe bestritt und in Ostrołęka sich niemand fand, der gegen ihn aussagen wollte, kam es schließlich zu einem verbandsinternen Verfahren gegen Szczypiorski, der von seinem Widersacher der Verleumdung bezichtigt wurde. Er erhielt eine Rüge und mußte sich formell bei Gaworski entschuldigen. Einen richtigen Prozeß konnte er nur dank seiner einflußreichen Freunde vermeiden. Darüber hinaus kam er auf die Liste verpönter Autoren und wurde nicht nur zu diesem Zeitpunkt von allen Bibliotheken, Kulturhäusern und Klubs, in denen er Autorenabende haben sollte, wieder ausgeladen, sondern auch für die Zukunft mit dem Verbot öffentlicher Auftritte belegt, worunter jahrelang sowohl seine Popularität als auch sein materieller Status litten.

Nun wußte er, wie es war, nicht mehr zu den Privilegierten zu gehören. Er hatte zwar bereits 1967 einen ersten Vorgeschmack bekommen, als er aufhörte, seine berühmten Radiofeuilletons zu schreiben, doch damals war es wenigstens eine freiwillige Entscheidung. In jener Zeit konnte er nämlich beobachten, wie die »Moczaristen« auch beim Rundfunk und Fernsehen an Einfluß gewannen und wie sein unmittelbarer

Vorgesetzter, Henryk Werner – ein kommunistischer Dogmatiker, doch gleichzeitig ein Mann von großem Intellekt und hoher Moral –, zu einem der ersten Opfer der antisemitischen Hetze wurde. Als Werner schließlich eines Tages verkündete, daß er »wegen einer Augenkrankheit« nicht mehr arbeiten könne und in den Vorruhestand gehe, sah sich Szczypiorski in seinen Befürchtungen bestätigt und beschloß, sich vom Rundfunk zu trennen. Seine Kündigung wurde zwar von Włodzimierz Sokorski, dem Präses des »Rundfunk- und Fernsehkomitees«, nicht akzeptiert, aber man einigte sich darauf, daß Szczypiorski von nun an nur noch halbtags arbeiten und keine weiteren Radiofeuilletons schreiben werde. Als er sich allerdings ein paar Monate später weigerte, an einer Sendung über den Einmarsch in die Tschechoslowakei teilzunehmen, wurde ihm der Hausausweis weggenommen und der Zutritt zum Rundfunkgebäude verboten.

Auch seine Möglichkeiten, in der Presse zu publizieren, waren in jener Zeit stark beschränkt, was er gelegentlich auf eine originelle Weise löste. Als er etwa einen Artikel über die deutsch-polnischen Beziehungen schrieb, in dem er deutlich von der offiziellen Darstellungsweise abwich und der folglich nirgendwo erscheinen konnte, las er ihn immer wieder in einem kleinen Kreis vor; so konnte er sicher sein, wenigstens die Leser, auf deren Meinung es ihm besonders ankam, zu erreichen. Einzig die Wochenschrift *Polityka* unter dem damaligen Chefredakteur Mieczysław F. Rakowski bot ihm in jener Zeit moralischen Halt. »Keine andere Gruppe innerhalb des politischen Establishments hat während der Märzereignisse so viel Würde und Anstand gezeigt wie die *Polityka*-Redaktion«, wird er sich später erinnern. »Diese Leute, Rakowski eingeschlossen, sollten doch als ›verkommen, jüdisch und liberal‹ auch geköpft werden.« Und dennoch hätten sie versucht »die eigene Würde und die Würde des Journalistenberufes zu retten«.[4]

In der damaligen politischen Atmosphäre war dies in der Tat ein wahres Kunststück. Nach Gomułkas Rede fühlten sich die »Moczaristen«, wie gesagt, endgültig legitimiert, den Kampf gegen die »Vaterlandsverräter und Zionisten« zu entfachen. Es ging längst nicht mehr um einige jüdische Studenten – jetzt sollte im großen Stil abgerechnet und gesäubert werden. Der ehemalige Geheimdienstchef Moczar, der bereits Anfang der sechziger Jahre eine »Abteilung für Ahnenforschung« einrichten und die Herkunft der Parteikader und Offiziere bis zur achten Generation auf ihr »Arischsein« hin überprüfen ließ, fühlte sich in seinem Element. Die Folge war eine Welle von Repressalien und Verhaftungen und schließlich die Massenvertreibung der letzten polnischen Juden, von denen die meisten nicht einmal wußten, daß sie Opfer eines raffinierten innenpolitischen Kalküls waren.

Die größte Ausreisewelle der polnischen Nachkriegsgeschichte dauerte bis in das Jahr 1969 hinein. Mehrere tausend – die Zahlen schwanken zwischen 13 000 und 20 000 – verließen damals Polen. Einige wenige freiwillig, angeekelt von der Atmosphäre der Lüge und Denunziation; die meisten aber auf Druck der Behörden und unter Umständen, deren Erinnerung bei vielen heute noch Reaktionen von Wut und Scham hervorruft. Sie wurden aus ihren Stellen entlassen und aus ihren Wohnungen hinausgeworfen. Sie wurden in den Medien diffamiert und ihren Freundes- und Kollegenkreisen entfremdet. Sie wurden durch drakonische Zollmaßnahmen gezwungen, ihre gesamte Habe zurückzulassen. Wer die Reise von Warschau aus antrat, mußte sich zum berüchtigten Danziger Bahnhof begeben – von hier führte die erste Reiseetappe nach Wien. Anstelle des Passes hatte man in der Tasche ein einmaliges »Reisedokument«, in dem vermerkt war, daß der Inhaber kein polnischer Staatsbürger sei und kein Recht auf Rückkehr habe.

Es war vor allem die polnisch-jüdische Intelligenz, die dieser gnadenlosen Verfolgung ausgesetzt war. Entsprechend viele Juristen, Ärzte, Wissenschaftler (Zygmunt Bauman, Leszek Kołakowski, Adam Schaff), Schriftsteller, Publizisten und Verleger (Jan Kott, Sławomir Mrożek, Witold Wirpsza, Adam Bromberg), Filmemacher und Schauspieler (Jerzy Toeplitz,

Aleksander Ford, Ida Kamińska und fast das gesamte Ensemble des Warschauer Jüdischen Theaters) verließen damals das Land. Sie wurden von Israel, Amerika, Kanada, Australien und von etlichen westeuropäischen Staaten aufgenommen, wo sie nicht selten eine steile Karriere machten. In Polen waren sie nicht mehr erwünscht, obwohl sie sich in erster Linie als Polen empfanden.

Erst 1998, nach dreißig Jahren also, war die polnische Öffentlichkeit imstande, sich mit dem »März der Schande« ernsthaft auseinanderzusetzen. Auch Andrzej Szczypiorski publizierte damals in der *Gazeta Wyborcza* (Wählerzeitung) einen ausführlichen Aufsatz, in dem er seine einstige Sichtweise revidierte und nicht nur mit den unmittelbaren Drahtziehern der antisemitischen Hetzkampagne, sondern auch mit der ganzen Nation hart ins Gericht ging. »Lange Zeit«, schrieb er, »glaubte ich, daß die Märzereignisse durch die ›Moczaristen‹ vom Sicherheitsdienst und die mit ihnen verbundenen Parteikreise vorbereitet und kunstvoll umgesetzt wurden.«[5] Nach einer jahrelangen Überlegung sei er jedoch zu der traurigen Schlußfolgerung gekommen, daß er ziemlich naiv gewesen sei: Indem er General Moczar zum einzigen Verantwortlichen für diese Schande gemacht habe, die bis heute auf dem Namen Polens laste, habe er allen anderen Beteiligten gegenüber eine zweideutige Toleranz gezeigt.

In Wirklichkeit, so seine neue Einschätzung, hätten sich breite Kreise der Gesellschaft, die Angehörigen der legendären Heimatarmee und der Kirchenkreise eingeschlossen, von der antisemitischen Hysterie anstecken lassen. Im Falle der Parteigenossen sei dies verständlich: Sie hätten Appetit auf Posten und Wohnungen gehabt, die den Juden weggenommen worden seien. »Aber keine Parteimitglieder, kein Sicherheitsdienst und kein Moczar wären in der Lage gewesen, so etwas ohne Zustimmung eines großen Teils der Gesellschaft durchzusetzen. Ohne die Beteiligung von Menschen, die bei der Hetze mitmachten, obwohl sie davon selbst nicht profitierten. Ganz im Gegenteil, die Märzereignisse stärkten doch den totalitären Flügel der kommunistischen Macht, was schon damals klar auf der Hand lag.«[6]

Die von Szczypiorski beschriebene Situation hatte aber noch weitere, nicht minder paradoxe Folgen. Das Jahr 1968 hatte nämlich eine spaltende und konsolidierende Wirkung zugleich. Einerseits vertiefte es die Kluft zwischen eben jenen Kreisen der Gesellschaft, die bereit waren, den »Moczaristen« den Rücken zu stärken, und der intellektuellen Elite des Landes, die als einzige gegen die skandalöse Politik des Innenministers und seiner Clique protestierte. Dies wiederum verstärkte bei den Intellektuellen das Gefühl der Isolation, was aber andererseits bewirkte, daß sie enger zusammenrückten. Das Ergebnis war die immer konsequentere Formierung einer politischen Opposition gegen das Regime, das sich nicht nur als ein totalitäres System erwies, sondern gefährlich in die Nähe des Faschismus gerückt war. »Plötzlich benutzten die Kommunisten die Sprache der Nazis«, stellte Szczypiorski in einem Fernsehinterview rückblickend fest. »Sogar für mich war es eine Überraschung. Sogar für mich, obwohl ich in dieser Zeit schon wußte, daß es deutliche Unterschiede zwischen den beiden Totalitarismen gab.«[7]

So markieren die Ereignisse von 1967/68 auch eine Wende in Szczypiorskis Leben: Hatte er sich bis dahin nur zögernd von dem Regime distanziert, so beschloß er nun endgültig, mit dem politischen Establishments zu brechen und zur Opposition überzuwechseln. Ein Epilog dieses Wechsels folgte erst viele Jahre später, nach der politischen Wende: Er war gerade Senator geworden, als er eines Tages in seinem Dienstpostfach einen dicken Umschlag fand. Darin befanden sich eine Mappe und ein Brief von Mieczysław F. Rakowski, dem einstigen Chefredakteur der *Polityka*. Die Mappe enthielt einen Stapel von Dokumenten aus den Jahren 1968/69, die sich auf ihn, Andrzej Szczypiorski, bezogen: ein detailliertes Dossier, Geheimprotokolle seiner damaligen Gespräche sowie einige konfiszierte Fragmente seiner Prosa, an die er sich kaum noch erinnern konnte.

Aus all diesen Unterlagen ging hervor, daß die kommunistischen Behörden, die Parteispitze eingeschlossen, sich bereits damals lebhaft für jeden seiner Schritte interessierten und daß sie offensichtlich beabsichtigten, ihn zum Hauptangeklagten in einem Schauprozeß zu machen. In einem beiliegenden Brief merkte Rakowski an, daß er die Dokumente zufällig in seinem privaten Archiv gefunden habe. »Ich weiß nicht, ob sie Ihnen zu irgendwas nütze sein werden«, schrieb er. »Wenn ich so in meinen Papieren stöbere, denke ich, daß die wahre Geschichte jener fünfundvierzig Jahre immer noch auf ihre Entdecker wartet.«[8] Szczypiorski war über den überraschenden Fund geradezu entzückt: Nicht nur, daß die Dokumente hervorragend die Geschichte der Volksrepublik illustrierten, sie stellten ihm nebenbei ein einzigartiges Zeugnis aus: »ein Zertifikat meiner politischen Moral im Jahre 1969«[9], wie er es bezeichnete. »Nicht viele«, fügte er stolz hinzu, »können einen so langen oppositionellen Werdegang vorweisen.«[10]

Als er übrigens einmal versuchte, seine damalige Entscheidung für die Opposition zu begründen, griff er eine Formulierung seines Schriftstellerkollegen Kazimierz Brandys auf, der seinerzeit ebenfalls einen weltanschaulichen Wandel durchlebt hatte. Von ihm stammte der Begriff »heroischer Opportunismus«, mit dem seither oft das Verhalten von Menschen umschrieben wurde, die im öffentlichen Leben eine aktive Rolle spielten und dabei bewußt Zugeständnisse an das Regime machten, um auf diese Weise die von ihnen vertretenen Funktionen oder Institutionen zu schützen. Nun griff Szczypiorski diesen Begriff auf, indem er – seinen pro-oppositionellen Schritt kommentierend – über die Grenze zwischen dem »heroischen Opportunismus« und der »Schande« sinnierte: »Ich weiß nicht, wo diese Grenze verläuft und in welchem Moment man nein sagen muß«, stellte er fest. »Das muß jeder Mensch selbst entscheiden. Ich bin in den Jahren 1967/68 zur Opposition übergetreten. Das heißt, daß ich die Regierung Gomułka noch firmiert habe.«[11] Einige seien schon ein paar Jahre früher Oppositionelle geworden, andere wiederum hätten noch im Jahre 1980 an die Reformierbarkeit der Partei geglaubt und sich erst nach der Ausrufung des Kriegsrechts auf die Seite der Opposition geschlagen. »Sind die einen besser, die anderen schlechter?«, schloß er seine Überlegungen ab. »Es gibt keine Waage, die so etwas mißt.«[12]

Vierzehntes Kapitel

»Arras ist überall«

Einer der engeren Freunde, die Andrzej Szczypiorski unter den Schriftstellerkollegen hatte, war der 1996 verstorbene Julian Stryjkowski. In Polen galt er als der originellste jüdische Autor der Nachkriegszeit, und auch in Deutschland war er kein Unbekannter: Von seinen Romanen *Stimmen in der Finsternis, Austeria* und *Asrils Traum*, die man oft als die »Galizische Trilogie« bezeichnet, wurden die ersten zwei in den sechziger Jahren ins Deutsche übersetzt; später, in den neunzigern, folgte der Roman *Echo*, einer Art Fortsetzung der *Stimmen*.

Selbst unter den polnischen Lesern, die seine Bücher gut kannten, wußten nur wenige, daß er in Wirklichkeit Pesach Stark hieß. Der Name »Stryjkowski« stammte von dem ostgalizischen Stetl Stryj, in dem er 1905 geboren wurde. Seine Bewunderer waren einerseits von seiner Prosa fasziniert – etwa von der Tatsache, daß er jahrzehntelang das polnische Judentum porträtierte, ohne auch nur ein einziges Buch über den Holocaust geschrieben zu haben –, andererseits von seiner Biographie. Sie enthielt so viele Daten und Fakten, bestand aus so vielen verschiedenen Phasen, daß man kaum zu glauben vermochte, daß es sich dabei wirklich um ein einziges Leben handelte. Die Kindheit in Ostgalizien, die Jugend im Zeichen des Zionismus, die Emigration in die Sowjetunion, verschiedene Berufe, die er ausübte, bevor er sich, knapp vierzigjährig, der Literatur verschrieb, lange Aufenthalte in Italien, Frankreich, Spanien, Amerika und Israel – all das hätte für mindestens zwei Menschenleben gereicht.

Was seiner Biographie zusätzlich eine besondere Note verlieh, war seine »echte« kommunistische Vergangenheit: In den frühen dreißiger Jahren war Stryjkowski Mitglied der Kommunistischen Partei der Westukraine gewesen, wurde als solches verhaftet und verbrachte zwei Jahre im Gefängnis. Im Laufe der Zeit kehrte er zwar dem Kommunismus den Rücken, den endgültigen Bruch wagte er aber erst im Jahre 1966, als er, zusammen mit anderen Intellektuellen, nach dem Kołakowski-Skandal sein Parteibuch zurückgab. Damit verabschiedete er sich von dem Zustand, von dem er später oft sagte, ein Jude, der Kommunist werde, höre auf, Jude zu sein. Seitdem stand er den oppositionellen Kreisen nahe, weshalb es schließlich die Untergrundverlage waren, die seine wichtigsten Essays und autobiographischen Romane an den Leser brachten.

Manchmal wurde er »der polnische Singer« genannt, doch dieser Vergleich behagte ihm nicht, und er traf auch nicht wirklich zu. Seine Biographie war zwar, ähnlich wie bei Singer, die wichtigste Quelle seiner literarischen Stoffe, doch das thematische Spektrum seiner Prosa war so ungewöhnlich breit, daß alle Vergleiche fraglich erscheinen mußten. Ostgalizien am Vortag des Ersten Weltkriegs, das mittelalterliche Spanien, Italien in der Zeit der Renaissance, das Rußland der dreißiger Jahre, das moderne Amerika – all das waren Handlungsorte seiner Bücher. Und was ihn schließlich von Singer am meisten unterschied – und alle seine Bücher verband –, war eine Art Realismus, vom dem ein Kritiker einmal sagte, er würde einige Zentimeter über der Erde schweben. Diese Beschreibung gefiel Stryjkowski ausgesprochen gut: Sein Stil sei in der Tat ein mystischer Realismus, erklärte er einmal. Ein Realismus, der gegen sich selbst gerichtet sei, hinter dem der Geist des Jenseits hervorluge.

Ob das der Gegenstand seiner Gespräche mit Andrzej Szczypiorski war, wenn dieser in seine kleine Wohnung oberhalb der Ujazdowski-Allee kam und es sich in einem der zwei bescheidenen Räume bequem machte? Oder sprachen sie eher darüber, warum Stryjkowski in jedem Auslandsaufenthalt eine neue Inspirationsquelle sah, nur nicht in den Besuchen in Israel? Warum er ausgerechnet diesem Land, zu dem er ein sehr inniges Verhältnis hatte und das er als seine zweite Heimat betrachtete, kein einziges Buch gewidmet hatte? Vielleicht erklärte er seinem Freund, er liebe Israel, er hätte sich dort ohne weiteres niederlassen können, denn schließlich beherrsche er Hebräisch fast so gut wie Polnisch, aber er könne trotzdem nicht über Israel schreiben, denn es gebe gewisse Dinge, die er kritisieren müßte. Und Israel zu kritisieren bedeute, sich den Feinden Israels anzuschließen, was für ihn natürlich unmöglich sei.

Doch vielleicht waren solche Gespräche gar nicht nötig, weil er seine Liebe zu Israel, seine Zerrissenheit zwischen zwei Welten, ohnehin in seinem legendären Tanz zum Ausdruck gebracht hatte? In Polen hallten immer noch die Parolen der antisemitischen Hetze nach, als Stryjkowski 1969 nach Amerika fuhr, um am »International Writing Program« in Iowa teilzunehmen. Eines Abends fand er sich mit allen anderen Stipendiaten im Haus eines Milliardärs ein, der ihnen zu Ehren eine verschwenderische Party gab. Musik, Alkohol, die luxuriöse Umgebung stiegen dem Schriftsteller zu Kopf. Als das Orchester sein Lieblingslied *Hava nagila* anstimmte, begann er zu tanzen. Die anderen Gäste kreisten ihn ein, um ihm klatschend den Rhythmus vorzugeben. Doch es war kein fröhlicher Tanz – in jeder seiner Bewegungen, die immer schneller und heftiger wurden, drückte er die Verzweiflung und Zerrissenheit eines Juden aus, der, von der alten Heimat halb verstoßen, keine neue fand. In diesem Augenblick war er kein Autor, sondern einer der Helden seiner Prosa. Er war einer jener Chassidim, die in seinem Roman *Austeria* einen ekstatischen Tanz vorführen, während im Hintergrund ihre Häuser in Flammen aufgehen.

Vielleicht hing also die Erinnerung an diesen Tanz in der Luft, wenn er Jahre später in seiner kleinen Wohnung Andrzej Szczypiorski gegenübersaß? Und sein berühmter Freund verstand seine Empfindungen wie kaum ein anderer, weil er selber in jenem fatalen Jahr 1969 ein Buch schrieb, das von der jüngsten Vertreibung der polnischen Juden handelte? Einige seiner damaligen Journalistenkollegen können sich heute noch an die Passagen erinnern, die er ihnen in der Rundfunkkantine vorlas. Es war ein Text voller Zorn und etwas düsterer, gleichsam mittelalterlicher Würde; es standen Sätze darin wie: »Für jeden kommt einmal das Verlangen nach der großen Empörung. Wichtig ist, daß der Mensch die richtige Stunde wählt.«[1]

Er war nicht der einzige Schriftsteller, der das Bedürfnis hatte, auf die Ereignisse der Jahre 1968/69 zu reagieren. Die gesamte Literatur entwickelte plötzlich eine seismographische Empfindlichkeit für die Politik. Dies galt vor allem für die Lyrik, zumal die in jenen Jahren debütierenden Dichter oft dem Studentenmilieu entstammten. Ende der sechziger Jahre meldeten sich in allen bedeutenden Kulturzentren Polens junge Künstler zu Wort, die schon bald allgemein als »Generation 68« bzw. »Neue Welle« bezeichnet wurden. Der Atmosphäre von Lüge und Angst, der plump-aufdringlichen Propaganda der Stabilisierung, des papierenen Stils der Massenmedien und nicht zuletzt des elitären Charakters der Literatur vergangener Jahre überdrüssig geworden, forderten sie eine Rückkehr zur Aktualität und Konkretheit.

Ihre Vorstellung von der Rolle der Literatur manifestierte sich bereits in manchem Zeitschriftentitel bzw. Gruppennamen. So riefen einige Krakauer Dichter, zu denen u. a. Adam Zagajewski und Ewa Lipska gehörten, die Gruppe »Teraz« (Jetzt) ins Leben, während die jungen Lyriker aus Warschau sich um die Zeitschrift *Nowy Wyraz* (Neuer Ausdruck) versammelten. Einige neue Stimmen waren auch aus Breslau und Lodz zu vernehmen, am interessantesten jedoch erwiesen sich die als »Neue Linguisten« bezeichneten Lyriker aus Posen, Stanisław Barańczak und Ryszard Krynicki. Sie forderten vor allem die Achtung gegenüber der Sprache, die Rückkehr zur Einfachheit und Präzision des Ausdrucks. Dabei nutzten sie besonders gern die stilistische Attitüde der Ironie: Indem sie die Politiker- und Zeitungssprache parodierten, demaskierten sie deren Verlogenheit und Phrasenhaftigkeit. Zusammen mit ihren Dichterkollegen aus Krakau, die wiederholt ihrem Bedürfnis Ausdruck gaben, auch heikle aktuelle Themen aufzugreifen, bestanden sie darauf, der Sprache ihre Glaubwürdigkeit und der Literatur ihre gesellschaftliche Funktion wiederzugeben.

Szczypiorski ging in seinem Anspruch noch ein Stück weiter: Er wollte nicht nur das gesellschaftspolitische Klima der späten sechziger Jahre beschreiben, sondern auch genau festhalten, was im Jahre 1968 passiert war. Denn seines Erachtens wurden die linken *Konzepte* gleich nach dem Krieg, während der Machtübernahme durch die Kommunisten, die linken *Ideale* hingegen eben während der »Märzereignisse« verraten. In diesem Sinne markierte das Jahr 1968 für ihn das Ende der Hoffnungen, die er, und mit ihm ein Teil der polnischen Intelligenz, seit 1945 bzw. seit 1956 mit der Volksrepublik verbunden hatte. Bis dahin hatte er immer noch an dem Gedanken, daß das Regime reformierbar sei, festgehalten – nun aber mußte er erkennen, daß das kommunistische System nichts weiter als eine weitere Form des Totalitarismus war. Infolge dieser Erkenntnis beschloß er, *Eine Messe für die Stadt Arras* zu schreiben.

Oder, besser gesagt, er beschloß, ein Buch über die »Märzereignisse« und deren politische Hintergründe zu schreiben. Er machte sich an die Arbeit, doch nach zwanzig oder dreißig Seiten kam er zu dem Schluß, daß der Text zu wörtlich, zu direkt sei. Derselben Meinung war seine Frau, der er das Geschriebene gezeigt hatte. Er schätzte ihre Meinung in literarischen Dingen, las ihr oft Passagen aus einem neuen Buch vor, zu denen sie sich spontan und oft recht kritisch äußerte. Sie war also auch diesmal diejenige, die mit entschied, daß das besagte Fragment in seiner Aussage zu plakativ, zu publizistisch sei. (Zwei Jahre später sollte sich eine weitere weibliche Meinung als Glücksfall erweisen: Szczypiorski brachte das fertige Manuskript Irena Szymańska, der omnipotenten Lektorin des Verlages »Czytelnik«, die enthusiastisch darauf reagierte und für die schnelle Veröffentlichung des Buches sorgte.)

Vor allem aus literarischen Gründen also und nicht aus Angst vor der Zensur beschloß Szczypiorski, seinem Roman eine Parabelform zu geben. Zu Hilfe kam ihm ein Zufall: Er stieß in einem Geschichtsbuch auf eine Fußnote, die auf »Vauderie d'Arras« hinwies, eine infolge von Pest und Hungersnot ausgebrochene Massenhysterie, die in grausamen Judenverfolgungen, Hexenprozessen und Häretiker-Jagden kulminierte. Er wußte sofort, daß dies sein Stoff sein würde. Das Schreiben war dennoch ein mühsames Unterfangen, das ihn über zwei Jahre kostete. Er ging nach eigenen Worten durch die Hölle der Arbeit an der Sprache, um allein durch die Satzmelodie die Stimmung des Grauens in einer mittelalterlichen, von der Seuche bedrohten Stadt wiederzugeben. Die Mühe hat sich gelohnt: Mit dem Roman ist ihm ein sprachliches Meisterwerk gelungen.

Bereits im ersten Satz klingt jener Fanatismus durch, der bald die erschütternden Ereignisse nach sich ziehen wird: »An jenem Tag kam er zu mir und sagte, daß ich unsere Stadt nicht liebe.«[2] Arras steht in dieser Zeit unter dem Einfluß zweier Männer. Der offizielle Herrscher ist David, Bischof von Utrecht und unehelicher Sohn Philipps des Guten, ein zynischer Pragmatiker und zugleich »ein unverwüstlicher Gauner, der Teufel in leibhaftiger Gestalt, ein Vielfraß, ein Lügner, voll wilden Stolzes und der verrücktesten Einfälle«[3]. Doch in Wirklichkeit wird die Stadt seit zwanzig Jahren von dem asketischen Dogmatiker Albert regiert – dem die polnischen Leser hinter vorgehaltener Hand eine starke Ähnlichkeit mit dem Ersten Parteisekretär Gomułka attestierten –, einem fromm-fanatischen, verbitterten Greis, »nur aus Wissen, Ernst und Tugendhaftigkeit gebildet«[4]. Gebete, Prozessionen und andere Demonstrationen der Frömmigkeit nehmen kein Ende, und doch leben die Bürger von Arras im ständigen Schuldgefühl und im Bewußtsein eigener Unvollkommenheit und Nichtigkeit.

Der Ich-Erzähler Jean, obwohl ein Fremder, genießt in der Stadt eine besondere Position. Als Schüler, Freund und Vertrauter beider Herrscher ist er eine recht zwiespältige Natur: In der frühen Jugend, die er in Gent, am Hofe Davids verbrachte, ging er »weder Liebesfreuden noch Tafelgenüssen«[5] aus dem Wege – in Arras, wo solche Vergnügungen als Einflüsterungen der Hölle gelten, fügt er sich weitgehend dem Willen Albrechts, der »im Gebet, in Fasten und demütiger Bescheidenheit«[6] den eigentlichen Sinn des Lebens und in gelehrten Disputen die einzig würdige Zerstreuung sieht. Trotzdem hat sich Jean eine gewisse Souveränität und die Gewißheit bewahrt, »daß ich, wenn ich auch wohl in Wirklichkeit nicht Herr meines Schicksals war, doch stets alles dran setzen sollte, es zu sein!«[7]

Die sich bald überstürzenden Ereignisse werden durch einen scheinbar arglosen Zwischenfall ausgelöst: Einem Tuchmacher ist unter mysteriösen Umständen sein Pferd verendet. Augenzeugen wollen gesehen haben, wie ein Nachbar und langjähriger Feind des Tuchmachers dessen Anwesen verfluchte. Fatalerweise ist der Nachbar ein Jude. Vor den Rat gestellt, leugnet er seine Schuld, doch in der Nacht darauf erhängt er sich im Rathauskeller. Seltsamerweise wird Arras kurze Zeit später von Pest und Hunger heimgesucht. Verzweiflung und Gottesfurcht weichen bald einer unvorstellbaren Grausamkeit. »Die Menschen hörten auf, die Hölle und die ausgeklügeltsten Torturen zu fürchten, wenn sie nur ihren Hunger stillen konnten. Das Bestialische gewann die Oberhand über die Menschennatur.«[8] Und da besinnt man sich eines Juden, der das Haus seines Nachbarn verfluchte, und beginnt, unter den Mitgliedern der jüdischen Gemeinde nach den Auslösern des Unheils zu suchen.

»Im Namen des Vaters, des Sohnes und des Heiligen Geistes. Amen.« Dieser Satz, der sich leitmotivisch durch das ganze Buch zieht, ist mehr als ein kompositorischer Griff. Ja, das auch: Damit beginnt Jean jedes neue Kapitel seiner Geschichte, die den Stadtrat von Brügge, seiner neuen Wahlheimat, in Atem hält und zwischen Abscheu und Mitgefühl schwanken läßt. Doch vor allem wirkt er wie eine immer wieder erteilte

Selbstabsolution, wie ein Versuch, einerseits den Wahnsinn, dem Arras verfallen ist, zu legitimieren, und andererseits das eigene Verhalten zu rechtfertigen. Denn trotz scheinbarer Objektivität erweist sich auch Jean als feige, engstirnig und fanatisch. Er protestiert nicht, als die Verfolgung der Juden beginnt. Und dann, als die Schranken der aufgezwungenen Frömmigkeit reißen und die Stadt endgültig in Haß, Verzweiflung und die Sucht verfällt, alte Rechnungen zu begleichen, ist es schon zu spät. Es genügt ein falsches Wort, um der Häresie oder Hexerei beschuldigt zu werden; die anfangs noch eingehaltene Regel, auf die Anschuldigung einen Prozeß folgen zu lassen, weicht bald einer grausamen, allgegenwärtigen Selbstjustiz. Unzählige, ob Frau oder Mann, ob reich oder arm, ob Schurke oder Gerechter, fallen der allgemein herrschenden Mordlust zum Opfer. Niemand ist sich »des Tages oder auch nur der Stunde gewiß«.[9]

Bald darauf erklärt David alles Vorgefallene für nichtig und segnet in einer fünfstündigen, einzig für die Stadt Arras zelebrierten Messe deren ehrbare Bürger. »Was geschehen ist, ist nicht geschehen, und was war, ist nicht gewesen!«[10], verkündet er vor der versammelten Menge. Wenn also die Intentionen achtbar sind, ist jeder Wahnsinn berechtigt? Vor allem, wenn er im Namen Gottes geschieht? – scheint Szczypiorski zu fragen. »Was kann es für einen Christen Wichtigeres geben als den Kampf für die Errettung der Seelen? Und falls wir irren sollten, wird Gott uns zugute halten, daß unsere Intentionen achtbar waren«[11], sagt Jean, sein hin und wieder von Selbstzweifel geplagter Ich-Erzähler: eine Figur, die ihm – als Verkörperung aller negativen Eigenschaften des europäischen Intellektuellen im 20. Jahrhundert – am besten gelungen ist und zu der er – aus demselben Grund – die größte Distanz hatte. Er habe kein Vertrauen zu den Intellektuellen, vertraute er einmal einer Journalistin an. Sie seien launisch, labil, schwach, kapriziös und immer leidend. Und sie möchten die ganze Welt erlösen.

Ob es die historische Kostümierung war, von der sich die Zensur täuschen ließ, als sie 1971 den Druck des Romans in der Auflage von 40000 Exemplaren genehmigte? Vermutlich nicht. Szczypiorski jedenfalls schrieb diesen glücklichen Umstand nicht der Beschränktheit, sondern einer bestimmten Denkweise der Zensoren zu: »*Eine Messe für die Stadt Arras* ist selbst für den letzten Dummkopf ein zeitgenössischer Roman – ein Roman über die totalitäre Wirklichkeit, in der wir leben müssen«, schrieb er zwanzig Jahre später. »Dieses Buch erschien ohne einen einzigen Eingriff der Zensur. Was soll ich infolge dessen über die Zensoren denken? Soll ich sie für die vollkommenen Idioten halten, die nicht verstanden, was sie lasen? O nein, ich bin fest überzeugt, daß diese Menschen genau wußten, worum es ging. Aber sie konnten gleichzeitig sagen: Wir sind gedeckt. Das Mittelalter, die Stadt Arras und die Hexenprozesse im 15. Jahrhundert stehen nicht auf dem Index. Wir wissen sehr wohl, wovon dieses Buch handelt, doch niemand kann es uns beweisen. Also setzen wir unseren Stempel drunter.«[12]

Viel heikler war die Situation der Kritiker: Sie bemerkten zwar den parabolischen Charakter des Romans – die Stadt Arras würde mehr an Oran aus Albert Camus' *Pest* als an mittelalterliche Städte aus historischen Chroniken erinnern, schrieb einer von ihnen –, und sahen sehr wohl die Parallele zu den jüngsten politischen Ereignissen in Polen, brachten es aber nur in Form vorsichtiger Signale zum Ausdruck. Szczypiorskis Buch könne man auf verschiedene Weise deuten, schrieb etwa ein Rezensent der renommierten Monatsschrift *Nowe Książki* (Neue Bücher). Man könne darin »einen historischen Roman sehen, der – dem kurzen Vorwort des Autors zufolge – auf authentischen Ereignissen aus dem dritten Viertel des 15. Jahrhunderts basiert. Man kann es zweifelsohne auch als psychologischen Roman verstehen. Und man kann es schließlich als eine politische Parabel lesen, die einen großen Spielraum all jenen bietet, die gern nach Anspielungen und bedeutungsvoll Nicht-zu-Ende-Gesagtem suchen.«[13]

Jahre später, als sich nach dem überwältigenden Erfolg der *Schönen Frau Seidenman* der Zürcher Diogenes Verlag beeilte, dem westdeutschen Leser Szczypiorskis – in der DDR bereits bekanntes – Meisterwerk vorzustellen, lag der politische Hintergrund der Handlung für die meisten Rezensenten sofort auf der Hand. Doch wohlgemerkt, für die westdeutschen Rezensenten, die keine Zensur überlisten mußten, um dem Buch ihre Interpretationen angedeihen zu lassen. Sie konnten darin ebenso eine allgemeingültige Parabel sehen – *Arras ist überall*, überschrieb Marcel Reich-Ranicki seine Rezension – wie auf den Zusammenhang mit den politischen Ereignissen von 1968/69 hinweisen. In der DDR hingegen kam das Buch 1979 in der kleinen Evangelischen Verlagsanstalt heraus, nach Überwindung mehrerer Hindernisse und mit der Auflage, daß keine Rezensionen erscheinen sollten.

Im Jahre 1971 war auch die polnische Kritik nicht imstande, sich offen mit der symbolischen Ebene des Romans und der dahinterstehenden regimekritischen Absicht des Autors auseinanderzusetzen. Um so genauer ließ sie sich über dessen kompositorische, stilistische und sprachliche Qualitäten aus. Sie hob nicht nur Parallelen zu Camus' *Pest* hervor, sondern auch zu *Die Finsternis bedeckt die Erde* von Jerzy Andrzejewski und *Eine Geschichte aus zwei Städten* von Charles Dickens. Dabei geschah es wohl zum ersten Mal, daß Szczypiorskis Hang zu publizistischen Einlagen, zum Räsonieren und Moralisieren – etwas, wofür er sonst immer wieder getadelt wurde – als Qualität seiner Prosa ausgelegt wurde. »Szczypiorskis schriftstellerisches Temperament ist das eines großen Rhetorikers«, schrieb ein Kritiker der Krakauer Wochenschrift *Tygodnik Powszechny*. »Selbst der intimste Monolog gerät ihm zu einer Ansprache. Keiner gewöhnlichen, sondern einer sehr kunstvollen, glatten, runden Ansprache, mit ausgefeilten Phrasen und von barockem Übermaß an literarischen Effekten und Figuren.«[14] In der zeitgenössischen polnischen Literatur seien diese rhetorischen Fähigkeiten ein seltenes Phänomen.

Dies war längst nicht das einzige Kompliment, das Szczypiorski für seinen Roman bekam. *Eine Messe für die Stadt Arras* war ein Buch, mit dem er die Literatenszene regelrecht verblüffte: Bis dahin hauptsächlich als Publizist, Krimiautor und Rundfunkjournalist bekannt, entpuppte er sich plötzlich als ein Schriftsteller von großem Format. Er lieferte ein Werk ab, in dem sich die Erfahrungen des Zeugen der Judenvernichtung während des Zweiten Weltkriegs mit denen des Zeugen der Judenvertreibung im Jahre 1968 vermischten. Zugleich war es eine Parabel über die uralte Sünde der europäischen Zivilisation: die Feindschaft den anderen, den Fremden gegenüber. Und nicht zuletzt eine Studie über die Funktionsmechanismen eines Massenwahns, der in vollkommener Selbstzerstörung kulminieren kann. Diese ganze Vielschichtigkeit war seinen Schriftstellerkollegen sehr wohl bewußt, als sie ihn 1972 mit dem renommierten PEN-Club-Preis auszeichneten. Möglicherweise wußten sie sogar schon damals, was die Kritiker in aller Welt erst viele Jahre später erahnen sollten: daß er als Autor eben dieses Romans in die Literaturgeschichte eingehen wird.

Fünfzehntes Kapitel

Ende der Illusionen

Die Ulica Parkowa ist eine jener Warschauer Straßen, die während des kommunistischen Regimes einen Symbolcharakter hatten. Dort, am Łazienki-Park und inmitten des Regierungsviertels zu wohnen, bedeutete, zum Establishment zu gehören, ein bekannter Politiker, Künstler oder Journalist zu sein. Im Jahre 1969 hat sich auch Andrzej Szczypiorski zu den »Auserwählten« gesellt: Er hat in der Parkowa eine Vierzimmer-Parterrewohnung bezogen. Die Räume waren dunkel, die Fenster vergittert, hier und dort bröckelte die Mauer ab, und die geborstenen Wasserleitungen in der Küche machten sich auch gelegentlich bemerkbar. (Später, als der Geheimdienst weniger zimperlich wurde und einige Male in die Wohnung einbrach, wurde die Eingangstür von innen mit Stahlblech verkleidet und mit vier Schlössern versehen.) Doch Szczypiorski ließ sich von all den Unzulänglichkeiten nicht stören – Hauptsache, die Wohnung war geräumig und bot genug Platz für ihn, seine Familie und die ständig wechselnde Zahl der Hunde und Katzen.

Es waren seine berühmten »Radiofeuilletons«, denen er die Wohnung verdankte: Obwohl er die Mitarbeit beim Rundfunk vor einiger Zeit aufgegeben hatte, gehörte er weiterhin zu jenen Privilegierten, die einen Parteifunktionär anrufen und ihn um einen Gefallen bitten konnten. Und da vom guten Willen eines Funktionärs so gut wie alles abhing – Wohnungen wurden zugewiesen, Autos nur gegen Berechtigungsscheine verkauft, etc. –, machte Szczypiorski von diesem Umstand öfter Gebrauch. So besorgte er sich auch die Wohnung in der Parkowa: als Tausch gegen seine Wohnung und die seines Vaters, der, nachdem er Witwer geworden war – seine Frau verbrachte die letzten Jahre in einem Pflegeheim, wo sie 1971 starb –, mit ihm zusammenziehen wollte. Sie hätten so oder so eine größere Wohnung bekommen – ohne Szczypiorskis Beziehungen bestimmt aber nicht diese, die über 150 m^2 groß war und in einer der begehrtesten Wohngegenden Warschaus lag.

Es muß hilfreich gewesen sein, plötzlich ein solches Domizil zu haben. Denn die Zeiten waren nach wie vor unruhig, die Politik hielt die Menschen weiterhin in Atem. Zweieinhalb Jahre nach den »Märzereignissen«, im Dezember 1970, brach an der Ostseeküste eine Welle von Arbeiterstreiks aus, die, gewaltsam beendet, die Absetzung Gomułkas zur Folge hatte. Zu dessen Nachfolger wurde Edward Gierek berufen, der sich in Schlesien als ein fähiger und dynamischer Parteiboß hervorgetan hatte. Obwohl kein Zweifel bestand, daß es sich auch in seinem Fall um einen hartgesottenen Dogmatiker handelte – in den jungen Jahren hatte er als Bergmann in Frankreich und Belgien gearbeitet und sich in den dortigen, für ihren doktrinären Charakter bekannten Kommunistischen Parteien engagiert –, gelang es ihm recht schnell, das Vertrauen der Bevölkerung zu gewinnen.

Er wirkte um so überzeugender, als er im Gegensatz zu dem hölzernen und eigenbrötlerischen Gomułka von Anfang an die Nähe des Volkes suchte. Die ersten Pluspunkte sammelte er gleich nach seiner Ernennung zum Ersten Parteisekretär, als er zu den streikenden Arbeitern an die Ostsee fuhr, Verständnis für ihren Zorn zeigte und die Berufung einer Untersuchungskommission und die Bestrafung der Schuldigen versprach. Den Rest tat die populistische Frage »Wollt ihr helfen?«, mit der er in den nächsten Monaten immer wieder seine Ankündigung weitgehender Reformen abschloß und die bald als Synonym neuer, herrlicher Zeiten galt.

In der Tat gelang es Gierek anfangs, eine deutliche Steigerung des Lebensstandards zu erwirken. Allerdings erreichte er sie nicht etwa durch längst überfällige Strukturreformen in Industrie und Landwirtschaft, sondern durch die Aufnahme hoher Kredite im Westen. Dabei setzte er auf einen intensiven Ausbau der Schwerindustrie, mit deren Erzeugnissen er die Schulden bezahlen wollte. Der steigende Konsum, den er mit Hilfe der Kredite finanzierte, die großzügigen Lohnerhöhungen und das Einfrieren der Nahrungsmittelpreise hatten eine Scheinblüte zur Folge, die vielen Polen zunehmend suspekt erschien: Die wachsende Verschuldung des Landes und die übertriebene Forcierung der Industrialisierung mußten, so ihr Eindruck, eher oder später zu einem wirtschaftlichen Kollaps führen. (Und tatsächlich sah sich Giereks Regierung irgendwann zu demselben Schritt genötigt, der bereits Gomułkas Sturz herbeigeführt hatte: zu einer willkürlich angeordneten Erhöhung der Lebensmittelpreise, die sofort eine Welle von Unruhen nach sich zog.)

Wie viele Intellektuelle, nahm auch Szczypiorski die Machtübernahme durch Edward Gierek skeptisch auf. Er empfand zwar eine Erleichterung, daß die faschistoiden Töne der späten Sechziger abgeklungen waren – mit neuer Hoffnung ging sie aber nicht einher. Es war in der Endzeit der Gomułka-Ära zu viel Kompromittierendes für das Regime passiert, als daß er noch einmal an irgendeinen kommunistischen Politiker hätte glauben können. Zu seiner Ernüchterung trug nicht zuletzt eine Episode bei, die er im Jahre 1971 erlebte. Damals schlug ihm Mieczysław F. Rakowski, Chefredakteur des Wochenblatts *Polityka*, vor, er solle für das Blatt einen Zyklus von Essays über berühmte Persönlichkeiten des öffentlichen Lebens schreiben. Das Angebot war um so reizvoller, als der Zyklus später in Buchform erscheinen sollte.

Szczypiorski machte sich sofort an die Arbeit. Nach dem ersten Essay, in dem er den Philosophen und ehemaligen Vorsitzenden der Polnischen Akademie der Wissenschaften, Professor Tadeusz Kotarbiński, porträtiert hatte, beschloß er den nächsten Text dem Krakauer Kardinal Karol Wojtyła zu widmen. Er fuhr nach Krakau und begab sich ins dortige Bischofspalais, wo er drei Gesprächstermine mit dem Kardinal bekam. Er war von der Persönlichkeit des Geistlichen so beeindruckt, daß er sich zum ersten Mal in seinem Leben im Vergleich zu einem anderen Menschen klein und unbedeutend vorkam.

Allerdings hatte die ganze Situation auch einen schwachen Punkt. Der Kardinal war zwar sehr mitteilsam, erzählte viel über sein Leben und seine Weltanschauung, billigte aber Szczypiorskis Plan nicht, den Inhalt der Gespräche zu veröffentlichen. Als dieser ihm einmal zum wiederholten Male versicherte, er habe ehrliche Absichten und werde das Vertrauen des Kardinals gewiß nicht mißbrauchen, fragte der ihn schließlich, ob er sich darüber im klaren sei, welche Konsequenzen die Publizierung des Essays haben könnte. Der Text würde, sobald er fertig wäre, sein eigenes Leben führen, und er, Andrzej Szczypiorski, hätte keinen Einfluß mehr darauf, zu welchen Zwecken die kommunistischen Behörden ihn benutzen würden. Vielleicht zu dem Versuch, die beiden Kardinäle, Wyszyński und Wojtyla, gegeneinander auszuspielen? In diesem Fall wäre es egal, wie ehrlich seine Absichten gewesen seien – der polnischen Kirche würde er mit seinem Essay trotzdem schaden.

Dieses Gespräch machte auf Szczypiorski einen sehr starken Eindruck: Plötzlich begann er, die Funktionsweise gewisser innenpolitischer Mechanismen zu ahnen. Es wurde ihm erstmals bewußt, daß sich hinter den Kulissen der Macht subtile Prozesse abspielen würden, von denen die Mehrheit der Gesellschaft keine Ahnung habe. Sobald er dies begriffen hatte, zog er seine Konsequenzen: Er versicherte dem Kardinal, daß er ihn überzeugt habe und daß er das Buch nicht schreiben werde. Dabei blieb es auch. Der Besuch in Krakau hatte für ihn aber noch weitere Folgen: Er wandte sich seitdem stärker dem Glauben zu. »Nicht der Religiosität«, wie er später einmal einer Journalistin gegenüber betonte, »dem Glauben«.[1] Er knüpfte Kontakte zu den katholischen Zeitschriften *Tygodnik Powszechny* und *Więź* (Bündnis), in denen er fortan immer wieder publizierte. Es war für ihn um so wichtiger, als es bald die einzigen Blätter sein sollten, in denen dies möglich war.

Gleichzeitig fiel er nämlich immer öfter als oppositioneller Redner auf, der wegen seines polemischen Temperaments und seiner Argumentationskraft von den Kommunisten zunehmend gefürchtet wurde. Einen besonderen Eindruck hinterließ er 1971 mit seinem Auftritt auf der Generalversammlung des Schriftstellerverbandes in Lodz, auf der er scharf die politische Entwicklung seit 1968 kritisierte und sich für die verfolgten Kollegen Paweł Jasienica und Jerzy Zawieyski einsetzte. Erst nach dieser Rede gewann er die Freundschaft solcher regimekritischer Schriftstellerkollegen wie Kazimierz Brandys, Andrzej Kijowski, Wiktor Woroszylski oder Mieczysław Jastrun; bis dahin wurde er von ihnen – die weder seine Radiofeuilletons noch seine Beziehungen in den höchsten Kreisen des politischen Establishments vergessen konnten – eher mißtrauisch beäugt.

Den Unwillen der Behörden erweckte er abermals 1974, als er einen Brief von fünfzehn Intellektuellen unterschrieb, in dem das Recht der in der Sowjetunion ansässigen Polen auf eigene Schulen und auf den Zugang zur Nationalkultur angemahnt wurde. Die Unterzeichner des Briefes baten die Regierung u. a. darum, die eine Million Rußlandpolen mit Literatur und Presse zu versorgen. Damit handelten sie sich eine nicht enden wollende Verleumdungskampagne der Medien ein, die in Szczypiorskis Fall schließlich auch dazu führte, daß sich die *Polityka* von ihm trennte. Noch viele Jahre später stapelten sich in seinem Arbeitszimmer Unmengen von Zeitungen, die von der Heftigkeit der damaligen Attacken zeugten.

Zum Verstummen brachten ihn solche Schikanen allerdings nicht. Im Gegenteil, er hielt weiterhin kritische Reden, in denen er sich für verfolgte Menschen einsetzte oder gegen die Eingriffe der Zensur protestierte. Sein Mut kam ihm teuer zu stehen: Er wurde nicht nur von der Mitarbeit in weiteren Zeitungsredaktionen ausgeschlossen – nach *Polityka* gab ihm auch die angesehene Breslauer Monatsschrift *Odra* (Die Oder) den Laufpaß –, sondern auch in den meisten Verlagen auf die schwarze Liste gesetzt. Die beiden Jugendromane, die er damals publizierte, den fünfteiligen *Flug 627* (1971–1973) und *Auf Damians Spuren* (1973), schrieb er also ausschließlich, um, wie er später manchmal lakonisch feststellte, in einer Zeit, in der er Schwierigkeiten mit den Behörden hatte, Geld zu verdienen. Er maß auch diesen Büchern keine Bedeutung bei und sprach nicht gern über sie – höchstens, um dabei festzustellen, daß der Jugendroman nicht sein Genre war. Als einen Titel, mit dem er die Liste seiner bedeutenden Werke fortsetzte, sah er hingegen ein Buch an, das überraschend 1974 erscheinen durfte: den Roman *Und sie gingen an Emmaus vorbei*, der auf deutsch zwei Jahre später unter eben diesem Titel und im Jahre 1993 als *Der Teufel im Graben* herauskam.

In einem Provinzhotel lernt der Ich-Erzähler einen alternden Mann namens Stanisław Ruge kennen. Eine Zufallsbekanntschaft: ein paar Wodkas in der Hotelbar, ein banales Gespräch. Es verliert erst dann an Banalität, als sich ein Dritter zu den beiden Männern gesellt, der in Ruge einen Kriegsverbrecher erkannt haben will. In der drauffolgenden Nacht wird Ruge tot aufgefunden: überfahren auf den Bahngleisen. Daß es sich um einen Selbstmord handelt, bezweifelt niemand, dennoch stellen, unabhängig voneinander, der Milizkommandant und der Ich-Erzähler Nachforschungen an. Was für den einen nur Pflichterfüllung ist, wird für den anderen zu einer Obsession. Unermüdlich rekonstruiert er die Biographie des Verstorbenen, verfolgt die Spuren seiner Angehörigen, versucht, seine Motive zu begreifen. Grund seiner Recherchen ist nicht allein das Mitgefühl bzw. das Empfinden, daß er dem Verstorbenen, den er bei dem besagten Gespräch mit Banalitäten abgespeist hat, einen posthumen Freundschaftsdienst schuldet: Auch er ist bereits älter, auch in seinem Leben gibt es nicht mehr allzu viele offene Karten. Dafür um so mehr verspielte Chancen und Erinnerungen an Menschen, die sein Schicksal bestimmt haben.

Vor allem verfolgt ihn das Bild des KZ-Aufsehers Wagenbach, unter den Häftlingen allgemein »unser lieber Benno«

genannt, der ihm damals, im Lager, »auf eigentümliche Art den Mann'schen Gestalten verwandt« schien: Seine Gesichtszüge »bezeugten eine uralte Kultur, er hatte zarte Hände, einen Blick voller Neugierde, und in der Tiefe seiner Seele konnte er wohl all diese seine Kumpane nicht ausstehen, die dem Nationalsozialismus zugelaufen sind aus den dunklen Ecken der Erniedrigung, des Elends, der Primivität.«[2] Benno ist eine Figur, über die Helena Zaworska, die wohl unermüdlichste Szczypiorski-Interpretin unter den polnischen Kritikern, schrieb, es sei das interessanteste Porträt eines Faschisten in der polnischen Prosa: Er würde es hassen, »zu viel Wissen zu besitzen, weil es zu Unwissen führte, ein Übermaß an Kultur genossen zu haben, weil es gegenüber der Barbarei menschlicher Leidenschaften ohnmächtig machte. Er war zu allem bereit, nur um dafür eine klare Vision der Welt und seines eigenen Platzes darin zu bekommen.«[3]

Auch die Struktur des Buches ist weit komplizierter als es anfangs scheint. Was auf den ersten Blick nach einem Kriminalroman mit philosophischen Einlagen aussieht, entpuppt sich bei aufmerksamer Lektüre als ein raffiniertes Spiel mit dem Leser, in dem ein Schicksal, eine Beziehung, ein Gemütszustand in mehreren Varianten durchgespielt werden. Zugleich ist es auch ein Buch über die falschen Illusionen, darüber, wie sehr der Mensch von einem vollkommenen Leben träumt und wie wenig er es erreichen kann – trotz des scheinbaren Überangebots an Möglichkeiten und Verlockungen. Gerade dieses Überangebot führt zum Gefühl der inneren Leere, das durch den Gedanken an einen Toten besonders deutlich zutage tritt. Denn dieser macht dem Menschen nicht zuletzt bewußt, daß er all seine Visionen, Träume und Ansichten nur deshalb erfindet, »um in sich selbst den Sinn zu erlegen und zu hetzen, jenseits dessen die Dinge keine Bedeutung mehr haben«[4].

Angesichts der Illusionslosigkeit des »normalen« Lebens erscheinen Krieg und Okkupation gewissermaßen als eine kathartische Erfahrung. Sie rauben zwar den Menschen die Illusion von einer idealen Ordnung der Welt, aber sie wecken in ihnen auch das Bedürfnis nach Kampf, Rebellion, Selbstbestimmung. Um dies zu zeigen, treibt Szczypiorski jeden Konflikt auf die Spitze, zeigt Widersprüche im Denken, die Absurdität mancher Gefühle, die Lächerlichkeit der Illusionen. Auch während er sich mit dem Thema Tod befaßt, ist er von jeder Rücksichtnahme weit entfernt. Nicht ausweichen, sich mit keinen fertigen Interpretationen begnügen, scheint er zu sagen. Philosophische Theorien, mit Hilfe derer die Menschen versuchen, sich dem Tod zu nähern, befreien sie ja nicht von dem Gefühl der Angst, Hilflosigkeit und Verlorenheit. Deshalb plädiert er für einen möglichst unmittelbaren, auf Instinkt und Einbildungskraft basierenden Umgang mit dem Tod.

Um es zu verdeutlichen, konfrontiert er seinen Protagonisten mit einer geheimnisvollen Gestalt, die ebenso ein zufälliger Passant wie Gott, der Tod oder das ewige Leben sein könnte. Die Begegnung dauert nur einen kurzen Augenblick, denn der Fremde »ging langsam zur Seite, verließ den Weg, trat zwischen die einzeln stehenden Bäume. Er sagte gar nichts.«[5] Es ist eine Paraphrase der Szene aus dem Evangelium des Lukas, in der die Jünger Christi auf ihrem Weg nach Emmaus einem Fremden begegnen, von dem sie nicht wissen, ob er ein zufälliger Passant oder ihr wundersam auferstandener Meister ist. Sie erfahren die Wahrheit, nachdem sie ihr Ziel erreicht haben – bei Szczypiorski bleibt die direkte Aufklärung aus: »Langsam fuhren wir an. Die Weiber schwiegen, die Männer schwiegen. Nach ungefähr zwei Kilometern fuhren wir an einem Ortsschild vorbei. Das Dorf hieß Emmaus. Es verwunderte mich nicht. Ich wußte schon seit langem, mein ganzes Leben lang wußte ich es, daß es nur so heißen konnte.«[6]

In den frühen siebziger Jahren änderte sich allmählich Szczypiorskis Verhältnis zur Literatur. Seine früheren Romane, etwa die »deutsche Tetralogie«, basierten grundsätzlich auf einer konstruierten Handlung, die er zum einen mit einer erzieherischen These versah und zum anderen im Sinne der herrschenden Ideologie gestaltete: Der einsame, mit seinem Schicksal ringende Mensch wird in das kollektive Geschehen eingebunden, und die Perspektiven, die sich dadurch für ihn eröffnen, geben seinem Leben einen neuen Sinn – so in etwa könnte man die für ihn anfangs gültige Formel zusammenfassen. Nun begann sich sein Literaturverständnis zu wandeln: nicht zuletzt infolge des allgemeinen Klimas, das zu diesem Zeitpunkt in der polnischen Literatur herrschte. Die Forderungen der »Generation 68« nach Konkretheit und Realitätsnähe fanden langsam sowohl in der Lyrik als auch in der Prosa ihre Umsetzung. Die eine bemühte sich verstärkt um Direktheit und Klarheit der Sprache, die andere versuchte einen thematischen Wandel, indem sie zunehmend auf die Probleme der bis dahin wenig beachteten Großstadtperipherie und des Dorfes einging. All das wurde von immer häufigeren Polemiken über die neuen Aufgaben der Literatur begleitet.

Eine offene Kontroverse brach schließlich 1974 aus, als Adam Zagajewski und Julian Kornhauser, zwei Dichter der Krakauer Gruppe »Teraz«, die Essaysammlung *Die nicht dargestellte Welt* vorlegten. Sie sprachen sich darin erneut gegen den Mißbrauch der Sprache und für eine Verstärkung des Bezugs zur Realität aus. Die äußeren Umstände machten es um so erforderlicher, als die massiv betriebene Propaganda des Erfolgs, die im krassen Gegensatz zu der riskanten Wirtschaftspolitik Giereks stand, zum wiederholten Male die Glaubwürdigkeit des geschriebenen Wortes in Frage stellte. »Die Dinge beim Namen zu nennen«, schrieben die beiden Dichter, »ist die einzige Chance der Literatur, sowohl der Prosa als auch der Lyrik. Die neue Realität zwingt die Literatur zur Ehrlichkeit und zur Wahrheit.«[7] Das Buch galt von nun an als die bedeutendste theoretische Arbeit der »Generation 68« und später als einer der wichtigsten literaturkritischen Texte der Nachkriegszeit. Es löste eine Diskussion aus, die fast zwei Jahre dauerte und den beiden Autoren eine unverhoffte Popularität bescherte.

Für Andrzej Szczypiorski war sie allerdings nicht der einzige Grund, sein Verständnis von Literatur zu revidieren. Hinzu kam die Lektüre der Romane von William Faulkner, die für ihn fast einer Offenbarung gleichkam. Er fand nämlich bei dem Amerikaner etwas, was er selbst nach eigenen Worten weder damals noch in den späteren Jahren ausdrücken konnte: Faulkner habe auf eine geniale Weise gezeigt, daß die Welt dunkel und undurchdringbar sei und – was noch wichtiger sei – daß man sie nicht korrigieren könne. »In diesem Moment«, so sein Fazit, »vollzog sich meine Trennung von einer Illusion in bezug auf die Literatur. Einer Illusion, die mich viele Jahre begleitet hatte: daß die Literatur die menschliche Natur und die Wirklichkeit, die uns gegeben ist, verbessern soll.«[8]

Sechzehntes Kapitel

Der Schattenfänger von Warschau

Der Autorenverband ZAIKS, der die polnischen Schriftsteller und Komponisten vereint, war neben dem PEN-Club die Organisation, in der sich Szczypiorski besonders stark engagierte. Es handelte sich dabei auch um eine besondere Einrichtung, die allen Grund hatte, auf ihre Geschichte stolz zu sein: 1918 gegründet, gehörte ZAIKS zu den ersten Institutionen dieser Art in Europa. Unmittelbar nach seiner Entstehung vertrat er die Rechte weniger ambitionierter Autoren, etwa solcher, die für die damals sehr zahlreichen und populären Varietés und Kabaretts schrieben, doch mit dem Beitritt des Schriftstellers und Übersetzer Tadeusz Żeleński (Boy), des Komponisten Karol Szymanowski und anderer Größen wurde er zu einer angesehenen Institution, die bald viele namhafte Künstler vereinte. Nach dem Krieg wiederum war ZAIKS der einzige unabhängige Autorenverband im gesamten sozialistischen Lager. Aktive Teilnahme an seiner Arbeit galt daher unter den Mitgliedern als Grund zu besonderem Stolz. Im Jahre 1974 – Vorsitzender war damals der angesehene Publizist Karol Małcużyński – wurde Andrzej Szczypiorski zum Generalsekretär des ZAIKS ernannt. (Damit trat er in die Fußstapfen seines Vaters, der diese Funktion ebenfalls eine Zeitlang ausgeübt hatte.) Vier Jahre später wurde er erneut gewählt.

Es war damals nicht einfach, selbst in einer halbwegs autonomen Organisation eine exponierte Stellung innezuhaben. Die wachsende Kluft zwischen der Staatsmacht und der Gesellschaft bewirkte, daß unter den Intellektuellen eine ausgesprochen gedrückte Stimmung herrschte. Giereks anfängliche Popularität ließ rapide nach, als die Parteiführung 1975 einige Änderungen in der polnischen Verfassung beschloß. Es handelte sich dabei um ein paar Formulierungen, die Polens Bindung an die Sowjetunion hervorheben sollten. Dies löste eine heftige Protestwelle aus, zumal es zu einem Zeitpunkt war, da sich die Polen – nicht zuletzt durch den damals stattfindenden KSZE-Gipfel in Helsinki, in dessen Schlußakte auch ihr Land erstmals Verpflichtungen auf dem Gebiet der Reisefreiheit und Familienzusammenführung anerkannte – stärker als je zuvor mit Westeuropa verbunden fühlten. Die Folge war eine Reihe von Petitionen und Offenen Briefen, die von mehreren tausend Bürgern, darunter vielen prominenten Intellektuellen, unterzeichnet wurden.

Ein Jahr später, im Juni 1976, kam es in Radom und Ursus bei Warschau zu massiven Arbeiterprotesten, die durch drastische Preiserhöhungen ausgelöst waren. Die Anführer der Streiks wurden verhaftet und von den Sicherheitskräften dermaßen brutal behandelt, daß sich eine Gruppe von Intellektuellen genötigt sah, den Verfolgten rechtlichen Beistand zu leisten. Dies führte schließlich zur Entstehung des legendären »Komitees zur Verteidigung der Arbeiter« (KOR – Komitet Obrony Robotników), die den Beginn eines Bündnisses zwischen den Arbeitern und den Intellektuellen markierte. Die Organisation wurde am 23. September 1976 von vierzehn Intellektuellen ins Leben gerufen, u. a. von Jan Józef Lipski, Jerzy Andrzejewski und Jacek Kuroń; bald kamen weitere namhafte Mitglieder wie Leszek Kołakowski und Adam Michnik hinzu.

Zunächst ging es nur um die finanzielle und rechtliche Hilfe für die Opfer der besagten Arbeiterunruhen, dann aber wurde die Tätigkeit der Organisation allmählich erweitert: Es wurden einerseits mehrere Bildungszirkel sowie die ersten inoffiziellen Verlage und Zeitschriften gegründet, andererseits die rechtlichen Grundlagen einer unabhängigen Gewerkschaftsbewegung geschaffen. Die Zahl der Mitglieder ist mit der Zeit auf mehrere hundert angewachsen. Die Organisation existierte genau fünf Jahre lang und löste sich während der ersten Tagung der Gewerkschaft »Solidarność« am 28. 9. 1981 auf.

Unter den vierzehn Gründungsmitgliedern befand sich auch Professor Adam Szczypiorski, der in der Konsequenz sofort aus der Akademie der Wissenschaften entlassen wurde. Andrzej Szczypiorski hingegen war weder an der Gründung beteiligt, obwohl ein Teil der »Vorbereitungssitzungen« in seiner Wohnung in der Parkowa-Straße stattfand, noch gehörte er später zu den Mitgliedern des Komitees. Er unterstützte allerdings dessen Tätigkeit, indem er Informationsmaterial verbreitete und Geldspenden sammelte, und nahm die Zusammenarbeit mit den von KOR gegründeten Blättern auf: im Januar 1977 mit *Zapis* (Eintrag), der bis zuletzt bedeutendsten unabhängigen Zeitschrift, die ihre Gründung und lange Existenz in erster Linie dem Schriftsteller Jacek Bocheński verdankte, später auch mit *Krytyka* (Kritik) und *Biuletyn Informacyjny* (Informationsbulletin). Seitdem stand der Name Szczypiorski, der immer öfter unter Protestbriefen und Erklärungen der Opposition auftauchte (wobei es sich mal um den Vater, mal um den Sohn handelte), endgültig auf dem Index.

Als Szczypiorski später einmal die Geschichte des Geisteslebens im Nachkriegspolen kommentierte, unterschied er dabei zwischen zwei Epochen: der Kontestation und der Opposition. Die Epoche der Kontestation, das waren für ihn die sechziger und die frühen siebziger Jahre: Sie habe mit solchen Ereignissen wie der »Brief der 34« (1964), Leszek Kołakowskis Ausschluß aus der Partei (1966) oder die Studentenproteste und die Sondersitzung der Literaten im Jahre 1968 begonnen. Als Beginn der Epoche der Opposition hingegen bezeichnete er die späten siebziger Jahre – er fiel seines Erachtens eben in jene Zeit, als das KOR gegründet und die Grundlagen der unabhängigen Kultur geschaffen wurden.

Die regimekritischen Intellektuellen, so sein weiterer Kommentar, seien sich von Anfang an dessen bewußt gewesen, daß sie »eigentlich ein Lager der moralischen, nicht der politischen

Opposition schufen«[1]. Ihm und seinesgleichen sei es nicht einmal in den Sinn gekommen, daß sie die Macht im Lande übernehmen könnten. Ihre oppositionelle Haltung habe folglich keinen strikt politischen Charakter gehabt. Es sei nicht wirklich darum gegangen, um die Macht zu kämpfen und die Macht zu gewinnen, obwohl der damalige Parteiapparat der Opposition solche Ansprüche zweifelsohne unterstellt habe. Dieser Unglaube der Opposition an das eigene politische Potential, an die Möglichkeit, jemals eine radikale politische Wende herbeizuführen, habe bis in die späten achtziger Jahre hinein angehalten und schließlich zu der überraschten Reaktion auf den eigenen Sieg im Jahre 1989 geführt.

Die Schaffung der ersten oppositionellen Strukturen veranlaßte also weder die Beteiligten zu Siegesposen noch ihre Sympathisanten zu euphorischem Beifall. Im Gegenteil, das Klima unter den Intellektuellen war nach wie vor schlecht, was sich nicht zuletzt in literarischer Form niederschlug. Es brachte eine ganze Reihe von Werken hervor, die deutlich aus dem Bedürfnis heraus geschrieben waren, vor den aktuellen politischen Ereignissen zu fliehen. Autoren wie Jan Józef Szczepański, Andrzej Kuśniewicz oder Tadeusz Konwicki legten auf einmal Romane vor, in denen sie eine literarische Reise in die Vergangenheit, insbesondere in die damals wie heute stark idealisierte Zwischenkriegszeit, unternahmen. Im Jahre 1976 schloß sich auch Andrzej Szczypiorski dieser »nostalgischen Welle« an, indem er den Roman *Den Schatten fangen* publizierte: ein Buch, von dem er in den späteren Jahren immer wieder mit besonderer Wärme sprach. Er habe es ohne eine bestimmte These geschrieben, lediglich aus dem Bedürfnis heraus, die Epoche seiner Kindheit heraufzubeschwören und den kommenden Generationen eine Vorstellung von jener unwiederbringlich vergangenen Zeit zu vermitteln.

Es ist Sommer 1939. Krzyś, der fünfzehnjährige Held des Romans (der deutlich autobiographische Züge trägt), fährt mit seinen Eltern aufs Land, um auf dem Gut eines Freundes der

Familie die Ferien zu verbringen. Auf dem Weg dorthin und während der Zeit dort zieht er seine erste Lebensbilanz. Still und verschlossen, zugleich überaus intelligent und sensibel, registriert er aufmerksam die ersten Symptome seines Erwachsenwerdens. Gleichzeitig ist er sich dessen bewußt, daß er Zeuge einer Zeit ist, die unaufhaltsam zu Ende geht. Bald wird die erste Liebe – zur Nichte des Gastgebers – beides, das Bewußtsein der eigenen Reife und die Vorahnung des aufziehenden Unheils, zu einer schmerzvollen Vollendung bringen. »Noch einmal näherte er sich dem Mädchen«, wird es zum Schluß heißen, »nahm sie in die Arme, und sie küßten sich, hilflos und traurig, zwei Kinder, zwei Menschen, die wußten, daß ihr Schicksal schon vorgezeichnet war.«[2]

Ein Heranwachsender, die erste Liebe, eine nahende Katastrophe – einem in der polnischen Literatur bewanderten Leser drängt sich an dieser Stelle ein anderes Buch aus jener Zeit in Erinnerung: Tadeusz Konwickis *Chronik der Liebesunfälle* (1974), die Geschichte eines Gymnasiasten, der wenige Monate vor Kriegsausbruch in Wilna seine erste Liebe, den bitteren Geschmack einer ersten Niederlage und das abrupte Ende der sorglosen Jugendjahre erlebt. Doch während Konwicki seinen Helden in einer menschlich und sozial konfliktgeladenen Atmosphäre reifen läßt – mal ist es die Diskrepanz zwischen dem streng-religiösen Klima des Elternhauses und der Ausgelassenheit der engsten Freunde, mal das pulsierende Leben des multinationalen Wilna –, hat das Gewebe, aus dem Szczypiorskis Roman gemacht ist, die Beschaffenheit des zartesten Musselins.

Allein der Vorname des Protagonisten strahlt nostalgische Liebenswürdigkeit aus (Krzyś heißt in der polnischen Übersetzung von *Winnie-the-Pooth* der kleine Spielgefährte des Titelhelden, Christopher), und die Aura, die den Jungen umgibt, ist eine Mischung aus Ruhe, Geborgenheit und verhaltener Strenge. So ist es schon immer gewesen: Das allabendliche Gebet war genauso ein Garant der sorglosen Kindheit wie die Blechsoldaten und Teddybären, »das Pony Elisa und der Tisch im Parkcafé, an dem er mit seiner Großmutter gesessen hatte, Postkarten von ihrer Kredenz, ihre Stickereien und das Porzellan«[3], das sonntags den Eßzimmertisch schmückte. Das Heranreifen des Jungen hat sich also ohne große Erschütterungen vollzogen, auch wenn die dazu führenden Erlebnisse nach seinem Empfinden die Stärke eines Erdbebens hatten: Zunächst war es die Steigerung des »Erwachsenengrades« seiner Spiele, nun, während dieses letzten Vorkriegssommers, ist es das pubertäre Entdecken des anderen Geschlechts.

Vom bedrohlichen Vorkriegsgären ist auf dem Gut anfangs wenig spürbar. Hier herrscht immer noch die alte Ordnung, werden weiterhin die seit Generationen überlieferten Tugenden gepflegt: der Patriotismus, die Frömmigkeit und Sittsamkeit. Manchmal fühlt man sich fast in Adam Mickiewicz' Nationalepos *Pan Tadeusz* (1834) versetzt, so urpolnisch muten die einzelnen Szenen an: die Jagd, die gemeinsamen Spaziergänge der Sommergäste, die Mahlzeiten »an dem großen Tisch im schwachen Schein der altmodischen Lampen, aus denen ein feiner Rauchfaden aufstieg«[4].

Die einzigen, die in dieser pastellfarbenen Welt als Vorboten des Unheils erscheinen, sind die Juden. Die gleichen Warschauer Juden, die Szczypiorski aus der eigenen Kindheit kannte. Die Bewohner des Armenviertels, Händler und Handwerker, Hausierer, Schneider und Bäcker, Fuhrleute und Lastträger. Dunkelhaarige, bärtige Männer, die, in ihren Kaftanen einer schwarzen Vogelschar gleichend, ständig hin und her liefen, wild gestikulierten und herumschrien und dennoch eine einzigartige Konzentration ausstrahlten. Dem Leben dieser Menschen haftete eine Aura von Exotik und Rückständigkeit an, die jedoch niemandem auffiel. Auch Szczypiorski nicht: Er bemerkte »diesen Anachronismus nicht, denn es war meine Alltäglichkeit, kein Pole von damals bemerkte ihn«.[5]

Nur die Besucher aus dem Westen, die damals, in den zwanziger und dreißiger Jahren, nach Warschau kamen, fühlten sich um hundert Jahre oder mehr zurückgeworfen. Wie jener Doktor Döblin aus Berlin, der 1924 zu seiner zweimonatigen

»Reise in Polen« aufbrach, um die Ursprünge des Judentums zu erfahren, und dabei in eine Welt eintauchte, die er mitten in Europa nicht mehr vermutet hatte: »Die auffällige Masse alter weißbärtiger Männer. Viele schmutzige zerrissene Kaftane. Aus blassen und gelben bärtigen Gesichtern blicken sie. Heftiges Geschäftsleben auf Trottoir und Damm; es lehnen auch viele an den Mauern mit ganz ruhigem, stumpfem Ausdruck.«[6]

All diese Bilder ruft sich nun Krzyś in Erinnerung. Sie hatten ihn schon immer fasziniert, doch nur, weil diese Welt vertraut und gleichzeitig so anders war als das begüterte Stadtviertel, aus dem er und seine Kommilitonen stammten. Jetzt auf einmal sieht er das Warschauer Judenviertel mit anderen Augen. »Manchmal dachte er, daß in den engen, vollgestopften Gassen eine Vorahnung der kommenden Ereignisse nistete, und die Unruhe dieser Bewohner übertrug sich auf ihn, zog in sein Herz.«[7] Doch diese Unruhe behält Krzyś für sich, vielleicht, weil er schnell begreift, daß das Erwachsensein zugleich Einsamkeit bedeutet: »Das ist es also? Ich bin getrennt von allen anderen, einsam, auf meine Art einmalig, anders als alle anderen … Ja, das ist es!«[8]

Der Sommer geht zu Ende. In dem kleinen Gutshaus herrscht Aufbruchstimmung. Der Krieg gilt nun, auch in den Augen des Jungen, als unabwendbar. Noch kann er sich keine Einzelheiten ausmalen, doch schon jetzt weiß er, daß das Bevorstehende mit Leid und Verlust verbunden sein wird. Nach dem Krieg wird alles anders sein, und ihm, dem verhätschelten Nesthäkchen, wird nichts anderes übrigbleiben als sich dem Kodex der Erwachsenenwelt anzupassen. »Wenn die Tränen getrocknet sind – wird er kein Kind mehr sein.«[9]

Szczypiorskis Roman bekam zwar gute Kritiken, fand aber insgesamt nur wenig Beachtung. Dies hatte allerdings rein außerliterarische Gründe: Für Bücher, die sich nicht mit der volksrepublikanischen Realität befaßten, waren die Zeiten schlecht. Und für Autoren – zu denen Szczypiorski ja mittlerweile zählte –, die in der einen oder anderen Form ihre Unzufriedenheit mit dieser Realität kundtaten, natürlich noch schlechter. Entsprechend der damaligen Politik der »gemäßigten Schikanen«, wie sie im Literatenmilieu genannt wurde, erschien der Roman also in dem zwar staatlichen, aber ausschließlich auf Kinder- und Jugendliteratur spezialisierten Verlag »Nasza Księgarnia« (Unser Buchladen) und wurde darüber hinaus – es war ein Akt bewußter »Verharmlosung«, der die Erscheinung überhaupt erst möglich machte – als Jugendbuch bezeichnet.

Im selben Jahr kam der Roman in deutscher Übersetzung heraus, doch nicht unter dem originaltreuen Titel *Den Schatten fangen* – so hieß erst die Diogenes-Ausgabe aus dem Jahre 1993 –, sondern als *Denn der Herbst kam zu früh.* Das Buch war die erste westdeutsche Ausgabe von Szczypiorskis Prosa. Sie ging auf das Engagement der Übersetzerin und Journalistin Anneliese Danka Spranger zurück, die damals zwei seiner Romane, *Den Schatten fangen* und *Und sie gingen an Emmaus vorbei* (später, wie bereits erwähnt, bei Diogenes als *Der Teufel im Graben* erschienen) ins Deutsche übertrug, in einem Band zusammenfaßte und in einer Startauflage von 3000 Exemplaren in dem eigens dafür gegründeten »Spranger Verlag« publizierte.

Im Herbst desselben Jahres kam Szczypiorski auf Einladung der Bundesregierung und durch Vermittlung der Deutsch-Polnischen Gesellschaft nach Deutschland. Bis dahin war er nur einem kleinen Kreis als Hörspielautor bekannt, nun hatte er die Gelegenheit, sich gleich in mehreren Städten als Prosaautor zu präsentieren: in Frankfurt, Hamburg und Düsseldorf, aber auch in Hof, Siegburg oder Heidenheim. Eine große Resonanz fanden seine Veranstaltungen freilich nicht – es kam vor, daß er nur zwanzig Zuhörern gegenübersaß. Dennoch hatten diese Abende, die manchmal mehrere Stunden dauerten, bereits jene ungezwungene Atmosphäre und hohe Temperatur, die später, in den Erfolgsjahren, Scharen von begeisterten Szczypiorski-Fans anlocken sollten. Mal weigerte er sich, aus seinem Buch zu lesen, und erzählte statt dessen aus seinem Leben, mal diskutierte er mit seinen wenigen Zuhörern über so grundsätzliche Themen wie die Verknüpfung von Ethik und Politik. Und die wenigen anwesenden Journalisten wunderten sich danach in ihren kurzen Pressenotizen über sein gutes Deutsch und die Sicherheit, mit der er diese Diskussionen meisterte.

Seine Ungezwungenheit kam nicht von ungefähr: Trotz der Einschränkung der Reisefreiheit war der Umgang mit deutschen Intellektuellen weder für ihn noch für andere Warschauer Schriftsteller ein Novum. Sie hatten sich längst daran gewöhnt, Gäste aus Deutschland zu empfangen und auch selbst bei deutschen Diplomaten und Journalisten, die in der polnischen Hauptstadt akkreditiert waren, ein- und auszugehen. Bei Winfried Lipscher etwa, dem engagierten Chefdolmetscher der BRD-Botschaft, oder bei Ludwig Zimmerer, dem Pionier der deutschen Berichterstattung. Vor allem Zimmerers Haus in der Dąbrowiecka-Straße zog scharenweise Journalisten, Literaten und Künstler an. Wegen des Charismas des Gastgebers, aber auch wegen seiner Schwäche für die polnische »naive« Kunst, die ihn im Laufe der Jahre zu einer stadtbekannten Persönlichkeit machte: Es begann mit einer kleinen Holzskulptur, die er einem Dorfschuster abgekauft hatte, die momentane Faszination wurde zu einem Hobby, »der Weg vom Hobby über die Leidenschaft zur Obsession ergab sich«, wie er einmal schrieb, »ganz von selbst«[10]. So hatte er die größte Sammlung polnischer Volkskunst zusammengetragen, die nach seiner eigenen Schätzung aus etwa achttausend Arbeiten bestand. Sein Haus quoll mit der Zeit über, und die zahlreichen Gäste bewegten sich zwischen all diesen »Madonnen« und »Christussen in Elend« wie auf einem Minenfeld.

Diese Art Geselligkeit sagte Szczypiorski am meisten zu. Selten hingegen besuchte er Theaterpremieren oder offizielle Bankette und Empfänge. Selbst in Kaffeehäusern, in denen die Warschauer Künstler und Literaten verkehrten, war er niemals regelmäßig anzutreffen. Und auch die Kaffeehäuser wollten ihn ihrerseits niemals richtig akzeptieren. Anfangs hatte er darunter gelitten, im Laufe der Zeit fand er sich aber damit ab. Offenbar war er zu seriös, zu wenig auf Posen und Clownerien bedacht, um sich in Künstlerkneipen zu Hause zu fühlen. »Nachdem eines Tages ein berühmter Schauspieler, die Zierde der polnischen Bühnen, seine Zigarette auf meinem Schnitzel ausgedrückt hatte, hörte ich auf, in den Lieblingslokalen der Warschauer Boheme zu verkehren«[11], schrieb er bereits Anfang der siebziger Jahre.

Nur ab und zu machte er eine Ausnahme. Etwa im Falle jenes Lokals, das, wenn es ums Kreieren literarischer Erfolge ging, jahrelang als besonders einflußreich galt: das bescheidene Café des Verlages »Czytelnik« in der Wiejska-Straße, in dem eine Gruppe um den Schriftsteller Tadeusz Konwicki ihren Stammtisch hatte. Konwicki selbst verkehrte dort seit 1957, einer Zeit also, in der er Dramaturg der Filmgesellschaft »Kadr« (Bildfolge) war und, statt die Drehbuchautoren und Filmemacher in seinem Büro zu empfangen, sich mit ihnen lieber in dem Café verabredete. Die zweite »Säule« dieser Gesellschaft, zu der mehrere Schriftsteller und Schauspieler sowie viele junge attraktive Damen gehörten, war Irena Szymańska, die legendäre Verlagslektorin, der oft nachgesagt wurde, sie sei in Wirklichkeit diejenige, die in der polnischen Literatur das Regiment führe.

Bei »Czytelnik« also schaute auch Andrzej Szczypiorski gelegentlich vorbei, zumal er mit manchem Stammgast, etwa dem Schauspieler Holoubek, seinem alten Weggefährten aus der Kattowitzer Zeit, befreundet war. Doch im großen und ganzen hielt er sich von solchen Formen des literarischen Lebens fern. Irgendwann, als er bereits älter war, sagte er zwar, wenn er »diesen ganzen Rummel« regelmäßig mitgemacht hätte, wäre der Erfolg viel früher gekommen, egal, wie es wirklich um sein Talent gestanden wäre. Doch der ironische Unterton dieser Bemerkung war nicht zu überhören.

Siebzehntes Kapitel

Rendezvous mit Jürgen Stroop

Im Jahre 1978 erschien im Düsseldorfer Droste-Verlag ein Buch, das den klangvollen Titel *Gespräche mit dem Henker* trug und aus der Feder eines unbekannten Polen namens Kazimierz Moczarski stammte. Der Text war mit einem langen Vorwort versehen, das Andrzej Szczypiorski geschrieben hatte und aus dem unter anderem hervorging, daß es sich bei den geschilderten Fakten um authentische Erlebnisse des Verfassers und um ein brisantes Stück der deutsch-polnischen Geschichte handelte.

Das Buch führte den Leser in die späten vierziger Jahre zurück, in denen nach der Einführung des kommunistischen Regimes eine gnadenlose Verfolgung aller potentiellen politischen Gegner eingesetzt hatte. Dies galt insbesondere für die Offiziere und Soldaten der sogenannten Heimatarmee (AK). Es zählte nicht, daß sie noch vor kurzem die aktivsten und tapfersten Kämpfer gegen den Naziterror gewesen waren – ab sofort galten sie als Feinde des Regimes, die mit allen Mitteln bekämpft werden sollten. In den ersten drei Nachkriegsjahren versuchte die kommunistische Regierung noch den Schein zu wahren und erlaubte es sogar, ein kleines Denkmal zu Ehren der Heimatarmee auf dem Militärfriedhof von Warschau zu errichten. Dann aber setzte ein Terror ein, der erst 1956, zu Beginn der »Tauwetter«-Periode, ein Ende nahm.

Tausende Mitglieder der Heimatarmee wurden in Gefängnisse geworfen oder – seit den Aufständen im 19. Jahrhundert eine bei der Teilungsmacht Rußland beliebte Praxis – nach Sibirien verschleppt. Willkürliche Verhaftungen, Prozesse, die unter Ausschluß der Öffentlichkeit stattfanden, und brutale Verhörmethoden waren an der Tagesordnung. Auf diese Weise trugen die kommunistischen Machthaber ungewollt zur Legende der Heimatarmee bei: Bis dahin hatte sie auf ihrem Einsatz im Warschauer Aufstand, der letzten großen Militäraktion der Polen im besetzten Land, basiert; nun ging sie auch auf die Verfolgung durch die eigene Regierung im neuen, »befreiten« Polen zurück.

Eines der ersten Opfer war der Jurist, Journalist und ehemalige Heimatarmee-Offizier Kazimierz Moczarski. Im August 1945 verhaftet und im Januar 1946 zu zehn Jahren Gefängnis verurteilt, wurde er bei den Verhören, die 1949 begannen und über zwei Jahre dauerten, den brutalsten Folterungen unterzogen. Man warf ihm Mord an polnischen Widerstandskämpfern – er war im Untergrund für die Aufspürung von Nazikollaborateuren zuständig – und Agententätigkeit für die Deutschen vor. Er sollte sich nicht nur schuldig bekennen, sondern auch seine Helfer, jene »Faschisten, Verräter und Gestapo-Agenten«[1], nennen, die in Wirklichkeit unter Einsatz ihres Lebens gegen den Feind gekämpft hatten.

Da seine Peiniger nicht imstande waren, seinen Widerstand zu brechen und ihm ein Schuldbekenntnis abzuzwingen, wurde er im Warschauer Mokotów-Gefängnis einer zusätzlichen Demütigung ausgesetzt: der gemeinsamen Haft mit dem SS-Gruppenführer und Generalmajor der Polizei Jürgen Stroop, der die Niederschlagung des Aufstands im Warschauer Ghetto (1943) und die Ermordung von Tausenden von Juden auf dem Gewissen hatte. Neun Monate teilten sich die beiden ungleichen Häftlinge die Zelle, doch auch die erzwungene Gemeinschaft mit einem der skrupellosesten Naziverbrecher war nicht imstande, Moczarskis Willen zu brechen. Im Gegenteil: Je mehr er über die Psyche des Deutschen erfuhr, desto besser lernte er die Denkmechanismen und Seelenregungen seiner eigenen Verfolger kennen. Aus seiner hoffnungslosen Situation konnte ihn dies zwar nicht befreien, manchmal machte es sie aber ein wenig erträglicher. Außerdem halfen ihm die Gespräche, wenigstens für kurze Momente das Gefängnisdasein zu vergessen.

Im Herbst 1952 schien es allerdings, als sollte Moczarski das Schicksal seines einstigen Zellengenossen, der im Frühjahr desselben Jahres hingerichtet worden war, teilen: Er wurde ebenfalls zum Tode verurteilt. Erst nach Stalins Tod (1953) konnten seine Anwälte die Umwandlung des Urteils in eine lebenslange Haftstrafe erwirken – und im Tauwetter-Jahr 1956 endlich seine Freilassung. Seinen Patriotismus und seine Tapferkeit im Kampf gegen den deutschen Okkupanten hatte er mit einer fast elfjährigen Haftzeit bezahlen müssen.

Das Ergebnis der gemeinsam mit Stroop verbrachten neun Monate war das Buch *Gespräche mit dem Henker*, mit dessen Niederschrift Moczarski zwar erst 1971 begann, das die Unterhaltungen der einstigen Zellengenossen aber dennoch mit einer geradezu stenographischen Exaktheit wiedergab. Vermutlich wäre es zu der Entstehung des Manuskriptes gar nicht gekommen, hätte der Autor in den späten sechziger Jahren nicht Andrzej Szczypiorski kennengelernt. Zu der Begegnung kam es in der Redaktion der *Polityka*, der Szczypiorski seit 1965 angehörte und die Moczarski, der seinerseits als Redakteur der Zeitschrift *Problemy Alkoholizmu* (Probleme des Alkoholismus) tätig war, hin und wieder besuchte. Die Bekanntschaft verwandelte sich bald in eine tiefe Freundschaft.

Etwa im Jahre 1969 fing Moczarski an, von seinen Erlebnissen zu erzählen, und er tat es mit einer solchen Präzision und Lebendigkeit, daß Szczypiorski beschloß, seinen Freund zur Niederschrift der Erinnerungen zu überreden und für deren Veröffentlichung zu sorgen. Der Plan gelang: Seit April 1972 erschienen sie in Fortsetzungen in der Breslauer Monatszeitschrift *Odra*, dessen Redaktionsmitglied Szczypiorski zu jenem Zeitpunkt war; als nächstes sollte eine Buchausgabe folgen. Das Manuskript wurde im Warschauer Verlag PIW hinterlegt, dessen Publizierung erlebte Moczarski aber nicht mehr: Er starb im Herbst 1975.

Andrzej Szczypiorski war nicht nur derjenige, der den Abdruck der *Gespräche* in der *Odra* ermöglichte, sondern auch Autor eines Vorworts, das zusammen mit der ersten Folge erschien. Auf eine Passage mußte er allerdings laut Beschluß der Zensur verzichten: auf jene nämlich, in der die Rehabilitierungsbegründung des Gerichts aus dem Jahre 1956 zitiert wurde. »Das Wojewodschaftsgericht«, hieß es darin, »erachtet es als seine Pflicht zu erklären, daß das nach neuerlicher Beweisaufnahme durchgeführte Berufungsverfahren im vorliegenden Fall nicht nur die Grundlosigkeit, Künstlichkeit und tendenziöse Ausrichtung der Anklage erwiesen hat, was bereits der Vertreter der Generalstaatsanwaltschaft der Volksrepublik Polen zum Ausdruck brachte, als er die Anklage fallenließ.«[2] Das Verfahren habe außerdem bewiesen, daß die Ehre und der Name der polnischen Untergrundarmee, die sich in ihrer überwältigenden Mehrheit auf keine Zusammenarbeit mit dem Feind eingelassen habe und die Kazimierz Moczarski sowohl während seiner Tätigkeit in der Widerstandsbewegung als auch während der langjährigen Haftzeit mit achtungsgebietender Hartnäckigkeit und Tapferkeit verteidigt habe, während dieser Verhandlung voll wiederhergestellt worden seien.

Zum Ärgernis der polnischen Behörden zitierte Szczypiorski diese Begründung in vollem Umfang in seinem Vorwort zur deutschen Ausgabe. Was aber viel schlimmer war: Er schrieb darin auch die Wahrheit über einige heikle Fakten aus der neuesten polnischen Geschichte. Etwa über den berüchtigten Mord von Katyń, der im April 1943 entdeckt worden war. Obwohl die Polen von Anfang an wußten, daß die Erschießung von viertausend polnischen Offizieren ein Werk der Sowjets gewesen war, wurde die Tat nach dem Krieg jahrzehntelang offiziell den Deutschen zugeschrieben. Erst nach der Wende von 1989 wurde eine polnisch-russische Historikerkommission ins Leben gerufen, die den Ereignissen in Katyń auf den Grund ging. Um so weniger fand es im Jahre 1978 die Zustimmung der kommunistischen Machthaber, daß ein polnischer Autor in einem auf deutsch erschienenen Buch verkündete: »Trotz des fortschreitenden Krieges und ungeachtet der Tatsache, daß die Gräber der erschossenen polnischen Offiziere bei Smolensk von Deutschen entdeckt worden waren, zweifelte die Mehrheit der Polen keineswegs daran, daß für diese Verbrechen nicht Hitler, sondern Stalin, nicht die Gestapo, sondern die sowjetische Geheimpolizei verantwortlich war.«[3]

Mit ähnlicher Direktheit umschrieb Szczypiorski die Folgen des deutsch-sowjetischen Nichtangriffspakts, der – im August 1939 von Ribbentrop und Molotow unterzeichnet – Polen abermals ihrer Souveränität beraubte: »In Erfüllung dieses Paktes marschierten die sowjetischen Truppen ohne vorherige Kriegserklärung am 17. September in Polen ein und machten es den polnischen Armeen unmöglich, sich gegen die von Westen angreifenden Deutschen zu verteidigen. So kam es zur tragischen Teilung Polens zwischen Deutschen und Russen – der vierten in seiner Geschichte.«[4] Und ebensowenig zimperlich ging er mit der Einführung des kommunistischen Systems nach dem Krieg um: »In den ersten Monaten des Jahres 1945 hatten wir die Hölle der Hitlerzeit überstanden; nun erwarteten uns die Schrecken stalinistischer Tyrannei.«[5] Zunächst habe die Rote Armee während des Aufstands von 1944 tatenlos dem schrecklichen Sterben Warschaus zugesehen; und schließlich sei eine kommunistische polnische Regierung von Stalins Gnaden eingesetzt worden, die »damals von niemandem in Polen als rechtmäßig angesehen wurde«[6]. Die Bevölkerung habe der legalen Regierung in London die Treue gehalten.

Er sparte auch nicht mit Seitenhieben auf die Gegenwart, auf jene »blühende, heile Welt« der späten siebziger Jahre, »in der alle zufrieden sein sollen«[7], die in Wirklichkeit aber jeden Augenblick zusammenzubrechen drohte (und zwei Jahre später, mit der Entstehung der »Solidarność«-Bewegung, auch tatsächlich zusammenbrach). »Wehe dem, der auch nur einen Hauch von Unzufriedenheit zu äußern wagt!«[8], höhnte er. Es stimme zwar, daß politische Urteile mittlerweile zu den Ausnahmen zählen, daß sie breit diskutiert und lebhafte Proteste hervorrufen würden. Doch vorübergehende Verhaftungen, Hausdurchsuchungen und die Beschlagnahme von Büchern,

Manuskripten und Briefen seien immer noch an der Tagesordnung. Ebenso eine Entlassung oder ein Berufsverbot. Auch verleumderische Presseangriffe, auf die man nicht antworten könne, weil außer der staatlich kontrollierten keine andere Presse existiere.

Daß die Veröffentlichung des deutschen Vorworts sein ohnehin schon gespanntes Verhältnis mit den kommunistischen Behörden weiterhin verschlechtern würde, war Szczypiorski durchaus bewußt. Mehr noch, er hatte, wie er 1990 in der Tageszeitung *Rzeczpospolita* (Republik) schrieb, das starke Bedürfnis, seinen Flirt mit dem Regime ein für alle Male zu beenden: »Mitte der siebziger Jahre hatte ich endgültig die Geduld zu weiteren Kompromissen und Kämpfen mit der Zensur verloren. Über meine Zukunft entschied das Vorwort zu Kazimierz Moczarskis Buch *Gespräche mit dem Henker.*«[9] Er habe darin Sachen geschrieben, die aus der Perspektive des Jahres 1990 völlig banal erscheinen würden, damals jedoch sei dies einem Erdbeben gleichgekommen.

In der Tat überschlug sich die polnische Presse in Attacken auf Szczypiorski, zumal die *Gespräche* eine sehr starke Resonanz in Deutschland gefunden hatten. So schrieb die Tageszeitung *Życie Warszawy* (Warschaus Leben) in ihrer vernichtenden Besprechung einer Düsseldorfer Theateraufführung, die auf Moczarskis Buch basierte, Szczypiorski habe die Bühnenfassung initiiert und die deutsche Buchausgabe mit einem »schandhaften und verleumderischen« Vorwort voller »antipolnischer Lügen«[10] versehen. Und in der Soldatenzeitung *Żołnierz Wolności* (Soldat der Freiheit) mahnte ein empörtes Autoren-Duo: »Vergessen wir nicht, wer in der BDR Andrzej Szczypiorskis Text lesen wird. Es werden ihn ehemalige Schergen Hitlers lesen sowie diejenigen, die eine verbrecherische Zusammenarbeit mit dem Hitler-Regime auf ihrem Gewissen haben und sich dessen gar nicht schämen. Auch diejenigen, die das Dritte Reich insgeheim glorifizieren, sowie erklärte Neonazis, die wieder in aller Offenheit Armbinden mit dem Hakenkreuz anlegen.«[11]

Das fatale Vorwort, ereiferten sich ferner die beiden Journalisten, würden auch Menschen lesen, die sich der braunen Vergangenheit schämen und diese Zeit am liebsten mit dem Vorhang der Vergessenheit verdecken und aus ihrem Gedächtnis tilgen würden. Da dies aber nicht möglich sei, würden sie wenigstens versuchen, der Wahrheit über die Hitler-Zeit etwas von ihrer Schärfe zu nehmen. Eines der Mittel, mit denen sie es erreichen könnten, dürfte dieses Vorwort sein, in dem Andrzej Szczypiorski weniger seinem Haß auf die deutschen Verfolger des eigenen Volkes als auf das politische System der eigenen Heimat freien Lauf lasse. Auf diese Weise erleichtere er, bewußt oder nicht, die Rehabilitierung der Verbrecher und unterstütze eine Gruppe von Menschen, die jeglicher moralischer Skrupel beraubt seien.

Die Attacken der Medien waren um so heftiger, als Szczypiorski, statt Reue zu zeigen, noch im selben Jahr 1978 nach London fuhr – das nach wie vor Sitz der polnischen Exilregierung und als solcher dem kommunistischen System besonders verhaßt war – und in den dortigen Emigrantenkreisen scharf das Regime angriff. In diesem Moment muß es den heimatlichen Behörden – falls sie es bis dahin noch nicht begriffen hatten – endgültig klar geworden sein, daß sie mit seiner Loyalität künftig nicht mehr rechnen konnten. Vermutlich war auch dies der Grund, warum sein Vorwort weitere Konsequenzen hatte, die er Jahre später mit der lakonischen Feststellung umschrieb: »Ich hatte den Text im Ausland veröffentlicht, woraufhin man mir jedes offizielle Publizieren in Polen unmöglich machte. Von nun an war ich ein Autor des ›zweiten Umlaufs‹.«[12]

Von literarischen »Umläufen« begann man im Jahre 1976 zu sprechen, als nach der Gründung des »Komitees zur Verteidigung der Arbeiter« (KOR) jener Prozeß einsetzte, der für das literarische Leben der nächsten Jahre symptomatisch werden sollte: die Entstehung von illegalen Verlagen und Zeitschriften. Die im Untergrund erscheinenden Titel hatten zwar minimale Auflagen, ihr Vertrieb war mit gewissen Risiken verbunden, was ihren Lesern den Nimbus des Eingeweihtseins verlieh, aber sie waren da, nahmen an Ausmaß und Bedeutung zu, signalisierten echte literarische Bedürfnisse. Bald wurden die Untergrundverlage zum festen Bestandteil der polnischen Literaturszene, so daß immer öfter von drei »Umläufen« die Rede war. Damit war die offizielle, die im Untergrund und die im Exil erscheinende Literatur gemeint, wobei es oft zu Überlappungen kam. Die unabhängigen Verlage waren nämlich ein Forum für jene Autoren, die außerhalb der Zensur publizieren wollten bzw. mußten, aber auch für viele, oft kaum bekannte Exilschriftsteller. Nun war unter den »Illegalen« auch der Name »Andrzej Szczypiorski« zu finden.

Obwohl dadurch seine Situation noch schwieriger wurde, lag ihm jede Wehleidigkeit und Depressivität fern – ein Charakterzug, der sich in den nächsten Jahren noch mehrmals bemerkbar machen sollte. Ein langjähriger Freund, der Wiener Autor Adolf Holl, erinnert sich an zwei symptomatische Situationen aus jener Zeit: ein gemeinsames Abendessen in einem der damals wenigen Warschauer Restaurants gehobener Kategorie, bei dem Szczypiorski gute Laune verströmte und sowohl den kulinarischen als auch den gesellschaftlichen Teil in vollen Zügen genoß. Und an einen Abend in seinem eigenen Haus in Wien: Es war bei einem der »Jours fixes«, die Holl in den siebziger Jahren veranstaltete.

Seine sonstigen Gäste waren linke Wiener Intellektuelle, die in Klagen und Schimpftiraden wetteiferten: über die Zeitschrift *Profil*, in der sie nur unter Pseudonym publizieren durften, über den Intendanten des Österreichischen Rundfunks, der keine Beiträge von ihnen wollte, über den Direktor des Burgtheaters, der ihre Stücke ablehnte. Und unter ihnen saß ein polnischer Intellektueller, der von den Behörden im eigenen Land schikaniert wurde und der darüber hinaus in seiner Vergangenheit jede denkbare Form der physischen Verfolgung erfahren hatte. Dennoch schien er von allen Anwesenden der am meisten Zufriedene zu sein. Dies, obwohl er, so Holls weitere Beobachtung, von den Mißständen in Polen immer unter Anfügung des Wortes »selbstverständlich« erzählte – als ob er mit der Verbesserung der Situation nicht im geringsten rechnen würde.

Achtzehntes Kapitel

Eine Nation probt den Aufstand

»Habemus Papam!« Noch nie hat dieser traditionelle Spruch bei den polnischen Katholiken eine solche Begeisterung ausgelöst wie im Jahre 1978. Diesmal war er aber auch mit einer Situation gleichzusetzen, die an ein Wunder grenzte: Zum neuen Papst war der Krakauer Kardinal, Karol Wojtyła, gewählt worden. Weniger begeistert darüber waren freilich die kommunistischen Behörden. Die Beziehungen zwischen Staat und Kirche hatten sich in den davorliegenden Jahren zwar recht harmonisch gestaltet. Es gab hin und wieder eine Auseinandersetzung, mal wegen eines zu scharf formulierten Briefes des Episkopats an die Gläubigen, mal wegen des Baus einer neuen Kirche, doch im großen und ganzen bemühten sich beide Seiten um ein friedliches Nebeneinander. Die Wahl des polnischen Erzbischofs zum Oberhaupt der katholischen Kirche versetzte die Partei aber in regelrechte Panik. Es war, als ob die seit Jahrzehnten von ihr gesteuerte Situation plötzlich außer Kontrolle geraten sei.

Dieser Eindruck war insofern berechtigt, als die große Mehrheit der Polen sich durch diese Wahl nicht nur in ihren religiösen Gefühlen, sondern auch in ihren politischen Hoffnungen bestärkt fühlte. Vor allem die polnischen Eliten ahnten, daß die Entscheidung für einen osteuropäischen Kardinal, der darüber hinaus als ein bekennender Antikommunist, ein Intellektueller höchsten Ranges und eine charismatische Persönlichkeit galt, eine bewußte Wahl war, die der Weltpolitik eine neue Richtung geben sollte. Bald bekamen die Polen auch die Gelegenheit, dem neuen Oberhaupt der katholischen Kirche das Ausmaß ihrer Erwartungen zu demonstrieren: Im Juni 1979 kam Johannes Paul II. erstmals seit seiner Wahl nach Polen, wo er von Millionen begeisterter Landsleute empfangen wurde. Allein durch sein Kommen fühlten sich die Polen in ihrer antikommunistischen Haltung bestärkt, und die Angst, die bis dahin noch vielen im Nacken gesessen hatte, war plötzlich nicht mehr da: Ein polnischer »Heiliger Vater« war ein deutliches Zeichen, daß Gott mit ihnen, dem polnischen Volk, war.

Die Folgen dieser neuen Furchtlosigkeit ließen nicht lange auf sich warten: Ein Jahr später brach die »Solidarność«-Bewegung aus. Vorausgegangen waren eine tiefe Wirtschaftkrise und eine daraus resultierende Zuspitzung der Konfrontation zwischen Arbeitern und Regierung, die schließlich im Sommer 1980 in einer Streikwelle gipfelte. Die Situation der Streikenden war insofern anders als in den früheren Jahren, als ihre Interessen diesmal weitgehend vom »Komitee zur Verteidigung der Arbeiter« (KOR) vertreten wurden. Und auch das politische Bewußtsein der Arbeiter, zumal an der Ostseeküste, war ein anderes, seitdem es das illegale, 1978 entstandene »Gründungskomitee freier Gewerkschaften für das Küstengebiet« und dessen Organ, die Zeitung *Robotnik Wybrzeża* (Der Arbeiter des Küstengebiets), gab.

Eines der Mitglieder dieses Komitees war Lech Wałęsa, ein Elektromonteur von der Danziger Werft, der bereits zu den Anführern der Unruhen von 1970 gehört hatte. Auch diesmal schloß er sich den Streiks auf dem Werftgelände an, obwohl er offiziell der Belegschaft seit einem halben Jahr nicht mehr angehörte: Im Februar 1980 war er aufgrund seiner politischen Aktivitäten entlassen worden. Er stieß zu den Streikenden am 14. August, zwei Tage später bildete sich ein »Überbetriebliches Streikkomitee«, das die Forderungen der Arbeiter, die längst politischer Natur geworden waren, in Form eines 21-Punkte-Katalogs vorlegte. Unterstützt durch landesweite Solidaritätsstreiks, forderte es unter anderem das Recht auf Streik, die Aufhebung der Zensur und die Zulassung freier Gewerkschaften.

Angesichts der Heftigkeit der Proteste blieb der Regierung nichts anderes übrig, als einen Konsens mit den Arbeitern zu suchen. Ende August kam eine Regierungsdelegation mit dem stellvertretenden Premierminister Mieczysław Jagielski nach Danzig, um Verhandlungen mit dem »Streikkomitee« aufzunehmen. An der Spitze der Arbeiterdelegation stand Lech Wałęsa. Am 31. August unterzeichneten beide Seite das sogenannte »Danziger Abkommen«, das den Streikenden im großen und ganzen die Erfüllung ihrer Forderungen zusicherte. Am 17. September wurde die Gründung der Gewerkschaft »Solidarność« beschlossen, zu ihrem Vorsitzenden der mittlerweile zum Helden der Nation aufgestiegene Wałęsa gewählt. Die neue Organisation, die am 10. November offiziell als die »Unabhängige, Sich selbst Verwaltende Gewerkschaft Solidarität« (NSZZ »Solidarność« – Niezależny Samorządny Związek Zawodowy »Solidarność«) registriert wurde, fand sofort einen enormen Zulauf und zählte schon nach kurzer Zeit über zehn Millionen Mitglieder.

Wie die meisten regimekritischen Intellektuellen ließ sich auch Andrzej Szczypiorski vom allgemeinen freiheitlichen Fieber anstecken und legte ein verstärktes politisches Engagement an den Tag. Vielen seiner Schriftstellerkollegen fiel er erst in diesem denkwürdigen »Solidarność-Jahr« als ein temperamentvoller, mitreißender Redner auf. »Ich kann mich erinnern«, notierte Jahre später der Literaturkritiker Jan Pieszczachowicz, »wie ich im Dezember 1980 bei den Versammlungen des Schriftstellerverbandes in Kattowitz und Warschau, die ich als Vorsitzender der Krakauer Abteilung mitleitete, von nervösen Parteifunktionären gefragt wurde, ob dieser schreckliche Szczypiorski womöglich schon wieder reden würde. Sie wurden nicht enttäuscht: Er tat es.«[1] Und da er zugleich zahlreiche kritische Artikel und flammende Aufrufe verfaßte, wurde er auch vielen in der Bevölkerung erst zu diesem Zeitpunkt ein Begriff.

Er engagierte sich vor allem im Kampf gegen die Zensur, und seine Bemühungen nahmen schließlich auch eine institutionelle Form an: Im Dezember 1980 wurde er zum Vorsitzenden eines Komitees gewählt, das im Namen von 30 Fachverbänden mit der Regierung über das neue, später auch beschlossene Zensurgesetz verhandelte. Doch dies war nicht die einzige Aufgabe, die es sich stellte: Es wollte generell das geistige Leben in Polen mitgestalten und für alle wichtigen strategischen Entscheidungen im Bereich der Kultur mitverantwortlich sein. So versuchte es beispielsweise den rigorosen Sparkurs der Regierung in der Kulturpolitik zu bremsen – dazu hatte es einen »Bericht über den Zustand der Nationalkultur« ausgearbeitet – und der Krise entgegenzuwirken, in der sich der polnische Literaturbetrieb befand.

Die Partei ergriff ihrerseits jede Gelegenheit, den so selbstbewußt gewordenen Intellektuellen zu zeigen, wer im Lande das Sagen hatte. Eine solche »Zurechtweisung« erhielt unter anderem auch der Polnische Schriftstellerverband, als er sich auf seine nächsten Vorstandswahlen vorbereitete. Die Behörden bestanden darauf, die Wahlen am 30. Dezember 1980 stattfinden zu lassen. Aus gutem Grund: An diesem Tag, so ihre Hoffnung, würden sich die meisten Nichtkommunisten in den Weihnachtsferien befinden, und die regimetreuen Verbandsmitglieder hätten freie Hand, die Wahlen nach ihrer Vorstellung zu gestalten. Zudem setzten sie eine Menge Gerüchte in Umlauf, die der Einschüchterung der Schriftsteller dienen sollten. So drohten sie unter anderem damit, dem Verband ihre schützende Hand zu entziehen, falls die Herren Schriftsteller tatsächlich darauf bestehen sollten, einen unabhängigen Vorstand zu wählen. Sie würden künftig keine Verlage und keine Druckereien finden, keine Sendetermine im Funk und Fernsehen bekommen und keine Zeitungsaufträge erhalten. Die Rechnung ging jedoch nicht auf: Die »Herren Schriftsteller« (unter ihnen auch Szczypiorski) ließen sich nicht einschüchtern, erschienen vollzählig zu dem besagten Termin und wählten einen 18köpfigen Vorstand, dem nur vier Parteimitglieder angehörten.

Doch solche Kraftproben spielten ohnehin keine Rolle

mehr. Denn nach dem heißen »Solidarność-Sommer«, in dem sich zu dem lange unterdrückten Nachholbedürfnis die erkämpfte Lockerung der Zensur gesellte, begann in der polnischen Literatur eine Lawine zu rollen, deren Kraft sich auch die Partei nicht mehr entgegenstemmen konnte. Unzählige neue unabhängige Verlage und Zeitschriften schossen aus dem Untergrund, die bis dahin oft kaum bekannten Exilschriftsteller wurden in der »legalen« Presse interviewt, zitiert, wohlwollend besprochen, staatliche Verlage machten in Richtung verpönter Autoren eine Versöhnungsgeste nach der anderen: Bücher, die bis dahin gar nicht erscheinen durften, wurden von der Zensur freigegeben, solche, die wegen finanzieller und drucktechnischer Schwierigkeiten seit langem auf einer Warteliste standen, kamen jetzt in die Druckereien. Beides führte oft zu ungewollten Rivalitäten unter den Schriftstellern.

Auch Andrzej Szczypiorski befand sich damals in einer heiklen Lage: Im Jahre 1980 sollte im Warschauer Verlag »Czytelnik« sein Roman *Drei Männer in sehr langer Reise* erscheinen, der zwei Jahre lang mit Publikationsverbot belegt gewesen war. Gleichzeitig stellte man ihm in Aussicht, so schnell wie möglich eine Neuauflage von *Eine Messe für die Stadt Arras* und darüber hinaus sein neuestes Buch auf den Markt zu bringen. Er empfand dieses plötzliche Zuvorkommen als eine angenehme, aber auch leicht peinliche Situation: Es war ihm klar, daß einer der führenden staatlichen Verlage angesichts der Probleme, mit denen die Druckindustrie kämpfte, und der Erwartungen vieler Autoren, die ebenfalls ihre Bücher gedruckt sehen wollten, nicht innerhalb eines halben Jahres drei Titel von ihm herausbringen konnte. Daß die gute Konjunktur nicht ewig anhalten würde, war ihm allerdings auch bewußt.

Vielleicht beruhigte ein wenig sein Gewissen, daß *Drei Männer in sehr langer Reise*, mit dem er seine Rückkehr in den offiziellen literarischen »Umlauf« feiern sollte, keinen enthusiastischen Empfang fand. Die Handlung, die an Bord eines entführten Flugzeugs spielt, wirkt in der Tat etwas künstlich, konstruiert. Titelhelden sind zwei Passagiere – ein Mann, der den Krieg erlebt hat, und ein Junge, der für die Nachkriegsgeneration steht – sowie einer der Entführer, dessen Weltsicht von einem geradezu bilderbuchartigen Nihilismus geprägt ist: Gott existiere nicht, es gebe keine moralischen Werte mehr, und er sei – aus Haß und Verzweiflung – zu allem bereit. Jeder der drei Männer führt einen inneren Monolog, in dem er auf eigene Erlebnisse und Erfahrungen zurückblickt. So vermischen sich die Erinnerungen an die Okkupationsjahre mit Reflexionen über die Realität der siebziger Jahre, über menschliche Natur, moderne Zivilisation, Freiheit, Krieg, die westlichen Demokratien und die Mechanismen des Terrors. Das einzige, was die drei Protagonisten bei allen Alters- und Anschauungsunterschieden verbindet, ist der Zustand einer permanenten inneren Rebellion. Alles, was sie bis jetzt erlebt haben, empfinden sie als Grund zur Enttäuschung, gar Verbitterung.

Das eigentliche Thema des Buches ist nämlich die Ratlosigkeit des einzelnen angesichts der Übermacht der Geschichte, zumal Szczypiorski keinen Zweifel aufkommen läßt, daß die von ihm konstruierte Situation einen symbolischen Charakter hat, daß sie als Metapher der menschlichen Kondition zu verstehen ist. All das hinterläßt einen äußerst pessimistischen, nahezu apokalyptischen Eindruck, was wohl mit schuld daran war, daß der Roman, der zu dem allgemein herrschenden Solidarność-Optimismus so gar nicht paßte, ohne Begeisterung aufgenommen wurde. Die Kritik beanstandete seine Eindimensionalität, den illustrativen Charakter der Figuren und das starke Ungleichgewicht zwischen der puren Erzähllust und dem Wunsch, bestimmte Thesen an den Leser zu bringen.

Als wollte er solchen und ähnlichen kritischen Stimmen entgegenwirken, ließ Szczypiorski selbst gern skeptische Äußerungen über die damals erscheinende Literatur fallen. Über Werke etwa, die bis dahin nicht publiziert werden durften, sagte er einmal, es gebe darunter auch Bücher, die, oft auf persönlichen Erfahrungen des Autors basierend, nicht immer die gesellschaftliche Realität in Polen widerspiegeln würden.

Sie seien nicht authentisch, weil das Prisma des Autors oft durch seine eigenen Niederlagen, Enttäuschungen oder unerfüllten Wünsche bestimmt worden sei. Er merkte auch gleich an, er wisse sehr wohl, daß dies nicht der gängigen Meinung entspreche. Diese besage nämlich, »daß die offizielle Literatur immer Unrecht hatte, weil sie Unrecht haben mußte, während die Literatur, die unerwünscht oder sogar mit administrativen Mitteln verfolgt war, grundsätzlich recht hatte«.[2] Er würde liebend gern dieser Einteilung zustimmen, könne aber nicht, weil sie einfach falsch und darüber hinaus künstlich sei.

Was er damit sagen wollte, war, daß allein die Tatsache, daß ein Schriftsteller nicht publizieren durfte, noch nicht automatisch bedeutete, er stünde politisch »auf der richtigen Seite«. Denn wenn es so wäre, so Szczypiorskis weitere Argumentation, dann müsse man auch sagen, daß alle, die mit keinem Publikationsverbot belegt gewesen seien, die Verantwortung für das Geschehene tragen würden. Und das wäre doch auch ein Unsinn. Man solle nicht aus den Sünden unserer Gegner unsere Tugenden machen. Er sei zwar dafür, »daß heute geurteilt wird, und zwar mit aller Entschiedenheit und Strenge, aber über konkrete Menschen und konkrete Angelegenheiten. Übrigens wird sowieso irgendwann die Geschichte über sie urteilen. Sie wird über uns alle urteilen, auch darüber, was von uns übrigbleibt.«[3]

Wie sich zum Staunen der polnischen Literatenszene bald herausstellte, brauchte sich wegen des künftigen Urteils der Geschichte am wenigsten ein kaum bekannter Exilschriftsteller Sorgen zu machen: der Dichter, Essayist und Berkeley-Professor Czesław Miłosz, den die Schwedische Akademie mit dem Nobelpreis 1980 bedachte. Es war eine Entscheidung, die in den Augen der überwiegenden Mehrheit seiner Zeitgenossen einen stark politischen Charakter hatte. Und auch in der Begründung der Jury hieß es unter anderem, in Miłosz' Poesie finde sich ein leidenschaftliches Streben, uns bewußt zu machen, daß das Böse und die Zerstörung Kräfte seien, gegen die es zu kämpfen gelte. Ein anderer Satz besagte, er erhalte den

Preis, weil er mit kompromißlosem Scharfblick der exponierten Situation des Menschen in einer Welt von schweren Konflikten Ausdruck verleihe. Wer wollte, konnte diesen Formulierungen einen universellen Sinn abgewinnen – angesichts der politischen Lage in Polen fiel dies aber den meisten schwer.

Die Verleihung des Nobelpreises an Miłosz war ein Ereignis, das die Kulturszene Polens erneut aufwallen ließ. Einerseits freute man sich über den Erfolg des großen Landsmanns aus Kalifornien, dessen Werk der gängigen Meinung von der Unverständlichkeit der polnischen Literatur hohnsprach, andererseits fühlte man sich dadurch ermutigt, nun ganz laut die Anerkennung der Exilliteratur und die Zusammenführung aller drei literarischen »Umläufe« zu fordern. Der wichtigste Literaturpreis der Welt für einen polnischen Exildichter, dazu auch noch einen, der seinerzeit freiwillig aus dem diplomatischen Dienst seines Landes ausgeschieden und zum »feindlichen Lager« übergelaufen war, hatte nämlich bei allem Glanz einen kuriosen Beiklang: Der Weg, der damit frei wurde, führte nicht, wie im Falle seiner Nobelpreis-Vorgänger Henryk Sienkiewicz und Władysław Stanisław Reymont, über die Grenzen Polens hinaus, sondern umgekehrt, erst der Nobelpreis bewirkte, daß der große Abwesende prompt zum König der polnischen Dichter gekrönt wurde. Die Kenner seines Werks empfanden dies als stille Genugtuung, die Schriftstellerkollegen als Grund zum Neid, und die offiziellen Kulturbehörden als Zwang zu heuchlerischen Willkommensgesten – ein Mechanismus, den auch Andrzej Szczypiorski Jahre später kennenlernen sollte.

So konnte Miłosz im Jahre 1981 erstmals seit dreißig Jahren wieder polnischen Boden betreten. Er war aus dem fernen Kalifornien in die alte Heimat gekommen, und wo immer er auftauchte, jubelten ihm seine im Solidarność-Fieber lebenden Landsleute zu: in Danzig, wo er sich neben Lech Wałęsa von der Arbeiterschaft feiern ließ, in Lublin, wo ihm der Ehrendoktortitel der Katholischen Universität verliehen wurde, oder in Krakau, der alten Königsstadt, die ihn am meisten an

Wilna, die Stadt seiner Jugend, erinnerte. »Ich bin also hierher zurückgekehrt, aus den Metropolen / in die kleine Stadt im Kessel unter dem Domhügel / mit den Königsgrüften. Auf den Markt unter dem Turm, / von dem herab die lauthalse Trompetenstimme den Mittag verkündet, / Abreißt, weil wieder ein Tatarenpfeil den Trompeter durchbohrt«[4], hielt er später diese Zeit in einem Gedicht fest, das den schlichten Titel *Rückkehr nach Krakau im Jahre 1980* trug.

Zu politischen Aussagen ließ er sich während dieses Besuchs nicht mißbrauchen, weder im Sinne eines privaten »Revanchismus« noch eines polnischen Nationalismus. Vor letzterem warnte er sogar, wohl wissend, daß jedes seiner Worte von den kommunistischen Behörden aufmerksam registriert wurde. So lautete der Tenor seiner offiziellen Äußerungen, die polnische Nation müsse die freigewordene kollektive Energie kultivieren und richtig einsetzen. In dieser eleganten Form verlieh der einstige Diplomat seiner Hoffnung Ausdruck, daß die Vernunft, die, wie er in einem Gedicht schrieb, »uns gemeinsam den Haushalt der Welt verwalten läßt«[5], seine Landsleute nicht so schnell wieder verlassen werde.

Mag sein, daß die polnische Geschichte ohne die Wahl von Karol Wojtyła zum Oberhaupt der katholischen Kirche und den Nobelpreis für Czesław Miłosz ganz anders verlaufen wäre. Die Jahre davor waren eine weitere Zeitspanne, die von Kampf, Entbehrungen und Hoffnung gezeichnet war, eine, in dem mancher nationale Mythos zerstört und die Geduld der Polen auf eine harte Probe gestellt wurde. Für neue Erhebungen hätte ihre kollektive Kraft also möglicherweise nicht gereicht. Doch diese zwei Ereignisse waren für sie ein deutliches Signal, daß die beiden Quellen, aus denen ihr Nationalbewußtsein seit über hundert Jahren schöpfte – Religion und Literatur – nicht versiegt waren, und daß die Zeit der neuen Taten gekommen war. Dies mag reichlich pathetisch und unzeitgemäß klingen. Die polnische Nation hatte aber nun mal die gesamte Kriegs- und Nachkriegszeit über in der Vergangenheit und durch die Vergangenheit gelebt – jetzt griff sie auf jenes

Reservoir an Reflexen und Assoziationen zurück, das dieser Umstand mit sich brachte.

Die Frage, warum es so war, mußte Czesław Miłosz in den späteren Jahren oft beantworten. Er äußerte sich dann meistens recht lakonisch. Etwa, indem er verkündete: »Ein polnischer Dichter muß die große Anstrengung auf sich nehmen, die ganze, noch in der Sprache spürbar vorhandene Sorge um das Schicksal seines Landes, das zwischen zwei Großmächten eingekeilt ist, zu bewältigen. Dadurch unterscheidet er sich von Dichtern, die in einer glücklicheren Sprache schreiben.«[6] Andrzej Szczypiorski hingegen, dem in den Jahren seines internationalen Erfolgs diese Frage ebenfalls oft gestellt wurde, tat es gern etwas ausführlicher:

Er erklärte in solchen Situationen nicht ohne Stolz, daß nirgendwo in der Welt die Literatur eine so wichtige öffentliche Rolle spiele wie in seinem Land. Und dann setzte er zu einem längeren Vortrag an, in dem er seine Zuhörer wissen ließ, daß die Polen ein Volk seien, das sich während des gesamten 19. Jahrhunderts ohne einen eigenen Staat und ohne eigene Institutionen des Gemeinschaftslebens habe entwickeln müssen, und daß die Literatur folglich eine Art Ersatzrolle gespielt habe. Ihr habe die Nation die Verhaltensmuster entnommen, durch sie ihre Identität gefestigt. Wenn er irgendwann abschließend erklärte, daß die Schriftsteller in Polen Staatsbürger besonderer Art seien, zweifelte niemand mehr daran, daß er aus eigener Erfahrung sprach. Und daß er damit nicht zuletzt jene heißen »Solidarność«-Monate meinte.

Neunzehntes Kapitel

Gefangener des Generals

»Eines ist wohl sicher: Eine pluralistische Gesellschaft paßt nicht in monopolistische Strukturen, und da es nicht möglich ist, die Gesellschaft auszuwechseln, muß man so schnell wie möglich die Strukturen ändern.«[1] Dies war nicht der einzige politisch provokante Satz, den Andrzej Szczypiorski an jenem fatalen 12. Dezember 1981 im Warschauer Dramatischen Theater von sich gab. Im Gegenteil, seine Rede lebte geradezu von politischer Provokation. Dennoch wußte er, daß er mit der Zustimmung seines Publikums rechnen konnte: Im Zuschauerraum saß die gesamte Elite der polnischen Kultur, und der Grund, aus dem sie sich versammelt hatte, war nichts anderes als der Wunsch, die Strukturen der gesellschaftlichen Existenz zu ändern.

Der Rahmen, in dem Szczypiorski seinen Auftritt hatte, war nämlich der erste »Kongreß der unabhängigen Kultur«: eine Veranstaltung, die in der polnischen Nachkriegsgeschichte einen Präzedenzfall darstellte. In dem neuen politischen Klima schien auf einmal das möglich geworden zu sein, wovon die Opposition jahrelang nur geträumt hatte: ein freier Gedankenaustausch unter den polnischen Intellektuellen. So hatten sich im großen Saal des Dramatischen Theaters rund 600 Schriftsteller, Künstler und Wissenschaftler versammelt, um über die Entwicklung der polnischen Kultur von 1945 bis 1980 zu diskutieren und gemeinsam über die weiteren Perspektiven nachzudenken.

Während des Kongresses, der auf drei Tage angelegt und trotz kurzer Vorbereitungszeit sehr gut organisiert war, überwog der sachliche Ton. Die vielen namhaften Gäste aus dem In- und Ausland waren sich dessen bewußt, daß die politische Zukunft des Landes zu ungewiß und der Zustand der Kultur zu besorgniserregend war, um die Zeit mit leeren Phrasen, patriotischen Gesten oder Vergeltungsforderungen zu vergeuden. Fast alle Redner sprachen aktuelle, brisante Themen an, ganz besonders aber – wenn man dem Schriftsteller Jan Józef Szczepański Glauben schenken will, der damals den Vorsitz des Polnischen Schriftstellerverbandes innehatte und die Zeit seiner Amtsausübung später in einem Buch mit dem Titel *Kadenz* (1989) beschrieb – taten sich zwei von ihnen hervor: der Warschauer Schriftsteller und Literaturkritiker Andrzej Kijowski und eben Andrzej Szczypiorski. Kijowski unternahm den Versuch, die Situation der polnischen Literatur zu diagnostizieren. Er kritisierte unter anderem, daß die polnischen Schriftsteller bis dahin sehr eng mit dem Staat verbunden gewesen seien, statt einen Dialog mit der Gesellschaft zu führen, und daß die Literatur nicht im geringsten darauf vorbereitet sei, auf die aktuellen Veränderungen im Lande zu reagieren. Dabei würde gerade jetzt ihre erste Aufgabe darin bestehen, der Gesellschaft, die intellektuell unreif und moralisch verkommen sei, einen Spiegel vorzuhalten.

Die Rede von Szczypiorski, die von den Zuhörern enthusiastisch aufgenommen wurde, bezog sich hingegen überwiegend auf die politische Situation des Landes. So wies er darauf hin, daß der Gedanke, ihnen, den Intellektuellen, könnte es gelingen, sich in der schwierigen Zeit vom aktuellen politischen Geschehen zu isolieren, nicht nur »tragikomisch naiv, sondern auch kleinlich und unwürdig«[2] sei. Es gehöre vielmehr zu den wichtigsten Aufgaben des Kongresses, an der Ausarbeitung eines Konzeptes der nationalen Verständigung mitzuwirken. Vor allem aber müsse man diesen Begriff definieren. »Was ist das Ziel der Verständigung?« fragte er. »Eine scheinbare Ordnung einzuführen oder die Konflikte, die zu Spannungen führen, wirklich zu lösen?«[3] Man müsse endlich Schluß machen mit den semantischen Vereinfachungen und

Verfälschungen, die durch die Propagandasprache in Umlauf gebracht worden seien. Und genau dies sei jetzt eine Aufgabe der Intellektuellen.

Auch in anderen Reden, etwa der von Filmregisseur Andrzej Wajda, der mit seinem kurzen, emotionsgeladenen Auftritt den zweiten Tag des Kongresses eröffnete, überwogen kritisch-reformative Töne. Die Überwindung der künstlichen Einteilung in die Kulturschaffenden im Lande und im Exil, die Rückbesinnung auf die christliche Tradition der polnischen Kultur, das Anheben des Bildungsniveaus und vor allem die Befreiung der Kultur vom Diktat des Staates, das waren nur einige der gestellten Forderungen. Doch trotz des dicht gedrängten Programms und der vorherrschenden Sachlichkeit hatten die Delegierten keine Zeit, endgültige Schlußfolgerungen zu ziehen oder eine gemeinsame Resolution zu formulieren: In der Nacht vom 12. auf den 13. Dezember wurden viele von ihnen aus dem Schlaf gerissen und von der Polizei abgeführt. Wenige Stunden später wußte bereits die gesamte Nation, welche Überschrift das neue Kapitel der polnischen Nachkriegsgeschichte haben sollte: der Kriegszustand.

Ein solches Szenario hatte sich zwar niemand gewünscht, viele hatten aber mit ihm gerechnet. Allein die Tatsache, daß im Oktober 1981 General Wojciech Jaruzelski zum neuen Parteivorsitzenden gewählt worden war und zugleich die Funktion des Ministerpräsidenten übernommen hatte, deutete darauf hin, daß bald eine stärkere Präsenz der Militärs im öffentlichen Leben zu erwarten war. Hinzu kam, daß die Situation im Lande immer explosiver wurde, und es war abzusehen, daß die Machthaber dies nicht lange dulden würden. »Unserer Überzeugung nach begann die Entwicklung im Spätherbst 1981 außer Kontrolle zu geraten«, schrieb später in seinen Erinnerungen Mieczysław F. Rakowski, der einstige Chefredakteur der Wochenschrift *Polityka*, der in jenem Jahr in die Politik gegangen und als stellvertretender Ministerpräsident in die Regierung Jaruzelski eingetreten war. »Weder die Regierung noch die Gemäßigten unter den Führungskräften der ›Solidarność‹ waren mehr imstande, auf den Gang der Dinge einzuwirken.«[4]

Die Verhängung des Kriegszustands war von den Militärs sehr sorgfältig geplant worden. So war es auch kein Zufall, daß sie auf die Nacht vom Samstag auf den Sonntag fiel. Eigentlich wäre der optimale Zeitpunkt die Nacht davor gewesen: So hätten die Verantwortlichen zwei freie Tage gewonnen, bevor die Arbeit in den Fabriken und Bergwerken, in denen am meisten die Gefahr der gewaltsamen Auseinandersetzungen bestand, wieder aufgenommen worden wäre. Wenn man sich trotzdem für die Nacht vom 12. auf den 13. Dezember entschieden hatte, dann deshalb, weil zu diesem Zeitpunkt die gesamte Leitung der Gewerkschaft »Solidarność« auf der Danziger Werft versammelt und somit leicht angreifbar war.

Die Rechnung der Generäle ging auf: Ihre nächtlichen Operationen, die, wie Wojciech Jaruzelski in seinen Erinnerungen notierte, »lediglich das Ziel hatten, unseren Willen zu manifestieren, jede Unordnung zu verhindern und die Bevölkerung zu beruhigen, hatten sich zu unserer Überraschung ohne größere Zwischenfälle abgespielt. Mit Ausnahme einiger weniger, war die gesamte »Solidarność«-Leitung verhaftet worden.«[5] Doch die Verhaftungswelle beschränkte sich bekanntlich nicht nur auf Warschau und Danzig – sie erfaßte gleichzeitig das ganze Land. Unter den Gefangenen befanden sich sowohl Oppositionelle als auch ehemalige Funktionäre aus Staat und Partei, die unbequem geworden waren (unter anderem der ehemalige Erste Parteisekretär Edward Gierek).

Von nun an wurde die Macht im Lande vom »Militärrat zur Nationalen Rettung« (WRON – Wojskowa Rada Ocalenia Narodowego) ausgeübt, das gesamte gesellschaftliche und kulturelle Leben kam zum Stillstand. Die Grenzen Polens wurden geschlossen, alle Telefon- und Telexleitungen unterbrochen, Verbände und Gewerkschaften suspendiert, öffentliche Veranstaltungen verboten. Es kam zwar zu zahlreichen Protestaktionen, die etwa bis Ende Dezember andauerten, doch sie blieben freilich ohne Wirkung. Was in den ersten

Stunden und Tagen Wut und Verzweiflung auslöste, sollte in den nächsten Wochen und Monaten zum Alltag werden. Damit mußte sich die polnische Gesellschaft erst einmal abfinden.

Auch Andrzej Szczypiorski wurde in der Nacht vom 12. auf den 13. Dezember verhaftet. Als es plötzlich einige Minuten vor Mitternacht an der Tür seiner Wohnung klingelte und er nach dem Öffnen drei fremde Männer vor sich sah, wußte er sofort, daß es sich um Polizei handelte. Eigentlich hatte er es schon gewußt, bevor er die Tür aufmachte. So kam es ihm jedenfalls vor, als er später versuchte, sich an diesen Augenblick zu erinnern. »All die Jahre hindurch«, stellte er rückblickend fest, »begleitete mich die Überzeugung, ich sei, als die Türklingel ertönte und ich mich aus dem Sessel erhob, um zu öffnen, sicher gewesen, sie kämen, um mich festzunehmen. Nie werde ich ergründen können, wie es wirklich war. Fest steht, daß ich nicht an den Milchmann dachte.«[6] Als er irgendwann später von jenem Moment im Kreis seiner Schweizer Freunde erzählte, spürte er, daß sie seinem Gedankengang von damals nicht im geringsten folgen konnten. »Sie hatten blasse Gesichter, sie saßen reglos in ihren Sesseln. Eine der Damen hob ihr Wermutglas an die Lippen, und ich hörte, wie das Glas an den Zähnen klirrte.«[7]

Es schneite in jener Nacht. Einer der drei Polizisten ging voran, und Szczypiorski bemühte sich, mit jedem Schritt exakt in seine Fußstapfen zu treten. Dies war für ihn enorm wichtig, hatte geradezu eine existentielle Bedeutung. Die Spuren des anderen sollten gar nicht sichtbar werden. Er, Andrzej Szczypiorski, sollte derjenige sein, der Spuren hinterließ – für andere, die ihn suchen oder sich vielleicht nur an ihn erinnern würden. Einer der Polizisten war schon älter, er hatte ein blasses, zerfurchtes, sorgenvolles Gesicht. Plötzlich sagte er, er habe eine schwerkranke Tochter zu Hause, und Szczypiorski antwortete, er solle sich um sie kümmern. Das waren die einzigen Worte, die er mit seinem Bewacher wechselte.

Dann saß er in einem Polizeiwagen, umgeben von jungen

Männern, offenbar weiteren Verhafteten, die Bank, auf der sie sich drängten, war schmal und unbequem, und er fühlte sich unendlich erschöpft. Sein Atem war kurz, trotz der durchdringenden Kälte spürte er, wie ihm der Schweiß den Rücken hinunterlief. Einer der Männer berichtete, was ihm eine Stunde zuvor, während der Verhaftung, passiert sei. Szczypiorski lauschte gleichgültig der fremden Stimme, bis er einen kurzen Satz vernahm: »Verdammt, genauso wie die Gestapo!«, beendete der junge Mann seine Erzählung. Er sagte es mit einer Art fröhlicher Verachtung, in der die ganze Ahnungslosigkeit und Unbekümmertheit eines Zwanzigjährigen steckten. »Wohl nie im Leben«, notierte Szczypiorski später, »habe ich eine so schreckliche, ungeheure und triumphierende Einsamkeit erlebt. Und nie war meine Erinnerung so wohltätig und lindernd.«[8]

Er kam in ein Internierungslager in Białołęka, einer unweit von Warschau gelegenen Kleinstadt. Die Zwölf-Mann-Zelle, in der er untergebracht wurde, mußte er mit fünfzehn Arbeitern teilen. Es waren Metallarbeiter, Eisenbahner, Kraftfahrer, die ihn kollegial und respektvoll behandelten. Langsam gelang es ihm, die Niedergeschlagenheit, die er unmittelbar nach der Verhaftung empfand, zu überwinden. Seine vitale, optimistische Natur nahm überhand, und er fing an, sich den neuen Lebensbedingungen anzupassen. Den Rest taten die intensiven Gespräche und Diskussionen, die in der Zelle geführt wurden: Für Melancholie und Selbstmitleid war da kein Platz mehr.

Gleich am nächsten Tag kam das Gerücht in Umlauf, daß Primas Józef Glemp sich für die Freilassung der Intellektuellen eingesetzt habe. Seine Zellengenossen bezogen es sofort auf ihn und begannen, ihm zu der bevorstehenden Entlassung zu gratulieren. Doch statt dessen wurde er nach ein paar Tagen in die Gefängniskanzlei geführt, wo man ihn über eine bevorstehende Verlegung informierte. Er nahm an, dies würde für die gesamte Zelle gelten, und er solle die Nachricht den anderen überbringen. Eine Stunde später jedoch wurde er allein abgeholt. Nun meinten seine Mithäftlinge, sie seien diejenigen, die verlegt würden, während er freigelassen und nach Warschau zurückgebracht werde. Sofort überschütteten sie ihn mit Adressen und Nachrichten, die er für sie überbringen sollte. Auch diese Vermutung erwies sich aber als falsch. Er wurde nicht freigelassen, sondern mit einem Hubschrauber ins Internierungslager Jaworze im Nordosten Polens gebracht.

Von jetzt an sollte er von seinesgleichen umgeben sein. Die Gruppe, der er angehörte, bestand anfangs aus neunzehn Männern – es waren überwiegend prominente Intellektuelle aus Warschau und Krakau, von denen viele seine Freunde und Bekannten waren, Władysław Bartoszewski, Tadeusz Mazowiecki, Andrzej Kijowski, Wiktor Woroszylski, Jacek Bocheński u. a. –, erst allmählich wuchs die Zahl auf über hundert an. Und wo so viele Intellektuelle auf engem Raum zusammenkamen, konnte es nicht lange bei Diskussionen über die aktuelle politische Situation und die eigene Lage bleiben.

Schon bald fanden die ersten Vorträge und Literaturabende statt, ein paar Wissenschaftler riefen sogar eine »Universität zu Jaworze« ins Leben. Auch Szczypiorski fand schnell eine Aufgabe für sich: Da er und Bartoszewski die einzigen waren, die dem Präsidium des PEN-Clubs angehörten, beschlossen sie, die Tätigkeit des Clubs im Lager fortzusetzen. Seitdem bemühten sie sich, jede Woche einen PEN-Abend zu organisieren. All diese Veranstaltungen waren so interessant, daß sogar die Wachmänner gelegentlich baten, an ihnen teilnehmen zu dürfen. Dies war ohnehin nicht das einzige, was sie mit den Inhaftierten teilten: Da die Verpflegung im Lager sehr dürftig war, bekamen die Gefangenen viele Pakete aus dem Ausland, die von der Kirche geliefert wurden. Dadurch waren sie so gut versorgt, daß sie einen Teil der Lebensmittel den Wachen überlassen konnten.

Die Verhaftung der Intellektuellen zog sofort eine erste Protestwelle nach sich. Bereits am 13. Dezember hatte sich die – an der geschlossenen Tür des Dramatischen Theaters zu lesende – Nachricht verbreitet, daß die Fortsetzung des »Kongresses der Kultur« verboten sei. Die verschonten Kulturschaffenden überbrachten ins Zentralkomitee der Partei einen Protestbrief, in dem es hieß: »Angesichts der eingetretenen Situation, die endgültig den Dialog zwischen der Gesellschaft und den Machthabern unterbrochen hat, protestieren wir entschieden gegen die Freiheitsberaubung, die unseren Kollegen, führenden Vertretern der polnischen Kultur, widerfahren ist. [...] Es gibt keinerlei Rechtfertigung für eine derartige Aktion. Für ähnlich grundlos halten wir die Verhaftung der führenden Aktivisten der ›Solidarność‹. Wir fordern eine sofortige Freilassung aller Internierten und eine öffentliche Entschuldigung für diesen in unserer Geschichte beispiellosen Vorgang.«[9]

Der Protest hatte freilich keinerlei Wirkung. Die Verhafteten blieben in Haft, was die Behörden paradoxerweise nicht daran hinderte, einige von ihnen weiterhin im öffentlichen Leben präsent sein zu lassen. Dies galt auch für Andrzej Szczypiorski: Während er im Internierungslager saß, wurde *Eine Messe für die Stadt Arras* zur Neuauflage freigegeben und erschien in der Auflage von 40000 Exemplaren, die innerhalb von drei Stunden ausverkauft war. Selbst Fragmente seiner Lagernotizen durften publiziert werden. Zwar in zensierter Form – anstelle der Auslassungen war die übliche Formel »Dekret vom 12. XII. 1981 über das Kriegsrecht, Teil II, Art. 17, Pkt. 4 /G. S. Nr. 29, Pos. 154/« zu lesen – und unter dem harmlosen Titel *Winterliche Aufzeichnungen*, doch immerhin in der katholischen Wochenschrift *Tygodnik Powszechny*, dem damaligen Hauptorgan der Opposition. Zugleich aber lief in der regimefreundlichen Presse eine Hetzkampagne gegen ihn und andere Autoren, die ähnlich zweischneidig behandelt wurden.

Währenddessen ergingen sich die Insassen des Lagers Jaworze in Vermutungen und Mutmaßungen über ihre Zukunft. Eine ihrer schlimmsten Befürchtungen war es, nach Rußland deportiert zu werden. Diese Sorge wurde oft von den Angehörigen zu Hause geteilt. Auch von Ewa Szczypiorska, die mit der sowjetischen Wirklichkeit recht vertraut war: Sie nahm an, man würde ihren Mann nach Sibirien verschleppen. Sollte dies wirklich passieren, wußte sie, was zu tun war. Das historische Muster, nach dem die polnischen Frauen ihren Männern in die Verbannung folgten – etwa nach der Niederschlagung des sogenannten »Januaraufstands« von 1863/64 –, hatte für sie immer noch seine Gültigkeit: Sie war fest entschlossen, ihre Haustiere einschläfern zu lassen und sich auf den Weg in die sibirische Wildnis zu machen.

Die Besuche in Jaworze konnte sie bereits als einen kleinen Vorgeschmack auf die bevorstehende Odyssee betrachten: Jedes Mal, wenn sie ihren Mann sehen wollte, mußte sie die ganze Nacht mit dem Zug fahren und die letzten sieben Kilometer zu Fuß zurücklegen. Die Belohnung war eine einstündige Zweisamkeit, deren Ergebnis in der Regel zutiefst unbefriedigend war. »Alles ist dann halb, unvollendet, abgerissen«, notierte Andrzej Szczypiorski nach einem dieser Besuche. »Die Eile, der Drang, möglichst viel zu sagen und zu hören. Im Endergebnis zerfällt alles. Man möchte konkret sein, denn es gibt verschiedene Angelegenheiten, Dispositionen usw., zudem möchte man eine Menge Dinge erfahren, Fragen, Fragen, Antworten, Antworten, und schließlich eine verzweifelte Umarmung zum Abschied.«[10] Vor der nächsten Zusammenkunft, so sein Vorsatz, werde er Gott anflehen, daß er ihm viel innere Disziplin schenke, »etwas Phlegmatisches, eine Gelassenheit des Geistes«, denn nur in einer solchen Verfassung könne man dieses Gespräch führen »und in eine Stunde einen ganzen Monat an Gedanken, Träumen, Sehnsüchten hineinzwängen«.[11]

Doch Ewa Szczypiorska beschränkte sich nicht nur darauf, ihren Mann im Internierungslager zu besuchen – sie kämpfte auch mit aller Energie um seine Freilassung. Sie sprach mit ausländischen Journalisten, womit sie zwar eine beachtliche Zahl von Artikeln in der deutschen, englischen und französischen Presse, aber nicht die erhoffte Aufhebung der Internierung bewirkte. Erst im Frühjahr 1982, ein paar Monate nach Szczypiorskis Verhaftung, beschloß sie, den Innenminister,

General Czesław Kiszczak, um eine persönliche Unterredung zu bitten. Der Minister reagierte mit bestechender Höflichkeit: Nicht nur, daß er ihr schon am nächsten Morgen einen Termin einräumte, er ließ sie auch mit einem Dienstwagen abholen.

Nun folgte ein Gespräch, das sie später als das wichtigste in ihrem Leben bezeichnete. Der General verhielt sich abwartend, sie hingegen versuchte ihn zu überzeugen, daß ihr Mann, sollte er freigelassen werden, keine politische Bedrohung darstellen würde. Schließlich habe er weder einen Paß noch Kontakte zu ausländischen Medien, das einzige also, was er tun könnte, fügte sie ironisch hinzu, wäre, umstürzlerische Reden vor seinen Haustieren zu halten. Die Nachricht, daß die Szczypiorskis Hunde und Katzen besaßen, versetzte den General plötzlich in eine freundliche und zugleich wehleidige Stimmung: Er habe auch einen wunderschönen Hund gehabt, doch leider sei ihm dieser gestohlen worden. Auf ihre Bemerkung hin, es sei eine Ironie des Schicksals, daß ausgerechnet er, der Chef der polnischen Polizei, einem Diebstahl zum Opfer gefallen sei, antwortete er knapp, da sehe sie, in was für einem Land sie leben würden. Dann wechselte er plötzlich das Thema und fragte sie, wann sie nach Jaworze fliegen könnte. Als sie antwortete, sie könne es sofort tun, stellte er ihr einen Wagen zur Verfügung, der sie erst einmal nach Hause brachte, und dann einen Hubschrauber, mit dem sie ins Internierungslager flog. Bereits einen Tag später waren sie und Andrzej Szczypiorski in Warschau. Eine Freilassung war es zwar nicht, doch immerhin hatte sie seine zweiwöchige Beurlaubung erkämpft.

Die vierzehn Tage vergingen sehr schnell, zumal sie in dieser Zeit unzählige Besuche bekamen: von Freunden und Bekannten, aber auch von völlig fremden Menschen, die Szczypiorski sprechen oder einfach nur sehen wollten. Er kam sich dadurch wie ein Märtyrer, fast schon wie ein Heiliger vor. Als zusätzlich belastend empfand er die Aussicht, bald aus freien Stücken ins Lager zurückkehren zu müssen; diesen Gedanken fand er schlimmer als die Erinnerung an seine Verhaftung am 13. Dezember. Doch zu seiner Überraschung bekam er am vorletzten Urlaubstag einen Anruf aus dem Büro des Innenministers. Eine freundliche weibliche Stimme, die, wie sich herausstellte, der Sekretärin des Ministers gehörte, fragte ihn, ob er am nächsten Tag Zeit für ein Gespräch mit ihrem Chef hätte. Auf seine sarkastische Bemerkung hin, er sei schließlich ein Gefangener des Generals, also solle sie ihm einfach sagen, wo und wann er sich melden solle, wurde er für den nächsten Tag ins Ministerium bestellt.

Während der Fahrt dorthin überlegte er, wie er sich verhalten sollte: welche Fragen beantworten, welche nicht, ob er stehen oder sitzen sollte, wie reagieren, wenn der Minister ihm die Hand geben würde. Schließlich beschloß er, während der ganzen Unterredung zu stehen – immerhin war er ein Gefangener – und sich nur auf ein möglichst knappes Beantworten der Fragen zu beschränken. Er konnte sich noch lebhaft an den erst zwei Tage zurückliegenden »Besuch« bei einem höheren Beamten des Innenministeriums erinnern, einem zynischen Offizier, der alles tat, um ihn einzuschüchtern. Er kündigte an, seine Familie aus der Wohnung hinauszuwerfen und ihn in Zukunft daran zu hindern, auch nur einen Złoty zu verdienen. Schließlich legte er ihm nahe, das Land zu verlassen, und forderte ihn auf, die sogenannte »Loyalitätserklärung« zu unterschreiben. Als Szczypiorski erwiderte, zunächst sollten es General Jaruzelski und alle Bürger der Volksrepublik tun, dann würde er ihrem Beispiel folgen, war die Unterhaltung beendet.

Das Gespräch mit dem Innenminister verlief ganz anders. General Kiszczak, »ein sehr kluger Mensch«[12], wußte, daß Szczypiorski eine solche Erklärung niemals unterschreiben würde. Er versuchte auch gar nicht, ihn dazu zu überreden. Als erstes teilte er ihm mit, er müsse gar nicht ins Lager zurück, seine Internierungszeit sei zu Ende. Dann folgte ein zweistündiger Dialog, oder besser: ein Monolog des Generals, in dem er die Ausrufung des Kriegsrechts zu rechtfertigen versuchte. Wie anders, lautete eines seiner Argumente, seien doch die polnischen Generäle vorgegangen als etwa ihre Kollegen in der Türkei. Dort habe es während des Kriegszustands zahlreiche Tote und Verletzte gegeben, in Polen hingegen habe man alles getan, um Blutvergießen zu vermeiden, was auch, mit der tragischen Ausnahme des schlesischen Kohlenwerks »Wujek«, wo am 16. Dezember 1981 neun Bergleute ums Leben kamen, gelungen sei. Zum Abschied bat der Minister seinen »Gast«, keine unüberlegten Schritte zu unternehmen und die Lage weiter zu beobachten. Er werde schon merken, daß die Entscheidung der Militärs, den Kriegszustand auszurufen, richtig gewesen sei.

Zwei Tage nach Szczypiorskis Freilassung beschlossen er und seine Frau, in den südpolnischen Kurort Zakopane zu fahren. Sie hofften, auf diese Weise neuen Scharen von Besuchern zu entfliehen. Sie wollten so schnell wie möglich aufbrechen; es mußten nur noch die Koffer gepackt und der alte Wagen zur Inspektion gefahren werden. In der Werkstatt stellte sich allerdings heraus, daß man sehr lange Wartezeiten in Kauf nehmen mußte. Als Szczypiorski sich in die Autoschlange einzureihen begann, wurde er von einem Bekannten entdeckt. Warum er denn Schlange stehe, wollte dieser wissen, er solle doch selbstverständlich vorfahren. Dieser Meinung waren bald alle Anwesenden, den Automechaniker eingeschlossen, der Szczypiorski auch noch versicherte, er könne seinen Wagen bereits in wenigen Stunden abholen, und für die Reparatur kein Geld annahm. Ähnlich bevorzugt wurde er in den ersten Monaten nach seiner Entlassung überall behandelt: Dies sei das mindeste, hörte er überall, was man für ihn, der für die gemeinsame Sache im Gefängnis gesessen habe, tun könne.

Für Szczypiorski war diese allgemeine Bereitschaft zur Solidarität und zum Verzicht – die übrigens auch andere Ex-Gefangene erlebt haben – ein kleiner Trost nach der Zeit der Internierung. Diese fand er nämlich, wie er danach immer wieder beteuerte, im psychologischen Sinne viel schlimmer als die Zeit in Sachsenhausen: Vor allem weil er im Gegensatz zu der Situation im Konzentrationslager in seinem eigenen Land, von den eigenen Landsleuten und in Zeiten des Friedens gefangengehalten wurde. Auch weil er viel älter war. Und weil er nicht wußte, wie lange es dauern würde. Monate? Jahre? Wenn er später an den Kriegszustand zurückdachte, kam als erstes gar nicht die Erinnerung an die eigene Verhaftung, die beiden Internierungslager oder die Zellengenossen, sondern an die unbeschreibliche Sehnsucht nach seiner Frau, nach ihrem Gesicht, ihrem Blick, ihrer Stimme. An ihre physische Abwesenheit, die unendlich wehtat.

Dennoch behauptete er in den späteren Jahren, daß der Kriegszustand relativ mild gewesen sei: Diese Meinung bescherte ihm viele Gegner, vor allem unter den Jüngeren. Sie warfen ihm Opportunismus und eine zu weit gehende Toleranz gegenüber denjenigen vor, die für den Kriegszustand verantwortlich waren. Gegen diesen Vorwurf wehrte er sich, indem er behauptete, er könne nun mal seine Vergleichskriterien nicht über Bord werfen. Und verglichen mit Sachsenhausen – diesmal meinte er die Bedingungen der physischen Existenz – sei das Internierungslager ein Erholungsheim gewesen. »Diese jungen Leute sind Märtyrer«, ereiferte er sich über seine Kritiker. »Ich hasse Märtyrer. Ich werde nicht über meine Zeit im KZ Sachsenhausen schreiben, ich will mein Leid nicht verkaufen, denn das ist abscheulich. Doch ich kann sagen, daß ich viel mehr erlebt habe als die jungen Polen, die sich heute wie Berufsmärtyrer benehmen.«[13] Ein wenig Verständnis hatte er für die Empörung der Jungen trotzdem: Sie hätten das Kriegsrecht als ein Erdbeben erlebt, denn sie seien in den siebziger Jahren an die patriarchalische, lauwarme Gierek-Diktatur gewöhnt worden. Im Jahre 1981 sei für sie folglich die Welt eingestürzt, weshalb sie jetzt einen Mythos erfinden würden.

Ob diese Nachsicht das Ergebnis der viermonatigen Internierungszeit war, in der er gezwungenermaßen über vieles nachgedacht hatte? Er scherzte zwar gern darüber: »Meine

Regierung hat mir sehr wohl eine Chance zum Nachdenken gegeben. Sie hat mir eine viermonatige Pause verschafft – im Gefängnis und im Internierungslager. Nur leider, das Resultat war gleich Null. Die ganze Zeit über dachte ich nicht an die Regierung, nicht an ihre Politik, nicht an mein Verhältnis zu ihr, sondern an meine Frau, meinen Sohn und meinen treuen Hund. In diesem Sinne war der Hund wichtiger als die Staatsmacht.«[14] Doch in Wirklichkeit hatte er in dieser Zeit tatsächlich seine politischen Ansichten überdacht. Danach stand ihm die Option von Tadeusz Mazowiecki (Toleranz und langsame Evolution anstelle von radikalen Schritten) viel näher als im Jahre 1980, in dem die »Solidarność«-Bewegung ausbrach und er, wie die meisten Polen, zu heftigen Reaktionen und Kompromißlosigkeit tendierte.

Auch seine Einstellung zu General Jaruzelski und dessen Entscheidung, den Kriegszustand auszurufen, hatte sich mit der Zeit gewandelt: Unmittelbar nach seiner Verhaftung war er freilich ein Gegner des Generals. Doch als er im Jahre 1990 eine Begegnung mit Jaruzelski hatte, der inzwischen – welch eine Ironie des Schicksals! – Präsident der Dritten Polnischen Republik geworden war, gestand er ihm, daß er an seiner Stelle vermutlich dasselbe getan hätte. Ja, er war nun fest überzeugt: Wenn Jaruzelski den Kriegszustand nicht ausgerufen hätte, würde es eine sowjetische Intervention in Polen gegeben haben. In diesem Sinne war der General in seinen Augen zum Retter des Landes avanciert.

Die Internierungszeit bedeutete aber für ihn nicht nur eine Revidierung der politischen Ansichten: Er erlebte auch, wie er es später gern bezeichnete, eine Art Illumination, eine religiöse Erschütterung. Erst hier, im Lager, wurde ihm bewußt, was der Sinn seiner christlichen Weltanschauung war, bis dahin hatte er sich nie ernsthaft damit auseinandergesetzt. Er hatte sich früher auch ein wenig geschämt, seinen Glauben offen zu zeigen: In seinem Milieu galt das Religiössein als unelegant und provinziell, man hatte sich skeptisch-laizistisch zu geben und für philosophische Strömungen, die aktuell in

Westeuropa in Mode waren, empfänglich zu sein. So wie seinerzeit für den Existentialismus, die Religion aller Intellektuellen in den fünfziger Jahren (dessen Einfluß übrigens in Szczypiorskis gesamtem Werk zu spüren ist). Auch er hatte sich also für modische Philosophien begeistert und einen Skeptizismus zur Schau getragen.

Nun aber, unter den Bedingungen der erzwungenen Passivität und Isolation, fand er, wie er später behauptete, zum Glauben zurück. »Ich lese hier die Psalmen«, heißt es in seinen *Notizen*. »Zum ersten Mal im Leben. Und durch sie komme ich Gott näher. Ein steiler Aufstieg. Ein schrecklicher Berg. Schrecklich steil. Doch steckt darin etwas, was sich schwer ausdrücken läßt. Dieses Übermaß teilt sich meinem Herzen mit. Mein Herz wird mächtiger. Es ist in den Psalmen wenig Barmherzigkeit, wenig Mitgefühl, viel Gift, Wut, viele unflätige Flüche. Der Ton der Rache klingt hundertmal stärker als der Ton der Nachsicht. Das Leiden ist hier schrecklich, doch es ist groß durch sich selbst. Als wären die Leidenden Auserwählte, als wünschten sie zu leiden, um Auserwählte zu werden. Die Psalmen sind jüdisch, und ich verliebte mich in den jüdischen Gott.«[15]

Waren solche Liebesbekenntnisse der Grund dafür, daß ihm so oft die jüdische Herkunft zugeschrieben wurde? Und daß gleichzeitig seine neue Religiosität gerade unter den Juden Skepsis und Irritation weckte? »Ich nahm ihm das nicht ab«, erzählte einmal sein enger Freund, der jüdische Schriftsteller Józef Hen. »Interessant, daß niemand in dieser Zeit den Glauben verloren hat, obwohl es dafür genug Gründe gegeben hätte.«[16] Und da Szczypiorski aus seinem wiedergewonnenen Glauben keinen Hehl machte, ließen die Attacken der offiziellen Presse nicht lange auf sich warten. Gleich nach seiner Freilassung etwa erschien in der Zeitung *Tu i Teraz* (Hier und jetzt) ein aggressiver Artikel, in dem er als ehemaliger Soldat der Volksarmee bezeichnet wurde, der plötzlich zum Katholizismus konvertiert sei.

An solche Angriffe war er längst gewöhnt, weitere konnten

ihm also nichts mehr anhaben. Dennoch gab es in jener Zeit einen Moment, in dem er die Möglichkeit erwog, das Land zu verlassen. Es war kurz bevor er vom Urlaub ins Internierungslager zurückkehren sollte, nach dem Zwangsbesuch bei dem besagten Offizier im Innenministerium. Als er das Gebäude verließ, ging er mit seiner Frau, die auf ihn vor dem Eingang gewartet hatte, direkt in den Łazienki-Park: Sie befürchteten, ihre Wohnung könnte abgehört werden. Damals kam erstmals zwischen ihnen das Thema der Emigration zur Sprache. Sie beschlossen noch einige Wochen zu warten und dann die Vorbereitungen für ihre Ausreise in den Gang zu setzen.

»Ich dachte an die Emigration«, notierte Szczypiorski später, »gleichzeitig voller Entsetzen und voller Sehnsucht. Ich stellte mir mein Schicksal vor, meine Phantasie malte mein Bild in der Zukunft, ein armseliges und unglückliches oder ein herrliches und triumphierendes.«[17] Daß letzteres auch ohne Exil möglich sein könnte, kam ihm zu diesem Zeitpunkt noch nicht in den Sinn.

Zwanzigstes Kapitel

Ein Land im Stillstand

Gorzewo ist ein kleines Dorf, das etwa 120 km von Warschau entfernt liegt. Das Land ist flach, wie überall in Masowien, die Bevölkerung alles andere als wohlhabend. Wer sich hierher verirrt und bleibt, muß das einfache Leben mögen. Die Szczypiorskis hatten dort Anfang der siebziger Jahre ein schlichtes Bauernhaus gekauft, in dem sie seitdem jeden Sommer, von Anfang Juni bis Mitte September, verbrachten. Auch Professor Szczypiorski, der rüstige Senior, kam jedes Mal mit, er liebte das Haus sehr und wollte immer so schnell wie möglich hinfahren. Bevor er 1979 im Alter von 86 Jahren starb, hatte er hier seine letzten Tage verbracht. Für seinen Sohn hingegen war Gorzewo nicht nur eine Oase der Ruhe, sondern auch sein »Sommeratelier«. Er zog sich in das Haus zurück, um über neue Projekte nachzudenken, er schrieb hier viele seiner Bücher. Auch nach der Entlassung aus dem Internierungslager kam er hierher, um sich von dem soeben Erlebten zu erholen und die Gedanken, die er teilweise schon im Lager zu Papier gebracht hatte, zu ordnen und zu Ende aufzuschreiben.

Während der Internierung hatte er nicht nur über Politik und Religion nachgedacht. Auch über die Rolle der Literatur, über das Wesen der Schriftstellerei, darüber, was er den Lesern geben wollte und was er seinerseits von ihnen erwartete. Die Jahre der demokratischen Opposition, des Kriegszustands und der Internierung waren eine Zeit gewesen, in der er das tägliche Leben und die aktuelle politische Realität mit zunehmender Distanz betrachtete. Statt dessen begann er, das Schöpfen aus der eigenen Erinnerung, das wahrheitsgetreue

Beschreiben der Vergangenheit als seine wichtigste schriftstellerische Aufgabe zu betrachten. Allerdings definierte er die Vergangenheit auf eine ganz besondere Weise: »Das Material, aus dem meine Bücher sind, ist die Erinnerung der Generation. So gesehen, beschreibe ich nicht die Vergangenheit, sondern das, was aus der Vergangenheit in der Erinnerung verblieben ist, das, was tief in der Seele meiner Helden überdauert hat, und das heißt – mit einem gewissen Zögern und ohne letzte Gewißheit ausgedrückt –, was in mir selbst überdauert hat.«[1]

Dieses Bedürfnis, das Vergangene schreibend heraufzubeschwören, hatte zur Folge, daß er sich öfter als früher zu der realistischen Erzähltradition bekannte. Als er einige Jahre später den »Kunst- und Kulturpreis der deutschen Katholiken« entgegennahm, erwähnte er in seiner Dankesrede einen Kritiker, der einen bedeutenden polnischen Novellisten einen emsigen Kopierer des Authentischen genannt habe. Die Bezeichnung sei als Tadel gemeint gewesen, in seinen Ohren hingegen habe es wie ein Kompliment geklungen. »Bislang hat mich niemand einen emsigen Kopierer des Authentischen genannt, dabei wünsche ich mir das sehr«, gestand er. »Ich halte mich selbst für einen solchen Kopierer der Wirklichkeit und betrachte das als Anlaß zu schriftstellerischem Stolz.«[2] Die Beschreibung des menschlichen Schicksals, die Beschreibung der gesehenen Dinge, das sei seine schriftstellerische Pflicht, die er in Demut und Staunen zu erfüllen trachte. Denn die Welt erstaune ihn immer mehr, sie überrasche ihn und fordere ihn neu heraus. Diese wirkliche, gesehene, berührte, gehörte Welt, der er – hier zitierte er eine Formulierung seines Jugendidols Joseph Conrad – Gerechtigkeit widerfahren lassen solle.

Mit dem Conrad-Zitat sprach er ein weiteres wichtiges Merkmal seiner Prosa an, das auch seinen Kritikern immer wieder auffiel: die Sehnsucht nach dem Gutem im Menschen und nach der Harmonie in der Welt. Der Warschauer Publizist Tadeusz Kraśko etwa, der Anfang der neunziger Jahre lange Gespräche mit Szczypiorski führte (und sie später in Buchform publizierte), sagte einmal zu ihm, wenn er an seine Prosa denke, habe er das Bild eines beschaulichen mittelalterlichen Städtchens vor Augen: mit der Burg des Herrschers auf dem Hügel, den Läden der Krämer, den Häuschen der Handwerker und einem hohen Turm, auf dem eine Glocke hin und her baumele. Sie werde vom lieben Gott in Bewegung gesetzt, der sich irgendwo im Schatten des Turms versteckt habe. Mit ihrem Geläute erinnere sie die Menschen daran, daß es in der Welt sowohl die Liebe als auch den Tod gebe.

Von dieser Metapher war Szczypiorski geradezu begeistert, sie entsprach voll seinem neuen Literaturverständnis: Er wolle nicht mehr die Wirklichkeit kommentieren, beteuerte er zum wiederholten Mal, sondern sie einfach nur wahrheitstreu beschreiben. Gerade in der neuen politischen Zeit solle man all den Dingen, die sich zu dieser Wirklichkeit zusammensetzen würden, ihren wahren Namen geben. Nach einer ganzen Epoche semantischer Usurpierungen, Lügen, Verfälschungen sei es, als würde man aus einem dunklen, muffigen Raum endlich ins Freie kommen, auf eine offene Ebene, an deren Ende der weite Horizont zu sehen sei. Wenn er diesen Horizont betrachte, sehe er wunderbare Felder, und ein Stück weiter einen Wald, in dem der Tod lauere. Dieser Tod werde eines Tages zu jedem von uns kommen. Also: »Nennen wir beim Namen diese Felder, diesen Wald, diese Bäume. Nennen wir beim Namen die Liebe, das Leben, den Tod. Nennen wir auch Gott beim Namen. Und den Teufel.«[3]

Dies war ein weiteres Thema, das ihn faszinierte: der Teufel im Menschen. Wenn er sich auf eine Reihenfolge der wichtigsten Motive seiner Prosa festlegen sollte, nannte er, halb scherzhaft, den Teufel an erster Stelle – vor dem Tod und der Frau. Er räsonierte auch gern in Interviews über die Anwesenheit des Teufels in uns, darüber, daß die ganze Würde unseres Lebens darin bestehe, gegen diese Anwesenheit zu kämpfen. »Wenn wir diesen Kampf verloren haben, dann haben wir Auschwitz, Warschauer Ghetto, Archipel Gulag, dann haben wir Hitler und Stalin.«[4] Doch der Teufel sei an sich ein unpolitisches Geschöpf und sei überall, deshalb müsse der Mensch ständig auf der Hut sein.

Diese Allgegenwart des Teufels faszinierte ihn dermaßen, daß er sie manchmal gar als das einzige Thema seiner Literatur bezeichnete – nicht immer zur Begeisterung seines Publikums, das sich durch diese seine Obsession ein wenig vor den Kopf gestoßen fühlte. »Am meisten irritiert wohl die polnischen Leser«, schrieb einmal die Kritikerin Helena Zaworska, »daß in Andrzej Szczypiorskis Werk der Teufel buchstäblich überall ist: in Geschichte, Politik, menschlicher Natur, sowohl der guten als auch der schlechten, in jeder Handlung, selbst wenn sie edelmütig ist. Egal, nach welchem seiner Bücher wir greifen – wir können sicher sein, daß wir dort dem Teufel begegnen: offen in den totalitären Systemen, listig daherkommend in den Weltgeschäften oder in den sauberen Banken, die schmutziges Geld waschen. Wir wollen das nicht glauben – wir, die Erben hochtrabender Ideen, die nach dem eleganten Europa streben.«[5]

Solche Kommentare zu seiner Prosa liebte Szczypiorski sehr. Es verschaffte ihm Genugtuung zu sehen, wie die Kritiker hinter die Fassade der traditionell erzählten Handlung seiner Bücher schauten, um allen Finessen seiner Gedankenwelt nachzuspüren. Die Tatsache, daß er sich gern als »Kopierer des Authentischen« bezeichnete, bedeutete nämlich keineswegs, daß er nicht auch ein eigenes Verständnis des Realismus hatte. »Wenn Sie Tolstoi, Balzac, Dickens, Thomas Mann lesen«, erklärte er einmal einem Journalisten, »erleben Sie als Leser das, wovon schon Homer gesprochen hat: *tua res agitur* – Deine ureigene Sache wird verhandelt. Trotzdem ist Realismus nicht vorrangig eine Frage des Inhalts, sondern der Erzählkunst.«[6] Und um es zu veranschaulichen, nannte er gleich ein Beispiel, das sein Lieblingsmotiv enthielt: Bulgakows *Der Meister und Margarita* sei ein realistisches Buch über einen Teufel im Moskau der Stalinzeit. Der Teufel fahre Straßenbahn. Er existiere ganz real. Bulgakow habe einen realistischen Roman über die Metaphysik geschrieben.

Zu viel Intellektualität in der Literatur lehnte er dennoch ab. Er war ein Gegner von Schriftstellern wie Umberto Eco, von Büchern wie *Das Foucaultsche Pendel*, er meinte, die typische Krankheit der Intellektuellen sei das Bedürfnis, das gesamte Wissen, das sie besitzen, auszusprechen. Und das sei in der Literatur ein grober Fehler: Der Schriftsteller sollte doch klüger sein als seine Bücher. Insbesondere der westlichen Literatur warf er »ästhetische Dummheiten« vor, die Folge der Eitelkeit seien: »Ein Schriftsteller meint, er sei eine sehr wichtige Person; er sei komplizierter und tiefer als alle anderen. Das ist nicht wahr: Alle Menschen auf der Welt sind sehr, sehr kompliziert, und alle haben ein reiches geistiges Leben. Man kann die Literatur nicht nur als ein Ausdrucksmittel persönlicher Erfahrungen betrachten, selbst wenn diese Erfahrungen besonders dramatisch oder wichtig sind.«[7]

Diese Kritik an der Ichbezogenheit der westlichen Literatur barg ein Versprechen in sich, wenn es um seine eigene Prosa ging – und dieses Versprechen erfüllte er auch. Was an seinen Büchern nämlich besonders auffiel – und gerade die westlichen Leser wohl am meisten faszinierte –, war ein Reichtum an Lebenserfahrung und Menschlichkeit bei gleichzeitiger Zurückhaltung seiner eigenen Person gegenüber. Vielleicht war ein solches Verständnis der Literatur auch eine Folge seines Glaubens: Er war überzeugt, daß er von Gott diese Gewandtheit bekommen habe, um damit das Schicksal des Menschen zu erzählen. Das sei eine Gabe, die ihn aber auch in die Pflicht nehme, ihn zum Diener der Gesellschaft mache. Und es wäre ein Verrat an dieser Gabe, wenn »ich den Lesern von meiner Scheidung erzählen würde oder von meinen Ängsten«[8].

Die Rolle der Literatur, die Tücken der Politik, der Sinn der Religion – über all das hatte er also im Internierungslager nachgedacht und wollte es nun in die literarische oder publizistische Form umsetzen. Kein Ort war dafür besser geeignet als das Sommerhaus in Gorzewo: In der ländlichen Umgebung fand er schnell die alte innere Ruhe wieder. Er sollte hier noch mehrere Bücher schreiben, denen allen ein neuer Zug anhaftete: Sie waren reifer und tiefer als die vorangegangenen, hatten gleichsam ein anderes, größeres Format. Die westlichen Kritiker sprachen später von einer shakespearehaften Schreibweise, wenn sie ihre Skepsis ausdrücken wollten, oder von einer europäischen Dimension, wenn es nach Respekt klingen sollte – die polnischen hingegen, die Szczypiorskis literarischen Weg von Anfang an verfolgt hatten, registrierten einfach, daß die Monate der Isolation und des Nachdenkens Früchte getragen hatten. »Vielleicht klingt das paradox, doch der Kriegszustand und die Internierung waren genau das, was der Schriftsteller Szczypiorski gebraucht hatte«[9], stellte etwa der Literaturhistoriker Piotr Kuncewicz fest. In den Jahren danach habe er seine interessantesten Bücher geschrieben.

Damit meinte der Publizist einige von Szczypiorskis späteren Romanen, aber auch seine Notizen, die er im Lager begonnen hatte und hier, in Gorzewo, zu Ende schrieb. Genauer gesagt: seine zweibändigen Aufzeichnungen, die im Laufe der achtziger Jahre in London bzw. im Untergrund unter den Titeln *Aus dem Notizbuch zum Kriegszustand* (1983) und *Aus dem Notizbuch zum Stand der Dinge* (1987) erschienen und die in Auszügen 1990 auf deutsch als *Notizen zum Stand der Dinge* herauskamen.

Diese Nacht sei in seiner Erinnerung wie ein fertiges Theaterstück oder Filmdrehbuch. Doch er werde nie ein solches Drehbuch schreiben, »weil es platt wäre, ohne tiefere soziale, menschliche, politische Bezüge«[10]. Je mehr man sich in Szczypiorskis *Notizen* vertieft – in diese Aufzeichnungen unfertiger Gedanken, Bestandsaufnahmen spontaner Gefühle und erster Reflexionen, Schilderungen kleiner, scheinbar unwichtiger Begebenheiten, die mehr an menschliche Ratlosigkeit angesichts historischer Imperative als an diese selbst denken lassen –, desto besser versteht man diese Erklärung. Vielleicht ist das sogar eine allgemeingültige Begründung dafür, daß nicht nur jene dramatische Nacht vom 12. auf den 13. Dezember 1981, in der über Polen der Kriegszustand verhängt wurde, sondern alle politischen Ereignisse der späten siebziger und frühen achtziger Jahre öfter und vor allem überzeugender in der polnischen Lyrik ihren Niederschlag fanden als in der Prosa.

Dabei waren in all den damals erschienenen Gedichtbänden, ob nun der älteren oder mittleren Generation, zwar unterschiedliche Betrachtungsperspektiven des Erlebten, dafür aber eine ähnliche narrative Tendenz zu finden: die Vorliebe für Lakonismus und scheinbare Distanz, für Ironie, gar für Groteske. »Unser Vorrat an Verbandszeug, Streichhölzern, / Argumenten, Meßstangen und an Wasser ist erschöpft. / Uns fehlen Lastwagen und die Unterstützung der Mings. / Mit dieser Mähre ist der Sheriff nicht zu bestechen. / Es gibt bis jetzt keine Nachricht über die in das türkische Joch Verschleppten. / Uns fehlt für die Frostzeit eine wärmere Höhle / und jemand, der die Harari-Sprache beherrscht«[11], hieß es in einem Gedicht aus Wisława Szymborskas Band *Die Menschen auf der Brücke* (1986), der später – zusammen mit dem *Bericht aus einer belagerten Stadt* (1983) von Zbigniew Herbert – als die wichtigste dichterische Leistungen der gesamten Dekade gewertet wurde.

Während die Lyriker also auf die seismographischen Fähigkeiten ihrer Gattung voll zu vertrauen schienen und diese auch auskosteten, wirkten die meisten Prosaiker, als hätten sie vor der Fülle politischer Realien kapituliert, als würden sie befürchten, den falschen Ton zu treffen, die Balance zwischen Konkretheit und Emotionalität nicht zu halten. Kein Wunder: Bombastische Aufrufe und flammende Beschwörungen waren nicht mehr gefragt, eine neue literarische Diktion, die mit der politisch-sozialen Realität jener Zeit Schritt halten sollte, mußte erst gefunden werden. Daher wohl eine gewisse stilistische Einseitigkeit der damaligen Prosa: das wiederholte Münden ins Publizistische. Um die vom Leben geschriebene Handlung durch die Fiktion nicht zu verfälschen, flüchteten viele Schriftsteller ins Dokumentarisch-Autobiographische. Die Sachlichkeit dieses Genres erschien damals vielen als die einzige Möglichkeit, dem Grauen der Realität literarisch standzuhalten. Tatsachenberichte, Tagebücher, Erinnerungen verdrängten also nahezu die klassischen Prosaformen.

Selbst so bekannte Fabulierer wie Kazimierz Brandys, Tadeusz Konwicki und Adolf Rudnicki verschrieben sich dem Tagebuch. Und da es sich aber dabei um Schriftsteller handelte, deren Grunderlebnis nicht der Kriegszustand, sondern der Zweite Weltkrieg war, vermischte sich in ihren Aufzeichnungen Aktuelles mit Vergangenem, gruppierten sich die einzelnen Berichtstränge und Notizen um drei generationstypische biographische Leitmotive: den Krieg und die Okkupation, die Jahre des Kommunismus, insbesondere des Stalinismus, und schließlich die Zeit des antikommunistischen Widerstands und des Kriegszustands. Offenbar trafen sie damit auch den damaligen Geschmack des Lesepublikums, das dieser Art Literatur heftiges Interesse entgegenbrachte.

Nicht anders verhielt es sich mit Andrzej Szczypiorski. Auch seine Notizen spiegeln die ganze Vielfalt seiner Erfahrungen wider, auch seine Perspektive ist die eines vom Krieg Gezeichneten. Gewiß, der Kriegszustand und dessen politische, wirtschaftliche und vor allem sozialpsychologische Folgen stehen im Mittelpunkt seiner Aufzeichnungen, doch liefert er keineswegs eine systematische, geschweige denn chronologische Schilderung all jener Ereignisse, die in der verhängnisvollen Dezembernacht ihren Anfang nahmen. Vielmehr blickt er durch deren Prisma auf die letzten fünfzig Jahre zurück, läßt die unterschiedlichsten Bilder aus der eigenen und der gesamtpolnischen Vergangenheit Revue passieren, nimmt konkrete Erlebnisse zum Anlaß, über politische Zusammenhänge, historische Analogien oder moralische Fragen zu sinnieren. Es ist eine gute Lektion der Polenkunde, ein lehrreiches Erfahrungskaleidoskop einer Generation und einer Nation.

Es ist auch ein farbenreiches Selbstbildnis. Während Szczypiorski in einem Roman wie *Den Schatten fangen* seine ganze Fabulierlust einsetzte und in einem wie *Eine Messe für die Stadt Arras* nicht nur hohe Erzählkunst, sondern auch untrügerischen politischen Instinkt bewies, läßt er hier seinen ganz privaten Emotionen freien Lauf. Diesmal scheint er sich den Teufel zu scheren um seinen Ruf eines hervorragenden Stilisten und bringt auch die »unfrisierten«, wie Stanisław Jerzy Lec sagen würde, Gedanken zu Papier. Manchmal staunt man geradezu über die Direktheit mancher Formulierung (»Die Lage unserer Literatur ist schlecht.«[12]), rümpft die Nase über die Schlichtheit der Argumentation (»Der Antisemitismus ist entsetzlich dumm, ist ein Zeugnis der Verblödung.«[13]), fühlt sich durch das wenig angebrachte Pathos unangenehm berührt und an die Stilblüten des Sozialistischen Realismus erinnert (»Die polnischen Frauen, Geliebten und Mütter weinen nicht. In solchen Augenblicken halten sie einfach Wache, arbeiten und kämpfen.«[14]). Aber man zweifelt keinen Augenblick daran, daß es sich um »die persönlichsten Texte«[15] handelt, die er je geschrieben habe.

Wer Kazimierz Brandys' dreibändiges Tagebuch *Monate* kennt (auf deutsch auszugsweise unter dem Titel *Warschauer Tagebuch* erschienen), der findet in Szczypiorskis *Notizen* manche Parallele: die gleiche weite Zeitperspektive, ähnliche Abstrahierungsgabe, gemeinsame Vorliebe für Abschweifungen. Brandys' Aufzeichnungen sind wohl eine Spur kühler, disziplinierter, gleichsam »intellektueller«, doch die Erfahrungsbasis und die Emotionsquellen sind die gleichen. Und es gibt noch eine Gemeinsamkeit, die ins Auge sticht: die grenzenlose Liebe zu den ständig anwesenden, beiden Schriftstellern seit Jahrzehnten zur Seite stehenden Lebensgefährtinnen. Es gibt kaum eine Eintragung in Brandys' Tagebuch, die sich nicht wie eine Hommage an die M., wie er seine Frau Maria nennt, läse, und in bezug auf seine Frau Ewa bekennt Szczypiorski freimütig: »Die übergroße Mehrheit der Leute hat neben sich keinen zweiten Menschen, der ihnen näher ist als sie sich selbst. Ich habe einen solchen Menschen!«[16]

Trotz des andauernden privaten Glücks war seine Stimmung in jener Zeit alles andere als euphorisch. Die allgemeine Niedergeschlagenheit übertrug sich auch auf ihn, und sein üblicher

Optimismus wich langsam der Resignation: Für sich selbst verlange er nichts mehr, schrieb er 1983 in einem Artikel für die Schweizer *Weltwoche*, um so mehr wünsche er sich für Polen. »Zugleich kommen Zweifel auf«, fügte er gleich hinzu, »ob meine Wünsche den Lauf der Dinge beeinflussen werden. Zum erstenmal spüre ich als Schriftsteller meine Schwäche. Auch mich überflutet eine schwarze Welle der Banalität und Langeweile. Bürokratische Mühlen mahlen mein Leben. Sie sind schlimmer als Terror. Dem Terror haftet immerhin etwas Menschliches an. Manchmal erbebt die Hand, die den Knüppel hebt, manchmal blickt einer dem anderen in die Augen und das Los beider ändert sich. Die Mühlen dagegen mahlen, ohne zu zögern und zu zweifeln.«[17]

Um so mehr zweifelte man als Oppositioneller an der Loyalität seiner Mitbürger. Der Kriegszustand löste zwar Akte beispielloser nationaler Solidarität aus, verstärkte aber auch die Gefahr, daß sich unter die Menge der Antiregimedemonstranten Konfidenten der Regierung mischten. Seit der Entlassung aus dem Internierungslager ging auch Szczypiorski sehr vorsichtig vor, achtete darauf, mit wem und worüber er sprach. Über bestimmte Dinge redete er niemals am Telefon – wenn er etwas Geheimes zu besprechen hatte, ging er mit seinem Gesprächspartner in den Łazienki-Park. Auch bei Reisen galten die Regeln der Konspiration. Als er und ein Schriftstellerkollege einmal nach Krakau fuhren, um dem dortigen PEN-Club Geld aus dem Ausland zu überbringen, hatten sie das Geld unter sich geteilt, saßen in verschiedenen Abteilen und erreichten ihre Zieladresse auf verschiedenen Wegen und zu unterschiedlichen Zeiten. Solche Situationen waren damals an der Tagesordnung.

Die Vorsichtsmaßnahmen waren um so verständlicher, als immer öfter die merkwürdigsten Gerüchte aufkamen. Sie kursierten teilweise noch bis nach der Wende, und das allermerkwürdigste von ihnen bezog sich eben auf Szczypiorski. In den frühen neunziger Jahren wurde nämlich hinter vorgehaltener Hand erzählt, der Schriftsteller sei jahrelang von seinem eigenen Sohn bespitzelt worden. Dieser habe gegen hohe Geldsummen dem Sicherheitsdienst nicht nur zahllose präzise Informationen über Szczypiorski geliefert, sondern auch zweimal den Zugang zu dessen Wohnung ermöglicht. Obwohl die Beziehungen zwischen Vater und Sohn alles andere als harmonisch waren, tat Szczypiorski diese Anschuldigungen stets als absurd ab.

Die Kommunikation mit anderen Schriftstellerkollegen erforderte nicht nur Vorsicht – sie war unter den Bedingungen des Kriegsrechts kaum noch möglich. Jedenfalls nicht im Rahmen der alten Strukturen: Der PEN-Club wurde suspendiert, dessen Vorstand aufgelöst und durch eine kommissarische Leitung ersetzt. (Erst im September 1988 durfte er, mit dem alten Präsidium an der Spitze, dem auch Andrzej Szczypiorski angehörte, seine Arbeit wieder aufnehmen.) Noch radikaler gingen die Behörden mit dem traditionsreichen Schriftstellerverband um, der ebenfalls suspendiert und im August 1983 – trotz des verzweifelten Widerstandes eines Teils der Mitglieder – abgeschafft wurde. Lediglich der Autorenverband ZAIKS durfte seine Arbeit fortsetzen, was er allerdings nur seinem spezifischen Charakter zu verdanken hatte: Da er neben dem Schutz der Autorenrechte auch die Funktionen einer Bank erfüllte, scheuten die Behörden seine Schließung. Dennoch war seine finanzielle Situation in jener Zeit ausgesprochen schlecht, zumal das gesamte öffentliche Leben lahmgelegt war.

Als anstelle des aufgelösten Schriftstellerverbandes ein neuer, regimefreundlicher gegründet wurde, zerfiel das Literatenmilieu schnell in zwei Lager: Die einen sprachen sich offen für den Kriegszustand und den neugegründeten Verband aus, die anderen, zu denen die Mehrzahl der renommierten Autoren gehörte, trafen sich von jetzt an in Privatwohnungen und Kirchen. Sie hatten bis zum Schluß um den Erhalt der alten Organisation gekämpft, nun waren sie verleumderischen Attacken der Presse und Denunziationen seitens der regimetreuen Kollegen ausgesetzt. Die meisten von ihnen waren folglich entschlossen, offizielle Verlage und Massenmedien zu boykottieren und nur noch im Untergrund oder im Ausland zu publizieren. Als Szczypiorski später einmal auf diese Zeit zurückblickte, benutzte er erneut den Begriff »heroischer Opportunismus«, allerdings sprach er ihm diesmal seine Gültigkeit ab: »Wer im Jahre 1983 behauptete, er werde die Funktion X übernehmen, um eine Institution im Interesse der Öffentlichkeit zu retten, der war ganz einfach ein Clown, denn die wichtigste Pflicht, die man damals hatte, war nur noch die Rettung des eigenen Gewissens. Die Institutionen lagen ohnehin in Trümmern.«[18]

Dies galt aber nicht für den literarischen Untergrund. Der sogenannte »zweite Umlauf« wurde durch den Kriegszustand nicht nur nicht zerstört, sondern nahm noch an Aktivität und Einfluß zu. In den Jahren 1983–1985 verdrängte er beinahe die staatlichen Verlage aus dem Bewußtsein der Leser, zumal sich sein Angebot nicht nur auf die Autoren im Lande beschränkte: Die meisten Untergrundverlage hatten auch die bis dahin verpönten Exilautoren und viele Werke der westlichen Literatur in ihrem Programm. Manchmal hatte dies freilich auch seine negativen Seiten: Neben vielen anspruchsvollen Titeln waren darin auch Bücher von minderer Qualität zu finden.

Nicht weniger als die unabhängigen Verlage hatte die Kirche zur Entstehung des literarischen Pluralismus in Polen beigetragen. Doch sie hat sich nicht nur um die Literatur verdient gemacht: Nach der Ausrufung des Kriegszustands übernahm sie das Mäzenatentum über die gesamte unabhängige Kultur. Dort fanden verfolgte Künstler Zuflucht, dort wurden Lesungen, Diskussionen, Theatervorstellungen und Ausstellungen veranstaltet. Dies war um so wichtiger, als während der gesamten Dauer des Kriegszustands ein Boykott offizieller Kulturveranstaltungen und des staatlichen Fernsehens andauerte: Die Autoren und Schauspieler verweigerten ihre aktive Teilnahme, das Publikum verzichtete auf seine Zuschauerrolle (eine Zeitlang verließen die Menschen während der Abendnachrichten ostentativ ihre Häuser und spazierten auf den Straßen hin und her).

Nicht selten nahmen die illegalen Veranstaltungen recht spektakuläre Formen an. So reagierten beispielsweise die Krakauer Literaten auf die Ausrufung des Kriegszustands mit der ihnen eigenen Phantasie: Sie gründeten die Zeitschrift *Na Głos* (Laut gesagt), die – dem Titel gemäß – nicht geschrieben, sondern gesprochen wurde. Die alle paar Wochen abgehaltenen »Sitzungen« waren eine Mischung aus kollektivem Autorenabend, Theater, Happening und literarischem Salon, in dem die Schriftsteller und ihre Texte eine ebenso wichtige Rolle spielten wie das Publikum. Zu den Treffen, die im »Klub der Katholischen Intelligenz« stattfanden, kamen jedes Mal mehrere hundert Zuschauer; manchmal waren es so viele, daß man in das nahegelegene Dominikanerkloster ausweichen mußte, wodurch sich eine der engsten Straßen der Altstadt plötzlich mit gut tausend Menschen füllte.

Auch Andrzej Szczypiorski nahm nach seiner Entlassung aus dem Internierungslager an den Veranstaltungen der Opposition teil, außerdem publizierte er in der Krakauer katholischen Zeitschrift *Tygodnik Powszechny* und schrieb ein Buch für die Engländer: *The Polish Ordeal* (1982), die Geschichte der Volksrepublik Polen, gesehen mit den Augen eines Durchschnittsmenschen. Es erschien ohne das letzte Kapitel, denn, wie sein englischer Verleger auf dem Cover vermerkte, dem Autor sei es nicht möglich gewesen, es nachzusenden. Dennoch war seine Situation in jener Zeit ebenso schwierig wie die aller anderen regimekritischen Autoren. Wovon lebe eigentlich ein Schriftsteller, der nicht publizieren dürfe, wollte einmal ein deutscher Journalist von ihm wissen. Die Frage war mehr als berechtigt. Szczypiorski hatte zwar in den Jahren davor recht viel publiziert, für Fernsehen, Rundfunk und Film gearbeitet und weit mehr verdient als ein durchschnittlicher Pole. Doch in den Jahren 1982/83 waren die Reserven verbraucht, und seine materielle Lage wurde immer kritischer.

Dennoch quittierte er die eigenen Engpässe und die allgemeine wirtschaftliche Misere mit einer Mischung aus Gelassenheit und Sarkasmus. Als er etwa einmal im Krisenjahr 1983 sein Mittagessen beschrieb, »Gemüsesuppe, Nudeln mit Sauce, eine Tasse Tee«[19], fügte er gleich hinzu: »Nein, ich bin kein Vegetarier. Da Fleisch in Polen seit einiger Zeit rationiert ist, esse ich es zwangsläufig selten, etwa einmal pro Woche. Andere essen öfter Fleisch, aber ich habe Hunde. Diese Biester weigern sich, Gras zu fressen. Ich kann ihnen beim besten Willen nicht klarmachen, daß wir in einer tiefen Krise stecken. Sie verstehen es nicht. Ich, nebenbei gesagt, verstehe es auch nicht. So viele Jahre lang habe ich im Radio und Fernsehen gehört, daß Krisen ein Merkmal des Kapitalismus sind und in unserem Gesellschaftssystem unmöglich auftreten können. Anscheinend ist dem Hegelschen Zeitgeist, dem wir – indirekt – die einschlägigen hehren Experimente des 20. Jahrhunderts verdanken, etwas durcheinandergeraten.«[20]

Die harten Lebensbedingungen zogen neue Spannungen in der Gesellschaft nach sich, und die Situation drohte erneut außer Kontrolle zu geraten. So bemühte sich die Regierung immer mehr um versöhnliche Töne und regte 1982 die Gründung eines Organs an, das verschiedene gesellschaftliche Gruppen vereinen und die Überwindung der Kluft zwischen Staatsmacht und Gesellschaft ermöglichen sollte. Dieses Organ namens »Patriotische Bewegung der Nationalen Wiedergeburt« (PRON – Patriotyczny Ruch Odrodzenia Narodowego) wurde allerdings erst am 20. Mai 1983, zwei Monate vor der Aufhebung des Kriegszustands, ins Leben gerufen. So hatte der im Juni folgende zweite Papstbesuch einen heroisch-tragischen Beigeschmack: Im Lande herrschte immer noch der Kriegszustand, und Johannes Paul II. ließ keine Gelegenheit aus zu betonen, daß er in erster Linie zu den Verfolgten, den Leidensgenossen Jesu Christi, gekommen sei. Mit solchen Äußerungen, die sich die befehlshabenden Generäle nur zähneknirschend gefallen ließen, sorgte er für neue Gewissenskonflikte: Schließlich waren auch unter den Polizisten, Soldaten und Sicherheitsbeamten viele gläubige Katholiken, die lieber auf den Papst als auf ihre Vorgesetzten gehört hätten.

Die konfliktgeladene Atmosphäre erreichte ihren Höhepunkt, als am 19. Oktober 1984 der oppositionelle Priester Jerzy Popiełuszko vom Sicherheitsdienst ermordet wurde. Zu seinem Begräbnis im Warschauer Stadtteil Żoliborz kamen etwa eine Viertelmillion Menschen, und die Zeremonie war ein Trauerakt und eine politische Demonstration in einem. Doch es war nicht diese Art Demonstration, die man bei der Pilgerreise des Heiligen Vaters erlebt hatte. »Damals war seine Person der Schild für Millionen gewesen«, notierte Szczypiorski, der sich ebenfalls unter den Trauergästen befand. »Heute standen die Polen von Angesicht zu Angesicht dem System gegenüber, ohne Deckung. Nur der Sarg des Märtyrers und die eigene Entschiedenheit schützte sie. Wir waren Hunderttausende. Und mit uns die Wahrheit über Gott, über Polen, über die Welt.«[21]

Nicht alle wollten diese Wahrheit in vollem Umfang wahrhaben. Es gab viele, auch im Umkreis des Schriftstellers, die behaupteten, für die Ermordung des Priesters seien gewiß keine Polen verantwortlich, weil die Polen so etwas nicht tun könnten. Für Szczypiorski war es nur eine neue Ausgeburt der polnischen Mythomanie: »Ich weiß, derartige Worte diktiert der Schmerz, das ist ein Aufschrei der Scham.«[22] Doch hinter dieser Scham lauere das ganze ungeschlachte Panorama der polnischen Vorstellung von der Welt, die bevölkert sei von Russen mit Sklavenseelen, französischen Froschfressern und armseligen englischen Krämern. Dort sei jeder Tscheche ein Pepi, jeder Rumäne ein Pferdedieb, jeder Deutsche ein gewissenloser Gauner. Und jeder Pole – ein Ritter der Muttergottes von Tschenstochau, der Königin Polens.

Welche Gerüchte die Ermordung des Priesters Jerzy Popiełuszko auch begleiteten – eine Zäsur in der Geschichte der antikommunistischen Opposition war sie allemal. In Szczypiorskis Augen markierte sie sogar den Anfang vom Ende des kommunistischen Regimes in Polen: Von diesem Moment an hätten die Kommunisten gewußt, daß sie in diesem Land nicht mehr lange regieren würden.

Einundzwanzigstes Kapitel

»Europolnischer« Roman

Der Pariser Exilverlag »Institut Littéraire« genoß von Anfang an einen besonderen Ruf. 1946 gegründet, hatte er sich schnell mit seinen ebenso politisch »unkorrekten« wie literarisch anspruchsvollen Buchpublikationen den führenden Platz in der polnischen Emigrantenszene erobert. Sein Markenzeichen war die Monatsschrift *Kultura*, um die sich solche »Bilderstürmer« und »Nihilisten« wie Witold Gombrowicz, Czesław Miłosz oder Gustaw Herling versammelten. Das Blatt war nicht einfach nur eine Exilzeitschrift, deren einzige Existenzberechtigung darin lag, das im Lande herrschende Regime zu bekämpfen. Es war vielmehr eine Institution, der die Polen fünf Jahrzehnte lang eine Kontinuität im politischen Denken und ein nonkonformistisches Modell nationaler Kultur verdankten. In den Augen der kommunistischen Kulturpolitiker galt sie folglich als der Feind Nummer eins.

Gründer und Chefredakteur der *Kultura* war Jerzy Giedroyc, der lange vor seinem Tod zu einer Legende der polnischen Nachkriegskultur geworden ist und ohne den – darin waren sich seine Freunde und seine Gegner einig – die Zeitschrift und der Verlag nicht lange existiert hätten. Der für seine Kompromißlosigkeit und antikommunistische Haltung bekannte Mann entstammte einer alten litauischen Fürstenfamilie, die im Laufe der Jahrhunderte teils russifiziert, teils polonisiert wurde. Obwohl seine unmittelbaren Vorfahren, die sich erst kurz nach der Oktoberrevolution in Polen niederließen, auf den Titel verzichtet hatten, wurde Jerzy Giedroyc allgemein »Der Fürst« genannt.

Allerdings war mit dieser Titulierung nicht nur seine aristokratische Abstammung gemeint: Als Chefredakteur der *Kultura* erinnerte er an einen absoluten, wenn auch verständnisvollen Monarchen. Nicht zufällig war immer von dem »Redakteur« statt von der »Redaktion« die Rede: Die Linie der Zeitschrift wurde von Anfang an von ihm bestimmt. Man sagte ihm gar nach, daß er das Blatt gegründet hatte, weil er sich nicht direkt politisch betätigen konnte. Schüchtern, in sich gekehrt, unfähig, eine Rede zu halten oder zu polemisieren, spann er von dem Sitz des »Institut Littéraire« aus – dem »souveränen Fürstentum von Maisons-Laffitte«, wie die kleine Villa in dem Pariser Vorort scherzhaft genannt wurde – unzählige Fäden, damit seine Vision von Polen Wirklichkeit wurde.

Auch nach der Wende galt er als eine der größten Autoritäten im Lande. Nahezu tagtäglich strömten Scharen von Politikern, Journalisten und Historikern nach Maisons-Laffitte, um seine Sicht der Dinge zu erfahren. Und der Fürst ging damit mit dem ihm eigenen Eigensinn um: Darüber, wem er »eine Audienz« gewährte, entschieden allein pragmatische Gründe. So kam es in seinen letzten Lebensjahren zu einem Bruch zwischen ihm und Gustaw Herling, einem seiner engsten Freunde und Mitarbeiter, nachdem er den anfangs heftig umstrittenen Präsidenten Aleksander Kwaśniewski empfangen hatte. Ein Postkommunist in der einstigen Bastion des Antikommunismus – das ging seinem Widersacher entschieden zu weit. Giedroyc jedoch wich von seinem Standpunkt nicht einmal um den Preis einer jahrzehntelangen Freundschaft ab: bis zum Schluß unbeugsam und kompromißlos, bis zuletzt um die politische Entwicklung Polens besorgt. Als er im Jahre 2000 vierundneunzigjährig starb, wurde das Erscheinen der *Kultura* wie selbstverständlich eingestellt: Die Weiterexistenz der Zeitschrift ohne ihren Gründer und einzigen Chefredakteur wäre einer Blasphemie gleichgekommen.

Mitte der achtziger Jahre waren sowohl die Zeitschrift als auch die »Bibliothek der *Kultura*«, die sorgfältig edierte Buchreihe mit dem unverwechselbaren grauen Einband, längst zu einem Forum für »offizielle« Autoren geworden. Neben Namen von Exilanten wie Gombrowicz, Miłosz und Herling waren dort also auch die von Jerzy Andrzejewski oder Zbigniew Herbert zu finden. So verwunderte es nicht sonderlich, als 1986 im »Institut Littéraire« plötzlich ein neuer Roman von Andrzej Szczypiorski erschien. Es war zwar das erste Buch, das er »bei Giedroyc« publizierte, aber er hatte bereits mehrmals für die *Kultura* geschrieben und gehörte außerdem seit Jahren jenen Kreisen an, für die das Zurückgreifen auf illegale Publikationsmöglichkeiten keinen sensationellen Beigeschmack mehr hatte.

Das Manuskript des Buches war nach Maisons-Laffitte über London gelangt, doch auch dieser Umweg hatte nichts Spektakuläres an sich. Als »Schmuggler« fungierte Szczypiorskis Freund, der seit vielen Jahren im Londoner Exil lebende Publizist Rafael F. Scharf, der seinen Freundschaftsdienst nach Jahren mit der lakonischen Feststellung quittierte: »Es war kein besonders riskantes Unterfangen. Wenn man dieses Manuskript bei mir gefunden hätte, hätte man es mir einfach weggenommen. Vielleicht hätte man meinen Namen mit einem Zeichen versehen und mir beim nächsten Mal Schwierigkeiten wegen des Einreisevisums gemacht. Nichts Gefährliches also.«[1]

Auf den ersten Blick deutete nichts darauf hin, daß ausgerechnet dieser Band der Reihe – in das einheitliche Grau gehüllt, nicht besonders opulent und mit dem unspektakulären Titel *Der Anfang* versehen – in naher Zukunft eine Weltkarriere machen sollte. Die Kenner von Szczypiorskis Prosa dürfen gar den Roman, der im okkupierten Warschau spielt und einige deutsche, polnische und jüdische Schicksale erzählt, ein wenig irritierend gefunden haben: Die Tatsache, daß es sich erneut um die Kriegsthematik handelte, hatte für sie nichts Verheißungsvolles an sich, haftete doch dem Autor seit Jahren das Prädikat »Märtyrer des deutschen Themas« an. Wie überrascht müssen sie gewesen sein, als das Buch – unter dem ungleich attraktiver klingenden Titel *Die schöne Frau Seidenman* – kurze Zeit später die Bestsellerlisten etlicher Länder eroberte.

Warschau im Jahre 1943. Es ist ein weiteres Okkupationsjahr, in dem in der Realität mehrere tragische Ereignisse aufeinander folgen: die Niederschlagung des Aufstands im Warschauer Ghetto, die Entdeckung des Massenmordes von Katyń, der mysteriöse Tod von General Władysław Sikorski, dem Chef der Londoner Exilregierung. Und auch die Schicksale der fiktiven Figuren – der schönen Arztwitwe, Frau Seidenman, und einiger weiterer Personen – sind ausnahmslos mit dem Okkupationsgeschehen verknüpft. Kaum hat man allerdings die ersten Kapitel des Romans gelesen, wird einem die Ungewöhnlichkeit der Erzählperspektive bewußt: Szczypiorski greift darin auf die Erinnerungen an seine Warschauer Kindheit und Jugend zurück, aber auch auf die ganze Erfahrungssumme seines Erwachsenendaseins im Nachkriegspolen, unter neuen politischen Umständen und unter neuen, durch den Krieg veränderten Menschen.

Eine nach der anderen, erzählt er die Geschichten einiger Warschauer, indem er von dem Okkupationsjahr 1943 ausgeht, weit in die Zukunft hinausläuft, zwanzig, dreißig, vierzig Jahre, oft bis zum letzten Lebensjahr der Figur, um jedes Mal zu dem Ausgangspunkt zurückzukehren, zu der »Kriegsausgabe« des Protagonisten, der anders als der allwissende Erzähler noch nicht weiß, daß ihm »eine Handvoll Leiden und eine Prise Illusionen«[2] bevorstehen.

Und erst wenn man die wiederholten Ausflüge in die Zukunft der Figuren verfolgt, mit denen Szczypiorski gekonnt die Paradoxa der polnischen Geschichte hervorhebt, hat man ein Porträt der polnischen Gesellschaft vor Augen, wie sie einmal war und wie sie hätte bleiben sollen. Damit sind sowohl die politischen Umstände als auch die Substanz dieser Gesellschaft gemeint – ihre Multinationalität oder besser: die Symbiose der Polen mit verschiedenen Minderheiten, mit Juden,

Ukrainern und Litauern, deren Liquidierung, so Szczypiorski bei verschiedenen Anlässen, mit einer Amputation zu vergleichen sei. Vor allem ohne die Juden, an die nach dem Krieg nur noch Denkmäler erinnerten, von denen »steinerne, schweigende Juden, deren Stimme niemand mehr hörte«[3], hinabblickten, seien die Polen »nicht mehr jene Polen, die sie einst waren und für immer hätten bleiben sollen.«[4]

Dieser Wunsch kommt in dem Buch an vielen Stellen zum Ausdruck, und man zweifelt keinen Augenblick daran, daß der junge Andrzej Szczypiorski sich in diesem multinationalen Polen richtig zu Hause fühlte. Wohl nicht zufällig werden Bilder jener Zeit, in der »Juden, Deutsche, Ukrainer, französische Erzieher aus den alten Gutshöfen, weißgardistische Flüchtlinge«[5] den noblen Sächsischen Garten füllten, und Bilder des Nachkriegspolen vom selben Paweł Kryński, dem Alter ego des Autors, heraufbeschworen. Und wenn man an einer Stelle liest: »Zum Glück war die nicht mehr so grausam wie früher, in Pawełs Jugendjahren, aber sie wurde unerträglich trivial«[6], dann versteht man Szczypiorskis melancholischen Ton und leise Ironie, die in seinem *Anfang* immer wieder herauszuhören sind.

Der deutsche Titel *Die schöne Frau Seidenman* klingt zwar viel effektvoller, allerdings ist er etwas irreführend und um die im Originaltitel steckende Doppelbödigkeit beraubt. Frau Seidenman ist nämlich genausowenig die zentrale Figur des Romans wie der Krieg sein eigentliches Thema. Auf den ersten Blick kann man sich vielleicht zu der Annahme verleiten lassen: Irma Seidenman, Witwe eines Röntgenologen, ist Jüdin, die dank ihrer blauen Augen und der Courage anderer auf der arischen Seite überlebt. Mit ihrem Schicksal sind die Schicksale vieler anderer verknüpft – des jüdischen Spitzels und ehemaligen Eintänzers Bronek Blutman, des Altsozialisten Filipek, des »guten Deutschen« Johann Müller, der »dieses Polen tief im Herzen liebt«[7], des kunstliebenden Schneiders Kujawski und einiger anderer.

Doch ob es Polen, Juden oder Deutsche sind, ist nebensächlich – die Ambivalenz ihrer Charaktere hebt die Trennlinie zwischen Opfern, Tätern und Mitläufern ohnehin auf. Es sind einfach nur Menschen, von denen die einen ihren großen Augenblick haben – wie Henio Hirschfeld, der freiwillig ins Ghetto zurückkehrt, oder der Berufsbandit Suchowiak, der Henios Schwester aus dem Ghetto hinausführt – und die anderen eines sinnlosen Todes sterben oder auf Kosten anderer überleben. Ihre Geschichten werden ohne Sentimentalität und hurrapatriotische Ausbrüche, dafür mit Humor und viel Verständnis für menschliche Sehnsüchte und Träume erzählt. Und obwohl das Buch von der Zerstörung der Illusionen handelt, klingt dennoch ein optimistischer Unterton durch. Die Überzeugung, daß die Menschen besser als ihre Taten seien, scheint Szczypiorski beim Schreiben dieses Romans oft begleitet zu haben.

»Der ganze Stoff meiner literarischen Arbeit ist meine Erinnerung« – diese von Szczypiorski so oft wiederholte Selbstauskunft gilt auch für *Die schöne Frau Seidenman.* Die Figuren und Situationen sind zwar erfunden, doch hinter jeder stecken unzählige reale Menschen und Ereignisse, die er im okkupierten Warschau gekannt und erlebt hat. Manchmal sind es Bilder, die sich im Gedächtnis aller Warschauer eingeprägt haben – wie das berühmt-berüchtigte Bild des Karussells vor der Mauer des brennenden Ghettos, das bis dahin in Jerzy Andrzejewskis Erzählung *Die Karwoche* und vor allem in Czesław Miłosz' vielzitiertem Gedicht *Campo di Fiori* zu finden war: »Der Wind trieb zuweilen schwarze / Drachen von brennenden Häusern, / Die Schaukelnden fingen die Flocken / Im Fluge aus ihren Gondeln. / Der Wind von den brennenden Häusern / Blies in die Kleider der Mädchen, / Die fröhliche Menge lachte / Am schönen Warschauer Sonntag.«[8] Einer der Rezensenten warf Szczypiorski vor, die Idee plagiiert zu haben, doch dieser wies den Vorwurf energisch zurück: Er habe Miłosz' Gedicht zum Zeitpunkt des Schreibens gar nicht gekannt. Das Karussell vor dem gespenstischen Hintergrund des Ghettos habe auf ihn einen sehr starken Eindruck gemacht, und das sei seine einzige Inspiration gewesen. Er sehe das Karussell immer noch vor sich, wie es sich in der Mitte des Krasiński-Platzes drehe. Dabei wisse er sehr wohl, daß es gar nicht in der Mitte gestanden habe. Doch eben ein solches Bild habe er ständig vor Augen gehabt.

Diese Erinnerung hält er in seinem Roman als ein apokalyptisches Bild fest, in dem alles enthalten ist – das stille Leiden der Opfer, die Gedankenlosigkeit der Zeugen, die Ohnmacht Gottes: »Am Tage, als man Professor Winiar begrub, drehte sich das Karussell auf dem Krasiński-Platz weiter, die Pferdchen galoppierten, die Kutschen schwankten, die Schlitten glitten, die Gondeln glucksten, die Fähnchen flatterten, die Mädchen kreischten, die jungen Männer riefen, die Drehorgel quietschte, der Mechanismus des Karussells dröhnte, die MG-Schüsse erklangen immer lauter, Artilleriegeschosse explodierten, Flammen rauschten, und nur das Stöhnen der Juden war jenseits der Mauern nicht zu hören, weil die Juden schweigend starben; sie antworteten mit Handgranaten und Handfeuerwaffen, aber ihre Lippen schwiegen, denn sie waren schon gestorben, mehr als je zuvor, sie hatten mannhaft den Tod gewählt, noch ehe er gekommen, sie waren ihm entgegengegangen, in ihren stolzen Augen leuchtete die ganze Erhabenheit der menschlichen Geschichte, spiegelten sich die Brände der Ghettos, die entsetzten Schnauzen der SS-Männer, die erstaunten Schnauzen der rund um das Karussell versammelten polnischen Gaffer.«[9]

Eine Jüdin, die, statt hinter der Ghettomauer zu leiden und zu sterben, irgendwo auf der arischen Seite frei herumläuft, möglicherweise sogar in jenem Augenblick in ihrem eleganten Kostüm hinter den Rücken der »polnischen Gaffer« vorbeihuscht, entspricht nicht gerade der üblichen Vorstellung von der Situation im okkupierten Warschau. Doch auch Irma Seidenman ist nicht allein ein Produkt schriftstellerischer Phantasie. Es gab viele solche Frauen im Vorkriegspolen: schöne, gebildete und wohlhabende Frauen jüdischer Herkunft. Szczypiorski wollte zwar keine bestimmte porträtieren – eine von ihnen hatte er aber beim Schreiben besonders oft vor Augen: eine Nachbarin, die seine erste Liebe war – er verehrte sie mit der ganzen Leidenschaft eines zehnjährigen, sensiblen Jungen – und während des Krieges ermordet wurde.

Er hatte keinen besonderen Grund, sie im Roman »Seidenman« zu nennen; der Name war unter den polnischen Juden so häufig wie »Kowalski« unter den Polen. Er konnte es aber natürlich nicht verhindern, daß mancher Leser die Figur auf seine Weise interpretierte. So bekam er eines Tages einen Brief aus New York, der von einem neunzigjährigen polnischen Juden, einem Rechtsanwalt namens Seidenman, stammte. Der Mann stellte sich als ein Bekannter von Szczypiorskis Eltern aus der Vorkriegszeit vor und bedankte sich überschwenglich für das Porträt seiner verstorbenen Frau. Er könne sich, schrieb er ferner, auch an ihn, Andrzej Szczypiorski, gut erinnern, und seine Frau habe ihn sogar einmal während der Okkupation erwähnt.

Auch andere Figuren haben mehr oder weniger ihre Entsprechung in seiner damaligen Umgebung. Eine, die ihm besonders nahe stand, war die des Richters Romnicki: Er hatte versucht, in dem alten Juristen den eigenen Vater zu porträtieren, im nachhinein bezweifelte er aber, ob er dessen starker, ungewöhnlicher Persönlichkeit gerecht geworden sei. Für viel gelungener hielt er die Figur von Henio Fichtelbaum, in dem er wiederum seinen Schulfreund Henryk Handelsman, den Enkel des bekannten Historikers und Philosophen Marcel Handelsman, verewigt hatte. Manchen Kritiker störten zwar die allzu reifen Divagierungen der beiden jugendlichen Protagonisten, Paweł und Henio, doch Szczypiorski verteidigte dies energisch: Unter den extremen Umständen des Krieges habe man sich sehr schnell aus einem Kind in einen erwachsenen Mann verwandelt, das wisse er nun mal aus eigener Erfahrung. Also gehöre auch Paweł, sein Alter ego, zu einer Epoche, »in der die jungen Leute erwachsen sein wollten. Sie trugen seit dem fünfzehnten Lebensjahr Herrenanzüge und verlangten nach Pflichten und Verantwortlichkeiten. Sie flohen die Kindheit, denn diese hatte ohnehin schon zu lange gedauert. Kinder haben keine Ehre, sie aber wollten Ehre haben um jeden Preis.«[10]

Welchen Anfang übrigens er selbst herbeisehnte, damals, als er im Warschauer Aufstand um die Existenz der Stadt und dann im KZ Sachsenhausen ums eigene Überleben kämpfte, verrät Szczypiorski in seinem Buch nicht. Er war nach eigener Aussage damals zu jung, um zu einer politischen Weitsichtigkeit fähig zu sein, erst aus der Perspektive des Jahres 1985, in dem er den Roman schrieb, sah er jene Zeit deutlich als den Anfang einer anderen Epoche. Er hätte auch ein solches Buch früher gar nicht schreiben können. Krieg war zwar schon immer sein Thema gewesen, doch zwanzig, dreißig Jahre zuvor war sein Blick – möglicherweise aus einem Selbstschutzbedürfnis heraus, da die Wunden noch sehr frisch waren – auf die Henker ausgerichtet. Für einen Roman, in dem er zum »Sprecher« beider Seiten werden sollte, mußte er also erst einmal reif werden, »als Mensch, als Schriftsteller, als Bürger meines Landes«[11].

Die Idee zu dem Buch kam ihm während des Kriegszustands; ohne diese Erfahrung wäre es möglicherweise gar nicht entstanden. In den Jahren unmittelbar davor hatte er ja vor allem seinem publizistischen Temperament und sozialen Engagement nachgegeben, mit Artikeln und Essays auf die aktuellen Ereignisse reagiert, aktiv an der Arbeit oppositioneller Organisationen teilgenommen. Erst der Kriegszustand und die Internierung lösten in ihm das Bedürfnis aus, einerseits sein Verständnis der Literatur und deren gesellschaftlicher Rolle zu überdenken, andererseits verschiedene private und kollektive Erinnerungen heraufzubeschwören und zu ordnen, eine Art Bilanz der letzten Jahrzehnte zu ziehen. Einige allgemeine Reflexionen hatte er bereits in den *Notizen zum Stand der Dinge* festgehalten: über die politischen Verhältnisse im Lande, über das Polen ohne Juden, die Emigration oder die Rolle der Intellektuellen. Jetzt wollte er all das und manches mehr in einer erzählerischen Form zu Papier bringen.

Ein paar Wochen nach der Pariser Ausgabe erschien das Buch im Untergrundverlag »Przedświt« (Morgengrauen). Die Auflage war zwar nicht sehr hoch, sie lag bei etwa 5000 bis 6000 Exemplaren, da jedoch alle Publikationen des »zweiten Umlaufs« eifrig kolportiert wurden, konnte man davon ausgehen, daß die Zahl der Leser mindestens zehnmal höher war. Wie so oft in Polen, zog das Erscheinen des Romans einige paradoxe Situationen nach sich: Die illegale Ausgabe wurde von regimetreuen Zeitungen rezensiert, und während die deutsche Übersetzung auf der Warschauer Buchmesse 1988 beschlagnahmt wurde, erschien in der Wochenschrift *Polityka* ein langer, enthusiastischer Artikel, in dem gefordert wurde, das Buch so schnell wie möglich in Polen zu publizieren.

In der Tat erschien ein Jahr später die »offizielle« polnische Ausgabe, und die Auflage betrug diesmal 100000 Exemplare. Der Verleger rechnete damit, daß sie sich in zwei, drei Tagen verkaufen würde und daß die Gesamtauflage bei 300000 Exemplaren liegen würde. Er hatte sich nicht getäuscht: Der Verkaufserfolg war enorm. Schließlich war die Nachricht von Szczypiorskis Triumph in Deutschland auch nach Warschau durchgedrungen, und seine achtjährige Abwesenheit auf dem offiziellen Markt tat ebenfalls das Ihre. Dennoch waren die Kritiker weit davon entfernt, Szczypiorskis »Rückkehr« mit einer einstimmigen Lobeshymne zu begrüßen. Die Rezensionen waren zwar überwiegend positiv, aber auch ein wenig reserviert. Immerhin zerstörte Szczypiorski sowohl durch die Geschichte der schönen Irma Seidenman als auch durch die historische Perspektive, die sehr unterschiedliche Fakten, die Politik Israels eingeschlossen, auf eine Ebene stellte, einige übliche Denkschemata.

Vor allem der Tabubruch, den er beging, indem er den Topos von den guten Polen und den schlechten Deutschen relativierte, weckte gemischte Gefühle. Man empfand seine Darstellungsweise fast schon als einen Angriff auf das nationale

Selbstgefühl, zumal diese Unterscheidung bis dahin fast in der gesamten polnischen Kriegsliteratur zu finden war. Die Kritik am eigenen Volk tat angesichts der milden Behandlung der Täter besonders weh, und daß es ausgerechnet ein Deutscher war, der »all diese polnischen Unvollkommenheiten, Zerrissenheiten, Idiotismen, Verworrenheiten, diese polnischen Snobismen und Schwindeleien, die Fremdenfeindschaft, die Hirngespinste und Mythen«[12] kritisch betrachten durfte, grenzte an eine Provokation.

Kurz nach dem Erscheinen der offiziellen Ausgabe führte die unermüdliche Warschauer Kritikerin Helena Zaworska ein langes Gespräch mit Szczypiorski. Der Text, der in der Zeitschrift *Literatura* erschien, war ein leidenschaftlicher, nur gelegentlich von Szczypiorski unterbrochener Monolog der Publizistin. Sie warf ihm vor, mit seinem Buch eine Art »Psychotherapie für alle« zu betreiben, deren Gefährlichkeit darin bestehe, die Gemeinsamkeiten zwischen den Menschen nicht durch das Negieren des Bösen in ihnen, sondern durch das Bestätigen ihrer bloßen Existenz zu suchen. »Diese therapeutische Funktion bescherte Ihnen den Welterfolg«, führte sie ihren Gedanken aus, »denn es gibt in der ganzen Welt kein Volk ohne Schuld. Die Reaktion war eine allgemeine Freude: Endlich haben wir, worauf wir gewartet haben. Doch mein privater Satan verdirbt mir diese Freude. Ich denke nämlich, daß die Grenze einer solchen Psychotherapie sehr fließend ist, denn man weiß nie, wann sie in die falsche Richtung überschritten wird.«[13]

Einige weitere Einwände hatte die temperamentvolle Literaturwissenschaftlerin in bezug auf die Figur der Frau Seidenman. Eine schöne, gebildete und sensible Frau, die in erster Linie das kultivierte Europa und erst dann das Polentum oder das Judentum verkörpere, erkläre den polnisch-jüdischen Konflikt in keiner Weise. Ein Außenstehender verstehe nach wie vor nicht, »warum diese schrecklichen Polen die Juden nicht liebten«[14]. Man vermisse sowohl unter den Polen als auch unter den Juden jenen Typus, der die Wurzeln des polnischen Antisemitismus erklären würde. An dieser Stelle zählte Zaworska alles auf, was ihrer Meinung nach die antisemitische Stimmung gefördert habe: das auf beiden Seiten herrschende Gefühl der Fremdheit, den Konkurrenzkampf im Geschäftsleben, die antikommunistische Einstellung der Polen, aus der die Abneigung gegen die mit dem Kommunismus sympathisierenden Juden resultiert habe. All diese Argumente quittierte Szczypiorski mit der Feststellung, sein Buch sei lediglich ein Ausdruck des Schuldbewußtseins der Polen, des Bedauerns, daß sie angesichts des Leids der Juden nicht genug getan hätten. Er habe schließlich nicht ein Lexikon der polnisch-jüdischen Beziehungen schreiben können.

Nicht alle Kritiker gingen mit ihm so hart ins Gericht. Die meisten würdigten seinen Versuch, sich dem heiklen Thema der polnisch-jüdischen Beziehung zu stellen, zumal es bis dahin hauptsächlich Schriftsteller jüdischer Herkunft getan hatten: Julian Stryjkowski, Adolf Rudnicki, Hanna Krall oder Henryk Grynberg. So schrieb der Krakauer Publizist Tadeusz Chrzanowski im Krakauer Wochenblatt *Tygodnik Powszechny*, Szczypiorski habe ihm mit seinem Roman einmal mehr vor Augen geführt, wie sehr das Polentum und das Judentum miteinander verwoben seien. Man könne lange darüber reden, wer was von wem übernommen habe – Tatsache sei, daß die Gemeinsamkeiten eine ganze Litanei bilden könnten. Dazu würden Individualismus, Chuzpe, Streitsucht, Arroganz, Hang zum Divagieren, Sentimentalität und manche Eigenschaft mehr gehören. »Es ist nicht Szczypiorskis Absicht gewesen, diese Gemeinsamkeiten zu zeigen«, stellte Chrzanowski abschließend fest, »im Gegenteil, er hat versucht, die Kartothek seiner Helden aufgrund von Gegensätzen zusammenzustellen. Und dennoch kreisten meine Gedanken bei der Lektüre von *Der Anfang* ständig um diese Analogien, die immer wieder zu der offenen Wunde des Antisemitismus und des Antipolonismus geführt haben.«[15]

Die Unterschiedlichkeit der Urteile galt nicht nur Szczypiorskis gedanklichen Ansätzen – auch seine Erzählweise weckte ambivalente Gefühle. Denn diese ganze deutsch-polnisch-jüdische Verflechtung, mit der er sich auseinandersetzt, ist in eine Struktur gepreßt, die manchem Rezensenten zu schematisch vorkam. »Ein guter Deutscher – ein schlechter Deutscher, ein guter Jude – ein schlechter Jude. Echte Meisterwerke weisen nie solche Symmetrien auf«[16], stellte einmal der Schriftsteller Józef Hen fest. Und ein Rezensent, dem er offensichtlich aus der Seele sprach, meinte seinerseits, die Okkupationsrealität in Szczypiorskis Roman werde auf biographische Anekdoten reduziert, deren Menge sich aber nicht gerade zu einer großen Metapher zusammensetze. Im Gegenteil, jede weitere Anekdote schwäche die vorangegangene ab, denn mit jeder weiteren werde das Schema, das der Konstruktion des Romans zugrunde liege, deutlicher sichtbar.

Viele Kritiker bemängelten schließlich die allzu häufigen publizistischen Passagen – sie fühlten sich durch die Tatsache gestört, daß die Konflikte nicht wirklich »geschehen«, sondern sich auf diskursiver Ebene abspielen würden – und die Vereinfachungen moralistischer und geschichtsphilosophischer Natur. Die bekannte Krakauer Literaturwissenschaftlerin Marta Wyka merkte an, hinter Szczypiorskis Hang zu ausschweifenden Synthesen und Verallgemeinerungen stecke wohl die Absicht, auf das historische Gesetz der »ewigen Nachahmung« hinzuweisen, doch »wenn es so ist, hätte er dem Roman einen archetypischen Charakter geben sollen«[17]. Denn sie bezweifle, ob man eine solche Operation an einem Text durchführen könne, dessen Poetik schließlich eindeutig realistisch sei.

Von allgemeiner Begeisterung der polnischen Rezensenten konnte also kaum die Rede sein. Dennoch gab es sowohl unter den »offiziellen« als auch unter den »Exilkritikern« genug Enthusiasten, die von Anfang an auf die Qualitäten des – bereits 1986 mit dem renommierten Preis der Londoner Exilzeitschrift *Wiadomości Literackie* bedachten – Romans hinwiesen. Etwa auf ein einzigartiges Gleichgewicht zwischen Universalität und Provinzialität, für das eine Rezensentin die

Bezeichnung »europolnisch« erfand. »Dieser Roman«, lobte sie in ihrem Text, »ist ein Ausdruck humanistischer Ideale, und gleichzeitig könnte man kaum ein Prosawerk finden, das so sehr voller polnischer oder sogar Warschauer Realien wäre, ganz zu schweigen von literarischen Anleihen und Anspielungen auf unsere nationalen Angelegenheiten, Mythen und Obsessionen.«[18]

Kurz vor seinem Tod, als *Die schöne Frau Seidenman* längst zum Kanon der modernen polnischen Literatur gehörte, wurde Andrzej Szczypiorski gefragt, ob er mit der Bezeichnung »Nationalepos« einverstanden wäre. Doch er winkte nur ab. Wenn er das Wort Epos höre, sagte er scherzhaft, habe er Lust, niederzuknien, so pathetisch klinge das. Doch er glaube nicht, daß in bezug auf sein Buch ein so hochtrabender Begriff nötig sei. Er möge kein übertriebenes Pathos – eine seiner Absichten sei es doch gewesen, ein unpathetisches Bild des Krieges zu zeichnen.

Zweiundzwanzigstes Kapitel

»Unsere schwarzen, älteren Brüder«

Die Warschauer Kirche zur Jungfrau Maria war in den achtziger Jahren einer jener Orte, an denen die »inoffizielle« Kultur blühte. Vorträge der sogenannten »Fliegenden Universität«, Lesungen von Autoren des »zweiten Umlaufs«, illegale Filmvorführungen und Theaterinszenierungen machten den heiligen Messen Konkurrenz. Im Jahre 1986, kurz nach dem Erscheinen der Pariser und der Untergrund-Ausgabe der *Schönen Frau Seidenman*, hielt dort Andrzej Szczypiorski einen Vortrag; sein Thema waren die polnisch-jüdischen Beziehungen. Er wiederholte an diesem Abend unter anderem, was er bereits in seinem Roman festgestellt hatte: daß die Polen ohne die Juden nicht mehr jene Polen seien, »die sie einst waren und für immer hätten bleiben sollen«[1]. Diesmal aber führte er es in einem viel persönlicheren Ton aus: »Lange Jahrhunderte hindurch entwickelten sich die Polen geistig – den Juden folgend oder gegen die Juden, immer aber mit den Juden! Und die Juden – ähnlich. Heute ist das nur noch Historie. Der Krieg hat das polnische Volk für seine gesamte Zukunft zur Waise gemacht. Es gibt sie nicht mehr, unsere schwarzen, älteren Brüder, die uns das Alte Testament vermacht haben, diese Brüder, unter denen Jesus geboren wurde, um der Welt die Frohe Botschaft zu verkünden.«[2]

In der überfüllten Kirche war es ganz still, das Publikum hörte ihm konzentriert zu. Das heikle Thema war bis dahin noch nicht oft behandelt worden, jede öffentliche Äußerung weckte folglich Aufmerksamkeit. Szczypiorskis Vortrag erwies sich auch als eine Art Vorbote. Am 11. Januar 1987 erschien nämlich in der Krakauer katholischen Zeitschrift *Tygodnik Powszechny* ein Artikel des Starkritikers Jan Błoński mit dem Titel *Die armen Polen blicken aufs Ghetto* (in Anlehnung an den Titel von Czesław Miłosz' Gedicht *Armer Christ blickt aufs Ghetto*), der eine der heftigsten Debatten der achtziger Jahre auslöste. Błoński forderte darin, die Polen mögen sich der Mitverantwortung an der Ermordung der polnischen Juden stellen, statt immer nach Entschuldigungen und Rechtfertigungen zu suchen. Sie sollten sich endlich eingestehen, daß sie zwar an dem Massenmord nicht direkt beteiligt gewesen seien, sich aber durch ihr passives Verhalten mitschuldig gemacht hätten. »Mit-Teilnahme und Mitschuld ist nicht dasselbe«, schrieb er an einer Stelle. »Man kann mitschuldig sein an einem Verbrechen, ohne daran teilgehabt zu haben. Zunächst durch Unterlassen oder ungenügenden Gegendruck. Oder kann man behaupten, daß er in Polen ausreichend war? Gerade weil er das nicht war, huldigen wir all denjenigen, die voller Heldenmut dieses Risiko auf sich genommen haben.«[3]

Die durch Błońskis Artikel provozierte Diskussion war, wie sich bald zeigen sollte, nur der Anfang. Denn nach der Wende von 1989 ist die Beschäftigung mit dem Judentum nahezu eine Art Mode geworden. Wie in vielem, was während der Kommunisten-Zeit als verpönt oder verboten galt, bestand auch hier ein enormer Nachholbedarf. Zahlreiche Symposien, Festivals und Ausstellungen sollten an den kulturellen Beitrag der polnischen Juden erinnern, neuentstandene Stiftungen und Komitees für den Erhalt jüdischer Denkmäler sorgen. Der rapide angewachsene Buchmarkt wartete plötzlich mit unzähligen einschlägigen Neuerscheinungen auf. Als wollte sich die Verlagsbranche darauf einstellen, daß das ethnische Vorkriegsbild Polens, in dem die Juden die stärkste Minderheit bildeten, demnächst wiederhergestellt werde, richtete man ganze Judaica-Reihen ein, gründete neue, ausschließlich dem Judentum gewidmete Verlage, brachte Klassiker der jüdischen Literatur heraus. Als Polen und Israel 1989 die nach dem »Sechstagekrieg« (1967) abgebrochenen diplomatischen Beziehungen wieder aufnahmen, öffnete sich der polnische Buchmarkt sofort für moderne israelische Autoren wie Amoz Oz, David Grossman, Uri Orlev, Ida Fink oder Miriam Akavia.

Die Werke der in Polen lebenden jüdischen Autoren hatten ebenfalls plötzlich Konjunktur: Bücher von Hanna Krall und Henryk Grynberg oder von Józef Hen, einem der engeren Freunde Andrzej Szczypiorskis. 1991 etwa erschienen seine vielbeachteten Erinnerungen mit dem Titel *Nowolipie. Eine jüdische Straße.* Dort, im Herzen des einstigen Judenviertels, war der 1923 geborene Hen aufgewachsen – nun erzählte er in seinem Buch die Geschichte seiner Kindheit und Jugend. Naturgemäß ist es zugleich die Geschichte des Viertels: der Verwandten und Nachbarn, der Freunde und Schulkameraden, der Lehrer und Handwerker, zu denen auch Hens Vater gehörte. Eine Geschichte, die ein intaktes Bild vermittelt, in der jeder, auch die polnischen Spielkameraden, Kinderfrauen und Dienstmädchen, ihren festen Platz haben und in der das Leben vom Rhythmus der täglichen Rituale, der Feiertage und der Jahreszeiten bestimmt wird.

Es gibt allerdings etwas, was dieses scheinbar harmonische Bild des einstigen jüdischen Lebens in Warschau konsequent stört: Eigentlich enden die Erinnerungen im September 1939, doch versucht auch Hen – ähnlich wie Szczypiorski in der *Schönen Frau Seidenman* – einen Abstecher in die Zukunft seiner Figuren zu machen. Nur enden diese Versuche, obwohl sie keinen fiktiven, sondern realen Gestalten gelten, meistens mit der gleichen Feststellung: »Ich weiß nicht, was für ein Schicksal der Herr Krelman hatte noch Jankiel, sein schlechterer Bruder, noch seine Frau, seine Tochter, sein Sohn, der ein so vorzüglicher Schüler war und einmal Professor werden sollte. Ich weiß nicht, wer von ihnen überlebt hat. Weiß gar nichts.«[4] Genau diese Ungewißheit macht Hens Erinnerungen zu einem Buch über, wie er es formuliert, »ganz normale, meist in der europäischen Tradition verwurzelte Leute, die zufällig Juden waren und deshalb ermordet wurden«[5].

Solche autobiographisch gefärbten Berichte waren bis dahin in der »offiziellen« polnischen Literatur nur selten zu finden. Die jüdische Thematik war zwar in der gesamten Nachkriegprosa präsent, doch immer mit gewissen Einschränkungen. Unmittelbar nach dem Krieg etwa schrieb die damalige literarische Doktrin, der Sozialistische Realismus, eine optimistische Weltsicht vor, in die das Bild der Judenvernichtung wenig paßte. Das Thema war um so mehr zu meiden, als es auch in der Nachkriegsgeschichte der polnischen Juden genug schmerzvolle Momente gab. Obwohl es unmittelbar nach dem Holocaust kaum vorstellbar war, daß der dezimierten Gemeinde noch einmal ein Leid zugefügt werden könnte, hatte das Schicksal für die Überlebenden manche neue schmerzvolle Erfahrung parat, etwa das berüchtigte Judenpogrom in Kielce, das 1946 für die erste Ausreisewelle der Nachkriegszeit sorgte. Und auch in den späteren Perioden, vor allem Ende der sechziger und Anfang der siebziger Jahre, als die antisemitische Hetzkampagne einen Massenexodus der polnischen Juden auslöste, war eine intensive Beschäftigung mit diesem Thema aus offizieller Sicht kaum angebracht. Außerdem widersprach das Erinnern an eine Minderheit und somit an einen Vielvölkerstaat den Grundlagen des neuen politischen Systems.

Um so lustvoller setzte sich mit der heiklen Frage die Exilpresse auseinander. So wurde 1979 in der Pariser *Kultura* eine vielbeachtete Debatte zwischen Andrzej Szczypiorski und jenem Rafael F. Scharf abgedruckt, der einige Jahre später das Manuskript der *Schönen Frau Seidenman* in den Westen schmuggeln sollte. Mit dieser Debatte begann die Verbindung, dann die Freundschaft beider Männer. Den Anfang machte ein Artikel Szczypiorskis, der den schlichten Titel *Polen und Juden* trug und ursprünglich für die deutsche Presse bestimmt war. Er wurde ohne sein Wissen in der Mai-Ausgabe der *Kultura* abgedruckt und einige Monate später von Scharf mit einer emotionsgeladenen Antwort bedacht.

Wie immer in solchen Fällen, ging es auch diesmal um die Haltung der Polen angesichts der Judenvernichtung während des Zweiten Weltkriegs, um die Beteiligung der jüdischen Kommunisten an der gewaltsamen Einführung des neuen Regimes und um die Vertreibung der letzten Juden aus Polen in den Jahren 1968/69. Die beiden Widersacher argumentierten mit viel Verve, ihre Betrachtungsweisen gingen oft auseinander, der Ton ihrer Statements war nicht immer sanft. In einem Punkt waren sie sich allerdings einig: »Die Wege der ›beiden traurigsten Nationen auf Erden‹ haben sich für immer getrennt. Die Schaffenskraft und das Talent der Juden werden nie wieder das polnische Leben und die polnische Kultur bereichern«[6]: Diese Gewißheit erfüllte sie beide mit Bedauern. Jahre später – sie waren längst gute Freunde geworden – schrieb Szczypiorski aus aktuellem Anlaß einen kurzen Text über Scharf, in dem er sich an einen besonderen Moment dieser Freundschaft erinnerte: »Eines Abends, vielleicht gab es sogar mehrere solche Abende, weinten wir zusammen über unsere getrennten Schicksale. Es gibt in dieser Welt nichts, was mehr verbindet, als solche gemeinsam vergossenen Tränen zweier alter Menschen.«[7]

»Unser Gedächtnis ist dunkel wie manche alten flämischen Ölbilder. Viel Schwarz, ein wenig Gold – und darüber hinaus nichts. Vielleicht ist es deshalb so würdevoll. Aber es bietet wenig Hoffnung.«[8] So heißt es in einer von Szczypiorskis zwölf Erzählungen, die, zu dem Band *Amerikanischer Whiskey* zusammengefaßt, im Jahre 1987, wenige Monate nach seinem Warschauer Vortrag, erschienen. Sie waren in den Jahren 1975–1982 entstanden, der Zeit seiner »großen außerliterarischen Aktivität«[9], wie er es in seinem Vorwort zur deutschen Ausgabe bezeichnete. Es gibt viele solcher Sätze in diesem Buch, die, ruhig im Ton, präzise in der Formulierung, ein wenig so anmuten, als wollte er sagen: Wir Menschen sind eben so, ich nehme mir nur das Recht, das laut auszusprechen, weil ich es besser formulieren kann als die meisten von euch.

Nein, es sei nicht sein Recht, hätte Szczypiorski wohl damals korrigiert, sondern seine Pflicht. Der Schriftsteller in Polen müsse, auch wenn ihm das nicht gefalle, die Rolle des Lehrers und Wächters der staatsbürgerlichen Tugenden spielen, schrieb er kurz vor dem Erscheinen des Buches in einem Zeitungsartikel. Er sei der Spezialist der Erinnerung. Damit meinte er zwar hauptsächlich jenes Verständnis der Schriftstellerrolle, das im 19. Jahrhundert galt – da das Land geteilt war und keine polnischen Institutionen des öffentlichen Lebens existierten, mußten die Schriftsteller den Part der Anführer der Nation übernehmen –, er machte aber auch keinen Hehl daraus, daß er sich gern in dieser Tradition sah. Für sein Gedächtnis schien also zu gelten: Wenn man ein altes flämisches Bild lange betrachtet, entdeckt man dort, wo man nur eine schwarze Fläche vermutet hat, undeutliche, aber sehr präzise Konturen. Und die sind für das Bild genauso wichtig wie das wenige Gold, vielleicht sogar wichtiger.

So sind seine Erzählungen zwölf fesselnde Skizzen aus der polnischen Geschichte der Jahre 1935–1981, vom Tod von Marschall Piłsudski bis zur Ausrufung des Kriegszustands, zwölf Bilder, die in der Schilderung Tragik mit Heiterkeit, im Ton Melancholie mit Ironie, im Urteil Strenge mit Nachsicht verbinden. Ähnlich wie in der *Schönen Frau Seidenman*, nur räumlich und zeitlich ausgedehnter, denn der Schauplatz ist nicht nur Warschau und die Zeit der Handlung nicht nur die des Zweiten Weltkriegs, erzählt Szczypiorski die Geschichte vieler gewöhnlicher Menschen – Polen, Juden, Deutscher –, stets darauf bedacht, sich dabei von den gängigen Denkschablonen und üblichen Vorstellungen fernzuhalten. Dies ist um so schwieriger, als den Hintergrund dieser Geschichten immer scheinbar eindeutige historische Ereignisse bilden, und um so überzeugender, als Szczypiorski – man spürt es – keine programmatische Anti-Schwarzmalerei betreibt, sondern dem simplen Bedürfnis folgt, in seinem Urteil gerecht zu bleiben.

Selbst wenn er die Szene seiner Verhaftung am 13. Dezember 1981 schildert *(Am besseren Ufer)* oder den Seelenzustand eines Funktionärs des Regimes ergründet *(»Die Beichte eines Kindes seiner Zeit« oder Das Herz des Funktionärs)*, versucht er bei aller bitterbösen Betrachtungsweise, die er seinen negativen Figuren angedeihen läßt, auch deren Gründe und Motive zu verstehen. Und wenn er dabei Worte wie »Patriotismus« oder »Ehre« verwendet, dann wirkt das bei ihm insofern ganz natürlich, als diese nostalgisch anmutende Prosa gleichzeitig unpathetisch genug ist und neben Melancholie und Traurigkeit genug ironische Distanz enthält, um sich solche Worte oder Formulierungen wie »Der Mensch will nicht mehr leben, wenn seine Welt stirbt«[10] zu leisten.

Ob »der schöne Nikodem«, der Onkel des Ich-Erzählers in der gleichnamigen Erzählung, dessen Welt an jenem Tag im Mai 1935 stirbt, an dem der Marschall Piłsudski zu Grabe getragen wird, oder »der Kaiser«, die Titelfigur einer anderen Geschichte, deren oberstes Gebot lautet, in jeder Lebenslage sich selbst treu zu bleiben: Szczypiorskis Protagonisten gehören oft jener unwiederbringlich vergangenen Welt an, in der ein bestimmter moralischer Kodex genauso selbstverständlich war wie geräumige Wohnungen mit Parkettfußböden, blankpolierten Messingklinken und Stukkaturen an den Decken. Ein Kodex, den einzuhalten aber heute nahezu genauso lächerlich und theatralisch wirken würde wie der Versuch, auf eine Beleidigung mit der Aufforderung zum Duell zu antworten. Denn in dieser Welt waren auch die Gefühle und Emotionen anders. »Sogar die Tränen der Verzweiflung oder der Freude, wenn jemand vom Tod seiner Angehörigen erfuhr oder sie unter phantastischen Umständen wiedertraf, sogar diese Tränen damals waren anders, theatralischer, ergreifender, voll jener ostentativen Expression, die das Authentische jedes Erlebnisses untergräbt.«[11]

Dennoch wird man von diesen Schicksalen berührt und bezaubert, als läse man seine eigene Geschichte, von der man bis jetzt nur nicht wußte, wie schön sie ist. Und man spürt auch die gleiche Unruhe wie der Held von *Der steile Pfad zum Himmel*, vor dem Krieg Sprößling einer begüterten und angesehenen Arztfamilie, im Nachkriegspolen ein müder, farbloser Durchschnittsbürger, am Grabe eines buckligen Volksdeutschen und dessen polnischer Geliebten: »Er kniete nieder und betete lange. Und konnte selbst nicht begreifen, warum er weinte, laut, verzweifelt und von Herzen weinte wie ein kleiner Junge oder ein Mensch, der unwiederbringlich etwas überaus Kostbares verloren hat, das er weder benennen noch für sich und andere bewahren kann.«[12]

Szczypiorski geht es allerdings nicht nur darum, ein nostalgisches Bild der vergangenen Epoche zu zeichnen und staatsbürgerliche Tugenden zu hüten – vielmehr versucht er, genau jene Überlieferungen, die längst zum Stolz der Allgemeinheit geworden sind, in Frage zu stellen oder ganz einfach zu korrigieren. »Wir müssen die eigenen Mythen und Legenden begraben«, hat er bei verschiedenen Anlässen wiederholt. Und genau diese Zerstörung der polnischen Mythen betreibt er in seinen Erzählungen – mal in aller Schärfe, als wäre er darauf aus, sich mit seinen Landsleuten richtig anzulegen, mal mit der ihm eigenen leisen Ironie. »Die Polen hatten sich alle, ohne jede Ausnahme, als heroische Antifaschisten erwiesen«, heißt es an einer Stelle, »keiner von ihnen hatte kollaboriert, alle hatten auf die Nazis geschossen, mit Kanonen oder wenigstens mit Zwillen, und jeder war bereit gewesen, sein Leben zur Verteidigung der verfolgten Juden einzusetzen, die sich als schrecklich undankbar entpuppten.«[13] Solche Stellen findet man in diesen Geschichten oft genug.

Doch auch wenn er eine unpopuläre Meinung verkündet – etwa indem er das Phänomen der Nazis zu erklären versucht (»Sie waren die Konsequenz der verstümmelten Menschennatur, des amputierten Europa.«[14]) oder die Ambivalenz menschlicher Natur konstatiert (»Sie waren zänkisch, egoistisch und heftig, sie waren auch uneigennützig und sanft.«[15]) –, tut er es in einem ruhigen Ton, klar argumentierend, ohne den Zeigefinger zu erheben. Und genau dieser Mangel an Bereitschaft, mit der offiziellen Geschichtsschreibung und mit den nationalen Mythen konform zu gehen, bewirkt, daß man ihn zwar nicht immer gern, dafür aber mit um so größerem Respekt als wahren »Spezialisten der Erinnerung« anerkennt.

Es lag Szczypiorski besonders viel daran, mit seinen Erzählungen möglichst viele Leser zu erreichen, und er war fest entschlossen, es nicht allein dem Zufall zu überlassen. Im Januar 1988 hielt er sich in Wien auf, anschließend wollte er nach Zürich und von dort zu einer längeren Lesereise nach Deutschland fahren. Trotz vieler Termine, die er in der österreichischen Hauptstadt hatte, nahm er sich die Zeit, von dort Jerzy Giedroyc, dem Direktor des Pariser Verlages »Institut Littéraire«, ein Exemplar des Buches und – ein Präzedenzfall in den Kontakten zwischen ihm und dem »Fürsten« – einen Brief zu schicken. »Ich übersende Ihnen mein neuestes Buch, den Erzählungsband *Amerikanischer Whiskey*«, schrieb er darin. »Er ist soeben im Warschauer Untergrundverlag ›Neutrino‹ in der ungewöhnlich hohen Auflage von 3000 Exemplaren erschienen – für den ›zweiten Umlauf‹ ist es ein riesiger Erfolg. Der Diogenes Verlag aus Zürich hat ihn bereits für den deutschen Markt eingekauft, doch ich bin schließlich ein polnischer Autor und schreibe in erster Linie für den polnischen Leser. Daß ›Neutrino‹ die Erzählungen herausgebracht hat, freut mich sehr, doch es befriedigt nicht meine schriftstellerischen Ambitionen und bedeutet auch nicht wirklich, daß das Buch richtig ›präsent‹ ist. Ohne Ihre Hilfe kann man heutzutage in unserer Literatur kaum etwas erreichen. Deswegen schicke ich Ihnen ein Exemplar des Bandes *Amerikanischer Whiskey* mit der Bitte, ihn bei sich zu verlegen.«[16]

Selbst die Tatsache, daß der Diogenes Verlag nicht nur diesen Titel, sondern auch, und zwar schon in wenigen Monaten, eine Neuausgabe von *Eine Messe für die Stadt Arras* herausbringen wollte, war ein schwacher Trost angesichts der Sorge um die Anwesenheit auf dem polnischen Buchmarkt. »Das alles ist sehr nett und schmeichelt mir sehr«, kommentierte er im besagten Brief die Pläne des Zürcher Verlages, »ich kann dadurch auch mit gewissem Optimismus in die Zukunft sehen, wenn es um die materiellen Dinge und den Unterhalt der Familie geht, doch auf diese Weise ist noch nicht dafür gesorgt, was für einen Schriftsteller am wichtigsten ist, nämlich für die Präsenz im Bewußtsein des eigenen, heimischen Lesers. Deswegen liegt es mir so viel daran, dass dieser Erzählungsband bei Ihnen erscheint.«[17]

Hatte dieser Wunsch, den ihm Jerzy Giedroyc übrigens nicht erfüllte, womöglich etwas mit der Entstehungsgeschichte des Bandes zu tun? Sie ging auf die Monate des »Solidarność«-Fiebers (1980/81) zurück, in denen die Schriftsteller, die bis dahin gegen das Veto der Zensur anzukämpfen hatten, ihr kurzes Comeback erlebten. Damals durften auch einige dieser Erzählungen in offiziellen Zeitschriften erscheinen, und der Warschauer Verlag »Czytelnik« bot Szczypiorski an, sie in einer Buchausgabe herauszubringen. Der Band, über den man sich geeinigt hatte, sollte zehn Erzählungen enthalten. Es kam jedoch anders: Es folgten der Kriegszustand und Szczypiorskis Verhaftung. Die beiden letzten Erzählungen der deutschen Ausgabe schrieb er im Internierungslager Jaworze.

»Als ich nach einigen Monaten die Freiheit wiedererlangte, war Polen ein anderes Land«, erinnerte er sich später. »Der Verleger gab mir das Manuskript zurück. Er durfte meine Werke nicht drucken.«[18] Auf einmal konnte er nachempfinden, wie sich die jüdischen Intellektuellen in den Jahren der antisemitischen Hetzkampagne 1968/69 gefühlt haben müssen: Es war die gleiche Atmosphäre der Demütigung, der Ohnmacht und der Angst. Und es gab noch eine zweite Parallele: Es waren in beiden Fällen überwiegend junge Menschen, Studenten und angehende Akademiker, die ihre berufliche Zukunft riskierten und sich der Verfolgung durch den Sicherheitsdienst aussetzten: damals um gegen die Schikanierung und Ausweisung jüdischer Schriftsteller zu protestieren, jetzt um wider das Verbot des Regimes die Werke polnischer Schriftsteller zu verbreiten. Das Schicksal der Polen und der Juden war wieder einmal mit einem unsichtbaren Faden miteinander verwoben – nur wer in diesem Land aufgewachsen war, konnte diese Verknüpfung erkennen.

In den späteren Jahren wurde Szczypiorski oft von westlichen Journalisten nach dem polnisch-jüdischen Verhältnis, insbesondere nach den Gründen des polnischen Antisemitismus, gefragt. Er ließ sich ungern auf solche Befragungen ein: Das Thema war zu komplex und zu schmerzhaft, um im Rahmen eines Interviews abgehandelt zu werden. Wenn er es aber tat, nannte er meistens drei Ursachen: die große Anzahl der Juden in Polen, die um ein Vielfaches höher gewesen sei als in irgendeinem Land Europas; die Haltung der katholischen Kirche, die sich oft offen antisemitisch gegeben habe, was in einem bäuerlichen, rückständigen Land wie Polen schnell auf fruchtbaren Boden gefallen sei; und schließlich das besondere Privileg der polnischen Juden, ihre ethnische und religiöse Besonderheit voll zu bewahren, das aber zugleich die Unterschiede zwischen Polen und Juden vertieft und auf beiden Seiten das Gefühl der Fremdheit verfestigt habe.

Er gab zu, daß antisemitische Tendenzen in Polen immer noch stark verbreitet seien, und kritisierte den anfälligen Teil seiner Landsleute, indem er mal von einem Zeugnis bodenloser Dummheit, mal von einer Art Schizophrenie sprach (womit er das polnische Phänomen eines Antisemitismus ohne Juden meinte). Allerdings bestand er auch darauf, daß dies ein gesamteuropäisches Problem sei, und ging zu einem energischen Gegenangriff über, wenn zu schnell die Gleichung »Pole = Antisemit« bemüht wurde. Gebe es etwa unter den Franzosen, den Deutschen, den Spaniern keine Antisemiten? – fragte er dann zurück. Woher seien denn im Mittelalter die Juden nach Polen gekommen, wenn nicht aus Spanien, aus Frankreich, aus dem Rheinland, wo sie Verfolgungen ausgesetzt gewesen seien? Die antisemitische Gesinnung sei in Polen tatsächlich stark verbreitet, aber man solle es nicht nur als eine polnische *specialité de la maison* betrachten. Das sei ein Problem der Geschichte Europas.

Besonders empfindlich reagierte er dann, wenn der Vorwurf des Antisemitismus von der jüdischen Seite kam. »Heutzutage gibt es in der Welt einige Juden«, schrieb er etwa in einem Aufsatz, »die behaupten, Polen sei die größte Brutstätte des Antisemitismus gewesen, was für meine Ohren ebenso lächerlich wie dumm klingt. Wenn die Polen nämlich die größten Antisemiten auf Erden waren – wie gewisse lächerliche, dumme Juden meinen –, weshalb hat sich dann ausgerechnet unter den Polen die größte Anzahl der europäischen Juden angesiedelt, warum haben sie gerade in Polen Jahrhunderte lang ihre Gemeinden gegründet und diesen schrecklichen Antisemitismus geduldig ertragen? Wenn es ihnen so schlecht ging, wie sie heute behaupten, wenn der polnische Antisemitismus so unerträglich war, konnten sie doch woanders hinziehen, unter eine gnädigere und freundlichere Sonne, wo es ihnen besser ergangen wäre. Und doch blieben sie in diesem ungastlichen Land.«[19]

Trotz dieser gelegentlichen Zornausbrüche ließ er keinen Zweifel darüber aufkommen, wie schmerzhaft für ihn die polnisch-jüdischen Animositäten waren. Schon an jenem Abend in der Kirche zur Jungfrau Maria schloß er seinen Vortrag ab, indem er die Hoffnung äußerte, »daß ich zur letzten Generation der Polen gehöre und meine jüdischen Altersgenossen zur letzten Generation der Juden, die gemeinsam die Bitterkeit des Antisemitismus und des Antipolonismus erfuhren«[20]. Diese Hoffnung hat sich leider nicht erfüllt – bis heute gibt es starke Ressentiments auf beiden Seiten –, doch damals, kurz vor der Wende, als der Umgang mit dem langjährigen Tabuthema erst neu gelernt werden mußte, schien es unter den Polen wie unter den Juden viele zu geben, die sie teilten. Als im Jahre 1989, gleich nach dem Sturz des kommunistischen Regimes, die Polnisch-Israelische Gesellschaft gegründet wurde, glaubte wohl niemand von ihnen, daß allein dies genüge, um den schwierigen Dialog zwischen Polen und Juden in die richtige Richtung zu lenken. Sie konnten aber zumindest sicher sein, daß deren erster Vorsitzender, Andrzej Szczypiorski, sich voll dafür einsetzen würde.

Dreiundzwanzigstes Kapitel

»Mein kluger Freund«

Auf die Frage, was das Verhältnis eines Schriftstellers zu seinem Übersetzer auszeichnen sollte, antwortete Szczypiorski einmal: »Grenzenloses Vertrauen«. Es war an einem Herbsttag in den späten neunziger Jahren, zu einem Zeitpunkt also, zu dem er allen Grund hatte, über solche Fragen zu sinnieren: Er war bereits seit Jahren ein international erfolgreicher Autor, für den die Kontakte zu verschiedensprachigen Übersetzern längst zum Arbeitsalltag gehörten.

An jenem Tag gab er mehrere solche Gedanken preis. Er sprach mit der ihm eigenen Neigung zu verhaltenem Pathos, sagte Sätze wie: »Die Originalschriftstellerei ist eine Häresie, denn dahinter steckt viel Hochmut. Das Übersetzen hingegen hat etwas von einem Priestertum, weil es aus Demut entsteht.«[1] Dann aber wechselte er zu scherzhaftem Ton, erzählte schnell einen Witz oder eine Anekdote. Etwa die von einer Warschauer Freundin, die miserabel Deutsch sprach und dennoch eine hervorragende Thomas-Mann-Übersetzerin gewesen sei. Seine Rede kam gut an, seine Zuhörer – die Studenten und Mitarbeiter der Universität Posen – waren sichtlich zufrieden. Sie hatten von dem berühmten Gast aus Warschau genau diese Mischung aus Ernsthaftigkeit und Jovialität erwartet. Denn die Veranstaltung, im Rahmen derer er sprach, war einem Mann gewidmet, dem der Erfolgsautor Szczypiorski eine Menge zu verdanken hatte: Klaus Staemmler.

In Deutschland, zumal in dessen westlichem Teil, war Staemmler seit langem als hervorragender Übersetzer polnischer Literatur bekannt. Immer wieder in einem Zug mit Karl

Dedecius genannt, war er nicht nur sein verdienstvollster Kollege, sondern gewissermaßen auch sein Pendant. Während nämlich Dedecius sich von Anfang an überwiegend dem Übersetzen der Lyrik widmete, war Staemmlers Domäne die polnische Prosa. Ob Jarosław Iwaszkiewicz, Maria Dąbrowska, Witold Gombrowicz, Stanisław Lem, Jan Józef Szczepański, Andrzej Kuśniewicz, Kornel Filipowicz oder Hanna Krall – es gab kaum einen großen polnischen Erzähler, dessen Werke nicht über den Schreibtisch des Frankfurter Übersetzers gegangen wären.

Er stammte aus Bromberg, wo er, wie er in seinem Lebenslauf anzugeben pflegte, »inmitten der deutsch-polnischen Gegensätze« aufgewachsen war. In den vierziger Jahren studierte er osteuropäische Geschichte in Göttingen, danach wandte er sich aber schnell dem Buchhändlerberuf zu: Gleich nach dem Studium übernahm er die Geschäftsführung eines buchhändlerischen Verbandes in Göttingen, um in den sechziger Jahren Dozent an der Deutschen Buchhändlerschule in Frankfurt zu werden – und bis zu seiner Pensionierung zu bleiben. Die Freizeit widmete er abwechselnd seiner Familie und seiner großen Leidenschaft: der Literatur seines Geburtslandes.

Über seine Polnischkenntnisse wurde verschieden geurteilt. Aber er beherrschte meisterhaft seine deutsche Muttersprache, und er behandelte seine Autoren mit größter Gewissenhaftigkeit und maximaler sprachlicher Loyalität. Sein Deutsch konnte, so Szczypiorski einmal, »um Farbe und Temperatur des Originals zu bewahren, manchmal dünn und brüchig wie Eis« werden. Doch er wußte immer, wann er innehalten sollte, wann sich jener »magische Bereich« öffnete, der »unzugänglich für jede Sprache, außer der des Originals«[2] war. Dies verdankte er zum großen Teil seiner Frau, die ein untrügliches Sprachgefühl hatte: Margret Staemmler, eine ehemalige Buchhändlerin, war seine engste Mitarbeiterin und zugleich die erste Rezensentin seiner Arbeit. Sie sah jeden von ihm übersetzten Text aufmerksam durch, und wenn er ihr die letzte Fassung laut vorlas, reagierte sie mit viel Gespür auf falsche

Töne, merkte sofort, wenn ein Stein mal nicht in das Mosaik paßte.

Obwohl er ohne weiteres ebenso prominent wie sein Kollege Karl Dedecius hätte werden können, zog Staemmler es immer vor, im Hintergrund zu bleiben. Seine ruhige Art, seine verhaltenen Gesten, sein bescheidenes Auftreten waren – anders als bei Dedecius, der seinerseits immer das Rampenlicht suchte – nur seinen Autoren, seinen Freunden und Kollegen bekannt, nicht aber dem breiten Publikum. »Womöglich empfindet er das als unangenehm«, sinnierte einmal Szczypiorski, »denn jeder Mensch möchte auch mal in der ersten Reihe sitzen; Staemmler setzt sich nie in die erste Reihe, es sei denn, andere hätten ihn dort hingezogen. Er selbst sucht immer eine Nische, den Schatten, als wollte er aus einem gewissen, verborgenen Winkel die Welt genau beobachten.« So sei er auch als Übersetzer: »Dem Anschein nach abwesend. Dabei hat er doch jedes Wort selbst ausgesucht, aus den Wörtern einen Satz gebaut, aus den Sätzen ein Fragment des Werkes, aus den Fragmenten die ganze Übersetzung.« [3]

Staemmler und Szczypiorski hatten sich bereits Ende der siebziger Jahre kennengelernt, es war aber eine dieser flüchtigen Begegnungen, die im Gedränge eines Literatentreffens stattfinden und weder menschliche noch berufliche Folgen haben. Szczypiorskis schriftstellerische Leistungen beeindruckten den vielbeschäftigten Übersetzer auch nicht dermaßen, daß er eine enge berufliche Verbindung für dringend erforderlich gehalten hätte. »Ich kannte den Autor seit Jahren«, wird er sich später erinnern, »ohne daß mir seine Bücher unter dem Gesichtspunkt ihrer Verwendbarkeit in deutscher Übersetzung einen speziellen Eindruck gemacht hatten.« [4] Das gelegentliche Eindeutschen von Szczypiorskis Zeitungsartikeln empfand er als vollkommen ausreichend.

Im Jahre 1986 wurde aber plötzlich alles ganz anders. Auf Umwegen über London und Paris bekam er ein Manuskript zugesandt: Es war Szczypiorskis neuester Roman, der den schlichten, nicht sehr verheißungsvollen Titel *Der Anfang* trug, dessen Inhalt und Form aber Staemmler sofort begeisterten. Er verliebte sich regelrecht in das Buch und beschloß, alles zu tun, um es in einem möglichst guten Verlag unterzubringen. Er schrieb ein umfangreiches Gutachten und schickte es an drei renommierte Verlagshäuser, für die er seit Jahren tätig war. Man kannte ihn dort, schätzte seine Arbeit und seine Meinung. In dem besagten Gutachten hob er geschickt – wohl die Gegenargumente der Verlage ahnend – die Stärken des Romans hervor: die ungewöhnliche Erzählperspektive und die differenzierende Zeichnung der Charaktere. »Worauf es dem Autor ankommt«, schrieb er, »ist die Schilderung des Endes einer Epoche in Polen. Er führt gute und schlechte Juden, gute und schlechte Deutsche, gute und schlechte Polen vor, bewegt sich also fernab der Schwarz-Weiß-Technik, von der die polnische Nachkriegsliteratur, soweit die Beziehungen zu den Deutschen eine Rolle spielen, dominiert wird.«[5] Der Roman bedürfte wohl stellenweise interpretierender Übersetzung oder erläuternder Anmerkungen, fügte er noch hinzu. Insgesamt aber sei er so gut, daß es jedem deutschen Verlag zur Ehre gereichen würde, ihn herauszubringen.

Dieser Meinung waren die drei auserwählten Verlage allerdings nicht. Alle drei Antworten kamen zwar recht schnell, hatten aber fast den gleichen negativen Wortlaut: Der Autor sei zu unbekannt und habe einen unaussprechlichen Namen, das Thema sei nicht attraktiv genug (wer würde sich heutzutage noch für den Zweiten Weltkrieg interessieren?) und es gebe darin zu viele verschiedene Figuren. Kurzum: Die Leser würden ein solches Buch nicht kaufen. Offenbar war die Zeit für diese Art Prosa damals, im Jahre 1986, noch nicht reif. Es mußte erst der fünfzigste Jahrestag der »Kristallnacht« (1938), der Ermordung von Janusz Korczak und Bruno Schulz (1942) oder des Aufstands im Warschauer Ghetto (1943) begangen werden, damit die Verlagsbranche einsehen konnte, daß Werke polnischer Autoren, die der deutsch-polnisch-jüdischen Thematik gewidmet waren – literarische Reportagen von Hanna Krall, Romane von Maria Nurowska oder dokumentarische Texte von Henryk Grynberg –, durchaus auf Interesse des deutschen Lesepublikums stießen.

Die Einwände der angeschriebenen Verlage irritierten Staemmler dermaßen, daß er sich schließlich die Zeit nahm, eine Probeübersetzung anzufertigen, was bei ihm äußerst selten vorkam. Er wollte damit gerade seine Suche fortsetzen, als er zufällig mit einem Vertreter des Zürcher Diogenes Verlages ins Gespräch kam. Dieser riet ihm, das übersetzte Fragment an Daniel Keel, den Leiter des Hauses, zu schicken. So geschah es auch, allerdings war es eher ein halbherziger Versuch: Daß ein Verlag, der keine polnischen Namen in seinem Programm hatte (der Dramatiker Sławomir Mrożek sollte erst Anfang der neunziger Jahre zu den Hausautoren stoßen) und in erster Linie auf anspruchsvolle Unterhaltungsliteratur setzte, sich für das Buch gewinnen lassen könnte, erschien Staemmler ziemlich unwahrscheinlich.

Um so größer war seine Überraschung, als am 28. April 1987 – um 12 Uhr mittags, wie er in seiner peniblen Art notierte – sein Telefon läutete und er in dem enthusiastisch klingenden Anrufer Daniel Keel erkannte. Er bekam von ihm nicht nur die erhoffte Zusage, sondern auch ein Lob für seine Übersetzung, die praktisch keine Korrekturarbeit mehr erfordere. Von nun an hatte er einen Verbündeten, der seine Begeisterung für das Buch uneingeschränkt teilte. Jetzt ging es nur noch darum, den Rest der deutschen Fassung zu besorgen und einen attraktiver klingenden Titel zu finden. (Den Vorschlag des Verlages, sich ein Pseudonym zuzulegen, hatte Szczypiorski energisch zurückgewiesen.) Auch in diesem Fall war es Margret Staemmler, die, nach etlichen schnell wieder verworfenen Ideen, den, wie sich bald herausstellen sollte, glücklichen Einfall hatte, eine Figur in den Vordergrund zu stellen und das Buch *Die schöne Frau Seidenman* zu nennen.

Im Spätherbst 1987 war die Übersetzung fertig. Am 6. Dezember konnte Staemmler seiner Lektorin mitteilen, daß er soeben einen Brief vom Autor bekommen habe, in dem es unter anderem hieß: »Ich habe das ganze Buch zweimal gelesen und bin Ihnen wirklich von Herzen dankbar für Ihre große und fruchtbringende Mühe. Die Übersetzung ist ungewöhnlich schön und treu. Es gibt ganze große Partien, die fast wörtlich so klingen wie im Polnischen, was ich ganz einfach für unerreichbar gehalten hatte. Gleichzeitig hat mir die Lektüre Ihrer Übersetzung erlaubt, mich an der Schönheit der deutschen Sprache zu delektieren, in der zu meiner Verwunderung bestimmte Formulierungen besser klingen als im polnischen Original.«[6] Dies, fügte Staemmler in seiner lakonisch-bescheidenen Art hinzu, verstehe er als »eine Art von Autorisierung der Übersetzung«.[7]

Von jetzt an lief alles, wie es schien, mühelos. Seit Anfang 1988 konnten die Leser der *Frankfurter Allgemeinen Zeitung* den Roman im Vorabdruck lesen, und als er ein paar Wochen später – mit einem anmutigen Frauenporträt von Gustav Klimt auf dem Schutzumschlag – in Buchform erschien, stellte sich der Erfolg so schnell ein, als wäre es ein langerwarteter neuer Roman eines Bestsellerautors gewesen. All die Argumente, mit denen die Verlage seinerzeit das Buch abgelehnt hatten, spielten keine Rolle mehr. Im Gegenteil: Das Erscheinungsjahr, in dem man zum fünfzigsten Mal der Pogromnacht von 1938 gedachte, sorgte für eine plötzliche Aktualität der Thematik, die vielen Zischlaute, aus denen der Name des Autors bestand, schienen eine fast magische Aura zu verströmen, und er selbst ging mit der Aufmerksamkeit der deutschen Medien so selbstverständlich um, als hätte er sein Leben lang nichts anderes getan.

Kaum war das Buch erschienen, schon machte er im Februar und März 1988 eine Lesereise, wodurch er, so feierlich dies klingen mag, der Rezeption der zeitgenössischen polnischen Literatur in Deutschland eine neue Qualität gab. Denn auf einmal war ein Schriftsteller da, der – anders als die meisten seiner polnischen Kollegen, die sich am liebsten hinter ihren deutschen Übersetzern, vor allem hinter dem charismatischen Karl Dedecius, versteckten – den direkten Kontakt, das Gespräch, den Austausch mit den Lesern geradezu suchte.

Und dem Publikum fiel es sichtlich schwer, diesem hochgewachsenen, grauhaarigen Mann mit den freundlichen Gesichtszügen und weitausholenden Gesten, der in gutem, wenn auch nicht fehlerfreiem Deutsch seine Gedanken formulierte und sich dabei bei seinen Zuhörern ohne eine Spur von Verlegenheit nach der Richtigkeit seiner Wortwahl erkundigte, zu widerstehen.

Gewiß, das Buch hatte auch das Glück, in keinem Geringeren als Marcel Reich-Ranicki einen enthusiastischen Rezensenten zu finden. Der sonst der polnischen Literatur, zumal der polnischen Prosa, wenig wohlgesonnene Starkritiker fand für den unbekannten Autor (und seinen Übersetzer) nur lobende Worte. »Er ist schon ein seltener Vogel, dieser Andrzej Szczypiorski aus Warschau«, stellte er in seiner Rezension verwundert fest. »Geruhsam und gemächlich erzählt er und dennoch im Tempo, gelassen schreibt er, doch stets mit Witz und Pfiff. Zwar scheint er abgeklärt, aber er kann nicht aufhören, sich über seine Zeitgenossen zu wundern. Sein Polnisch, das immer wieder von der Alltagssprache, zumal vom Warschauer Dialekt profitiert, ist saftig und deftig – und es wurde, daß wir es nicht vergessen, von Klaus Staemmler mit Umsicht und Geschick in ein lebendiges und klares Deutsch übertragen.«[8]

Die enthusiastische FAZ-Rezension des »Literaturpapstes« war erst der Anfang – eine Woche später wurde der Roman an erster Stelle und nicht minder positiv im »Literarischen Quartett« besprochen. Daß er daraufhin in allen wichtigen Medien rezensiert wurde, sich in kürzester Zeit in mehr als 100 000 Exemplaren verkaufte und über ein Jahr lang auf der *Spiegel*-Bestsellerliste stand, war eine beinahe selbstverständliche Konsequenz. Als Szczypiorski im Oktober desselben Jahres auf der Frankfurter Buchmesse erschien, galt er plötzlich als der wichtigste Gast neben Umberto Eco. Sein Auftritt war ein gemeinsamer Erfolg von ihm und Daniel Keel, der sich zum zweiten Mal innerhalb von drei Jahren rühmen konnte, einen Weltbestseller herausgebracht zu haben: Der Triumph der *Schönen Frau Seidenman* war durchaus mit dem von Patrick

Süskinds Roman *Das Parfüm* (1985) zu vergleichen. In kurzer Zeit wurde das Buch in über dreißig Sprachen übersetzt und feierte vor allem in den USA und in Lateinamerika einen weiteren überwältigenden Erfolg. (Der deutsche Titel wurde übrigens von fast allen anderen ausländischen Verlegern übernommen; *Der Anfang* heißt außer der polnischen Originalfassung nur die norwegische Übersetzung.)

Seitdem jubelten die deutschen Journalisten, mit Szczypiorski sei erstmals seit dem Welterfolg von Henryk Sienkiewicz' Roman *Quo Vadis?* (1896) ein polnischer Bestsellerautor ins westliche Rampenlicht gerückt. In Polen wiederum versuchte man seinen kometenhaften Aufstieg mit dem Nobelpreis für Czesław Miłosz zu vergleichen, doch der Vergleich hinkte, denn letzterer ging ja nicht halbwegs mit einem solchen Publikumserfolg einher. Und für die deutschen Leser, zumal für die weniger informierten, wurde der Roman oft zur besten, wenn nicht gar zur einzigen Informationsquelle über Polen, die polnische Geschichte oder das deutsch-polnische Verhältnis. Gelegentlich führte dies zu Situationen, deren Peinlichkeit nur von ihrer Komik übertrumpft wurde: »Ich weiß so wenig über Polen«, gestand einmal eine wissensdurstige Dame einem Mitarbeiter der deutschen Botschaft in Warschau. »Würden Sie mir ein paar Bücher empfehlen? Sollte ich vielleicht *Die schöne Frau Seidenschwanz* (!) lesen?« Doch was wirklich zählte, war das neugeweckte Interesse für Polen und seine Belange.

Für den polnischen Shootingstar und seinen Übersetzer war es der Beginn einer langen, intensiven Zusammenarbeit. Sie war trotz Staemmlers Meisterhaftigkeit nicht immer einfach; es kam vor, daß er an die Grenzen seines Könnens stieß. Etwa dann, wenn er Passagen zu übersetzen hatte – und solche gab es in Szczypiorskis Prosa mehr als einmal –, die einen Satz bildeten, sich aber über mehrere Seiten erstreckten. Im polnischen Original erzeugten solche Fragmente eine bestimmte Atmosphäre, bewirkten, daß es auf einmal stickig und dunkel oder daß die emotionale Zerrissenheit des Helden spürbar wurde – im Deutschen klangen sie nur bemüht und holprig. Dann führten die beiden lange Gespräche: Staemmler argumentierte langsam und ruhig, ohne sich aus dem Gleichgewicht bringen zu lassen – der ungeduldige, temperamentvolle Szczypiorski ließ diese Monologe unter Qualen über sich ergehen. Dennoch fühlte er meistens, daß sein Übersetzer recht hatte. Und daß er diesem Gefühl nachgeben sollte.

Nach dem Tod von Klaus Staemmler (1999) schrieb er an die Witwe einen Brief, in dem er den Verstorbenen als »mein kluger Freund« bezeichnete. Diese Formulierung gefiel Margret Staemmler sehr; nach ihrem Empfinden drückte sie genau das aus, was die gegenseitige Beziehung der beiden Männer charakterisierte: Nähe und Distanz zugleich. Die dezente Titulierung sollte wohl aber auch ein Ausdruck der Dankbarkeit sein. Denn ohne den stillen Mann aus Frankfurt, der schneller als alle anderen die Qualitäten eines Romans erkannte, hätte es die atemberaubende Karriere des Schriftstellers Andrzej Szczypiorski höchstwahrscheinlich so nicht gegeben.

Vierundzwanzigstes Kapitel

»Nicht urteilen – verstehen«

»Ich bin ein Pole, der den Krieg bewußt erlebt hat. Es ist also kein Wunder, daß Deutschland mehr als ein anderes Land in meinen Gedanken und in meinem inneren Leben anwesend ist. Ehrlich gesagt, ist es in mir mehr anwesend als Polen, denn Polen atme ich, Polen ist meine Existenz, es ist mit mir identisch, und Deutschland gehört der Sphäre meiner Gedanken und Träume.«[1] Dies sagte Andrzej Szczypiorski im Jahre 1990, als er in den Münchner Kammerspielen eine *Rede über Deutschland* hielt.

War es womöglich dieses besondere Verhältnis zu Deutschland, das ihm half, so schnell die literarische Öffentlichkeit hierzulande zu erobern? Denn der überwältigende Erfolg, den er zwei Jahre zuvor mit der *Schönen Frau Seidenman* feierte, war bekanntlich nur der Auftakt. Seitdem legte der Diogenes Verlag Jahr für Jahr einen weiteren Titel von ihm vor, und die Höhe der Auflagen und die Zahl der Preise und Auszeichnungen, mit denen er bedacht wurde, machten ihn schnell zu einer Berühmtheit, die aus dem deutschen Literaturbetrieb nicht mehr wegzudenken war. Hinzu kam seine Dauerpräsenz in den Medien, die ihn bald zur wichtigsten Person der deutsch-polnischen Angelegenheiten machte. Ein Publizist der Breslauer Monatsschrift *Odra* ließ sich gar Jahre später – der Schriftsteller war bereits tot – zu religiösen Vergleichen hinreißen und meinte, Szczypiorski sei der höchste Priester der deutsch-polnischen Verständigung gewesen, gegen den alle anderen Polen, die sich am Ritual der Versöhnung mit Deutschland beteiligten, wie anonyme Meßdiener gewirkt hätten.

9 In seiner Villa in der Idzikowski-Straße, Anfang 1995

10 Mit Klaus Staemmler, seinem deutschen Übersetzer, 1992
11 Auf der Frankfurter Buchmesse nach dem Erscheinen der deutschen Ausgabe des Romans »Die schöne Frau Seidenman«, 1988
12 Mit Marek Edelman, dem letzten lebenden Anführer des Ghettoaufstandes, um 1996

Andrzej

13 Mit dem polnischen Staatspräsidenten Aleksander Kwaśniewski, 1997

14 Der damalige deutsche Bundesminister für Auswärtiges, Klaus Kinkel, überreicht Andrzej Szczypiorski das Große Verdienstkreuz mit Stern des Verdienstordens der Bundesrepublik Deutschland, 9. Januar 1995

15 Empfang bei der niederländischen Königin Beatrix (Foto Damazy Kiatkowski)

16 Nach der Verleihung des Ordens Pour le Mérite für Wissenschaften und Künste, 1995

17 Mit Elżbieta Borowiecka und dem Leiter des Diogenes Verlages, Daniel Keel, Juli 1999

18 Andrzej Szczypiorski, Oktober 1991 in München
(Foto Isolde Ohlbaum)

Diese Sichtweise ist wohl ein wenig übertrieben: Es gab (und gibt) auch andere polnische Intellektuelle, die sich durchaus wirksam am deutsch-polnischen Dialog beteiligten – Władysław Bartoszewski, Janusz Reiter oder Adam Krzemiński, um nur drei Beispiele zu nennen. Doch in der Tat besaßen sie weder so viele persönliche Qualitäten wie Szczypiorski noch die Fähigkeit, mit dem deutschen Publikum auf eine ähnlich ungezwungene Weise zu kommunizieren und ihm genauso mühelos die ganze Kompliziertheit des Polentums zu erklären.

Szczypiorski selbst nahm seinen enormen Erfolg in Deutschland von Anfang an gelassen. Lag es daran, daß die Auflagen seiner Bücher woanders, in den südamerikanischen Ländern etwa, noch höher waren, daß die Kritiker in Frankreich, Schweden, Holland oder Italien noch enthusiastischer reagierten, daß der deutsche Erfolg nichts (wie er behauptete) im Vergleich mit dem war, den er in Amerika hatte? Oder war es schlicht sein Alter, das ihm half, die immergleiche Freundlichkeit und Entspanntheit an den Tag zu legen? Es könnte sein, gab er einmal zu, daß er zwanzig oder dreißig Jahre früher anders auf den Erfolg reagiert hätte: Er wäre übermütig geworden und hätte eine Menge Dummheiten gemacht. Jetzt aber war er nicht mehr so schnell aus dem Gleichgewicht zu bringen und konnte selbst mit den materiellen Vorzügen seiner internationalen Karriere gelassen umgehen. Sein Leben lang hatte er in bescheidenen Verhältnissen gelebt, der plötzliche Reichtum imponierte ihm also auch nicht mehr.

Nur einen lange gehegten Traum hatte er sich erfüllt: ein eigenes Haus. Von dem Geld, das er für die Übersetzungen der *Schönen Frau Seidenman* bekommen hatte, konnte er für sich und seine Familie eine alte Villa im Süden der Stadt, in der Idzikowski-Straße, kaufen. Als sie Mitte 1990 fertig eingerichtet war, freute er sich wie ein Kind. Voller Stolz führte er die Gäste durch die einzelnen, ein wenig dunklen Räume: das Speisezimmer, den Salon und natürlich sein Arbeitszimmer, in dem Lichtstrahlen von außen genau auf die Schreibtischplatte fielen, und die gemütliche Ledergarnitur zum Verweilen einlud, wovon Journalisten, Freunde des Hauses und die nach wie vor zahlreichen Haustiere abwechselnd Gebrauch machten. Er freute sich auch über den Garten – weil man sich dort im Sommer mitten im Grünen niederlassen konnte, hauptsächlich aber wegen der Hunde, die er nicht mehr so oft wie früher ausführen mußte. Er ging zwar nach wie vor gern mit ihnen spazieren, doch weniger wegen deren physiologischer Bedürfnisse, als um dabei in Gedanken ein neues Buch zu konzipieren.

Solche Annehmlichkeiten, zu denen auch ein neuer Sportwagen in auffälligem Rot, komfortable Hotels während der Reisen oder erlesene Kleidung gehörten, genoß er durchaus. Im großen und ganzen hatten sich aber durch den Erfolg weder sein Lebensstil noch seine Art geändert. Nur gelegentlich beschwerte er sich, daß die plötzliche Beliebtheit und die Art der deutschen Journalisten, mit einem Prominenten umzugehen, für ihn doch eine starke nervliche Belastung seien. Fast täglich, schrieb er bereits im Sommer 1989 in *Die Zeit*, müsse er dieselben Fragen beantworten, die von völliger Unkenntnis seiner Person, seines Werks und seines Landes zeugen würden. Das sei »eine Art Katorga«, von der er in seinem »langen und gefährlichen Leben bisher keine Ahnung hatte«.[2] Ein halbes Jahr später hatte seine Widerstandskraft noch stärker nachgelassen. »Ich bekomme Gänsehaut«, gestand er damals einer polnischen Journalistin, »wenn ich daran denke, was mich erwartet, wenn ich vor meinem Hamburger Hotel aus dem Taxi steige. Ich werde sofort von einer Horde Journalisten befallen, die mir oft alberne, primitive Fragen stellen. Und ich werde sie nicht los. Sie erwischen mich beim Frühstück, kommen, wenn es sein muß, durchs Fenster.«[3] Dies sei der Preis, den er für die Popularität zahle.

Er tröstete sich zwar mit dem Gedanken, daß sie nur von kurzer Dauer sein werde, weil die Kurzlebigkeit in der Natur der Popularität liege, doch seine Rechnung ging nicht auf. Offenbar wußte er zu dem Zeitpunkt noch nicht, daß in der Natur der westlichen Medien wiederum Bequemlichkeit und

Hang zur Nachahmung liegen und daß man folglich auf seine einmal erkannten Qualitäten nicht so schnell wieder verzichten würde. Erst im Laufe der Zeit sollte er sich an seine neue Rolle als Dauerobjekt der journalistischen Begierde gewöhnen. Was ihn aber noch mehr belastete, waren die hohen Erwartungen, die man plötzlich in seine schriftstellerischen Fähigkeiten setzte. Auch das sei für ihn etwas Neues, vertraute er der besagten Journalistin an. Der Erfolg der *Schönen Frau Seidenman* wirke wie eine Lokomotive: Er ziehe nicht nur das nach sich, was er davor geschrieben habe, sondern auch das, was er in Zukunft schreiben werde. Letzteres sei besonders schlimm, denn dadurch stehe er auf einmal unter dem Zwang, ein weiteres »Meisterwerk« zu schaffen. Zum ersten Mal in seinem Leben fürchte er, den Erwartungen nicht gerecht zu werden.

In der Tat löste seine Prosa hierzulande nicht immer nur Begeisterungsstürme aus. Während er für die einen »hochkarätige reflexive, anschauliche Texte« schrieb, »gefedert mit Ironie, satt von Erlebtem und durchtränkt von einer schier übermenschlichen Menschlichkeit«[4], fühlen sich die anderen durch seinen Mut zur Sentimentalität und zur pathetischen Geste ein wenig verstört. Nicht minder umstritten war sein Hang zu polemischen Einlagen: Manche fanden seine Prosa gerade dann besonders gut, wenn er zu politisieren begann, andere hingegen warfen ihm an diesen Stellen die Neigung zum »Leitartikeln« vor. Im großen und ganzen aber schätzten die Kritiker seinen Erzählstil, so vor allem seine ruhige Narration, die Humor und Wärme ebenso einschloß wie (selbst)ironische Distanz, und seine Zeichnung der Figuren, die von viel Verständnis für menschliche Träume und Ängste zeugte. Auch seine Fähigkeit, scheinbar mühelos zwischen der Makro- und Mikroskala zu wechseln, weckte Bewunderung. Er würde, schwärmte einmal ein Rezensent der *FAZ*, so erzählen, daß jede Einzelheit wie durch ein Fernglas für sich allein zu sehen sei. Dann aber würde er das Glas umdrehen, wodurch alle Details plötzlich so klein seien, daß man nur noch den Zusammenhang sehe. Gerade dieser häufige Wechsel der Erzählperspektiven löste immer wieder das Bedürfnis aus, neu zu überdenken, was längst zu einem Dogma geworden war.

Im Jahre 1991 erschien im Posener Nachrichtenmagazin *Wprost* (Geradeheraus) ein Artikel mit dem bezeichnenden Titel *Abschied vom Märtyrertum*, dessen Autor, Wiesław Kot, der Frage nachging, warum die Deutschen so gern Szczypiorskis Bücher lesen würden. Er kam zu dem Schluß, daß dies aus drei Gründen geschehe. Erstens wegen der Anständigkeit: Den Deutschen falle es schwer, sich in den Büchern jener osteuropäischen Autoren wiederzuerkennen, die alles Böse, das in der Kriegszeit passiert sei, ausschließlich der legendären »germanischen Bestie« zuschreiben würden. Diese Darstellungsweise sei für sie unbrauchbar, zumindest wenn sie ihnen helfen sollte, sich selbst aus jener Zeit zu verstehen. Deshalb würden sie sich so gern auf Szczypiorskis Intuition verlassen. Er gehe nämlich noch einen Schritt weiter als jene Schriftsteller, die den Verbrechern der Hitlerzeit einen großen Persönlichkeitsbruch zuschreiben würden: Er zeige Verbrecher, die nach eigenem Empfinden niemals aufgehört hätten, anständige Menschen zu sein.

Als zweiten Grund nannte Kot die Kraft der Tradition. Szczypiorski sei überzeugt, daß die im kollektiven Gedächtnis der Europäer gespeicherte Tradition selbst den Totalitarismen des 20. Jahrhunderts widerstanden hätte. Diese Meinung zu teilen falle den Deutschen, die ihre gesellschaftliche und wirtschaftliche Ordnung längst wiederaufgebaut hätten, leichter als den Polen, für die das infolge dieser Totalitarismen entstandene Hin und Her immer noch andauere. Und drittens schließlich würde Szczypiorskis Erfolg auf seiner Geschicklichkeit basieren. Seine Bücher würden den Deutschen – und dem Rest der Westeuropäer – gefallen, weil er für die Leser, nicht für die Schriftstellerkollegen und Literaturwissenschaftler schreibe. Es gelinge ihm, über komplizierte Dinge in einer klaren, fast transparenten Sprache zu sprechen und die schwierige Balance zwischen der Verständlichkeit und Einfachheit einerseits und dem gedanklichen und künstlerischen Rang andererseits zu halten.

Die Einschätzung des polnischen Publizisten trifft wohl weitgehend zu. Allerdings gab es an Szczypiorskis Büchern – und auch an seinen öffentlichen Auftritten – etwas, was beim deutschen Publikum nicht nur Sympathie und Bewunderung, sondern auch ein leichtes Befremden weckte. Wie sei es möglich, fragte man sich oft, daß jemand, der nicht nur der Kriegsgeneration angehöre, sondern auch persönlich viel Leid erfahren habe, den Deutschen so viel Nachsicht und Verständnis entgegenbringe. Es kam sogar vor, daß er sich von Seiten der deutschen Journalisten die direkte Frage gefallen lassen mußte, warum er eigentlich nicht mehr Wut oder Haß an den Tag lege. Und wenn er darauf eine Antwort gab, in der er die Schuld der Deutschen relativierte – wie im Gespräch mit jenen zwei *Spiegel*-Redakteuren, die ihn fragten, ob es für einen Polen nicht tragisch sei, daß sein Weg nach Europa ausgerechnet über das »feindliche« Deutschland führe, worauf er zurückgab, es sei falsch, immer nur die finsteren Kapitel der deutsch-polnischen Geschichte sehen zu wollen, denn schließlich hätten die beiden Völker 700 Jahre lang ohne Schwierigkeiten nebeneinander gelebt –, dann waren es doch seine deutschen Interviewer, nicht er, die den Polen aus der Seele sprachen.

Einer der ersten Deutschen, die seinen Hang zu versöhnlichen Tönen erkannt hatten, war Karl Dedecius, der prominenteste Vermittler der polnischen Literatur in Deutschland. Er lernte Szczypiorski bereits in den fünfziger Jahren kennen; es war bei einem Treffen, das man ihm zu Ehren in der Redaktion der Warschauer Monatsschrift *Polska* (Polen) arrangiert hatte. Damals, in den Zeiten des Stalinismus, war es weiß Gott keine Selbstverständlichkeit: Durchs Land wehte der eisige, »kaltkriegerische« Wind, Gäste aus dem westlichen Ausland wurden selten und nur mit äußerster Vorsicht empfangen. Als das Treffen zu Ende ging, kam ein hochgewachsener, dunkelhaariger Mann auf Dedecius zu und überreichte ihm einen Bildband über den Bildhauer Veit Stoß. Das Geschenk war insofern heikel, als Stoß damals – aufgrund seines langjährigen Aufenthaltes in Krakau, während dessen er sein Hauptwerk, den Altar der dortigen Marienkirche, geschaffen hatte – demonstrativ als ein polnischer Künstler bezeichnet wurde. Der Mann jedoch, der sich als Andrzej Szczypiorski vorstellte, übergab Dedecius den Band mit den Worten, für ihn, einen Deutschen, der sich mit der polnischen Kultur befasse, müßte ein Buch über einen deutschen Bildhauer, der den Polen ein Meisterwerk hinterlassen habe, von Interesse sein. An diese Worte, die ihn sehr gerührt hätten, konnte sich Dedecius noch Jahre später erinnern. Szczypiorski, so sein Kommentar, habe schon damals die Gabe gehabt, Dinge so zu formulieren, daß sie versöhnlich klangen. Deswegen seien auch seine Bücher so erfolgreich in Deutschland: Sie seien in einer Sprache geschrieben, die ebenfalls so klinge, die ins Gewissen rede und zu einem Dialog animiere.

Hinter Szczypiorskis versöhnlichen Gesten verbarg sich eine Philosophie, die er selbst auf die kurze Formel brachte: Nicht urteilen – verstehen, das sei die wichtigste Aufgabe eines Schriftstellers. In seinem eigenen Schaffen jedenfalls galt die Regel, daß nicht er der Richter seiner Nächsten sei, daß er kein Recht habe, in Fragen ihrer Haltungen und Meinungen zu urteilen. Der wichtigste Satz, den er je geschrieben habe, erzählte er seinerzeit in einem ZDF-Interview, besage, die Schuldigkeit des Schriftstellers sei es, zusammen mit Adolf Eichmann in der Todeszelle zu bleiben. Diese Fähigkeit zur Barmherzigkeit habe er von Lew Tolstoi gelernt. Und auch William Faulkner, sein anderes literarisches Vorbild, hätte Mitleid mit dem Deutschen gehabt. Eichmann habe sich zwar mehrfach als ein Verbrecher, ja als ein Monster entpuppt, in der Todeszelle aber sei er nur noch ein einsamer Mensch gewesen. Und ein Schriftsteller müsse dies erkennen können.

Unter Toleranz verstand er allerdings nicht einfach nur die Bereitschaft, alles zu verstehen und zu vergeben. Er sprach sich zwar für die Barmherzigkeit aus, weil er darin den Maßstab der Größe eines Schriftstellers sah – deshalb waren seine literarischen Idole nicht nur Tolstoi und Faulkner, sondern auch Albert Camus, Graham Greene und Friedrich Dürrenmatt –, er war sich aber auch dessen bewußt, daß sie als Grundhaltung utopisch und moralisch zweideutig war. Er wolle niemanden von der Verantwortung für die Welt freisprechen, wiederholte er immer wieder. Der Welt sei das Böse immanent, um also Gutes zu tun, müsse man ungeheuer aktiv sein. In dem Moment nämlich, in dem der Mensch passiv werde, beginne das Böse automatisch seine Wirkung zu tun. Und deshalb müsse in der Literatur auch ein wenig Liebe zu finden sein. Die Liebe schließlich, nicht der Haß, sei das einzige kreative Gefühl. Sie helfe uns, unsere eigenen Möglichkeiten zu erkennen. Wenn man hingegen hasse, vernichte man nicht nur die Welt, sondern auch sich selbst. Vielleicht sei diese Erkenntnis der Schlüssel zu seiner Toleranz?

Er war durchaus auch zu streng-kritischen Tönen fähig. Und wer die Streitlust, gar die Aggressivität erlebt hat, mit der er den Deutschen ihre Schwächen und Verfehlungen vorwarf – etwa die Tatsache, daß sie kein bedeutendes Werk über die Zeit des Nationalsozialismus hervorgebracht hätten –, dem muß klar sein, daß diese beiden Haltungen, Nachsicht und Strenge, für ihn eng beieinander lagen. Und daß er die Einmischung auch als Ausdruck der Zuneigung verstand. Er äußerte sich nämlich nicht nur über die Literatur der Deutschen – er gab auch gern Kommentare zu deren innenpolitischen Angelegenheiten ab. Mal ging er mit dem Regime in der DDR ins Gericht, und zwar auf eine Weise, die man einem »Wessi« nicht so ohne weiteres hätte durchgehen lassen. Mal rümpfte er die Nase über die Machart der deutschen Wiedervereinigung, die den Ostdeutschen, die sich davon eine bessere soziale und ökonomische Lage versprochen hätten, jede Menge Gründe liefere, sich um ihre Hoffnungen betrogen zu fühlen.

Manchmal änderte er seine Meinung, wobei er seine neue Position nicht minder energisch verteidigte wie die ursprüngliche. So war es etwa, als er sich mit der Öffnung der Stasi-Akten befaßte: Zunächst war er strikt gegen die »Gauck-

Behörde«, sah sie als Ausdruck einer Rigorosität an, durch die womöglich viele Menschenleben zerstört würden. Wer die Akten lesen wolle, solle sie lesen, aber warum diese öffentliche Anprangerung, ereiferte er sich. Es sei unmenschlich, jemanden für den Rest seines Lebens als Agenten abzustempeln. Man müsse doch die Umstände berücksichtigen, die in individuellen Fällen zu der Kollaboration mit der Stasi geführt hätten: Angst, Naivität, vorübergehende Schwäche, Erpressung, Denunziation. Dies pauschal vergelten zu wollen, sei ein Symptom des deutschen Masochismus. Nach ein paar Jahren korrigierte er aber seinen Standpunkt: Er habe zunächst gedacht, daß der polnische Weg – ohne Akten-Öffnung, ohne Abrechnung mit den Kommunisten – ein besserer sei. Jetzt aber sehe er ein, daß die Deutschen, die sich mit der jüngsten Vergangenheit nicht nur auf der politischen, sondern auch auf der moralischen Ebene auseinandergesetzt hätten, weitsichtiger gewesen seien.

Sein Hang, sich in die deutschen Belange einzumischen, löste freilich nicht immer nur Zustimmung aus – gelegentlich sorgte er auch für Irritationen. Konrad Weiß etwa, Filmregisseur, Politiker und Mitbegründer der Bürgerrechtsbewegung in der DDR, reagierte einmal hochempfindlich auf einen FAZ-Artikel, in dem Szczypiorski eine Exkursion in die ostdeutsche Geschichte unternahm. Der polnische Autor, schrieb Weiß in derselben Zeitung, würde nur neue Irrtümer in die Welt setzen, mit Vorurteilen argumentieren und sich zudem als seltsam ahnungslos über die Verhältnisse in der DDR erweisen. Auch für Szczypiorskis pauschale Einschätzung, die Deutschen seien Perfektionisten, die Polen hingegen anarchische Individualisten, hatte er nicht viel übrig: In jedem Volk gebe es Schurken und Heilige, Faule und Fleißige, Dumme und Weise. Achtzig Millionen Deutsche hätten ebensowenig eine uniforme Volksseele wie vierzig Millionen Polen. Mit seiner Kritik traf er genau ins Schwarze: Plötzlich mußte Szczypiorski erleben, daß das, wofür er als Schriftsteller immer wieder plädierte – die Individualität eines Menschen zu berücksichtigen, ein

Volk differenziert zu betrachten –, bei ihm als Publizisten vermißt wurde.

Daß er sich in Deutschland so oft öffentlich zu Wort meldete, lag nicht zuletzt an seiner Biographie. Sie war es, die ihn dazu berechtigte – aus seiner Sicht vermutlich gar verpflichtete. Die Erfahrung des nationalsozialistischen Terrors und die der kommunistischen Diktatur waren in der Tat ausreichend, um ihn zu einem Schriftsteller werden zu lassen, der sich – so eine seiner häufigsten Selbstauskünfte – immer wieder mit der totalitären Herausforderung des 20. Jahrhunderts auseinandergesetzt habe, weil das sein Leben, seine Erinnerung und seine Erfahrung sei. Mit solchen Umschreibungen brachte er mühelos seine so unterschiedlichen Romane wie *Die schöne Frau Seidenman* und *Eine Messe für die Stadt Arras* auf einen gemeinsamen Nenner. Zu recht: Es sind Werke, die zwar an verschiedenen Orten und in unterschiedlichen Zeiten spielen und die dennoch viele Gemeinsamkeiten aufweisen. Etwa die Beharrlichkeit, mit der er darin Dinge und Erscheinungen beim rechten Namen nennt und die Relativität von Begriffen wie Schuld und Unschuld aufzeigt.

Seine Biographie hat auch erheblich zu seinem deutschen Erfolg beigetragen. Aus zwei Gründen, wie es scheint: Zum einen gab es in seinem Leben Ereignisse und Begebenheiten, die vertraut anmuteten, und zwar nicht nur aufgrund der feindlichen Überschneidung der deutschen und der polnischen Geschichte. So legte er beispielsweise jene politische Gesinnung an den Tag, die vor allem der älteren Generation der Deutschen oft sehr nahe stand. Er definierte sich nämlich als ein Linker, aber im Sinne jener Sozialdemokratie, die in der Vorkriegszeit sowohl in Deutschland als auch in Polen maßgeblich das politische Klima geprägt hatte. Er war in dieser sozialdemokratischen Vorkriegstradition aufgewachsen und hielt ihr (fast) sein ganzes Leben lang die Treue. Somit verkörperte er für die Deutschen jenen Teil des alten Europa, dessen Niedergang viele von ihnen bis heute bedauern. Auch die Tatsache, daß er während des Kriegszustands in Polen inhaftiert gewesen war, flößte ihnen Respekt und Bewunderung ein, hatten sie doch selbst jahrzehntelang in einem aufgezwungenen Spagat zwischen Demokratie und kommunistischer Diktatur gelebt. Da er zudem keine Gelegenheit ausließ, seine Sympathie für die eine und seine Abneigung gegen die andere zu bekunden, dauerte es nicht lange, bis er zum Vorzeigegast der hochgestellten westdeutschen Politiker wurde.

Zum anderen besaß er ein besonderes Talent, seiner Biographie eine ästhetische Qualität abzugewinnen, sie gleichsam zur Verlängerung seines literarischen Werks zu machen. Wenn er nämlich aus seinem Leben erzählte – und das tat er oft –, dann nicht, um den Schuldkomplex der Deutschen auszunutzen und sich zu deren Opfer zu stilisieren, sondern weil er es hilfreich fand, seine jeweiligen Ausführungen – über Gott, menschliche Natur, Mechanismen der Geschichte oder Allgegenwart des Bösen – mit eigenen Erlebnissen zu illustrieren. So ließ er in seine Aufsätze und in seine Reden kurze, prägnante Geschichten aus seinem Leben einfließen und kam damit beim deutschen Publikum ausgesprochen gut an.

Sein Schicksal sei eigentlich langweilig gewesen, ließ er einmal seine überwiegend jungen Zuhörer wissen. Es war bei dem 18. »Erlanger Poetenfest« im Sommer 1998, zu einer Zeit also, in der er sich solche Koketterie längst erlauben konnte. Nichtsdestotrotz wurde er bis zum Schluß nicht müde, bestimmte Episoden aus seinem Leben immer wieder zu erzählen. Wer die Geschichte von seiner juvenilen Liebe zu Thomas Mann, die sein Verhältnis zu den Deutschen verändert habe, oder von der Verhaftung »seiner« Kapuziner, die bei ihm einen sofortigen Verlust des Glaubens ausgelöst habe, nicht mindestens dreimal gehört hatte, war selber schuld. Und wenn es ein Ereignis gab, von dem er weniger gern erzählte, konnte er sicher sein, daß die Journalisten es aus ihm früher oder später herauslocken würden.

Woher kam übrigens diese Besessenheit der deutschen Medien, alle Einzelheiten seiner Biographie zu erfahren? Keiner der fremdländischen Autoren seiner Generation, der ähnliches erlebt und einen vergleichbaren Erfolg in Deutschland hatte, war je solch detaillierten Befragungen ausgesetzt – weder Aleksandar Tišma noch Jorge Semprún noch der künftige Nobelpreisträger Imre Kertész. Lag es an der Häufigkeit seiner Auftritte in Deutschland, die seinen Interviewern die permanente Neugier abverlangte, oder an dem Inhalt seiner Bücher, der starke Emotionen und folglich das Bedürfnis weckte, seine Sicht der Dinge zu begreifen? Die Antwort darauf hätte er vermutlich selbst gern gehört. Oder war sein Selbstkommentar bei dem besagten »Poetenfest« wirklich nur pure Koketterie? Und die hinzugefügte Bemerkung, sein Leben werde erst in der literarischen Bearbeitung interessant – eine wohlkalkulierte Provokation an die Adresse seiner künftigen Biographen?

Fünfundzwanzigstes Kapitel

Der Senator

In den Jahren 1989/90 wurde Szczypiorski im Ausland oft gefragt, warum die Polen so wenig Begeisterung für die sogenannten »Gespräche am Runden Tisch« gezeigt hätten. Dann erklärte er geduldig, nach vierzig Jahren Kommunismus und dem Schock des Kriegszustands seien seine Landsleute zu müde, zu erschöpft gewesen, um sich über dieses »politische Erdbeben« zu freuen. Außerdem seien sie von der Staatsmacht zu oft betrogen worden, um die plötzlichen Änderungen, die auch viel tiefgreifender gewesen seien als erwartet, mit Enthusiasmus aufzunehmen.

In der Tat schien die polnische Gesellschaft in den späten Achtzigern eine kollektive Krise durchzuleben. Als hätte sie sich plötzlich damit abgefunden, daß ihr Land ein – um den Titel des damals erschienenen Erzählbandes von Janusz Anderman zu zitieren – »Randland der Welt« geworden war, legte sie vor allem Überdruß und Müdigkeit an den Tag. Die Emphase der »Solidarność«-Zeit war verflogen, es blieben die Trivialität der Alltagssorgen, die Leere der zur Routine gewordenen patriotischen Gesten und die Erinnerung an die Demütigung der Kriegsrechtsjahre. Der reale Sozialismus befand sich in spürbarer Auflösung, doch die Desillusionierung, die Tristesse, die Sowjetisierung saßen zu tief, als daß das Bewußtsein des Zerfalls den Menschen neue Energie hätte einflößen können. Zwar übte sich mancher Intellektuelle in optimistischen Prognosen, so auch Szczypiorski, der Anfang 1988 in der FAZ verkündete: »Die Geschichte hat ein Gefühl für Humor. Die Kommunisten haben es nicht. Darum verlieren sie den Kampf mit der Geschichte.«[1] Doch die Mehrheit der Polen war weder zum Scherzen aufgelegt noch von der Richtigkeit solcher Prophezeiungen überzeugt.

Ein paar Monate später, als *Die schöne Frau Seidenman* bereits die Schaufenster aller deutschen Buchhandlungen schmückte und Szczypiorskis Bekanntheit im Westen stark zunahm, wurde er in seinen Äußerungen um einiges mutiger. »Die Staatsmacht muß aufhören, immer und überall die führende Rolle zu beanspruchen«, ließ er eine verblüffte und sichtlich um die alte politische Ordnung besorgte Schweizer Journalistin wissen. »Das heißt, sie muß sich aus sämtlichen Institutionen und Organisationen zurückziehen, sofern sie dort keine Mehrheit hat, ebenso natürlich aus sämtlichen Fabriken und Betrieben.« Es bleibe ihr »nichts anderes übrig, als das eigene Ende einzuläuten«[2]. Natürlich sei er ein Realist, fügte er doch noch hinzu, wisse um die geographische Lage Polens und gehe deshalb von langfristigen Perspektiven aus. »Aber eines Tages«, beendete er seine Ausführungen, »wird es Demokratie geben, in Polen und im übrigen Osteuropa.«[3]

Bei allem Optimismus rechnete also auch er kaum damit, daß die gewünschten Veränderungen schon bald eintreten würden – in dieser Hinsicht teilte er die Skepsis der meisten Polen. Seit der Wahl von Mieczysław F. Rakowski zum Ministerpräsidenten (September 1988) bewegte sich Polen zwar eindeutig auf einem Reformkurs, ein baldiger Systemwechsel wurde aber nur von wenigen erwartet. Entsprechend groß war die Überraschung aller Skeptiker, als das Ergebnis der Beratungen am Runden Tisch bekannt wurde. Während der zweimonatigen Gespräche – sie begannen am 6. Februar 1989 und endeten am 5. April 1989 – hatten die Delegation der kommunistischen Regierung und die der Opposition, der neben Lech Wałęsa Intellektuelle wie Tadeusz Mazowiecki, Bronisław Geremek und Adam Michnik angehörten, nicht nur die Wiederzulassung der Gewerkschaft »Solidarność« vereinbart, sondern auch die Einführung des Präsidentenamts, die gemeinsame Durchführung der Sejm-Wahlen und die Schaffung einer zweiten Kammer des Parlament, des Senats. Dies bedeutete, daß die Polen nur wenige Wochen später erstmals in ihrer Nachkriegsgeschichte zu echten Parlamentswahlen gehen sollten, bei denen sie, so eine weitere Vereinbarung des Runden Tisches, 35 Prozent der Sejm-Abgeordneten und alle Senatoren frei wählen durften.

Erst dieses überwältigende Ergebnis der Gespräche zwischen Regierung und Opposition sorgte für eine neue Aufbruchsstimmung. Die Kommunisten, die sich einen Vorteil davon versprochen hatten, daß ihre Gegner nur zwei Monate Zeit haben würden, sich auf die Wahlen vorzubereiten (sie wurden auf den 4. Juni angesetzt), mußten zusehen, wie die Opposition eine großangelegte Wahlkampagne startete. Innerhalb kürzester Zeit war die wieder zugelassene »Solidarność« zu neuem Leben erwacht. Überall im Lande hatten sich über Nacht sogenannte Bürgerkomitees gebildet, die den Wahlkampf für ihre Kandidaten organisierten, und auch die Kirche, die alte Verbündete der Opposition, die sich in der Zeit des Kriegsrechts zu einem vortrefflichen Organisator gemausert hatte, leistete energisch ihren Beitrag und machte vor allem in der Provinz mobil. Es genügte, einen Sonntag lang vor jeder Kirche Listen auszulegen, um für jeden Kandidaten der »Solidarność« an die 50000 Stimmen zu bekommen: Gemessen an den 3000 Stimmen, die notwendig waren, um als Kandidat aufgestellt zu werden, war es ein atemberaubendes Ergebnis.

Andrzej Szczypiorski gehörte zwar vor dem Beginn der Gespräche am Runden Tisch zu den Unterzeichnern eines Offenen Briefes an die Regierung, in dem die Zulassung unabhängiger Kandidaten zu den Sejm-Wahlen gefordert wurde – neben seinem standen unter dem Brief Namen von solchen Prominenten wie Andrzej Wajda und Stanisław Lem –, an den Gesprächen selbst war er aber nicht beteiligt: Er hatte es abgelehnt – »der guten Sitten wegen«, wie er später zu sagen pflegte. Der Gedanke, daß seine Freunde von der Opposition nun mit denselben Leuten sprechen sollten, von denen sie noch vor kurzem als Staatsfeinde und Agenten des Imperialismus bezeichnet worden waren, erschien ihm peinlich genug. Er persönlich wollte sich nicht mit ihnen an einen Tisch setzen, er hätte eine solche Situation als geschmacklos empfunden. Aus demselben Grund hatte er mehrere Fernsehinterviews abgelehnt: Auch im Fernsehen traten schließlich dieselben Leute auf, die ihn und seinesgleichen noch vor wenigen Monaten öffentlich beschimpft und verleumdet hatten.

Außerdem hatten die Kulturschaffenden, denen er sich doch in erster Linie zugehörig fühlte, ohnehin beschlossen, die eigene Zukunft selbst in die Hand zu nehmen: Am 1. April 1989, noch bevor die Gespräche am Runden Tisch endeten, versammelte sich in Warschau ein »Forum der Unabhängigen Kultur«, das jenen im Dezember 1981 gewaltsam beendeten Kongreß zwar nicht direkt fortsetzen, aber an dessen Idee doch stark anknüpfen sollte. Als hätte man befürchtet, das Schicksal herauszufordern, beschloß man diesmal, anstelle des Dramatischen Theaters einen anderen Versammlungsort zu wählen: Das Auditorium Maximum der Warschauer Universität, das in den achtziger Jahren Schauplatz mehrerer unabhängiger Veranstaltungen gewesen war – im Jahre 1980 etwa fand hier der erste öffentliche Vortrag der »Fliegenden Universität« statt –, schien dafür besonders geeignet. Doch auch inhaltlich bestanden zwischen den beiden Veranstaltungen grundsätzliche Unterschiede: Was damals, auf dem »Kongreß«, noch die Form der Postulate und Forderungen hatte, wurde von dem »Forum« als teilweise schon vollzogen konstatiert: Unabhängigkeit und Pluralismus der Kultur, Abschaffung der Zensur, offizielle Anerkennung der bis dahin im Untergrund oder im Exil arbeitenden Verlage. All das stand Andrzej Szczypiorski freilich viel näher als die Fragen der »großen« Politik.

Wie kam es dann, daß er bei den ersten freien Parlamentswahlen in Polen für das Amt eines Senators kandidierte? Dies war scheinbar ganz einfach: Man hatte ihm vorgeschlagen, für die »Solidarność« zu kandidieren, und er nahm den Vorschlag an. In Wirklichkeit fiel ihm diese Entscheidung nicht leicht, ja sie stellte für ihn ein echtes moralisches Dilemma dar. Einerseits wußte er: sich diesen Pflichten zu entziehen würde als eine Art Treulosigkeit gelten. Andererseits aber flüsterte ihm seine Schriftstellernatur zu, das Angebot abzulehnen, sich in den vier Wänden seines Zimmers einzuschließen und sich in aller Ruhe an die Arbeit am nächsten Roman zu machen. Er bat seine »Herausforderer« um 24 Stunden Bedenkzeit. Noch am selben Tag traf er zufällig in der Altstadt Tadeusz Mazowiecki, der ihm eröffnete, er selbst würde nicht kandidieren. Dieses Gespräch kostete Szczypiorski eine schlaflose Nacht: Er schätzte Mazowiecki sehr und hielt ihn für einen geborenen Politiker. Wenn er nicht kandidieren wollte, war es wohl in seinem eigenen Fall noch weniger angebracht, zumal er ohnehin keine politischen Neigungen verspürte – es interessierten ihn die moralischen oder gesellschaftlichen Auswirkungen der Politik, aber nicht die Politik als solche.

Erst nach einem Gespräch mit seiner Frau, deren Meinung ihm auch diesmal sehr viel bedeutete, kam er zu dem Schluß, daß gerade er als Schriftsteller die moralische Pflicht habe, bei den Wahlen anzutreten. Vielleicht trug zu dieser Entscheidung auch die Erinnerung an ein Gespräch mit seinem Londoner Freund Rafael F. Scharf bei, der im Oktober 1988 eigens zur Frankfurter Buchmesse gekommen war, um mit ihm den Erfolg der *Schönen Frau Seidenman* zu feiern. Auch er war der Meinung gewesen, Szczypiorski dürfe sich gerade jetzt, angesichts seines beginnenden internationalen Erfolgs, nicht im Elfenbeinturm einschließen, sondern müsse etwas für sein Land tun.

Den deutschen Medien gegenüber gab sich der Schriftsteller wieder einmal scherzhaft-kokett, indem er behauptete, schuld an seinem Entschluß zu kandidieren sei schlicht der Teufel des Hochmuts gewesen, der ihm dies eingeflüstert habe. Als er seinen Entschluß begründete, klang dennoch ein leicht resignierter Ton durch: »Vielleicht gelingt es mir, in dieser gesellschaftlichen Arbeit etwas zu tun, um die Heiligkeit des Menschen zu schützen und die Tragik seines Schicksals erträglicher zu gestalten. Falls ich, Illusionen erliegend, einen Fehler gemacht habe, wird er mir doch bei den Tugenden und nicht bei den Sünden angerechnet werden.«[4] Und er machte keinen Hehl daraus, immer noch eine leise Hoffnung zu hegen, daß man ihn gar nicht wählen würde und daß er mit dem Wohlgefühl erfüllter Pflicht zum Schreiben zurückkehren könnte.

Sein Wahlkreis war nicht etwa die Gegend um Warschau, sondern die südostpolnische Wojewodschaft Krosno. Warum er ausgerechnet dort, im ehemaligen Galizien, kandidieren sollten, wußte er nicht. Jede Wojewodschaft hatte zwei Mandate zu vergeben, und er wurde, zusammen mit seinem Freund, dem Schauspieler Gustaw Holoubek, nun mal dem Wahlkreis Krosno zugeteilt. Die Orte hießen Jasło, Biecz oder Haczów und zählten oft nicht mehr als dreitausend Einwohner. Ihre potentiellen Wähler waren also keine Intellektuellen, sondern meist galizische Bauern, die keinen politischen Verstand, dafür reichlich Lebenserfahrung und gute Menschenkenntnis besaßen. Sie strömten auch nicht zu Hunderten in Schulen und Gemeindesäle, weil sie auf die Wortgefechte der Herren aus Warschau gespannt waren – sie kamen, weil der Pfarrer dazu von der Kanzel aufgerufen hatte, weil überall die Wahlplakate der »Solidarność« und Bilder von Papst und Lech Wałęsa klebten und weil für Ordnung keine Milizionäre, sondern freiwillige Wahlhelfer mit rot-weißen Armbinden sorgten.

Diese Menschen kannten keinen Andrzej Szczypiorski – wenn sie zu den Wahlveranstaltungen kamen, um einen Prominenten zu sehen, dann bestimmt nicht seinetwegen, sondern wegen Gustaw Holoubek, dem berühmten Schauspieler, der eine um so größere Attraktion war, als er in den Jahren davor so gut wie nirgendwo außerhalb Warschaus zu bewundern war: Da er sich während des Kriegszustands, ähnlich wie viele Schauspieler, geweigert hatte, im staatlichen Fernsehen aufzutreten, wurden zur Strafe seine Filme auch aus den Kinos verbannt. Manche kamen vielleicht auch wegen Lucjan Kydryński, dem routinierten, aus Fernsehen und Radio bekannten Conférencier, der jahrelang die beliebten Schlagerfestivals in Oppeln und

Zoppot moderiert hatte und nun die Kandidaten auf ihrer Wahlreise begleitete. Ihm gelang es naturgemäß an schnellsten, bei den Veranstaltungen für Stimmung zu sorgen, mit Witzen wie dem über Schauspieler, die amerikanische Präsidenten wurden, Pluspunkte für die Kandidaten der Opposition zu sammeln.

Szczypiorski hingegen trat anfangs ruhig und bedächtig auf. Es war für ihn das erste Mal, daß er vor mehreren tausend Menschen sprach, er mußte erst den richtigen Redestil finden. Dies gelang ihm aber sehr schnell, ja er wurde bald zu einem Routinier, auf den die Menschenmenge wie eine Droge wirkte: Je größer der Saal, desto besser war er in Form. Zunächst schlug er leise Töne an, sprach vom Wert des Individuums, von der christlichen Moral, davon, wie sehr die menschliche Solidarität unter dem alten System gelitten habe. Dann wechselte er plötzlich zu einer bildhaft-deftigen Sprache und donnerte los, man müsse sich Polen wie ein großes Haus vorstellen, in dem die meisten Bewohner sich mit einem Platz auf dem Speicher oder im Keller begnügen müßten. Die Polen hätten aber leider nur dieses eine Haus, wenn sie ein zweites hätten, würden sie rübergehen, der letzte würde das Licht ausmachen, und die Kommunisten könnten im alten machen, was sie wollten. Er wußte, daß solche Vergleiche gut ankommen würden. Und so war es auch: Die Menschen trampelten vor Begeisterung. Sie mußten ihre Stimme keinem realitätsfremden Schöngeist geben, dessen Qualität einzig darin bestand, kein Kommunist zu sein – sie hatten einen Mann vor sich, der ihre Sprache sprach. Wenn er wieder leise wurde und seine Metapher mit dem Hinweis beendete, daß auch die Kommunisten in diesem Haus Platz haben müßten, einem Haus allerdings, in dem alle bestimmen würden, hatte er längst ihre Stimmen gewonnen.

Die Wahlen wurden zu einem Triumph der Opposition. Doch selbst als die Wahlergebnisse vorlagen, ahnte das Solidarność-Lager immer noch nicht, daß es bereits einige Monate später die Regierungsgeschäfte übernehmen sollte. Man dachte eher an eine starke Opposition, die in den nächsten zwanzig bis dreißig Jahren den Kommunisten auf die Finger schauen würde. Erst als am 24. August 1989 Tadeusz Mazowiecki zum ersten nichtkommunistischen Ministerpräsidenten seit 42 Jahren gewählt wurde – das neugeschaffene Amt des Präsidenten hatte General Wojciech Jaruzelski übernommen –, begriff man das Ausmaß der neuen Verantwortung. Noch ernster wurde es, als die Polnische Vereinigte Arbeiterpartei (PZPR) Anfang 1990 Konsequenzen aus der neuen Situation zog und ihre Selbstauflösung beschloß. Aus dem reformorientierten Flügel ging die Sozialdemokratische Partei der Republik Polen hervor, deren Vorsitz der junge, aufstrebende Politiker Aleksander Kwaśniewski übernahm.

So wurde Andrzej Szczypiorski zum Mitglied des ersten Senats der Dritten Polnischen Republik. Später behauptete er zwar, er habe während seiner Arbeit als Senator im Grunde nicht viel mit der Politik zu tun gehabt. Dieser Eindruck konnte auch leicht entstehen, zumal er dem Ausschuß für Kultur, Kunst und Massenmedien angehörte. In Wirklichkeit jedoch war das Spektrum seiner Aktivitäten viel breiter: Er befaßte sich mit den deutsch-polnischen Beziehungen und gehörte zu denen, die dafür sorgten, daß die Beziehungen zwischen Deutschland und Polen 1990 auf eine neue, solide Vertragsbasis gestellt wurden, gleichzeitig setzte er sich aber für gute Beziehungen mit der Sowjetunion ein, etwa indem er sich mit der heiklen Frage der Ermordung der polnischen Offiziere in Katyń (1940) beschäftigte.

Er engagierte sich auch gegen das von der Kirche geforderte Gesetz, das die Abtreibung ganz verbieten und für die zuwiderhandelnden Frauen Gefängnisstrafen vorsehen sollte. Er sprach sich zwar ebenfalls gegen die Abtreibung aus, gleichzeitig aber kritisierte er scharf den Despotismus der Kirche. Man solle die soziale und wirtschaftliche Situation der betroffenen Frauen und das niedrige Niveau der Sexualerziehung in Polen berücksichtigen, argumentierte er. Eine Bestrafung von Frauen, die in den meisten Fällen ohnehin ein psychisches Drama durchleben würden, sei für ihn unzulässig und deshalb protestiere er dagegen. Auf die respektvolle Bemerkung eines Journalisten, die meisten würden sich nur in anonymen Umfragen gegen das Abtreibungsgesetz äußern, er hingegen habe den Mut, öffentlich seine Meinung zu sagen, antwortete er bescheiden: »Aber das ist nicht mein persönlicher Mut, er entspringt meinem Beruf. Ein Schriftsteller soll so reden – ein Politiker mag anders sprechen. Ein Schriftsteller muß der Gesellschaft unangenehme Dinge sagen; ein Schriftsteller, der allen gefällt, ist für mich verdächtig.«[5]

Eine Zeitlang genoß er es sehr, seine Ansichten öffentlich zu verkünden und dabei eine große gesellschaftliche Resonanz zu finden, unabhängig davon, ob er von der Mehrheit unterstützt wurde oder nicht. Die Reden, die er als Senator hielt, waren für ihre starke Argumentationskraft und ihre philosophische Würze bekannt. Seiner Eloquenz und seinem Charme erlagen sogar diejenigen, die mit ihm nicht einer Meinung waren. Und er liebte es, über komplexe politische Fragen in einer blumigen, bildhaften Sprache zu dozieren. So erklärte er einmal den Abgeordneten den Unterschied zwischen Demokratie und Totalitarismus, indem er sich eines Vergleichs aus dem Bereich des Theaters bediente: Die Demokratie sei wie ein Stück von Molière: komisch und oberflächlich. Der Totalitarismus hingegen würde an Shakespeare erinnern: Er sei tief, groß und dramatisch.

Manchmal mußte er als Senator auf internationaler Ebene agieren. Wie in jenem April 1990, in dem er in eine westpommersche Kleinstadt delegiert wurde, um die ersten russischen Einheiten, die aus Polen abzogen, offiziell zu verabschieden. Er stand im Regen auf dem Bahnsteig einer kleinstädtischen Station, Seite an Seite mit einem russischen General, sah dem mit Truppen, Panzern und Geschützen beladenen Zug nach, der langsam in Richtung Osten rollte, und dachte, daß der Krieg nun zum dritten Mal für ihn geendet habe. Zum ersten Mal war es nach seinem Empfinden am 23. April 1945 geschehen, als die Russen das KZ Sachsenhausen befreit hatten. Zum zweiten – im Mai 1945, als er sich auf dem Fußmarsch nach

Polen seine Kriegsbeute, den Mantel aus einem Berliner Schaufenster, um die Schulter gehängt hatte. Und zum dritten Mal geschah es jetzt, im April 1990, als er dem Abzug der sowjetischen Soldaten zusah. Die Ironie des Schicksals bestand darin, daß er diejenigen verabschiedete, die ihm einst die Freiheit geschenkt hatten, um sie ihm gleich wieder zu rauben, und daß er mehrere Jahrzehnte auf diese Verabschiedung warten mußte, um erst »von diesem Augenblick an als wirklich freier Mensch mit dem Schicksal zu ringen.«[6]

Daß die Arbeit im Senat einige Veränderungen in sein Leben bringen würde, muß ihm klar gewesen sein – daß sie ihn aber so stark in Anspruch nehmen würde, hatte er wohl nicht vermutet. Nun, da er es wußte, empfand er es zunehmend als Belastung. Immer öfter klagte er darüber, daß seine öffentlichen Aufgaben zu stark mit seiner wichtigsten Pflicht, dem Schreiben, kollidieren würden: »Ich benötige jetzt Ruhe, Konzentration, einsame Arbeit, am besten abends, wenn es still ist und die Nacht am Fenster vorbeizieht – statt dessen klingelt das Telephon unaufhörlich, irgendwelche eiligen Dinge, schrecklich wichtig, zugegeben, sie sind wirklich wichtig, doch das bedrückt mich, das nimmt mir die Kraft zur allerwichtigsten Arbeit.«[7] Er sah zwar in diesen außerliterarischen Aufgaben eine Chance zur »Flucht vor dem Schreiben, denn ich fliehe ja mein ganzes Leben vor dem Schreiben, es holt mich aber manchmal ein, und ich kann mich von ihm nicht befreien.«[8] Doch gleichzeitig sehnte er sich immer stärker danach, an den Schreibtisch zurückzukehren.

Er beklagte allerdings die Überpräsenz der Politik in seinem Leben nicht nur deswegen, weil sie mit seiner Arbeit als Schriftsteller kollidierte. Er war auch mit der jüngsten politischen Entwicklung in seinem Land unzufrieden. Plötzlich entdeckte er, daß die polnische Gesellschaft, die nach über vierzig Jahren Totalitarismus ihr wahres Gesicht zeigte, keineswegs so reif, besonnen und solidarisch war, wie er noch vor kurzem angenommen hatte. Es genügte, die Debatten vor den nächsten, vorgezogenen Parlamentswahlen (Oktober 1991) zu verfolgen: Scheinbar waren sich alle darin einig, daß die Neuwahlen so schnell wie möglich ausgeschrieben werden sollten, daß das erste Parlament nicht demokratisch gewählt sei, weil der Sejm laut Ergebnis des Runden Tisches zu 65 Prozent aus Kommunisten bestehe. Dennoch gab es niemanden, der sich ehrlich um eine neue Volksvertretung bemühte. Die Politiker taten nichts, um die Wahlen zu beschleunigen, und die Bevölkerung tat nichts, um sie dazu zu ermahnen. Aus gutem Grund: Nach den erst ein knappes Jahr zurückliegenden Präsidentschaftswahlen (November/Dezember 1990), die mehr an eine Farce als an einen ernsthaften politischen Akt erinnerten – ein Elektriker aus Danzig trat gegen einen aus Kanada eingeflogenen, sichtlich emotional gestörten Möchtegernpolitiker an –, hatte sie erneut das Vertrauen in die Politik verloren.

Doch das war bei weitem nicht alles. Plötzlich sah er überall anstelle von ernstzunehmenden Politikern Menschen, die nichts anderes im Sinn hatten, als ihre eigenen Ambitionen zu realisieren und ihre privaten Ziele zu verwirklichen. Das Schicksal des Landes interessierte sie nicht im geringsten. Für Szczypiorski hingegen unterlag es keinem Zweifel, »daß die Nation vierzig Jahre lang an einem großen historischen Drama mitgewirkt hat, wo es viele Illusionen, Einbildungen, Träume gab, aber auch schreckliche Verbrechen, Kleinlichkeiten, Feigheiten, Gemeinheiten und intensive Aufopferung für das Wohl des Landes. Es war etwas Shakespearehaftes an unserem Nachkriegsschicksal, und wer daraus heute eine seichte Farce macht, wer alles durchstreichen, verhöhnen oder wegwerfen will, der ist meiner Meinung nach nicht mehr wert, die mit der Rückgewinnung der Freiheit verbundenen Gemütsbewegungen zu erfahren.«[10]

Auch die Verlogenheit, die in bezug auf das jüngste, kommunistische Kapitel der polnischen Geschichte herrschte, weckte seinen Unmut. Etwa die immer wieder kolportierte Behauptung, daß der Großteil der Gesellschaft während des kommunistischen Systems eine oppositionelle Haltung an den Tag gelegt habe. In Wirklichkeit, so Szczypiorskis Sichtweise, sei es dazu erst nach der Ausrufung des Kriegzustands gekommen – bis dahin hätte die Mehrheit jahrelang das Regime schweigend geduldet oder sogar unterstützt. Es habe nicht etwa zehn Millionen Oppositionelle gegeben (wie seit der Gründung der »Solidarność« oft behauptet wurde), sondern gerade mal hunderttausend. Die kommunistische Partei habe zwar nie die volle gesellschaftliche Legitimierung gehabt, aber sie habe auch nicht in vollkommener Leere gewirkt.

Der vielzitierten Formulierung der Publizistin Teresa Bogucka, daß es in der Opposition kein Gedränge gegeben habe, stimmte er also voll zu. Mit um so größerer Irritation erfüllte es ihn, zu erleben, wie viele Menschen sich auf einmal als unerschrockene Kämpfer für die gerechte Sache ausgaben. Je schwächer sie sich einst der Diktatur widersetzt hatten, desto lauter schrien sie jetzt nach der Abrechnung mit der Vergangenheit und der Bestrafung der »Schuldigen«. Auch diese neue Atmosphäre der Hetze weckte Szczypiorskis Widerwillen: Langsam wurde er mißtrauisch gegen jeden, der die Zeiten des Kommunismus zu heftig kritisierte. »So fange ich an«, stellte er schließlich fest, »mich aus einem Oppositionellen und erklärten Feind der kommunistischen Diktatur gewissermaßen gegen meinen Willen, gegen die Stimme meines Herzens in einen Verteidiger der alten Zeiten oder vielleicht, um die Sache genauer zu erfassen, in einen Verteidiger gewisser Grundsätze und der Würde jener Polen zu verwandeln, die zwar gesündigt, sich viele böse Dinge erlaubt haben und objektiv schuldig sind, die aber von einer das moralische Risiko rechtfertigenden Idee belebt wurden.«[9]

Immer öfter konnte er schließlich beobachten, wieviel Demagogie und billige Phraseologie im Umlauf war, mit welchen unfairen Mitteln – auch gegen ihn – gekämpft wurde. Irgendwann ließ er sich durch letzteres aus der Fassung bringen. »Ich habe kein übertriebenes Selbstwertgefühl«, ereiferte er sich einem Journalisten gegenüber, »aber nennen wir doch die Dinge beim Namen. Erstens bin ich ein Schriftsteller, zweitens bin ich ein Schriftsteller von europäischem Rang, drittens bin ich in materieller Hinsicht völlig unabhängig. Ich habe also dieses ganze Engagement gar nicht nötig. Und plötzlich befinde ich mich in einer Situation, in der ich mich irgendwelcher Kerle erwehren muß, die versuchen, meine Hosenbeine zu zerfetzen. Sie bewegen sich auf einem solchen Niveau, daß sie mich höchstens in die Waden beißen können – höher reichen sie nicht.«[11] Wenn er sich auf seine schriftstellerischen Interessen beschränkte, wenn sich sein Leben nur auf literarischem Terrain abspielte, wüßte er nicht einmal von der Existenz dieser Herren.

Die Konsequenzen ließen nicht lange auf sich warten: Kurz vor den neuen Wahlen verkündete Szczypiorski im Senat, daß er nicht mehr kandidieren würde. Er wolle nicht länger politisch aktiv sein, er brauche mehr Zeit zum Schreiben, und »ein einziger guter Roman bedeutet für das Leben des Volkes mehr als tausend politische Parlamentsreden«[12], die zwei Jahre im Senat seien sehr interessant gewesen, doch das Land brauche jetzt eine neue Schicht von Berufspolitikern: so der Tenor seiner damaligen »offiziellen« Aussagen. In Wirklichkeit war er von der Politik zutiefst enttäuscht und gab dem auch bald in einer Reihe publizistischer Aufsätze Ausdruck. So in einem Artikel, den er Anfang 1993 in der *Polityka* unter dem Titel *Der schöne Betrug* publizierte und in dem er die junge Dritte Republik mit der oft idealisierten Zweiten Republik der Zwischenkriegszeit verglich: Sowohl der einen als auch der anderen attestierte er einen beklagenswerten Zustand.

Die Medien kommentierten sein Ausscheiden aus dem Senat, indem sie behaupteten, er sei als Politiker gescheitert, doch er nahm diese Einschätzung gelassen. Es sei ein kollektives Scheitern, eine gemeinsame Niederlage gewesen, konterte er. Alle hätten versagt: Tadeusz Mazowiecki und seine Regierung, Lech Wałęsa und die ganze »Solidarność«. Einer ihrer Fehler sei es gewesen, sie hätten selbstverständlich angenommen, daß sie die ganze Nation repräsentieren würden. Daß dem nicht so sei, habe er persönlich erst bemerkt, als seine

Karriere als Senator beendet gewesen sei. Einen ähnlichen Fehler hätten übrigens 1980 die Aktivisten der »Solidarność« gemacht: Sie hätten selbstverständlich angenommen, daß das gesamte Volk auf ihrer Seite sei, daß alle die Abschaffung des Regimes herbeisehnen würden. Dabei hätten die Kommunisten eine durchaus breite Basis gehabt, was man auch erst im nachhinein erkannt hätte.

Trotz der Enttäuschung und der Attacken von außen sah er keinen Anlaß, verbittert zu sein. Schließlich hatte das politische Lager, dem er nahestand, einen unbestreitbaren Triumph errungen: Es hatte in Polen ein neues Gesellschaftssystem eingeführt. Gegen Ende seines Lebens behauptete er dennoch, er habe niemals politisch aktiv sein wollen. Als ihm in den späten Neunzigern eine Journalistin die Frage stellte, in welcher Form er seine politische Tätigkeit fortsetzen wolle, antwortete er fast mit Empörung: »In gar keiner, meine Liebe, ich setze sie gar nicht fort. Wie kommen Sie auf die Idee? Ich beschäftige mich ausschließlich mit dem Schreiben!«[13]

Sechsundzwanzigstes Kapitel

Prophet im eigenen Land

Nach der Lektüre dieses Buches habe sie sich gefühlt, als wäre sie von einer hohen Leiter auf sehr harten Boden gefallen. Es sei ein tief pessimistisches Buch, das keinen Funken Hoffnung aufkommen lasse, ein Buch, in dem jede Figur vom Bösen infiziert und sich selbst entfremdet erscheine. Mit diesen Worten setzte die Literaturkritikerin Helena Zaworska ein, als sie im September 1991 in einer Warschauer Buchhandlung das »Beste Buch des Monats« vorzustellen hatte. Sie sprach von Szczypiorskis soeben erschienenem Roman *Nacht, Tag und Nacht.* Auch der Autor selbst hatte für das an diesem Herbstabend versammelte Publikum – überwiegend ältere Menschen – keinen Trost parat: Der Roman handle von einer Welt, in der es keinen Gott, keine im christlichen Sinne ordnende Kraft, keinen Dekalog gebe, einer Welt, in der das Böse vorherrsche. Es sei ein grausames, hoffnungsloses Buch. Und – geschrieben habe er es zu jener Zeit, als das neue, nichtkommunistische Polen entstanden sei.

Im Mittelpunkt des Romans steht aber ein anderes Polen: das der frühen fünfziger Jahre. Ein Polen, das für jeden, so scheint es, eine böse Überraschung, eine Enttäuschung, eine Desillusionierung parat hält. Für die einen, den Idealisten und ehemaligen Widerstandskämpfer Antoni Rudowski etwa, brechen die »Zeiten der Polizisten«[1] an, für die anderen, wie den überzeugten jüdischen Kommunisten und Journalisten Czesław Czarnocki alias Chaim Szwarcblat, »langweilige und graue, geschwätzige und geschäftige« Zeiten, »da die blühende jüdische Phantasie von diesem Staat nicht mehr gebraucht«[2] wird. Um diese beiden Gestalten gruppiert Szczypiorski eine ganze Galerie weiterer Figuren, deren Schicksale nicht minder desillusionierend anmuten, und konstruiert eine Handlung, die der spezifischen politischen und menschlichen Konstellation jener Jahre Rechnung trägt. Er setzt damit gewissermaßen die Motive der *Schönen Frau Seidenman* fort, nur diesmal spielen sich alle Verwicklungen in einer Zeit ab, in der die politisch-nationalen Akzente ein wenig anders verteilt sind: Die Deutschen gelten zwar nach wie vor als Feinde, doch die seit eh und je verhaßten Russen sind zu Freunden avanciert, und die antikommunistisch eingestellten Polen werden von jüdischen Kommunisten verfolgt.

Der Geschichte sei das Böse immanent, sagte Szczypiorski bei der besagten Buchpräsentation, und es bleibe den Menschen überlassen, ob sie sich von ihr verschlingen lassen oder ob sie ihr im Halse steckenbleiben. Passiv sein heiße, das Böse triumphieren zu lassen. Seine Romanfiguren sind allerdings weit davon entfernt, ohne Ausnahme für den Triumph des Guten zu kämpfen. Für diejenigen, die sich die richtige Philosophie zugelegt haben, markiert dieses grausame, stalinistische Polen einen durchaus erträglichen Neubeginn. Sie wissen: Es genügt, »im richtigen Moment einen Schlag in die Schnauze oder einen Tritt in den Hintern zu bekommen und der Mensch ist wiedergeboren wie nach der Taufe im Jordan. Es geht nur darum, daß der Moment richtig ist und der Fußtritt kräftig.«[3] Zu diesem Schluß kommt jedenfalls der Geheimdienstagent Trojan, der die ganze Vorkriegs- und Kriegszeit über eine traurige, konturlose Existenz führte und erst im Einbruch des Kommunismus die Chance entdeckte, »in eine völlig neue Haut zu schlüpfen«[4].

Andere wiederum versuchen, sich dem Neuen anzupassen, ringen aber dabei immer noch mit ihrer Vergangenheit. So ergeht es den beiden Devisenhändlern Gutmajer und Knoller, früher Leidensgenossen in Auschwitz, jetzt erbitterten Feinden und Konkurrenten. Während Gutmajer sich erstaunlich schnell den neuen Realien anpaßt und das Leben in vollen Zügen genießt, wird Knoller nur noch von einem Gedanken beherrscht:

»Ich muß nach Amerika fahren, in Amerika gibt es angeblich alles, dort geht die Sonne auf und unter, dort gibt es Nacht und Tag und wieder Nacht.«[5]

Ausgerechnet er, der alte Jude Knoller, dem das Schicksal nicht einmal den Anblick seiner von den Nazis vergasten Familie ersparte, wird Opfer eines politischen Komplotts, das die Position der neuen Machthaber stärken soll: Als sein Feind Gutmajer eines Tages tot in seinem Luxusbett aufgefunden wird, wird er des Mordes verdächtigt und festgenommen. Er wird erst dann entlassen, als er eine Aussage unterschreibt, die einen politisch unbequemen Polen belastet. Doch auch dann sieht er sein ersehntes Amerika nicht – es gibt ein paar einflußreiche Menschen, die dafür sorgen, daß er einem Pogrom zum Opfer fällt. Menschen wie der kalt-gewiefte Trojan oder der KGB-Offizier Lomakin, »ein heller Kopf«, den »die Natur mit einem durchtriebenen Scharfsinn bedacht« hatte, »der ihm gestattete, fehlende Bildung durch fehlende Skrupel auszugleichen«[6].

Und da gibt es noch Rudowski und Czarnocki, zwei Gegenspieler, die sich niemals begegnet sind, denen diese gottlose Welt aber denselben Streich gespielt hat: Sie hat ihnen ihren Glauben genommen. Der eine ist Katholik, der andere Anhänger des Judaismus, dennoch sind sie aus dem Krieg und dem stalinistischen Terror mit derselben Überzeugung hervorgegangen: daß Gott nicht existiere. Der ehemalige Heimatarmee-Soldat Rudowski fühlt sich um seine patriotischen Ideale betrogen – »Ich hatte während des Aufstands auf die Deutschen geschossen, weil ich ein freies Polen wollte, das ist wortwörtlich alles gewesen, was ich im politischen, nationalen oder sozialen Sinn getan hatte«[7], erzählt er Jahrzehnte später einer Schweizer Journalistin – und um sein privates Glück gebracht. Als er nach elf Jahren Haft seiner Jugendliebe gegenübersteht, der schönen und tapferen Justyna, die ihm während all der Jahre im Land von Gefängnis zu Gefängnis folgte und dabei keine Gelegenheit ausließ, seine Entlassung zu erwirken, erweist sich ihr Gefühl der Verbundenheit als eine Illusion.

Noch größer ist Czarnockis Niederlage, der jahrelang auf seine jüdische Art mit Gott und den Menschen gehadert hatte. »Doch es gibt keinen Gott«, stellt er eines Tages fest, »es gibt nur diese Welt und mich mitten in der Lüge, verlassen von der Frau, die das Schweigen gewählt hat, weil sie nicht mitwirken wollte an dem, was zum reinen Betrug geworden ist.«[8] Es war seine Frau Lidka, der er sein Überleben verdankte, die ihn während der Okkupation in einer Warschauer Wohnung versteckte und durch alle Gefahren bedingungslos begleitete, um eines Tages, als alles überstanden war, ohne ein Wort des Abschieds in den Tod zu flüchten. Erst als der Zeitpunkt kommt, eine Bilanz zu ziehen, scheint Czarnocki mit sich selbst ausgesöhnt: »Zum Schluß ist nur geblieben, was am Anfang war. Ich bin zu Gott zurückgekehrt, ich bin ein gläubiger Jude, der aus der Asche auferstanden ist.«[9] Er ist auch in diesem letzten Sieg einsam, weil die Welt, aus der er kommt und in die er zurückzukehren versucht, längst untergegangen ist.

Man kann sich stellenweise des Eindrucks nicht erwehren, daß mit Szczypiorski wieder einmal seine alte Lust am Polemisieren durchgegangen ist, daß er das Buch aus der Absicht heraus geschrieben hat, bestimmte Ansätze seines historischen Denkens zu illustrieren. (Ein polnischer Kritiker nannte den Roman gar einen literarischen Kitsch: Wie in einem Comicheft würden sich über den einzelnen Figuren Sprechblasen freisetzen, in denen die Thesen eines Räsonierers stünden.) Ansonsten aber ist auch in diesem Roman Szczypiorskis einzigartiger Erzählstil unverkennbar, seine ruhige Narration, die intimen Umgang mit den Figuren ebenso einschließt wie (selbst)ironische Distanz. Und auch seine Art, die menschliche Existenz in ihrer ganzen Kompliziertheit zu betrachten, macht ihm keiner so schnell nach: Bald tut er es mit der Präzision eines in philosophischen Disputen geübten Intellektuellen, bald mit der Hilflosigkeit eines Durchschnittsmenschen, der einen Außenstehenden als Zeugen eigener Gedanken braucht, um die Gesetze der Welt, in der er lebt, zu begreifen.

Er war sich dessen bewußt, daß man ihn und sein Werk nun anders beurteilen, daß er es gewissermaßen schwerer haben werde. In den Jahren vor der Wende hatte er die Unterstützung und die Liebe der Leser genossen, was aber nicht allein das Verdienst seiner literarischen Arbeit gewesen war. Er hatte auch für seine oppositionelle Tätigkeit den Beifall geerntet. Jetzt, nach der Wende, befand er sich in einer ganz anderen Situation: Auf einmal waren die Leser seine einzigen »Gegner«, und ihre Ansprüche hatten sich rapide geändert. Es ging nicht mehr um die Politik – es ging nur noch um die literarische Qualität, darum, einen guten Roman, eine spannende Erzählung, einen überzeugenden Essay abzuliefern. Auch früher, während der oppositionellen Phase, hatte er sich schon gefragt, welchen literarischen Wert seine Bücher wirklich hätten. Würden die Menschen sie vielleicht nur deshalb lesen, weil er sich darin gegen die kommunistische Macht richte? Weil er in dem legendären »zweiten Umlauf« publiziere? Nun war die Zeit des politischen Kampfes vorbei, und der Roman *Nacht, Tag und Nacht* war sein erstes Werk, das als »reine Literatur« gelesen wurde. Und die einzige Frage, die er sich jetzt stellte, war, ob er den veränderten Ansprüchen gewachsen sei.

Er empfand es dennoch als große Erleichterung, nach der Zeit der politischen Arbeit zum Schreiben zurückzukehren. Die Schriftstellerei war für ihn schon immer eine große Freude gewesen. Deswegen mochte er auch die »echten« Intellektuellen unter den Schriftstellern nicht besonders: Sie hatten etwas Märtyrerhaftes an sich, klagten viel zu oft, daß das Schreiben für sie eine Qual sei, worauf er immer mit der Frage reagierte, warum sie dann nicht einen anderen Beruf ergreifen würden. Ihm selber bereitete nur der Anfangsmoment richtige Qualen: die innere Unruhe, die ihn bei der Geburt einer neuen Buchidee übermannte. Zum Glück dauerte diese Phase meist nicht lange. Dann kamen die ersten, noch recht chaotischen Gedanken. Sobald sie präziser wurden, begann er das Buch »im Kopf zu schreiben«, und es dauerte meistens ca. zwei Jahre, bis er damit fertig war. Dann setzte er sich an die Schreibmaschine und brachte alles zu Papier, was ihn weitere drei bis vier Monate kostete. Danach ließ er den Text eine Zeitlang liegen. Erst nach vier Wochen etwa las er ihn noch einmal durch, machte Korrekturen, feilte an den Details.

Insgesamt also dauerte es zweieinhalb bis drei Jahre, bis er ein fertiges Buch vorlegte. Was folgte, war ein Zustand der absoluten inneren Leere. »So lange das Leben und die Welt meine innere Batterie nicht neu geladen haben, so lange fühle ich mich völlig ausgebrannt. Dieses Gefühl kann sehr qualvoll sein«[10], gab er einmal zu. Es sei das Gefühl vollkommener Sinnlosigkeit, Einsamkeit, Entwurzelung. Hier verstehe er auch seine Schriftstellerkollegen, die behaupten würden, das Schreiben sei eine Qual. Doch nur in einem bestimmten Sinne: Für ihn seien diese zweieinhalb Jahre, in denen er das Buch in sich reifen lasse und es später aufschreibe, keineswegs eine Qual, es sei eine riesige Freude und Genugtuung. Doch dieser Prozeß am Anfang, wenn er nicht wisse, was mit ihm geschehe, welche Dämonen ihn heimsuchen würden, und dann das Ende, wenn er das fertige Buch dem Verleger übergeben habe und nun allein in einer Art Niemandsland stehe: Das sei wirklich eine Tortur.

Obwohl er gern zum Schreiben zurückkehrte, war sein Selbstverständnis als Schriftsteller ein anderes, kühleres geworden. Die Zeiten, da er gern über die Einmaligkeit der polnischen Geschichte, über das 19. Jahrhundert, die Teilungen und die Nichtexistenz als Staat reflektierte und die Schriftsteller als »Gewissen der Nation« apostrophierte, waren vorbei. »Nein, nein«, antwortete er einmal auf die entsprechende Frage einer deutschen Journalistin, »das ist eine bequeme Meinung, daß ein Schriftsteller oder ein Künstler der Wächter des Gewissens des Volkes sei. Jedes Mitglied der Gesellschaft kann sämtliche Schweinereien begehen, weil er keine moralische Verantwortung trägt. Nur die Künstler, die Schriftsteller, die Intellektuellen sind verantwortlich. Das ist falsch. Was für ein Recht habe ich, das Gewissen der Nation zu sein? Bin ich klüger, bin ich empfindlicher, bin ich talentierter? Ich glaube, Intellektuelle sind normale Handwerker des Denkens.«[11]

Vielleicht war an seiner Ernüchterung die allgemeine Situation der Literaten schuld: Trotz der Reaktivierung alter und der Entstehung neuer Organisationen – 1988 hatte der polnische PEN-Club unter dem alten Vorstand seine Arbeit wieder aufgenommen, und die Gegner des regimetreuen Schriftstellerverbandes hatten 1989 ihre eigene Organisation, die Vereinigung Polnischer Schriftsteller (SPP – Stowarzyszenie Pisarzy Polskich), gegründet – machte sich Anfang der neunziger Jahre in der polnischen Literaturszene ein starker Partikularismus bemerkbar. Die Folgen der Polarisierung, die das Schriftstellermilieu während des Kriegszustands erlebt hatte, waren offenbar nicht so schnell zu beheben. Die Bücher der einst vom Regime Verstoßenen wurden zwar wieder offiziell verlegt, und auch die anderen, die »Kollaborateure«, schienen die Zeit fast schon vergessen zu haben, da die empörten Leser ihre öffentlichen Auftritte systematisch gestört und ihnen ihre Bücher stapelweise vor die Wohnungstür gelegt hatten. Dennoch wollte sich ein »Wir-Gefühl« unter den polnischen Schriftstellern nicht so recht wieder einstellen.

Vielleicht war aber auch die neue politische Entwicklung daran schuld, daß der Schriftsteller Szczypiorski sich nicht mehr so leicht zu romantisch-missionarischen Parolen hinreißen ließ. Die Situation verlangte sichtlich nach neuem Pragmatismus, und dem gab er nun reichlich in publizistischer Form Ausdruck. Mit seinen Äußerungen, in denen er die Mißstände und die nationalen Untugenden beim Namen nannte, zog er freilich Proteste und Beschimpfungen verschiedener Gruppierungen und Kreise auf sich. Mit seiner Kolumne etwa, die er regelmäßig für das politische Magazin *Wprost* schrieb, brachte er sowohl Nationalkatholiken als auch Postkommunisten gegen sich auf. Erstere unter anderem deshalb, weil er eine Liberalisierung des Abtreibungsgesetzes forderte, letztere, weil er – nach dem anfänglichen Plädieren für die Politik des »dicken Schlußstriches« – eine Aufarbeitung der Vergangenheit nach dem deutschen Vorbild forderte.

Er polemisierte nahezu gegen jeden und alles: gegen alle Arten von Fanatismus, Rückständigkeit und Intoleranz, gegen Chauvinismus, Bigotterie und Antisemitismus. Er zeigte das niedrige Niveau der öffentlichen Debatten, die Korrumpierbarkeit der Politiker, die Rückständigkeit des Klerus, die Peinlichkeit des Solidarność-Kombattantentums auf. Doch welche Tendenz oder Nationalcharaktereigenschaft er auch immer kritisierte, welche Gruppierung oder Organisation er auch angriff, ständig hieß es, er würde an den nationalen Heiligtümern rühren, das eigene Nest beschmutzen und sich bei Fremden – vor allem bei den Deutschen – anbiedern. »Wenn ich in letzter Zeit aus dem Ausland nach Hause komme«, notierte er einmal resigniert, »habe ich das Gefühl, daß der Himmel über Polen immer dunkler wird.«[12] Wie in Jerzy Andrzejewskis Roman *Die Finsternis bedeckt die Erde.* Es gehe ihm aber nicht wirklich um die Erde, fügte er gleich hinzu, sondern um die menschlichen Gemüter. Die Landschaft komme ihm ganz normal vor, in letzter Zeit sei sie sogar schöner geworden. Doch in der Welt der Gedanken sehe es düster aus. Es gebe immer weniger gesunde Vernunft, Mäßigung und Zurückhaltung.

Er sah auch die Gefahr neuer Mythenbildung aufziehen. Lech Wałęsa etwa verkörperte für ihn den Mythos von der führenden Rolle der Arbeiterklasse oder, um sich weniger der kommunistischen Phraseologie zu bedienen, von der Arbeiterklasse als Demiurgen der Geschichte. Er war ohnehin kein Anhänger Wałęsas, schon gar nicht, als dessen Kandidatur für das Amt des Staatspräsidenten zur Debatte stand. 1990 schrieb er sogar einen Offenen Brief an den Arbeiterführer, in dem er ihm den Mangel an nötigen Qualifikationen attestierte. (Für Wałęsas größtes Talent hielt er die Fähigkeit, seine Umgebung immer wieder aufs neue zu überzeugen, daß er niemals eine Niederlage erleiden werde. Darin spiegelte sich für ihn die ganze Beschränktheit und Komik der Politik wider.) Erst als Wałęsa die Wahl gewann, ließ er von weiteren Attacken ab: Man bekämpfe nicht den Inhaber des höchsten Amtes im Lande, das sei eine Frage der politischen Kultur.

Diese Loyalität fiel ihm weiß Gott nicht leicht: Von Wałęsas

Seite hatte er ein ähnliches Fairplay nicht erfahren. Im Gegenteil, als der Arbeiterführer im Rahmen des Wahlkampfes sein Konzept des »Marsches auf Belvedere« verkündete, wandte er sich dabei auch gegen die Intellektuellen. Er wollte vermutlich nicht wirklich das Ethos der »Solidarność«, das auf dem Bündnis Arbeiter–Intelligenz basierte, verraten – er bediente sich einfach nur einiger populistischer Anti-Intelligenz-Töne, um den Wahlkampf zu gewinnen. Damit knüpfte er aber, ob er es wollte oder nicht, an die volksrepublikanische Zeit an, in der die Partei immer wieder die Arbeiterschaft und die Intelligenz gegeneinander aufgebracht hatte. Und wer, wie Szczypiorski, einen scharfen Blick für zeitgeschichtliche Parallelen besaß, der empfand dieses Verhalten als eine besondere Kränkung.

Seine negative Einstellung änderte sich auch während Wałęsas Amtszeit nicht. Im Gegenteil, als er vor der zweiten Präsidentschaftswahl (1995) die Prognose aufstellte, daß »der Elektriker« höchstwahrscheinlich wiedergewählt werde, fügte er gleich sarkastisch hinzu, die Polen seien offensichtlich keines besseren Staatsmannes würdig. Ein erneuter Sieg gelang Wałęsas zwar nicht, während seiner fünfjährigen Präsidentschaft hatte es aber tatsächlich den Anschein, als würde sich die Mehrheit der Nation kaum daran stören, einen einfachen Arbeiter zum Staatsoberhaupt zu haben. Man »veredelte« ihn gern, indem man ihn mit dem großen Staatsmann der Vorkriegszeit, dem Marschall Piłsudski, verglich – als völlig disqualifizierend empfand man seine Klassenzugehörigkeit aber nicht.

Wie anders doch die Zeiten geworden waren: Vor dem Krieg war es gerade das einfache Volk, das auf die höhere Abstammung seiner Anführer großen Wert legte, was zuweilen zu grotesken Situationen führte. Etwa bei der bereits erwähnten Präsidentschaftswahl im Jahre 1922: Als damals der Kandidat des linken Lagers, der aus dem Schweizer Exil zurückgekehrte Professor Gabriel Narutowicz, gewann, taten die rechten Gruppierungen alles, um seinen guten Ruf in den Schmutz zu ziehen. Bald kursierten in ganz Warschau die schlimmsten Verleumdungen und die absurdesten Gerüchte. Als schließlich die Vergangenheit von Narutowicz aufgegriffen und die Bezeichnung »Schweizer« in Umlauf gebracht wurde, sah mancher die Majestät des Amtes in Gefahr. Das Wort bedeutete nämlich im Warschauer Jargon soviel wie »Türsteher«, und durch die Tatsache, daß ein einfacher Portier zum Präsidenten ernannt worden war, fühlten sich viele persönlich gekränkt.

Szczypiorskis Zeitgenossen waren im großen und ganzen bereit, über die einfache Herkunft und mangelnde Bildung ihres Präsidenten hinwegzusehen. Dafür konnten sie partout keine weltgewandten Intellektuellen ausstehen, die oft einer anderen Meinung als die Mehrheit der Nation waren und dieser auch noch die Leviten lesen wollten. Szczypiorski wußte selbst gegen diese Eigenschaft seiner Landsleute zu polemisieren. »Bei uns«, höhnte er einmal in der *Polityka*, »wird jeder, der anders als die meisten denkt, sofort als Verräter der nationalen Sache, Feind der Arbeiterklasse, heimatloser Kosmopolit, russischer Agent, Hitler-Anhänger, Stalinist, Mörder der ungeborenen Kinder, Diener der Schwarzen, sibirischer Henker, Verleumder der linken Patrioten oder käuflicher Agent des Westens abgestempelt. Oft auch als Jude, denn das klingt immer gut.«[13]

Die Primitivität der antisemitischen Parolen brachte ihn besonders schnell aus der Fassung. Er scheute dann keine Mühe, die Kolporteure derselben als beschränkte, gedankenlose Halsschreier zu entlarven. Wie im Falle des Danziger Priesters Henryk Jankowski und des konservativen Politikers Marian Krzaklewski, deren gemeinsame antisemitische Eskapaden er einmal mit einem höhnischen Statement bedachte: Die Theorie von dem »jüdischen Komplott« hätten vor hundert Jahren die »dümmsten Nationaldemokraten und rückständigsten Geistlichen« erfunden. Sie hätten »einen gnadenlosen Boykott der Juden, die Begrenzung ihrer Rechte und ihre Aussiedlung nach Madagaskar« gefordert. Dann sei Adolf Hitler gekommen, »der fest entschlossen war, dieses Konzept in die

Tat umzusetzen. Doch statt viel Aufhebens um die Juden zu machen, vergaste er sie einfach und verbrannte sie.«[14] Danach ging er zu einem direkten Angriff über: »Diese Fakten sind zu Menschen wie Pater Jankowski und Marian Krzaklewski offenbar noch nicht vorgedrungen. Dabei wäre es angebracht, am Ende des Jahrhunderts und nach all den Erfahrungen, die der Welt von der neuesten Geschichte zugefügt wurden, gewisse Fortschritte in der schwierigen Kunst des Denkens zu machen. Ich verlange nicht viel. Ich möchte nur, daß Krzaklewski begreift, was für einen bodenlosen Unsinn er erzählt.«[15]

Solche persönlichen Attacken machten es seinen Feinden natürlich leicht, ihn als einen überheblichen, arroganten Besserwisser hinzustellen. Kaum jemand von seinen Angreifern merkte, daß er ein großer Patriot war, der unter den Makeln der polnischen Realität wahrhaftig litt und in erster Linie von dem Wunsch geleitet wurde, die Mentalität der Polen von allem zu befreien, was sie einengte. Er sprach oft davon, bei dem Gedanken an das Polentum ein Gefühl der Enge zu haben, sich wie in einer Sackgasse eingesperrt zu fühlen. Dieses Gefühl hatten vor ihm viele nationale Größen, Cyprian Kamil Norwid, Witold Gombrowicz oder Maria Dąbrowska. »Die Polen neigen als Nation zu einer heroischen Ethik, die unter außergewöhnlichen, pathetischen Umständen das Opfer des Lebens und der Habe fordert«, notierte die letztere in ihrem Tagebuch. »Es fehlt ihnen aber fast völlig die soziale, normale Ethik der Forderungen und Verpflichtungen, die von der jahrhundertealten Tradition des Westens gepflegt wurde und zu einem glücklichen, weil redlichen Leben im Alltag führt.«[16]

Diese Schwäche des polnischen Nationalcharakters sah auch Szczypiorski deutlich. Gleichzeitig aber hatte er, im Gegensatz zu den Genannten, einen jahrelangen Kampf gegen das Totalitäre hinter sich – einen Kampf, der ihn für die Zwischentöne der menschlichen Natur empfänglicher gemacht hatte. Hinter seiner Strenge verbarg sich also auch die Bereitschaft zur Nachsicht, zur Toleranz, zum Vergeben. Allerdings waren dieser Bereitschaft auch klare Grenzen gesetzt. Um unsere Welt zu verstehen, die so oft aus den Fugen zu geraten drohe, sagte er einmal, müsse man versuchen, ihre Bewohner in ihrer ganzen Kompliziertheit zu begreifen. Das solle jedoch keinen allgemeinen Relativismus bedeuten, der alle Werte nivelliere. Die Welt zwinge uns die unterschiedlichsten Rollen auf, und so zu tun, als wäre es nicht wahr, würde bedeuten, den Kopf in den Sand zu stecken, sich dem allgemeinen Chaos gegenüber hilflos zu zeigen.

Es lag ihm viel daran, diese Hilflosigkeit zu verhindern. Deshalb ermahnte er seine Landsleute so oft, keine Mythen, insbesondere keine autoritären, fundamentalistischen, rassistischen oder chauvinistischen, anzunehmen. Deshalb ging er mit ihnen so scharf ins Gericht und verlangte ihnen Tugenden ab, zu denen sie (noch) nicht fähig waren. Er wirkte dabei oft etwas einsam und auch ein wenig deplaciert, denn im Grunde verkörperte er – um mit dem deutschen Journalisten und Kenner der polnischen Belange Klaus Bachmann zu sprechen – »eher den Typ des französischen Intellektuellen, der mit seinen Interventionen Einfluß auf die Tagespolitik und die Geschicke seines Landes nimmt«[17]. Doch dafür war es in dieser »vom Rückgriff auf adlige Traditionen und Missionsgedanken geprägten polnischen Intellektuellenlandschft«[18] noch ein wenig zu früh.

Siebenundzwanzigstes Kapitel

»Die schöne Polin«

»Es liegt etwas in der Luft Europas, daß man seit einigen Jahrzehnten die großen Probleme des Menschen und der Gesellschaft nicht anders auf Buchseiten überzeugend bedenken und beschreiben kann als nur in spöttischer Weise.«[1] So begann Szczypiorskis Text über Günter Grass' Roman *Unkenrufe*, den er 1992 im *Spiegel* veröffentlichte. Kein Wunder, daß das Hamburger Nachrichtenmagazin eben ihn, den polnischen Starautor, um eine Rezension gebeten hatte. Schließlich machte Grass mit seinem Buch eine literarische Versöhnungsgeste in Richtung Polen, es war also verständlich, daß man ihre Wirkung auf einen prominenten polnischen Schriftstellerkollegen erfahren wollte. Außerdem gab es ein paar deutliche Parallelen zwischen den beiden Autoren, die man durch diese Buchbesprechung so schön herausstellen konnte: beide berühmt, beide politisch engagiert, beide im eigenen Land umstritten, dafür im jeweiligen Nachbarland überaus erfolgreich.

Doch Szczypiorski schrieb nicht nur die gewünschte Rezension – zwei Jahre später legte er auch ein Buch vor, dem man eine gewisse thematische Verwandtschaft mit Grass' *Unkenrufen* nachsagen kann: den Roman *Selbstportrait mit Frau*. In beiden Fällen handelt es sich nämlich um eine späte Liebe, die zwei Menschen verschiedener Nationalitäten vor dem Hintergrund der politischen Umwälzungen im Europa des 20. Jahrhunderts erleben. Damit endet aber auch schon die Gemeinsamkeit: Szczypiorskis Protagonisten, der polnische Soziologe Kamil und die schweizerische Rundfunkjournalistin Ruth Gless, haben mit dem von Grass konstruierten Paar Alexander–Alexandra und dessen deutsch-polnischen Versöhnungsideen nicht viel gemein. Nicht nur weil Polen und die Schweiz keiner Versöhnungsakte bedürfen – Szczypiorskis Buch lebt in einem anderen Klima: Weder sind es zwei Länder noch zwei Menschen, die miteinander versöhnt werden sollen. Es ist vielmehr ein Mann, der sich mit seinem Leben, mit Gott, seinem schwierigsten Widersacher, und mit der Liebe, die, oft bitter und enttäuschend, ihn dennoch stets begleitete, aussöhnen will.

»Man braucht die Frauen nicht zu lieben, um sie zu bewundern, doch wenn man sie bewundert, gerät man leicht in einen Strudel.«[2] Damit ist das Leben des sechzigjährigen Kamil zum großen Teil schon umschrieben: Sein Leben war ein einziges In-den-Strudel-Geraten, und die Frauen haben dabei stets eine wichtige Rolle gespielt. So führt seine ganze bisherige Biographie an unzähligen Frauengestalten, zugleich aber auch an den wichtigsten Stationen der neuesten polnischen Geschichte vorüber. Dazu gehören das Kriegsgeschehen und die KZ-Realität, die ersten Jahre des kommunistischen Polen und die Zeiten des stalinistischen Terrors, die Arbeiterprozesse der späten siebziger Jahre und die denkwürdigen Tage vor der Ausrufung des Kriegszustands: Sie waren »irgendwie eigenartig, die Leute warteten auf etwas, mißtrauten allem; irgend etwas trieb sie zur Selbstvernichtung, irgend etwas hielt sie zurück, die schrecklichen Tage der Abrechnung Polens mit Polen, des alten Polen mit dem neuen Polen, die Tage der Abrechnung, die gerade in jener Nacht enden sollten mit dem letzten Akt der Unterdrückung, mit dem Krieg der Staatsmacht gegen das Volk, mit dem Kriegszustand.«[3] In all das ist Kamil, obwohl nicht immer infolge einer bewußten Entscheidung, involviert gewesen.

Nun, im Alter von sechzig Jahren, fährt er nach Genf, um im dortigen Rundfunk von seinen Erfahrungen zu berichten, eine Art Lebensbeichte abzulegen. Die geplanten Aufzeichnungen sollen hauptsächlich Studienzwecken dienen. Doch gerade deswegen erwarten seine Gastgeber von ihm eine bestimmte Form der Berichterstattung: Sie soll verbindlich-exemplarisch klingen und auf Fakten und Daten beruhen. Und vielleicht würde Kamils Bericht auch tatsächlich sachlich, nüchtern und präzise ausfallen, wäre da nicht Ruth Gless, die ihm zugewiesene Gesprächspartnerin: eine attraktive, sich ihrer Wirkung bewußte Mittvierzigerin.

Anfangs ist Kamil von ihrer gepflegten Schönheit und Weltgewandtheit gleichermaßen fasziniert wie irritiert, weshalb er während der ersten Sitzungen jene Selbstsicherheit und Gelassenheit an den Tag legt, die sich nur ein Mann seines Alters erlauben kann. Dann aber weckt diese Frau in ihm tiefere Gefühle, ja fast eine Art Liebe. »Eine Art«, denn eine wahre Liebe ist sie nun doch nicht. Sie bekommt zwar mit der Zeit den Anschein einer letzten großen Leidenschaft, in Wirklichkeit aber ist sie von seltsamer Leere und Hilflosigkeit. Denn, wie Kamil der schönen Schweizerin in Gedanken gesteht, »ich denke mehr an diese Liebe als an dich, nicht du bist das Wichtigste für mich, sondern dieses Gefühl, das ich gegen Ende meiner Irrfahrt von dir erbettelt habe«[4].

Das liegt, könnte man meinen, an den unterschiedlichen Erfahrungen, daran, daß sie aus zwei verschiedenen Welten stammen. Doch nein, auch die anderen Liebesbeziehungen, die Kamil nun vor dem Mikrophon des Genfer Senders Revue passieren läßt, umgibt bei aller Dramatik der beschriebenen Umstände und Intensität der Leidenschaft die Aura der Kurzlebigkeit, des Scheiterns, der Enttäuschung. Die Frauen, denen er in seiner Erinnerung noch einmal begegnet, sind zwar alle sehr schön, die Makellosigkeit ihrer Schönheit hat aber etwas Starres, Weltentrücktes an sich. Selbst die Bardamen im zerbombten Nachkriegswarschau erscheinen trotz ihres reifen Alters wie unwirkliche Wesen, »mit dichtem schönen Haar, goldblond oder rabenschwarz, und riesengroßen und leicht gelangweilten Augen, stets erleuchtet von der kleinen silbernen Lampe des Sex«[5]. Keine Falten, kein bitterer Zug um den Mundwinkel, kein billiges Make-up, das die Spuren des

Alters kaschiert. Dazu tragen sie oft seltsame Namen, die ihnen einen weiteren Hauch von Künstlichkeit verleihen: Fedora, Abissinierin, Teofanu. »Solche Frauen gibt es seit Jahren nicht mehr«, stellt Kamil mit einem Hauch von Bitterkeit fest, »jetzt sind die Frauen einfach durchschnittlich.«[6]

Nur die erste – eine deutsche Bäuerin, die ihm im Wirrwarr der ersten Nachkriegstage von ihrem Liebhaber, einem russischen Soldaten, für eine Nacht überlassen wurde – bildet eine bodenständige Ausnahme in dieser sonst atemberaubenden Frauengalerie. Vielleicht, weil er zu dem Zeitpunkt noch keine bestimmten Erwartungen hatte? Die hat er zwar jetzt, vierzig Jahre später, genausowenig. Doch diesmal, weil es für jegliche Erwartungen zu spät ist. Denn in Kamil ist vor allem Müdigkeit, viel Müdigkeit und eine Spur Resignation, von der ihn auch Ruth Gless nicht befreien kann. »Soll ich ihr sagen, überlegte er, daß ich an ihrer Seite meine KZs und Gulags nie ausweinen werde. Das ist der Grund. Es gibt keine Frauen auf der Welt, bei denen ich das ausweinen könnte.«[7]

Und dennoch, scheint Szczypiorski zu sagen, gibt es außer der Liebe nichts anderes, was dem menschlichen Leben einen Sinn geben könnte. Nicht nur in diesem Roman übrigens, diese Ansicht klingt in seiner gesamten Prosa durch. Die Beziehung zwischen einer Frau und einem Mann, erklärte er einmal, würde Kultur und Natur, die zwei Elemente also, von denen unser Leben am meisten geprägt sei, miteinander verbinden. Wobei er unter Kultur alle geistigen Dinge verstehe, die Einbildungskraft des Menschen, seine Ideen und seine metaphysischen Sehnsüchte eingeschlossen. Deshalb sei die Liebe so wichtig und deshalb sei der Verrat in der Liebe die schlimmste Sünde, die der Mensch begehen könne.

Ihm selbst war es zweimal vergönnt, eine große Liebe zu erleben. Das erste Mal hat sein Glück fünfundvierzig Jahre gewährt, und als es zu Ende war – seine Frau Ewa starb 1994, im Erscheinungsjahr von *Selbstportrait mit Frau* –, hatte auch sein eigenes Leben für ihn jeglichen Sinn verloren. Die Arbeit, der Alltag mit all seinen routiniert-vertrauten Momenten, das schöne Haus – ohne sie war all das zu einer Last geworden, die er weder tragen konnte noch wollte. Plötzlich wurde ihm bewußt, daß all die Menschen, die er geliebt hatte, nicht mehr da waren, und er sehnte auch den eigenen Tod herbei. Ob er diese Todessehnsucht einige Jahre später auf Jan übertrug, den Hauptprotagonisten in *Feuerspiele*, der wochenlang in der Dunkelheit eines Dachbodens den Tod seiner Frau betrauert – »schweigend, fast andächtig wie beim Gebet, saß er da und forderte vom Tod, er möge kommen und ihn abholen«[8] –, behielt er für immer für sich. Dann aber kam überraschend die zweite Liebe: zu der schönen Ärztin Elżbieta Borowiecka, die so ganz anders war, zarter, weicher, nachgiebiger, ohne die Härte der Frauen seiner Generation, und der es doch gelang, ihn aus seiner Apathie herauszuholen und zu einem neuen Mittelpunkt seines Lebens zu werden. »Jetzt lebe ich, schreibe und reise nur für Elżbieta«, würde er einmal sagen. »Mit ihr habe ich Lust dazu, ohne sie nicht. Das ist dieses Wunder meiner Wiedergeburt, das natürlich ein Wunder der Liebe ist.«[9]

Allerdings handelt es sich in seinem *Selbstportrait mit Frau* in erster Linie nicht um die Liebe zwischen Mann und Frau, sondern um die Liebe zwischen Mann und Frau in einem totalitären System. Diese Unterscheidung ist wichtig: Kamil fühlt sich dermaßen durch die Geschichte verstümmelt, daß er ständig nach neuen Inhalten und Empfindungen sucht. Und diese hofft er in den Liebesbeziehungen zu finden. Seine Hoffnung erfüllt sich aber kaum, denn auch seine Frauen – bis auf die »neutrale« Schweizerin – sind müde von dem täglichen Kampf ums Überleben und dem Ringen mit der Geschichte. Vielleicht wirken sie deshalb so merkwürdig starr, so eindimensional und trotz ihrer physischen und biographischen Unterschiedlichkeit im Grunde einander so ähnlich.

Oft erweckt es fast den Eindruck, als wollte Szczypiorski jenen über Jahrzehnte gültigen Mythos der »schönen Polin« aufs Korn nehmen. Einen Mythos, der sich vor langer Zeit in Europa konstituierte und der nicht allein auf den äußeren Qualitäten der polnischen Frauen beruhte. Wohl nicht zufällig war es gerade der Romantiker Nikolaus Lenau, der zwischen ihrer Schönheit und der Tragik der politischen Situation Polens den Bogen spannte: »Mädchen, willst du in Symbolen: / Weißem Nacken, Perlenschnüren, / Uns das Trauerlos der Polen / Mahnend vor die Seele führen?«[10] Seine Reime waren nämlich eine Antwort auf die parallel entstandene polnische romantische Dichtung, die ein zweigesichtiges Idealbild der Polin beschwor: Da sie in der Regel dem Adel entstammte, war sie einerseits elegant und anmutig, geistreich und gebildet, sprach fließend Französisch und machte vor keiner Klavierpartitur halt. Andererseits aber gab die Unfreiheit Polens ihrem Dasein eine märtyrerhafte Note. Denn während der Mann unentwegt damit beschäftigt war, um die Freiheit des geteilten Vaterlandes zu kämpfen, mußte die Frau den Part des Familienoberhaupts übernehmen. Vor allem galt es, den Russifizierungs- bzw. Germanisierungsbestrebungen der Besatzer Polens Paroli zu bieten, was in erster Linie bedeutete, den Kindern Kenntnisse der polnischen Sprache, Geschichte und Literatur zu vermitteln und eine patriotische Denkweise anzuerziehen. Zwar waren Adam Mickiewicz' berühmter Ode *An die Mutter Polin* (1830) nicht unbedingt Worte der Ermunterung zu entnehmen – »Leg deinen Sohn beizeiten an die Kette, / Vor einen Karren spann ihn mit dem Seil, / Damit er vor dem Galgen nicht erröte / Und nicht erbleiche vor des Henkers Beil«[11] –, doch in Wirklichkeit sah jeder polnische Sohn den Freiheitskampf als oberste Pflicht an, und es war die unermüdliche »Mutter Polin«, die ihn stets daran gemahnte.

Manchmal zog sie sogar selbst in den Kampf. Die legendäre Emilia Plater, die im »Novemberaufstand« 1830/31, als Mann verkleidet, mitkämpfte, fand zwar keine Nachahmung, dafür wußte aber manche ihrer Zeitgenossinnen die eigenen Reize als Waffe einzusetzen. Sie trotzte damit allen moralischen Regeln, doch der Dankbarkeit ihrer Landsleute konnte sie sich sicher sein. So jedenfalls argumentierten zwei Abgesandte der Provisorischen Regierung, die im Karneval des Jahres 1807, den Warschau im Beisein Napoleons verlebte, auf die Auserwählte des

Kaisers einredeten, sie möge so schnell wie möglich seine »ungeduldige Glut« stillen: Sie werde zwanzig Millionen Polen Freude und Freiheit bringen. Die Adressatin dieser Beschwörung, eine junge Gräfin namens Maria Walewska, gab bekanntlich nach, was den Polen zwar keine Freiheit, aber doch einige Vergünstigungen, und ihr selbst einen Sohn, einige Momente des Glücks und einen Platz in der polnischen Geschichte brachte.

Nur mit der Billigung der Kirche, der höchsten moralischen Autorität jener Zeit, konnte sie nicht rechnen. Dem Marienkult, den diese seit dem 17. Jahrhundert als Grundidee des polnischen Katholizismus propagierte – damals hatten die Polen aus Dankbarkeit für den Sieg über die protestantischen Schweden die Mutter Gottes zur »Königin Polens« ausgerufen –, lag ein ganz anderes Idealbild zugrunde: Wie die Jungfrau Maria sollte auch die polnische Frau stilles Leiden und selbstlose Aufopferung verkörpern. Eine Aristokratin, die mit Hilfe ihrer Weiblichkeit in die Politik eingriff, war mit diesem Idealbild kaum zu vereinbaren.

Mag sein, daß die Dinge in den späteren Jahrzehnten einen anderen Lauf genommen hätten, daß die von Natur dominante und zielstrebige Polin gar zur Anführerin der europäischen Frauenbewegung aufgestiegen wäre, hätten der Zweite Weltkrieg und die kommunistische Ära nicht den Mythos der tapfer-selbstlosen »Mutter Polin« wiederbelebt. Während der Okkupation wurde die Befreiung des Vaterlandes erneut zum Gebot der Stunde, und unter den Kommunisten fiel der Familie, die sich selbstredend um die Frau versammelte, eine ähnlich integrierende Rolle zu wie während der Teilungen. Die offizielle Propaganda trug zum Status quo bei, indem sie unter Berufung auf den hohen Prozentsatz berufstätiger Frauen die feministischen Ansätze im Keim erstickte, die Kirche verfocht nach wie vor ein konservatives Frauenbild, und die Männer – froh, keiner Frauenbewegung im westlichen Sinne gegenüberzustehen – geizten nicht mit galanten Gesten. Ein Handkuß, eine Nelke zum Frauentag, eine hinter der Angebeteten hergetragene Einkaufstasche: So konnten sie auch im Realsozialismus ihre Ritterlichkeit demonstrieren. All das führte dazu, daß die Frauen, die im öffentlichen Leben kaum eine Rolle spielten, dennoch das Gefühl hatten, im Land das Sagen zu haben.

War es womöglich diese Auseinandersetzung mit dem Mythos der »schönen Polin« oder einfach nur die für Szczypiorski ungewöhnlich starke Betonung des »weiblichen Elements«, die sein *Selbstportrait mit Frau* zur Nummer eins auf den polnischen Bestsellerlisten machte? Dieser Erfolg muß ihn besonders gefreut haben, betonte er doch zum Zeitpunkt des Erscheinens immer wieder, der Roman sei sein wichtigstes, weil persönlichstes Buch. Es sei ihm darin zum ersten Mal gelungen, seinem Lebensthema, der Herausforderung des Menschen durch den Totalitarismus, treu zu blieben und dennoch reine Literatur ohne publizistisches Beiwerk zu schreiben. Er habe dies dadurch erreicht, daß er den Totalitarismus diesmal nicht in der Makroskala, als ein Panorama der großen politischen Ereignisse, sondern als eine intellektuelle und emotionale Erfahrung einer einzigen Person beschrieben habe. Diese Ereignisse würden zwar den Hintergrund der Handlung bilden, viel wichtiger sei aber die psychologische Problematik. Und zwar habe er versucht, die Unfähigkeit des Menschen zur Liebe in einer totalitären Welt zu zeigen, aber auch die allgemeinere These aufzustellen, daß diese Unfähigkeit ein Charakteristikum unserer Zeit sei, unabhängig davon, in welchem System man lebe.

Deshalb kam er wohl auf die Idee, einen polnischen Intellektuellen in den Westen fahren und dort eine »Beichte« ablegen zu lassen. Eine Idee, die übrigens nicht ganz neu war. Bereits in den siebziger Jahren hatte Kazimierz Brandys einen ähnlichen Einfall, den er in seinem Roman *Unwirklichkeit* (1977) realisierte: Ein polnischer Regisseur fährt zu einem Theaterkongreß nach Holland, wo er einem amerikanischen Professor polnischer Herkunft begegnet. Er läßt sich von ihm überreden, an einer soziologischen Umfrage teilzunehmen.

Das Ergebnis ist ein Monolog, in dem sich Autobiographisches mit intellektuellen Erwägungen vermischt, wobei die Konzeption des Buches – anders als bei Szczypiorski, der sich in seinem *Selbstportrait* vor allem mit zwei Themen, der Liebe und der Politik, auseinandersetzt – für eine fast unerschöpfliche thematische Vielfalt sorgt. Der Unterschied zwischen den beiden Büchern besteht außerdem darin, daß der »Eiserne Vorhang« in Brandys' Buch immer noch existiert – weswegen es nur im Untergrund erscheinen konnte –, während er bei Szczypiorski zwar noch nicht lange, aber immerhin schon der Vergangenheit angehört.

Wie sehr er doch unter dieser künstlichen Trennung Europas gelitten hatte! Gerade er, für den Europa schon immer ein geistiges Gesamtwesen bedeutete, das nicht einfach beliebig getrennt oder umgestaltet werden konnte. Die europäischen Werte, das waren in seinen Augen die jüdisch-christliche Zivilisation, die bestimmte ethische Kategorien hervorgebracht hatte, das römische Recht als Basis des freien Marktes und der Demokratie, und schließlich das Erbe der Aufklärung, sprich: der Glaube an die Möglichkeiten des menschlichen Geistes, an Fortschritt und Wissenschaft. Deshalb beschränkte er sich auch in seinen Büchern von Anfang an nicht nur auf die polnischen Belange, sondern strebte immer nach der europäischen Perspektive – trotz der Einschränkung der Reisefreiheit und des ideologischen Drucks, dem er zeitweise ausgesetzt war. Ende der achtziger Jahre, zu Beginn seines internationalen Erfolgs, dankte man ihm dafür, indem man ihn mit dem »Österreichischen Staatspreis für Europäische Literatur« (1989) bedachte. In der Begründung hieß es, er werde »für die unerschrockene Behandlung der zeitrelevanten, im tiefsten Sinne gesamteuropäischen Thematik«[12] ausgezeichnet.

Im hohen Alter sah er auch gern Dinge, über die er öffentlich räsonierte, in einer »gesamteuropäischen« Dimension. Etwa den Sturz des Kommunismus, der für ihn nicht nur das Ende der Sowjetunion und deren Diktatur, sondern auch das Ende einer an sich verlockenden Utopie der ganzen europäischen Zivilisation bedeutete. Und da er der Meinung war, daß die Europäer durch diesen Verlust unsicher und darüber hinaus intellektuell ärmer geworden seien, sah er in den letzten Jahren seine Botschaft vor allem darin, sie so oft wie möglich daran zu erinnern, daß sie gewissermaßen dazu verurteilt seien, ihre Zukunft im Rahmen des europäischen Integrationsprozesses mitzugestalten. Er hob dabei gern hervor, wie wichtig der Beitrag der Osteuropäer sein könnte: Sie hätten »ein bißchen mehr erfahren« und wüßten deshalb »ein bißchen mehr über die menschliche Schwäche, über menschliche Einsamkeit, über die intellektuelle Verwirrung, über alle geistigen Krisen der Menschen«.[13]

Was seine eigenen Erfahrungen anbelangt, so hatte er sie alle in ein halbironisches *Selbstportrait mit Frau* einfließen lassen: gemäß seiner in der Grass-Rezension geäußerten Reflexion, man könne die Probleme des Menschen und der Gesellschaft nur noch in spöttischer Weise beschreiben.

Achtundzwanzigstes Kapitel

Die Stimme Polens?

Im September 1995 wurde Andrzej Szczypiorski in den Orden »Pour le mérite« aufgenommen, eine elitäre deutsche Einrichtung, die auf den preußischen König Friedrich Wilhelm IV. zurückgeht und der besonders verdiente Persönlichkeiten des öffentlichen Lebens angehören. Die Mitglieder stammen je zur Hälfte aus Deutschland und aus dem Ausland. Nach dem Komponisten Witold Lutosławski war Szczypiorski der zweite Pole, dem diese Ehre zuteil wurde. Man könnte meinen, seine Aufnahme in den Orden hätte in seiner Heimat einen Sturm von Ovationen und Gratulationen hervorgerufen, dem war aber nicht so. »Als ich den Orden ›Pour le mérite‹ bekam«, kommentierte er später das Ereignis, »auf dessen Revers traditionsgemäß der Name meines Vorgängers, Eugène Ionesco, eingraviert war, bekam ich Gratulationen von dem Präsidenten der Bundesrepublik und dem Vorsitzenden des deutschen Bundestages, von mehreren Nobelpreisträgern, von den Mitgliedern der britischen Lordkammer, von einer Gruppe berühmter Wissenschaftler aus Stanford, Princeton und Berkeley, von einigen Universitäten sowie von Ministern und Diplomaten aus verschiedenen Ländern. In meiner Heimat schickten mir die Kollegen vom PEN-Club ein paar Worte der Anerkennung, was für mich besonders wertvoll war, und ich bekam nette Reaktionen von mehreren mir wohlgesonnenen Privatpersonen. Das offizielle Polen indes war viel zu sehr mit sich selbst beschäftigt, um seine kostbare, staatsbildende Aufmerksamkeit solchen Albernheiten wie meinem ›Pour le mérite‹ zu widmen.«[1]

Dieses Beispiel ist sehr symptomatisch für das Verhältnis, das zwischen Szczypiorski und seinen Landsleuten bis zuletzt herrschte. Selbst als er im Ausland längst den Ruhm eines Schriftstellers von europäischem Rang genoß, brachten sie ihm keineswegs nur Sympathie und Anerkennung entgegen. Er hatte zwar unter ihnen viele Freunde und Bewunderer, doch gleichzeitig rieben sich an ihm immer wieder die Geister. Weshalb nun? Ging es um die literarische Qualität seiner Werke? War es sein internationaler Erfolg, der die Neider auf den Plan rief? Irritierte das hohe Ansehen, das er ausgerechnet im »feindlichen« Deutschland genoß? Trug man ihm immer noch die heiklen Kapitel seiner Biographie nach? Störte man sich an dem höhnisch-moralistischen Ton, den er gern in seiner Publizistik anschlug? Die kürzeste Antwort auf all diese Fragen lautet: Es war alles zugleich.

Was Szczypiorski wohl am meisten schmerzte, war die Hartnäckigkeit, mit der ein Teil der polnischen Kritiker ihm den Anspruch auf einen Platz unter den Größten der polnischen Gegenwartsliteratur verweigerte. Der deutsche Journalist Richard Heimann hatte nämlich recht, als er einmal schrieb: »Es mag für den deutschen Leser kaum möglich erscheinen, aber eine literarische Qualität wollen ihm seine Landsleute nur mit Widerwillen attestieren. Szczypiorskis Literatur ist in Polen bestenfalls zweite Liga.«[2] Diese Skepsis der Polen hatte freilich mehrere Gründe, die allesamt in der Vergangenheit lagen. Zum einen hießen die Favoriten der intellektuellen Elite der sechziger und siebziger Jahre Tadeusz Konwicki, Jerzy Andrzejewski oder Kazimierz Brandys – Szczypiorskis Prosa, mit Ausnahme von *Eine Messe für die Stadt Arras*, war zu konventionell, um ihren Geschmack zu befriedigen. Zum anderen haftete ihm lange Zeit der Ruf eines Journalisten und Krimiautors an, was seinen Aufstieg in den Rang eines anspruchsvollen Prosaschriftstellers nicht gerade erleichterte. Zum dritten: Selbst wenn die meisten Autoren seiner Generation sich in den ersten zwei Jahrzehnten des kommunistischen Regimes in den Dienst des Staates gestellt hatten, war man in einigen anderen

Fällen schneller als in seinem bereit, darüber hinwegzusehen: entweder weil die betroffenen Autoren damals keinen übermäßigen Eifer an den Tag legten oder weil ihre Regimetreue mit literarischer Originalität einherging. Szczypiorski hingegen war vielen als jemand in Erinnerung geblieben, der in den sechziger Jahren mittelmäßige Literatur schrieb, dafür um so lauter seine staatsbürgerliche Loyalität im Radio hinausposaunte. Und viertens schließlich: Da seine besten Bücher erst in späterer Zeit entstanden, drang dies zu seinen Landsleuten – wegen des Publikationsverbots, mit dem er belegt war, und der niedrigen Auflagen der Exil- und Untergrundausgaben – recht spät vor.

Es trifft also zu, was hierzulande bereits zu seinen Lebzeiten hinter vorgehaltener Hand kolportiert wurde: In Polen stieg Szczypiorskis Ansehen erst nach seinem Erfolg im Westen. Doch selbst dann rief sein Werk sehr unterschiedliche Reaktionen hervor. 1992 etwa wurde er in einer Umfrage der Zeitschrift *Kultura* als einer der am meisten überschätzten polnischen Schriftsteller genannt. Er würde alles vereinfachen und auf die Form einer rhetorischen Banalität reduzieren, schrieb ein Kritiker in seinem Kommentar, während ein anderer ihn einen Deklamator mit kurzem Atem nannte. Außerdem traf auch auf ihn bis zuletzt die in Polen geltende allgemeine Tendenz zu, die sein Freund Antoni Marianowicz mit dem schlichten Satz umschrieb: »Jemand, der ein Buch geschrieben hat, das einfach schön ist und sich gut liest, gilt in diesem Land automatisch als ein zweitrangiger Autor.«[3] Vermutlich hat das etwas mit dem traditionell hohen Stellenwert der Lyrik innerhalb der polnischen Literatur zu tun: Die Prosa galt schon immer als eine minderwertigere Gattung und wurde deshalb besonders strengen Urteilskriterien unterzogen.

Der kritischen Einstellung der Rezensenten stand, vor allem in den letzten Jahren, die überwiegend positive Meinung der Leser gegenüber. Sie sahen in Szczypiorski einen Autor, der wie kaum ein anderer erzählen konnte und der den Polen schwierige, manchmal schmerzhafte Wahrheiten sagte. Und diejenigen unter ihnen, die nach dem Krieg schnell die deutsche Literatur und Musik wiederentdeckten – und sei es nur, um sich in der Meinung zu bestärken, daß nicht alle Deutschen Sadisten und Mörder gewesen seien –, waren ihm insbesondere für jene Bücher dankbar, in denen er letzteres ausformuliert hat. Dieser Hochschätzung seitens der Leser war sich Szczypiorski bewußt. Er erzählte auch gern ausländischen Journalisten, daß er keinen Grund habe, sich über seine Leserschaft in Polen zu beklagen, daß seine Prosa oft als Abiturthema gewählt werde und daß *Die schöne Frau Seidenman* und *Eine Messe für die Stadt Arras* Pflichtlektüren an den Schulen seien – auf letzteres einmal in Polen angesprochen, spielte er es herunter, meinte, viel dringender als seine Werke sollten die jungen Leute Homers *Odyssee*, Cervantes' *Don Quichotte* und möglichst alle Bücher von Faulkner lesen. Er war sich aber auch der Diskrepanz zwischen den Reaktionen des breiten Lesepublikums und denen der intellektuellen Elite bewußt.

Er reagierte darauf mal mit einer Mischung aus Gelassenheit und Ironie, mal mit einem Hauch von Überheblichkeit: Im eigenen Land werde man ja immer kritischer beurteilt als im Ausland, man brauche nur das Beispiel von Günter Grass zu nehmen, der in Deutschland fast alle zum Feind habe und in Polen und im übrigen Ausland einen enormen Ruhm genieße. Oder: Gott sei Dank, daß er sich schlechte Rezensionen von Zeitungen wie *Arka* oder *Nasz Dziennnik* gefallen lassen müsse und nicht von *New York Times, Frankfurter Allgemeine Zeitung* oder *Le Figaro.* In Wirklichkeit aber hatte er die Tatsache, daß er im Ausland mehr galt als im eigenen Land, nie ganz verwunden, zumal die Attacken der einheimischen Presse um so schärfer wurden, je größer sein Erfolg im Westen war. Oft steckte freilich purer Neid dahinter, was für ihn eine zusätzliche Belastung und ein völliges Novum war: »Ich hätte nie gedacht, ich hatte nicht die leiseste Ahnung, daß die Menschen einen solchen Neid empfinden können.«[4]

Unter den Schriftstellerkollegen war er meistens beliebt

und populär. Natürlich war auch manchem von ihnen sein internationaler Erfolg ein Dorn im Auge, einige andere störten sich an seiner Allgegenwart im öffentlichen Leben oder meinten, er lasse seine Ansichten ein wenig zu aggressiv verlauten. Ein paar weitere hielten ihn für leicht beeinflußbar und behaupteten, er hätte früher gern literarische Moden aufgeschnappt oder einen fremden Stil imitiert und sei erst nach dem Erfolg er selbst geworden. Doch im großen und ganzen mochten sie ihn, schätzten seine ungezwungene, humorvolle Art, seiner Kollegialität, seiner Hilfsbereitschaft, die er sich auch als internationale Berühmtheit bewahrt hatte. Ihre Glückwünsche zu dem Orden »Pour le mérite« waren also ebenso aufrichtig wie ihre Freude, als er 1998 zum Präsidenten der in Paris ansässigen Weltorganisation CISAC (Konföderation der Gesellschaften der Textdichter und Komponisten) gewählt wurde. Vor allem die Kollegen vom Autorenverband ZAIKS empfanden es nicht nur als seinen weiteren persönlichen Triumph – er wurde einstimmig gewählt –, sondern auch als einen Erfolg Polens.

Auch Szczypiorski bemühte sich seinerseits um ein gutes Verhältnis zum Warschauer Literatenmilieu. Er hatte schon immer seine zahlreichen Verbindungen genutzt, um befreundeten Menschen oder Institutionen zu helfen, später nutzte er dazu auch seine neue finanzielle Situation: Er machte oft Geschenke, als wäre ihm sein plötzlicher Reichtum peinlich gewesen. Mal kaufte er für die Vereinigung Polnischer Schriftsteller einen Computer, mal spendete er einen Betrag für einen bedürftigen Kollegen, wobei er darauf bestand, anonym zu bleiben. Paradoxerweise waren es manchmal gerade seine Selbstlosigkeit und Hilfsbereitschaft, mit denen er sich Mißbilligung oder Argwohn einhandelte. Da er alten Freunden gegenüber treu und gleichzeitig sehr spontan, manchmal auch etwas leichtsinnig und oberflächlich war, ließ er sich hin und wieder zu Freundschaftsbekundungen hinreißen, die nicht unbedingt allgemeine Billigung fanden. So wollte er seinerzeit, zum Entsetzen seiner regimekritischen Freunde, den ehemaligen Präses des »Rundfunkkomitees« und einen der mächtigsten Kulturpolitiker der Gomułka-Ära, Włodzimierz Sokorski, in den Vorstand des Autorenverbandes ZAIKS holen. Ein anderes Mal stellte er sich bei einem Plagiat-Streit auf die Seite des angeblich Plagiierten, ohne der Sache auf den Grund zu gehen. Dabei war derjenige im Unrecht und obendrauf ein Offizier des Geheimdienstes. Solche Zwischenfälle sorgten sofort für Gerüchte, die oft jahrelang nicht verstummen wollten und viele in der Meinung bestärkten, daß Szczypiorskis Haltung schwer einzuordnen sei.

Was ihn in den letzten zwölf Jahren seines Lebens wohl am meisten umstritten machte – sowohl unter den Schriftstellerkollegen als auch unter Politikern und Journalisten –, war sein Erfolg in Deutschland. Die meisten Einwände galten freilich seinem Roman *Die schöne Frau Seidenman.* Die einen beschränkten sich dabei auf die literarische Qualität des Buches, mal, indem sie direkt fragten, wie eines seiner angeblich schwächeren Bücher einen solchen Erfolg habe erzielen können, mal, indem sie nur darauf hinwiesen, daß Szczypiorskis anspruchsvollster Roman, *Eine Messe für die Stadt Arras*, in Deutschland viel weniger beachtet worden sei. (»Polnische Angelegenheiten, gezeigt durch das Prisma der Ereignisse im mittelalterlichen Arras, haben kein Interesse der Deutschen gefunden«[5], schrieb ein Journalist.) Die anderen warfen Szczypiorski vor, daß er mit seiner Darstellungsweise des Okkupationsgeschehens dem deutschen Bedürfnis nach Verständnis und Vergebung viel zu sehr entgegengekommen sei. Gelegentlich ließ sich sogar der Vorwurf vernehmen, er würde sich bei den Deutschen anbiedern. Man hatte für seine versöhnliche Haltung um so weniger Verständnis, als allgemein bekannt war, daß er einst Häftling des Konzentrationslagers Sachsenhausen gewesen war.

Als besonders problematisch galt der gedankliche Ansatz, mit dem er an das Thema der Judenvernichtung herangegangen war. Sowohl in der *Schönen Frau Seidenman* als auch in anderen Büchern vertrat er nämlich die Ansicht, daß der Holocaust eine Konsequenz der zweitausend Jahre währenden europäischen Zivilisation sei, der die Vorstellung von der Bestrafung der Juden für das Leiden Christi schon immer immanent gewesen sei. Diese Theorie von der gemeinsamen Sünde des christlichen Europa, die das Verbrechen der Deutschen freilich im milderen Licht erscheinen lassen mußte, stieß auf heftigen Widerstand. Man warf Szczypiorski vor, daß er die Nazis, etwa den »lieben Benno« in *Und sie gingen an Emmaus vorbei* und *Amerikanischer Whiskey*, zwar als Verbrecher erscheinen lasse, zugleich aber auch als Menschen, die zum Verbrechen verurteilt seien. Sie wirkten, schrieb ein Kritiker, als hätten sie das gesamte Böse der Geschichte auf sich genommen, weshalb sie fast das Mitgefühl der Leser verdienen würden.

Selbst der deutsche Titel seines erfolgreichsten Buches, *Die schöne Frau Seidenman*, der in Wirklichkeit nur kommerzielle Gründe hatte, trug erheblich zum Unmut der Polen bei. Er stelle die Jüdin Irma Seidenman in den Mittelpunkt, kritisierte damals das Parteiorgan *Trybuna Ludu*, um zu zeigen, »daß sie nicht nur wegen der bösen Deutschen leiden mußte, sondern auch wegen der bösen Juden, und dann auch noch wegen der bösen Polen, die sie schließlich im Jahre 1968 aus ihrer Heimat vertrieben haben«.[6] Diese Darstellungsweise habe ja den schuldgeplagten Deutschen gefallen müssen. Ähnlich argumentierten auch andere Kritiker, und ein paar weitere, die hinter der Titeländerung keine bösen Absichten witterten, vermißten jene Mehrdeutigkeit, die im Originaltitel steckte und die zu interpretieren sie selbst als besonders reizvoll empfanden.

Als er einmal in Deutschland gefragt wurde, ob er für seine versöhnenden Gesten gegenüber den Deutschen in Polen angegriffen werde, entgegnete Szczypiorski, in seinem Land könne er als Politiker kritisiert werden, nicht als Schriftsteller, da hätten die Leute zu viel Respekt vor diesem Beruf. In Wirklichkeit aber wurde er oft angegriffen, wobei er manchmal auch in die Gegenoffensive ging. Auf die Frage eines polnischen Interviewers etwa, ob er nicht befürchte, daß der Erfolg der *Schönen Frau Seidenman* darauf beruhe, daß der deutsche Leser darin eine beruhigende Version der deutsch-polnischen Beziehungen finde, konterte er: »Entscheiden Sie nicht zu leichtfertig über das, was die Deutschen in meinem Roman gefunden haben, unterstellen Sie nicht von vornherein einen politischen Kontext meines Erfolgs.«[7] Danach hielt er seinem Gesprächspartner einen Vortrag über die Deutschen, die aus der Geschichte gelernt hätten und heute für niemanden mehr eine Bedrohung seien. Durch ihr ewiges Mißtrauen würden die Polen nur sich selbst schaden, denn der Weg nach Europa führe nun mal über Deutschland. Die Polen müßten sich also entscheiden, »was sie wollen und was sie wirklich sind«.[8]

Doch die kritischen Stimmen bezogen sich nicht nur auf Szczypiorskis Bücher – auch seine öffentlichen Auftritte in Deutschland wurden von den polnischen Medien aufmerksam verfolgt und auf polenkritische Äußerungen hin überprüft. Die meisten Attacken kamen aus dem rechten Lager. So ließ sich 1998 die den Kirchenkreisen nahestehende Zeitung *Nasz Dziennik* (Unsere Tageszeitung) empört über einen Fernsehauftritt Szczypiorskis aus, bei dem er die Ursachen des polnischen Antisemitismus zu erklären versuchte. Der Kommentar der Zeitung lautete: »Dank Szczypiorski herrscht seit einigen Jahren in Deutschland die allgemeine Meinung, die Polen seien ein antisemitisches Volk, viel antisemitischer als die Deutschen. Das Unrecht, das auf diese Weise den Polen und ihrem Land zugefügt wurde, ist unbeschreiblich.«[9] Der selbstredend anonyme Angreifer fügte hinzu, seinen Erfolg in Deutschland verdanke Szczypiorski in erster Linie dem Kritiker Marcel Reich-Ranicki, »dessen Karriere nicht einmal die Tatsache geschadet hat, daß ihm nachgewiesen wurde, vor der Flucht nach Deutschland als Offizier des Geheimdienstes der Volksrepublik Polen gearbeitet und in den polnischen Oppositionskreisen in London spioniert zu haben«.[10] Er habe Szczypiorski den Weg zum deutschen Büchermarkt gebahnt, wofür sich der Schriftsteller nun bedanke, indem er Romane schreibe, deren Aussage eindeutig sei: »Da die bösen Polen-Antisemiten, dort die guten Deutschen.«[11] Ähnliche Attacken erschienen auch in anderen rechtsorientierten Zeitungen, *Nowy Świat* (Neue Welt), *Arka* (Arche) oder *Tygodnik Solidarność* (Wochenschrift »Solidarität«).

Zu den wenigen, die Szczypiorskis Erfolg in Deutschland noch posthum verteidigten, gehörte der ehemalige polnische Botschafter in Deutschland, Janusz Reiter. In seinem Nachruf in der Tageszeitung *Rzeczpospolita* stellte er fest, daß Szczypiorskis Stimme in deutschen Diskussionen zwar oft die einzige Stimme aus Polen gewesen sei, wodurch sie wie die »Stimme Polens« geklungen habe. Diejenigen aber, die dies irritiere, sollten sich selber die Schuld dafür geben. »Wie viele deutsche Institutionen«, schrieb der Botschafter a. D., »wie viele Redaktionen und Hochschulen suchen, manchmal verzweifelt, nach polnischen Stimmen, die sich an den deutschen oder deutsch-europäischen Diskussionen beteiligen könnten. Nach polnischen Stimmen, die für das deutsche Publikum verständlich wären. Warum gibt es so wenig Leute, die beide Bedingungen erfüllen wollen und können?«[12] Die Sympathie, der sich Szczypiorski seitens der Deutschen erfreut habe, sei keine Belohnung für die Schmeicheleien gewesen, sondern ein Dank für die Bereitschaft, sie zu verstehen und ihnen Vertrauen zu schenken. »Es wird an der Zeit«, konstatierte Reiter abschließend, »daß man in Polen als Person des öffentlichen Lebens frei seine Sympathie für die Deutschen bekunden kann.«[13]

Genausowenig wie die letztere wollte man Szczypiorski seine einstige Sympathie für das kommunistische Regime verzeihen. Immer wieder kramte man Episoden aus seiner Vergangenheit hervor, um ihn auf diese Weise bloßzustellen: die Mitgliedschaft in der Volksarmee während des Warschauer Aufstands, die, obwohl ein Zufall, ihm doch den ersten Stempel eines »treuen Dieners des Regimes« aufgedrückt hatte, seine Arbeit im diplomatischen Dienst, seine »Radiofeuilletons«. Besondere Irritation weckte er natürlich dann, wenn er andere an Sünden erinnerte, die mit seinen eigenen Fehltritten vergleichbar waren. So handelte er sich in den späten Achtzigern eine scharfe Rüge des bekannten Publizisten der *Trybuna Ludu* Michał Misiorny ein, der sich von Szczypiorskis Feststellung gekränkt fühlte, das Literatenmilieu bleibe so lange gespalten, bis sich diejenigen Schriftsteller, die sich seinerzeit für die Ausrufung des Kriegsrechts ausgesprochen hätten, nicht öffentlich entschuldigen würden. Misiorny gab zu, den Kriegszustand befürwortet zu haben, verteidigte sein Recht auf eine eigene Meinung und ging dann zum Gegenangriff über: Szczypiorski gehöre einer literarischen Generation an, die Lobeshymnen auf Josef Stalin und die kommunistischen Staatsorgane gesungen habe, und die Tatsache, daß die meisten von ihnen mit der Zeit ihre Ansichten revidiert und sich 1981 gegen den Kriegszustand ausgesprochen hätten, würde sie noch lange nicht mit besonderen moralischen Rechten ausstatten. Er, Misiorny, habe selbst über andere geurteilt, etwa über die Künstler, die nach der Ausrufung des Kriegsrechts das staatliche Fernsehen boykottiert hätten, doch immerhin gebe er heute zu, daß er damals die politische Wahl der Künstler hätte respektieren sollen. Mit anderen Worten: Er hätte aus seinem früheren Verhalten gelernt, während Szczypiorski weiterhin in bestimmten Denkschemata stecke und alle verdonnere, die nicht so denken würden wie er.

Einen der treuesten »inländischen« Verteidiger hatte Szczypiorski in den neunziger Jahren in der linksliberalen Tageszeitung *Gazeta Wyborcza*, dessen Chefredakteur, Adam Michnik, einst zu den meistverfolgten Dissidenten gehörte. Im Jahre 1992 etwa, in einer Zeit also, in der die Auseinandersetzung mit dem alten Regime besonders *en vogue* war, erschien darin ein Artikel, der den bezeichnenden Titel *Der öffentliche Feind* trug und den Schriftsteller in Schutz nahm, indem er auf die Sünden der gesamten Generation hinwies: »Andrzej Szczypiorski hat in den fünfziger Jahren Dummheiten geschrieben? Gewiß, doch wer hat dies damals nicht getan? Wer war frei von der Angst, vom Glauben an den Kommunismus oder an die Notwendigkeit, Kompromisse zu schließen? Von den Menschen, die damals intellektuell tätig waren, schrieben keine Dummheiten Władysław Bartoszewski, weil er im Gefängnis saß, einige Autoren aus dem Umkreis von *Tygodnik Powszechny* und die Exilschriftsteller, die von Angst und Verlockungen weit entfernt waren.«[14] Selbst Zbigniew Herbert, der für seine unbeugsame Haltung berühmt gewesen sei, habe man ein »regimetreues« Gedicht nachgewiesen. Der Stalinismus sei eine Krankheit gewesen, an der nicht nur Szczypiorski, sondern die ganze intellektuelle Elite gelitten habe.

Nicht immer freilich ging es um konkrete Aussagen oder biographische Fakten: Manche fühlten sich schlicht durch Szczypiorskis Hang zum Moralisieren und zur Besserwisserei irritiert. So schrieb 1998 ein Mitarbeiter der Tageszeitung *Rzeczpospolita*, er habe darüber nachgedacht, warum er bei der Lektüre von Szczypiorskis publizistischen Texten immer einen inneren Widerstand verspüre, bis er zu dem Schluß gekommen sei, daß dies aus mehreren Gründen geschehe: »Ich habe niemals den Eindruck, daß Szczypiorskis Motiv die Liebe zu denen ist, über die er schreibt, zu den Polen also. Daß er über unsere Makel und Fehler spricht, um uns zu verbessern.«[15] Der Schriftsteller stehe daneben und schaue auf Polen mit Irritation, woraus gleich ein weiterer, ebenfalls enervierender Zug seiner Publizistik resultiere: eine Art »komsomolscher« Eifer, ein Überziehen jeder These über die Grenzen der Wahrheit und des guten Geschmacks. Außerdem sei der Held dieser Publizistik in der Regel eine Gemeinschaft, ein Kollektiv, das niemals in Einzelwesen mit eigenen, individuellen Erfahrungen, Ansichten, Gefühlen zerfalle. Das von Szczypiorski beschriebene Polen konstituiere sich aus einer unwissenden, chauvinistischen, klerikalen Masse und einer schmalen Schicht von Gebildeten, zu denen selbstredend er selbst gehöre.

Als Szczypiorski in den späten neunziger Jahren danach gefragt wurde, ob er sich als eine moralische Autorität fühle, stritt er es energisch ab. Diese Titulierung würde ihn sogar peinlich berühren, denn er glaube nicht, daß jemand wie er ein Anrecht darauf habe. Dies könne man ja nur von ganz wenigen, ungewöhnlichen Menschen sagen, die einen großen Einfluß auf breite Massen hätten. Dennoch gingen das publizistische Temperament und die Lust am Polemisieren in den letzten Jahren so oft mit ihm durch, daß der Vorwurf der Überpräsenz im öffentlichen Leben immer häufiger wurde. Noch kurz vor seinem Tod machte Adam Strzembosz, einer der führenden Juristen Polens, die Bemerkung, Andrzej Szczypiorski würde für sich das Amt des obersten Moralisten der Dritten Republik beanspruchen.

Neunundzwanzigstes Kapitel

Hadern mit Gott

Der evangelische Pastor Miroslav Danys lebt seit Jahren in Detmold, der lippischen Residenz inmitten des Teutoburger Waldes. Er stammt aber aus Tschechien, wo er bei Jan Patočka, dem geistigen Vater der »Charta 77«, studierte. Anfang der siebziger Jahre, als eine neue Welle der Sowjetisierung sein Land erfaßte und die mit dem »Prager Frühling« verbundenen Hoffnungen sich endgültig zerschlagen hatten, emigrierte er nach Polen und wurde dort Pastor der Evangelisch-Reformierten Kirche zu Warschau.

Das klassizistische Palais, in dem sich sein Büro befand, wurde nach dem Warschauer Aufstand dem Erdboden gleichgemacht, in der Nachkriegszeit aber mit viel Sorgfalt wiederaufgebaut. Anders das benachbarte Evangelische Krankenhaus, dessen knapp zweihundertjährige Geschichte im Jahre 1943 ein endgültiges Ende fand: Nach der Niederschlagung des Ghettoaufstands wurde es von den Nazis in die Luft gejagt – als Vergeltung für die Hilfe, die das Personal des Krankenhauses den auf die »arische« Seite flüchtenden Juden geleistet hatte. Nach dem Krieg untersagten die kommunistischen Behörden den Wiederaufbau des Krankenhauses, dennoch blieb es den Geretteten und darüber hinaus vielen Warschauern lebhaft in Erinnerung: als ein – so die Jahre später an dieser Stelle angebrachte Gedenktafel – »Hort der Barmherzigkeit, der Menschlichkeit und des Glaubens«[1].

Nach einigen Jahren in Warschau übersiedelte Miroslav Danys von Polen nach Holland, und von dort schließlich nach Deutschland. Ein Zufall führte ihn nach Detmold, das nicht nur einige touristische Attraktionen in sich birgt, sondern auch die Geburtsstadt des »Liquidators« des Warschauer Ghettos, des SS-Gruppenführers Jürgen Stroop, ist. Dies war aber nicht die einzige Form, in der die Geschichte Warschaus den Pastor hier einholte: Eines Tages wandten sich an ihn einige im Ausland lebende evangelische Polen, die einst Häftlinge im KZ Dachau gewesen waren und sich dort gelobt hatten, »ihr« Warschauer Krankenhaus wiederaufzubauen. Nun versuchten sie, ihr Gelöbnis in die Tat umzusetzen, und luden Danys ein, dem gerade entstehenden »Komitee zum Wiederaufbau des Evangelischen Krankenhauses in Warschau« beizutreten. Das Komitee, dem der Geistliche sich tatsächlich anschloß, verwandelte sich später in die »Stiftung Evangelisches Krankenhaus zu Warschau« und gewann mit der Zeit die Unterstützung vieler angesehener polnischer und deutscher Persönlichkeiten.

Eine von ihnen war Andrzej Szczypiorski, und es war Miroslav Danys, der dafür gesorgt hatte: Im Herbst 1990 besuchte er den Schriftsteller in seiner Wohnung und bot ihm an, Mitglied des Stiftungsrates zu werden. Szczypiorski, dem die Geschichte und die Verdienste des Krankenhauses sehr wohl bekannt waren, sagte spontan zu und war seitdem stark in das Projekt engagiert. Obwohl er das einzige Ratsmitglied war, das nicht evangelischen Glaubens war, schien er sich in diesem Kreis von Anfang an so wohl zu fühlen, als hätte er ihm sein Leben lang angehört. War in ihm vielleicht der ehemalige Schüler des evangelischen Rej-Gymnasiums wiedererwacht? Oder sagte ihm die Atmosphäre der Versammlungen deshalb zu, weil unter den Mitgliedern der Stiftung ehemalige Aktivisten der Polnischen Sozialistischen Partei (PPS) waren, der einst auch sein Vater angehört hatte?

Wie dem auch sei, das evangelische Milieu sagte ihm auf Anhieb zu, und er suchte seitdem immer öfter Kontakt zu ihm. Auch die Verbindung mit Pastor Danys wurde immer enger und verwandelte sich schließlich in eine Freundschaft. Bei den Gesprächen der beiden Männer ging es zwar um verschiedene Themen – mal um Biographisches, mal um Literatur oder moderne Kunst –, sie kreisten aber auch um die Fragen der Religion. Etwa um die mittelalterliche Theologie, die Danys in Utrecht studiert und Szczypiorski zum Diskursgegenstand seiner Figuren in *Eine Messe für die Stadt Arras* gemacht hatte. Nun, Jahre später, hatte er zunehmend das Bedürfnis, sein religionsphilosophisches Wissen zu vertiefen, sei es durch den Gedankenaustausch mit einem Geistlichen, sei es durch die Lektüre einschlägiger Literatur.

Einer der Texte, die er besonders schätzte, war Novalis' Aufsatz *Die Christenheit oder Europa* (1799), der von der Einheit des christlichen Europa handelt. Er sah darin den Ausdruck seiner eigenen Sehnsucht nach der Harmonie der Welt und dem tieferen Sinn des Lebens, zumal er das Gefühl hatte, daß jene ethischen Werte, mit denen er aufgewachsen war, getötet worden seien und daß er selbst an dieser Tötung beteiligt gewesen sei. Die Menschen hätten sich schuldig gemacht, hatte er 1989 in seiner Dankesrede für den »Nelly-Sachs-Preis« gesagt, weil sie alle Kataklysmen des 20. Jahrhunderts selbst herbeigeführt hätten. Gott habe zwar die Welt geschaffen, aber die Geschichte sei ein Werk des Menschen. »Nach Auschwitz, Majdanek, Workuta und Butyrki gibt es in Europa weder Juden noch Christen. Die Juden sind ausgerottet, die Christen beraubt. Geblieben ist ihnen nur noch das Kainsmal auf der Stirn, genommen wurde ihnen die Hoffnung, jeder Mensch einzeln sei ein Kind Gottes.«[2]

Er selbst hatte ja diese Hoffnung bereits als Jugendlicher verloren, damals, als seine geliebten Kapuziner verhaftet wurden, und die Welt, die plötzlich aus den Fugen geraten war, auf seine Wut und Verzweiflung mit gleichgültigem Schweigen reagierte. Doch die Sehnsucht nach der Rückgewinnung eines intensiven, aktiven Glaubens war in ihm geblieben, denn ohne ihn kam er sich unvollständig, reduziert vor. Also existierte Gott weiterhin in seinem Leben, nur daß er ihn später anders definierte: Er verstand Gott als ein metaphysisches Prinzip, eine Idee, eine Kraft, die zwar imaginär und unsicher sei, die aber die Welt dennoch in Bewegung halte. Bis er nach über zwanzig Jahren zu der Überzeugung kam, daß ihm ein solches Verständnis Gottes als weltanschauliche Grundhaltung nicht ausreiche, daß ein Leben ohne persönlichen Gott völlig sinnlos und gewissermaßen auch absurd sei. Denn wie sollte man ohne ihn von der Metaphysik sprechen?

»Zum Glauben muß man reif werden. Das geht nicht so leicht«[3], würde er im hohen Alter sagen. In gewissem Sinne war aber diese Rückkehr zu Gott doch recht einfach: Er war ja schließlich in einem Land aufgewachsen, in dem allgemein die Meinung herrschte, daß ein nichtkatholischer Pole nur ein halber Pole sei, daß jemand, der sich vom Katholizismus abwende, zugleich der nationalen Gemeinschaft und seiner Tradition entsage. Dieses Denkklischee »Pole gleich Katholik« geisterte lange Zeit auch in seinem Kopf herum. So fühlte er sich ohne Glauben nicht nur als ein unvollständiger Mensch, sondern auch als ein »nicht kompletter« Pole. Erst als er begriffen hatte, daß das Christentum mehr sei als das Polentum, daß er seine Rechnung mit Gott, nicht mit Polen machen müsse, gelang es ihm, sich von diesem Klischee zu verabschieden. Es brauchte dafür allerdings etliche Jahre: »Ich mußte älter werden, mußte mit meinem polnischen Übel, meiner polnischen Schwäche, meinem polnischen Hochmut, meiner polnischen Rückständigkeit ringen, um schließlich zu begreifen, daß ich dem Schöpfer allein gegenüberstehe und kein Schild des Polentums mich deckt, wenn der Moment der Abrechnung über das ganze Leben naht.«[4]

Zu dieser Kehrtwendung hatte auch ein langes Beobachten seiner Landsleute beigetragen. Denn er fand bei ihnen nur selten das, was er unter dem wahren Katholizismus verstand – einem also, in dem das Geheimnis Gottes tief durchlebt werde. Dafür war er oft Zeuge dessen, wie die Verbindung der Begriffe »Polentum« und »Glaube« von ihnen mißbraucht wurde, wie Menschen, die sich als polnische Christen bezeichneten, unfähig waren, ihrer Selbstdefinition entsprechend zu leben. Einmal brachte er seinen Unmut darüber offen zum Ausdruck: »Kann man denn von einem tief durchlebten Katholizismus in einem Land sprechen, in dem es einen solchen Alkoholismus gibt, in dem man ein dermaßen verächtliches Verhältnis zu jedem schwächeren Wesen hat, in dem die Frau von dem Mann skandalös behandelt wird, in dem Diebstahl an der Tagesordnung ist?«[5]

Für ihn persönlich hatte diese Ernüchterung zwar einen klaren Vorteil, denn nachdem er die Kluft zwischen dem Wunsch-Selbstbild der Polen und der Realität erkannt hatte, konnte er endlich »ganz frei von meinem Polentum« sein und sich »als ein wahrer Christ«[6] fühlen. Eine bittere Erkenntnis war es dennoch. Seitdem behauptete er immer öfter, auch während seiner Besuche in Deutschland, es sei falsch, Polen für ein tief katholisches Land zu halten. »Bei uns«, klagte er einmal einem Journalisten des *Weser Kurier* gegenüber, »fehlt das Denken über die Religion. Es ist viel Religiosität da, aber wenig Religion.«[7] Es gebe nur viele rituelle Gesten und gewisse Verhaltensmuster, die von einem sehr oberflächlichen Glauben zeugen würden.

In den letzten fünfzehn Jahren seines Lebens war er auch zunehmend von der polnischen Kirche enttäuscht und gab dem immer unmißverständlicher Ausdruck. Sie war fast ein halbes Jahrhundert lang eine Institution gewesen, für die Polentum und Glaube ebenfalls eng beieinander lagen, allerdings hatte sie bei dieser Verbindung – unter dem Druck der politischen Umstände – vor allem eine schützende Rolle gespielt. Sie war seit dem Krieg eine, wie Szczypiorski sie zu nennen pflegte, »belagerte Festung« gewesen, in der beides, Religion und nationale Identität, bewahrt wurde. Während des Kriegszustands war sie gar die einzige Institution in Polen, die den Menschen die Rechte einräumte, die ihnen vom Staat verweigert wurden. Es war eine Zeit, in der sie sehr an Einfluß und Autorität gewann, und auch Szczypiorski attestierte ihr damals enorme Verdienste. Doch seit der Ermordung von Priester Popiełuszko (1984) hatte sie sich in seinen Augen stark verändert: Sie sei, würde er einmal sagen, eine triumphierende Kirche geworden, eine, die herrschen, regieren wolle.

Seitdem verfolgte er die Entwicklung innerhalb der polnischen Kirche mit wachsender Sorge. Bereits im Jahre 1989, als ihn Günter Grass im Rahmen eines Gesprächs für *Die Zeit* fragte, ob die Kirche in Polen eine Opposition außerhalb ihrer Reihen dulden werde, ließ er seine Skepsis durchklingen. In den frühen achtziger Jahren, erklärte er seinem deutschen Schriftstellerkollegen, sei diese Kirche sehr tolerant gewesen, inzwischen aber sei sie viel konservativer geworden. Polnischen Gesprächspartnern gegenüber war er freilich viel freimütiger. So vertraute er bereits ein Jahr später einem Journalisten der Tageszeitung *Rzeczpospolita* seine prinzipiellen Zweifel an: »Die Kirche ist was anderes, und der Glaube ist was anderes. Der Glaube sollte sich in der Kirche verwirklichen, muß aber nicht.«[8]

Die politische Wende zog einen gewissen Prozeß nach sich, der ihn in seinen Zweifeln nur bestärkte. Fast hatte es den Anschein, als würde die Kirche eine Art Identitätskrise erleben. Unter der kommunistischen Diktatur war es ihr leichter gefallen, als hochangesehene Institution zu bestehen, denn die Eindimensionalität des politischen Systems erzeugte eine für sie günstige Schwarz-Weiß-Konstellation: Die Kommunisten verkörperten die Lüge, die Kirche – die Wahrheit. Nun aber hatte sich die politische Landschaft gewandelt, und die Kirche war plötzlich nur noch eine Institution unter mehreren. Hinzu kam, daß die Mehrheit der Polen dem neuen Bestreben des Klerus, auf die Politik Einfluß zu nehmen, kritisch gegenüberstand und es immer offener zum Ausdruck brachte. Dieselben Gläubigen, die jahrzehntelang die Priester fast in jedem Lebensbereich als höchste Autoritäten angesehen hatten, verlangten plötzlich von ihnen, sich ab sofort nur noch auf ihre religiöse Kompetenz zu beschränken.

Diese neue Ablehnung seitens großer Teile der Gesellschaft verunsicherte die Kirche sehr. Ihre schlimmste Demütigung erlitt sie aber bei den Parlamentswahlen von 1993, aus denen die sogenannten Postkommunisten als Sieger hervorgingen. Naturgemäß bedeutete dies die Niederlage aller von der Kirche unterstützten Kandidaten. Ein solcher Wahlausgang barg zwar die Gefahr der Wiederbelebung alter politischer Verhältnisse in sich, doch offenbar war die Mehrheit der polnischen Gesellschaft entschlossen, lieber dieses Risiko einzugehen, als die Entstehung eines klerikalen Staates zuzulassen. Seitdem bemühte sich die Kirche, ihr Selbstbild zu korrigieren und einerseits zurückhaltender, andererseits moderner und weltoffener zu wirken.

Als allerdings vier Jahre später das polnische Episkopat den nächsten Schritt wagte und sich offiziell für die europäische Integration und den EU-Beitritt Polens aussprach, machte sich innerhalb der polnischen Kirche eine Strömung bemerkbar, die in krassem Widerspruch zu dieser neuen Fortschrittlichkeit der Bischöfe stand. Zu ihrem Sprachrohr wurde ein Rundfunksender, der in kürzester Zeit eine beachtliche Anhängerschar um sich versammelte und dessen populistisch-konservativer Charakter bereits in seinem Namen anklang: »Radio Maryja«. Er ging auf den Marienkult als die Grundhaltung eines naiven, volkstümlichen Katholizismus zurück, der mit einer vormodernen, alles Neue und Fremde ablehnenden Weltsicht einherging. Früher waren in diesem Denken vor allem die Menschen aus dem bäuerlichen Milieu befangen – jetzt all diejenigen, die sich als Opfer der neuen politischen Verhältnisse sahen: die Alten, die Arbeitslosen, die Ungebildeten. Aus diesen Reihen rekrutierte sich auch in erster Linie die Klientel des »Radio Maryja«, das selbstredend alles tat – und immer noch tut –, um ihre Ängste und Phobien zu schüren.

Die Kluft, die auf diese Weise innerhalb der polnischen Kirche entstand – hier das um den Anschein der Modernität und Offenheit bemühte Episkopat, dort der fundamentalistische Teil des Klerus –, sorgte freilich für neue Spannungen in der Gesellschaft. Für den engagierten und temperamentvollen Publizisten Szczypiorski war es mehr als einmal ein Grund, sich in die Belange der Kirche einzumischen und offen, mal an der Kirchepolitik, mal an der Selbstgefälligkeit des Klerus, mal an den Äußerungen oder Handlungen einzelner Priester, Kritik zu üben. Daß ihn dies in den Kirchenkreisen nicht gerade beliebt machte, liegt wohl auf der Hand. Seine philosophisch fundierten Polemiken in Zeitungen wie *Polityka, Gazeta Wyborcza* oder *Wprost* wurden oft gar nicht verstanden, dafür um so häufiger mit persönlichen Attacken in der rechten Presse bedacht. Die Mißdeutung seiner Intentionen und die Ablehnung seiner Person schmerzten ihn um so mehr, als er gleichzeitig immer wieder die Gelegenheit hatte, sich zu überzeugen, wie sehr seine Meinung in Fragen des Glaubens oder des Verhältnisses zwischen Kirche und Staat in den deutschen Katholikenkreisen geschätzt wurde.

»Die deutschen Intellektuellen«, merkte einmal ein polnischer Publizist an, »sehen in Szczypiorski einen Kulturschaffenden, der den Glauben salonfähig machte und ein Antipode Miłosz' wurde.«[9] Damit meinte er vermutlich den gleichsam elitären Charakter der Religiosität, die im Werk des Nobelpreisträgers Czesław Miłosz zu finden ist – in seinen Gedichten und auch im Essayband *Das Land Ulro* (1977), der von einem Kritiker zu Recht als eine geistig-religiöse Autobiographie bezeichnet wurde. Miłosz legte darin seine Weltanschauung dar und bekannte sich dabei zur Tradition der religiösen Außenseiter: des schwedischen Katholiken Emanuel von Swedenborg, des dänischen Protestanten Sören Kierkegaard und vor allem des englischen Mystikers William Blake. Trotz dieser intensiven Auseinandersetzung mit Gott und dem Glauben ließ er sich aber ungern als ein religiöser Schriftsteller bezeichnen und in eine Reihe mit etwa Paul Claudel stellen.

Mit dem letzteren wurde aber durchaus Andrzej Szczypiorski verglichen. Zumindest sah ihn in derselben Tradition Horst Bienek, sein deutscher Schriftstellerkollege und Laudator bei der Verleihung des »Kunst- und Kulturpreises der deutschen Katholiken«, der damals, im Jahre 1990, erstmals vergeben wurde. »Ist Szczypiorski nun ein christlicher Schriftsteller? Ein katholischer gar?« fragte er an einer Stelle, um sich gleich darauf eine Antwort zu geben: »Er ist es ebenso wenig wie es Julien Green ist, wie es der Amerikaner Walker Percy war. Szczypiorski ist ein religiöser Schriftsteller, gewiß. Und er erinnert uns heute wieder an jene großen Autoren der ›renouveau catholique‹, die uns nach der Apokalypse des Krieges, nein, nicht getröstet, eher aufgerichtet haben. Bernanos, Bloy, Péguy, Claudel, Cayrol, Lesort, und bei uns Elisabeth Langgässer.«[10]

Szczypiorski selbst definierte sich niemals als ein »religiöser Schriftsteller«. Zumindest nicht im Sinne eines Autors, der in seinen Werken seinen Glauben direkt offenbart. Doch er hob gern bei verschiedenen Anlässen die religiösen Komponenten seiner Prosa hervor. So bei der Verleihung des »Nelly-Sachs-Preises« (1989), bei der er gegen die Erwartung des Publikums – das laut Begründung der Jury einem Autor gegenübersaß, der mit seinen Büchern »subtile Variationen über Größe und Verführbarkeit des Menschen«[11] schuf – weniger den politischen Hintergrund seines Werks als die Motive betonte, von denen er sich beim Schreiben leiten lasse: Distanz sich selbst gegenüber, Demut vor der Welt, Staunen über die Rätselhaftigkeit der menschlichen Existenz. Daß manche dadurch aus seiner Prosa eine »christliche Melodie« heraushörten – wie es Klaus von Bismarck in seiner Laudatio formulierte –, kann ihn nur gefreut haben.

Seine »private« Religiosität nahm im Laufe der Jahre immer mehr die Form eines einsamen Zwiegesprächs mit Gott an. Er fühlte sich von der Kirche zunehmend enttäuscht und ging immer mehr auf Distanz zu ihr, gleichzeitig aber lehnte er bis zuletzt den Unglauben als ein »Ausharren im Nichts« ab. Er brauche die kirchlichen Strukturen nicht mehr, sagte er 1993 in einem ZDF-Interview, aber er brauche Gott. Er habe Hunger nach dem Absoluten, nach den metaphysischen Werten. Denn für ihn sei das Sein wichtiger als das Haben, und »wie soll ich sein ohne metaphysische Gedanken? Ohne die ganze Metaphysik, die von den Juden, den Schöpfern der ersten monotheistischen Religion der Welt, für uns alle erfunden wurde?«[12]

Sprach aus ihm vielleicht doch nur der verletzte Stolz eines mißverstandenen Kritikers der katholischen Kirche Polens, als er sich im deutschen Fernsehen gegen die »kirchlichen Strukturen« aussprach? Denn die Sehnsucht nach einem gelegentlichen Gedankenaustausch im Rahmen einer religiösen Gemeinschaft schien er doch nicht ganz verloren zu haben. Und diese Sehnsucht führte ihn gegen Ende des Lebens erneut zu dem evangelischen Milieu. »Ich fühle, daß ich ein Christ bin«, vertraute er zwei Jahre vor seinem Tod einer polnischen Publizistin an, »ich bin mir aber nicht sicher, ob ich mich als römischer Katholik bezeichnen soll. Ich habe mich neulich mit einem Bischof der evangelisch-reformierten Kirche über die Fragen des Glaubens unterhalten und dabei festgestellt, daß mir seine Ansichten viel näher sind als die mancher Bischöfe der römisch-katholischen Kirche.«[13] Lag diese Affinität für den Protestantismus vielleicht daran, daß er, wie sein einstiger Mentor in Fragen der evangelischen Kirche, Pastor Miroslav Danys, meinte, einen gleichsam »protestantischen« Zugang zu der Bibel hatte? Er habe, so Danys, in den biblischen Geschichten »nach archetypischen Situationen, nach Analogien zum Leben des zeitgenössischen Menschen gesucht«. Und das sei »eine sehr ›protestantische‹ Art, die Bibel zu lesen und den eigenen Glauben zu gestalten«.[14]

Seinen tschechischen Freund sah Szczypiorski zum letzten Mal im April 2000. Sein Gesundheitszustand war bereits kritisch, er empfing den Gast, gegen seine Gewohnheit, liegend, das Gespräch strengte ihn sichtlich an. Irgendwann sprach er direkt das Thema der Konvertierung zum evangelischen Glauben an. Daraufhin holte Danys, der mit einer solchen Gesprächswende gerechnet hatte, den *Heidelberger Katechismus* hervor, die Bekenntnisschrift der evangelisch-reformierten Kirche, die in 129 Fragen und Antworten die gesamte christliche Lehre zusammenfaßt. »Was ist dein einziger Trost im Leben und im Sterben?«, lautet die erste Frage, die der Geistliche seinem kranken Freund auch gleich vorlas. Dann erklärte er ihm kurz den Sinn der dazu passenden Antwort und ließ den Katechismus auf dem Tisch liegen: Er solle den Text in Ruhe durchlesen und über alles nachdenken. Schließlich nahmen sie voneinander Abschied – wie sie beide ahnten, für immer –, und Andrzej Szczypiorski blieb mit seinen Gedanken allein. Auch mit dem Dilemma, ob er darin, daß er »mit Leib und Seele, im Leben und im Sterben« nicht sein, sondern seines »getreuen Heilands Jesus Christi eigen« sei – wie die besagte Antwort lautet –, wirklich Trost findet.

Dreißigstes Kapitel

Das Testament

»Mit einem Wort alles, immer und unveränderlich – Polen, aus Polen, nach Polen, für Polen. Jawohl, wir waren und sind in dieser Beziehung gebrechlich. Wir sind mit dem Defekt des Polentums geboren.«[1] Diese Worte stammen von dem Romancier und Dramatiker Stefan Żeromski, einem der wichtigsten Vertreter der polnischen Moderne. Schon zu Lebzeiten als das »Gewissen der Nation« apostrophiert, gilt er in Polen bis heute – wenn auch mit starken Vorbehalten – als eine der nationalen Größen des 20. Jahrhunderts, als Symbol des Patriotismus und sozialen Engagements. Von seinen zahlreichen Werken war es vor allem der Roman *Die Heimatlosen* (1900), der zu diesem Image beitrug. Dessen Protagonist, ein gewisser Doktor Judym, der unter dem Eindruck des ihn umgebenden Elends beschließt, auf privates Glück zu verzichten, um sich ausschließlich der Verbesserung der Lebensverhältnisse der Armen zu widmen, fungierte über Jahrzehnte im polnischen Kollektivbewußtsein als Synonym einer an Fanatismus grenzenden Selbstlosigkeit.

Als Polen 1918 die Unabhängigkeit wiedererlangte, gehörte Żeromski sofort zu denjenigen, die sich in den Dienst des neugegründeten Staates stellten. Nach vielen Jahren, die er teils in der polnischen Provinz, teils im Ausland verbracht hatte, ließ er sich 1919 in Warschau nieder und entwickelte eine beispiellose Aktivität. Seine Energie war vor allem auf die Neugründung von Institutionen des literarischen Lebens ausgerichtet: Noch im selben Jahr initiierte er die Entstehung der Polnischen Akademie für Literatur, 1920 wurde er erster Vorsitzender des neuentstandenen Polnischen Schriftstellerverbandes, zwei Jahre später Mitbegründer des polnischen PEN-Clubs. All diese Aufgaben nahmen ihn so stark in Anspruch, daß er kaum noch Zeit für seine schriftstellerische Arbeit fand.

Erst 1924 legte er ein Buch vor, in dem er zu der neuen Realität Stellung nahm: den Roman *Vorfrühling*, eines der Schlüsselwerke der polnischen Prosa des 20. Jahrhunderts, in dem er in mitunter ironischem Ton die Hoffnungen und Enttäuschungen beschrieb, die das Wiedererstehen Polens begleitet hatten. (Dessen Held, der junge Grundbesitzer Cezary Baryka, schlägt sich, von dem eigenen Milieu enttäuscht, auf die Seite der Unterdrückten und wird zum Fürsprecher der Bauern und Arbeiter.) Der Roman gab Anlaß zu heftigen Polemiken: Die einen bewunderten Żeromskis kompromißlose Haltung angesichts der herrschenden sozialen Ungerechtigkeit, die anderen kritisierten seinen deutlich kommunistischen Standpunkt. Trotz der geteilten Meinungen stieg sein Ansehen dank *Vorfrühling* dermaßen, daß er 1924 zu den wichtigsten Anwärtern auf den Literaturnobelpreis gehörte. Doch die massive, auch aus dem Ausland vernehmbare Kritik an dem Buch bewirkte, daß die begehrte Auszeichnung doch nicht an ihn, sondern an seinen Landsmann Władysław S. Reymont ging. Ein Jahr später erlag Żeromski einer langjährigen Herzkrankheit. Sein Begräbnis wurde zu einer nationalen Manifestation.

Andrzej Szczypiorski wurde oft mit Żeromski verglichen (und diese Vergleiche freuten ihn gewiß mehr als die mit Henryk Sienkiewicz, den er nicht sonderlich schätzte und dem er vorwarf, mit seinen Werken das historische Bewußtsein der Polen deformiert zu haben). Einerseits wegen seines politischen und sozialen Engagements, andererseits wegen der gemischten Reaktionen, die sein literarisches Werk und sein öffentliches Wirken hervorriefen. Von seinen Anhängern wurde Żeromski als geistiger Anführer einer ganzen Generation gefeiert – von seinen Gegnern als Satan, Pornograph, Sadist und Bolschewik verteufelt: eine Ambivalenz, von der auch Szczypiorski ein Lied singen konnte. Was die beiden Schriftsteller außerdem verband, waren eine ungewöhnliche Kompromißlosigkeit und Zivilcourage: Der Höhepunkt ihrer politischen und gesellschaftlichen Aktivitäten fiel jeweils in die schwierige Zeit der frisch wiedererlangten Unabhängigkeit, dennoch scheuten sie es nicht, ihren Landsleuten immer wieder unbequeme Wahrheiten zu sagen. In dieser Hinsicht schien sich Szczypiorski sogar in direkter Tradition des großen Modernisten zu verstehen, zitierte er doch einmal seine Äußerung, man müsse die polnischen Wunden aufreißen, damit sie nie in Gemeinheit vernarben.

Selbst der Roman *Die schöne Frau Seidenman* bescherte ihm einen Vergleich mit Żeromski: diesmal wegen der Tatsache, daß er das Buch erst vierzig Jahre nach Kriegsende schrieb. Ähnlich erging es seinerzeit Żeromski mit seinem Roman *Der getreue Strom* (1912), in dem er das Thema des »Januaraufstands« (1863) aufgriff, der größten Erhebung der Polen gegen das zaristische Rußland, nach deren Niederschlagung drastische Vergeltungsmaßnahmen und eine unerbittliche Russifizierungspolitik einsetzten. Żeromski versuchte, die politischen und sozialpsychologischen Folgen des Aufstands zu bilanzieren, indem er die Geschichte einer durch Standesdünkel zerstörten Liebe zwischen einem im Aufstand schwerverwundeten Aristokraten und seiner in der gesellschaftlichen Hierarchie niedriger stehenden Lebensretterin erzählte. Der Krakauer Literaturhistorikerin Marta Wyka fiel auf, daß er den Roman erst ein halbes Jahrhundert nach dem Aufstand geschrieben und ihn zudem als ein »Hausmärchen« bezeichnet habe, »also die Geschichte von etwas, was zwar gewesen, aber längst vergangen ist und was bereits eine abgeschlossene Form angenommen hat: die einer archetypischen, sehr weit zurückliegenden Tradition«[2]. Ob sie damit suggerieren wollte, daß auch Szczypiorskis Roman *Die schöne Frau Seidenman* bereits die Bezeichnung »Hausmärchen« verdiene, ließ die Kritikerin allerdings offen.

Übrigens bestand zwischen den beiden Schriftstellern auch

ein grundsätzlicher Unterschied: Żeromskis Engagement beschränkte sich weitgehend auf die polnischen Belange, während Szczypiorski mehr zum Denken in europäischen Kategorien tendierte. Es waren vor allem die beiden »Säulen« seiner eigenen Biographie – die Erfahrung des Nationalsozialismus in Form von Okkupation, Warschauer Aufstand und KZ Sachsenhausen und die des Kommunismus in verschiedenartiger Form der Gewalt –, die ihn immer wieder zwangen, mit den Dämonen der neueren europäischen Geschichte zu ringen. Sie hielten in ihm das Bedürfnis wach, stets aufs neue ein Panorama menschlicher Schicksale zu entwerfen und so die wichtigsten Knoten der kollektiven Biographie der Europäer im 20. Jahrhundert aufzuzeigen.

Dies tat er schließlich auch in seinem letzten Roman *Feuerspiele* (1999), und zwar auf eine Art und Weise, die dem Buch einen Vermächtnischarakter verleiht. Seine Hauptfiguren sind erneut Menschen verschiedener Nationalitäten, Deutsche, Russen, Polen, Juden, die sich oft untereinander nicht kennen und dennoch eines gemeinsam haben: eine Vergangenheit, die aus Angst, Verfolgung, Trauer und Tod besteht. Seit Jahren leben sie »in einer engen, beschränkten, dunklen, abgeriegelten Welt«, wo die Herzen der Menschen »ausgetrocknet waren, in einem Klima der Nichtigkeit eingefroren. Nur die schreckliche, ohnmächtige Wut und die Erinnerung an die Vergangenheit erwärmten ihre verfluchten Seelen.«[3] Szczypiorski erzählt ihre Geschichte auf eine Weise, als wollte er mit allen Mitteln gegen das Vergessen und gegen das Relativieren der Geschichte ankämpfen, als würde er befürchten, die Menschen seien nun, am Ende des Jahrhunderts, endgültig bereit, sich selbst eine Absolution zu erteilen. Er hingegen scheint sich an alles noch so deutlich zu erinnern, als würde ihn von gestern nur eine Glasscheibe trennen. »Jetzt waren die Gespenster aus dem Jenseits gekommen«, heißt es über Jan, sein literarisches Alter ego, »um ihn zu besuchen, an seinem Tisch Platz zu nehmen, in den Ecken seines Hauses zu stehen, sich mit ihm zu unterhalten und Gerechtigkeit zu fordern«[4].

Wie in allen seinen Büchern, bemüht sich Szczypiorski auch in *Feuerspiele* um eine spannende Handlung: Ein amerikanischer Millionär, sein Faktotum von unbestimmter Herkunft und ein russischer Fürst planen einen Versicherungsbetrug, den sie am Rande einer Ausstellung begehen wollen. Dazu laden sie in den Kurort Bad Kranach mehrere Kunstsammler ein: Ihre Schätze sollen scheinbar im Rahmen der Ausstellung gezeigt werden und in Wirklichkeit einem Großbrand zum Opfer fallen. Um dieses Trio gruppiert Szczypiorski einige weitere Hauptfiguren des Romans: einen ehemaligen sowjetischen Geheimdienstler, einen Deutschen, der mit einem falschen Adelstitel seine frühere Identität als KZ-Kommandant kaschiert, zwei einst befreundete Berliner Juden, die ein Eisernes Kreuz, das Signum der Weimarer Republik, entzweite, und ein paar andere.

Dazwischen streut er ausgedehnte Reminiszenzen an die Kriegszeit, die eine Gruppe weiterer Figuren auf den Plan rufen. Mit ihnen gerät man erneut, wie schon so oft in Szczypiorskis Prosa, an die Orte der Vernichtung – das Warschau unter der deutschen Okkupation, das Ghetto, die Todeslager –, an denen es sich um »Feuerspiele« ganz anderer Art handelt: um Handlungen, die viel Mut erfordern und nicht selten eine Wahl zwischen Leben und Tod bedeuten. Denn in Wirklichkeit ist alles, was sich zur Rahmenhandlung des Romans zusammensetzt, kaum von Bedeutung – wichtig ist nur die Vergangenheit. Szczypiorski wehrt sich gegen das Vergessen, obwohl er weiß, daß die Rückkehr zur Normalität nur um den Preis des Vergessens möglich ist. Ebenso zwiespältig ist seine Betrachtungsweise der Geschichte: Er sieht sie als ein Wiederkehren des Bösen an und betrachtet das Böse gleichzeitig als eine Antriebskraft der Geschichte: Es löst in den Menschen eine einzigartige Art Pathos aus.

Am meisten trifft dies auf jenes Volk zu, mit dem sich Szczypiorski seit dem Beginn seiner schriftstellerischen Karriere stets aufs neue auseinandergesetzt hat: die Deutschen. Er hat immer wieder versucht, der deutschen Wesensart, der deutschen

Denkweise, dem deutschen Selbstverständnis auf den Grund zu gehen. Nun findet dieses lebenslange Ringen seinen letzten Höhepunkt in einem atemlosen Monolog, einer furiosen Invokation an die Deutschen: »Ihr seid nie eingestanden für die Achtung gegenüber dem Leben und auch nicht gegenüber den eigenen Taten. Immer mußtet ihr so tun, als ob. Und ihr habt die idiotischen Vorstellungen von einem Herrenvolk demonstriert, habt versucht, den anderen ihre sogenannte rassische Minderwertigkeit einzureden, oder Lügen über die Juden verbreitet, um irgendwie eure Mordgier zu rechtfertigen und aus dem Banditentum eine Ideologie zu machen, und dann wieder wolltet ihr unbedingt Primus im Fach Demokratie sein. Mich hat eure rätselhafte Seele immer in Erstaunen versetzt.«[5]

Die deutschen Vollkommenheitswünsche sind in Szczypiorskis Augen zum Scheitern verurteilt – ebenso wie die allgemeinmenschliche Sehnsucht nach ewigem Leben, nach Unsterblichkeit, nach Weiterexistenz. Seit der *Messe für die Stadt Arras* wiederholte sich in seiner Prosa regelmäßig das Motiv der »Spurlosigkeit« der menschlichen Existenz: die Überzeugung, daß der Mensch durchs Leben gehe, ohne wirklich eine Spur zu hinterlassen. Mit jedem weiteren Buch gewann dieses Motiv an Tragik. In der *Messe* hieß es, der Sinn des menschlichen Lebens sei das Unterwegssein, in der *Frau Seidenman* war des öfteren vom tragischen Ende dieser Wanderung die Rede, und in einer Erzählung aus dem Band *Amerikanischer Whiskey* erschien die menschliche Existenz als ein Sich-ständig-im-Kreis-Bewegen, wie unter der Glasglocke: »Wir können nur an den Innenwänden dieser Glasglocke herumkriechen und dabei glauben, wir kämen vorwärts.«[6] Diese Desillusionierung kommt nun auch in *Feuerspiele* zum Ausdruck.

Wie könnte es auch anders sein, stellte doch Szczypiorski bereits zehn Jahre vor dem Erscheinen des Romans fest: »Immer stärker empfinde ich die Grausamkeit der Welt, unsere Einsamkeit, die Begrenztheit unserer Möglichkeiten und die unausweichliche Tragödie unseres Endes: des Einzigen, dessen wir uns sicher sein können. Je mehr ich nachdenke, desto unglücklicher bin ich.«[7] Das sei zweifellos ein Widerspruch an sich, doch er sei nun mal im Laufe seines Lebens zu dieser Erkenntnis gekommen: Je bewußter und verantwortungsvoller wir agieren würden, desto größer sei unser Wissen um unsere Zerbrechlichkeit, um die Nichtigkeit und Tragik unserer Existenz. Doch es bleibe noch die Frage der menschlichen Würde, die mit einem winzigen Teil Göttlichkeit bedacht worden sei: »Es ist eben diese Göttlichkeit, die mir hilft, das Schicksal mit Würde anzunehmen. Was ist denn meine irdische Wanderung? Sie wurde mir gegeben, damit ich auf eine möglichst würdige Weise, die Sphäre meiner persönlichen Freiheit erweiternd, mich selbst erkenne und damit die Anstrengung unternehme, Gott zu gefallen.«[8]

Ursprünglich wollte Szczypiorski seinen Roman *Karsamstag* nennen. Diese Idee ging auf ein Gespräch mit dem Wiener Autor Adolf Holl zurück. Die beiden Schriftsteller kannten sich seit langem, besonders nahe kamen sie sich aber in den frühen neunziger Jahren, als Szczypiorski wegen einer Operation seiner Frau sechs Wochen in Wien verbringen mußte. Eine ihrer letzten Begegnungen fand im September 1997 bei einem »Philosophicum« im österreichischen Lech statt, wo Holl dem polnischen Freund seine »Karsamstagstheorie« erörterte: Im Gegensatz zu der allgemeinen Vorstellung, alle Katholiken würden den Tag in freudiger Erwartung der Auferstehung Christi verbringen, meinte er, daß sie einfach in diesem faktisch eingetretenen Zustand der plötzlichen Gottlosigkeit – einem beklemmenden Schwebezustand also – ausharren würden. Szczypiorski zeigte sich von dem Bild sehr beeindruckt und meinte sofort, der Titel *Karsamstag* würde ausgezeichnet zu seinem neuesten Buch passen: einer Diagnose der modernen Zivilisation, die er ebenfalls als gott- und orientierungslos empfinde. Dann aber gab er seinem Roman doch den Titel *Feuerspiele*. Ob er ihm einfach passender erschien oder ob er befürchtete, daß der Titel *Karsamstag* die Kritiker zu einem Vergleich mit Jerzy Andrzejewskis berühmtem Roman *Karwoche* animieren könnte, sei dahingestellt.

Als er einmal nach dem Erscheinen des Buches gefragt wurde, warum er keinen Roman über die Gegenwart schreibe, fragte er gleich zurück, ob der Journalist wirklich sicher sei, daß *Feuerspiele* kein Buch über die moderne Zeit sei. Kurz danach – der Schriftsteller war bereits tot – brach die international vielbeachtete Diskussion über das Pogrom von Jedwabne aus, in der auch Stimmen zu hören waren, die Polen hätten keinen Grund, sich bei irgend jemandem für irgendwas zu entschuldigen. Spätestens dann mußte manchem klar geworden sein, wie sehr Szczypiorskis Gegenfrage berechtigt war. Kein Buch über die Gegenwart? Er hatte doch darin gesagt, daß die Kondition der Menschheit nach wie vor zwischen der banalen Normalität und dem Pathos des Tötens auszumachen sei. Und auch in bezug auf die Zukunft hatte er sich vor allem von Traurigkeit und bösen Vorahnungen leiten lassen. Vermutlich zeigt sich deshalb sein literarisches Alter ego Jan zum Schluß sogar dem Tod gegenüber gleichgültig: Es gibt nichts mehr, wofür es sich wirklich zu leben lohnen würde.

Ausgerechnet diesem zutiefst pessimistischen Roman – oder vielleicht gerade wegen seiner pessimistischen Tendenz? – maß Szczypiorski besonders viel Bedeutung bei. Er sprach über die Arbeit an ihm mit Euphorie, kündigte sein Erscheinen als ein Großereignis an. Seine Begeisterung wollten jedoch weder die Kritiker noch das Lesepublikum teilen. Selbst so wohlgesonnene Leser wie sein Freund Antoni Marianowicz hatten zwar ein Lob für einzelne Szenen parat – etwa die Beschreibung des sich ausbreitenden Feuers, die von großem schriftstellerischem Talent zeuge –, taten sonst die *Feuerspiele* aber als ein mißlungenes Buch ab, daß zu viel Publizistik und zu viel Moralistik enthalte. Und in der Tat liest sich der Roman stellenweise wie ein historisch-moralischer Essay, man hat fast den Eindruck, als hätte Szczypiorski endgültig die Lust am Fabulieren zugunsten des Spaßes am Räsonieren verloren. (Diesen Eindruck hatte man schon stellenweise bei *Selbstportrait mit Frau.*) Seine Erzählweise ist die eines allwissenden Weisen, der sich gefährlich nahe an die Grenze zur Geschwätzigkeit wagt; seine Handlung wirkt zu konstruiert, um wirklich zu überzeugen; seine Figuren bleiben seltsam konturlos, zumal das Erzählen von ihrem Schicksal stets von langatmigen Verallgemeinerungen unterbrochen wird. Kurzum: Der Moralist hat sein glühendes Schlußplädoyer gesprochen, der Schriftsteller ist dabei auf der Strecke geblieben.

Die kühle Aufnahme des Romans tat Szczypiorskis Ruf keinen Abbruch, zumal er in den letzten Lebensjahren trotz häufiger Attacken sehr an Autorität als Publizist gewann. Seine Artikel, vor allem die in der *Polityka*, wurden gelesen und kommentiert, fast jeder löste eine Kontroverse aus. Sie waren temperamentvoll, mutig, leidenschaftlich, sprachlich brillant. Szczypiorski wies darin auf gesellschaftliche Tendenzen hin, die für die junge Demokratie eine Gefahr darstellen konnten, und rief gleichzeitig zur Vernunft, Mäßigung und Gerechtigkeit in der Beurteilung der Vergangenheit auf. Dabei ging er, je älter er wurde, immer kompromißloser mit der eigenen Vita um: Im Gegensatz zu vielen Intellektuellen, die versuchten, bestimmte Fakten aus ihrer Biographie zu tilgen oder zu ihren Gunsten zu interpretieren, bekannte er sich offen zu seinen Fehlern und Verirrungen.

Es war ihm auch sonst immer öfter ein Bedürfnis, eine Bilanz seines Lebens zu ziehen. Einmal sagte er, es habe darin fünf prägende Momente gegeben, weshalb er sein Leben in fünf Etappen einteile. Da wären erstens die Jahre 1941/42, in denen er unter dem Eindruck der Verhaftung der Kapuziner von einem oberflächlichen Katholizismus weggegangen sei. Dann das Jahr 1943, in dem er eine Konfrontation der Literatur mit der Realität des Sterbens erlebt habe: Den Tag, an dem Jerzy Andrzejewski aus seinem Roman *Die Karwoche* vorgelesen habe, während draußen das Ghetto in Flammen aufgegangen sei, habe er nie wieder vergessen können. Damals habe sich ihm die ganze Grausamkeit der Literatur offenbart. Als drittes nannte er die Monate in Sachsenhausen (1944/45): eine Zeit, in der er das politische Denken gelernt und sich von den bis dahin herrschenden Denkstereotypen getrennt habe. Als viertes: die Jahre 1967–1969, in denen er endgültig die Hoffnung verloren habe, daß im Rahmen der volksrepublikanischen Strukturen ein menschenfreundliches System zu schaffen sei. Und der fünfte Moment schließlich seien die Jahre 1976–1982 gewesen: die Zeit der Opposition, des Kriegszustands und der Internierung, in der er angefangen habe, die Wirklichkeit aus zunehmender Distanz zu betrachten und das wahrheitsgetreue Beschreiben der Vergangenheit als seine wichtigste schriftstellerische Aufgabe anzusehen.

Seitdem spielten seine Romane und Erzählungen auch immer mehr in Zeiten, in denen die unmittelbare Todesnähe fast selbstverständlich erschien. Ob sich daraus für ihn eine Vertrautheit mit dem Tod ergab? Gewissermaßen ja. Er habe Angst vor dem Tod, antwortete er einmal auf die entsprechende Frage. Aber er müsse mit ihm sprechen, denn auch er sei ein Teil der Wirklichkeit. Man könne ohne den Gedanken an den Tod nicht leben – wer es tue, der sei bereits gestorben, ohne es zu wissen. Man müsse an den Tod denken, man müsse mit ihm und auch über ihn sprechen, denn auf diese Weise bereite man sich auf ihn vor. Diese Ansicht war für ihn dennoch niemals mit der Vorstellung gleichzusetzen, daß man auf die Begegnung mit dem Tod passiv warten solle. Im Gegenteil, er wußte, warum er einen der Protagonisten in *Der Teufel im Graben* hatte sagen lassen: »Ich kann nicht leben. Konnte ich noch nie. Ich bin einfach zu fügsam.«[9] Denn für ihn bestand das Leben vor allem darin, zu kämpfen, Widerstand zu leisten, Widrigkeiten zu überwinden. Wenn der Mensch aufhöre zu kämpfen, müsse er sterben, sagte er einmal.

Andrzej Szczypiorski starb am 16. Mai 2000 in Warschau. Das Ende kam so plötzlich, so überraschend, daß man die Todesnachricht kaum wahrhaben wollte. War seine Krebserkrankung nicht soeben in Deutschland erfolgreich behandelt worden? War er nicht wie eh und je in den polnischen und deutschen Medien präsent? Liefen die Vorbereitungen zur Frankfurter

Buchmesse, die diesmal Polen als Schwerpunkt haben sollte, nicht auf vollen Touren? Die beiden Nobelpreisträger, Czesław Miłosz und Wisława Szymborska, würden gewiß würdevolle Ehrengäste abgeben, daran zweifelte niemand. Ein »polnisches Frankfurt« ohne Andrzej Szczypiorski war dennoch schwer vorstellbar. Doch das Schicksal zeigte sich von alldem völlig unbeeindruckt. Er schenkte dem Zweiundsiebzigjährigen einen schnellen, friedlichen Tod – das mußte als Beweis seiner Milde genügen.

Sechs Tage später versammelten sich Tausende, um dem großen Unbequemen das letzte Geleit zu geben. Zur allgemeinen Überraschung fand die Beerdigung nicht, wie im Falle der meisten berühmten Warschauer, auf dem Zentralfriedhof Powązki, sondern auf dem kleinen, kaum bekannten evangelisch-reformierten Friedhof statt. So hatte es sich der Schriftsteller gewünscht: Er war mit mancher Tendenz innerhalb der katholischen Kirche nicht einverstanden gewesen und hatte daraus die letzte Konsequenz gezogen. Dies hatte wohl auch das Oberhaupt der Evangelisch-Reformierten Kirche zu Warschau, Bischof Zdzisław Tranda, im Sinn, als er in seiner Predigt sagte: »Wir nehmen Abschied von einem Christen, der einen sehr festen Standpunkt in Sachen des Glaubens hatte und dem das Bekennen des Glaubens im täglichen Leben und in der Moral sehr wichtig war.«[10]

Diese Standhaftigkeit, so Bischof Trandas weitere Worte, habe sich besonders anschaulich in Szczypiorskis Verständnis der Fragen von Schuld, Vergebung und Versöhnung gezeigt. Deswegen habe er als Predigttext ein Zitat aus dem 2. Korintherbrief des Apostels Paulus gewählt: »Gott, der uns mit sich selbst versöhnt hat durch Christus, hat uns das Amt gegeben, die Versöhnung zu predigen.«[11] Denn für diejenigen, in dessen Leben die Frage nach Schuld, nach dem Bösen in uns Bedeutung habe, müßten auch die zitierten Worte eine große Rolle spielen und zum Testament werden. »Das gleiche Testament«, sagte der Bischof abschließend, »hinterläßt uns Andrzej Szczypiorski.«[12]

Es gab zahllose Menschen, die posthum sein Versöhnungswerk lobten. Persönlichkeiten wie Gerhard Schröder und Johannes Rau, die in ihren Beileidstelegrammen den Verlust eines großen Mannes bedauerten, dessen Werk »Wege durch die Sprachlosigkeit der deutsch-polnischen Beziehungen früherer Jahre gebahnt und Brücken über Abgründe geschlagen«[13] habe. Und auch weniger prominente Bewunderer, für die er, um mit seinem deutschen Freund aus Warschau, Winfried Lipscher, zu sprechen, »so etwas wie ein reines Gewissen«[14] gewesen war. Sogar seine einstigen Kritiker, die ihm im nachhinein eine große Authentizität bescheinigten. Keiner aber hat es so überzeugend formuliert wie eine von Szczypiorskis eigenen Figuren: der Jude Grynszpan aus *Feuerspiele*, der an einer Stelle den Gedanken äußert, »daß die Welt so lange existiert, wie der Mensch existiert, und wenn der Tod dieses Menschen kommt, dann nimmt er alles mit, was diesem Menschen gehört hat«[15]. Denn wenn es so ist, möchte man ergänzen, dann bleibt nur das zurück, was dieser Mensch vor dem Tod anderen Menschen geschenkt hat. Und das ist im Falle Andrzej Szczypiorskis enorm viel.

Der kleine Friedhof, auf dem er seine letzte Ruhe gefunden hat, ist übrigens gar nicht so unbekannt. Vor allem Literaturfreunde gehen seit langem dorthin. Und sie werden auch schnell die Stelle finden, wo er begraben ist: Direkt gegenüber, nur durch eine schmale Allee getrennt, befindet sich das Grab von Stefan Żeromski.

Danksagung

Allen, die mir bei meinen Recherchen für dieses Buch halfen, indem sie mir biographische und thematische Hinweise lieferten, insbesondere Elżbieta Borowiecka, Anne Linsel, Barbara Olszańska, Anneliese Danka Spranger, Margret Staemmler, Marian Adamski, Miroslav Danys, Józef Hen, Adolf Holl, Winfried Lipscher, Antoni Marianowicz, Andrzej Najmrodski, Rafael S. Scharf sowie den Mitarbeitern der Presseabteilung des Diogenes Verlages, des Archivs des Polnischen Schriftstellerverbandes, des Warschauer »Instituts für literarische Forschungen« und des Pariser »Institut Littéraire«, gilt mein herzlicher Dank.

Mit besonderer Dankbarkeit denke ich an die drei Monate, die ich im Herbst 2001 im Wissenschaftskolleg zu Berlin verbringen durfte. Das »Andrew W. Mellon-Stipendium«, mit dem ich dort bedacht wurde, und die ausgezeichneten Arbeitsbedingungen, die mir das Haus bot, haben wesentlich zur Entstehung dieses Buches beigetragen.

M. K.

Anhang

Quellennachweis

Abkürzungen

AS Andrzej Szczypiorski
MK Marta Kijowska

Alle Zitate aus dem Polnischen, die keine gegenteilige Angabe enthalten, wurden von der Autorin übersetzt.

Das Motto auf Seite 5 ist aus: Christiane Clemm, *William Faulkner.* In: *Die Literaturnobelpreisträger. Ein Panorama der Weltliteratur im 20. Jahrhundert.* Herausgegeben von Gertraude Wilhelm, Econ Taschenbuch Verlag, Düsseldorf 1983, S. 120

Erstes Kapitel

1 Alfred Döblin, *Reise in Polen*, Deutscher Taschenbuch Verlag, München 1993, 2. Auflage, S. 22.
2 AS, *Das Atlantis des 20. Jahrhunderts. Vorwort zum Bildband »Es war einmal«.* In: AS, *Europa ist unterwegs. Essays und Reden.* Aus dem Polnischen von Klaus Staemmler, Diogenes Verlag, Zürich 1996, S. 184f.
3 AS, *Notizen zum Stand der Dinge.* Aus dem Polnischen von Klaus Staemmler, Diogenes Verlag, Zürich 1990, S. 138.
4 AS, *Von der Fiktion und der Einheit Europas.* In: Rheinische Post, 20. 5. 2000.
5 AS, *Mein Warschau.* In: *Europa ist unterwegs*, a. a. O., S. 157f.
6 AS, *Notizen*, a. a. O., S. 136.
7 Ebd., S. 137.
8 AS, *Mein Warschau*, a. a. O., S. 159f.
9 Ebd., S. 165/166.
10 Ebd., S. 171.

Zweites Kapitel

1 *Zeugen des Jahrhunderts: AS im Gespräch mit Anne Linsel*, ZDF, 3. 11. 1993.
2 Ewa Katarzyna Kalinowa, *Nie pytaj mnie o jutro … O Andrzeju Szczypiorskim (Frag nicht, was morgen ist … Über AS)*, Verlag Sens, Posen 1998, S. 22.
3 AS, Dankesrede bei der Verleihung des »Kunst- und Kulturpreises der deutschen Katholiken« am 25. 5. 1990 in Berlin.
4 Ebd.
5 Tadeusz Kraśko, *Chocholi taniec. Miesiąc w Roku Koguta. Rozmowy z Andrzejem Szczypiorskim (Strohmannstanz. Ein Monat im Jahr des Hahns. Gespräche mit AS)*, Verlag SAWW, Posen 1993, S. 33 f.
6 AS, Notizen, a. a. O., S. 17.
7 AS, *Zweideutiger Sieg der Gerechtigkeit. Als Schriftsteller im polnischen Senat: Aus meinen täglichen Notizen.* Aus dem Polnischen von Klaus Staemmler. In: Süddeutsche Zeitung, 16./17. 3. 1991.

Drittes Kapitel

1 AS, Dankesrede bei der Verleihung des »Nelly-Sachs-Preises der Stadt Dortmund« am 3. 12. 1989.
2 Fragebogen der Frankfurter Allgemeinen Zeitung vom 22. 12. 1989.
3 AS, *Notizen*, a. a. O., S. 195.
4 Ebd., S. 200.
5 Ebd., S. 233 f.
6 Thomas Mann, *Buddenbrooks. Verfall einer Familie*, Aufbau-Verlag, Berlin, Weimar 1973, S. 8.
7 AS, *Die Rückgewinnung des Glaubens. Vom Segen der Literatur in einer schweren Zeit.* In: AS, *Europa ist unterwegs*, a. a. O., S. 358.
8 Ebd.
9 AS, *Das Atlantis*, a. a. O., S. 183.
10 AS, Dankesrede – Katholikenpreis, a. a. O.
11 Ewa Truszkiewicz, *Jestem skazany na Polskę! Rozmowa z Andrzejem Szczypiorskim o powieści »Początek«, Polsce i ulubionych lekturach (Polen ist mein Fatum. Ein Gespräch mit AS über »Die schöne Frau Seidenman«, Polen und seine Lieblingsbücher)*. In: Cogito, 1. 9. 1999.

Viertes Kapitel

1 Witold Gombrowicz, *Polnische Erinnerungen.* Aus dem Polnischen von Klaus Staemmler, Carl Hanser Verlag, München, Wien 1985, S. 152.
2 Ebd., S. 154 f.
3 Jan Józef Lipski, *Über den Sinn des Aufstandes im Warschauer Ghetto.* In: J. J. L., *Wir müssen uns alles sagen*, Deutsch-Polnischer Verlag, Warschau 1998, S. 240.
4 Ebd.
5 Jerzy Andrzejewski, *Warschauer Karwoche.* Aus dem Polnischen von Renate Lachmann. In: Klaus Bednarz/Peter Hirth, *Polen*, Bucher Verlag, München, Berlin 1989, S. 49.
6 Ebd., S. 49.
7 Hanna Krall, *Schneller als der liebe Gott.* Aus dem Polnischen von Klaus Staemmler. Mit einem Vorwort von Willy Brandt, Suhrkamp Verlag, Frankfurt am Main 1980, S. 25 f.
8 Ebd., S. 20.

Fünftes Kapitel

1 AS, *Grzechy, cnoty, pragnienia (Sünden, Tugenden, Träume)*, Verlag Sens, Posen 1997, S. 236.
2 Miron Białoszewski, *Nur das was war. Erinnerungen aus dem Warschauer Aufstand.* Aus dem Polnischen von Esther Kinsky, Verlag Neue Kritik, Frankfurt am Main 1994, S. 97 f.
3 Krzysztof Kamil Baczyński, *Warschau.* Aus dem Polnischen von Sarah Kirsch. In: *Polnische Lyrik aus fünf Jahrzehnten*, Hg. Henryk Bereska und Heinrich Olschowsky, Aufbau-Verlag, Berlin,Weimar 1977, S. 262.
4 AS, *Grzechy*, a. a. O., S. 237.

Sechstes Kapitel

1 AS, *Notizen*, a. a. O., S. 103.
2 *Zeugen des Jahrhunderts*, a. a. O.
3 AS, *Es wird nicht mehr geschossen. Erinnerungen an das Kriegsende.* In: AS, *Europa ist unterwegs*, a. a. O., S. 270.
4 AS, *Über Kazimierz Moczarski.* In: Kazimierz Moczarski, *Gespräche mit dem Henker. Das Leben der SS-Gruppenführers und Generalleutnants der Polizei Jürgen Stroop, aufgezeichnet im Mokotow-Gefängnis*

zu Warschau. Anonymer Übersetzer, Droste Verlag, Düsseldorf 1978, S. 25.

5 Ebd.

6 *Początek raz jeszcze. Z Andrzejem Szczypiorskim rozmawia Tadeusz Kraśko (Nochmals der Anfang. Tadeusz Kraśko im Gespräch mit AS)*, Verlag Andy Grafik, Warschau 1991, S. 33.

7 AS, *Eine kleine Nachtmusik. Meine letzte Nacht im Konzentrationslager Sachsenhausen*. In: AS, *Europa ist unterwegs*, a. a. O., S. 258.

8 AS, *Es wird nicht mehr geschossen*, a. a. O., S. 271.

9 Ewa Katarzyna Kalinowa, *Nie pytaj mnie o jutro ...*, a. a. O., S. 108.

Siebtes Kapitel

1 *Zeugen des Jahrhunderts*, a. a. O.

2 AS, *Es wird nicht mehr geschossen*, a. a. O., S. 274 f.

3 AS, *Notizen*, a. a. O., S. 57 f.

4 AS, *Es wird nicht mehr geschossen*, a. a. O., S. 268.

5 Ebd., S. 268.

6 AS, *Notizen*, a. a. O., S.158.

7 Ebd., S. 156.

8 Ebd., S. 161.

9 Ebd., S. 159.

10 *Zeugen des Jahrhunderts*, a. a. O.

Achtes Kapitel

1 Witold Wirpsza, *Pole, wer bist du?* Aus dem Polnischen von Christa Vogel, Verlag C. J. Bucher, Luzern, Frankfurt am Main 1971, S. 163 f.

2 Jacek Trznadel, *Zapowiedź (Ankündigung)*. In: Nowa Kultura, 12. 6. 1955.

3 Ebd.

4 Z. P., *AS: Ojcowie epoki (AS: Väter der Epoche)*. In: Dziś i jutro, 26. 6. 1955.

5 Ebd.

6 Maria Dąbrowska, *Tagebücher 1914–1965*, Ausw. und Hg. Tadeusz Drewnowski. Aus dem Polnischen von Klaus Staemmler, Suhrkamp Verlag (Polnische Bibliothek), Frankfurt am Main 1989, S. 259.

Neuntes Kapitel

1 Antoni Marianowicz, *Die Lage.* Aus dem Polnischen von Karl Dedecius. In: *Panorama der polnischen Literatur des 20. Jahrhunderts*, Hg. Karl Dedecius, Ammann Verlag, Zürich 1996, Teil 3: Pointen, S. 567.
2 Adam Ważyk, *Gedicht für Erwachsene.* Aus dem Polnischen von Karl Dedecius. In: Panorama, a. a. O., Teil 1: Poesie, S. 488.
3 Stanisław Jerzy Lec, *Alle unfrisierten Gedanken*, Hg. und Übers. Karl Dedecius, Carl Hanser Verlag, München, Wien 1991, S. 8.
4 Witold Gombrowicz, *Tagebuch 1953–1969.* Aus dem Polnischen von Olaf Kühl, Carl Hanser Verlag, München, Wien 1988, S. 488.
5 AS, *O Wałbrzychu (Über Waldenburg).* In: AS, *Portret znajomego (Portrait eines Bekannten)*, Verlag Iskry, Warschau 1962, S. 118).
6 Ebd., S. 134.

Zehntes Kapitel

1 AS, *Kiedy Hans Müller goli się rano (Wenn Hans Müller sich morgens rasiert).* In: AS, *Niedziela, godzina 21.10. Wybór felietonów radiowych 1964–1967 (Sonntag, 21 Uhr 10. Radiofeuilletons 1964–1967 – Eine Auswahl)*, Verlag Czytelnik, Warschau 1968, S. 216f.
2 AS, *Przedwczoraj i pojutrze (Vorgestern und übermorgen).* In: AS, *Niedziela*, a. a. O., S. 128).
3 Ebd., S. 124.
4 AS, *Zaduszki (Allerheiligenfest).* In: AS, *Niedziela*, a. a. O., S. 164.
5 AS, *Nasze kochane kompleksy! (Unsere lieben Komplexe!)* In: AS, *Niedziela*, a. a. O., S. 167.

Elftes Kapitel

1 AS, *Czas przeszły (Vergangenheit)*, Verlag SAWW, Posen [2]1993, S. 16.
2 Szczęsna Milli, *»Początek« czyli »Piękna pani Seidenman«. Rozmowa z Andrzejem Szczypiorskim (»Der Anfang« oder »Die schöne Frau Seidenman«. Ein Gespräch mit AS).* In: Odra, 1989, Nr. 2.
3 AS, *Czas przeszły*, a. a. O., S. 173.
4 Kazimierz Koźniewski, *Tak i nie (Ja und nein).* In: Polityka, 27. 5. 1961).
5 Rafał Marszałek, *AS: Ucieczka Abla (AS: Abels Flucht).* In: Nowe Książki, 1962, Nr. 10.
6 Ebd.

7 Jan Z. Brudnicki, *Ekwilibrystyka na granicy tautologii? (Äquilibristik an der Grenze zur Tautologie?)*. In: Twórczość, 1964, Nr. 5.

Zwölftes Kapitel

1 AS, *Notizen*, a. a. O., S. 173.
2 Ewa Katarzyna Kalinowa, *Nie pytaj mnie o jutro ...*, a. a. O., S. 133.
3 Ebd.
4 AS, *Notizen*, a. a. O., S. 173.
5 Ebd., S. 174.
6 Ebd.
7 Anna Bikont u. a., *AS. Kronika Życia (AS. Lebenschronik.)* In: Gazeta Wyborcza, 17. 5. 2000.
8 Jeannine Luczak-Wild, *Die Autorin von ein paar Versen. Stalinistische Schatten über der Literaturnobelpreisträgerin Wisława Szymborska.* In: Neue Zürcher Zeitung, 10. 12. 1996.

Dreizehntes Kapitel

1 Jan Józef Szczepański, *Kapitan (Der Kapitän)*, Wydawnictwo Literackie, Krakau 1996, S. 88f.
2 Ebd., S. 92.
3 Peter K. Raina, *Władysław Gomułka. Życiorys polityczny (Władysław Gomułka. Eine politische Biographie)*, Verlag Polonia Book Fund Ltd., London 1969, S. 141.
4 *Początek raz jeszcze*, a. a. O., S. 102.
5 AS, *Marzec 1968 i Polacy (Der März 1968 und die Polen)*. Aus dem Polnischen von Katrin Steffen. In: Gazeta Wyborcza, 28./29. 3. 1998.
6 Ebd.
7 *Zeugen des Jahrhunderts*, a. a. O.
8 *Początek raz jeszcze*, a. a. O., S. 141.
9 Ebd., S. 143.
10 Ebd.
11 Eva Heller, Zenon Mazurczak, *Verschlungene Wege der Moral. Träume der Literatur im Gegensatz zur politischen Wirklichkeit: Ein Gespräch mit dem polnischen Schriftsteller AS.* In: Nürnberger Nachrichten, 30. 3./1. 4. 1991.
12 Ebd.

Vierzehntes Kapitel

1 AS, *Eine Messe für die Stadt Arras. Roman.* Aus dem Polnischen von Karin Wolff, Diogenes Verlag, Zürich 1988, S. 198.
2 Ebd., S. 7.
3 Ebd., S. 20.
4 Ebd., S. 20.
5 Ebd., S. 10.
6 Ebd., S. 11.
7 Ebd., S. 10f.
8 Ebd., S. 48f.
9 Ebd., S. 132.
10 Ebd., S. 176.
11 Ebd., S. 91.
12 AS, *Kontrabanda (Contrabande).* In: Rzeczpospolita, 5./6. 5. 1990.
13 Marek Hryniewicz, *Refleksje na tematy średniowieczne (Reflexionen zu mittelalterlichen Themen).* In: Nowe Książki, 1972, Nr. 4.
14 Bronisław Mamoń, *AS: »Msza za miasto Arras«.* In: Tygodnik Powszechny, 20. 4. 1972.

Fünfzehntes Kapitel

1 Ewa Katarzyna Kalinowa, *Nie pytaj mnie o jutro ...*, a. a. O., S. 140.
2 AS, *Der Teufel im Graben. Roman.* Aus dem Polnischen von Anneliese Danka Spranger, Diogenes Verlag, Zürich 1993, S. 22.
3 Helena Zaworska, *Nadmiar (Übermaß).* In: Odra, 1975, Nr. 3.
4 AS, *Der Teufel im Graben*, a. a. O., S. 198.
5 Ebd., S. 93.
6 Ebd., S. 94.
7 Julian Kornhauser/Adam Zagajewski, *Świat nie przedstawiony. Szkice (Die nicht dargestellte Welt. Skizzen)*, Wydawnictwo Literackie, Krakau 1974, S. 25.
8 *Początek raz jeszcze*, a. a. O., S. 177.

Sechzehntes Kapitel

1 *Początek raz jeszcze*, a. a. O., S. 106.
2 AS, *Den Schatten fangen. Roman.* Aus dem Polnischen von Anneliese Danka Spranger, Diogenes Verlag, Zürich 1993, S. 157.
3 Ebd., S. 125.

4 Ebd., S. 48/49.
5 AS, *Mein Warschau*, a. a. O., S. 166.
6 Alfred Döblin, *Reise in Polen*, a. a. O., S. 75.
7 AS, *Den Schatten fangen*, a. a. O., S. 69.
8 Ebd., S. 123.
9 Ebd., S. 167.
10 Ludwig Zimmerer, *Mit den »Christussen in Elend« leben.* In: *Aus der Kunst des polnischen Volkes. Stücke der Sammlung Ludwig Zimmerer in Warschau*, Hg. W. Fleckhaus, Insel Verlag, Frankfurt am Main 1979, S. 3).
11 AS, *Wzniosłość i błazeństwo (Erhabenheit und Albernheit)*. In: Odra, 1973, Nr. 1).

Siebzehntes Kapitel

1 AS, *Über Kazimierz Moczarski*, a. a. O., S. 21.
2 Ebd., S. 27.
3 Ebd., S. 10.
4 Ebd., S. 9.
5 Ebd., S. 18.
6 Ebd., S. 19.
7 Ebd., S. 28.
8 Ebd.
9 AS, *Kontrabanda*, a. a. O.
10 Z. Ramotowski, *Spektakl ignorancji i złej woli (Eine Vorstellung der Ignoranz und des schlechten Willens)*. In: Życie Warszawy, 17./18. 11. 1979.
11 Tadeusz Badowski/Stanisław A. Masztanowicz, *Erupcja nienawiści (Eine Eruption des Hasses)*. In: Żołnierz Wolności, 7. 6. 1979.
12 AS, *Kontrabanda*, a. a. O.

Achtzehntes Kapitel

1 Jan Pieszczachowicz, *Przekorny moralista (Der trotzige Moralist)*. In: Dziennik Polski, 26. 5. 2000.
2 Elżbieta Centkowska, *Nie można żyć bez prawdy. Rozmowa z Andrzejem Szczypiorskim (Ohne Wahrheit kann man nicht leben. Ein Gespräch mit AS)*. In: Tygodnik Demokratyczny, 16. 11. 1980.
3 Ebd.
4 Czesław Miłosz, *Rückkehr nach Krakau im Jahre 1980.* Aus dem Polnischen von Ursula Kiermeier. In: Dekada Literacka, 1997, Nr. 2.

5 Czesław Miłosz, *Beschwörung.* Aus dem Polnischen von Karl Dedecius. In: Panorama, a. a. O., Teil 1: *Poesie*, S. 651.
6 Czesław Miłosz, *Ein polnischer Dichter.* In: C. M., *Hündchen am Wegesrand.* Aus dem Polnischen und Englischen von Doreen Daume, Carl Hanser Verlag, München, Wien 2000, S. 75.

Neunzehntes Kapitel

1 Jan Józef Szczepański, *Kadencja (Kadenz)*, Verlag Znak, Krakau 1989, S. 115.
2 Ebd.
3 Ebd.
4 Mieczysław F. Rakowski, *Es begann in Polen. Der Anfang vom Ende des Ostblocks*, Aus dem Polnischen von Maria Veronika Janssen, Verlag Hoffmann und Campe, Hamburg 1995, S. 50.
5 Wojciech Jaruzelski, *Mein Leben für Polen. Erinnerungen.* Aus dem Französischen von Hans Kray, Piper Verlag, München, Zürich 1993, S. 293.
6 AS, *Notizen*, a. a. O., S. 247.
7 Ebd., S. 247.
8 Ebd., S. 252.
9 Jan Józef Szczepański, *Kadencja*, a. a. O., S. 123.
10 AS, *Notizen*, a. a. O., S. 18/19.
11 Ebd., S. 19.
12 *Zeugen des Jahrhunderts*, a. a. O.
13 Helga Hirsch, *Engagiert wider Willen. Der Autor der »Schönen Frau Seidenman« hadert mit der eigenen Rolle.* In: Die Zeit, 24. 6. 1988.
14 AS, *Ganz gewöhnliche zwölf Stunden im Leben eines polnischen Schriftstellers.* In: Die Weltwoche, 4. 8. 1983.
15 AS, *Notizen*, a. a. O., S. 15 f.
16 Józef Hen im Gespräch mit MK am 25. 7. 2001.
17 AS, *Notizen*, a. a. O., S. 48.

Zwanzigstes Kapitel

1 AS, *Die Rückgewinnung des Glaubens*, a. a. O., S. 361.
2 AS, Dankesrede – Katholikenpreis, a. a. O.
3 Tadeusz Kraśko, *Chocholi taniec*, a. a. O., S. 24.
4 *Zeugen des Jahrhunderts*, a. a. O.

5 Helena Zaworska, *Optymizm pesymisty. Siedemdziesięciolecie Andrzeja Szczypiorskiego (Optimismus des Pessimisten. Zum siebzigsten Geburtstag von AS)*. In: Gazeta Wyborcza, 3. 2. 1998.
6 Michael Stoeber, *Frei ist nicht der, der es ist. Ein Gespräch mit AS.* In: Profile, April/Mai 1991.
7 Markus Schär, *AS, Autor des Bestsellers »Die schöne Frau Seidenman« und einer der bekanntesten polnischen Regimekritiker: »Literatur ist Kampf – auch gegen den schlechten Geschmack des Lesers oder die Feigheit des Autors«.* In: Sonntagszeitung, 26. 2. 1989.
8 Ebd.
9 Piotr Kuncewicz, *Agonia i nadzieja (Agonie und Hoffnung)*, Bd. 3: *Proza polska od 1956 (Polnische Prosa seit 1956)*, Verlag BGW, Warschau 1994, S. 203.
10 AS, *Notizen*, a. a. O., S. 248.
11 Wisława Szymborska, *Angefangene Erzählung.* Aus dem Polnischen von Karl Dedecius. In: *Panorama*, a. a. O., Teil 1: *Poesie*, S. 121.
12 AS, *Notizen*, a. a. O., S. 127.
13 Ebd., S. 58.
14 Ebd., S. 90.
15 Ebd., S. 8.
16 Ebd., S. 50.
17 AS, *Ganz gewöhnliche zwölf Stunden*, a. a. O.
18 *Początek raz jeszcze*, a. a. O., S. 132.
19 AS, *Ganz gewöhnliche zwölf Stunden*, a. a. O.
20 Ebd.
21 AS, *Notizen*, a. a. O., S. 167.
22 Ebd., S. 172.

Einundzwanzigstes Kapitel

1 Rafael Scharf, Brief an MK vom 18. 2. 2002.
2 AS, *Die schöne Frau Seidenman. Roman.* Aus dem Polnischen von Klaus Staemmler, Diogenes Verlag, Zürich 1988, S. 180.
3 Ebd., S. 55.
4 Ebd., S. 56.
5 Ebd., S. 22.
6 Ebd., S. 204.
7 Ebd., S. 148.
8 Czesław Miłosz, *Campo di Fiori.* Aus dem Polnischen von Karl Dedecius. In: *Panorama*, a. a. O., Teil 1: *Poesie*, S. 636f.
9 AS, *Die schöne Frau Seidenman*, a. a. O., S. 226f.
10 Ebd., S. 13.

11 *Zeugen des Jahrhunderts*, a. a. O.
12 AS, *Die schöne Frau Seidenman*, a. a. O., S. 148.
13 Helena Zaworska, *Psychoterapia dla wszystkich. Rozmowa z Andrzejem Szczypiorskim (Psychotherapie für alle. Ein Gespräch mit AS)*. In: Literatura, 1989, Nr. 8.
14 Ebd.
15 Tadeusz Chrzanowski, *Początek myślenia (Der Anfang des Denkens)*. In: Tygodnik Powszechny, 13. 12. 1987.
16 Józef Hen im Gespräch mit MK am 25. 7. 2001.
17 Marta Wyka, *Od początku do końca … (Vom Anfang bis zum Ende …)*. In: M. W., *Z epoki powinności. Szkice (Aus der Epoche der Pflichten. Skizzen)*, Verlag Universitas, Krakau 1992, S. 49.
18 Barbara Riss, *Powieść »europolska« (»Europolnischer« Roman)*. In: Za i przeciw, 2. 4. 1989.

Zweiundzwanzigstes Kapitel

1 AS, *Notizen*, a. a. O., S. 216.
2 Ebd.
3 Jan Błoński, *Die armen Polen blicken aufs Ghetto*. In: P*olen zwischen Ost und West. Polnische Essays des 20. Jahrhunderts. Eine Anthologie*, Hg. Marek Klecel, Suhrkamp Verlag (Polnische Bibliothek), Frankfurt am Main 1995, S. 91 f.
4 Józef Hen, *Nowolipie. Eine jüdische Straße*. Aus dem Polnischen von Roswitha Matwin-Buschmann, Reclam Verlag Leipzig 1996, S. 88.
5 Ebd., S. 320.
6 Rafael Scharf, *Polacy i Żydzi – podsumowanie dyskusji (Polen und Juden – eine Zusammenfassung der Diskussion)*. In: Kultura, 1979, Nr. 11.
7 AS, *Tekst do ksiegi ku czci Felka Szarfa (Text für die Festschrift zu Ehren von Felek Scharf)*. Manuskript; Archiv von Rafael Scharf.
8 AS, *Amerikanischer Whiskey. Erzählungen*. Aus dem Polnischen von Klaus Staemmler, Diogenes Verlag, Zürich 1989, S. 183.
9 Ebd., S. 7.
10 Ebd., S. 29.
11 Ebd., S. 90.
12 Ebd., S. 69.
13 Ebd., S. 121f.
14 Ebd., S. 148.
15 Ebd., S. 91.
16 AS, Brief an Jerzy Giedroyc vom 30. 1. 1988; Archiv des Pariser Exilverlages »Institut Littéraire«.

17 Ebd.
18 AS, *Amerikanischer Whiskey*, a. a. O., S. 8.
19 AS, *Mein Warschau*, a. a. O., S. 162f.
20 AS, *Notizen*, a. a. O., S. 221.

Dreiundzwanzigstes Kapitel

1 Videoaufzeichnung der Eröffnung einer Ausstellung zu Ehren von Klaus Staemmler (Posen, 8. 10. 1999). Nachlaß von Klaus Staemmler.
2 AS, *Lästerung, Kühnheit, Glauben, Unvernunft.* In: *Preis für Europäische Poesie 1997. Dokumentation*, Hg. Hermann und Norbert Wehr, Presse- und Informationsamt, Münster 1997, S. 23.
3 Ebd., S. 22.
4 Klaus Staemmler, *AS: »Die schöne Frau Seidenman«.* In: *Fibel zur Jahrhundert-Edition »Hundert Meisterwerke der Weltliteratur«*, Bertelsmann-Club, Gütersloh 1995, S. 11f.
5 Klaus Staemmler, Gutachten über ASs *Początek (Der Anfang).* Nachlaß von Klaus Staemmler.
6 Klaus Staemmler, Brief an Susanne Schwager, Lektorin im Diogenes Verlag, 6. 12. 1987; Nachlaß von Klaus Staemmler.
7 Ebd.
8 Marcel Reich-Ranicki, *Ort der Geschichte ist Warschau. Der Roman »Die schöne Frau Seidenman« des Polen AS.* In: Frankfurter Allgemeine Zeitung, 19. 3. 1988.

Vierundzwanzigstes Kapitel

1 AS, *Rede über Deutschland*, Münchner Kammerspiele 1990.
2 AS, *Mein polnisches Dilemma.* In: Die Zeit, 2. 6. 1989.
3 Ewa Berberyusz, *Tu bije moje źródło. Rozmowa z Andrzejem Szczypiorskim (Hier schlägt meine Quelle. Ein Gespräch mit AS).* In: Tygodnik Powszechny, 31. 12. 1989.
4 Fritz Rumler, *Hüter der Bundeslade. AS, Autor der »Schönen Frau Seidenman«, erhielt den »Nelly-Sachs-Preis« und stellte sich deutschen Lesern.* In: Der Spiegel, 5. 12. 1989.

Fünfundzwanzigstes Kapitel

1 AS, *Den Kuchen essen und zugleich behalten. In Polen ist Kultur eine Markenware.* In: Frankfurter Allgemeine Zeitung, 16. 1. 1988.
2 Inge Santner, *»Völker haben Zeit zu warten.« AS über die Logik der Krise in Polen.* In: Die Weltwoche, 19. 5. 1988.
3 Ebd.
4 AS, *Mein polnisches Dilemma.* In: Die Zeit, 2. 6. 1989.
5 Eva Heller/Zenon Mazurczak, *Verschlungene Wege*, a. a. O.
6 AS, *Es wird nicht mehr geschossen*, a. a. O., S. 282.
7 AS, *Zweideutiger Sieg*, a. a. O.
8 Ebd.
9 Ebd.
10 Ebd.
11 *Początek raz jeszcze*, a. a. O., S. 140.
12 AS, *Mein polnisches Dilemma*, a. a. O.
13 Helena Zaworska, *Twarzą w twarz. Rozmowa z Andrzejem Szczypiorskim (Von Angesicht zu Angesicht. Ein Gespräch mit AS).* In: Wprost, 25. 10. 1998.

Sechsundzwanzigstes Kapitel

1 AS, *Nacht, Tag und Nacht. Roman*, Aus dem Polnischen von Klaus Staemmler, Diogenes Verlag, Zürich 1991, S. 19.
2 Ebd., S. 286.
3 Ebd., S. 33.
4 Ebd., S. 36.
5 Ebd., S. 106.
6 Ebd., S. 82.
7 Ebd., S. 159.
8 Ebd., S. 150.
9 Ebd., S. 277.
10 Tadeusz Kraśko, *Chocholi taniec*, a. a. O., S. 161.
11 Anke Weig, *Wo kann man einen echten Deutschen treffen? Der polnische Schriftsteller AS wird 70 Jahre alt. Ein Gespräch über die Polen und ihre westlichen Nachbarn.* In: Berliner Zeitung, 3. 2. 1994.
12 AS, *Grzechy*, a. a. O., S. 93 f.
13 Ebd., S. 84.
14 Ebd., S. 92.
15 Ebd.
16 Maria Dąbrowska, *Tagebücher*, a. a. O., S. 268 ff.

17 Klaus Bachmann, *Einer vom Typ des französischen Intellektuellen. Zum Tod des polnischen Schriftstellers AS.* In: Basler Zeitung, 18. 5. 2000.
18 Ebd.

Siebenundzwanzigstes Kapitel

1 AS, *Fröschegequak und Krähengekrächz. Über »Unkenrufe« von Günter Grass.* In: Der Spiegel, 4. 5. 1992.
2 AS, *Selbstportrait mit Frau. Roman*, Aus dem Polnischen von Klaus Staemmler, Diogenes Verlag, Zürich 1994, S. 64.
3 Ebd., S. 130.
4 Ebd., S. 141.
5 Ebd., S. 49.
6 Ebd., S. 67.
7 Ebd., S. 88.
8 AS, *Feuerspiele. Roman.* Aus dem Polnischen von Barbara Schaefer, Diogenes Verlag, Zürich 2000, S. 5.
9 Ewa Katarzyna Kalinowa, *Nie pytaj mnie o jutro …*, a. a. O., S. 67.
10 Nikolaus Lenau, *Der Maskenball.* In: *Deutsche Gedichte über Polen*, Hg. Elfi Hartenstein, Suhrkamp Verlag (Polnische Bibliothek), Frankfurt am Main 1994, S. 216.
11 Adam Mickiewicz, *An die Mutter Polin.* In: A. M., *Dichtung und Prosa. Ein Lesebuch*, Hg. Karl Dedecius, Suhrkamp Verlag (Polnische Bibliothek), Frankfurt am Main 1994, S. 257.
12 »Österreichischer Staatspreis für Europäische Literatur 1989« – Begründung der Jury.
13 W. Ausweger, *Wie findet Polen zur neuen Demokratie? Der polnische Schriftsteller AS zu Kommunismus und Europa.* In: Salzburger Nachrichten, 28. 8. 1993.

Achtundzwanzigstes Kapitel

1 AS, *Grzechy*, a. a. O., S. 69.
2 Richard Heimann, *Ein Freund der Deutschen. Der polnische Schriftsteller AS – in Deutschland ein Superstar, in Polen eher zweitrangig.* In: Semesterspiegel. Zeitschrift der Studierenden, Universität Münster, 1996, Nr. 5.
3 Antoni Marianowicz im Gespräch mit MK am 27. 7. 2001.
4 Ewa Berberyusz, Tu *bije moje źródło*, a. a. O.
5 Michał Jaranowski, *Fenomen Szczypiorskiego (Das Phänomen AS).* In: Życie Warszawy, 29. 6. 1992.

6 Michał Misiorny, *Los Irmy Seidenman (Irma Seidenmans Schicksal)*. In: Trybuna Ludu, 1. 11. 1988.
7 Marek Zieliński, *Das deutsche Klima. Ein Gespräch mit AS*. In: Die Zeit, 5. 4. 1991.
8 Ebd.
9 ASTA, *Odszedł od głupców? Nowy wyczyn Szczypiorskiego (Von den Dummköpfen weggegangen? ASs neuer Lapsus)*. In: Nasz Dziennik, 8. 10. 1998.
10 Ebd.
11 Ebd.
12 Janusz Reiter, *Chwalebnie nieobecny (Der ruhmreich Abwesende)*. In: Rzeczpospolita, 19. 5. 2000.
13 Ebd.
14 Antoni Pawlak, *Wróg publiczny (Der öffentliche Feind)*. In: Gazeta Wyborcza, 17. 3. 1992.
15 Maciej Rybiński, *Postępowcy (Die Fortschrittler)*. In: Rzeczpospolita, 11. 1. 1998.

Neunundzwanzigstes Kapitel

1 Miroslav Danys, Brief an MK vom 23. 10. 2002.
2 AS, Dankesrede – Nelly-Sachs-Preis, a. a. O.
3 Heimo Schwilk, *Gespräch mit dem polnischen Schriftsteller und Bürgerrechtler AS, der in Berlin den Kunst- und Kulturpreis der deutschen Katholiken erhält*. In: Rheinischer Merkur, 25. 5. 1990.
4 AS, Dankesrede – Katholikenpreis, a. a. O.
5 *Początek raz jeszcze*, a. a. O., S. 157.
6 Heimo Schwilk, *Gespräch*, a. a. O.
7 Hans-Günther Thiele, *Wir sind weltlicher als wir geglaubt haben. Gespräch mit dem polnischen Schriftsteller AS über Katholizismus und Kommunismus, Philosophie und Politik*. In: Weser Kurier, 9. 6. 1997.
8 Krzysztof Masłoń, *Przebudzenie ze srebrnego snu (Das Erwachen aus einem silbernen Traum)*. In: Rzeczpospolita, 29. 12. 1990.
9 Michał Jaranowski, *Fenomen*, a. a. O.
10 Horst Bienek, Laudatio auf AS bei der Verleihung des »Kunst- und Kulturpreises der deutschen Katholiken« am 25. 5. 1990 in Berlin.
11 »Nelly-Sachs-Preises der Stadt Dortmund 1989« – Begründung der Jury.
12 *Zeugen des Jahrhunderts*, a. a. O.
13 Ewa Katarzyna Kalinowa, *Nie pytaj mnie o jutro …*, a. a. O., S. 143.
14 Miroslav Danys, Brief an MK vom 23. 10. 2002.

Dreißigstes Kapitel

1 Stefan Żeromski, *Beobachtungen.* In: *Panorama*, a. a. O., Teil 3: *Pointen*, S. 170.
2 Marta Wyka, *Od początku do końca* …, a. a. O., S. 42.
3 AS, *Feuerspiele*, a. a. O., S. 127.
4 Ebd., S. 47.
5 Ebd., S. 226.
6 AS, *Auf der Bank, im Abendschein* … In: AS, *Amerikanischer Whiskey*, a. a. O., S. 201.
7 *Początek raz jeszcze*, a. a. O., S. 184.
8 Ebd.
9 AS, *Der Teufel im Graben*, a. a. O., S. 7.
10 Bischof Zdzisław Tranda, Predigt in der Evangelisch-Reformierten Kirche zu Warschau, 24. 5. 2000.
11 2. Korinther 5, 18.
12 Bischof Zdzisław Tranda, Predigt, a. a. O.
13 Johannes Rau, Beileidstelegramm an Elżbieta Borowiecka vom 17. 5. 2000.
14 Winfried Lipscher im Gespräch mit MK am 26. 7. 2001.
15 AS, *Feuerspiele*, a. a. O., S. 177.

Namen polnischer Städte

Warschau	Warszawa
Krakau	Kraków
Stettin	Szczecin
Lublin	Lublin
Lodz	Łódź
Breslau	Wrocław
Kattowitz	Katowice
Posen	Poznań
Danzig	Gdańsk
Bromberg	Bydgoszcz
Waldenburg	Wałbrzych

Personenregister

Bibliographie

(Das Verzeichnis enthält die Erstveröffentlichungen der Bücher von Andrzej Szczypiorski und die Übersetzungen ins Deutsche.)

Prosa

Ojcowie epoki (Väter der Epoche), Warschau 1955.

Dymisja nadinspektora Willburna (Oberinspektor Willburns Entlassung), Warschau 1959 u. d. Pseud. Maurice S. Andrews.

Zagadka w Punham (Das Rätsel von Punham), Warschau 1960 u. d. Pseud. Maurice S. Andrews.

Czas przeszły (Vergangenheit), Warschau 1961.

Godzina zero (Die Stunde Null), Warschau 1961.

Lustra (Spiegel), Warschau 1962.

Ucieczka Abla (Abels Flucht), Warschau 1962.

Za murami Sodomy (Hinter den Mauern Sodoms), Warschau 1963.

Polowanie na lwy (Löwenjagd), Warschau 1964.

Podróż do krańca doliny (Eine Reise bis ans Talende), Warschau 1966.

Msza za miasto Arras (Eine Messe für die Stadt Arras), Warschau 1971.

I ominęli Emaus (Und sie gingen an Emmaus vorbei), Warschau 1974.

Złowić cień (Den Schatten fangen), Warschau 1976.

Trzej ludzie w bardzo długiej podróży (Drei Männer in sehr langer Reise), Warschau 1980.

Początek (Der Anfang), Paris 1986; Warschau 1986.

Amerykańska whisky i inne opowiadania (Amerikanischer Whiskey und andere Erzählungen), Warschau 1987.

Noc, dzień i noc (Nacht, Tag und Nacht), Posen 1991.

Wiry (Wirren), Posen 1993.

Autoportret z kobietą (Selbstportrait mit Frau), Posen 1994.

Trzy krótkie opowiadania (Drei Kurzgeschichten), Posen 1998.

Gra z ogniem (Feuerspiel), Posen 1999.

Essays, Feuilletons, Reportagen

Z daleka i z bliska. Reportaże, felietony, eseje (Von fern und nah. Reportagen, Feuilletons, Essays), Warschau 1957.

Portret znajomego (Portrait eines Bekannten), Warschau 1962.

Karol Świerczewski – Walter. W 20 rocznicę śmierci (Karol Świerczewski – Walter. Zum 20. Todestag), Warschau 1967.

Niedziela, godzina 21. 10. Wybór felietonów radiowych 1964–1967 (Sonntag, 21.10 Uhr. Radiofeuilletons 1964–1967. Eine Auswahl), Warschau 1968.

Z notatnika stanu wojennego (Aus dem Notizbuch zum Kriegszustand), London 1983; Posen 1989.

Proces toruński (Der Thorner Prozeß), Warschau 1985.

Z notatnika stanu rzeczy (Aus dem Notizbuch zum Stand der Dinge), Warschau 1987.

Kumkanie żaby, krakanie wrony … (Das Quaken des Frosches, das Krächzen der Krähe …), Posen 1995.

Grzechy, cnoty, pragnienia (Sünden, Tugenden, Träume), Posen 1997.

Jugendbücher

Lot 627 (Flug 627), Warschau 1971–1973.

Na tropie Damiana (Auf Damians Spuren), Warschau 1973.

Mojemu synowi (Meinem Sohn), Warschau 1974.

Übersetzungen ins Deutsche

Und sie gingen an Emmaus vorbei, Aus dem Polnischen von Anneliese Danka Spranger, Much: Spranger 1976; Zürich: Diogenes 1993 u. d. T. *Der Teufel im Graben. Roman (I ominęli Emaus)*.

Denn der Herbst kam zu früh, Aus dem Polnischen von Anneliese Danka Spranger, Much: Spranger 1976; Zürich: Diogenes 1993 u. d. T. *Den Schatten fangen. Roman (Złowić cień)*.

Eine Messe für die Stadt Arras. Roman, Aus dem Polnischen von Karin Wolff, Berlin: Evangelische Verlagsanstalt 1979, Zürich: Diogenes 1988 *(Msza za miasto Arras)*.

Die schöne Frau Seidenman. Roman, Aus dem Polnischen von Klaus Staemmler, Zürich: Diogenes 1988 *(Początek)*.

Amerikanischer Whiskey. Erzählungen, Aus dem Polnischen von Klaus Staemmler, Zürich: Diogenes 1989 *(Amerykańska whisky i inne opowiadania)*.

Notizen zum Stand der Dinge, Aus dem Polnischen von Klaus Staemmler, Zürich: Diogenes 1990 (Auswahl aus: *Z notatnika stanu wojennego* und *Z notatnika stanu rzeczy*).

Selbstportrait mit Frau. Roman, Aus dem Polnischen von Klaus Staemmler, Zürich: Diogenes 1994 *(Autoportret z kobietą)*.

Europa ist unterwegs. Essays und Reden, Aus dem Polnischen von Klaus Staemmler und Winfried Lipscher, Zürich: Diogenes 1996 (Originalausgabe).

Feuerspiele. Roman, Aus dem Polnischen von Barbara Schäfer, Zürich: Diogenes 2000 *(Gra z ogniem)*.

Bildnachweis

Die Fotos 1–9, 11–18 stellte freundlicherweise Frau Elżbieta Borowiecka, Warschau, zur Verfügung.
Das Foto 10 ist aus dem Archiv von Frau Margret Staemmler, Münster

Inhalt

Anhang

Andrzej Szczypiorski im Diogenes Verlag

»Ich beschreibe die totalitäre Herausforderung des zwanzigsten Jahrhunderts, weil das mein Leben, meine Erinnerung und meine Erfahrung ist.«
Andrzej Szczypiorski

»Andrzej Szczypiorski belegt, daß der Roman keineswegs tot ist, daß menschliche Schicksale im doppelten Sog der Geschichte und der Zeit noch immer, und zwar auf höchstem Niveau, in der Romanform darstellbar sind.« *Neue Zürcher Zeitung*

Die schöne Frau Seidenman
Roman. Aus dem Polnischen von Klaus Staemmler

Eine Messe für die Stadt Arras
Roman. Deutsch von Karin Wolff

Amerikanischer Whiskey
Erzählungen. Deutsch von Klaus Staemmler. Mit einem Vorwort des Autors zur deutschen Ausgabe

Notizen zum Stand der Dinge
Deutsch von Klaus Staemmler

Nacht, Tag und Nacht
Roman. Deutsch von Klaus Staemmler

Der Teufel im Graben
Roman. Deutsch von Anneliese Danka Spranger

Den Schatten fangen
Roman. Deutsch von Anneliese Danka Spranger

Selbstportrait mit Frau
Roman. Deutsch von Klaus Staemmler

Europa ist unterwegs
Essays und Reden. Deutsch von Klaus Staemmler und Winfried Lipscher

Feuerspiele
Roman. Deutsch von Barbara Schaefer

Außerdem erschienen:

Marta Kijowska
Andrzej Szczypiorski
Eine Biographie

Sławomir Mrożek im Diogenes Verlag

»Mrożeks Gedanken sind so ungewöhnlich, daß sie jedem verständlich sind.«
Gabriel Laub / Die Welt, Berlin

»Mrożeks politische Parabeln sind von stupender Diagnostik.« *Marianne Kesting / Die Zeit, Hamburg*

Watzlaff und andere Stücke
Aus dem Polnischen von Ludwig Zimmerer und Rolf Fieguth. Inhalt: *Nochmal von vorn, Die Propheten, Watzlaff*

Emigranten und andere Stücke
Deutsch von Christa Vogel. Inhalt: *Emigranten, Schlachthof, Buckel, Das Haus auf der Grenze*

Amor und andere Stücke
Deutsch von Witold Kósny und Christa Vogel. Inhalt: *Insel der Rosen, Fuchsquartett, Der Schneider, Amor, Zu Fuß, Die Rückkehr*

Der Botschafter und andere Stücke
Deutsch von Christa Vogel und M. C. A. Molnar. Inhalt: *Der Botschafter, Ein Sommertag, Alpha, Der Vertrag, Das Portrait, Die Witwen*

Liebe auf der Krim
Eine tragische Komödie in drei Akten. Deutsch von Christa Vogel

Das dramatische Werk in sieben Bänden in Kassette
Enthält die Bände: *Striptease, Tango, Watzlaff, Emigranten, Amor, Der Botschafter, Liebe auf der Krim*

Die Giraffe und andere Erzählungen
Erzählungen 1953–1959. Deutsch von Christa Vogel und Ludwig Zimmerer

Die Geheimnisse des Jenseits und andere Geschichten
Kurze Erzählungen 1986–1990. Deutsch von Christa Vogel

Der Perverse und andere Geschichten
Kurze Erzählungen 1991–1995. Deutsch von Christa Vogel

Mein unbekannter Freund und andere Geschichten
Kurze Erzählungen 1981–1985. Deutsch von Klaus Staemmler

Der Doppelgänger und andere Geschichten
Erzählungen 1960–1970. Deutsch von Christa Vogel und Ludwig Zimmerer

Lolo und andere Geschichten
Erzählungen 1971–1980. Deutsch von Christa Vogel, Ludwig Zimmerer und Witold Kósny

Lauter Sünder / Schöne Aussicht
Zwei Stücke. Deutsch von Christa Vogel

Das Leben für Anfänger
Ein zeitloses ABC. Mit Zeichnungen von Chaval. Herausgegeben von Daniel Keel und Daniel Kampa. Mit einem Nachwort von Jan Sidney